45 Jahre Priester
und mehr

Hans Ludger

45 Jahre Priester und mehr

Berufungsgeschichte · Spiritualität · Höhen und Tiefen
Glaubenszeugnisse: Gott und Auferstehung Jesu · Gebet
Taufbewusstsein · Beichten entspannt · Eucharistie · Frauen als Priester
Ehe und Zölibat · Segnungen · Schule
Taizé · Friedensarbeit · Reisen und Wallfahrten · Humor
Fusionierung von Gemeinden · Profanierung einer Kirche
Schafe und Hunde · Liebe zum Beruf

2009

Impressum

Herausgeber:
Hans Ludger

Layout und Gestaltung:
Franz Josef Terlinde, Gronau

Gesamtherstellung:
Rehms Druck GmbH, Borken

ISBN 978-3-9813028-0-6

Titelbild:
Pfarrer Hans Ludger stützt sich auf eine alte Kreuzblume aus der Zeit vor der Renovierung des Herz-Jesu-Kirchturms in Münster.

Inhalt

Anmerkungen zu diesem Buch

von Prof. Dr. Dr. Hermann Josef Pottmeyer

Es kommt nicht häufig vor, dass ein Pfarrer so eingehend über sein Leben und Wirken berichtet, was noch dadurch an Interesse gewinnt, dass es in eine Zeit des tiefgreifenden Umbruchs im Leben der Gemeinden fällt. Mehr als ein Bericht will sein Buch ein Zeugnis für die in den Jahren gewachsene Freude über seine Berufung zum Priesteramt und an seinem Beruf sein. Sein Buch ist deshalb zu einer eindrucksvollen Bestätigung der Ergebnisse der von Paul M. Zulehner in Wien und Andrew Greeley in Chicago vorgelegten sozialwissenschaftlichen Untersuchung geworden, dass die Mehrheit der katholischen Priester – was ihren Beruf angeht – zu den glücklichsten Zeitgenossen gehören.

Lehrreich für alle von den Veränderungen Betroffenen sind der Einblick, den das Buch in die Erfahrungen gewährt, die ein Pfarrer heute bei der Zusammenführung von Pfarreien macht, und die Anregungen, die sich aus ihnen ergeben.

Besonders wertvoll sind die Hinweise auf die spirituellen Impulse, die einem Priester in der gegenwärtigen pastoralen Situation Halt und Kraft geben können – Impulse, die er auch seinen Gemeinden in Verkündigung, Katechese und Gebetsanleitung vermittelt. Aufgenommen in das Buch sind die Texte, die Pfarrer Ludger unter die Leute brachte, um ihnen ein tieferes Verständnis und einen persönlicheren Vollzug von Taufe, Beichte und Eucharistiefeier zu erschließen.

Zu den bewährten und neuen Formen, Menschen über den Kreis der Kerngemeinde hinaus zu erreichen, gehören Wallfahrten und die Präsenz des Pfarrers in Kindergarten und Grundschule, Segnungsgottesdienste und eine „Telefonseelsorge mal ganz anders“.

Nicht zuletzt macht das Buch immer wieder deutlich, dass ein Pfarrer bei aller beruflichen Belastung Mensch sein und bleiben kann. Die Freude daran, von einem erfüllten Leben erzählen zu können, spricht aus allen Zeilen.

Es ist zu wünschen, dass dieses höchst aktuelle Zeugnis eines Pfarrers in die Hand von jungen Menschen, Seminaristen und jungen

Priestern gelangt. Es erschließt ihnen ein lebendiges und ermutigendes Bild von diesem Beruf und macht auf die mit ihm gegebene spirituelle Herausforderung aufmerksam, die sich Priestern und Gemeinden heute stellt.

Den Pfarreien, in denen Pfarrer Ludger tätig war und ist, und ihren Mitgliedern wird dieses Buch zur lebendigen Erinnerung an gemeinsame Jahre und an wichtige Etappen ihrer Geschichte dienen. Gemeinsame Erfahrungen verbinden nicht weniger als der gemeinsame Glaube. Auch in dieser Hinsicht ist dem Buch deshalb eine weite Verbreitung zu wünschen.

Zuvor

Immer wieder bekam ich den Impuls, die Artikel, die ich in meinem Priesterberuf vom Suchen und Finden geschrieben habe, zu sammeln und zu veröffentlichen. Es sind Berichte, Erfahrungen, Briefe, Predigten, Verse, Religionsunterrichts-Themen, theologische Gedanken und vieles mehr, was ich gesammelt oder auch neu gefasst habe. Danken möchte ich allen, die mir hierbei geholfen haben: Günter Wissing von Rehms Druck Borken, hatte die drucktechnische Leitung. Franz Josef Terlinde brachte das Buch in die ansprechende Form. Hanni Löchteken und Christiane Fork übernahmen das Korrekturlesen des Manuskripts. Ein besonderer Dank gilt Prof. Dr. Dr. Hermann Josef Pottmeyer für seine positive Sicht des Buchkonzeptes. Er hat das Manuskript ohne die Fotos gelesen.

Danken möchte ich der Computertechnik, ohne die das Buch niemals entstanden wäre.

Ich möchte durch die zeugnishafte Darstellung der Inhalte zeigen, dass die Glaubensweitergabe mit rein verstandesmäßiger Argumentation nicht ausreicht. Die Menschen wollen wissen, was ich als Priester glaube, was meinem Leben Sinn und Kraft gibt. Es gehört auch missionarischer Einsatz dazu. Ich kann unmöglich von dem schweigen, was ich erlebt habe. Hinzu kommt meine Freude, leicht verständlich zu schreiben, was ich gesehen, erlebt, erfahren oder entdeckt habe.

Jungen Menschen möchte ich zeigen, dass der Priesterberuf spannend und abenteuerlich ist. Ich würde mich nach meinem heutigen Erfahrungsstand leichter entscheiden, diesen Weg zu gehen.

Gern bin ich bereit, mit Lesern und Leserinnen über diese Artikel zu sprechen. Es handelt sich nicht um Literatur, alles ist so passiert und gemeint, wie ich es geschrieben habe. Die Jahreszahl unter der Überschrift gibt das Jahr an, in dem der Artikel entstanden ist.

Viel Freude und Anregung beim Lesen wünsche ich allen glaubend Suchenden am 29. Juni 2009, dem Hochfest der Heiligen Petrus und Paulus, dem Patronatsfest der Domkirche und unseres Bistums Münster. Heute vor 45 Jahren empfing ich hier durch Bischof Dr. Joseph Höffner die Priesterweihe.

Hans Ludger, Pfarrer

Bischof em. Dr. Reinhard Lettmann

1980–2008 Bischof von Münster

Mein Pfarrer in Rheinhausen, Fritz Klümpen, verstand sich sehr gut mit Bischof Reinhard. Als Kaplan in St. Amandus Datteln durfte er in der Familie Lettmann das Kind Reinhard in seinen Armen wiegen. Dabei ist ihm ziemlich sicher der Gedanke gekommen: Was mag einmal aus diesem Kinde werden?

Fritz Klümpen hatte vor Bischof Lettmann eine große Achtung. Er mochte ihn und hat ihn echt bewundert.

Auch ich hatte zu meinem Diözesanbischof immer eine gute Beziehung. Schon als Generalvikar hat er mir als Stadtjugendseelsorger in Rheinhausen geholfen, das Jugendzentrum St. Peter zu retten. Es sollte in ein Pfarrheim umgewandelt werden. Die Umwandlung in ein Pfarrheim geschah schließlich mit dem Autosalon, der sich auch im Gebäude der Pfarrgemeinde St. Peter befand.

Einmal habe ich Bischof Reinhard auf einer Dechantenkonferenz heftig widersprochen, als er in Aussicht stellte, er wolle die Elisabeth-Kirche den Orthodoxen geben.

Er hat meinen Widerspruch angenommen und die Idee gehabt, die polnische Mission nach St. Elisabeth Münster zu holen. Wie sich dann alles entwickelt hat, ist in diesem Buch zu lesen.

Er hatte auch Verständnis für meinen spirituellen pastoralen Ansatz. Er hat ihn nicht behindert, sondern liebevoll beobachtet, den Eindruck hatte ich jedenfalls. Ihm gebührt vor allem mein Dank, dass ich in unserem Bistum den Weg gehen konnte, den der Bischof für mich vorgesehen hatte. Ich fühlte mich nirgends fehl am Platze und konnte als Priester entsprechend meinen Begabungen, Vorlieben und „Macken" arbeiten.

Nun ist Bischof Reinhard Emeritus geworden. Ich wünsche ihm weiterhin gute Gesundheit, Gottes starken Segen und viele glückliche Reisen in das Heilige Land, im Pfarrhaus in Marbeck ist er allzeit willkommen.

In dankbarer Gebetsverbundenheit
Hans Ludger, Pfarrer

Meine berufliche Laufbahn

29. Juni 1964 Priesterweihe durch Bischof Dr. Joseph Höffner im Paulus-Dom zu Münster

1964 Kaplan in Emmerich am Rhein St. Martini

1967 Religionslehrer an der Berufsbildenden Schule Rheinhausen (Duisburg) Subsidiar an St. Josef und St. Laurentius

1972 Titel Berufsschulpfarrer

1977 Kaplan in Duisburg Rheinhausen St. Josef und St. Laurentius

1978 Pfarrer in Geldern St. Maria Magdalena

1990 Pfarrer in Münster Herz Jesu

1994 – 2000 Dechant im Dekanat Münster-Mauritz

1994 zusätzlich Pfarrer in Münster St. Elisabeth

2001 Pfarrer in Münster Herz Jesu und St. Elisabeth (Fusionierung am 1. Januar 2001)

2004 Vicarius Cooperator mit dem Titel „Pfarrer“ an der Propsteikirche St. Remigius in der Seelsorgeeinheit Borken und Borken (Gemen) – überwiegend tätig in St. Michael Borken-Marbeck

Weihnachten 1945 mit Bubi

Erinnerungen 1991

Wir waren zu Hause drei Kinder, drei Brüder, drei Jungen, alle drei Jahre auseinander und ich war der Dritte, also der Jüngste. Weihnachten war für uns Kinder immer eine ganz große Sache. In der Adventszeit gingen wir in den Overesch Busch, um Moos für unsere Krippe zu suchen. Die Krippe nahm in unserem Wohnzimmer viel Raum ein, etwa die Fläche von zwei Wohnzimmertischen. Die Krippe wurde auf dem Fußboden aufgebaut, mehrere Kisten wurden zusammengetragen, einmal war sogar ein Flugzeugreifen dabei (vom nahen Flughafen in Gütersloh). Diese Sachen bildeten den Unterbau.

Darauf wurde das Moos gelegt, Fichten, Tannen und weiteres nadeliges Buschwerk wie Wacholder (Quakelten) und Stechpalme (Hülskrabben) bildeten die Krippenlandschaft. Ein Spiegel war der Teich, auf dem Enten schwammen. Den Stall hatten meine älteren Brüder gebastelt, es war ein Blockhaus aus Birkenstäben. Die Krippenfiguren waren schon ziemlich alt, nicht gerade kunstvoll, aber wir liebten sie sehr.

Die schönste Krippenfigur war unsere Katze, sie hatte auf der Krippe einen eigenen Platz in der Nähe des Ofens. Das war immer ein schönes Bild, unsere weiß-gescheckte Katze mit zusammengelegten Pfoten auf dem grünen Moos, friedlich schlummernd, die Augen manchmal ein bisschen geöffnet, um nur alles mitzukriegen, was es in der Stube gab.

In diesem Jahr waren wir Kinder sehr gespannt, was es am Heiligen Abend wohl geben würde. Unsere Eltern sagten uns: Ihr habt keine Ahnung, es gibt eine ganz große Überraschung. Nächte vorher konnten wir nicht schlafen. Unser Schnüffeln, Nachschauen in den Kleiderschränken der Eltern, welche Geschenke es wohl geben würde, war vergebens. Es war nichts zu finden. Was haben unsere Eltern wohl für eine Idee in diesem Jahr?, fragten wir uns. Die Spannung wuchs von Tag zu Tag.

Bis dann der Heilige Abend herannahte. Für eine gewisse Zeit war Vater nicht mehr da. Er war mit dem Fahrrad in die Bauernschaft gefahren, um das Weihnachtsgeschenk zu holen. Wir Kinder mussten uns in der Küche aufhalten. Dann war der große Augenblick gekommen.

Wir durften die Stube betreten, uns stockte der Atem, als wir die außerordentliche Überraschung sahen: In einem Korb saß eine Hündin mit drei kleinen Hunden, ihren Jungen, ein Kurzhaarterrier, schwarzweiß mit klugen Augen, einem wunderschönen Hundegesicht. Unsere Freude war riesengroß. Schon oft hatten wir Kinder den Wunsch geäußert, wir möchten gern einen Hund haben.

Bubi, seine Welpen und die Katze Pia verstehen sich bestens, freuen sich auf einen Fetzen Kartoffel-Pfannekuchen in der Hand von „Hansi".

Das war für unser Haus eigentlich nicht schwierig, da wir eine kleine Landwirtschaft hatten, eine Kuh, eine Ziege, sechs Schweine, zwanzig Hühner, zwei Lachtauben und eine Katze. Da fehlte eigentlich nur noch der Hund. Ein Hund kommt uns nicht ins Haus, sagten unsere Eltern. Und jetzt hatten sie uns eine Hündin geschenkt, gleich mit drei Jungen. In der folgenden Nacht habe ich kaum geschlafen. Auch als wir Weihnachten in die Kirche gingen, dachte ich mehr an den neuen Hund Bubi als an Beten und Singen in der Kirche. Wir zeigten am Weihnachtstag unseren Freunden und Verwandten die Hundefamilie. Da die Katze aus dem gleichen Napf fraß wie die Hunde, freundeten sich die Tiere bald an. Hund und Katze waren gutmütig. Wenn die Hündin fort war, kümmerte sich die Katze um die Hundekinder.

Als die kleinen Hunde groß waren, haben wir sie an unsere Verwandten verschenkt, an Familie Klügge, Buchmann und an Bauer Ludger in Westendorf bei Glandorf. Wie gesagt, unser Hund hieß Bubi. Da mich eine treue Freundschaft mit ihm verband, tat er mir den Gefallen und ging auf meine Dressurversuche ein. Wenn er in die Küche wollte, musste er über meinen Fuß springen, es gab keinen anderen Weg durch die geöffnete Tür als über den Fuß. Immer wenn er es tat, bekam er eine Belohnung, ein Stück Zucker oder eine Scheibe Wurst. Bubi lernte schließlich, über meinen Fuß im Freien zu springen, durch meine reifenförmig geschlossenen Arme, durch einen Fahrradreifen von einem Stuhl auf einen andern. Wenn ich die Stühle zu weit auseinander stellte, schaute mich Bubi mit treuen Augen an, als ob er sagen wollte: Wenn ich schon für dich springe, dann ärgere mich nicht dadurch, dass du die Stühle so weit voneinander aufstellst.

Es war die Zeit nach dem Krieg, die Jäger durften noch nicht wieder schießen, sie gingen mit Frettchen auf die Kaninchenjagd. Unser Bubi hatte die Gabe, den Jägern durch sein Bellen Kaninchenbauten anzuzeigen, in denen sich Kaninchen befanden. Die Jäger spannten Netze um die Ausgänge der Bauten. Dann ließen sie Frettchen in die Höhlen und die Kaninchen kamen herausgerannt, liefen in die Netze und waren so gefangen. Wenn Bubi samstags mit den Jägern loszog, brachte er zur Belohnung für uns immer ein Kaninchen oder einen Hasen mit.

Das war in der damaligen Zeit für unseren Küchentisch eine willkommene Abwechslung. So ging das mehrere Jahre mit Bubi.

Eines Tages kam Bubi von der Jagd nicht zurück. Wir wissen nicht, wo er geblieben ist, vielleicht hat ihn jemand gestohlen, vielleicht ist er verunglückt, wir wissen es nicht. Ich war sehr traurig, als ich Bubi nicht mehr hatte. Meine Eltern aber waren so freundlich und schenkten mir einen neuen Hund, er hieß Pit. Auch mit Pit erlebte ich viele schöne Dinge.

Früher im Borromäum

1958–1960

Als ich im Sommersemester 1958 ins Borromäum kam, gehörten zu unserem ersten Kurs 92 Studenten. Einige mussten sogar ein Doppelzimmer beziehen. Ich kam aus der Jugendarbeit und fühlte mich geehrt, wenn wir mit „Herren" angeredet wurden.

Um 5.45 Uhr wurden wir werktags schon durch eine unbarmherzige Klingel geweckt. Wir hatten um 6.15 Uhr eine halbe Stunde Zeit für die Betrachtung. Die Messe begann um 6.45 Uhr. Sonntags durften wir eine halbe Stunde länger schlafen.

Mich beeindruckten die Gottesdienste, vor allem das Singen in der mit über 200 Theologiestudenten besetzten Hauskapelle. Jeder hatte seinen festen Platz, seine eigenen Gebet- und Betrachtungsbücher an seinem Platz. Jeder konnte aber auch von der Orgelbühne aus durch die Hausleitung genauestens kontrolliert werden, ob er an der Messe teilnahm oder nicht. Es wurde an den Hochfesten eine sehr gut gestaltete Liturgie gefeiert. Subdirektor Heiner Rennings hatte als Liturgiewissenschaftler viel Ahnung von Liturgie, ihrer Geschichte und wie man schon dem II. Vatikanischen Konzil zeitgemäß Liturgie feiern konnte. Ich fühlte mich in dieser Hausgemeinde vor allem bei den Gottesdiensten geistlich sehr angesprochen. So viele junge Männer, und alle hatten das gleiche Ziel, sie wollten Priester werden. Samstags mittags gab es um 12 Uhr Choralstunde. Wir übten Choralgesänge und neue Lieder mit Alfred Albeck, der seine Aufgabe gelegentlich mit humorvollen Bemerkungen würzte.

Samstagmittags gab es immer Erbsensuppe mit einer ansehnlichen Wurst und anschließend Stippmilch mit Zimt. Wenn man zweimal Nachtisch nahm, musste man damit rechnen, dass man schließlich mehrere Stippmilchschüsseln vor der Nase hatte. Alle meinten es gut, auch sollten keine halbvollen Schüsseln mehr in die Küche zurück. Das Essen war gut und reichlich. Üppig war das Essen am Patronatsfest, am Fest des hl. Karl Borromäus. Wir saßen an drei langen Tischreihen, ein rollendes System sorgte dafür, dass wir jede Woche anderen Tischpartnern gegenübersaßen. Die Tischlesung während des Hauptgerichtes sorgte für Ruhe und Besinnung beim Essen, es wurde so auch diese Zeit bildungsmäßig ausgenutzt. Ich erinnere mich an das Irische Tagebuch von Heinrich Böll, an die Ente seiner Eminenz von Adalbert Seipolt und an Jeremia von Franz Werfel.

Nach dem Mittagessen wurde die Post verteilt, jeder, der einen Brief oder eine Karte

Karneval im Borromäum: Im Vordergrund rechts Direktor Hermann Heifort, ihm gegenüber Repetent Theo Wenking

bekommen hatte, wurde namentlich aufgerufen, eilte nach vorne zum Tisch der Hausleitung und nahm seine Post entgegen. Manchmal haben wir einem Kurskollegen eine Karte geschrieben, damit er auch einmal in den Genuss kam, nach vorne zu laufen.

Nach einigen Wochen bröckelte es schon in unserem Kurs, einige hatten erkannt, dass dies doch nicht ihr Weg war und sie gingen einen anderen. Schlimm war es manchmal, wenn Mitstudenten aus den Freisemestern nicht zurückkamen und einen anderen Weg gingen, dann stellten auch wir unsere eigene Berufung in Frage.

Freude machten uns immer wieder die Hausstunden unseres Direktors Hermann Heifort. Er war zuvor Religionslehrer in Emsdetten gewesen. Sein Ziel war, uns zu guten Priestern zu erziehen. Was er sagte, war durch sein Leben gedeckt. Immer wieder gebrauchte er die Formulierung: *„Meine Herren, ein Priester kann seine Aufgabe nur erfüllen, wenn sein Leben ein Holocaustum ist, eine Ganzhingabe."* Damals wurde dieses Wort noch nicht im Zusammenhang mit der Judenvernichtung angewendet. Eine Trennung zwischen privaten und dienstlichen Räumen im Pfarrhaus, wie sie heute aus steuerlichen Gründen vorgeschrieben wird, wäre damals undenkbar gewesen. Direktor Heifort las das Neue Testament aus dem Nestle im griechischen Urtext und konnte ganze Passagen in Griechisch zitieren. In der Gefangenschaft in Russland hat ihm das griechische NT sehr geholfen, seiner Berufung treu zu bleiben. Heifort war beliebt auch durch humorige markante Sprüche wie: *„Im Strom des Lebens schwimmt der Mann, die Frau sitzt mit der Angel dran."* – *„Abends heißt es zurückblenden, den Marsch nach Innen antreten, sonst pfeift man allzu leicht auf dem negativen Balken."* – *„Wenn Bacchus den Feuerofen eingeheizt hat, ist Frau Venus nicht mehr fern."* Vor der Haustür erntete er einmal schallendes Gelächter, als er von der zu seiner Studentenzeit versuchten Deutung der Abkürzung der Türschlossmarke „BKS" berichtete. Den ersten Preis habe geholt: „Borromäer küssen süß." Da war bis zum Domplatz hin ein wieherndes Gelächter zu hören, wie es nur Borromäer von sich geben, wenn sie in „Steh-Cs" zusammenstehen. Direktor Heifort war bei uns Studenten sehr angesehen.

Er hatte Schreckliches im Krieg in Russland mitgemacht, ein Bein verloren und hatte nachts noch gelegentlich Phantomschmerzen. Die Beinprothese knackte beim Gehen immer ein wenig, so dass wir genau wussten, wann Hermann Heifort in den Fluren war und Hausbesuche bei uns machte. Wir durften damals kein Radio auf dem Zimmer haben, einige Fortschrittliche hatten aber dennoch eins. Hermann Heifort sagte dann in der Hausstunde: *„Wenn Sie schon ein Radio haben, dann lassen Sie wenigstens die Kabelstrippen nicht aus dem Schränkchen hängen, wenn ich zu Besuch komme!"* Wenn dann jemand von uns ihn besuchte, dann gab seine Saugprothese beim Hinsetzen auf den Stuhl Geräusche von sich, so dass der Herr Direk-

Im „Cölibad", v.l.: Hans Ludger, Rolf Henning, Heinz Althaus, Franz Ysermann

tor sagte: *„Das sind keine natürlichen Winde, die kommen von der Prothese."*

Morgens war nach der Messe reichlich Zeit für Frühstück und Namenstagsgratulation. Bei solcher Gelegenheit erschienen die Kurskollegen vor der Budentür und gaben ein schallendes Ständchen mit mehrstimmigen Liedern wie: „Ein Männlein steht im Walde" oder „Sah ein Knab ein Röslein stehn" oder „Infolge dieses freudigen Ereignisses".

In den Sommermonaten gingen wir gern in das „Cölibad", ein Freibad, das etwa ein Drittel so groß ist wie ein normales Freibad. Es gab ein Einmeter- und ein Dreimeter-Sprungbrett. Man konnte sich erfrischen, im Schwimmen etwas für die Gesundheit tun, wurde behütet vor allzu freizügigen Freibädern, nahm sich etwas zum Lesen mit, so war die Zeit bestens ausgefüllt. Bischof Michael Keller hat Anfang der Fünfziger Jahre des vorigen Jahrhunderts die geniale Idee, für die Borromäer und Priester von Münster diese Anlage bauen zu lassen.

Auch als Pastor bin ich jahrelang im Sommer dorthin gefahren, bis es im Jahre 2002 dicht gemacht wurde. Die Kosten für den Unterhalt waren einfach zu hoch.

Schön waren nach dem Abendessen die „Steh-Cs", die Steh-Convente der Landsmannschaften. Es gab die Rhenania, die Brukteria, die Vestia, die Amisia, die Steinfurtia, die Monasteria und noch andere. Man stand zusammen, tauschte sich aus oder machte einen kleinen Spaziergang über den Prinzipalmarkt. Der Abend gehörte dem Studium. Siebenmal durften wir im Semester abends einen Ausgang nehmen. Wir gingen zum Direktor, der über unsere Ausgänge Buch führte. Meistens besuchten wir das Theater.

Sonntagsnachmittags hatten wir manchmal Domdienst. Wir sangen die lateinische Vesper. An freien Sonntagnachmittagen machten wir

Sonntagsspaziergang, v.l.: Günter Kiefer, Franz Nottelmann, Hubert Ewelt, Franz-Josef Ortkemper, Heinrich Bücker, Hans Ludger

mit Freunden einen längeren Spaziergang. Es gab aus der Küche ein großes Stück Streuselkuchen oder Bienenstich auf die Hand, wir wickelten den Kuchen in Pergamentpapier ein und verzehrten ihn im Wald oder an einer Stelle, wo man gemütlich sitzen konnte.

Gern erinnere ich mich an Streiche, die nie aufgeklärt wurden. In der Adventszeit fanden wir einmal morgens überall im Haus Schilder: „Zur Krippenausstellung". Wer den Schildern folgte, wurde zur Präsenzbibliothek geführt. Hier hatte man einen Borromäer (Felix Lenfers) im Bett gefesselt und mit Tischlampen angestrahlt. Die Studenten kamen aus dem ganzen Haus, um dem großen Krippenkind zu huldigen. – Einmal blieben die Leute auf dem Domplatz stehen und schauten zum Borromäum hoch, sie schüttelten mit dem Kopf: Nein, so etwas hatten sie noch nie gesehen. Oben auf dem Dach war an der Fahnenstange ein Fahrrad gehisst. Ein französischer Professor, der in unserem Haus zu Besuch war, soll zu Hermann Heifort gesagt haben: *„Solch ein Priesterstudent ist doch untragbar, den müsste man rauswerfen."* *„Nein"*, hat Direktor Heifort geantwortet, *„solche Leute können wir gerade gebrauchen, die Ideen haben und etwas Außergewöhnliches tun."*

Den Pfortendienst versah ein älterer schmächtiger Mann mit Namen Heinrich. Nach meiner Erinnerung war es die Steinfurtia, die ihn eines Abends in den Adelstand versetzte. Von nun an war er „Heinrich von der Pforte", er wurde in einem Sessel hoch durch das Haus getragen. Wenn der Bischof im Haus gewesen war und am Pfortenzimmer vorbeikam, pflegte Heinrich zu sagen: *„Na, Herr Bischof, wolln Se wieder dedurch?"* Oder wenn eine junge Frau einen Studenten besuchen wollte, im Besucherzimmer natürlich, und sich

Spiritual Johannes Bours (1952–1984 Spiritual im Borromäum und Priesterseminar, heimgerufen von Gott am 1. Februar 1988)

als Tante vorstellte, konnte es passieren, dass Heinrich sagte: *„So, Tante sind Sie auch schon, ich dachte, Sie wären seine Cousine."*

Nach der Tonsur und den niederen Weihen trugen wir das Priesterkollar oder den „Oratorianerkragen" mit schwarzem Pullover zum schwarzen oder dunkelgrauen Anzug. Wir bekamen auch eine Toga angepasst, die übrigens viel Geld kostete. Auch ein Birett gehörte zu unserer Ausstattung. Dies erfüllte uns alle mit Stolz, weil es unser Ansehen in der Stadt und beim Heimaturlaub erheblich steigerte. Zu Nikolaus hatte Heinrich Bücker damals ein Theaterstück geschrieben in plattdeutscher Sprache: „To'n eisten Moal in Swatt." Dieses Stück hat uns allen viel Spaß gemacht, es schilderte den Besuch des Theologen zu Hause zum ersten Mal in Priesterkleidung.

Eine starke Autorität hatte in dieser Zeit unser Spiritual Johannes Bours. Er bereitete uns die „Puncta meditationis" vor, die wir am

Ludger beim Studium im Priesterseminar, Flaggen und kleiner Globus zeigen seine Reisefreudigkeit.

Ausflug mit der Landsmannschaft Amisia, stehend v. l.: Heinrich Aertker, Clemens-August Schulze Zumhülsen, Hans Ludger, Clemens Röer, Josef Dufhues, Franz Aertker, Heinrich Kopowski; unten v. l.: Gerd Leve und Theo Heinermann

Abend vor dem Schlafengehen im Punktasaal in einem Vortrag hörten und mitschrieben. Anhand dieser Punkte (Stichworte) hielten wir am nächsten Morgen in der halben Stunde vor der Messe die Betrachtung. Nicht selten ist mancher hierbei eingeschlafen. Alle vierzehn Tage gingen wir zur Beichte. Das Kirchenrecht sagt zwar, der Theologe müsse „saltem semel in hebdomada" beichten, Hermann Heifort übersetzte auf gut münsterländisch: „alle vierzehn Tage". In Wirklichkeit hieß es wörtlich: „wenigstens einmal in der Woche". Es konnte dann während der Beichte in der Hauskapelle geschehen, dass das Glockenspiel vom Uhrengeschäft Nonhoff an der Rothenburg unweit vom Borromäum das Lied spielte: „Freut euch des Lebens". Bours hat mich als Priester lange als Beichtvater begleitet, ihm verdanke ich viel. Ich lernte auch seine Mutter im Seniorenheim in Emmerich kennen. Sie liebte

Sonntagsabends wurde oft Doppelkopp gespielt. V. l.: Theo Webbeler, Clemens-August Schulze Zumhülsen und Hans Ludger

ihren Priestersohn sehr, ich konnte das aus ihren Worten hören, wenn sie sagte: *„Der Sohn hat wieder geschrieben."* Die spirituelle Tiefe von Bours ist mir eigentlich erst viel später aufgegangen, als ich seine Bücher gelesen habe.

(Aufgezeichnet: 18. Juni 2004)

Meine Spiritualität

Studienwoche mit Prof. Dr. Ludger Veelken
für den Weihekurs 1964
vom 9. bis 14. November 2003 im Priesterseminar Münster

1. Meine Kindheit und Jugendzeit

Die täglichen Gebete waren in meiner Kindheit eine Selbstverständlichkeit und wurden ziemlich treu eingehalten.

Ich erinnere mich, dass ich schon als Kind am Morgen meiner Aufnahmeprüfung für das Gymnasium in Warendorf ganz persönlich um Bestehen der Prüfung gebetet habe.

Der Besuch der Messfeiern in meiner Heimatkirche St. Lucia Harsewinkel war für mich mehr ein Absitzen. Ich sang gern mit, aber Freude empfand ich nicht in der Kirche.

Eltern Katharina und Franz Ludger

Drei Brüder: Karl-Heinz mit Harmonika (existiert noch), Hans und Reinhard

Als ich Messdiener wurde, änderte sich dies, ich war beschäftigt und fühlte mich geehrt, dass ich den Dienst am Altar tun durfte.

Durch meine Fortschritte in Latein konnte ich als Jugendlicher schließlich im Schott einen Großteil der lateinischen Messtexte verstehen und schaute nur noch gelegentlich auf die deutsche Übersetzung im Schott.

Drei schicke Kerls …

Die drei wachsen heran …

Unser Haus von hinten. Alle Dächer habe ich mehrmals erstiegen.

Wir hatten in Harsewinkel Vikare, die den Choralgesang pflegten. Dies sprach mich sehr an.

Als Kind wuchs ich in einer Arbeiterfamilie auf, die eine kleine Landwirtschaft betrieb, eine Kuh, eine Ziege, fünf Schweine und fünfzehn Hühner, ein Hund und eine Katze. Wir hatten zu Hause nie viel Geld, hatten aber immer genug zu essen und zu trinken.

Der Kirchgang am Sonntag und manchmal auch an den Werktagen war eine Selbstverständlichkeit für uns.

Ich war Mitglied einer Jungschargruppe, Singen und Geländespiele, spannende Geschichten und Bücher lesen, auf Fahrt ge-

Mein Weg zur Kirche St. Luzia Harsewinkel

hen, meist noch mit dem Fahrrad, bedeuteten mir sehr viel. Ich wurde Jugendgruppenführer und bemühte mich, die Begeisterung für ein zünftiges Jungenleben auf die mir anvertrauten Jungen zu übertragen.

Besonders religiös war ich hierbei nicht. Auch als ich Jungen auf den Altardienst vorbereiten durfte, hat mich dies von der religiösen Seite her nicht besonders angesprochen.

Als Jugendlicher war ich Mitglied in der Kreuzschar, auf dem Bild helles Hemd und Lederhose.

Ich liebte die Lagerfeuerromantik (hat sich gehalten bis ins Alter).

Die körperliche Arbeit strengte mich weniger an als die geistige.

Gern feierte ich „Hausbälle" mit befreundeten Mädchen und Jungen.

Ich besuchte das Gymnasium Laurentianum in Warendorf und kam aufgrund meines Fleißes und meiner Gewissenhaftigkeit gut zurecht.

Ursprünglich war ich von Kindheit an ziemlich schüchtern, es fiel mir schwer, im Unterricht frei zu reden, anfangs habe ich sogar gelegentlich gestottert, was ich aber ziemlich überwunden habe.

Der Priesterberuf wuchs eigentlich durch die Jugendarbeit: Mit Jugendlichen zusammensein, etwas erleben, die Welt kennen lernen, das war meine primäre Motivation.

Wir hatten auf dem Gymnasium nach heutigen Begriffen einen schlechten Religionsunterricht. Als einer unserer Mitschüler den Religionslehrer bat, Gott einmal zu beweisen, hat er ihn vor die Tür gesetzt, für mich eine unvergessliche Situation. Da mich als Jugendlichen die tieferen Fragen nach dem Woher, Wohin und Wozu immer mehr interessierten, entschied ich mich, Theologie zu studieren, ein wenig auch aus Protest gegen den schlechten Religionsunterricht.

2. Studienzeit

Die Gemeinschaft mit Gleichgesinnten im Borromäum sprach mich sehr an. Mit den Betrachtungen von Spiritual Bours konnte ich nicht viel anfangen, nicht selten bin ich dabei eingeschlafen. Seine Bücher habe ich in späteren Jahren mit Gewinn gelesen, sie gehören zum festen Bestand meiner Büchersammlung.

Auf Karneval nimmt Spiritual Bours einen kräftigen Schluck. Rechts stehe ich.

Mit Heinz Althaus auf Schloss Schönbrunn in Wien.

Mit Clemens-August Schulze Zumhülsen unternahm ich als Sozius auf seiner Zündapp Fahrten in die nähere Umgebung.

Mit Hubert Herbig (links) wurde ich Mitglied der Unitas Reichenau.

Hier lernte ich auch, einen kräftigen Schluck aus dem Humpen zu ziehen.

Die Eucharistiefeiern im Borromäum haben mich geistlich sehr angesprochen. Ich war sogar Mitglied in einer Choral-Schola. Es wurde mir immer klarer, du wirst Priester.

Ich ging nach Freiburg in die Freisemester, verliebte mich ganz wunderbar in eine gleichaltrige Frau, die mich fast aus der vorgesehenen Bahn geworfen hätte. Aus den Augen aus dem Sinn, ich fasste durch intensives Studium in Münster wieder Fuß, es kamen die niederen Weihen, die ich noch problemlos anging.

Als wir dann schwarz trugen mit Kollar und so, musste ich eine tiefe Erschütterung meiner Berufungsgeschichte erleben: Ich hatte in der Auseinandersetzung mit exegetischen Fragen starke Glaubenszweifel, die ich nicht ertragen konnte. Meine Freu-

Pfr. Theodor Janssen hat mir viel Mut gemacht, er hielt mehr vom Beten als vom Wein.

Zwei Ferienlager auf Ameland machten mich für die Entscheidung zum Priestertum stabil.

de am Priesterberuf war dahin. Ich meldete mich vom Studium ab, war gekippt, wie wir das damals nannten. Je mehr ich mich jedoch vom Priesterberuf abwandte, desto schlechter ging es mir, ich konnte nicht mehr schlafen, begab mich in ärztliche Behandlung und vertraute mich meinem Heimatvikar an.

Persönlich studierte ich in der Bibel die Geschichten von berufenen Menschen und stellte fest, dass sie irgendwie alle das Laufen gekriegt haben, als sie erkannten, dass Gott etwas von ihnen wollte. Durch die Feier des Osterfestes in Harsewinkel gewann ich zaghaft wieder Vertrauen zu meinem begonnenen Weg und meldete mich im Priesterseminar wieder an. In unserem Kurs ist diese meine schwerste Lebens-Krise nicht besonders aufgefallen, einige wenige Mitbrüder haben es vielleicht gewusst.

Von nun an stellte ich mir in jeder Eucharistiefeier die Frage: Was spricht dafür, dass du Priester wirst, täglich fand ich eine positive, ermutigende Antwort. Ich wurde Tag für Tag ruhiger, konnte wieder schlafen, erfreute mich meines Lebens und ging den Weg mutig weiter. Als dann die Subdiakonatsweihe kam, sagte ich mir: Jeden Tag hast du dich positiv für das Priestertum entschieden. Diese Entscheidung ist richtig, also sprich ruhig dein Adsum. Du kannst vertrauen.

Ich ging ein halbes Jahr als Diakon nach Kleve zur Pfarrgemeinde Christus König.

Diese Zeit gehört zu den besten und unbeschwertesten Zeiten meines Lebens. Ich wurde vom Pfarrer, dem Kaplan und der ganzen Gemeinde mit offenen Armen und offenem Herzen auf- und angenommen. Es erfüllte mich mit großer Freude, dass eine volle Kirche mir bei meinen Predigten zuhörte und mir viele Leute wohlwollend zunickten.

Die Entscheidung zur Priesterweihe 1964 war dann kein Problem mehr.

3. Kaplan in Emmerich

Ich wurde Kaplan in St. Martini Emmerich, hatte einen fast 70-jährigen Pastor, der mich alles machen ließ, Anleitung zur Seelsorge bekam ich von ihm nicht. Jeden Sonntagabend machten wir ein oder anderthalb Flaschen besten Wein leer, ich lernte schwarze Zigarren rauchen (Schwarzwild) und brachte nach 22 Uhr, als die Haushälterin zur Nacht ruhte, seelsorgliche Fragen vor, was wir heutzutage Dienstbesprechung nennen.

Meine Ängste vor dem Priesterberuf waren in Emmerich wie weggeblasen. Im Gegenteil, alles machte mir Freude, vor allem auch die liturgischen Dienste. Das Predigen viel mir nicht schwer, ich bekam Anerkennung und Zustimmung. Das Beichthören war überwiegend ein angenehmer Dienst, wenngleich ich damals noch richtig in die Erfahrung des „Konfluxes" vor hohen Festtagen kam. Ich lebte in Treue mein geistliches Leben, fühlte mich als Kaplan sehr wohl.

4. Religionslehrer in Rheinhausen

1967 wechselte ich als Religionslehrer an die Berufsbildende Schule Rheinhausen war Stadtjugendseelsorger und hatte guten Kontakt zu den Jugendlichen. Ich hatte einen persönlichen freundschaftlichen Kontakt zu meinem Pastor Fritz Klümpen, mit dem ich sonntags oft längere Spaziergänge unternahm. Er war ein Gottsucher ein Leben lang, theologisch durchtrainiert, naziverfolgt, für mich ein guter Gesprächspartner, obwohl erheblich älter als ich.

Mein Glaube stützte sich damals auf rationale Argumente, ich glaubte an den Schöpfergott, hatte stichhaltige Argumente für den Glauben an die Auferstehung Jesu, die heute noch gelten und die ich gelegentlich überarbeite. Durch Fritz Klümpen stieß ich auf

Fritz Klümpen – nie habe ich einen Pfarrer erlebt, der so schallend lachen konnte.

Fritz Klümpen trug „das Kind im Manne" noch in sich.

die charismatische Erneuerung, die ich zunächst vehement ablehnte. In meinem Suchen nach Gott bin ich durch diese Bewegung enorm weitergekommen. Mein intellektuell gestützter Glaube wurde nun durch eine Fülle von Erfahrungen gestärkt. Ich bekam Zugang zu Gebetsgruppen, nahm an vielen Kursen teil, lernte viele Leute kennen,

St. Josef in Rheinhausen-Friemersheim

die auch diesen spirituellen Ansatz hatten. Dieser Ansatz ist sehr leicht zu beschreiben: Ich habe meine Taufe, Firmung und Priesterweihe immer wieder persönlich angenommen und bin bemüht, aus der Kraft dieser Sakramente zu leben. Der Geist Gottes ist hierbei eine Größe, die mein Leben stark prägt. Dies alles nahm in Rheinhausen seinen Anfang. Mit Fritz Klümpen hielt ich Glaubensseminare, in denen sich bei den Teilnehmenden viel tat. Mich beeindruckte die Fähigkeit der Leute, frei zu beten, die Atmosphäre an den Seminarabenden, die Freundlichkeit, so hatte ich mir Kirche immer vorgestellt.

In der Rheinhauser Zeit fuhr ich dreimal nach Taizé. Mich beeindruckte die Internationalität, die vielen Gespräche, das einfache Leben und in den Gottesdiensten vor allem die längere Stille.

Die Taizé-Lieder klingen mir noch heute in den Ohren und sind Bestandteil mei-

Mit jungen Leuten in Taizé

nes geistlichen Lebens. Ich wollte nach meiner Rheinhauser Zeit für ein Jahr in Taizé eintreten, was mir jedoch verwehrt wurde: Entweder ganz oder gar nicht, sagten die Mönche.

Was mich äußerst stark in meinem Suchen nach Gott fündig werden ließ, waren die Fußwallfahrten von Warschau nach Tschenstochau 1978, 1980 und 1981. Dreimal ging ich mit bis zu 50.000 Pilgern bei Wind und Wetter die 240 km in einer internationalen Untergruppe. Wir lebten äußerst einfach, teilten Brot und Milch, Gurken und Tomaten miteinander, feierten schon morgens um 5 Uhr die hl. Messe und waren um 6 Uhr schon wieder auf dem Pilgerweg. Ich erlebte auf einzigartige Weise Volk Gottes unterwegs.

Dieses Foto von mir in der Zeitung erzeugte in Geldern große Skepsis: „Der sieht ja aus wie aus dem Petrusheim."

5. Pfarrer in Geldern

Als ich Pastor in Geldern wurde, konnte ich diese Spiritualität fortsetzen. Viele Leute nahmen an den Glaubensseminaren im Meditationsraum der Kapuzinerkirche teil. Mein Herz war erfüllt von Dankbarkeit und Freude. Ich gründete eine Fußwallfahrt von Geldern zur hl. Adelheid nach Pützchen, das Beste, was ich je unternommen habe. Mit bis zu 50 Teilnehmern gingen wir zu Fuß achtmal den langen Weg von 180 km. Gottes Nähe auf dem Weg erfahren, aufbrechen, aufeinander angewiesen sein, einander beistehen in Wind und Wetter, Eucharistie feiern jeden Morgen in einer anderen Kirche, Kirche unterwegs. Wenn man mich fragt, wann warst du als Priester glücklich, dann war es ganz oft auf diesen Wallfahrten.

Ich spürte, es ist keine Theorie, Gott ist mit uns auf dem Weg. Dies galt es natürlich im Alltag in der Seelsorge zu realisieren. Ich lebte von der geistlichen Erfahrung der Wallfahrten, der Gebetsgruppen, der Glaubensseminare, der Gemeindegottesdienste, der vielen Schulgottesdienste mit wöchentlich über tausend Kindern und Jugendlichen. Das Bewusstsein: Du hast eine Botschaft zu verkünden, die dich trägt, die deinem Leben Saft und Kraft gibt.

In den Glaubensseminaren war die persönliche Beichte der Teilnehmenden ein wichtiger Bestandteil. Ich erfuhr, wie Männer und Frauen betend ihr Sündenbekenntnis vortrugen. Das veranlasste auch mich, betend den Zuspruch zu geben. Dies habe ich seither immer gemacht, wenn es sinnvoll war. Wenn ich den Zuspruch in Form eines freien Gebetes gebe, fühle ich mich geistgeführt und erreiche im Beichtenden die Mitte der Person, dort wo sich Glaube, Hoffnung und Liebe ereignen. Bis hierher kommt ein Psychologe wohl kaum, es sei denn, er hat etwas vom christlichen Glauben begriffen und er ist in seiner Therapie von der Gottebenbildlichkeit des Menschen überzeugt. Wir hatten in Geldern in den Achtziger Jahren viermal im Jahr immer vor den Schulferien den Schülerbeichttag in der Adelheidkirche. Bis zu 300 Kinder kamen damals. Zu vier Priestern haben wir Beichte gehört. Wenn Geschwister zur Beichte kamen, habe ich ihnen den Geschwistersegen gespendet: Wie ein Brautpaar saßen sie vor mir, gaben sich die Hand, ich habe beiden die Hände aufgelegt und sie gesegnet: dass sie sich mögen, vertragen, zu Hause mithelfen, die Eltern lieben, die anderen Kinder gernhaben und so weiter. Die Eltern fragten dann manchmal: *„Was haben Sie bloß mit unseren Kinder gemacht, die haben sich ja zwei Tage ganz toll vertragen!"* Ich muss heute gestehen, von all dieser traumhaften Beichterfahrung ist in Münster kaum noch etwas da. Hier ist die Beichte so ziemlich versickert. Es ist mir nicht gelungen, den Eltern deutlich zu machen, dass ich den Sinn der Kinderbeichte darin sehe, dass die Kinder lernen, sich kritisch zu sehen und vor allem anfangen, mit Gottes Hilfe an sich zu arbeiten. Es kann Eltern in der Erziehung ihrer Kinder nichts Besseres passieren, als wenn ihre Kinder anfangen, sich selbst zu erziehen. Die wirkungsvollere Reaktion auf die Pisastudie ist die Erkenntnis, dass im Bildungsgeschehen eine Motivation von Innen geschehen muss, eine Erhöhung des Leistungsdruckes bringt nicht den erhofften Erfolg in der Behebung der gegenwärtigen Bildungsmisere.

Als Pastor war ich in Geldern mit dem Kirchenvorstand zuständig für 60 MitarbeiterInnen, war geborenes Mitglied des Kuratoriums im Clemenshospital, es gab viele Probleme, die ich nur aus der Kraft des Glaubens packen konnte.

Herz-Jesu-Viertel in Münster

Herz-Jesu-Kirche in Münster

6. Pfarrer in Münster

Nach zwölf Jahren Geldern wechselte ich 1990 nach Herz Jesu Münster, ich wollte mich kleiner setzen, was mir gehörig misslang.

1994 starb mein Nachbarpastor von St. Elisabeth, Josef Schneider, drei Tage nachdem ich in seinem neuen Pfarrheim zum Dechanten für das Dekanat Münster-Mauritz gewählt worden war. Der Bischof schenkte mir daraufhin die Elisabeth-Gemeinde zusätzlich.

7. Fusionierung von Herz Jesu und St. Elisabeth

Bei meiner Einführung als Pfarrer von St. Elisabeth gab es außer dem offiziellen freundlichen Wort des PGR-Vorsitzenden kein Willkommenswort, keine Ermutigung. Das war ziemlich hart für mich. Ich konnte diese Situation nur spirituell verkraften.

St. Elisabeth in Münster

Einführung am 16. Oktober 1994 mit Kpl. Wilfried Theising in St. Elisabeth

Von Anfang an war mir klar, für mich ist es ein Unding, Pastor von zwei Gemeinden zu sein, die benachbart sind, von denen die eine aus der anderen hervorgegangen ist. Die vielen Sitzungen waren zeit- und kraftraubend, mit meinen engsten Mitarbeiterinnen, Kaplan und Pastoralreferentin arbeiteten wir an einer Fusionierung, die dann zum 1. Januar 2001 realisiert wurde.

Auf dem Weg dorthin gab es unendlich viele Konflikte bis hin zum Mobbing einiger KV-Mitglieder von St. Elisabeth gegen mich. Dies alles konnte ich nur durch ein geistliches Leben durchstehen. Ich ließ nie Hass in meinem Herzen aufkommen, habe auf Attacken gegen mich sachlich und liebevoll reagiert, meist alles schriftlich abgefasst und an die Opinionleader (Meinungsführer) der Gemeinde verteilt. Ich hatte die Idee: Du bist Pastor von Herz Jesu und St. Elisabeth, du musst mit dem Herz-Jesu-Motiv rechnen, dass man dir einen Stich in das Herz versetzt, warum soll es dir anders ergehen als dem Herrn. Oder das Elisabeth-Motiv: Die hl. Elisabeth wurde von der Wartburg vertrieben, auch dich wollen sie weghaben von St. Elisabeth, damit musst du leben.

8. Spirituelles Aufatmen – Freude am Priestersein

Dies hat sich seit der Fusionierung 2001 radikal geändert, es macht wieder Freude, Pastor zu sein. Das alles verdanke ich meinem spirituellen Werdegang, den ich heute so darlegen kann: Ich habe das unbedingte Vertrauen zum Herrn, fühle mich von ihm angenommen und in seiner Liebe oft überholt. Ich setze mich jeden Abend vor dem Schlafengehen in den Meditationsraum unseres Pfarrhauses und lasse den Tag Revue passieren, es gibt jeden Tag so viele Lichtpunkte, für die ich nur danken kann. Ungeschlagen ist natürlich die fast tägliche Eucharistiefeier. Es bedeutet mir sehr viel, dass es in der hl. Messe stille Zeiten gibt, vor allem im Verweilen in der Eucharistie. Dann sitzt die ganze Gemeinde und ist absolut still. Es spielt auch keine Orgel. Wir geben dem Herrn die Chance, zu uns zu sprechen. Es tut mir oft Leid, die Stille durch das „Lasset uns beten" abbrechen zu müssen.

Zur Stille muss ich eine schöne Geschichte erzählen, die ich vor ein paar Jahren mit Kommunionkindern erlebt habe. Ich fragte sie: *„Gibt es Jesus heute noch?"* *„Ja!"*, sagen sie. *„Wo ist er denn?"* *„Im Himmel und in unserem Herzen"*, antworten sie. *„Kann er denn noch zu uns sprechen?"* *„Eigentlich ja, wir wissen es nicht so genau."* *„Sollen wir mal ausprobieren, ob wir seine Stimme hören können?"* *„Ja, das ist toll."* *„Also, dann wollen wir alle einmal ganz still sein. Er spricht nämlich am ehesten zu uns, wenn wir still sind."* Alle Kinder sind darauf absolut still. Ich bete zum Herrn: Also, jetzt lass mich bitte nicht im Stich. Jetzt bist du dran. Ich sage zu den Kindern: *„Wer ihn hört, der zeigt bitte auf."* Niemand zeigt auf. Ich bete still: Blamier mich bitte nicht, es ist deine große Chance. Ein erster Finger geht in die Luft, ein zweiter, ein dritter, fast die ganze Klasse zeigt auf (25 Kinder). Ich sage: *„Wer nun sagen will, was er von Jesus gehört hat, lasse bitte seinen Zeigefinger oben, damit ich ihn oder sie drannehme."* Das erste Kind sagt: *„Zu mir hat er gesprochen: Du könntest in der Schule besser sein."* *„Dann weißt du jetzt, was du zu tun hast"*, sage ich. Ein zweites Kind sagt: *„Ich hörte ihn sagen: Du könntest dich mit deinem Bruder besser vertragen."* *„Das ist sicher von ihm, so spricht er nämlich"*, kommentiere ich. Das dritte Kind sagt: *„Zu mir hat er gesagt: Ich hab dich lieb."* Ich sage: *„Das sieht ihm ähnlich, darüber kannst du sehr froh sein."* Ich denke, dass im Prinzip die Stimme Gottes zu uns Erwachsenen ähnlich spricht. Wenn es uns gelingt, diese lebendige Beziehung zum Geist Gottes zu wecken und die Leute hierfür zu sensibilisieren, dann wird der Glaube erst richtig lebendig und interessant. Wenn ich mich bei der Verabschiedung von meiner Gemeinde in einigen Jahren für etwas bedanke, dann ist es das Annehmen der Kommunion-Stille, die viele Leute begriffen haben.

9. Spirituell fündig geworden

In meinem Suchen bin ich auf vielfältige Weise fündig geworden. Ich begegne dem Herrn in der Kraft seines Geistes im alltäglichen Leben. Ich gehe jede Woche in die Kindergärten, erzähle den Kindern anhand eines Bilderbuches biblische Geschichten, ein Blick in die Augen der Kinder ist ein Blick in das Reich Gottes. Fast täglich feiere ich die Eucharistie mit der Gemeinde, einmal in Herz Jesu, sodann in St. Elisabeth. Dies ist durch den kleinen Gottesdienstraum, den wir in beiden Kirchen haben, immer spirituell sehr wohltuend. Die Kelchkommunion ist auch in unseren Werktagsmessen eine Selbstverständlichkeit. Unser fähiger Kirchenmusiker versteht es, mit der Musik geistliche Erfahrungen zu wecken. Er hat für den Gemeindegesang ein neues Liederbuch mit traditionellen und modernen Liedern zusammengestellt. Die Kirchenmusik ist unverzichtbar, sie bringt das Mysterium Gottes in einer Tiefe zum Ausdruck, wozu die Sprache nicht in der Lage ist.

Gott ist ein schöpferischer Gott, er schenkt gute Ideen, dies ereignet sich häufig in der Kommunion-Stille oder in anderen Zeiten des Gebetes. Manchmal werde ich nachts wach, bekomme eine Idee geschenkt, an die ich am Tage nicht gedacht habe.

Ich leide wenig unter Schlaflosigkeit; gehe abends um 11 Uhr zu Bett, stehe morgens um 6 Uhr auf und schlafe mittags eine gute Stunde. Wenn mich mal Schlaflosigkeit plagt, bete ich einfach die Worte Jesus Christus und finde dann bald den Schlaf wieder.

Die modernen Medien bedeuten mir viel. Ich informiere mich über das politische Geschehen durch die Nachrichten des ZDF, lese täglich den Newsletter von Radio Vatikan, bin seit 40 Jahren Bezieher von *Christ in der Gegenwart* und *Publik Forum*, die ich in manchem zu negativ finde. In meinen Predigten nehme ich lockeren Bezug zu tagespolitischem Geschehen, ich predige frei, habe die Predigten total schriftlich formuliert, habe das Manuskript nicht auf dem Ambo liegen, gebe die schriftliche Fassung Schwerhörigen und Leuten, die mich auf die Predigt ansprechen. Das freie Sprechen einer Predigt macht mir viel Freude, ich arbeite weiter daran. Die Leute sagen, das müssen sie unbedingt so weiter machen. Manchmal werde ich während des Predigens inspiriert, habe eine Idee, die ich bei der Vorbereitung nicht hatte. Manchmal fühle ich mich vom Geist in der Predigt geführt, das ist eine wunderbare geistliche Erfahrung.

10. Die täglichen Geburtstagsanrufe

Was ohne die Begegnung mit den Charismatikern nicht denkbar wäre, ist die Idee vom telefonischen Anruf der Geburtstagskinder unserer Gemeinde. Seit zweieinhalb Jahren rufe ich täglich alle Geburtstagskinder unserer Gemeinde an. Unsere Pfarrsekretärin Rita Frericks holt jeden Tag die Geburtstagsliste aus dem Computer, ermittelt die Telefonnummern von der CD-Rom, so dass ich nur noch telefonieren muss. Die Angerufenen freuen sich oft sehr über meine Glückwünsche. Bei Älteren biete ich einen persönlichen Segen an. Hiervon sind die Geburtstagskinder häufig sehr ergriffen, dass sie sich überschwänglich bedanken: „*Das ist mein schönstes Geburtstagsgeschenk.*“ Der Segen sieht meist so aus: „*Der Herr segne und behüte dich … er schenke dir Gesundheit, Lebensfreude auch im Alter, Dankbarkeit für alles Gute, das du in deinem langen Leben erfahren durftest, Dankbarkeit auch für das Schwere, bei dem er dich nicht allein gelassen hat, und er schenke dir das Bewusstsein, dass du in seinen guten Händen geborgen bist, was auch immer geschieht. Das gewähre dir der gute und treue Gott …*“

11. Segen und freies Gebet

Mit dem Segen habe ich viele gute Erfahrungen gemacht. Zum Herz-Jesu-Fest laden wir die Gemeinde ein, sich persönlich segnen zu lassen. In drei Segnungsteams haben wir schon bis zu 1 ¼ Stunden die Leute in ihren verschiedenen Anliegen gesegnet. Bei allen Segnungen ist auch der Segnende reich beschenkt. Hier ist die geistliche Dimension meines Daseins geradezu mit Händen zu greifen.

Beim letzten ökumenischen Kirchentag habe ich mit einem evangelischen Mitbruder in einer Gruppe von 50 Segnungsteams ungezählte Leute gesegnet. Dies war eine tiefe Erfahrung von geistlicher Einheit auch zwischen den Konfessionen. Davon ist nach dem Kirchentag zu wenig berichtet worden.

Was spirituell im kath. Lager nicht eingeübt wird, ist das freie Beten. Hierzu möchte ich etwas ausführen: Es gibt viele Situationen, in denen spontanes geistgeführtes Gebet sehr hilfreich ist: Eine schlimme Nachricht wird mir mitgeteilt, ich bekunde meine Anteilnahme und spreche, wenn es angebracht ist, ein kurzes freies Gebet. Ich zeige den Kindern im Kindergarten eine Bilderbuchgeschichte, danach falten wir die Hände, ich spreche halbsatzartig frei ein Gebet, das die Kinder engagiert nachbeten, etwa so: Lieber Gott, du hast alle Menschen lieb (Kinder wiederholen) – besonders die Kinder – du bist unsichtbar – aber du hast dich sichtbar gemacht – in Jesus – er ist dein Sohn – er zeigt uns, wie du uns liebst ... Über das Gebet kann ich schon einige Glaubenswahrheiten den Kindern verkünden. Dies prägt sich in ihrem Herzen tief ein, sie nehmen es auf wie die Festplatte eines Computers Inhalte aufnimmt.

Bei der Einschulung der Kinder stellen sich die Kinder auf die unterste Stufe des Altars und schauen die Eltern an. Ich segne die Kinder namentlich, sie flüstern mir ihren Namen ins Ohr, ich lege ihnen die Hände auf und sage, etwa so: *„Michael, Gott hat dich lieb, er segne dich."* Den Eltern sage ich: *„Wenn ich ihr Kind segne, können Sie ein kurzes Gebet sprechen: Guter Gott, hab Dank für unser Kind, hilf ihm in der Schule, schenke ihm Freude beim Lernen, lass es jeden Tag gesund wieder nach Hause kommen."* Diese Gottesdienste sprechen auch Eltern an, die ihren Kontakt zu Kirche und Glauben längst haben ruhen lassen.

12. Trauungen

Freude bereitet allen auch immer bei Trauungen der Brautleutesegen. Ich bitte die ganze Gemeinde die Sicherheit der Kirchenbänke zu verlassen und in die Nähe des Brautpaares zu kommen. Wenn ich das Jawort erfrage, können alle Eheleute und noch nicht verheirateten Partner die Hand ihres Part-

Trauung in Herz Jesu Münster

ners ergreifen und sie ein wenig drücken, bis der Brautleutesegen zuende ist. Das soll heißen: Ich hab dich noch immer lieb, wie gut, dass wir uns gefunden haben, ich werde dich niemals verlassen. Gott möge erneut mit seiner Liebe Einzug halten in unsern Ehebund. Ich höre dann immer ein positives Echo nach der Trauung, etwa: der hat uns ja alle neu verheiratet. So etwas haben wir noch nie erlebt.

In meiner Trauansprache sage ich: *„Wir feiern heute das Jawort Gottes zu diesen Brautleuten, das die Voraussetzung ist, dass sie einander das Jawort schenken. Wir alle sind von Gott bejaht, Sie können es mir glauben, auch ich fühle mich von Gott bejaht.“* Ich gebe dem Brautpaar die Anregung, Gott in seine Beziehung hineinzulassen, sozusagen ihn als Dritten im Bunde zuzulassen. Das geschieht konkret, wenn sie mal gemeinsam eine Kerze in der Kirche anzünden, gemeinsam beten, die Eucharistie mitfeiern. Ich schildere, wie ergreifend es ist, wenn junge Eltern ihr Kind beim Kommunionempfang dabeihaben und ich es segne. Das ist ein starkes Zeichen von der Anwesenheit Gottes im Ehebund, in der Familie.

Im Traugespräch sage ich sogar, dass ich einige Male eine tiefe, spirituelle Beziehung zu einer Frau aufgeben musste, um ihre Ehe nicht zu gefährden. Ich bin überzeugt, dass die partnerschaftliche Spiritualität der Eheleute die Ehe stark festigt. Eine Ehe mit Gott ist in Krisen stärker, ist phantasievoller, in der Sexualität rücksichtsvoller, zärtlicher, glücklicher als eine Ehe, die von Gott, Gebet und Spiritualität nichts kennt.

Im Sommer durfte ich für einen Mitbruder einspringen in einem Exerzitienkurs für Familien bei der geistlichen Gemeinschaft „Familien mit Christus“ in Heiligenbrunn in Bayern. Hier konnte ich miterleben, dass es tatsächlich Ehepaare gibt, die diesen Entwurf von Ehe und Familie praktizieren. Die Gruppe bestand aus 80 Personen, mehrere Eltern hatten fünf, vier oder drei Kinder.

13. Zölibat

Ich sehe meinen Zölibat so: Ich bin von Ehe und Familie freigestellt, um den Bund mit Gott spirituell zu leben und als Priester den Dienst der Verkündigung zu tun, Zeugnis zu geben von meiner Gottesbeziehung und so den Eheleuten zu helfen, eine tiefe Beziehung zu Gott aufzubauen. Er führt beide Partner immer wieder zueinander, da er ein Gott der Einheit und der Liebe ist.

Ich halte den Zölibat in meinem Beruf als Gemeindepfarrer für sinnvoll, wenngleich der Verzicht auf Ehe und Familie ein Verzicht bleibt. Hermann Heifort sprach in den Hausstunden im Borromäum öfter von der Ganzhingabe des Priesters. Es klingt hochtrabend. Aber ich wüsste nicht, wie ich Familie und Gemeinde unter einen Hut bringen sollte, wenn ich bei meinen Verwandten und in unserer Gemeinde sehe, was Väter und Mütter leisten müssen, wenn die Kinder einigermaßen auf Spur bleiben sollen. In der Spiritualität liebe ich das Geführtwerden durch den Geist Gottes. Er schenkt mir gute Ideen, gibt mir Impulse für die tägliche Arbeit, eigentlich für alles. Als Familienvater würde ich ständig im Konflikt leben: Engagiere dich für die Gemeinde, tue was für deine Familie, zeige deiner Frau und deinen Kindern, dass du ein Herz und Zeit für sie hast. Dies hielte ich für mich als Gemeindepfarrer für eine Überforderung. In meiner Rheinhauser Zeit war ich mit mehreren ev. Pfarrerehepaaren befreundet, hier musste ich schmerzlich miterleben, wie ihre Ehen scheiterten. Ich denke, man kann nicht alles haben. Ich fühle mich in meinem Leben jedenfalls nicht benachteiligt, finde meinen gewählten Beruf sehr spannend, manchmal geht es bis an die Grenze des Zumutbaren und darüber hinaus, aber auf das Ganze gesehen könnte ich mir nichts Interessanteres vorstellen als den Priesterberuf. Ich habe keine Bedenken, das Projekt „Viri probati" zu befürworten. Wenn die Kinder aus dem Haus sind und auf eigenen Füßen stehen, könnten Männer, die sich berufen fühlen, zu Priestern geweiht werden.

Bei der Priesterweihe der Frauen halte ich es für das Einfachste, dem Papst zu folgen. Ob sich dies aber in Zukunft halten lässt, ist für mich eine Frage, die wir hier zulassen sollten. Die Frauen, die so vehement im Priesteramt eine Machtposition sehen und es aus diesem Grund anstreben, halte ich für völlig ungeeignet, Männer dieses Typs sind ebenso ungeeignet. Meine Berufungsgeschichte hat jedenfalls mit Zaghaftigkeit und Angst zu tun. In meiner Studienzeit wäre ich dankbar gewesen, wenn mir jemand klipp und klar gesagt hätte: Du bist für das Priestertum nicht geeignet. Ich wäre einen anderen Weg gegangen. Aber niemand hat mir gesagt, ich sei nicht geeignet oder ich sei geeignet, ich musste meinen Weg mit Gottes Hilfe allein finden. Ich möchte auch heute die Macht, die ich habe, gern abgeben, um nur noch geistliche Vollmacht zu haben, die jedoch auch ganz dicht am Kreuz angesiedelt ist. Die Macht der Frau ist ihr Charme, ihre Intuition, ihre Schönheit und ihr unwiderstehlicher Blick. Ich bin mir sicher, dass viele Entscheidungen in der Kirche auch heute von Frauen getroffen werden, ich habe jedenfalls unter den Frauen gute Beraterinnen, die vieles ganzheitlicher sehen und aus tiefer Spiritualität heraus denken und urteilen. Vielleicht sollen die Frauen deswegen keine Priesterweihe bekommen, weil sie im Grunde geeigneter sind als wir Männer, sie würden mit ihrer Überlegenheit die Männer vollends aus der Kirche vertreiben. Es gibt ja jetzt schon das Phänomen von Frauenaktivitäten in den Gemeinden, bei denen Männer nicht erwünscht sind.

Ich muss noch etwas über meinen Lebensstil sagen. Seit ich Priester bin, habe ich das Glück gehabt, immer eine gute Zugehfrau zu haben. In Rheinhausen, Geldern und Münster hatte und habe ich eine Haushälterin, die treu für mich sorgt. Wir beten morgens um 6.45 Uhr gemeinsam die Laudes, dann gibt es Frühstück, Zeitunglesen und um 8 Uhr sitze ich schon im Arbeitszimmer und plane den vor mir liegenden Tag. Wir haben einen gepflegten Esstisch morgens, mittags und abends, Kaplan und Afrikaner sind mittags dabei, wir können auch schon mal Gäste zum Essen einladen. Meine Haushälterin Franziska Diepers hat alle Freiheiten, sie kann soviel Urlaub machen, wie sie möchte, so viel telefonieren wie sie möchte, so viel mit dem Auto fahren, wie sie möchte. All dies nutzt sie nicht aus. Am liebsten ist sie im Pfarrhaus und unterstützt auch das Pfarrbüro in vielen Dingen. Ich weiß, dass es diese Art von Frauen fast nicht mehr gibt. Da ich in der Leitung von zwei Gemeinden bis zur Fusionierung viel verkraften musste und beobachte, dass die Situation von uns Priestern schwieriger wird, bin ich der Meinung, dass die Kirche dies Problem lösen muss. Ein Schritt nach vorne wäre die Weihe von verheirateten „Viri probati" zum Priestertum, außerdem müsste auch unser Bistum dazu übergehen, Pastoralreferent/-innen die Leitung einer Gemeinde anzuvertrauen. Ein Priester und mehrere Gemeinden ist einfach eine unzumutbare Überforderung.

14. Schlusswort

Als 65-jähriger Pfarrer kann ich sagen: *„Die Entscheidung zum Priestertum habe ich keine Sekunde bereut, es war vor allem in den Jahren zwischen 1994 und 2001 oft sehr schwer, aber Gottes guter Geist hat mich nicht im Stich gelassen. Ich habe das Vertrauen, dass er mich auch weiterhin führen wird.“*

Münster, den 15. Oktober 2003, dem Hochzeitstag meiner Eltern, als ich auf 25 Jahre Pfarrersein zurückblicken konnte.

Alle Blumen und Tiere in diesem Buch fotografierte Hans Ludger im Jahr 2008 im Pfarrgarten von Marbeck – sie sind eine unübersehbare Spur der schöpferischen Phantasie Gottes.

Diakonat in Christus König

Kleve 1963

Nach den Osterferien 1962 habe ich mir ein Herz gefasst und mich entschieden, ins Priesterseminar in Münster einzuziehen. Zuvor musste ich erleben, dass es mir immer schlechter ging, je mehr ich mich von meiner Berufung zum Priester entfernte. Ich studierte alle Propheten aus dem Alten Testament und die Berufungsgeschichten des Neuen Testamentes: Bei allen fand ich Angst und Scheu, den Ruf anzunehmen. Ich nahm mir jeden Tag bei der hl. Kommunion die Zeit, mir die Frage zu stellen: Was spricht eigentlich dagegen, Priester zu werden? Immer wieder bekam ich den Impuls: Nichts! Gehe nur vertrauensvoll diesen Weg.

Ich empfing ohne Probleme die Subdiakonats- und Diakonatsweihe im März 1963. Um mich praktisch auf den Priesterberuf vorzubereiten, machte ich ein halbjähriges Diakonat in der Gemeinde Christus König in Kleve. Die Zeit in Kleve hat es mir schließlich leicht gemacht, bei der Priesterweihe „Adsum" zu sprechen, das heißt: Ich bin bereit!

Folgende Erfahrungen waren für mich wertvoll: Die freundliche Atmosphäre im Pfarrhaus mit Pastor Theo Janssen und Kaplan Peter Janssen – die gemeinsamen Mahlzeiten – die freundliche Haushälterinnen Frl. Lena (sie handarbeitete für mich ein Rochett, das ich noch immer benutze) und Frl. Margret Brinkhaus – die Volksschule – der Gitarrenkurs – die Hauskranken – zwei Amelandlager am Koiplaats von je drei Wochen Dauer – die Gottesdienste – es war für mich ein Urerlebnis, als die Gemeinde bei meiner ersten Predigt wirklich zuhörte. Ein weiteres aufregendes Erlebnis kann ich nicht vergessen:

Wir unternahmen mit der Oberklasse der Volksschule für ein paar Tage eine Fahrt nach Koblenz zur Jugendherberge Ehrenbreitstein. Wir machten einen Tagesausflug mit dem Dampfer von Koblenz zur Marxburg. Wir besichtigten die Burg und wanderten durch den Wald wieder nach Koblenz zurück. Im Wald tauchte plötzlich die Frage auf: *„Wo ist eigentlich der Peter?"* Peter fehlte! Lehrer Kaup fragte: *„Wer hat Peter gesehen?"* Einige sagten: *„Zum letzten Mal auf dem Schiff."* Wo war Peter geblieben? Wir wussten es nicht. Nun gab es eine große Aufregung. Die Polizei wurde benachrichtigt. Sie setzte alles in Bewegung, das Rheinufer wurde abgesucht, die Marxburg auf den Kopf gestellt, Schächte und Stollen abgesucht. Peter tauchte nirgends auf. Als wir abends in der Jugendherberge ankamen, dauerte es nicht lange, da tauch-

Primiz von Hans-Karl Seeger (v.r.): Hans Ludger, Pfarrer Theo Janssen, Primiziant Hans-Karl Seeger, ganz links Parrer Fritz Leinung

te Peter fröhlich und unbeschwert auf. Was war geschehen? Als wir an der Marxburg das Schiff verließen, war Peter mal eben auf die Toilette gegangen. Genau in dieser Zeit legte der Dampfer an, wir stiegen aus und Peter war noch an Bord, als das Schiff seine Fahrt fortsetzte. Peter war ganz verdattert, weinte ein bisschen, bis ein freundlicher älterer Herr sich seiner annahm. „*Nun wein man nicht!*", sagte er, spendete ihm eine kräftige Erbsensuppe und kümmerte sich den ganzen Tag freundlich um den Jungen. Beide machten die ganze Schiffstour und kehrten am Abend mit dem Schiff nach Koblenz zurück. Peter hatte einen schönen Tag gehabt, weder er noch sein Gönner kamen auf die Idee, welche Sorgen wir uns wohl machten, da ein Junge aus unserer Gruppe fehlte. Wie leicht hätte man vom Schiff aus die Polizei verständigen können. Peter wurde nicht bestraft, wir waren viel zu glücklich, ihn wieder zu haben.

Diese positiven Erfahrungen machten es mir leicht, noch für sieben Monate ins Priesterseminar zu gehen. Ich wusste: Priester werden ist für mich keine Frage mehr. So ging ich mit großer Freude und innerer Sicherheit auf den Tag der Weihe zu.

Treffen der Harsewinkeler Priesterstudenten und Priester 1963 in St. Luzia (v.l. in einer Reihe): Küster Heinrich Lübbering, Vikar Hans Hageböck (der Retter meiner Berufung), halb zu sehen: Reinhard Wenner, Michael Kirchner, Hans Ludger, Dechant Theodor Markfort, Pater Markus Deppenwiese OFM, Prälat Adolf Lücke (er hat in Stadtlohn vielen Jungen Latein beigebracht und sie für den Priesterberuf begeistert), Pfr. Holländer, Hermann Schürmann, Pfr. Franz Lammerding, Pfr. Karl-Gerd Haggeney, Vikar Hermann Kamphaus, Kpl. Alois Menke

Verkündigung mit religiösen Chansons und geistlichen Liedern

Veröffentlicht in der Zeitschrift „Unsere Seelsorge" im Bistum Münster 1963

Dieser Beitrag enthält einige Erfahrungen, die ich in meinem halbjährigen Diakonat 1963 in der Pfarrgemeinde Christus König in Kleve gemacht habe. Er soll einen kleinen Überblick geben über religiöse Chansons und geistliche Lieder zur Anregung für Jugendarbeit und Katechese.

Begeisterung in der Volksschule

In einer Vertretungsstunde nahm eine Mädchenoberklasse das Chanson „Einst kommt der Herr zurück" (Le Seigneur reviendra) von P. Aimé Duval mit wahrer Begeisterung auf. Ein ähnliches Echo erlebten die Chansons von Duval in der Führerrunde der Mannesjugend und auf Gruppenabenden. Der Kontakt zu den Jugendlichen war durch diese Lieder schnell hergestellt und der Boden bereitet für ein Schriftwort und Schriftgespräch.

Ein Gitarrenkreis wird gegründet

Es ließen sich Jugendliche gewinnen für einen Gitarrenkreis. Wir fingen an mit fünf Jungen. Einige konnten schon etwas Gitarre spielen, die meisten waren Anfänger. Dieser Kreis wuchs allmählich an zu einer Gruppe von 20 Jugendlichen, die auch aus den umliegenden Orten kamen. Nach drei Übungsabenden konnten einige schon ein Chanson von Duval begleiten, das gab ihnen Mut, durchzuhalten. Wir haben viel gesungen, auch Volkslieder und Spirituals; es war ein Schwung in diesem Kreis, wie man ihn der heutigen Jugend kaum zutraut.

Andacht mit rhythmischen Liedern

Wir wussten, dass P. Duval seine Lieder nicht für den Kirchenraum geschaffen hat, und doch gefielen uns einige Chansons von ihm in ihrer religiösen Aussage und modernen Rhythmik so gut, dass wir überzeugt waren, sie auch in der Kirche singen zu dürfen. Unser Kreis hatte ein konkretes Ziel: Die Vorbereitung einer Chanson-Andacht. Die Chansons „Einst kommt der Herr zurück", „Ich hab' euch auf dem Marktplatz mit der Flöte aufgespielt" und „An die Tür klopft der Herr dir ohne Ruh" wurden eifrig geprobt, die zehn besten Gitarristen sollten sie in der Andacht von der Orgelbühne aus begleiten. Vor der Andacht wurden einige einführende Wort an die Gemeinde gerichtet, vor den Chansons die passende Lesung aus dem NT vorgetragen, und wir beteten aus dem Laudate entsprechende Gebete. Die Gläubigen sangen den Refrain der Chansons begeistert mit; und selbst die Älteren schlugen vor, solch eine Andacht solle man doch öfter halten. Alle nahmen die Liedtexte mit nach Hause und haben die Melodien sicher noch manchesmal vor sich hingesummt.

Lieder für den Werktag

Genau das ist das Anliegen der Chansons von P. Duval, P. Cocagnac und Seur Sourire. Gewiss, wir singen mit einiger Begeisterung unsere Kirchenlieder. Aber denkt wohl jemand daran, im Alltag auf dem Weg zur Arbeit die Melodie eines Kirchenliedes zu pfeifen? Diese Lieder sind zu einem großen Teil Kunstlieder, sie entstammen einer anderen Zeit und einem anderen Lebensgefühl und haben dennoch auch heute ihren Wert, dass wir sie im Gottesdienst singen können. Aber leider werden sie nur da gesungen. Sie sind ein Bestandteil des Sonntags und dringen nicht hinaus in den Werktag, in das konkrete Leben. „So manifestiert sich auch in der Musik die Zweigleisigkeit des heutigen Christen: Sonntags- und Werktagschristentum. Religion wird immer mehr Sache des Sonntags, Sache des sakralen Raumes. Sie durchdringt nicht mehr den Alltag" (Matthias Wögerbauer: „Aimé Duval in Katechese und Jugendarbeit", in: Katech. Blätter 1963, Heft 1, S. 22).

Aimé Duval versucht durch seine Chansons in zeitgemäßer Sprache und Melodie die Fragen des modernen Menschen, der im Alltag sein Christsein verwirklichen muss, zu beantworten. Man spürt in diesen Chansons den Seelsorger, dem es darum geht, dass das Wort Gottes bei den Menschen unserer Zeit ankommt.

Pater Aimé Duval, der Priester

Lassen wir P. Duval selbst einiges über seine Lieder sagen. Auf einer Pressekonferenz fragte man ihn:

„Glauben Sie, dass sich das Leben eines Chansonsängers mit dem Priesterberuf vereinbaren lässt?"

P. Duval: *„Ja, der Priesterberuf bedeutet: unterweisen, verkünden. Meine Chansons sind Ausdruck meiner christlichen Weltanschauung. […] ich glaube, ich habe eine gute Definition dafür: sie sind eine christliche Auseinandersetzung mit den konkreten Zuständen der Menschheit."*

„Halten Sie ein Apostolat mit Hilfe der Chansons für wirksam?"

P. Duval: *„Ja, denn ein Chanson hat Eigenschaften, die einer Predigt fehlen. Meine Chansons stellen keine Wahrheiten dar, die auf autoritäre Weise eingehämmert werden. Sie sind Zeugnis der Freude über das, was ich als wahr erkenne: die Einheit der Welt, Gott in den Dingen, die Hoffnung in der Welt und so fort. Ein anderer Vorteil: Meine Chansons sind Predigten, die besser ‚ankommen', weil sie gesungen werden. Besingt man einen Gedanken, so liebt man ihn, und so wird es leichter, diesem Gedanken auch bei anderen Menschen Achtung zu verschaffen. Kurzum, meine Lieder argumentieren nicht, sie legen einfach Zeugnis ab, sie sind ein Zeugnis meiner Freude."*

(Jochen de Roey: „Pater Duval und das religiöse Chanson", S. 36 – 37 Manz-Verlag, München)

P. Duval legte dieses Zeugnis in den großen Konzertsälen Europas vor vielen hunderttausend Menschen ab, er ging aber auch in die verrauchten Kneipen und fand mit seiner gesungenen Botschaft Zugang zu den Herzen der Menschen.

Schallplatten von Duval in französisch und deutsch

Seine besten Chansons sind auf Schallplatten in französischer Fassung im Christophorus-Verlag, Freiburg erschienen. Die neueren Chansons, zum Teil mit Orchesterbegleitung, liegen vor auf einer Platte von Bel-Air. Um die französischen Chansons P. Duvals möglichst vielen zu erschließen, hat P. Anton Hüren SJ mit einem Arbeitskreis die schönsten Lieder ins Deutsche übertragen. Das Ergebnis dieser Arbeit, die Chansons von P. Duval in deutsch-französischer Fassung mit Noten und Gitarrenbegleitung ist erschienen im Otto-Müller-Verlag, Salzburg. P. Hüren entschuldigt die Übersetzer, indem er sagt, der Charme des französischen Klanges könne im Deutschen kaum wiedergegeben werden. *„Dennoch"*, sagt er, *„geht es um die vielen, die der fremden Sprache nicht mächtig sind und trotzdem singen wollen."* Im Nachwort von Prof. Karl Rahner SJ findet sich eine liebenswürdige Zurechtweisung an jene Hörer, die sich durch (beabsichtigte oder unbeabsichtigte) Sentimentalität in P. Duvals Lieder gestört fühlen könnten: *„Es ist billig, etwas schnell als ‚sentimental' vor sich und anderen schlecht zu machen. Man sollte sich aber vor dem Gefühl nicht fürchten. Das hat eigentlich nur der nötig, der zu wenig Verstand hat. Die anderen könnten ruhig den Mut haben, ‚sentimental' zu sein, d. h., der ursprünglichen Regung des Herzens zu vertrauen."*

Beispiele

Es würde den Rahmen dieses Beitrags übersteigen, alle Chansons von P. Duval zu nennen und kurz zu charakterisieren. Es sollen nur einige angeführt werden, die bei der Jugend besonders gut ankamen. Das schon erwähnte „Einst kommt der Herr zurück" spricht von der Wiederkunft des Herrn am Jüngsten Tage, die jeden Augenblick erfolgen kann. Es geht in diesem Lied um das Wachsein und Bereitsein für diese Stunde. „... und träume nicht, dein Glück zu finden fern von seinem Licht!" Wir haben dieses Lied oft in der Schule am Schluss, und im Jugendlager auf Ameland gesungen.

P. Duval besingt auch im Lied von der Nacht (La nuit) das Wachsein. Er denkt dabei an die Menschen, die nachts nicht schlafen dürfen, an den Arbeiter, der Nachtschicht hat, den Krankenwärter, den Eisenbahner und an die, die Einsamkeit und Sorge nicht schlafen lassen. „Warum, o Herr, so frage ich dich bange, warum währt denn die Nacht so lange?" In den schlaflosen Nächten begegnet diesen Menschen Gott als Freund, der alles geschaffen und alles mit uns geteilt hat, die Weihnachtsnacht, die Nacht am Ölberg und die Nacht der Auferstehung.

Besonders gern singt die CAJ das Lied von der Straße mit dem langen Zaun (Rue des Longues-Haies). Solche Straßen gibt es überall, wo zwischen Fabriken müde und einsame Menschen hausen. Ein Weber kehrt heim von seiner Nachtschicht, und es ist Christus, der uns in diesem Arbeiter begegnet, wir brauchen ihn nicht in „Wolkenhöhen und Himmelsweiten" zu suchen.

Aus einigen Chansons spricht das kindliche Vertrauen des Menschen zum Vater, so in „Gott, du mein Gott" (Comme un gran). „Gott, du mein Gott, ich bin ja dein Kind, drum mein Herz vor Freude singt." Hier leuchtet etwas auf von der Geborgenheit in Gott, wie sie uns noch in den Chansons von Seur Sourire begegnen wird.

Übersetzung in singbarer Sprache

Diese Chansons sind im ersten Textheft von P. Hüren enthalten. Derselbe Arbeitskreis übersetzte auch die neueren Lieder Duvals. (Platte Bel-Air) und gab das deutsch-französische Textheft mit Noten ebenfalls im Otto-Müller-Verlag heraus. Die meisten Chansons dieser Platte haben Orchesterbegleitung, ein modernes Schlagerarrangement und verlangen eine anspruchsvollere Gitarrenbegleitung. Sie setzen die bisherige Thematik fort. In „Wohlan mein Herz" (Allons mon ame) geht es wieder um die Freundschaft mit Christus, mag der Weg zu ihm auch manchmal schwer sein. – Im Alltag meinen wir oft, Gott sei fern von uns. Doch in Christus ist Gott Mensch geworden und weiß wie das Leben ist. Darum können wir ihm vertrauen, so im Chanson: „Wie bist du fern von mir, mein Gott (Que tu es loin). Dem Armen ruft P. Duval in dem Lied „Bruder mein" (Monsieur, mon frére) zu: „Armer Bruder du, ganz ohne Hab' und ohne Gut: hüte deiner Hoffnung Glut!".

Duval, Pionier des religiösen Chansons

Dieser Überblick über einige Chansons von P. Duval kann nur andeuten, worum es in diesen Liedern geht. Wir sind in der Zusammenstellung von Duval ausgegangen, weil ihm das Verdienst gebührt, das religiöse Chanson für unsere Zeit wieder erweckt zu haben. Denn diese Liedgattung wurde schon in früheren Jahrhunderten gepflegt, so von Orlando di Lasso (1532 – 1594) und Teresa von Avila. Mittlerweile ist es still geworden um P. Duval. Man hört nichts mehr von seinen Konzerten, und es erscheinen auch keine neuen Platten von ihm. Das einmal Aufgebrochene fällt aber nicht in sich zusammen, es wird von anderen Chansoniers weitergeführt.

Der Dominikaner P. Cocagnac biblisch, humorvoll

So erfreuen sich die Chansons von dem Dominikaner P. Cocagnac bei den Kindern großer Beliebtheit. Dieser Chansonsänger ist Mönch und Architekt. In seinen Chansons nimmt er in der Hauptsache Bibelstellen zum Thema, die er in humorvoller Weise, das ist das Neue gegenüber Duval, besingt. Ein Journalist fragte P. Cocagnac, ob seine Zuhörer ihn nicht eventuell missverstehen würden. Darauf P. Cocagnac: *„Ich kann mich nicht beklagen, im allgemeinen hat man meine Absicht gut begriffen. Der Humor ist für mich eine Form der Weisheit [...] Die Bibel mit Humor betrachten, das will besagen: Die Bibel der großen Tradition entsprechend lesen, unter der Erleuchtung des Hl. Geistes. So ist man imstande, die biblischen Sitten, die nicht mehr die unseren sind, in ihrem relativen, also ihrem wirklichem Wert zu sehen und durch jene Sitten einer vergangenen Zeit hindurch die bleibenden Geheimnisse des göttlichen Wortes zu erfassen. Geheimnisse, die uns alle angehen als Äußerungen der Liebe, die sich selbst jedem einzelnen von uns schenken will."* (Johann der Roey a. a. O.).

Die Chansons von P. Cocagnac werden in französischer Fassung mit Notenausgabe vom Christophorus-Verlag ausgeliefert. Vor einigen Monaten erschienen im Musikverlag Schwann, Düsseldorf drei Platten, die zwölf von P. Cocagnac selbst in deutscher Sprache gesungene Chansons enthalten. Die Übersetzung stammt von dem evangelischen Jugendpfarrer Helmut Oeß und ist manchmal recht gut gelungen, bisweilen aber wenig ausgefeilt und zu schnell gemacht. Die Übersetzung erschien ebenfalls im Schwann-Verlag und enthält auch die französische Fassung mit Noten und Gitarrenbegleitung. Die Chansons von Cocagnac lassen sich teils sehr leicht mit der Gitarre begleiten. Wir führen nur einige an, die in deutscher Fassung vorliegen.

P. Cocagnac erzählt in seinen Chansons in einer frohen Art die spannenden Begebenheiten der Heilsgeschichte, wie „Abraham zieh fort aus deinem Vaterlande“ oder den Auszug aus Ägypten, die Sehnsucht nach dem gelobten Land Kanaan, die Eroberung Jerichos, David und Goliath, den müden Propheten Elias und die Babylonische Gefangenschaft.

Mit großer Freude sangen die Kinder das Lied vom verlorenen Sohn. Weitere neutestamentliche Chansons handeln von der Heilung des Blindgeborenen, der Heilung des Gelähmten am Sabbat und erzählen die Geschichte vom Oberzöllner Zachäus.

Diese Chansons bringen Abwechslung in die Katechese. Die Kinder behalten besser, was sie singen können, und manchmal ist ein Chanson auch eine Belohung der Kinder für gute Mitarbeit.

Seur Sourire, die singende Dominikanerin

Der Erfolg, den P. Duval und P. Cocagnac mit ihren Chansons erlebten, wird seit einigen Monaten beträchtlich überboten durch das Echo auf die Lieder der belgischen Dominikanerin Luc Gabrielle, die unter dem Namen Seur Sourire mit einem Schlage weltbekannt wurde, als ihr Chanson „Dominique“ auf dem amerikanischen Schlagermarkt selbst Elvis Presley und Paul Anka in den Schatten stellte. Allein in den USA wurden bisher über eine Million Schallplatten mit Chansons von Seur Sourire umgesetzt. Die bisher veröffentlichten Chansons von Seur Sourire sind auf Philips-Schallplatten erhältlich. Den Platten liegt meist ein französisch-deutsches Textblatt bei. Auch Seur Sourire hat vier ihrer Chansons in deutscher Sprache auf eine Platte gesungen (Philips). Die Übersetzung hat Schwächen („Maiglöckchen“), ist im Ganzen aber sorgfältiger als bei Cocagnac.

Seur Sourire lässt in ihren Chansons die ganze Thematik christlichen Glaubens anschaulich und beredt zu Wort kommen. Während bei P. Duval immer wieder das Ringen um den Menschen der Großstadt spürbar ist, leuchtet in den Chansons von Seur Sourire die reine Heiterkeit und lebensvolle Fröhlichkeit christlicher Existenz auf. Die „Schwester des Lächelns“ jubelt ihre Freude und ihren Dank hinaus: „Darum hab’ Dank für deine Liebe, hab Dank, Herr, dass du mir so nah’, Dank für das Heil, das mir geschah, Halleluja!“ Man spürt in diesem Chanson in jeder Zeile etwas vom Glück der Meditation. „Der Tag, da Gott dich rief, und dein Herz zu ihm kam, der Tag, da er für immer dich als Kind aufnahm, gelobt der Tag!“ Mit sprühendem Witz erzählt ein Chanson die Auferstehung am jüngsten Tag. Es findet sich aber auch der ernste Zug in den Liedern der Seur Sourire: „Das Kinn in den Händen, die Füße in der Dachrinne, betrachtest du den Himmel und atmest die Nacht. Die schlafende Stadt hat die Farbe des Traumes und gleicht einem Traumbild, das flieht.“

Marie-Claire Pichaud

In ähnlicher Weise eingehüllt in die Atmosphäre eines kindlich frommen Herzens sind die Chansons der Marie-Claire Pichaud. Auf einer Platte (Christophorus-Verlag) besingt sie die vier großen Ereignisse der Bibel: Schöpfung – Menschwerdung – Kreuzigung – Auferstehung gefühlsbetont, aber durchaus echt. Der Platte liegt eine gute, wenn auch nicht singbare deutsche Übersetzung bei. Man wird die Chansons von Marie-Claire Pichaud, die künstlerisch ein wenig über den Rahmen des Chansons hinausgeht, nur in kleineren Kreisen anwenden können. Sie geben gute Anregungen für die Meditation über die vier besungenen Geheimnisse.

Guy Thebaud SJ

In der Reihe der französischen Chansoniers sei auch Guy Thebaud SJ genannt, dessen fünf Chansons auf einer Platte im Christophorus-Verlag vorliegen, leider ohne französischen und deutschen Text. Das erste Chanson heißt: „Männer von Galiläa, warum schaut ihr zum Himmel?" Wohl müssen wir das Ende hier auf Erden und unseren Tod erwarten, dürfen darüber aber nicht unseren Auftrag hier auf Erden vernachlässigen. Das Lied „Ernste Stunde" (nach einem Gedicht von Rilke) handelt von der geheimnisvollen Schicksalsgemeinschaft der Menschen untereinander: Für den Christen aber nicht nur eine Gemeinsamkeit mit den Leiden aller Menschen, sondern vielmehr noch Gemeinschaft mit Christus.

Deutsche Versuche:
Botho-Lucas-Chor, Tutzing

Die Übersetzung der französischen Chansons ins Deutsche kann bei allen gelungenen Ergebnissen doch nur Stückwerk sein. Und so versucht der evangelische Pfarrer von der Akademie Tutzing durch Preisausschreiben zu neuen geistlichen Liedern anzuregen. Er bezeichnet die bisher entstandenen Lieder, die vom Botho-Lucas-Chor gesungen werden und auf einer Langspielplatte (Elektrola) vorliegen, als Versuche auf dem Gebiet des neuen religiösen Liedes, deren Brauchbarkeit sich noch erweisen müsse.

Der Anklang und die Verbreitung, den das Lied „Danke" (von Schneider) gefunden hat, beweist, dass auch in Deutschland echte, schöpferische Möglichkeiten auf diesem Gebiet vorhanden sind. Es klingt leicht snobistisch, wenn man ein solches Lied ablehnt, wie Otto Betz es tut (Otto Betz: „Hilfreiche Schallplatten", in: Katech. Blätter 1964, Heft 2., S. 72). Die leichte flüssige Art des Textes von „Danke" passt sehr wohl zur Intention des Liedes im Gegensatz zu „Antwort auf alle Fragen gibt uns dein Wort", das wirklich von „einem unglaubwürdigen hohlen Pathos erfüllt" ist und von Betz in unangebrachter Weise mit „Danke" auf eine Stufe gestellt wird.

Allgemein kann man sagen, dass leichte unproblematische Texte der Lieder des Botho-Lucas-Chores („Herr, hat dich der nur recht verstanden" von Fröhlich) in größerer Echtheit gestaltet werden als Texte, die ernste Fragen des Lebens darstellen und dabei bisweilen tollpatschig wirken bis hin zum Kitsch („Alle Leute sagen, es gebe keinen Teufel"). Für das abschreckendste Beispiel von Kitsch halten wir das Lied „Im Garten von Getsemane". Überhaupt wirken die gezogene und schnulzige Singweise von Kenneth Spencer in diesem Lied und das gurgelnde Überleiten der Vokale bei Ralf Bendix im Lied über den Teufel verlogen. Hier ist das Charakteristikum des Kitsches getroffen, dass man ernste Inhalte in läppischer Form aussagt, und dabei nicht annähernd an die leichte Melancholie eines französischen Chansons herankommt, in dem ernste Inhalte treffend zum Ausdruck gelangen.

Als gelungenen Versuch kann man das Lied „Ein Schiff, das sich Gemeinde nennt" (auch von Schneider) gelten lassen, denn es besingt ohne falsches Pathos, wenn auch nicht mit französischem Esprit, die Gemeinschaft einer Pfarre.

Spirituals in englisch und deutsch

Ein weiterer Versuch des modernen geistlichen Liedes ist neuestens eine deutsche

Fassung der bekanntesten Negrospirituals von Knut Kiesewetter (Polydor). Bei vielen Gruppen von Jugendlichen werden Spirituals gepflegt, in englischer Sprache gern gehört und gesungen.

Bei Kiesewetter werden die Spirituals in einer freieren sprachlichen und musikalischen Deutung dargeboten. Obwohl der Text in einer für die deutsche Sprache günstigen rhythmischen Fassung gesungen wird, entfernt er sich doch bisweilen erheblich von der konkreten biblischen Textform der Original-Spirituals (z. B. abstrakter Begriff „Dunkelheit“ statt des konkreten Namens „Josua“ in der „Schlacht von Jericho“) Außerdem wird durch die raffinierte, mit vielen kleinen Effekten aufgeputschte Begleitung ein schlagerhaftes Element in die Spirituals gebracht, die in schlichter Gestaltung direkter wirken würden. Bei dieser Kritik bleibt es allerdings fraglich, ob man eine angemessenere deutsche Fassung von Spirituals überhaupt liefern könnte, weil sie sehr mit dem Charakter der englischen Sprache verbunden sind. Und deswegen ist dieser erste Versuch sehr erfreulich und positiv zu werten. Wer sich für die originalen englischen Spirituals interessiert, dem sei „Old Folks at Home“, 40 Songs und Spirituals, Melodieausgabe mit Gitarrenbegleitung, Verlag Schott, Mainz empfohlen.

Wir bleiben auf der Suche nach dem geeigneten geistlichen Lied

Das Suchen nach dem modernen religiösen Lied hat zu einigen brauchbaren Ergebnissen geführt, wenn auch die Qualität der einzelnen Lieder sehr unterschiedlich ist und von vielen nicht die Echtheit eines Aimé Duval erreicht wird, von dem diese Bewegung ausgegangen ist. Wir suchen in der Seelsorge nach Wegen, wie wir Menschen die Botschaft vom Reich Gottes nahebringen können. Das neue Liedgut möchte einen Beitrag liefern, um dieses Anliegen zu erfüllen. Man darf seine Bedeutung nicht überschätzen, es ist eines von vielen Gewürzen, sagt M. Wögerbauer, die unsere Katechese und Jugendarbeit schmackhaft machen können.

Anmerkung 2008

Von den hier vorgestellten Liedern hat bis auf „Danke“ und „Ein Schiff, das sich Gemeinde nennt“ keines überlebt. Heute sind diese Lieder, abgesehen von den Spirituals, total unbekannt. Auch Aimé Duval dürfte nur noch Fachleuten bekannt sein. Er hat mit zunehmendem Alter Alkoholprobleme bekommen. Nach seinen Konzerten war er so hochgestimmt, dass er diese Stimmung mit Wein dauerhaft machen wollte. Kuren haben ihm geholfen, wieder trocken zu werden.

Bis auf den heutigen Tag habe ich viel gesungen. Im Kindergarten und in der Grundschule können die Kinder vom Singen nicht genug bekommen. Ich singe nicht nur religiöse Lieder mit ihnen, sondern auch fetzige Lieder zum Lachen und Spaß kriegen. In allen Kirchen beobachte ich, dass die Ministranten kaum mitsingen. Das Singen wird an den Schulen zu wenig gepflegt. Wer singt, geht aus sich heraus, transzendiert, findet leichter zum Glauben. Die reiche Chorarbeit in Borken ist eine wichtige Säule bei der Weitergabe unseres Glaubens.

Priesterweihe im Paulusdom zu Münster

Peter und Paul 1964

In den Wochen vor der Weihe haben wir im Seminar schon Hochrechnungen angestellt, welche Stellen wir wohl bekommen würden. Mir wurde vorausgesagt: Du kommst nach St. Martini Emmerich. Die Stelle ist frei, du warst Diakon in Kleve, du kennst die Leute am Rhein schon und bist der richtige Mann für Emmerich. Mir war es ziemlich gleich, wo ich meine erste Stelle haben sollte. Ich würde hingehen, wohin der Bischof mich schicken würde. Am Nachmittag vor der Weihe meditierten wir im Innenhof des Priesterseminars. Absolute Stille war geboten. Niemand sollte bei seiner ganz persönlichen Vorbereitung auf die Weihe gestört werden. Auch Regens Weinand meditierte durch den Garten. Wir begegneten uns, er blieb stehen und sagte zu mir: *„Ludger, Sie werden eine schwierige Stelle bekommen.“* Ich sagte: *„Ich soll nach Emmerich St. Martini gehen!“ „Woher wissen Sie das, das dürfen Sie gar nicht wissen?“ „Sie haben es mir durch Ihr Fragen gerade gesagt.“ „Sie haben dort einen älteren Pastor, sie werden sehr selbständig arbeiten müssen, aber ich weiß, Sie werden das schaffen!“ „Ich werde mir Mühe geben.“* Ich wusste, dass Regens Weinand früher auch Kaplan in St. Martini war. Es war seine „erste Liebe“, darum konnte er nicht schweigen.

Bischof Josef Höffner kannte ich schon in meiner Harsewinkeler Jugendzeit 1956/57. Er hielt als Professor Vorträge in unserer Gemeinde, veranstaltet durch Kolpingpräses Hermann Künne.

Ich habe dann in der folgenden Nacht kein Auge zugemacht. Nicht, weil die Entscheidung zum Priesterberuf mich belastete, sondern weil mich Emmerich St. Martini

Unser Weihekurs, sitzend von links: Günter Kiefer, Franz Jung, Hubert Herbig, Gerhard Leve, stehend als eine Reihe betrachtet: Josef Vattakatussery, Ludger Böckenhoff, Josef Lammerding, Ulrich Dissen, Ludger Veelken, Hermann-Josef Spital (Subregens, später Bischof von Trier), Clemens Sievert, Franz Bögershausen, Clemens-August Schulze Zumhülsen, Regens Johannes Weinand, Altfried Decking, Spiritual P. Johannes Möllerfeld SJ, Johannes Reimann, Karl Bocke, Heinrich Gebing, Heinz Sürgers, Hermann Groß-Weege, Hans Ludger, Franz-Josef Ortkemper.

die ganze Nacht hindurch beschäftigte. Diese Nacht ist die einzige total schlaflose Nacht in meinem bisherigen Leben.

Die Weiheliturgie am Fest Peter und Paul 1964 hat mich tief ergriffen. Die Ruhe und Würde, die Bischof Joseph Höffner ausstrahlte, ließ mich mein „Adsum“ leicht sprechen. Meine ganze Familie war zugegen. Wir waren alle sehr glücklich.

Am Tag nach der Weihe habe ich in Vinnenberg meine erste Messe gefeiert. Meine Familie und die engsten Verwandten, ebenso mein Heimatpfarrer, Dechant Theodor Markfort, waren dabei.

Da am ersten Sonntag im Juli in Harsewinkel Bürgerschützenfest ist, habe ich meine Primiz auf den 2. Sonntag im Juli gelegt. In der Zwischenzeit hielt ich mich im Kloster Vinnenberg auf, bin durch die Wälder gewandert, habe gelesen, die Primiz vorbereitet und war einfach froh, endlich mein Ziel erreicht zu haben.

Dechant Markfort und der Primiziant Hans Ludger nach der ersten hl. Messe in Vinnenberg, beide mit verinnerlichtem Lächeln

Unsere Familie nach der ersten Messe in Vinnenberg

Primiz in Harsewinkel

Die Primiz in St. Luzia Harsewinkel war ein großes Fest. Die Nachbarn hatten einen Bogen vor meinem Elternhaus errichtet.

Wir gingen von zu Hause aus zu Fuß zur Kirche unter Anteilnahme der Bevölkerung. Die Primizpredigt hielt mein Freund aus Kleve und Ameland, Religionslehrer Wilm Geelink, der später Direktor der Mauritz-Schwestern von Münster wurde.

Als Primizbildchen hatte ich eine Pfingstdarstellung aus Kärnten gewählt, dazu die Oration meiner Primizmesse: „*Herr, wir bitten: Sende uns gütig immer den Geist des rechten Denkens und Handelns und lass uns dadurch imstande sein, nach Deinem Willen zu leben, die wir ohne dich nicht sein können.*"

Ich kann immer wieder nur danken, dass sich die Primizoration in den 45 Priesterjahren

Zug vom Elternhaus zur Kirche

Der Primiziant (am Altar dritter von rechts) trägt ein neues Messgewand, entworfen von Georg Nordt (Fische im Netz) und gestickt von Renate Buchmann. Die Zelebration geschieht noch mit dem Gesicht zum Altar.

Herr, wir bitten: Spende uns gütig immer den Geist des rechten Denkens und Handelns und laß uns dadurch imstande sein, nach Deinem Willen zu leben, die wir ohne Dich nicht sein können.

Oration der Primizmesse.

HANS LUDGER

zum Priester geweiht
am 29. Juni 1964
im Dom zu Münster

Viktring / Kärnten, um 1400 Verlag Ettal / 470

Primizbildchen: Pfingstereignis

immer wieder erfüllt hat. Das Offensein für das Wirken des Hl. Geistes ist geradezu zu meinem spirituellen Lebensprogramm geworden.

Ich fuhr nun zu einer zweiten Primiz nach Christus König Kleve. Meine beiden Eltern fuhren mit. Auch hier gab es eine würdige Feier im kleinen Rahmen mit niederrheinischer Herzlichkeit und Freude. Als wir dann nach Hause fuhren, wählten wir den Weg über Emmerich. Wir setzten mit der Rheinfähre Christophorus unmittelbar an St. Martini über den Rhein. Die Kirche war 1964 noch gar nicht ganz wieder aufgebaut, zur Hälfte noch eine Ruine. „*Da sollst du hin?*", fragte meine Mutter. Ich sagte: „*Eigentlich darf ich es gar nicht wissen, dass ich hier Kaplan sein soll. Aber Regens Weinand hat es mir am Abend vor der Weihe bereits verraten.*" Wir gehen an Land, betreten die Kirche. Einige Frauen sind gerade mit der Reinigung der Kirche beschäftigt. Wir schreiten durch das Kirchenschiff, sehen uns alles an, meine Eltern sind von dem kleinen Kirchenraum enttäuscht. Plötzlich ist der Pastor da. „Bündgens", stellt er sich vor. „*Nett, dass Sie sich unsere Martini-Kirche anschauen.*" Er geht mit uns durch die Kirche, spricht

Glückliche Eltern – glücklicher Priestersohn

von der totalen Zerstörung Emmerichs am 7. Oktober 1944, dass die Krypta zu den ältesten in Deutschland gehört und vieles mehr. Ich sage nicht, dass ich der neue Kaplan bin, ich hatte ja noch keine schriftliche Ernennung. Pastor Bündgens sagte zum Abschied: *„Diese Kirche weiß vieles zu erzählen und vieles zu verschweigen. Schön, dass Sie sich für die Martini-Kirche interessieren, es würde mich freuen, wenn wir uns einmal wiedersehen würden.“* Ich sagte: *„Ich hoffe, dass das bald sein wird.“*

Kaplan an St. Martini Emmerich

1964–1967

Am Dienstag nach den Primizen rief Pastor Bündgens bei mir in Harsewinkel an. Er freute sich, dass seine Vermutung, ich sei sein neuer Kaplan, zutraf. *„Treten Sie Ihren Dienst bitte schon am Samstag im Beichtstuhl an!“*, war seine erste Dienstanweisung. Ich sagte: *„Ich werde da sein!“*

Ich packte meine Siebensachen samt dem neuen Fahrrad (Primiz-Geschenk von der Kolpingfamilie Harsewinkel) in einen LKW und fuhr am Freitag nach Emmerich. Meine Wohnung war in der Königstr. 15 bei Familie Harnischmacher. Ich wohnte Parterre und hatte es bis zur Martinikirche drei Minuten zu Fuß. Parrer Bündgens und seine Haushälterin Gertrud Schwarz empfingen mich sehr freundlich. Beide wohnten im Pfarrhaus Martini Kirchgang 10, unmittelbar gegenüber der Martinikirche.

Beichtehören

Zur Beichte am Samstag zog ich meine Soutane an und ging in meinen Beichtstuhl hinten in der Kirche. Das erste Beichtkind war der Junge Rainer Mooren. In den drei Jahren in Emmerich wurde noch viel gebeichtet. Vor Festen saßen wir wohl drei Stunden im Beichtstuhl. Den Dienst des Beichthörens habe ich immer sehr gern getan, nicht weil mich die Sünden der Menschen interessierten, sondern einfach weil ich Befreiung und Freude der Beichtenden miterleben durfte. Wenn ich am Abend in meine Wohnung ging, war ich immer sehr gut gestimmt. Ich habe im Beichtstuhl nie die Situation gehabt, dass ich nicht weitergewusst hätte. Solange ich Priester bin, habe ich für die persönliche Beichte geworben (s. S. 309: „Beichten entspannt“).

Latein durch das Konzil verdrängt

Meine Kaplanszeit war während der Konzilszeit, Liturgiesprache war Latein. Die lateinische Sprache ist übrigens mit ein Grund, weshalb ich Priester wurde. Nach neun Jahren fast jeden Tag Latein auf dem Gymnasium konnte ich vom Kirchenlatein alles verstehen. Ich brauchte die deutsche Übersetzung im Schott nicht, ich betete die Messtexte lateinisch mit. Noch heute bete ich das Magnificat, das Benedictus, die marianischen Antiphonen persönlich nur in lateinischer Sprache auswendig, bin nicht in der Lage, diese Gebete in deutsch auswendig zu beten. Die Liebe zur lateinischen Sprache habe ich behalten. Durch Latein habe ich erst den Aufbau der deutschen Sprache kennen gelernt, ganz zu schweigen von den vielen Fremd-

und Lehnwörtern, die das Deutsche aus dem Lateinischen übernommen hat. Dennoch bin ich froh, dass unsere Liturgiesprache deutsch ist. Wenn schon das unfassbare Mysterium des Christusereignisses auch in der deutschen Sprache ein Geheimnis bleibt, so können wir uns in unserer Muttersprache doch tiefer in das Heilshandeln Gottes hineindenken. Ich kann die Bestrebungen von Papst Benedikt, die lateinische Liturgie wieder zuzulassen, nicht unterstützen.

Im ersten Jahr haben unsere Messdiener noch das lateinische Stufengebet und das Suscipiat auswendig gelernt. Jeder, der alle Gebete auswendig aufsagen konnte, bekam einen „Komm mit"-Kalender geschenkt. Die Messdiener wurden zu allen Diensten schriftlich eingeladen. Oft ging ich über den Schulhof der Martini-Schule um meine Einladungen zu verteilen. Dennoch fehlten immerzu Messdiener bei den Messen. Ein treuer Messdiener war Hans Pixa. Er hat sogar einmal die Lesung vorgetragen zur großen Verwunderung des Pastors.

Vor allem bei meinen Kontakten zu den Polen hat Latein nicht selten als Verständigungsprache geholfen. *„Potesne tu Latinam linguam loqui? Ergo, Latine loquamur ! Est res exercitii."* (Können Sie Latein sprechen? Also, dann wollen wir Latein sprechen. Es ist eine Sache der Übung.) Nicht selten habe ich bei ausländischen Bischöfen mit diesen Sätzen Staunen und Zuneigung erreicht.

Das Kunstwerk St.-Martini-Münsterkirche

Oft stand ich am Rhein, der sein Flussbett bis an unsere Kirche gegraben hat. Der berühmte Eisbrecher an der Martinikirche hat im Mittelalter verhindert, dass der Fluss die ganze Kirche verschlang. Die Türme des alten Längshauses hat es erwischt, sie liegen im Rhein. Man hat daraufhin in respektablem Abstand einen Kampanile errichtet, diesen durch ein Kirchenschiff mit dem Rest des alten Längshauses verbunden und so einen Winkel-Grundriss erhalten. Am 7. Oktober 1944 wurde die Martinikirche völlig zerstört. Es ist dem Engagement von Pastor Bündgens zu verdanken, dass die Kirche wieder aufgebaut wurde und heute ein weithin sichtbares Zeichen des Glaubens der Stadt Emmerich ist: „Ein Haus voll Glorie schauet weit über alle Land." In meiner Zeit wurde in der Kirche das Schiff zum Rhein hin wieder geöffnet. Der Künstler Joachim Kloos aus Mönchengladbach hat wunderschöne brillante Glasfenster aus dickem Betonglas geschaffen. Bei Sonnenuntergang leuchten sie faszinierend. Im Eisbrecher ist sogar das Konterfei von Pastor Bündgens zu sehen, was ihn natürlich sehr gefreut hat.

Der Turm erhielt einen neuen Helm, ein Meisterstück der Zimmerei Trilsbeck in Emmerich. Mehrmals bin ich das Gerüst am Turm hochgeklettert, habe fotografiert und mit den Handwerkern Gespräche geführt. Auch Pastor Bündgens ist einmal mit hochgestiegen und hat eigenhändig marianische Medaillen an den Turmhelm genagelt.

Unsere Gemeinde hatte ausreichend Geld. Sie besaß Kiesgruben bei Rees. Die Erlöse vom Verkauf des Rheinkieses gaben dem Pastor eine relativ freie Hand, die Martinikirche wieder aufzubauen. Als der Turm fertig gestellt war, wurden neue Glocken angeschafft. Sie wurden gegossen bei der Fa. Eisbautz in Münster. Die größte Glocke hatte eine Höhe von 1,90 Meter und einen ebenso weiten Durchmesser. Es war ein Wagnis damals, eine so große Glocke zu gießen. Und beim Guss dieser Glocke geschah ein schwieriger Zwischenfall: Beim Guss „fror" die Glockenspeise in der Krone der Glocke ein. Der Gießer musste blitzschnell

Martini-Kirche Emmerich, im Hintergrund die in meiner Zeit errichtete „längste Rheinbrücke der Welt"

reagieren, die Glockenspeise durfte nicht überfließen, dann wäre der ganze Guss dahin gewesen mitsamt dem Metall, das man nicht mehr hätte gebrauchen können. Geistesgegenwärtig ergriff der Glockengießer eine Brechstange, stieß damit in die Krone der Glocke und die Glockenspeise floss weiter und füllte die Form aus, wie es vorgesehen war. Als der Guss vollendet war, hat der Glockengießer geweint vor Freude. Man muss wissen, die Glocke war seit dem Guss des „Kardinals" (größte Glocke im Dom zu Münster) die schwerste Glocke, die in der Gießerei gegossen wurde. Da Pastor Bündgens damals seinen 70. Geburtstag feierte, haben wir für ihn in der Gemeinde Geld gesammelt und ihm eine Glocke zu seinem Ehrentag geschenkt.

Die Montage des vergoldeten Hahns auf der Kirchturmspitze – öfter war ich auf dem Gerüst bei den Handwerkern.

Wunderschön eingerichtet ist die Sakristei von St. Martini. Von meinem Ankleideplatz aus konnte ich direkt auf den Rhein schauen und die Anliegen der Schiffe aus ganz Europa mit in die Eucharistiefeier nehmen. Im gleichen Stil ist übrigens das Mobiliar der Herz-Jesu-Kirche in Münster gearbeitet.

Der Künstler Waldemar Kuhn hat wesentlichen Anteil an der Gestaltung der Martini-Kirche. Von ihm stammt die Fassade des Westchores zum Rhein hin, scherzweise „Pastors Weinkeller“ genannt. Kuhn hat auch die Sitzbänke in der Kirche geschaffen mit schräger Sitzfläche nicht für jedermann bequem. Auch der Hauptaltar ist sein Werk. Kuhn war in Emmerich umstritten. Sein Werk sind auch die abstrakten Figuren (Engel?) am Turm der Aldegundis-Kirche. Seine Arbeit ist auch das viel diskutierte „Schrotkreuz“ in der Heilig-Geist-Kirche. Meine Kaplanszeit in Emmerich war in künstlerischer Hinsicht sehr anregend.

Der Rhein hat sein Bett durch die Jahrtausende immer wieder verändert. Noch im Mittelalter floss er an Kleve vorbei (so beschrieben in der Oper Lohengrin). Alte Rheinarme am Niederrhein zeigen noch heute, wo der Rhein einmal hergeflossen ist. Am Rhein also stand ich oft, schaute den Schiffen nach und freute mich an dem regen Verkehr auf dem Strom.

Neue Rheinbrücke

In meine Kaplanszeit fiel auch der Bau der „längsten Rheinbrücke der Welt“, die Verbindung zu Kleve und zu den Niederlanden. Oft bin ich zur Baustelle gewandert und schon mal über den Rhein. Damit wurde der Fährbetrieb der Christophorus-Fähre überflüssig. Sinnvoll ist der Name der neuen Großgemeinde Emmerich „St. Christophorus“, in der alle vier Gemeinden zusammengefasst sind unter der Leitung von St. Aldegundis.

Der Pastor

Mit meinem Pastor habe ich mich gut verstanden. Er ließ mir in allem freie Hand. Leider hat es zum gemeinsamen Mittagstisch nur im letzten Jahr an den Hochfesten gereicht. Ansonsten wurde ich im St.-Willibrordus-Hospital gut versorgt. Dienstbesprechungen gab es nicht. Für mich als Neupriester hat es einige Zeit gedauert, bis ich meinen Part erkannt hatte. Die Dienste las ich in der Kirchenzeitung. Sonntagabends ging ich zum Pastor zum gemütlichen Abend. Gertrud Schwarz zählte die Kollekte, der Pastor holte eine gute Flasche Wein aus dem Keller, legte eine gepflegte LP mit klassischer Musik auf, ich rauchte eine schwarze Zigarre (Schwarzwild) und wir unterhielten uns über harmlose Dinge. Wenn ich mit dem Pastor allein war, konnte ich auch Dinge anschneiden, die man unter vier Augen besprechen musste.

Es war noch in den ersten Wochen meiner Kaplanszeit, da sagte der Pastor: *„Kaplan, kommst Du heute Abend mit zur Polderbuschschule, da ist ein Abend für die Eltern der Kommunionkinder?“* Gern sagte ich zu, zumal ich hoffte, am Abend etwas von meinem Pastor zu lernen. Er begrüßte die Eltern sehr freundlich und sagte dann: *„Und nun möchte der Kaplan zu Ihnen sprechen!“* Ich holte tief Luft und kratzte meine Kenntnisse über religiöse Erziehung der Kinder zusammen. Der Abend war kein „Schuss in den Ofen“. Nur habe ich mir gemerkt, wenn der Pastor dich einlädt, dann bist du auf ähnliche Attacken vorbereitet.

Bewundert habe ich den Pastor bei Andachten, wenn er frei aus dem Herzen betete. Ich konnte ihn da einteilen mit dem Stichwort: Gebet des Pastors. Dies tat er gern und kompetent. Ich war froh, dass ich allmählich meine Hemmungen beim freien Sprechen verloren habe, aber frei zu beten, das war für mich eine glatte Überforderung. Erst viel später in der Rheinhauser Zeit habe ich in den Gebetsgruppen das freie Gebet gelernt. Pastor Bündgens war auch ein gern gehörter Prediger, er sprach frei und war sehr überzeugend. Wenn er in meiner Messe predigte und ich auf dem Priestersitz unweit von ihm saß, konnte es passieren, dass er sich zu mir wendete und fragte: „Kaplan, stimmt das so wie ich es gesagt habe?" Ich habe ihn dann bestätigt, das fand die Gemeinde gut und ich musste immer aufpassen, wenn er predigte.

Als Schönstattpriester war Bündgens marianisch orientiert. Vor meiner Zeit soll er nach jeder Messe gesagt haben: *„Maria, wir vertrauen"*, die Gemeinde antwortete: *„du wirst Martini bauen!"* Die Emmericher hatten keine Scheu, diesen Spruch in einer Karnevalssitzung aufzuspießen. Maria soll geantwortet haben: *„Ich will euch mal was sagen; ihr müsst euch selber plagen!"* Seither gab es diesen Spruch nach der Messe nicht mehr.

Jugendarbeit

Die Jugend versuchte ich mit der Gitarre zu gewinnen. Herr Ising, der Rektor der Fröbelschule gab einen Kurs zum Bau von Gitarren. Die Jugendlichen gingen scharenweise zu ihm und bauten sich mit Bausätzen ihre Gitarre selber.

Zu mir kamen sie, um das Spielen zu erlernen. Einmal in der Woche kamen wir zum Gitarrenspiel im Pfarrheim zusammen. Ich erklärte zunächst, wie man eine Gitarre stimmt. Als ich fünf Instrumente gestimmt hatte, wurden die ungestimmten mit den gestimmten Instrumenten auf den gleichen Ton gebracht. Wir haben es bei den 60 Mädchen und Jungen immer-

Die Mädchen der CAJ sangen gern die Situation-Songs: „Schwarz ist meine Lieblingsfarbe", „Meine Freundin, die heißt Gabi", „Ich träumt, dass ich gestorben bin" usw.

Mit Singen konnte ich auch die Messdiener leicht gewinnen.

hin zu einigen Liedern gebracht, die wir in C-Dur als Gitarren-Orchester begleiten konnten.

Die Ferieninsel Ameland kannte ich schon vom Diakonat her. Auch von Emmerich fuhren wir in den Sommerferien nach Ameland. Die Idee, an der Windmühle in Nes ein großes Singen der Lager zu veranstalten und so neue Lieder zu lernen, wurde in unserem Lager geboren. Das große Sing-Happening hat es noch in den ersten Jahren des neuen Jahrtausends gegeben. Wir fuhren immer nach Buren auf Ameland, einmal auch mit Kindern aus Emmerich-Speelberg mit Kaplan Albeck. Mit den Kindern hatten wir nie Probleme, wohl gelegentlich mit der Führungsmannschaft, da die „erotischen Schwingungen“ auch zu benachbarten Lagern auspendelten.

Schulen

Regelmäßig besuchte ich die Volksschule, damals noch alle Klassen bis zum 8. Schuljahr. Das Unterrichten machte mir Freude, mit Hilfe der Gitarre habe ich schnell die Herzen der Kinder erobert. Einige Wochenstunden gab ich auch in der Berufsschule. Als ich dann nach drei Jahren gefragt wurde, ob ich bereit sei, als hauptamtlicher Religionslehrer zur Berufsschule Rheinhausen zu gehen, sagte ich aus dem Grunde: *„Ja!“*, weil ich in Emmerich gern zur Berufsschule gegangen bin. Witzigerweise war es wieder Regens Weinand, der mir in Kirchberg im Urlaub begegnete und mich auf einen anstehenden Stellenwechsel hinwies. Er machte Urlaub im Hotel „Zur Sonne“ unweit von der Kirche, während ich immer im Pfarrhaus gewohnt habe.

Abenteuer Berufsschule

Verfasst am 26. September 2008

Von 1967 bis 1977 war ich Religionslehrer an der Berufsbildenden Schule Rheinhausen. Die Schule war damals eine „Bündelschule". Dazu gehörten die Berufschule, die Berufsfachschulen und die Fachoberschule, an der man die Hochschulqualifikation erwerben konnte. Als Subsidiar war ich außerdem in St. Josef, Rheinhausen Friemersheim tätig. Ich wohnte in dem alten, gut renovierten Pfarrhaus, über mir wohnte Kaplan Willi Schultes, mit dem ich eine freundschaftliche mitbrüderliche Beziehung pflegte. Pfarrer und Dechant war Fritz Klümpen, ein mystisch und wissenschaftlich begabter Priester, der in seiner Praxis als Seelsorger schon viele Ergebnisse des II. Vatikanischen Konzils voraussah und in der Praxis vorbereitete.

Angst

Ich habe erst allmählich die Angst vor den jungen Leuten überwunden. Im ersten Jahr meiner Tätigkeit an der Berufsschule wachte ich nachts öfter auf, hatte Schweiß vor den Schienbeinen und konnte nur schwer wieder einschlafen. Auch bekam ich zu hören, wie segensreich mein Vorgänger Wilhelm Huch doch gearbeitet hätte. Ich konnte mich nur retten, indem ich in dasselbe Lobeshorn für meinen Vorgänger blies, bis ich dann bald ein Selbstbewusstsein entwickelt hatte, das meine anfänglichen Ängste vor den Jugendlichen in Freude umschlagen ließ. Die Schulleitung hatte wohl auch den Fehler gemacht, meinen Vorgänger in einer kleinen Feier zu verabschieden und mich als Nachfolger in derselben Feier zu begrüßen. Der Schulleiter merkte, wie ich den Mut verlor und fühlte sich verpflichtet, mir zu sagen: *„Nun haben Sie mal keine Angst, Herr Ludger, wir werden Sie schon ebenso unterstützen wie Ihren Vorgänger.“* Seither verhinderte ich alle Feiern, in denen jemand verabschiedet und sein Nachfolger willkommen geheißen werden sollte.

Probleme an der Schule

Werktags feierte ich schon um 6.15 Uhr die hl. Messe mit den Schwestern des Kinderheims. Um 7.30 Uhr fing der Unterricht in der Schule an. Ich konnte in dieser Zeit werktags nach 22 Uhr kaum noch etwas unternehmen, ich brauchte den Schlaf, um in der Schule fit zu sein. Ich war auch morgens noch nicht wach genug, um bei der Messe eine Ansprache zu halten.

Anfangs gab ich in der Schule 28 Wochenstunden. Ich hatte einen eigenen Unter-

Oberstufe der Hauswirtschaftlichen Berufsfachschule: Alle Klassen kamen in meinen Unterrichtsraum, so konnte ich den Unterricht individuell auch mit Medien gestalten.

Oberstufe Betriebsschlosser: Die langen Haare der Jugendlichen waren damals üblich.

Eine Lerngruppe der Fachoberschule: Das Unterrichten war hier sehr angenehm, die jungen Menschen waren sogar philosophisch interessiert.

richtsraum, in den die Schüler und Schülerinnen kamen. Als ich merkte, dass ich mit der hohen Wochenstundenzahl völlig überfordert war, ging ich auf 25 Stunden in der Woche. Das war auch noch recht viel. Mittags war ich so fertig, dass ich vor 16 Uhr nicht ansprechbar war. Sechs Stunden, manchmal sogar sieben Stunden Unterricht, jede Stunde neue Schüler und Schülerinnen! Die Jungen trugen langes Haar, oft bis auf die Schultern, die Mädchen Hot pans (Heiße Höschen). Immer wieder musste ich die Aufmerksamkeit der Jugendlichen erkämpfen. Bei den Mädchen hat mir meine Gitarre hierbei sehr geholfen. Ich empfand es als angenehm, wenn sie für mich schwärmten.

Um die jungen Leute namentlich kennen zu lernen, habe ich jede Unterrichtsgruppe fotografiert, die Namen unter die Bilder geschrieben und immer wieder wie Vokabeln auswendig gelernt. Hierbei merkte ich mir besonders die interessierten und die schwierigen Jugendlichen, die übrigen lernte ich im Laufe der Zeit kennen. Nicht selten blätterten die jungen Leute in dem Namen-Fotoalbum, fragten nach ihrem Freund oder ihrer Freundin, die auch zu mir in den Unterricht kamen.

Um den Auszubildenden mein Interesse zu zeigen, suchte ich sie in ihrer Lehrwerkstatt im Fried.-Krupp-Hüttenwerk Rheinhausen (Produktion von Eisenbahnschienen, Profil-Stählen, gewalztem Draht und Brammen als Vormaterial für die Blechproduktion) und im Fried.-Krupp-Stahlwerk Rheinhausen (Produktion von Bergwerkseinrichtungen, Stahlhallen und Eisenbahnbrücken, Bagger für Braunkohle-Tagebau) auf. *„Wenn ich in eurer Lehrwerkstatt erscheine, müsst ihr wissen, dass ich eure Interessen vertrete“*, sagte ich den Lehrlingen. So entwickelte sich ein vertrauensvolles Verhältnis und ich bekam an der Schule immer mehr den Ruf: *„Der Relilehrer ist okay, da gehen wir hin.“*

Jeden Freitagabend lud ich eine Unterrichtsgruppe zu mir in die Wohnung ein, um lockeren Kantakt zu meinen Schülern zu gewinnen. Sie durften ihre Singels (kleine Schallplatten) mitbringen und bei mir abspielen. Ich ließ die Musik auf eine Musikkassette überspielen und lernte so die Musik der jungen Leute kennen. Leider sind mir diese Kassetten bei einer Reparatur aus dem Auto entwendet worden.

Pädagogik

Mein Ziel als Religionslehrer war, die jungen Menchen für den Glauben zu gewinnen, ihnen einen Sinnhorizont ihres Lebens zu erschließen. Ich wurde von der Bezirksregierung Düsseldorf zu einer Spezialausbildung (Vosspohl-Kurs) geschickt, der vom Institut für wissenschaftliche Pädagogik Münster gehalten wurde. Der Kurs umfasste 5 Wochen im Jahr 1979 und war eine wunderbare Zeit, da ich viele nette Kollegen und Kolleginnen kennen lernte, die die gleichen Probleme an der Schule hatten wie ich.

Eine brauchbare Hilfe für meinen Unterricht war das so genannte pädagogische Dreieck. Man stelle sich ein Dreieck vor: An die Spitze des Dreiecks schreibt man das Thema der Unterrichtsstunde, an die rechte Ecke steht die Unterrichtsgruppe und an der linken Ecke der Religionslehrer. Das bedeutet: Lehrer und Schüler sprechen gemeinsam über ein Thema. Der Religionslehrer befindet sich im Gespräch mit seinen Schülern, jeder bringt sein Wissen und Fragen ein, die Schüler werden nicht gezwungen, gewisse Inhalte anzunehmen. Der Lehrer braucht eine fundierte persönliche Meinung und gute Sachinformationen, um dem Dialog mit den jungen Leuten gewachsen zu sein. Wir hatten für die einzelnen Jahrgänge einen Lehrplan mit 250 Themen, die ich mit den Jugendlichen erarbeiten konnte. Die Schüler durften sich ein Thema aussuchen. Dies hatte den Vorteil, dass im Unterricht Interesse bestand und das Ganze Spaß machte.

Ich informierte während einer Lehrerkonferenz die Kollegen über dieses pädagogische Konzept. Alle waren davon angetan und sie versprachen mir, den Religionsunterricht mit ihren Möglichkeiten zu unterstützen.

Themen

Da sich die Jugendlichen mit 14 Jahren vom Religionsunterricht abmelden können, musste ich den Unterricht fesselnd gestalten. Ich war bemüht, auf die Fragen und Probleme der jungen Leute einzugehen. Häufig behandelte Themen waren: junge Liebe und Freundschaft – Sucht und Drogen – Tod und dann? – Auferstehung Christi – Gotteserfahrung – Beziehung zum Hl. Geist – Gebet, mehr von mir in das Gespräch lanciert als eine Frage – Entwicklungshilfe – Beziehung zu den Eltern – Probleme am Arbeitsplatz – Besuch der Sonntagsmesse – Sinn des Lebens – Krieg und Frieden – Wehrdienstverweigerung – Weihnachten: Gott wird Mensch – und Themen, die vom Tagesgeschehen gefragt waren.

„Religionskriege“

Am Anfang eines Schuljahres musste ich immer wieder „Religionskriege“ führen. Ich fand dann morgens die Abmeldungen vom Religionsunterricht ganzer Klassen in meinem Postfach vor. Ich ging in der großen Pause mit den Abmeldungen zu dem Kollegen, der die Klasse leitete und bat ihn, mir eine viertel Stunde von seinem Unterricht zu geben. *„Haben die Knechte sich wieder einmal vom Religionsunterricht abgemeldet?"*, fragte er gereizt. *„Die sollen mich noch kennen lernen!" „Das wird nicht nötig sein, Herr Kollege. Ich möchte gern mit den Schülern sprechen, ich möchte sie kennenlernen, und vor allem, sie sollen mich kennen lernen."* Gern gab mir der Kollege die Viertelstunde. Ich ging in die Klasse, stellte mich vor und sagte: *„Ihr habt euch alle vom Reliunterricht abgemeldet. Ich denke, ihr seid Sportler, die wissen, was fair ist. Ich erwarte von euch die Fairnis, mir die Chance von drei Religionsstunden zu geben, an denen ihr teilnehmt. Ihr sollt wissen, was da verhandelt wird. Dann könnt ihr immer noch entscheiden, ob ihr weiter zum Unterricht kommen wollt oder nicht."* In der folgenden Woche war die ganze Klasse zum Religionsunterricht erschienen. Nur einige Wenige meldeten sich ab. Ich empfand den Religionsunterricht als einen Kampf.

Drogen

Damals begannen Jugendliche mit dem Drogenkonsum. Vor allem Haschisch und LSD waren beliebt. Nie habe ich zugelassen, dass in meiner Wohnung Drogen genommen wurden. Sie haben es mit LSD versucht, und wollten dann in die Kirche gehen, um die spezielle Wirkung der Droge zu erfahren. Dies habe ich strikt abgelehnt. Die Jugendlichen gaben mir ein Buch, in dem ich nachlesen konnte, welche Wirkung LSD hat. Es heißt „Politik der Ekstase" und ist geschrieben von Timothy Leary, einem früheren Harward-Professor, der wegen seiner Experimente mit LSD bei den Studenten von der Uni geflogen ist. Dieser Name wird auch in dem Musical Hair genannt als jemand, der in der Drogenszene eine Autorität ist. Bei einem LSD-Trip macht man eine Reise in die eigene genetische Vergangenheit, ein ungemein starkes Erlebnis von Bewusstseinserweiterung. Viele meiner Schüler hatten diese Erfahrung regelmäßig. Ich konnte sehr gut mit ihnen diskutieren, sie waren sehr helle und gewandt im Sprechen und hatten Mitleid mit mir, weil ich nicht bereit war, einen LSD-Trip mit ihnen zu schmeißen.

Jugendarbeit

Um die Jugendlichen zu gewinnen, habe ich viele Dinge getan, die unabhängig von der Schule waren. Zu Silvester fuhr ich mit einer Gruppe von ca. 40 jungen Leuten in die Jugendherberge Berleburg im Sauerland. Hier feierten wir den Jahreswechsel. Eine Messfeier wurde damals ohne weiteres akzeptiert. Das Ehepaar Manfred und Regina Pohlig war immer dabei und hat großartig mitgeholfen bei Wanderungen, Parties, Gottesdiensten, Singen und Spielen.

Beim Stadttheater Duisburg hatte ich jahrelang ein Abonnement für 20 Jugendliche und mich.

Manchmal spielten wir eine Viertelstunde Fußball auf dem Schulhof, das brachte uns in Form, oder wir gingen in das un weit gelegene Hallenbad und schwammen ein paar Bahnen.

Der Schulleiter gab mir alle Freiheiten. Er wusste, dass ich die Schüler gewinnen wollte. Auch er selbst war ein streng glaubender (ev. freikirchlicher) Mann und sehr darauf bedacht, dass die Sinnfrage an seiner Schule vom Glauben her beantwortet wurde.

Sieben Jahre lange durfte ich in dieser Zeit Stadtjugendseelsorger von Rheinhausen sein. Meine Verbindung zu Kirche und Stadt gaben mir ungezählte Möglichkeiten, durch Erleben die geistliche Dimension unserer Existenz erfahrbar zu machen.

Rosenmontag
Nie werde ich den Rosenmontag vergessen, als ich in der großen Pause meine Gitarre nahm und die ganze Schulgemeinschaft in Stimmung gespielt habe. Selbst als es zum Unterrichtsbeginn schellte, blieb ich mit meiner Gitarre in der Pausenhalle, an Unterricht war nicht mehr zu denken. Im Hintergrund standen die Kollegen, lachten fröhlich, der Schulleiter wurde blass und rot vor Wut. Er war völlig machtlos. Bis an der Gitarre eine Saite riss, damit war der ganze Spuk zuende und der Unterricht konnte aufgenommen werden. An Unterricht war an diesem Rosenmontag nicht mehr zu denken. Die Kollegen haben sich schlecht und recht über die Runden geschleppt. Später hörte ich, der Schulleiter habe mir ein Disziplinarverfahren anhängen wollen. Man habe ihm aber abgeraten, im Rheinland ist am Rosenmontag ein sinnvoller Unterricht nicht möglich. Seither fiel der Unterricht am Rosenmontag aus.

Nachtwallfahrt
Zehnmal machten wir eine Fußwallfahrt von Rheinhausen nach Kevelaer. Das erste Mal sind wir den ganzen Weg zu Fuß gelaufen. Das war bei einer Länge von 50 Kilometern eindeutig zu weit, zumal wir im Laufen nicht trainiert waren. Wir reduzierten die Strecke auf 35 Kilometer. Unterwegs wurden Stationen mit Meditation und Gebet gehalten. Sonst waren wir mit dem Beten eher sparsam. In Kevelaer gab es dann in der modernen Kapelle der Clemens-Schwestern eine starke Pilgermesse mit modernen Liedern, die uns allen deutlich machte, dass unser Leben ein Unterwegssein ist mit einem Ziel. Ein Leben ohne Ziel hat keinen Sinn. Die Wallfahrt ist zu meiner Zeit zehnmal gegangen. Zu Beginn mit 20 Jugendlichen, beim zehnten Mal mit 120 jungen Leuten. In Aengenesch machten wir Rast. Ich ahnte damals noch nicht, dass ich 1978 Pfarrer in Geldern werden würde. Diese Wallfahrten wurden wesentlich von Manfred und Regina Pohlig mitgetragen und gestaltet. Als ich nach Geldern gegangen bin, haben sie versucht, die Tradition der Nachtwallfahrt zu retten, es fanden noch einige Wallfahrten statt, bis die Sache dann allmählich eingeschlafen ist. Schade! Ich habe damals erkannt: Man muss die jungen Menschen fordern. Ich warb in der Schule für die Wallfahrt, indem ich vor der Teilnahme warnte. Je mehr ich warnte, desto zahlreicher wurden jedes Jahr die Teilnehmer. Gemeinsames Erleben brachte uns weiter in der Glaubenserkenntnis und zur Erfahrung des Sinngrundes unseres Lebens als theoretischer Religionsunterricht. Dies gilt für das ganze Gemeindeleben auch heute noch.

Jugendreisen
Ein gutes Mittel, an die Jugendlichen heranzukommen, waren die großen Reisen, die wir gemacht haben. Es gab auf kommunaler Ebene eine gut laufende Partnerschaft unserer Stadt Rheinhausen mit der *nordenglischen Stadt Durham.*

Zweimal organisierte ich einen Austausch zwischen dem Durham Technical College und unserer Schule mit jeweiligem Gegenbesuch. 35 Schülerinnen und Schüler fuhren mit Schiff und Eisenbahn für zehn Tage nach Durham. Untergebracht waren wir in Familien. Ein buntes Programm ließ die Zeit recht kurz werden: Stadtbesichtigungen, Fahrt zum Hadrianswall, der antiken Grenze zu Schottland, Lake-Distrikt

Wir besuchten 1970 auch den Hadrianswall in Nordengland: v.l.: Ferdi Schreiner, Hans Ludger, Christel (?), Christoph Laschet.

mit Windermere, Parties des College und ein offizieller Empfang durch die Stadt Durham. Immer wieder wurden starke Impulse in Richtung Versöhnung und Frieden zwischen den Völkern deutlich. Die Begegnung mit dem Principal des Technical College, Mr. Garland, zeigte dies ganz deutlich: Er kannte die Stadt Emmerich vom Krieg her. Ich habe nicht weiter gefragt; Emmerich wurde am 7. Oktober 1944 völlig zerstört. Einige Wochen später kamen die Studenten aus Durham zu uns. Die Begegnung geschah auf der Basis von Familienunterkunft. Es war nicht schwierig, für 35 Gäste aus England in unserer Gemeinde Gastfamilien zu finden. Wir boten unseren Gästen ein buntes Programm mit Theaterbesuch, Fahrt ins bergische Land, Schloss Burg, Wuppertal mit Schwebebahn, Duisburger Zoo und vieles mehr. Auch die Familien konnten mit den Gästen Programme gestalten. Wir sind im Kruppsee in Friemersheim mit den Engländern geschwommen. Unvergesslich ist mir die panische Angst der englischen Kollegin, die im Kruppsee die Badeinsel nur mit letzter Kraft erreichte, immer wieder musste ich ihr zurufen: „*You can manage it, you must swim! You can, you can …*" Bei den offiziellen Begrüßungen in den englischen wie deutschen Rathäusern wurde die Begegnung immer wieder als bedeutender europäischer Friedensimpuls gefeiert. Die erste Reise nach Durham haben der Kollege Ferdi Schreiner und seine Frau Bernarda begleitet. Seither sind wir miteinander befreundet. Auf der zweiten Reise nach Durham stand mir Ursula Neumann zur Seite. Auch zu ihr besteht bis heute ein guter Kontakt.

Reiseziele waren weiterhin der *Millstätter See in Kärnten*, *Polen* und *Skandinavien*. Zum Millstätter See ist ein Junge mit seinem Moped seinem Mädchen nachgefahren. Wir haben ihn in unsere Gruppe aufgenommen und akzeptiert, dass er da war. Ein hoher Offizier der Bundeswehr schenkte mir für unsere Gruppe 100 DM, weil ihm der Führungsstil unseres Unternehmens so gut gefiel. Unser Hotel betrieb eine Wasserskischule. Das reizte mich sehr. Ich meldete mich zu einem Kurs an und habe es bald gelernt, mit hoher Geschwindigkeit über den Millstätter See zu gleiten.

Ein Problem hatten wir mit einem Millstätter Jungen, der eines unserer Mädchen tagsüber besuchte. Die Mädchen, die im selben Zimmer schliefen, ließen die Bude sturmfrei, so dass der fremde Junge sich mit dem Mädchen abgeben konnte. Noch heute bin ich froh, dass es nicht zu einer Schwangerschaft gekommen ist: Es war nicht leicht, das Problem in der Gruppe aufzuarbeiten. Natürlich haben wir die Eltern über den Vorfall informiert.

Damit uns so leicht niemand nachreisen konnte, beschloss ich, eine Reise in ein kommunistisches Land zu machen. So wählte ich Polen als Reiseland. Ich konnte nicht ahnen, dass dies der Anfang für sehr gute jahrzehntelange Kontakte mit den Polen war.

Ich buchte bei Kolping-Jugendreisen Köln eine komplette Reise für 45 junge Leute aus dem Prospekt und stellte sie in meinem Unterricht vor. Sie war innerhalb von zwei Wochen ausgebucht. Die Reise war äußerst preiswert. Nach der Polenfahrt konnte ich jedem Teilnehmer noch 100 DM zurückzahlen. Es sähe mit der Integration von Ausländern in unserem Land besser aus, wenn die europäischen Länder mehr Geld in internationale Jugendbegegnung investieren würden.

Ziel der *Reise durch Polen* waren Breslau, Krakau, Warschau, Gezysko, Danzig, Stettin und Marienburg. In Gezyzko waren wir ein Woche in einem sozialistischen Jugendkamp untergebracht. Auf der Masurischen Seenplatte konnten wir nach Herzenslust segeln, schwimmen und Marenen fischen, die wir dann am Lagerfeuer verzehrt haben. Ein tiefes Erlebnis war die Eucharistiefeier am 35. Jahrestag des Überfalls Hitlers auf Polen (1. September 1939): Wir fuhren mit fünf Ruderbooten auf den See in eine einsame Gegend mit viel Schilf, ketteten die Boote sternförmig zusammen, schichteten einige Schwimmwesten in einem Boot zu einem Altar auf, nahmen alltägliches Brot, den Wein hatten wir von zu Hause mitgebracht, und gedachten des Todes und der Auferstehung unseres Herrn. Diese Feier war in kommunistischer Zeit illegal, wir durften uns nicht erwischen lassen. Diese Jugendmesse gehört zu den besten religiösen Erfahrungen, die ich machen durfte. In der Tat war es der christliche Glaube der Menschen, der den Kommunismus 1989 in Europa zu Fall gebracht hat unter wesentlicher Beteiligung der polnischen Gewerkschaft Solidarnosz.

Gerade der Kontakt zu Polen wirkte sich auch in der Gemeindearbeit sehr positiv aus – sogar bis zu meiner Zeit in Münster. Dass ich schließlich dreimal die große Fußwallfahrt von Warschau nach Tschenstochau (250 Kilometer) mitgemacht habe, hat dazu beigetragen, dass in den neunziger Jahren die Polnische Mission nach St. Elisabeth Münster kam für polnische Gläubige zwischen Recklinghausen und Ibbenbüren.

Die Jugendreise nach *Skandinavien* führte ein Bus voller junger Leute über Ko-

Zu Silvester fuhren wir öfter mit den Jugendlichen zur Jugendherberge in Bad Berleburg. Manfred und Regina Pohlig waren treue Begleiter. V.l.: Regina Pohlig, Hans Ludger, Ulrike van Geldern (heute Kabod)

penhagen, Oslo, Stockholm nach Helsinki. Ziel war die Begegnung mit finnischen Jugendlichen in einem ökumenischen Zentrum bei Helsinki. Wir erlebten eine wunderbare Zeit, konnten mit Booten den See erkunden, feierten auf einer einsamen Insel unter freiem Himmel die Eucharistie, ein Steilwandzelt diente als Meditationsraum, wir konnten nach Herzenslust schwimmen und rudern. Die Zubereitung des Essens lag in unserer Verantwortung. Jede Menge Konserven boten genügend Abwechslung in unserem Speisenplan. Eine Frage war: Sollen wir vor dem Essen beten? Ich schlug vor: Wer beten möchte, kann dies ja still tun. Als ich dann sah, wie alle vor dem Essen still beteten, hat ein Jugendlicher laut vorgebetet, und das gemeinsame Tischgebet war akzeptiert.

Auf allen Reisen war ich zumeist sehr froh und glücklich. Ich konnte mit den jungen Leuten die Welt aus den Angeln heben und habe immer die Dimension des Glaubens gepflegt. Wer mit mir reiste, wusste, dass der Glaube nicht außen vor blieb.

Meditation mit einer Kerze an Silvester – mehr Theater als echt, ich trug zu der Zeit noch keine Brille.

Taizé

Zweimal eine Woche und einmal drei Wochen fuhr ich mit meinen Schülern und Schülerinnen nach Taizé. Für die Zeit in den Osterferien hatte ich mir eigens Angora-Unterwäsche angeschafft. Dennoch war es die ganze Zeit über sehr kalt. Aber das Zusammensein mit Jugendlichen aus aller Welt, das Mitfeiern der Gottesdienste, das friedliche Zusammensein aller Rassen, die Stille, der Kontakt zu den Brüdern, sogar auch zu Frere Roger, die vielen Diskussionen über Glaube und Gesellschaft heute, das Konzil der Jugend, meine Tätigkeit für zwei Wochen als Animateur für Passagegruppen (deutsch, englisch, niederländisch), dies alles hat mir wertvollste Erkenntnisse gebracht, die bis heute in meinem religiösen Leben unverzichtbar sind. Vor allem die Erkenntnis, dass Gott mit einer Stimme zu uns spricht, dass wir sensibel sein müssen, um seine Stimme nicht zu überhören. Von all dem war ich so beeindruckt, dass ich für ein Jahr in die Brüdergemeinschaft eintreten wollte, bevor ich meinen Dienst als Gemeindepfarrer antreten würde. Aber die Brüder ließen dies für ein Jahr nicht zu. *„Wenn du kommen willst, dann musst du für immer bei uns bleiben“*, sagten sie. Ich fühlte mich mehr zum Gemeindepfarrer berufen und kann heute sagen, dass die Entscheidung richtig war. In St. Josef Rheinhausen wurde meine Anregung, in der Kirche eine Werktagskapelle einzurichten vom Pastor akzeptiert. Wir machten aus der Sakristei einen Raum, in dem auch Eucharistie gefeiert werden konnte. Taizé hat mich in meinem Bemühen, international zu arbeiten, sehr inspiriert.

Lebensfrust

Immer wieder bekam ich von den Jugendlichen zu hören: Man kann ja doch nichts machen, unser Leben ist sinnlos. Gemeinsam haben wir versucht, der ganzen Schule zu zeigen, dass man etwas machen kann: Wir haben einen großen Basar für das Kinderdorf Andheri in Indien veranstaltet. An einem Samstag stand die ganze Schule im Zeichen eines Schulfestes: Secondhand-Shop – Essen und Trinken – Kaffee und Kuchen – Computer-Informationen – Flohmarkt – Picasso-Maschine – Verlosung – und vieles mehr. Wir konnten der Andheri-Hilfe in Bonn (Frau Rosi Gollmann) mehrere Tausend DM zur Verfügung stellen. Dieses Schulfest hat der ganzen Schule, auch den Lehrern sehr gut getan und uns allen gezeigt, dass man etwas machen kann, das den Menschen hilft. Wir haben Ähnliches noch ein zweites Mal veranstaltet. Die Initiative kam vom Religionsunterricht her, auch die evangelischen Kollegen haben kräftig mitgemacht.

Konflikte

Manchmal waren meine Unterrichtsgruppen aus unterschiedlichen Berufen zusammengestellt. Einmal hatte ich große Probleme mit Schlossern und Maurern, die sich gegenseitig ablehnten. Die Schlosser sagten: *„Die Maurer, die haben se doch unter Wasser gemacht“*, und ähnliche Sprüche wurden auch von den Maurern über die Schlosser geäußert. Ich erzählte im Lehrerzimmer von der Spannung zwischen den beiden Lehrlingsgruppen. Der Klassenlehrer las daraufhin seinen Jungs die Leviten. In der nächsten Woche kamen „meine Freunde“ schon morgens vor dem Unterricht in meine Religionswerkstatt und sagten: *„Sie haben uns verpfiffen, wir sehen uns heute Mittag.“* Den ganzen Morgen überlegte ich, wie ich mit diesem Konflikt wohl fertig werden würde. Mir kam eine Idee, die geholfen hat. Kaum waren die Schlosser und Maurer in meinem Unterrichtsraum erschienen, da habe ich losgelegt und ihnen meine maßlose Enttäuschung über ihre Androhung von Vergeltung kundgetan. Ich zählte ihnen all meine Versuche auf, mit ihnen einen sinnvollen

1978: Abschied von den Kolleginnen und Kollegen der Berufsbildenden Schule im Pfarrgarten von St. Josef Rheinhausen. Hans Ludger ganz vorn liegend.

Unterricht zu machen, dass ich sie sogar bei Krupp besucht hätte und dass wir die große Chance hätten, mit Leuten zusammen zu arbeiten, die uns nicht liegen würden. – Sie blieben ruhig, schluckten ein paar Mal, und die Situation war gerettet.

Vertrauen

Schließlich war ich an der Schule so angesehen, dass ich in den Lehrerrat gewählt wurde und einige Jahre Vorsitzender des Lehrerrates gewesen bin. Ich konnte manches Mal mithelfen, dass Konflikte zwischen Kollegen und Schulleitung bis hin zur Bezirksregierung in Düsseldorf gelöst wurden. Das gleichzeitige Amt des SMV-Verbindungslehrers konnte ich nicht weiter bekleiden, da es mit dem Amt des Vorsitzenden des Lehrerrates kollidierte. Ich konnte nicht gleichzeitig die Interessen von Lehrern und Schülern vertreten.

So entschied ich mich für den Lehrerrat, natürlich ohne die Probleme der Jugendlichen aus den Augen zu verlieren.

Beratung von Wehrdienstverweigerern

Spannend war meine Beratungstätigkeit von Kriegsdienstverweigerern (KDV). Ich half den jungen Männern, ihre Begründung zu schreiben, wir führten fingierte Verhandlungen des Prüfungsausschusses, um die Antragsteller für die Verhandlung in Krefeld fit zu machen. Ich wurde sogar vom Bischof für diesen Dienst eigens beauftragt.

In der Verhandlung war meine Methode: Ich überließ dem Vorsitzenden und seinen beiden Beisitzern die ganze Verhandlung, schrieb alles Wichtige mit, der Vorsitzende sprach den Verlauf von Fragen und Antworten auf ein Diktiergerät und gab zum Schluss mir das Wort. Ich legte dann dar, weshalb ich den Verweigerer für glaubwürdig hielt, bezog mich hierbei auf den Gang der Verhandlung, in der genügend Argumente zu finden waren, die für die Glaubwürdigkeit des Antragstellers sprachen. Am leichtesten war die Anerkennung, wenn die Begründung mit religiösen Argumenten vorgetragen wurde.

Wenn der Wehrdienstverweigerer nicht anerkannt wurde, begleitete ich ihn zur nächsten Instanz, zur Kammer, ebenfalls in Krefeld. Hier wurde die ganze Problematik von neuem aufgerollt. Einmal erlebte ich auch hier eine Nicht-Anerkennung. Die letzte Instanz war das Verwaltungsgericht in Düsseldorf. Alle meine Klienten wurden anerkannt, wenn sie nur ihr Ende festgehalten haben und meine Hilfe bis zur letzten Instanz angenommen haben.

Die interessanteste Verhandlung war einmal vor der Kammer in Krefeld. Vorsitzender war Dr. Plaum, ein guter Bekannter von Kardinal Höffner, der mich als Bischof von Münster zum Priester geweiht hatte. Wir fanden uns gegenseitig sympathisch. Dr. Plaum habe ich wegen seines phantasievollen Stils in den Verhandlungen echt bewundert. Die beste Verhandlung war: Bernd Christ aus unserer Pfarrgemeinde war in erster Instanz nicht anerkannt. Also ging es zur Kammer. Dr. Plaum stellte folgende Fragen: *„Herr Christ, Sie studieren Mathematik?“ „Jawohl, Herr Vorsitzender.“* Weiter: *„Sie sind Messdienerleiter in St. Josef Rheinhausen?“ „Jawohl, Herr Vorsitzender.“ „Sie sind aktiv im Malteser-Hilfsdienst? Können Sie Ihre Tätigkeit und Ihre Einsätze nachweisen?“* Bernd zeigt sein Einsatzheft vom MHD. Weitere Frage: *„Sie spielen die Orgel in St. Josef? Wie registrieren Sie die Toccata in C-Dur von Johann Sebastian Bach?“* Bernd blieb die Antwort nicht schuldig. Diese Fragen dauerten nur zehn Minuten. Dr. Plaum sagte: *„Die Kammer zieht sich zur Beratung zurück.“* Schon nach fünf Minuten kamen sie in den Verhandlungssaal zurück. Ergebnis: Die Kammer hat entschieden, dass Herr Bernd Christ als Kriegsdienstverweigerer anerkannt wird. – Wir waren alle sehr froh. Nach der Verhandlung fragte ich Dr. Plaum: *„So eine Verhandlung habe ich noch nicht erlebt, es würde mich interessieren, wieso Sie eine so schnelle Entscheidung treffen konnten.“* Dr. Plaum: *„Herr Christ hat ganz einfach gezeigt, dass er glaubwürdig ist. Er ist im zehnten Semester des Mathematikstudiums, also kann er nicht dumm sein. Er engagiert sich bei den Messdienern und im Malteser-Hilfsdienst, er ist also kein fauler Hund, er ist musikalisch begabt und nutzt diese Begabung. Ich bin mir sicher, dass er sich seine Entscheidung, den Kriegsdienst zu verweigern sehr gut überlegt hat und dass sie ehrlich ist. Wir konnten ihn nur anerkennen.“*

Alle Verhandlungen waren sehr interessant und gingen bei allen Beteiligten an die Substanz der Überzeugung. Ich war in den Gremien schließlich so bekannt, dass meine Leute schon durch meine Beratung ein gewisses Plus hatten und darum recht häufig schon in erster Instanz anerkannt wurden.

Pazifismus

Ich selbst habe mich durch diese Tätigkeit mit der Problematik Krieg und Frieden auseinander gesetzt und stehe seither auf Seiten der Wehrdienstverweigerer. Zu denken gab mir einmal die Frage des Vorsitzenden des Prüfungsausschusses an den KDVer: *„Haben Sie noch nie auf der Kirmes für Ihre Freundin eine Blume geschossen? Ein deutscher Junge kann doch schießen!“* Oder ich hörte in einem Interview im Fernsehen den früheren Landwirtschaftsminister Höcherl sagen: „*Das Fliegen im Krieg war unsere Leidenschaft, die paar Bomben, die wir auf den Flügen abwerfen mussten, waren ein notwendiges Übel. Uns ging es hauptsächlich um das Fliegen.*"

Ich habe mich entschieden, grundsätzlich nicht zu schießen. Seit den 70er-Jahren bin ich Mitglied bei der kath. Friedensorganisation Pax Christi.

Ich kam in Kontakt mit dem Bundeswehr-General der Luftabwehr. Er gebrauchte den einprägsamen Satz: „*Die allergrößten Kälber mästen ihre Metzger selber.*" Ich wurde eingeladen, für die Offiziere der Bundeswehr in Ahlen einen Einkehrtag zu halten. Ich stellte unsere Friedensstrategie vor und erntete Respekt und Anerkennung. Ich kann nicht erwarten, Berufssoldaten für diese Theorie zu gewinnen, aber dass sie ernsthaft über den Einsatz von Waffen nachdenken, das galt damals genau wie heute.

Ich habe die Ehrenmitgliedschaft des Bürgerlichen Schützenvereins meiner Heimatstadt Harsewinkel aufgrund einer plattdeutschen Messe, die ich am Schützenfest gefeiert habe. Ich war Präses der Schützenbruderschaft Lamberti-Hansa in Münster, die Schützenbrüder und Schützenschwestern (Sportschützen) haben meine Argumente akzeptiert und mich nie aufgefordert, einen „Ehrenschuss" zu tun. Auch die Michaelsschützen in Marbeck kennen meine Einstellung und fordern mich nie zum „Ehrenschuss" auf. Nichtsdestotrotz gehe zu den Schützenfesten, um den Kontakt zu den Leuten zu pflegen, ganze Jackentaschen voll Autoskooter-Chips an die Kinder zu verschenken und mich einfach mit allen zu freuen.

Dies alles hatte seine Entstehung in Rheinhausen. Es war wirklich eine erfüllte, glückliche Zeit. „*Lass man sausen, wir lieben Rheinhausen …*", haben wir zu Karneval begeistert gesungen. Noch heute denke ich dankbar an die elf Jahre zurück. Das Hüttenwerk und der Stahlbau existieren nicht mehr, aber die Menschen leben, sie sind fit genug, um an der Zukunft mitzubauen.

Die Einheit der Christen – ein Licht in der Welt

Ökumenischer Gottesdienst St. Josef Rheinhausen 1967

Auf den Plakaten, die zum heutigen Gottesdienst der evangelischen und katholischen Christen eingeladen haben, steht in großen Lettern geschrieben: Ökumenischer Gottesdienst. Was ist eigentlich ökumenisch und was ist die ökumenische Bewegung?

„Ökumene" heißt zunächst bewohnt, und es wird gebraucht für den bewohnten Teil der Erde. Im übertragenen Sinn bedeutet es: umfassend, allgemein. So war das letzte ökumenische Konzil ein die ganze katholische Kirche umfassendes Konzil. Für uns heute Abend ist aktueller das „ökumenisch", das zusammen mit dem Wort „Bewegung" gebraucht wird. Ökumenische Bewegung besagt: Christen der verschiedenen Kirchen und kirchlichen Gemeinschaften suchen die Einheit der Kirche, die Einheit der Christen. Ökumenische Bewegung heißt weiter: Christen suchen ohne konfessionelle Konkurrenz der Welt das Evangelium zu künden. So wäre die Einheit der Christen ein Licht in der Welt!

Keine Einheit ohne Bruderliebe

Noch ist uns die Einheit der Christen in der einen Kirche nicht als Gabe geschenkt. Die Einheit zu verwirklichen ist die große Aufgabe, die uns Christus heute gestellt hat. Wie kann diese Aufgabe gelöst werden? Wir können dem Ziel der Einheit nur als wahre Christen näherkommen. Christus wollte die eine Kirche. Die Einheit der Christen wird davon abhängen, ob wir bereit sind, den Willen Christi zu erfüllen.

Christus sagt uns heute: *„Du sollst den Herrn deinen Gott lieben aus deinem ganzen Herzen, und deinen Nächsten wie dich selbst!"* Das ist alt, das kennen wir schon, mag jetzt mancher denken, so wie die ersten Christen dachten, an die der Abschnitt aus dem ersten Johannes-Brief gerichtet ist, den wir soeben hörten: *„Geliebte, nicht ein neues Gebot schreibe ich euch, es ist alt und ihr habt es von Anfang an gehabt."* Er meint damit das Gebot der Gottes- und Nächstenliebe. Und doch ist es für uns etwas Neues, wenn wir damit beginnen, dieses Gebot zu verwirklichen. *„Wer sagt, er sei im Licht, und dabei seinen Bruder hasst, ist noch in der Finsternis."*

Wie lange haben wir geglaubt, wir seien im Licht und haben unseren Bruder gehasst? Noch in unserem Jahrhundert haben sich die Konfessionen feindlich gegenüberstanden. Oder sie lebten lieblos nebeneinander her. Das Neue in der heutigen Zeit ist, dass die Kirchen sich bemühen, ernst zu machen mit dem Liebesgebot Christi und einander in Liebe und Verständnis begegnen.

Wege zur Einheit

Und dennoch gibt es in beiden Kirchen Christen, die den gemeinsamen Gottesdiensten und den Bestrebungen, die Christen zu einen, mit Skepsis gegenüberstehen. Im Grunde sind sie wohl davon überzeugt, dass endlich etwas geschehen muss, das Ärgernis der Spaltung der Christenheit zu beseitigen und die Einheit der Christen herbeizuführen. Aber sie verstehen unter Einigung der Christen das Hereinholen des anderen in die eigene Kirche. Bei uns Katholiken trifft man häufig die Meinung: Wir müssten dafür sorgen, dass die evangelischen Christen katholisch werden.

Dieser Gedanke ist jedoch im Konzilsdekret über den Ökumenismus nicht ein einziges Mal ausgesprochen. Ökumenisches Bemühen in der katholischen Kirche vollzieht sich nicht in der Absicht, die getrennten Brüder und Schwestern zur Konversion zu bewegen, sondern unser Anliegen ist, mit ihnen gemeinsam den Weg zu gehen, der uns dem Ziel der Einheit näher bringt. Und darin liegt der Sinn dieser Stunde: Wir wollen den Herrn um Erleuchtung bitten, dass er uns zeigt, welchen Weg wir gehen können.

Der Weg zur Einheit im Glauben kann nicht der Weg einiger weniger Christen sein, die sich mit der Ökumene wie mit einem Hobby befassen. Das Konzilsdekret über den Ökumenismus sagt unmissverständlich: Die Christen mögen die Zeichen der Zeit erkennen und sich mit Eifer am ökumenischen Werk beteiligen. Ein katholischer Christ, der in Treue zu seiner Kirche steht, und mit der Kirche sein Leben gestaltet, wird sich dem Geist der Ökumene nicht verschließen können und sich mit all seinen Kräften für die Einheit der Christen einsetzen. Treue zur Kirche bedeutet heute: Verwirklichung der ökumenischen Anliegen. Das Entsprechende werden wird man auch den evangelischen Christen sagen dürfen.

Die Einheit der Christen – ein Licht in der Welt

Wenn die Kirchen sich so einander öffnen, miteinander ins Gespräch kommen, einander als Partner anerkennen, den Weg durch die gegenwärtige Geschichte gemeinsam gehen, werden sie besser mithelfen können, die großen Aufgaben der Welt zu lösen. Eine geeinte Christenheit überzeugt und kann zu einem wirklichen Licht für die ganze Welt werden.

Mit Skepsis schaut die Welt, in der bisweilen nur noch Naturwissenschaft und Technik etwas zu gelten scheinen, auf die Christenheit. Eine geeinte Christenheit kann sich besser einsetzen für die Anliegen des Menschen: Für Frieden und Freiheit, für die Beseitigung von Not und Elend, für den Aufbau einer auf Menschenrecht und Liebe gegründeten Gesellschaft. Auch so können wir Ökumene verstehen: Offensein für die ganze Welt.

So ist die Sammlung, die wir sogleich durchführen, eine ökumenische Tat: Wir Christen opfern gemeinsam für ein Waisenhaus in Indien. Wenn wir Christen miteinander Frieden halten und der Welt die Einheit vorleben, können wir der Welt und ihren Politikern mit Überzeugung sagen, dass es ihre wichtigste Aufgabe ist, den Frieden zu sichern. Der Papst hat einen eindringlichen Friedensappell an die Mächtigen der Welt gerichtet: in seiner Rede vor den Vereinten Nationen in New York, in seiner Friedensenzyklika „Pacem in Terris" und nicht zuletzt in seiner Mahnung, den wahnsinnigen Krieg in Vietnam zu beenden. Aber die Christenheit ist wohl noch zu wenig geeint und sie hat zu wenig Leuchtkraft in der heutigen Welt, dass die Verantwortlichen auf dieses Licht des Friedens aufmerksam würden.

Eine Christenheit, die auf dem Weg zur Einheit ist, ist auch eher imstande, den Menschen jenen Frieden des Herzens zu bringen, den nur der Glaube schenken kann. Die Menschen suchen das Licht der Wahrheit. Es wird an uns Christen liegen, ob sie es finden.

Christen im Protest gegen Krieg und Unmenschlichkeit

Es ist in der heutigen Zeit modern geworden, gegen Krieg und Unmenschlichkeit zu protestieren. Wir könnten uns diesem Protest anschließen, wir könnten aber auch die Zerrissenheit der Menschen an der Wurzel zu heilen beginnen, indem wir Christen uns einen. Jedenfalls stimmt, was der Generalsekretär des Weltkirchenrates, Dr. Blake, vor einigen Monaten sagte: *„Die Einheit der Christen aufschieben heißt, sie verraten!“*

Anmerkung 2008

Meine Rheinhauser Zeit war geprägt von freundschaftlicher Ökumene. Pfarrer Fritz Klümpen war durch und durch ökumenisch gesonnen. Die Freundschaft zum Pfarrerehepaar Paul Gerhart und Margret Schoenborn besteht noch immer. Im Jahre 2005 konnte ich mit der Amateurbühne Münster Ost (Herz-Jesu und St.-Elisabeth-Gemeinde) die Aufführung des Theaterstückes „Das Wort“ von Kaj Munk vermitteln. Paul Gerhart hatte es aus dem Dänischen übersetzt. Das Stück hatte wegen seiner tiefen theologischen Aussagen über den Glauben in Münster eine sehr gute Resonanz und in fünf Aufführungen viele Besucher erlebt.

Beten, aber wie?

Rheinhausen 1968

A. Wenn am 5. Mai die Wahlen für das neue Pfarrkomitee durchgeführt werden, wird damit auch in unserem Dekanat moderne Kirche mehr Wirklichkeit werden. Die Laien werden mehr als bisher das Leben in der Pfarrgemeinde mittragen und mitgestalten. Die Kirche besinnt sich auf ihr ureigenes Wesen und passt sich den Erfordernissen der Zeit an. Wir gehen herrlichen Zeiten entgegen. Es hat nur manchmal den Anschein, als ob wir von einer rein äußeren Neustruktur einer Pfarrgemeinde allein schon die heute notwendige Erneuerung der Kirche erwarten. Wenn nur nach Außen hin alles modern ist! Dabei spüren wir alle allzu deutlich, dass die Kirche heute nur dann glaubwürdig bleibt, wenn sie sich auch von Innen erneuert. Die Kirche erwartet von den Laien, dass sie mitverantworten und mehr als bisher in der Gemeinde mitarbeiten. Die Kirche muss auch im Gespräch mit den Laien erarbeiten, wie man in der heutigen Zeit gläubig sein kann. Die Äußerung des Glaubens vollzieht sich vor allem in jener Urform der Beziehung des Menschen zu Gott: im Gebet. Wir wollen uns ehrlich die Frage stellen: wie kann ich heute beten? Die Frage ist anspruchsvoll. Mein Anliegen ist, einige Antworten zu geben, aus denen auch persönliches Erleben spricht.

B. Beten, aber wie?

I. Ich kann nicht mehr beten! Die Situation des Beters heute.

1. Der heutige Mensch findet in der Betriebsamkeit des Alltags wenig Zeit zur Besinnung, also auch zum Beten. Sein Beruf nimmt ihn stark in Anspruch. Das Leben im Alltag ist geprägt von Tempo, Hast und Unruhe. Einige Menschen sind im beruflichen Leben überfordert. Die Folge ist Unzufriedenheit und Gereiztheit. Hinzu kommen die Spannungen in der Familie: Schwierigkeiten in der Erziehung der Kinder, die vielen Einflüsse, die heute auf uns einstürmen: die sog. Reizüberflutung, Fernsehen, Straßenlärm, die ständige Berieselung durch Tonband und Plattenspieler. Wie soll der Mensch von heute da noch beten können?

2. Hieraus ergibt sich mangelnde Konzentrationsfähigkeit. Die vielen Bilder und Eindrücke, die auf uns Menschen einstürmen, lenken uns auch in Augenblicken der Stille ab. Es erfordert einen starken Willen, sich auf eine wesentliche Sache zu konzentrieren, wie es das Beten ist.

3. Bei vielen Menschen sind die sozialen Bezüge gestört. Sie fühlen sich von anderen nicht verstanden, sind einsam und kreisen in ihrem Denken und Tun eigentlich um sich selbst. Diesen Menschen fällt es schwer, einem anderen zuzuhören, auf einen anderen einzugehen, sich einem anderen aufzuschließen. Da auch das Gebet dialogischen Charakter hat, fällt es ihnen auch hier schwer, zu hören, was Gott sagt. So finden sie das Gebet nutzlos, es kommt nichts dabei herum, es ist unfruchtbar. Sie fühlen sich nicht gestärkt.

4. Die Krise des Gebetes heute hat ihren Grund auch darin, dass dem Menschen einer naturwissenschaftlich orientierten, technisierten und säkularisierten Welt Gott und überhaupt geistiges Sein unwirklich vorkommt. Wenn man die jungen Menschen an der Schule fragt, in welchen Betrieben gelegentlich religiöse Probleme im Gespräch auch nur gestreift werden, so stellt man fest, dass dieses Thema höchst selten angerührt wird. Man hält es für überholt, es hat keinen Wirklichkeitswert mehr. Mindestens 85 % der Jugendlichen gibt nach der Erfahrung einer solchen Umwelt praktisch das regelmäßige Beten auf.

5. Echte Glaubenszweifel sind des Weiteren die Ursache dafür, dass kein lebendiges Gebet mehr zustande kommt. Den jungen Menschen fällt der Übergang vom naiven, unreflektierten Glauben der Kindheit zum personal vollzogenen Glauben des erwachsen werdenden jungen Menschen schwer. Der erwachsene Christ erfährt eine nichtchristliche Umwelt, auch er muss sich zu einem personal entschiedenen Glauben durchringen, was nicht ohne ernsthafte Krise geht.

6. Eine besondere Schwierigkeit des Gebetes heute liegt vor allem im Mangel an Anknüpfungspunkten für die volle Realisierung des Gottesglaubens und der Gottesbegegnung. Die alten Bilder und Symbole, in denen der Glaube anschaulich und greifbar wurde, tragen nicht mehr. Das gilt insbesondere von den Naturbildern und -symbolen, etwa in den Psalmen. Sie werden wohl als angemessene und erhebende Form empfunden, aber nicht mehr ursprünglich vollzogen, weil die Natur entzaubert ist und an existentieller Bedeutung für den Einzelnen verloren hat. Aber auch die technischen Dinge sind für die Realisierung des Gesprächs mit dem lebendigen Gott wenig geeignet. Ihnen fehlt das Numinose, das früher einmal im Bewusstsein der Menschen die Naturmächte kennzeichnete. Sie sind unpersönlich und tot und erklären sich aus durchschaubaren, kontrollierbaren Ursachenreihen, die der Mensch gesetzt und geknüpft hat.

Andererseits hat aber die neuzeitliche Entwicklung auch einiges mit sich gebracht, was für die Echtheit und Vertiefung des Gebetes nutzbar gemacht werden kann. Dazu gehört vor allem das intensivere Erleben der personalen Welt, des Verhältnisses von Ich und Du, oder wenigstens, wo dieses gestört ist, das Verlangen danach. Daran gilt es heute anzuknüpfen.

7. Was die Gebetserfahrung des heutigen Christen oft so belastet, ist im Grunde die Erfahrung des gläubigen Menschen aller Zeiten. *„Gott hülle dich nicht in Schweigen, sei nicht taub, und bleibe nicht still!"* (Ps 83), fleht verängstigt das von Feinden bedrängte alttestamentliche Gottesvolk. Selbst Christus scheint am Kreuz eine ähnliche Erfahrung gemacht zu haben, wenn er fragend hinausruft:

„Mein Gott, mein Gott, warum hast du mich verlassen?" Die Erfahrung des fernen und schweigenden Gottes beruht nicht auf einer Täuschung; sie entspricht der Wirklichkeit, sie ist echt. Aber sie hat ihren Grund nicht nur im unendlichen Abstand zwischen Gott und Geschöpf, auch nicht nur in der heutigen Situation des Menschen und der Welt, sondern letztlich in der Sünde. Ursprünglich, so sagt uns die Offenbarung, war Gott leicht zu erkennen. Adam und Eva hatten eine lebendige und ungestörte Gotteserfahrung von der gnadenhaften Gegenwart Gottes in der Welt; sie vernahmen seine Stimme und sprachen so selbstverständlich mit ihm wie Kinder mit ihren Eltern. Erst die Sünde hat den Kontakt mit Gott gestört.

Es wird kaum gelingen, die Situation des betenden Menschen und seine Schwierigkeiten heute adäquat zu erfassen. Viele der genannten Punkte treffen sicher für jeden von uns zu. Zu wissen, wo bei mir die Ursachen für meine Unbeholfenheit im Beten liegen, hilft mir weiter, sie zu überwinden und zu einem frohmachenden Gebetsleben fortzuschreiten.

II. Beten, was ist das?

1. Gebet ist nicht nur innere Sammlung, kein bloßes Nachdenken über Gott, nicht in erster Linie ein Gefühl der Andacht, ein religiöses Erlebnis, ein Ergriffensein, sondern die personale Hinwendung zu Gott (Begegnung mit Gott, Wandel mit Gott, Gespräch mit Gott), in formulierten oder in rein inneren (geistigen) Worten. Der dialogische Charakter ist ihm wesentlich. Es realisiert aber nicht nur den bloß theoretischen Glauben an einen persönlichen Gott, mit dem man trotz seiner Unsichtbarkeit in Kontakt treten kann, sondern die totale Bezogenheit auf diesen Gott, die Abhängigkeit von ihm und die Hinordnung auf ihn, das Angesprochensein von ihm und das Verfügtsein durch ihn. Es hat darum seine Initiative letztlich nicht im Menschen, so sehr es, psychologisch gesehen, von ihm ausgehen mag, sondern im Wort des Schöpfer- und Erlösergottes. Das Urgebet des von Gott angesprochenen Menschen lautet: *„Hier bin ich, du hast mich gerufen!"* *„Rede, Herr, dein Diener hört!"* Oder: *„Herr, was willst du, das ich tun soll?"* Gebet ist in seinem tiefsten Wesen immer „Antwort", von Gott geforderte, christlich gesehen heilsnotwendige Antwort, die als solche unersetzlich ist und von der niemand dispensiert werden kann.

2. Das ganz Alte Testament ist ein eindrucksvolles Zeugnis für das Gebet als einem wesentlichen Element der israelischen Frömmigkeit. Die Psalmen sind zum großen Teil Gebete. Unter den Propheten ist vor allem Jeremia der große Beter. Alles, was sein Herz bewegt, bringt er vor Gott. Er ist auch der unermüdliche Fürbitter für sein Volk. Am meisten vertreten ist natürlich das Bittgebet. Sehr häufig erfleht es irdische Güter. Aber sein Gegenstand sind auch übernatürliche Werte (Weisheit, Gottesfurcht, Vertrauen im Unglück, Verzeihung der Sünden). Für Erhörung der Bitte dankt der Israelit vor allem dadurch, dass er Gottes Güte, Barmherzigkeit und Macht lobt. Das Gebet im Alten Testament ruht in dem durch die Offenbarung erkannten und durch die Tradition überlieferten Verhältnisses Israels zu Jahwe als dem einen allmächtigen Gott, der die ganze Welt und die Menschheit erschaffen hat und leitet und sein Volk Israel durch die Jahrhunderte führt. In seiner Hand liegt auch das Schicksal eines jeden Menschen. Jahwe hat mit Israel seinen Bund geschlossen. Er erwartet die liebende Antwort seines Volkes.

3. Das Gebet im Neuen Testament

Jesus hat sich an die jüdischen Gebetsgewohnheiten gehalten, nur die pharisäischen Übersteigerungen und Veräußerlichungen abgelehnt. Nur gelegentlich wird der Gebetsinhalt der Gebete Jesu erwähnt, so z. B. beim Hohepriesterlichen Gebet und beim Vaterunser. Das Vaterunser ist die Antwort Christi auf die Bitte der Jünger: *„Herr, lehre uns beten“*, und somit nicht nur als Gebet zu werten, das man in überlieferten Fassung betet, sondern auch als Anleitung, wie man überhaupt beten soll. Nie hören wir, dass Jesus gemeinsam mit den Jüngern betete. Diese Tatsache verweist auf das Einzigartige des Gebetes Jesu. Der Hebräerbrief spricht für die „Tage seines Fleisches“ so von seinem *„Bitten und Flehen [...] Mit lautem Schreien und Weinen“*, dass dies vor allem auf sein Gebetsringen in der Passion bezogen scheint, zugleich aber sein Gebet überhaupt als Ausdruck der göttlich messianischen Sendung charakterisiert.

Das urchristliche Glaubensverständnis vom Gebet wurzelt nicht einfachhin in Jesu Beispiel und Lehre, sondern vielmehr in dem aus seiner Verherrlichung verstandenen Mittlertum. Von dorther versteht sich Jesu Beispiel als die Vorwegnahme dessen, was im Erhöhten ganz verwirklicht ist. In ihm ist in endzeitlichem Vollmaß für alle Glaubenden das neue Gottesverhältnis begründet, in dem der Vatername Gottes seinen Vollsinn erhält. Christus ist der Hohepriester beim Vater, der den Kult Gottes vollendet und zugleich einen vollendeten Kult Gottes auf Erden ermöglicht. Der Erhöhte selbst wird als Kyrios Ziel des Gebetes und Kultes, insofern in ihm die Fülle Gottes leibhaftig wohnt.

Der kirchliche Charakter des Gebetes wurzelt in der neuen Einheit aller Gläubigen mit dem Herrn: Paulus spricht vom Leib Christi. Wie es keine Vereinzelung vor Gott gibt, gibt es kein Gebet, das nur Privatgebet wäre, da jeder als Glied der Kirche vor Gott steht. Daher das durchgehende Wir, die Sorge und das Eintreten der Glieder füreinander und die Mahnungen zum gemeinsamen Gebet des Apostels Paulus. Im gemeinsamen Gebet wird die Kirche sichtbar und in ihr der Herr selbst

4. Die wichtigsten Arten des Gebetes nach ihrer inhaltlichen Aussage gegliedert sind das Bitt-, Lob- und Dankgebet. Wir wissen, was damit gemeint ist und brauchen drauf nicht näher einzugehen.

III. Wie können wir in der heutigen modernen Welt noch beten?

1. Voraussetzungen für ein neues Hinfinden zum Gebet

Eine erste Voraussetzung für die Erneuerung meines Gebetslebens ist schon damit gegeben, dass ich es als Mangel empfinde, wenn ich nicht mehr so recht beten kann. Man sollte sich einmal persönlich fragen, welches bei einem selbst wohl die Ursachen für die Schwierigkeiten beim Gebet sind. Ist es mangelnder Glaube, dann sollte ich mich um Festigung meines Glaubens bemühen: Das kann geschehen durch Lesen von Büchern, vor allem der Hl. Schrift, das kann ferner geschehen durch bewusstere Mitfeier der Sonntagsmesse. Auch in Gesprächen mit anderen Menschen kann ich wieder zum Glauben kommen. Der Glaube ist nicht so sehr eine Sache des Intellektes. Der Glaube kommt vom Hören. Indem ich einen anderen als Glaubenden erfahre, komme ich selbst wieder zum Glauben. Ich könnte mich einmal fragen, welchen Umgang pflege ich, mit welchen Menschen komme ich zusammen? Welche Rolle spielen diese Menschen hinsichtlich meines Glaubens?

Entscheidend wichtig scheint mir zu sein, dass ich überhaupt wieder beten möchte. Vielleicht habe ich früher einmal besser gebetet und suche jetzt nach Gebetsformen, die mich innerlich wieder neu erfüllen. Allein diese Haltung des Suchens ist schon eine Form des Gebetes. Es ist nicht auszudenken, dass Gott einen ehrlich suchenden Menschen im Dunkeln lässt, dass er ihm auf sein Gebet keine Antwort gibt. Die großen Beter, die Heiligen, bringen immer wieder zum Ausdruck, wie sehr sie vor allem in ihrem Beten gerungen haben, und dass es viele trockene Zeiten in ihrem Beten gegeben hat.

Man sollte einfach wieder anfangen mit dem Beten. Sich wieder heranwagen. Hierbei spielt unser Wille eine erhebliche Rolle: Wir alle sind täglich von so vielen Eindrücken überlagert, dass es uns fast unmöglich scheint, uns mit einem Gebet zu Gott zu erheben. Hier ist eine feste Ordnung notwendig. Die Hygiene der Seele gehört zum Alltag wie die Hygiene des Leibes. Man sollte sich wirklich einmal überlegen, ob es denn gar nicht möglich ist, sich eine kurze Zeit der Stille im Alltag zu sichern!

2. Das Beten in Gemeinschaft

Viele Gläubige klagen darüber, dass es ihnen schwer falle, die heilige Messe andächtig mitzufeiern. Liegt es daran, dass sie sich mit der Liturgiereform schwertun? Es gibt unter uns hier wohl kaum jemand, der die alte Form der Messfeier wieder herbeisehnt. Oder liegt es daran, dass diese Gläubigen bisher in der hl. Messe ihre Privatgebete verrichtet haben und sich jetzt in ihrer Sammlung gestört sehen? Wir betonten soeben schon den größeren Wert des gemeinschaftlichen Gebetes gegenüber dem Privatgebet, da im gemeinschaftlichen, liturgischen Gebet Kirche sichtbar wird und als solche die großen Anliegen der Menschheit dem Herrn vorträgt, ob es sich nun um Fürbitte, Lob oder Dank handelt. Wer sich bewusster in die große Gemeinschaft der Kirche hineinstellt, wird auch besser das gemeinschaftliche Gebet der Kirche vollziehen können und dann auch erfahren, dass auch seine persönlichen Anliegen vom Gebet der Kirche erfasst werden. Man kann unmöglich während der ganzen Feier der hl. Messe andächtig sein. Die Gedanken schweifen immer wieder ab. Auch hierbei kommt es auf die Grundeinstellung an. Wenn ich mit wachem Ohr das Wort der Lesung und des Evangeliums in mich aufnehme, werde ich sicher den Anruf Gottes an mich aus der Frohbotschaft hören und es wird mir auch möglich sein, betend eine Antwort zu geben. Auch in der Predigt kann einmal ein Gedanke angesprochen sein, der mich persönlich trifft. Ich nehme ihn hinein in die große Christusbegegnung der hl. Kommunion.

Die Fürbitten sind eine besondere Gelegenheit, bei der das Gebet der Gläubigen dem Herrn vorgetragen wird. Hier erfahre ich mich deutlich als Glied der Kirche. Je nachdem wie aktuell die Fürbitten formuliert sind, kann man aus dem *„wir bitten dich, erhöre uns"* heraushören, wie echt dieses Gebet von der Gemeinde gesprochen wird. Die Eucharistiefeier ist in erster Linie Feier der Gemeinde. Natürlich hat darin auch das Gebet des Einzelnen einen Platz, etwa vor und nach der Wandlung oder nach Empfang der hl. Kommunion. Gerade diese Zeit des stillen Betens sollte noch mehr ausgeweitet werden, ist sie doch Höhepunkt menschlichen Betens überhaupt. Hier ist die Möglichkeit persönlicher Christusbegegnung. Eins sein mit dem Herrn. Verweilen bei Ihm. Sich ausruhen bei Ihm. Dem Herrn seine Bitten vortragen. Sich ihm zur Verfügung stellen.

Weitere Gebet in der Gemeinschaft: in der Familie, das Tischgebet. Nicht immer dasselbe beten. Wer betet vor? Das Kind oder Vater? Bei besonderen Gelegenheiten sicher der Vater. Vorlagen für gute Tischgebete finden sich im Laudate. Wie steht es mit dem Tischgebet in der Gastwirtschaft? Soll man es mit oder ohne Kreuzzeichen verrichten?

3. Das Gebet des Einzelnen

Das Morgen- und Abendgebet wird meistens von uns allein gesprochen. Tun wir das überhaupt noch? Auch hier ist eine feste Ordnung erforderlich. Ich beginne meinen Tag mit Gott, danke ihm für die ruhige Nacht und die Gesundheit und überschaue meinen Tag: was erwartet mich heute in der Familie, am Arbeitsplatz, welche Begegnung mit Menschen werde ich heute haben, welche sind unsympathisch, gehen mir auf die Nerven? Schon am Anfang des Tages die Gleise richtig legen. Ganz bewusst mit dem Herrn den Tag beginnen. Ich kann mein Morgengebet frei formulieren, entscheidend ist der Aufblick zu Gott. Oder ich halte eine kurze Lesung aus der Schrift und nehme ein Wort, das mir besonders zusagt mit in meinen Tag. Mein Beten soll echt sein, wirklichkeitsbezogen, eine echte Zwiesprache mit dem Herrn. Dazu haben wir am Morgen keine Zeit werden manche sagen. Stimmt das wirklich? Haben sie wirklich keine Zeit, oder sind sie nicht vielmehr zu bequem dazu, sich zwei Minuten zu nehmen? Wem diese Form zu anstrengend ist, der kann auch auf dem Weg zur Arbeit sein Morgengebet sprechen. Der Tag, den ich mit Gott beginne, ist sicher anders als derjenige, in den ich einfach so hineinlebe.

Das Abendgebet nehmen als eine Art Tagesschau. Den Tag durchgehen. Dank und Bitte um Verzeihung. Auch schon wieder Ausblick auf den neuen Tag. Gemeinsames Gebet vor allem bei Eheleuten.

4. Das betrachtende Gebet

Die regelmäßige Betrachtung eines Textes aus der Hl. Schrift ist für den heutigen Christen eine hohe Anforderung. Nicht weil er das vom Geistigen her nicht könnte, es fehlt ihm die nötige Zeit und Muße dazu. Er ist zu stark in seinen Beruf eingespannt. Dennoch gibt es eine Anzahl von Laien, die täglich ihre Schriftlesung halten (Pater-Leppich-Kreis). Wie betrachte ich einen Schrifttext? Hilfen dazu suchen.

- Die Lebensbetrachtung
- Betrachtung aus der Zeitung
- Die Bildmeditation. (Kunstkreis)
- Die Bedeutung des Bildes für meine Umwelt
- Gestaltung des Raumes
- Der Kreuzweg der Jugend
- Hineinnehmen des Kreuzweges in mein alltägliches Leben
- Mein alltägliches Leben hineinstellen in das Heilshandeln Gottes
- Das Rosenkranzgebet
- Der stille Besuch der Kirche
- Viele Formen des Gebetes: Jeder muss seinen Weg finden
- Die Bedeutung des Liedes

5. Gebetskontakt mit Gott anlagebedingt

Einem visuellen Typ werden Bilder (Bildmeditationen), entsprechende Räume und ihre Gestaltung helfen. Einem mehr auditiven Typ heilige Worte, Namen, Melodien.

Bei einem Menschen mit lebhaftem Körpergefühl oder Bewegungstyp spielen Körperhaltungen, das Mitvollziehen von Zeremonien als Gebetshilfe eine starke Rolle. Die Mittel schließen sich nicht gegenseitig aus. Wer mehr Denktypus und wer mehr Herztypus ist, hat je seinen Gebetsweg zu finden, wobei jede Art ihre Stärke und ihre Gefahr der Einseitigkeit hat, die nach Ergänzung ruft. Während der Intellekt in Begriffen spricht, tut es die Tiefenseele in Bildern, (z. B. in den Träumen). „Katholisches Beten" ist allumfassend, da es alle Schichten des Menschen anspricht und aus allen geboren werden möchte. Die Überschätzung des Intellektuellen haben wir gerade bezüglich des Gebetes zu wenig überwunden.

C. Bittet und ihr werdet empfangen, suchet und ihr werdet finden …

Verheißung der Erfüllung des Gebetes.
Beten: Keine Funklotterie, kein Automat und kein Feuermelder.

Anmerkung 2008

Liebe Leserin, lieber Leser: Beachten Sie die „lehrhafte Form" dieses Artikels. Erstaunlich die starke Betonung der Kommunion-Stille. Dies ist heute eines meiner größten spirituellen Anliegen. Keine Messe ohne Stille!

Zukunft der Kirche
Sekte, Wohlfahrtsorganisation, oder?

Rheinhausen 1971

„Vielen Dank noch einmal für den Holländischen Katechismus. Ich habe sehr viel darin gelesen. Aber er hat mich der Kirche auch nicht nähergebracht. Ich bin von ihr so weit entfernt, wie man nur sein kann. Sie ist mir gleichgültig. Ansonsten bin ich immer noch auf der Suche nach einem Ziel, nach dem es zu streben lohnt. In dieser Beziehung stehe ich vor einer großen Leere.“ So schrieb mir am 23. August 1971 ein Chemiestudent. Der Brief schildert in Offenheit die Situation vieler junger Leute. Der Student „sucht noch“. Wie viele haben auch das bereits aufgegeben?!

Hintergrund:
Industriestadt Rheinhausen

Die Frage nach der Zukunft der Kirche möchte ich versuchen aus der persönlichen Erfahrung von Kirche in der Industriestadt Rheinhausen mit etwa 80.000 Einwohnern zu beantworten. Mein Arbeitsgebiet ist überwiegend der Religionsunterricht an einer Berufsbildenden Schule. Dazu bin ich als Subsidiar in der Pfarrgemeinde St. Josef/ St. Laurentius tätig und versuche auf Stadtebene, Jugendarbeit zu inspirieren und zu koordinieren.

Wenn man von der Zukunft der Kirche spricht, muss man zunächst einmal sehen, was denn gegenwärtig mit der Kirche los ist. Darum wollen wir einige Aspekte der heutigen Situation der Kirche ins Auge fassen, die keineswegs den Anspruch erheben, den Sachverhalt erschöpfend darzustellen.

Autoritäten nicht gefragt

Wie steht der junge Mensch heute zur Kirche? Das Normale ist für einen jungen Menschen heute, unkirchlich zu sein. Er liebt es nicht, eine Autorität über sich zu haben, die ihm sagt: Du sollst, du darfst nicht usw. Er erträgt keinen Zwang. Die von Papst Paul mit starker Autorität vorgelegte Enzyklika Humanae Vitae stieß damals auf heftige Ablehnung. Das Sonntagsgebot kommt heute absolut nicht mehr an. Überkommene Ordnungen wie Ehe und Familie werden infrage gestellt.

Der Jugendliche versucht experimentierend seinen eigenen Weg zu gehen. Und wenn es schief geht, dann haben wir eben Pech gehabt, sagen sie. Viele sind auf keinen Fall bereit, Normen und Gesetze anzuerkennen, nach denen sie leben sollen.

„Bei aller berechtigten Reserve allem Autokratischen gegenüber ergibt sich die paradoxe Lage, dass man einerseits die gesetzte Au-

torität ablehnt, andererseits sich (wenn auch unbewußt) Leitbildern anschließt, die in den Retorten der Manager und Publizisten künstlich hergesellt und in ihrer Vorbildlichkeit oft mehr als zweifelhaft zu nennen sind. Gewiss übertreibt das Wort von ‚geheimen Verführern', aber es wirft helles Licht auf einen betrüblichen Zustand, wird doch durch die Suggestion dieser Vorbilder das gewünschte Experiment der Freiheit in Frage gestellt. Man will Wahrheit und Lebensform auf eigene Rechnung und auf eigene Kosten übernehmen – und man zahlt im Endergebnis dabei drauf, mehr noch, man zahlt in die Kasse anderer.“

(Roman Bleistein SJ: Die Jugend von heute und der Glaube von morgen, Würzburg 1970, S. 17)

Bindungsscheu

Allenthalben entdeckt man bei Jugendlichen Furcht, ja Flucht vor Entscheidung, Festlegung und Bindung. Dieses Verhalten wird durch dreierlei verursacht: durch die Verwirrung des Pluralismus, durch die verkürzte Zeitperspektive und durch die mangelnde Werterkenntnis.

Der junge Mensch sieht sich einer Fülle von Meinungen gegenüber, die alle mit guten Argumenten arbeiten, sich aber dennoch oft radikal widersprechen, so auf dem Gebiet der Sexualerziehung, der Politik und Wirtschaft, erst recht in der Religion. Der reifere Mensch wählt aus der Fülle der Angebote das für ihn Richtige aus. Aber der Jugendliche ist in den meisten Fällen hoffnungslos überfordert, Stellung zu beziehen. So hält er sich raus und geht damit auch keine Bindung ein.

Ein typisches Kennzeichen des jungen Menschen heute ist seine verkürzte Zeitperspektive. Wer sich bindet, tut es auf Zeit, die Zeitspanne darf aber nicht zu lang sein. Der Jugendliche möchte heute glücklich sein, was morgen ist, bereitet ihm wenig Sorgen. Viele planen nicht für die Zukunft, sie begnügen sich mit dem Erleben des heutigen Tages.

Ein weiterer Grund für die Bindungsscheu liegt in der mangelnden Werterkenntnis. *„Dem Werterleben liegt ein bestimmtes Zeitverhalten zugrunde, da der Wert nicht ‚im Moment' erlebt wird, sondern nur in einem andauernden Umgang mit ihm. Ein Wert, insoweit er ein echter Wert ist, wird nicht nur erkannt, sondern er wird empfangen und er verpflichtet; ihm wird gedient, ihm wird die Treue gehalten. Max Scheler qualifiziert die Höhe der Werte danach, wie dauerhaft sie sind. Demnach verlangt Wert das Engagement, das nur auf Zeit geschieht“* (Bleistein S. 20). Natürlich ist es schwer für einen jungen Menschen, wenn ihm das Wertbewusstsein mangelt, Bindungen einzugehen, die ihn verpflichten.

So liebt er es nicht, sich in eine Institution eingliedern zu lassen, die über ihn verfügt. Christ sein ohne Kirche, das schwebt ihm vor. Die Jesus-People-Bewegung in Amerika und neuerdings auch bei uns ist der Beweis dafür, dass Christentum dem jungen Menschen etwas sagt. Nur darf man ihn nicht auf irgendeine Institution festlegen. Ob man damit allerdings dem Anspruch des Christseins noch gerecht wird, werden wir weiter unten überlegen müssen.

Einfluss der Medien

Die Publikationsmittel Presse, Funk und Fernsehen tragen viel dazu bei, dass der Kirche gegenüber Vorurteile aufgebaut werden. So informieren die Medien nicht nur, sondern beziehen auch Stellung, so z. B. im Schulkampf, in der Diskussion um den § 218, in der Frage nach dem Verbot der Pornographie. Die Kirche wird in diesen Sendungen und Presseberichten in aller Regel als die altmodische, konservative, den Fortschritt hemmende Institution dargestellt, dass der Jugendlich zu dem Schluss kommen muss: damit will ich nichts zu tun haben. Er hat es überhaupt auch im Kreis seiner Arbeitskollegen und in der Freizeit viel leichter, wenn er nicht kirchlich orientiert ist. Wer Kontakt zur Kirche hat, wird nicht ernst genommen.

Kritik am Gottesdienst der Kirche

Heftige Kritik wird am sonntäglichen Gottesdienst geübt. Die Lieder seien zu altmodisch, die Predigten langweilig, die Gebete könne man nicht mitvollziehen. Der Glaube an die Gegenwart Christi in der Eucharistie sei nicht mehr zu leisten. Man müsse das Ganze mehr symbolisch verstehen.

Die Krise des Gottesdienstes hat eine doppelte Ursache: Wir sind natürlich der Tradition verpflichtet und können unmöglich von heute auf morgen die ganze Messfeier so gestalten, dass sie in ihrer Bedeutung für jeden Mitfeiernden transparent wird.

Eine weitere Ursache für die Schwierigkeiten des heutigen jungen Christen, den Gottesdienst auch innerlich mit zu vollziehen, liegt darin, dass es ihm immer schwerer fällt, Gott in irgendeiner Weise zu erfahren. Nur selten begegnet er dem betenden Menschen in der Familie oder in der Schule. Wenn in der Berufsschule noch vor drei Jahren das Gebet am Ende einer Religionsstunde angenommen wurde, so kommt es heute nicht mehr an. Der Geschmack am geistlichen Leben ist vielen jungen Leuten abhanden gekommen.

Wir dürfen die Schuld dafür nicht nur der Zeit in die Schuhe schieben. Eine Theologie, die vom Tode Gottes spricht, wird auch von Jugendlichen gehört und sicher nicht so verstanden, wie sie gemeint ist. Die Kirche selbst wird zugeben müssen, dass sie die heutige Misere mitverursacht hat, indem sie allzu starr an den althergebrachten Formen festhält, zu wenig Spontaneität im Gottesdienst zulässt (zu wenig neue Hochgebete), und zu wenig ihren Mitgliedern gezeigt hat, wie man in heutiger Zeit geistliches Leben führt. So erfahren wir gerade in diesem Bereich einen Schrumpfungsprozess, dessen Ende nicht abzusehen ist.

In diesem Zusammenhang ist auch der Rückgang der Beichte zu nennen. Dass Beichte für den Christen eine Chance ist, können nur wenige einsehen. Es ist auch immer schwerer, einsichtig zu machen, da kaum noch jemand zur Beichte geht. Man wird sich die Frage stellen müssen: Wie führen wir die Kinder zur ersten Beichte. Überholte Modelle müssen neu durchdacht werden.

Soziales Engagement der Kirche wird akzeptiert

Überall dort, wo Kirche sich sozial engagiert, steht der junge Mensch positiv zu ihr. Wo sie Lebenshilfe leistet dem Menschen, der mit dem Leben Schluss machen will, und wieder zu sich selbst zurückführt. Wenn sie sich um die Drogenabhängigen kümmert, um diejenigen, die im „Underground" leben, spricht man der Kirche Existenzberechtigung zu.

Bei größeren sozialen Einrichtungen wie Krankenhäusern, Kinderheimen und Kindergärten ist man skeptisch, man bejaht im Grunde, dass die Kirche der Gesellschaft diesen Dienst tut, fürchtet aber doch, dass die Kirche mächtig wird.

Die Jugendarbeit der Kirche hat heute andere Formen als früher, sie reicht von der Freizeitgestaltung (Ferienwerk) bis zur kritischen Bewusstseinsbildung. Gottesdienst und religiöses Gespräch werden erst dann akzeptiert, wenn sie in ihrer Sinnhaftigkeit erkannt werden. Junge Leute tendieren mehr zur praktischen Verwirklichung von Nächstenliebe, und sie sehen darin mehr einen Gottesdienst, als dass sie an Messfeiern echt interessiert wären. Gottesdienste in kleinen Gemeinschaften haben eine Chance, wenn die Mitfeiernden auch selbst mitwirken können.

Wird die Kirche zu einer Sekte?

Wenn es heute so um die Kirche bestellt ist, hat sie dann noch Aussicht für die Zukunft? Was bisher ausgeführt wurde, scheint wenig Raum für Hoffnung zuzulassen. Gottesdienstbesuche nehmen langsam, aber stetig ab, und die Kirchenaustritte sind ein unübersehbares Zeichen dafür, dass die Kirche vielen Menschen heute gleichgültig geworden ist.

Wie wird es mit der Kirche weitergehen? Werden wir uns gesundschrumpfen? Wird aus der Kirche eine Sekte werden, eine esoterische Gemeinschaft von Leuten, die gut zusammenhalten, aber die im öffentlichen Leben niemand mehr ernst nimmt? Sind wir Christen nicht manchmal der Versuchung ausgesetzt zu denken, es wäre gut, wenn wir uns gesundschrumpfen könnten? Lieber wenige Christen, aber dafür mehr Substanz? Ist eine Kirche, die zu einer Sekte geworden ist, überhaupt noch eine Kirche? Es geht in Gegenwart und Zukunft um die Identität von Kirche!

J. B. Metz schreibt dazu in seinem Aufsatz „Kirchliche Autorität im Anspruch der Freiheitsgeschichte" (in „Kirche im Prozess der Aufklärung", Mainz 1970, S. 80 f.):

„*Wo sich die Kirche den Herausforderungen der neuzeitlichen Freiheitsgeschichte nicht stellt, droht sie selbst zur Sekte zu werden und damit ihre Identität zu verlieren. Die Kirche als Kirche des Sohnes kann nämlich keine Identität dadurch bewahren, dass sie sich gegenüber dem ‚Fremden' der geschichtlichen Welt abschließt und in dieser Abschließung sich selbst ‚erhält'. Denn es ist das Spezifikum dieser Kirche, dass sie ihre Identität nicht einfach in sich selbst haben kann, dass sie nie einfach aus sich selbst leben kann, aus der bloßen Reproduktion ihrer eigenen Traditionen. Ihre Gründung begann damit, dass die Scheidewand zwischen Juden und Heiden fiel, dass der Vorhang des Tempels zerriss, dass die Synagoge zur Kirche unter den Menschen wurde. Die Bewegung in die Fremde wurde obligatorisch. Die Sprache Kanaans, die keine Brücke geschlagen hätte zu den Christen jenseits Palästinas, wurde aufgegeben. Von Anfang an übersteigt die Kirche sich selbst in jede fremde Welt hinein, auf die sie sich ständig beziehen muss, seit sie die Kirche des Sohnes ist, der diese ‚Fremde' als sein Eigentum reklamierte und der diesen Anspruch besiegelte mit seinem Tod für alle – auch für die Ungläubigen.*"

Niemand wird leugnen, dass es in der Kirche traditionalistische Tendenzen gibt, die um jeden Preis alles Bestehende erhalten wollen. Eine starre Kirche jedoch, die nicht den Mut hat, überholte Strukturen und Einrichtungen neu zu durchdenken, wird notgedrungen in die Isolierung gedrängt werden und damit aufhören, das zu sein, was Jesus Christus wollte.

Oder wird die Kirche ihre Identität verlieren, indem sie sich zu sehr unkritisch der Welt öffnet, sich in einer Weise anpasst, dass man sie schließlich als Kirche nicht mehr erkennen kann? Beiden Gefahren ist die Kirche heute ausgesetzt: Identitätsverlust durch übersteigerten Traditionalismus und Identitätsverlust durch weitgehende Anpassung. Im ersten Falle würde aus ihr eine Sekte werden und im zweiten Falle würde sie, wie folgende Überlegungen zeigen werden, ihre Existenz aufgeben.

Gott – eine Chiffre für Mitmenschlichkeit
Was tut die Kirche eigentlich? Wozu ist sie da? So fragen junge Leute heute. Wenn ihnen die Sinnhaftigkeit des Gottesdienstes nicht einleuchten will, so anerkennen sie doch, wenn die Kirche Jugendarbeit leistet, sich um Gastarbeiter kümmert, Kindergärten führt, sich der Kranken und alten Leute annimmt. Von jeher gehörte die Caritas zur Kirche. Es muss eine Institution geben, die für Randgruppen, die Desintegrierten unserer Gesellschaft sorgt. Da wird Kirche akzeptiert. Was wäre denn davon zu halten, wenn die Kirche sich auf diesen Bereich weiter spezialisieren würde, da doch auch moderne Theologen sagen: Gott ist eine Chiffre für Mitmenschlichkeit. Und Gottesdienst würde dann identisch sein mit sozialem Engagement.

Wird so die Kirche der Zukunft aussehen? Erfüllt sie damit ihren Auftrag? Kann diese Aufgaben nicht ebenso gut und vielleicht besser der Staat lösen? Es wird auch in Zukunft eine gewisse Konkurrenz zwischen Kirche und Staat im sozialen Sektor geben müssen. Caritas gehört wesentlich zur Kirche dazu. Aber sie wird ihrem Wesen untreu, wenn sie sich mit dem Einsatz für Gerechtigkeit und Menschlichkeit begnügt. Wesentliche Fragen des Menschen bleiben offen.

Antwort auf Woher – Wohin – Wozu?
Wer gibt ihm Antwort auf seine Frage nach dem Woher, Wohin und Wozu? Wer bietet ihm zum mindesten eine Antwort an, ohne ihn zu zwingen, sie auch anzunehmen? Gerade in wohlhabenden Ländern stellen die Menschen immer häufiger die Frage nach dem Sinn. Wer soll sie ihnen beantworten? Der Staat? Welche Antwort hat er darauf zu geben, die den Menschen in seinem Suchen befriedigt? Wenn die Kirche sich in der Zukunft schwerpunktmäßig auf den sozialen Bereich beschränkt, wird sie kaum Zukunft haben. Sie wird sich noch stärker als bisher einsetzen müssen für Gerechtigkeit, und dabei selbst mit gutem Beispiel vorangehen müssen, aber als Wohlfahrtsorganisation scheint mir der Kirche keine Zukunft gegeben zu sein.

Spannung – Tradition und Modernisierung
Wie soll nun die Kirche der Gegenwart aussehen, damit sie auch noch in der Zukunft bestehen kann? Wenn die Kirche als Sekte und Wohlfahrtsorganisation keine Zukunft haben wird, wie muss sie dann beschaffen sein? Soll sie sich ändern? Was darf an ihr geändert werden und was gehört zum unveränderlichen Bestand der Kirche? Diese Frage ist nicht leicht zu beantworten. Als erstes müssen wir sinnvollerweise fordern:
Die Kirche muss die Treue zur Identität bewahren. Sie muss in ihren wesentlichen Zügen als die Kirche erkennbar sein, als die sie durch die Geschichte hindurchgegangen ist. Als solche ist sie die Gemeinschaft des Volkes Gottes, die sich angerufen weiß von Gott, der sich uns in der geschichtlichen Gestalt Jesu Christi mitgeteilt hat als der Vater, der das Leben der Menschen will. Dieses Volk Gottes ist unterwegs. Es hat immer wieder von neuem die Frage nach dem Woher, Wohin und Wozu zu stellen und es hat in jeder Zeit die Möglichkeit, aus der Offenbarung eine Antwort auf diese Fragen zu bekommen und die Antwort

in Freiheit anzunehmen oder abzulehnen. Die Kirche würde ihre Identität verlieren, wenn sie in Jesus nur den Revolutionär sehen würde, der sich um die Randgruppen der Gesellschaft kümmert und der darüber hinaus nichts Bedeutendes über das Heil aller Menschen aussagen würde.

Nur eine spirituelle Gemeinschaft?

Diese Kirche würde ihre Identität auch aufgeben, wenn sie von sich behaupten würde, sie wäre eine reine spirituelle Gemeinschaft und nicht sichtbar strukturiert. Dieses Problem tritt gerade in unseren Tagen auf, die Jesus-People-Bewegung ist Ausdruck einer Haltung, die die sichtbaren Strukturen der Kirchengemeinschaft ablehnt, inkonsequenterweise aber bereits munter dabei ist, eigene Strukturen auf die Beine zu stellen. Keine Partei und keine Gewerkschaft können darauf verzichten, sich zu institutionalisieren. Wenn sie etwas erreichen wollen, müssen sie Mitglieder haben, und diese müssen datenmäßig erfasst sein. Das Zeitalter des Computers kann mit unverbindlich sympathisierenden Leuten nichts anfangen. Bei aller Bindungsscheu ist es nur dann möglich, in der heutigen Gesellschaft etwas zu ändern, etwas zu verbessern, wenn man organisiert ist. Das gilt natürlich auch für die Kirche.

Demokratische Strukturen?

Die Frage ist nur: Muss die Kirche an der starren Hierarchie in dieser Weise festhalten? Kann sie sich nicht noch mehr den gegenwärtigen demokratischen Strukturen des gesellschaftlichen Lebens anpassen und eben diese Strukturen bei sich selber einführen? Der mündige Mensch strebt nach Gerechtigkeit. Er lässt sich nicht mehr bevormunden. Er möchte mitreden und mitbestimmen, er ist auch bereit, Mitverantwortung zu tragen. Die gegenwärtig tagende Bischofssynode in Rom ist Ausdruck der Kollegialität der Bischöfe. Aber warum beteiligt sich der Papst nicht an den Dialogen, warum ergreift er nicht das Wort? Räumt er den Bischöfen wirklich echte Mitbestimmung ein oder möchte er sich wichtige Entscheidungen nicht doch lieber selbst vorbehalten? Er würde an Glaubwürdigkeit besonders bei der Jugend gewinnen, wenn er das Papstamt nicht so isoliert sehen würde, wenn er mehr in Gemeinschaft mit den Bischöfen entscheiden würde.

Pfarrkomitees weisen in die Zukunft

Die Pfarrkomitees sind ein Schritt auf dem Weg zur Mitbestimmung. Wird dieses Gremium wirklich ernst genommen, wenn der Pastor sein Veto einlegen kann? Was kann das Pfarrkomitee eigentlich echt beschließen? Für die Zukunft kommt es darauf an, in der Kirche nicht nur demokratische Trostpflästerchen bereit zu halten, sondern die Mündigkeit des modernen Menschen ernster zu nehmen, es stecken noch Möglichkeiten in der Kirche, die zu zögernd freigelegt werden.

Der heutige kirchentreue Christ hat ein schwaches Selbstbewusstsein in Hinsicht auf seine Kirchenzugehörigkeit. Und damit gelingt es ihm auch nicht, werbend für die Kirche in seinem Milieu zu wirken. Die Kirche wird nur Zukunft haben, wenn es ihr gelingt, den Christen gesundes Selbstbewusstsein zu vermitteln. Das kann sie erreichen, indem sie die Gläubigen noch mehr mitbeteiligt am gemeindlichen Leben, indem sie sie in ihren Gewissensentscheidungen ernst nimmt und indem sie ihnen hilft, in heutiger Zeit Christsein zu realisieren. Die Kirche wird auch als gesellschaftliche Gruppe nur dann Bedeutung haben und gesellschaftliches Leben beeinflussen können, wenn sie selbstbewusst und klar zu Problemen Stellung bezieht.

Kirche und Welt

Und damit sind wir schon bei dem Problemkreis „Stellung der Kirche in der Welt“ angelangt. Als erste Forderung für Gegenwart und Zukunft soll ausgesprochen werden: Die Kirche muss noch mehr ihre Dienstfunktion an den Menschen sehen. Sie kann es sich nicht leisten, weiterhin die alten feudalen Strukturen aufrecht zu erhalten. Was überholt ist, muss weg. Neues muss kommen. Alles, was nach Macht und Herrschaft aussieht, muss abgebaut werden.

„Will die Kirche noch Zukunft haben, so muss sie auf alle Machtansprüche verzichten, auf allen Machthunger, auf alle Ehre, auf Ansehen und Prunksucht. Um Christi willen muss sie ‚arm‘ werden im tiefen biblischen Sinne des Wortes. Um alles zu gewinnen, muss sie bereit sein, alles zu verlieren. Dienerin wird sie sein müssen, Dienerin, die nicht durch Macht und Taten zwingen, sondern einzig durch Liebe herrschen will. Man halte diesen Appell an die Kirche, die kenotische (entäußerte) Christusgestalt anzunehmen, nicht für übertrieben. Der ‚Weg‘ der königlichen Machtgestalt der Kirche hat sich heute praktisch totgelaufen. Wollte man ihn noch verlängern, dann bestünde die Gefahr, wirklich in die Irre zu gehen. Diese Gefahr ist derzeit bedenklich groß. Die Verbindungen mit unserem Ursprung drohen zu zerbrechen. Wir werden als Kirche heute in einem gewaltigen überrumpelnden Prozess, in einer säkularen Zukunftsdynamik mitgeschleppt, die nicht mehr rückwärts schauen mag. Die Gesellschaftsordnung mit ihrer verborgenen Ideologie droht die Kirche zu verschlingen. Diejenigen, die die Gefahr erkannt haben, wagen jedoch keine radikale Wende, sondern propagieren höchstens ‚Anpassungen‘ an spektakuläre Neuigkeiten! Wir müssen uns an die nun einmal unvermeidliche Situation anpassen, sagen sie, und dann das Beste daraus machen.“
(Robert Adolfs: Wird die Kirche zum Grab Gottes?, Graz 1967, S. 149)

Kirche ein Vorbild von Menschlichkeit

Welchen Dienst muss die Kirche dem Menschen von heute leisten? Im gesellschaftspolitischen Dialog über die Frage: *„Wie kann sich der Mensch in seinen Anlagen entfalten?“* hat die Kirche der Gesellschaft den Dienst zu leisten, indem sie Menschlichkeit in ihrer Gemeinschaft vorlebt. In der heutigen pluralen Gesellschaft müssen die verschiedenen Kräfte ihren je eigenen Beitrag leisten, nur dann ist Entwicklung und Fortschritt in Freiheit möglich.

Es muss außer dem Staat Institutionen geben, die sich um den Menschen bemühen. Die sich abzeichnende Monopolstellung des Staates bei der Sorge um den Menschen birgt die Möglichkeit in sich, den Menschen zu manipulieren und ihn total zu verplanen.

Überall wo die Freiheit des Menschen bedroht ist, hat die Kirche zu protestieren und Stellung zu beziehen. Ihr kommt in Gegenwart und Zukunft die wichtige Aufgabe der Ideologiekritik zu. Dieser Aufgabe ist sie in der Vergangenheit häufig nicht nachgekommen.

Meistens hat sich die Kirche mit den Herrschenden verbunden, sehr zu ihrem Nachteil. Oder sie hat sich in der Mitte angesiedelt, wollte es mit niemandem verderben und möglichst alle versorgen. Damit ist sie selbst zur institutionalisierten Unverbindlichkeit geworden.

Kirche politisch

Die heutige „politische Theologie“ fordert, dass die Predigt auch zu politischen Fragen Stellung bezieht, die Predigt müsse politisch sein und aus der privatisierenden Frömmigkeit herausführen. Wenn die Kirche das moderne Leben mitgestalten will, wird sie an dem stärkeren politischen Engagement nicht vorbeikommen. Sonst wird sie eines Tages überrollt.

Kirche wird sich in Gegenwart und Zukunft noch stärker als Gemeinde konkretisieren müssen als eine erfahrbare Gemeinschaft, in der man menschliche Geborgenheit findet und neue Impulse für das Leben in Familie und Berufswelt empfängt. In der Gemeinde wird es noch viel menschlicher zugehen müssen. Die Sekten haben uns da einiges zu sagen.

Gemeindekatechese

In dem Maße, in dem die Kirche aus der Schule herausgedrängt wird, wird die Gemeinde für die religiöse Unterweisung Sorge tragen müssen. Das mag von manchen bedauert werden, enthält aber doch auch große Chancen. Es ist Aufgabe der ganzen Gemeinde, den Glauben weiterzugeben. Alle Kräfte werden mobil gemacht, das bildet Gemeinde und schafft jenes Selbstvertrauen, das die Kirche so notwendig braucht.

Verheiratete Männer zu Priestern weihen?

Macht die heutige Kirche wirklich ernst mit der Mobilisierung aller Kräfte? Warum hält sie so starr an der Verbindung von Priesteramt und Ehelosigkeit fest? Warum zögert sie, verheiratete Männer aus den Gemeinden zu Priestern zu weihen? Wenn der Zölibat von zweifellos vielen Priestern als sinnvoll und angemessen angesehen wird, warum fürchtet man, dass in Zukunft nur noch wenige bereit sein werden, ihn zu halten? Wenn die Kirche sich zum Anwalt der Freiheit macht, ist sie dann in diesem Punkt glaubwürdig? Die Kirche wird den einzelnen Bischofskonferenzen der Länder größere Freiheiten und Entscheidungsbefugnisse einräumen müssen, wenn sie den heutigen Anforderungen gerecht werden will. Das wird für Afrika anders aussehen müssen als für Europa und für Nordamerika anders als für Südamerika. In heutiger Zeit kann es ein größeres Zeugnis für den Glauben sein, eine christliche Ehe zu führen als ehelos zu sein.

Kein Verzicht auf Spiritualität

Wenn die Kirche sich in verstärktem Maße den sozialen Problemen der Welt zuwenden muss, der Entwicklungshilfe, der Sorge um Freiheit und Gerechtigkeit, so wird wohl kein gläubiger Christ sagen, dass sie das auf Kosten der spirituellen Aufgaben tun könne. Gerade der mündige Mensch stellt Fragen, die nach dem Sinngrund des Lebens suchen. So wird es Aufgabe der Kirche bleiben, im Gottesdienst die Fragen des Menschen heute aufzugreifen und ihm eine Antwort aus der Offenbarung anzubieten. Eine höchst anspruchsvolle Sache!

Glaube des Verkündenden

Der Verkündende wird mit der Botschaft nur ankommen, wenn er selbst gläubig ist, er wird in die Situation der Menschen hineinsprechen können, wenn er mit ihr vertraut ist. Warum lässt man Laien nicht öfter beim Gottesdienst das Wort ergreifen? Unsere Gottesdienste müssen dialogischer werden. Es geht da noch zu unpersönlich zu. Die Atmosphäre ist zu steif, man spürt zu wenig die Nächstenliebe. In den Schulen ist man längst vom Frontalunterricht abgegangen zugunsten der dialogischen Form.

Was findet sich davon in unserem Gottesdienst? Schon die Anordnung der Bänke lässt keine Kommunikation der Gläubigen untereinander aufkommen. Die von den verschiedenen Medien beeinflussten Gläubigen beanspruchen einen zeitgemäßen Gottesdienst. Da die Glaubenserfahrung eine komplexe Wirklichkeit ist, lehnen sie einseitige Rationalität ab.

Den Menschen in seiner Ganzheit ernstnehmen

Der Gottesdienst wird Zukunft haben, in dem der Mensch in seiner Ganzheit ernst genommen wird. Das Musisch-Meditative ist gegenwärtig in unserer Messe zu schwach entwickelt.

Es gibt kaum brauchbare zeitgenössische Kirchenmusik. Die alten Kirchenlieder werden großenteils abgelehnt und die neuen rhythmischen Lieder sind schnell verbraucht.

Fast Unmögliches muss der Gottesdienst von heute leisten: dem Menschen, der in der Hektik des alltäglichen Lebens kaum Gott erfährt, muss er helfen, zu einer Gottesbegegnung zu finden. Diese Gottesbegegnung kann sich ereignen, wenn er sich betroffen fühlt. Sie kann ferner erfahren werden in der Gemeinschaft der Gläubigen.

Sie ereignet sich besonders dicht in der sakramentalen Begegnung in der Eucharistie. Sollen wir irgendetwas von diesen Dingen streichen? Wird dann unsere Kirche besser in die Zukunft gehen? Oder werden wir diese Dinge nicht noch intensivieren müssen?

Menschen, die zu Gott finden, werden auch zu sich selber und zueinander finden. Zueinander zu finden ist das Kernproblem der Zukunft. Welchen Sinn haben Gottesdienste heute noch? Zweifellos sollen sie auch das Bewusstsein der Menchen bilden. Aber besteht nicht doch die Versuchung, dass wir immer etwas mit einem Gottesdienst erreichen wollen?

Sind wir Christen im Gottesdienst nicht wesentlich Empfangende? Ist es nicht Gott, der etwas an uns tut? Und wenn Gottesdienste dem heutigen Menschen nicht mehr so viel bedeuten, liegt es dann nicht auch daran, dass wir zu wenig offen sind auf das Handeln Gottes hin? Wenn sich in dieser Weise etwas bei uns tut, wird es uns nicht schwer fallen, zu einer neuen Gottesverehrung zu gelangen, die dazu führt, dass wir auch wieder mehr zueinander finden.

Einheit der Christen hilft dem Frieden in der Welt

Die Menschen suchen den Kontakt zueinander. Völker und Staaten bemühen sich um Verständigung. Es geht in der zweiten Hälfte des 20. Jahrhunderts um die Einung der Welt. Die Einung der Welt ist heute technisch durchführbar. Sie scheitert bisher am guten Willen der Menschen. Die Friedensforschung hat bewiesen, dass Kriege nicht notwendig sind, sondern immer gemacht werden. Welchen Beitrag zur Einung der Welt leistet heute die Kirche? Können die Christen es sich weiterhin leisten, untereinander so uneinig zu sein? Die christlichen Konfessionen sind dabei, Differenzen mehr und mehr abzubauen. Wir dürfen uns mit dem Erreichten nicht zufrieden geben. Die Zeit ist längst gekommen, wo alle Glaubenden sich zusammenschließen müssen, um mit den Atheisten den Dialog zu führen, der die Einung der Welt vorbereitet.

Kirche war noch nie so aktuell wie heute! Kaum jemals in der Geschichte war der Mensch so sehr bedroht wie heute. Nur ist er sich dessen nicht bewusst. Gehen wir der total verplanten Gesellschaft entgegen? Wer protestiert dagegen? Der Staat? Was geschieht mit den 60.000 Jungrentnern der BRD? Wer kümmert sich um sie? Wer schützt uns vor der totalen Manipulation der Medien? Die Kirche allein wird es nicht schaffen. Aber irgendjemand muss doch mal beginnen. Ob die Kirche Zukunft hat, wird davon abhängen, ob das einige Christen begreifen und es dann weitergeben.

Anmerkung 2008

Liebe Leserin und lieber Leser dieses Buches: Merken Sie, dass dieser Vortrag von mir in einer intellektuellen, distanzierten Haltung konzipiert ist? Viele Theologen denken heute noch so. Der Hl. Geist ist kein einziges Mal genannt. Erst 1976 begegnete ich in der charismatischen Erneuerung theologisch dem Wirken des Hl. Geistes. Diese Sicht hat mir außerordentlich in meinem Priesterberuf bis in die Gegenwart geholfen. Sie werden dies an der spirituellen Darstellungsweise der Artikel nach 1976 deutlich erkennen, der Hl. Geist ist seither die Kernenergie meines Denkens, Betens und Handelns.
Hans Ludger

Literaturverzeichnis:
Roman Bleistein: „Die Jugend von heute und der Glaube von morgen", Würzburg 1970.
Van de Pol: „Das Ende des konventionellen Christentums", Freiburg 1967.
Joseph Ratzinger: „Das neue Volk Gottes", Düsseldorf 1969.
Robert Adolfs: „Wird die Kirche zum Grab Gottes?", Graz 1967.
Metz, Moltmann, Oelmüller: „Kirche im Prozess der Aufklärung", München 1970.
Joachim Matthes: „Religion und Gesellschaft", Hamburg 1967.
Joachim Matthes „Kirche und Gesellschaft", Hamburg 1969.

Unsere Jugend heute

Pfarrkomitee Rheinhausen 1968

A. Das Problem Jugend hat es zu allen Zeiten gegeben. Schon immer haben die Erwachsenen über die Jugend geklagt. Das Generationenproblem ist so alt wie die Menschheit. Aber heute, so meint man, sei es mit der Jugend ganz besonders schlimm. Wie ist denn die heutige Jugend und welche Möglichkeiten haben die Erwachsenen, den jungen Menschen zu helfen, reife Persönlichkeiten zu werden?

Mit August Herbst (links) wurde die Jugendarbeit nie langweilig. Immer spielte das Singen eine große Rolle.

B. Jugend braucht in ihrer Reifezeit die Hilfe der Erwachsenen.

I. Wie begegnet uns heute die Jugend?

Das äußere Bild: Viele tragen lange Haare, die Zigarette lässig im Mundwinkel, bekleidet mit einem Parka, einem graugrünen halblangen Regenschutz mit eingeknöpftem Fell. Auf diesem Kleidungsstück oft mit Kugelschreiber geschrieben herausfordernde Bemerkungen etwa: „*Mädchen sind für mich Luft, doch ohne Luft kann ich nicht leben.*" Am Arm tragen sie das Antiatomwaffenzeichen, ohne oft zu wissen, was dieses Zeichen bedeutet. Bemerkenswert heute auch große runde Plaketten mit dekadenten Sprüchen: „*Bin Trinker*" oder: „*Allzeit bereit*", wobei hiermit etwas anderes gemeint ist als der Pfadfindergrundsatz. Oder man liest auf einer solchen Plakette: „*Nie wieder Jungfrau*".

Auf einer Tanzveranstaltung in der Mühle (städt. Jugendheim in Friemersheim) oder im Jugendzentrum St. Peter (kath. Jugendhaus) erfährt man, wie die Jugendlichen miteinander umgehen, die Jungen mit den

Mädchen. Heute wird sehr eng getanzt, und besonders in der Mühle ist eine offene Tanzveranstaltung alles andere als eine harmlose frohe Unterhaltung, es sei denn, dass man Knutschen und Küssen in den Nebenräumen für normal hält.

Dieses Bild dürfen wir natürlich nicht von der ganzen Jugend zeichnen. Wer mit offenen Augen durch die Stadt geht, begegnet auch den Anderen, denen, die sich nicht gehenlassen, die ziemlich klare Vorstellungen vom heutigen Leben und ihrer Zukunft haben.

Die innere Einstellung vieler Jugendlicher heute entspricht ihrem äußeren Auftreten. Sie leben planlos, versuchen mit einem Minimum an Kraftaufwand ihre Berufsausbildung hinter sich zu bringen. Nur wenige haben einen echten Ehrgeiz, das Letzte aus sich heraus zu holen. Ihre Lebensplanung ist praktisch materialistisch. Für echte Ideale nur schwer ansprechbar, von den Erwachsenen zu oft enttäuscht. Kirche und Religion bilden nur für wenige Jugendliche wirklich einen Halt. Nach meiner Schätzung glauben etwa 10 % nicht an Gott, 50 % nicht an die Gottheit Christi und vielleicht 30 % nicht an ein Leben nach dem Tod. Ein Morgen- und Abendgebet sprechen vielleicht noch 20 % der Jugendlichen. Noch geringer ist der Prozentsatz derer, die regelmäßig die Sonntagsmesse mitfeiern. Die meisten leben in erheblicher Spannung zu ihren Eltern. Sie lehnen jeglichen Zwang ab. Autorität gilt bei den jungen Menschen nur etwas, wenn sie überzeugt.

II. Welchen besonderen Schwierigkeiten ist die heutige Jugend ausgesetzt?

Härte des Lebens. – Egoismus und praktischer Materialismus vieler Erwachsener. – Gebrauch der Ellenbogen im alltäglichen Leben. – Die innere Bewältigung von Technik und Verkehr. – Die Hetze des Alltags.

Die raffinierten Konsumprodukte Nikotin und Alkohol. – Das verlockende Angebot passiver Freizeitgestaltung: Fernsehen, Kino.

Die „sexuelle Reizüberflutung“ in Reklame, Zeitschriften, Kino und Fernsehen.

Die Akzeleration: Seelische Spannungen, Unausgeglichenheit im Gefühlsleben, Überempfindlichkeit, Reizbarkeit. Schwierigkeiten in der Beherrschung des Trieblebens. Isolierung der Triebe. Mangelnde Integration des Geschlechtlichen in den Prozess der Reifung. Auf der Suche nach echten Vorbildern bei den Erwachsenen oft Enttäuschung. Hinwendung zu Idolen: Schlagerstars, Filmstars, Sportstars. Einsamkeit in der religiösen Überzeugung. Zu wenig Halt am Arbeitsplatz, in der Schule.

III. Wie können die Erwachsenen den jungen Menschen heute helfen?

Grundhaltung: Liebe. Man muss die jungen Menschen einfach gern haben. Die schwierigen Jugendlichen brauchen am meisten unsere Liebe. Das Aufbegehren und auffällige Benehmen ist häufig nur ein Zeichen dafür, dass junge Leute die Aufmerksamkeit der Erwachsenen auf sich lenken möchten, sie wollen sich die Liebe erzwingen. Der Schrei in der Beatmusik kann als Schrei nach Liebe gedeutet werden.

Den jungen Leuten ein wirkliches Heim, ein echtes Zuhause schaffen. Sie nicht zwingen, auf keinen Fall in religiösen Dingen. Überzeugen durch Vorbild. Nicht die heutige Zeit vergleichen mit früher. Etwa: Früher war alles anders, wir mussten früher auch sonntags noch in die Andacht. Der junge Mensch will nicht wissen, wie die Jugend früher war, er möchte in der heutigen

Mit Familie Pohlig und Falta am Krickenbecker See in Schlüpens Wochenendhaus.

Auch im Ferienhaus von Schaephuisen gab es mit jungen Leuten so manche Freizeit.

modernen Zeit mit seinen Problemen fertig werden können. Darum sollten Eltern sich mit den modernen Lebensbedingungen vertraut machen. Sie sollten sich interessieren für die Hobbies ihrer Kinder, vor allem aber sollten sie alles daran setzen, das Vertrauen ihrer Kinder zu erlangen.

Den inneren Widerstand nicht brechen, sondern annehmen. Nicht Widerstand gegen Widerstand setzen. Einen langen Atem haben. An das Gute im jungen Menschen glauben. Wenn er einen Fehler begangen hat, es ihm in Freundlichkeit und mit Verständnis sagen. Vor allem darf nicht die Begründung fehlen. Der junge Mensch möchte wissen, warum das so ist. Er müsste Geschmack bekommen am Denken. Welche Konsequenzen ergeben sich aus meinem Handeln? Einüben auch in die eigene Entscheidung.

Beim Umgang mit Jugendlichen vor allem Humor haben. Das ist die beste Möglichkeit, sie zu halten und ihnen zu helfen, eine reife Persönlichkeit zu werden.

Das ist der Harlekin von Frau Hohaus aus Friemersheim. Noch heute bekommt er in meinem Arbeitszimmer viel mit und sagt nichts weiter.

Pfarrer Fritz Klümpen, geistig und geistlich ewig jung

Erinnerungen 2008

Mit Pfr. Fritz Klümpen verband mich eine jahrelange, ungewöhnliche Freundschaft, die von 1967 bis 1990 bestand. Ungewöhnlich, weil er 30 Jahre älter war als ich und weil zwischen Pastor und Kaplan in der Regel keine Freundschaft als vielmehr ein Konkurrenzverhältnis besteht. Nie wieder war ich mit einem Menschen in einem so vertrauensvollen, theologischen Lebensgepräch. Uns verband die philosophische Suche nach der Wahrheit, nach der theologischen Wahrhaftigkeit, nach einer modernen Seelsorge, die sich am Menschen orientiert und die Ehre Gottes nicht aus dem Blick verliert.

Als Fritz Klümpen in den frühen Morgenstunden des 14. Januar 1990 durch Herzversagen starb, fand ich in seinem Nachlass zwei Erlebnisberichte, die schon früh erkennen ließen, wes Geistes Kind er war.

Pfarrer Fritz Klümpen

Der Tod schwamm mit (Fritz Klümpen)

Wie lebensgefährlich die See sein kann, habe ich zum ersten Mal am Ufer des Jadebusens erfahren. Bei der Planung unserer Ferienwanderung durch Nordoldenburg und an der See entlang haben wir uns, mein Freund und ich, die Stelle bei dem Dörfchen Dangast am Jadebusen für unser Zelt ausgesucht, weil nur hier die Geest mit ihren Sanddünen ans Meer stößt und darum besonders zum Zelten einlädt.

Es war im Ferienmonat August 1924. Wir hatten mit unseren 16 Jahren noch nie das Meer gesehen. Ferienaufenthalte gab es damals noch nicht. Aber wir hatten umso mehr von der See gehört und darüber gelesen. Die Spannung war darum groß, und unsere Schritte beschleunigten sich, je näher wir durch die Dünnen hindurch an das Meeresufer herankamen.

Da könnt ihr euch wohl denken, wie enttäuscht wir waren, als wir aus dem Kiefernwäldchen traten und sich vor uns eine riesengroße, feuchtschillernde Sandfläche ausbreitete: nichts von wogenden, tosenden Wellen, nichts von blitzenden Schaumkronen! Sprachlos schauten wir uns an, blickten dann wieder hinüber zu dem sich vor uns ausbreitenden glitschigen Lachen, bis einer von uns die Erklärung fand und bemerkte: Es ist das Wattenmeer und wohl gerade Ebbe.

Ihr könnt euch denken, wie groß die Enttäuschung war, die wir doch wochenlang von Meereswogen geträumt hatten. Da müssen wir eben solange durch das Wattenmeer laufen, bis wir an die kochenden, schäumenden blauen Meereswogen herangekommen sind!

Schnell hatten wir uns unserer Kleider entledigt, die Badehose angezogen, und schon stapften wir durch den feuchten Sand; mehrmals durchwateten wir schmale und auch breite Bäche, in deren Bett sich scharfkantige Muscheln festgemacht hatten. Mit Hüpfen und Sprüngen überwanden wir aber diese Hindernisse, angetrieben von dem heißen Wunsch, noch heute am richtigen Meer zu stehen.

Immerzu laufend schauten wir vergebens aus, stellten dafür aber fest, dass die Sandflächen immer feuchter wurden, ja langsam im steigenden Wasser verschwanden. Schließlich sagten wir uns, dass wir es wohl nicht schaffen würden, bis an das richtige Meeresufer zu gelangen.

Wir kehrten darum um, merkten aber bald zu unserem Schrecken, dass sich die Wattlandschaft schon mächtig verändert hatte und sich immer mehr veränderte. Unsere Fußspuren von dem Hinweg waren bald nicht mehr zu sehen, und als wir an die Bäche kamen, hatten sich diese zu weiten, ja mächtig gurgelnden Flüssen verwandelt, durch die wir bis an die Brust, ja an einigen Stellen bis zum Hals hindurchwaten mussten.

Wie gut, dass wir die Badehosen vorher angezogen hatten. Ich konnte meinen Fotoapparat vor dem Wasser nur noch retten, indem ich ihn mit hocherhobenem Arm über meinem Kopf hielt. Es waren diese Bäche und Flüsse in Wirklichkeit die Priele, aus denen die Meereswasser bei Ebbe erst zuletzt herausfließen und durch die bei Flut das Meer wieder zuerst zurückfließt.

Ihr könnt euch denken, wie glücklich wir waren, als wir schließlich unser Ufer erreichten und aus dem Wasser stiegen. Wir waren soeben dem nassen Tod entronnen.

Am Abend kam ein Fischer an unserem Zelt vorbei, dem wir natürlich unser Erlebnis erzählten. *„Na, da habt ihr aber Glück gehabt“*, meinte er. *„Immer wieder ertrinken Leute aus dem Hinterland, die keine Ahnung von den Gefahren der See haben. Ich gebe euch den guten Rat, geht morgen ins Dorf und holt euch die Karte, auf der die Gezeiten von Ebbe und Flut angegeben sind. Ihr müsst euch unbedingt danach richten. Mit der See ist nicht zu spaßen. Sie wartet darauf, uns Menschen an ihre nasse Brust zu drücken, uns nicht mehr los zu lassen, bis wir ertrunken sind. Hier im Wattenmeer, ertrinken immer wieder Menschen, die mit seinen Gefahren nicht vertraut sind.“*

Bei uns war es noch einmal gut gegangen. Etliche Jahre später lernte ich die Gefahren der See noch viel erschreckender kennen.

Freundschaft besiegt den nassen Tod (Fritz Klümpen)

Es war im Sommer 1933. Ich wollte mit zwei Freunden, die auch Studenten waren, einen fünfwöchentlichen Urlaub auf Sylt verbringen. Wir hatten uns dafür die nördlichste Spitze nach Dänemark hin ausersehen.

Unser Schiff brachte uns von Bremerhafen über Helgoland nach Sylt zur Südspitze. Von dort mussten wir immer am Meeresufer entlang über Westerland, dem Hauptort von Sylt, dann über Kampen, Klappholttal einen ganzen Tag lang bis in unser ausgesuchtes Ferienparadies laufen. Aber es hatte sich auch gelohnt. Robinson Crusoe wird es nicht großartiger gehabt haben. Dieser Teil von Sylt stand dazu noch unter Naturschutz, weit entfernt von den nächsten Siedlungen der Insel, so dass wir ganz allein unter uns waren, unbesorgt auch unser Zelt in einem Tälchen der Wanderdünen aufschlagen konnten.

An den fünf Sonntagen, an denen wir zur Messe nach Westerland am Meeresufer entlang wanderten, mussten wir unser Zelt mit seinem kostbaren Inhalt allein lassen. Des Abends fanden wir unsere leichte Behausung friedlich und unberührt wieder.

Das Ganze war eine fantastische Landschaft. Der steife Meereswind blies über die Dünen der Insel hinweg ins Festland und jeden Morgen schauten wir voll Spannung aus unserem Zelt und staunten immer wieder neu über die wunderbar veränderte Landschaft, über der sich dazu fast jeden Tag aufgrund des Golfstromes die hellen Fahnen neuer Wolken bildeten.

Wir liefen dann zum Meeresufer, um zu sehen, was alles das unruhige Meer ans Ufer gespült hatte, vor allem schauten wir aus nach leeren Kisten, die die Wogen in der Nacht ans Ufer geworfen hatten. Ohne sie hätten wir unser Essen nicht kochen können. Wir steckten drei, vier Kisten ineinander und stülpten sie über unseren luftdicht verschlossenen Kochtopf und zündeten sie dann an. Wir hatten nämlich bald herausgefunden, dass unser Mittagessen gar war, wenn die Kisten weggebrannt waren.

Ehe wir aber uns zum lecker bereiteten Mahle hinsetzten, pflegten wir ins Wasser zu gehen, einmal, damit wir genügend Appetit hatten, und dann auch darum, weil es sich mit vollem Bauch nicht gut schwimmen lässt.

Ganze 14 Tage hatte es so gut gegangen, Wir richteten uns nach dem Ebbe- und Flut-Plan, den wir uns in Westerland hatten geben lassen. Eines Morgens wollte das Feuer unter dem Kochtopf einfach nicht brennen. Auch die Kisten, die ja von Meereswasser durchfeuchtet waren, fingen kein Feuer. Der Grund war wohl die absolute Windstille vom Meer her, so dass wir immer wieder mit vollen Backen in die kleine Flamme hineinbliesen.

Darüber waren wohl eineinhalb bis zwei Stunden vergangen, und das sollte uns zum Verhängnis werden. Da wir unsere Uhren wegen des Badens vom Arm abgestreift und ins Zelt gelegt hatten und dem Glücklichen bekanntlich sowieso keine Stunde schlägt, hatten wir jedes Gefühl für die Zeit verloren. Die Ebbe war mittlerweile eingetreten, was wir allerdings am Wasser selber nicht feststellen konnten, da der Meeresgrund hier im Norden von Sylt wegen des Golfstromes schon am Ufer viele Meter tief ist. Bei der totalen Windstille breitete sich die Oberfläche des Meeres spiegelblank, sanft und stille vor uns aus und lud uns drei zum erfrischenden Bad ein.

So hatten wir die See noch nicht erlebt. Das Meer liegt da wie ein Gedicht von Rilke, sagte unser dritter Freund. Voll Freude sprangen wir ins Wasser und mit kräftigen Schlägen holten wir aus und entfernten uns immer mehr vom Ufer.

Je weiter wir schwammen, desto mehr schien uns das Meer anzulocken. Unser dritter Freund kehrte aber bald wieder um: er war mit zwölf Jahren durch einen unglücklichen Sturz von einem Schiff im Hafen von Münster gehbehindert und konnte darum das Tempo, das wir eingeschlagen hatten, nicht durchhalten.

Da uns das Meer noch nie bisher so schön erschienen war, schwammen wir unbekümmert immer weiter. Als wir nach einiger Zeit wieder einmal zurückschauten, war das Ufer mit seinen hohen Dünen fast ganz versunken. Vielleicht wären wir sogar noch weitergeschwommen, aber da wir noch am gleichen Nachmittag zu unserer Poststelle auf Sylt, nach List, der Endstation der Inselbahn wandern wollten, um dort ein Paket abzuholen, schien es uns allmählich Zeit zu sein, zurückzukehren. Das Paket war ein uns angekündigtes Namenstagspaket unseres dritten Freundes, der Bernhard hieß, und wir wollten den Namenstag morgen, am 20. August, feiern.

Doch sagte ich da noch zu meinem Freund: *„Ehe wir zurückschwimmen, lass uns hier noch ein wenig hin und her und einige Kurven ziehen."* Als ich aber einen Moment innehielt, spürte und sah ich, wie das Wasser an meinen Beinen vorbei ins offene Meer strömte. Blitzartig wurde mir da bewusst, dass die Ebbe schon längst mit ganzer Kraft eingetreten war. In diesem Moment hatte ich das unbeschreibliche Gefühl, buchstäblich über dem Nichts zu hängen und in vollständiger Leere zu schweben, ja, ich hatte das unheimliche Gefühl, dass mich in diesem Moment der Tod selber anrührte und ich rief voll Schrecken aus: *„Wir sind verloren!"*

Mein Freund hatte aber noch nichts gemerkt und lachte laut wegen meines Ausrufes und meinte, ich hätte vor lauter übermütiger Freude nur einen Scherz gemacht. Das riss mich wieder in die Gegenwart zurück. Aber auch mein Freund hatte die Lage plötzlich erkannt. Wir sagten uns, wir müssen nun um unser Leben schwimmen, wir wollen zusammenbleiben und wenn wir auseinandergeraten, dann wollen wir wieder aufeinander zu schwimmen, wir dürfen nicht aufgeben, solange noch etwas Leben in uns steckt. Und sollten wir untergehen, so wollten wir es gemeinsam.

Wir schwammen und schwammen. Unser Körper holte das Letzte aus uns heraus. Unser Verstand und Wille brauchten ihm nichts mehr zu sagen. Es ging einfach um unser Leben. Nach einiger Zeit merkten wir, dass wir trotz der Gegenströmung der Insel entgegen schwammen, ihr Ufer hob sich langsam immer mehr aus dem Wasser heraus.

Beim Schwimmen gerieten wir ein paar Mal voneinander weg, schwammen dann aber wieder aufeinander zu. Je mehr wir dem Ufer entgegen schwammen, wurden wir umso stärker angefeuert, und wir schwammen immer mehr buchstäblich mit dem Tod um die Wette. Schließlich waren wir – es lässt sich nicht so genau abschätzen, weil es auf dem Meer keinen Fixpunkt gibt – bis auf 100 oder 75 Meter bis ans Ufer herangekommen. Aber dann schien buchstäblich „Ebbe" zu sein.

Unser Freund stand am Ufer und rief uns unaufhörlich zu: *„Nun kommt doch, kommt doch, kommt!"* Aber das Meer wollte und wollte uns nicht freigeben, so schien es wenigstens. Doch auch der Freund hörte nicht auf zu betteln und zu locken. Und so schwammen wir einfach weiter. Und das war unser Glück. Wir waren bei jedem Schwimmzug vielleicht nur einen Zentimeter vorangekommen, ohne es selbst zu merken. Und auf einmal schossen wir wieder voraus, und dann kam der wunderbare Augenblick: Wir fühlten festen Grund unter unseren Füßen – ein unvergessliches Gefühl!

Der Freund umarmte und küsste uns vor Freude. Ja, wenn der Freund nicht dagewesen wäre und immer wieder uns angefleht hätte zu kommen, vielleicht hätten wir die mächtige Gegenströmung unter der Wasseroberfläche nicht überwunden, und wären angesichts des Ufers ertrunken.

Wir legten uns in den warmen Sand und verschnauften, brachten allerdings kein Wort heraus, so müde waren wir. Aber wir brauchten auch nichts mehr zu sagen, denn anaufhörlich erzählte der Freund, was er alles in der Zwischenzeit erlebt hatte: „*Ihr seid ja ein paar Stunden draußen gewesen. Als ich euch nicht mehr sah, ahnte ich die Gefahr und rannte die drei bis vier Kilometer zu der Kribbe hin, wo ja ein Bautrupp das Ufer befestigt und ein Motorboot stationiert ist.*

Flehentlich bat ich die Leute, doch mit dem Motorboot euch nachzufahren und aus dem Meer zu fischen. Doch die sagten, wenn das drei Kilometer von hier aus weg ist, so hat das keinen Zweck mehr; die sind schon längst ertrunken.

Dann bin ich wieder zurückgelaufen, auf die höchste Düne geklettert und habe immer unentwegt aufs Meer geschaut. Dabei quälten mich die Gedanken, was soll ich nun den Eltern sagen, wenn die Freunde nicht mehr wiederkommen? Bis dass ich auf einmal in der Ferne eure Köpfe erblickte – ein unvergesslicher Augenblick.“

Uns durchströmte ein unaussprechliches Gefühl die Glieder. Wir fühlten uns dem Leben neu geschenkt. Wir waren gerettet. Nach List sind wir an diesem Abend nicht mehr gegangen, die Zeit war verstrichen und wir selber waren todmüde.

Noch in derselben Nacht brach ein gewaltiger Sturm los, der drei Tage dauerte. Haushoch kamen unter gewaltigem Donnern die Wogen herangebraust. Respektvoll blieben wir draußen. Erst nach dem dritten Tag wagten wir uns wieder ins Wasser, blieben jetzt aber immer schön in Reichweite des rettenden Ufers. Wir waren um eine ganz wichtige Erfahrung reicher geworden. Von jetzt an sahen wir die Natur mit neuen Augen. Wir hatten erlebt, dass die Natur, so schön sie sein kann, auch unheimliche, ja unbezwingbare Gewalten in sich birgt, wie geheimnisvoll und allmächtig musste da erst ihr Schöpfer sein.

Der Mitbruder

Nie zuvor hatte ich ein so freundschaftliches Verhältnis zu einem Mitbruder wie zu Fritz Klümpen. Er war als Kaplan früher auch Religionslehrer an der Berufsschule in Marl und kannte meine Sorgen und Nöte, aber auch meine Freuden und Erfolge. Zum ersten Mal erlebte ich als Kaplan bei Fritz eine Dienstbesprechung jeden Samstag. Hier ging es offen zu. Dienste wurden verteilt, die Liturgie besprochen, neu gelesene Bücher vorgestellt, ein Gläschen Wein getrunken. Fritz war sehr belesen. Er kannte die neueste theologische Literatur. Als Nazi-Verfolgter war er einige Jahre in Oberhausen Kaplan gewesen und hat in dieser Zeit das Buch „Das Werk Gottes“ geschrieben, ein theologisches Buch auf biblischer Grundlage über den Heilsplan Gottes. Zu meiner Zeit war er ganz auf der Linie des II. Vatikanischen Konzils. Die Laien waren mitbeteiligt in der Verantwortung der Gemeinde. Es gab keine Probleme, Kandidaten für Kirchenvorstand und Pfarrgemeinderat zu gewinnen. Der partnerschaftliche Umgang mit den Laien damals hat noch heute (2008) seine Wirkung. Die Gemeinde St. Josef Friemersheim ist lebendig.

Auf einem Spaziergang. V. l.: Pater Gerard Donkers, der Indienmissionar, Gründer von Junwani in Zentralindien (s. S. 335), Fritz Klümpen und Kaplan Willi Schultes (heute Seelsorger der Stadtstreicher in Münster)

In der Natur

Die Liebe zur Natur hat sich Fritz ein Leben lang bewahrt. Sonntags trafen wir uns oft auch mit unserem Kaplan Willi Schultes zu einem gemeinsamen Spaziergang in den Duisburg-Mühlheimer Wald mit Einkehr in „Haus Hammerstein". Oder wir hatten ein anderes Ziel. Unterwegs wurde diskutiert und viel gelacht, so dass die anderen Spaziergänger uns nicht einordnen konnten. Was sind das nur für drei fröhliche Männer?, mögen sie oft gedacht haben. Fritz hatte unter seiner Ferse einen Sporn, der ihm beim Laufen schmerzte. Aber er klagte nie. Er war darauf bedacht, seinen Körper fit zu halten, was ihm mit zunehmendem Alter immer besser gelang dank seiner Frühgymnastik, den Kneipp-Anwendungen und des autogenen Trainings, das er noch als 60-Jähriger gelernt

Hauskonveniat bei Willi Schultes, rechts H. Ludger in bester Laune

hatte. Er sagte: „*Es müsste im Priesterseminar nicht nur einen Spiritual geben, sondern auch einen Korporal, der für die Fitness der Theologen verantwortlich ist.*" Fritz hat selten eine Vorlesung an der Universität besucht. Er war während seiner Studienzeit so kränklich, dass es eine Frage war, ob er

„Unsere Familie". Die Frauen v. l.: Haushälterin Maria Wiesmann, Gertrud Klümpen, Seelsorgehelferin Annemarie Krefter; die Männer v. l.: Klaus Peter Giersch, Diakon Paul Werner Schwarte, Kaplan Willi Schultes, Werner Schweidtmann, Pfarrer Fritz Klümpen und Karl-Heinz Wielens

Im Schwimmbad des Kinderheims St. Josef. V. l.: Willi Schultes, Hans Ludger und Fritz Klümpen. Plötzlich hatte Fritz seine Zahnprothese verloren. Nach mehreren Tauchversuchen fanden wir sie auf dem Boden des Schwimmbades wieder.

überhaupt zum Priester geweiht werden könnte. Darum sein ständiges Trainieren seines Leibes und seiner Seele.

Als wir nach einem Spaziergang einmal abends zusammen saßen, waren wir in übermütiger Laune. Wir haben unseren Bischof Heinrich Tenhumberg angerufen und ihm mitgeteilt, dass wir einen schönen Sonntag erlebt hätten und jetzt gemütlich zusammen säßen und Spaß miteinander hätten. Der Bischof reagierte sehr erfreut: *„So einen Anruf habe ich noch nie erhalten. Gern nehme ich an eurer Freude teil. Es ist auch mir eine große Freude, wenn Priester gern leben und es miteinander gut können."*

Wir haben dann auch versucht, Papst Paul VI. telefonisch zu erreichen, leider kamen wir durch den telefonischen Vatikanischen Telefondschungel nicht durch.

Jugendbewegung

Fritz war früher in der Jugendbewegung aktiv gewesen. Zeitweilig war er sogar Leiter der „Schar" im Bistum Münster, einer „jugendbewegten" Gruppe mit konstruktiv-kirchenkritischer Ausrichtung. Sie waren gegen Klerikalismus, rauchten nicht, gingen auf Fahrt, liebten das einfache Leben mit Wandern und Zelt. Fritz erzählte oft von seinen Paddelboot-Fahrten über die Flüsse Deutschlands. Theologisch waren sie damals orientiert an Romano Guardini, Karl Adam, Andreas Jungmann, Burg Rothenfels, liturgischer Bewegung und biblischer Bewegung. Fritz hatte schon vor dem Konzil die hl. Messe zum Volk hin zelebriert. Die Josefkirche war bestens ausgestattet. Nie zuvor hatte ich eine Industriekirche gesehen, die von außen wenig hergab, von innen jedoch ein wahres Schmuckstück war.

Was passieren kann

Mit zunehmendem Alter hatte Fritz Probleme mit seinem Körpergewicht. So machte er eine Kur, um sein Gewicht zu reduzieren. Als wir dann am Gründonnerstag in Konzelebration das Letzte Abendmahl unseres Herrn mit Fußwaschung feierten, geschah etwas, das schon viele Leute erheitert hat.

Als Fritz nach der Fußwaschung wieder an den Altar trat, sagte er zu mir: „*Hans, feiere du die Messe weiter, ich verliere die Hose.*“ Sprachs und setzte sich auf den Priestersitz. Ich konnte bei mir ein schallendes Gelächter verhindern, indem ich die nun folgende Präfation gesungen habe. Fritz saß auf dem Priestersitz und wischte sich den Schweiß von der Stirn. Zur Kommunion brachte ich ihm die eucharistischen Gaben. Die Gemeinde betete sehr andächtig, bestimmt auch für ihren Pastor, wohl in der Meinung, er habe einen Kreislaufkollaps oder dergleichen. Als ich vor dem Auszug noch kurz zu ihm hingehe, sagt er: „*Mensch, mach das ganze Licht in der Kirche aus, damit ich hier wegkomme.*“ Während die Gemeinde noch singt, ziehen wir in die Sakristei, Fritz sitzt noch immer auf dem Priestersitz. Ich betätige den Hauptschalter, Fritz erhebt sich, rafft die fallende Hose mit starken Händen, er erreicht die Sakristei, die Situation ist gerettet.

Ich beschließe bei mir, diese Story kannst du nicht in der Gemeinde erzählen, die behälst du am besten für dich. Als jedoch die Schwester seiner Ärztin mir hinten in der Kirche sagte: „*Herr Kaplan, wie Sie mit dem Pastor umgegangen sind, das ist doch unmöglich. Der hat doch einen Herzinfarkt, das sieht man doch von weitem.*“ Ich sage ihr: „*Haben Sie keine Sorge, es ist mit ihm alles in Ordnung.*“ Als dann diese Version der Geschichte am Karfreitag in der Gemeinde kolportiert wurde, habe ich die wahre Geschichte erzählt. Wieso verlor Fritz seine Hose? Die Antwort ist ganz einfach: Er hatte 20 Kilogramm abgenommen, trug Hosenträger, die durch sein Bücken bei der Fußwaschung absprangen. So konnte er seine Hose „allein mit dem Willen“ nicht mehr halten, bat mich, die Messe weiter zu zelebrieren. Ich sagte zu ihm: „*Fritz, du hättest doch die fallende Hose nach hinten wegstrampeln können.*“ „*Bist du verrückt, das ging nicht, da stand doch der Kirchenchor*“, gab er zur Antwort. Als ich die Story bei einem ökumenischen Konvent erzähle, sagen die evangelischen Mitbrüder: „*Das ist eine richtig katholische Geschichte, so etwas würde in der evangelischen Kirche nicht passieren.*“

Charismatische Erneuerung

Als Industriepfarrer war Fritz ständig auf der Suche nach Anregungen für die Verkündigung, ja auch nach Anregung für die eigene geistliche Existenz. Anfang der 70er-Jahre besuchte er ein Seminar der charismatischen Erneuerung mit Prof. Heribert Mühlen. Er erzählte mir begeistert von dieser Woche. Allein seine Worte stießen bei mir auf taube Ohren. Ich glaubte an der Berufsschule meinen pädagogischen Weg gefunden zu haben. Er war so begeistert von der „CE“, dass ich mich überreden ließ und ebenfalls an einer Seminarwoche teilnahm. Was ich dann erlebte, übertraf alle meine Erwartungen: Wir feierten abends die Eucharistie mit ca. 100 Personen. Ich war ziemlich müde von all den Vorträgen während des Tages und musste gegen den Schlaf ankämpfen. Und dann geschah etwas, das mich hellwach machte und jegliche Müdigkeit mit einem Schlage wegblies: Nach der Ansprache von Prof. Mühlen trat ein Mann vor, kniete nieder, dankte betend für sein Leben und sprach betend die Erneuerung seiner Taufe. Männer und Frauen traten zu ihm hin, legten ihm die Hände auf Kopf und Schultern und sprachen frei Segensgebete für ihn zum heiligen Geist und zu seinem Namenspatron. Als alle ihre Gebete frei gesprochen hatten, stand der Mann auf, alle umarmten ihn und gratulierten ihm zu diesem Schritt. Dabei wurden ganz frei Lieder zum Heiligen Geist gesungen. Dies alles ging so tief, dass es mich gewaltig anrührte. Es traten noch mehrere Frauen und Männer vor, es geschah Ähnliches wie das soeben Erlebte. Dies war für mich der Anfang meiner Überzeugung: Dies ist ein Weg in der Seelsorge, der uns weiterhilft. Fritz freute sich sehr über meine positiven Erfahrungen.

Friedrich Klümpen

Pfarrer em.

geboren 23. 3. 1908 in Hartefeld
gestorben 14. 1. 1990 in Geldern

Das Totenbildchen von Fritz Klümpen, noch nie sah ich solch ein Lachen auf einem Totenbildchen.

Wir fingen an, in der Gemeinde Seminare zu halten unter dem Titel „Einführung in die christliche Grunderfahrung“. Es bildete sich eine Gebetsgruppe. Wir fuhren zu größeren Treffen zum Papst-Johannes-Haus nach Krefeld und zur Kapelle der Clemens-Schwestern in Kevelaer. Wir hatten mit dieser Art geistlicher Aktivität in der Gemeinde nicht den durchschlagenden Erfolg. Ich kann jedenfalls für mich sagen: Was ich in der CE erkannt und eingeübt habe, möchte ich niemals aufgeben. Es lebt in mir fort bis in diese Zeit. Fritz hat dann auch vor der Dechantenkonferenz einen Vortrag über die CE gehalten. Bischof Heinrich Tenhumberg war daran sehr interessiert. Ich möchte heute sogar sagen, wenn er nicht so früh heimgegangen wäre, hätte der Impuls der „CE“ in unserem Bistum, vielleicht sogar in ganz Deutschland eine stärkere Resonanz gefunden. Dies alles verdanke ich in seinen Anfängen Fritz Klümpen, dem unermüdlich suchenden und findenden Mitbruder.

Geldern

Als ich 1978 Pastor in Geldern wurde, kam Fritz 1980 nach. Unsere Gespräche auf den

Meine treue Haushälterin Margret Klöckner hat mich in der Rheinhauser und Gelderner Zeit bestens versorgt. Am 7. Oktober 2008 ist sie heimgegangen, im Kreis ihrer Familie haben wir sie am 10. Oktober 2008 auf dem Friedhof in Rheinhausen-Friemersheim beerdigt.

Spaziergängen gingen weiter. Fritz war für mich eine große Hilfe, einen intellektuellen und spirituellen Berater und Mitbruder zu haben. Es ist mir nicht gelungen, ihn in unser Seelsorgeteam zu integrieren. Die Kapläne hatten in vielen Dingen ganz andere Vorstellungen als Fritz und wollten einen so starken Theologen auch gar nicht ständig in ihrer Nähe haben.

Zehn Jahre waren wir in Geldern noch zusammen. Fritz starb in den frühen Stunden des 14. Januar 1990 bei seiner Gymnastik, die er niemals ausfallen lies. Er hatte an dem Tag die Laudes noch nicht gebetet, als wir ihn auf der Bettkante sitzend tot fanden. Wir beerdigten ihn unter großer Anteilnahme der Josefsgemeinde in Friemersheim. Sein Totenbildchen zeigt ihn als lachenden frohen Menschen. Fritz konnte aus seinem Innersten heraus ganz wunderbar lachen. Es war eine erfüllte Zeit mit ihm.

Sein Tod war für mich das Signal, meinen Dienst (12 Jahre) in Geldern zu beenden und dem Bischof meine Bereitschaft zu bekunden, eine andere Pfarrstelle zu übernehmen. Es war ein Augenblick in der Gemeinde Maria Magdalena in Geldern, der frei von größeren Konflikten war. Vor allem, die Probleme mit dem Clemens-Hospital waren gelöst. Wir hatten das Krankenhaus in die starke Caritas-Trägergesellschaft Trier (CTT) übergeben. Heute bin ich der Meinung, dass der damalige Schritt richtig war. Ein Pfarrer sollte nicht zu lange an einer Stelle bleiben, er kann mit dem, was er gelernt hat, in einer anderen Gemeinde segensreich wirken.

Die katholische Kirche und der Katholik

Rheinhausen 1973

1. Die kath. Kirche steht heute an einer Wende, deren geschichtliche Bedeutung gar nicht überschätzt werden kann.

Die entscheidende Frage dabei lautet, ob sie auf diese außergewöhnliche Situation eine sachgerechte Antwort findet, oder ob sie sich ins Ghetto zurückzieht.

2. Die Frage, zu welchem der beiden Möglichkeiten sich die Amtskirche durchringt, zu sachgerechtem Wandel oder zu oberflächlichen Schönheitskorrekturen, ist noch nicht entschieden.

Die Entscheidung hierüber wird in den nächsten Jahren fallen und vom Mitdenken und Mitentscheiden aller Katholiken abhängen.

3. Angst vor der Gegenwart und Zukunft ist oft Mangel an Gottvertrauen. Man kann sich des Eindrucks nicht erwehren, dass Reaktionen der Kirche oft stärker aus Angsthaltungen erfolgen, denn aus sachgerechten Lösungsvorstellungen, oder die Ursache solcher Entscheidungen in einer fehlerhaften Einschätzung der Situation zu suchen ist.

4. Die kirchlichen Lebensformen und der Denk- und Sprachstil in der Kirche sind von der modernen Zivilisation oft so sehr entfernt, dass die Wirksamkeit noch so gut gemeinter kirchlicher Anstrengungen vielfach sehr gering ist.

5. Es geht heute nicht mehr bloß um die äußeren Formen, sondern um den Inhalt selbst. Wir stehen in einer Situation, die von der Kirche eine Neubesinnung auf die Fundamente des Glaubens und infolgedessen auch auf das Wesen des kirchlichen Heilsdienstes verlangt.

Diese Neubesinnung darf weder nur mit dem Anziehen eines zeitgemäßen Gewandes verwechselt werden, also ein Retuschieren an Äußerlichkeiten, noch dazu führen, dass man schwierige Probleme als Tabu erklärt, vor sich herschiebt, und die Kräfte in weniger dringliche Probleme ableitet.

6. Eine autoritäre und auf das Amtspriestertum beschränkte Autoritätsausübung, die einen abhängigen Untertanen voraussetzt, entspricht weder den Notwendigkeiten einer Bibelexegese, noch den Erfordernissen der heutigen Zeit.

Im letzten Konzil gefundene Ansätze eines anderen Verhaltens dürfen nicht zurückgeschraubt oder eingefroren werden, sondern müssen ausgebaut und stärker praktiziert werden.

Zur Kirche gehören alle, Priester u n d Laien, und die Amtskirche muss sich darauf einstellen, den Laien nicht nur eine Art Alibifunktion einzuräumen, sondern sie echt verantwortlich mitarbeiten und mitentscheiden zu lassen. Das setzt echte Entscheidungsmöglichkeiten und eine wechselseitige intensive Kommunikation voraus.

7. Die Schwierigkeiten der heutigen Situation in der kath. Kirche können nicht dadurch gemeistert werden, dass die Amtskirche sich als „Bremser vom Dienst“ betätigt und über die angebliche Schlechtigkeit dieser Welt jammert. Es gilt heute, vorurteilslos Situationen zu analysieren, die Aufgaben der Kirche und die Art und Weise ihres Wirkens zu überdenken, Erfahrungen auszutauschen, die nicht nur Priester, sondern genauso auch die Laien einzubringen haben. Es gilt, die Strukturen der Kirche so umzugestalten, dass sie ihren gegenwärtigen und zukünftigen Aufgaben besser nachkommen kann.

Dazu ist u. a. notwendig:

a. Ein systematisch und offen gefördertes Nachdenken und freie Diskussion in der kath. Kirche über den Glauben, die Situation der kath. Kirche, über ihren Auftrag, die tatsächlichen Möglichkeiten ihres Wirkens und die Art und Weise ihres Wirkens.
Man darf eine Polarisation in der kath. Kirche nicht beklagen, wenn man ängstlich vermeidet, dass Gegensätze in der Diskussion ausgetragen werden.

b. Eine systematisch geförderte breite religiöse Bildung, die eigene Glaubensentscheidungen oft erst ermöglicht.
Katholiken dürfen nicht aus Angst religiös dumm gehalten werden.

c. Eine systematisch geförderte Umstellung auf die tatsächliche heutige Situation und die Situation der Zukunft, damit die Kirche nicht weiterhin an Bedeutung verliert, sondern stärker ihren Gegenwarts- und Zukunftsaufgaben nachkommen kann.
Wichtiger als einen reibungslosen kirchlichen Service bereitzustellen (Kirche zuständig für Taufen, Erstkommunionfeiern, Hochzeiten und Beerdigungen), erscheint es, sich so umzustellen, dass die Kirche wieder die Kraft hat, auch „Fernstehende“ anzusprechen und anzuziehen.

Die Tatsache, dass der Heilige Geist der Kirche seinen Beistand zugesagt hat, berechtigt sie nicht, ihm jegliches Wirken schwer zu machen.

8. Die heutige Situation verlangt vom Katholiken eine starke Umstellung.

Auch die Tatsache, dass viele Katholiken jahrzehntelang von ihrer Kirche gehört haben, sie „müssten brav und folgsam“ stets das tun und genauso denken, wie es ihnen von der Amtskirche gesagt werde, berechtigt einen Katholiken nicht, heute auf eigenes Denken, Prüfen, Entscheiden und Handeln zu verzichten.

Weder die bloße Tatsache, dass der Papst, der Vatikan, Bischöfe oder Priester etwas für richtig befunden haben, noch die bloße umgekehrte Feststellung, man halte es halt genau umgekehrt, stellen in der heutigen Zeit eine ausreichende Begründung für verantwortungsbewusstes Handeln dar.

Vom heutigen Katholiken muss deshalb Folgendes erwartet werden:

a. Der Katholik darf die religiöse Bildung nicht mehr nur der alleinigen Kompetenz des Geistlichen zuordnen, sondern er muss sich um eigene religiöse Weiterbildung bemühen, auch wenn das heute schwieriger ist als früher.

b. Der Katholik muss heute die eigene Verantwortung dafür spüren, die Institution der Kirche so mitzuverändern, dass sie ihren Aufgaben und ihrem Auftrag besser nachkommen kann.

c. Der Katholik muss sich informieren über die heutigen Probleme, mit denen es „Kirche" und damit alle Christen zu tun haben, damit er wirklich an der Lösung dieser Probleme mitarbeiten kann.

9. Die Kirche ist heute nur glaubwürdig, wenn sie das Gespräch, gemeinsame Aktionen und Gottesdienste mit unseren evangelischen Mitchristen nicht nur gestattet, sonder fördert und sucht.

10. In dieser für die Amtskirche und viele Katholiken schwierigen Situation sind Wachstumskrisen unvermeidlich, und sie sind nicht das schlimme Übel, auf das man gebannt wie auf eine Schlange starrt, noch der moralische Verfall der Menschheit, den man heranziehen sieht.

Gefährlicher als der angebliche Glaubens- und Sittenverfall der Gegenwart scheint oft die Verständnislosigkeit und Hilflosigkeit der Kirche und vieler ihrer Mitglieder zu sein, sich auf die Probleme von Heute und Morgen einzustellen.

Anmerkung 2008:
Die Probleme der Kirche haben sich heute wesentlich verschärft. Die Darstellung ist spirituell distanziert. Der Heilige Geist wird einmal erwähnt. Aber seine heilende und führende Wirkung ist von mir noch nicht erkannt. Auch das Wort „Amtskirche" würde ich heute nicht mehr gebrauchen. Es gibt keine Amtskirche, wohl gibt es das Amt in der Kirche, Kirche sind wir alle, Laien, Priester, Bischöfe und der Papst.

In Taizé neu erfahren

1976

Trotz Regen und winterlichen Temperaturen fuhren wir, ein VW-Bus voll junger Leute und einiger Erwachsener, in der letzten Osterferienwoche nach Taizé. Alle aus unserer Gruppe wurden in dieser Zeit so reich mit Erfahrungen beschenkt, dass wir Taizé für eine große Entdeckung halten. Mir selbst sind in dieser Woche drei Dinge neu aufgegangen:

1. Der einfache Lebensstil führt die Menschen zusammen

Das Leben im Camp war mehr als einfach, die Unterbringung in den Zelten primitiv. Viele zogen nachts frierend aus den Zelten in die warme Kirche. Bei den Diskussionen in den Zelten zog es lausig, fast alle waren erkältet, manchmal liefen wir eine Runde über den Lagerplatz, um uns zu wärmen.

Nie hörte ich ein Wort der Klage, man zeigte Verständnis füreinander, half, wo es nur ging. Vor den Mahlzeiten gab es lange Warteschlangen. Es regnete. Niemand klagte. Lieder wurden gesungen und wieder lernte man neue Leute kennen.

Und dann das Essen: Wir wärmten uns die erstarrten Finger an den Plastikschalen, aus denen uns der Kakao oder das Essen entgegendampfte. Häufig nahm ich das Essen im blauen Zelt ein, das ein wenig geheizt war. Neben mir saß ein Mädchen aus Lima, ein Kaplan aus London, Jugendliche aus Brüssel, aus Bern, kontaktfreudige junge Leute, die jederzeit zu Gesprächen bereit waren.

Je mehr ich darüber nachdenke, desto klarer wird mir: Unser Lebensstil ist zu aufwändig, die Vereinsamung vieler Leute hängt mit dem Komfort zusammen, in dem sie leben. Vielleicht wird einmal die Zeit kommen, in der man sagt: wie armselig ist doch der Mensch, der soviel Komfort braucht, um glücklich zu sein, und man wird bewusst die Einfachheit und Anspruchslosigkeit anstreben, um ein glücklicher Mensch zu sein.

2. Der Frieden zwischen den Völkern ist möglich

Ob in den Diskussionen, bei den Mahlzeiten oder in den Gottesdiensten, überall war sie zu erfahren: die Einheit. In unserem Zelt wurde diskutiert über das Thema: was uns trennt und was uns eint.

Drei Sprachen wurden gesprochen: englisch, französisch und deutsch. Wir einigten uns für die Gesprächsführung auf Englisch. Jeder Beitrag wurde sofort ins Französische und ins Deutsche übertragen, so dass alle dem Gespräch folgen konnten.

Die Brüsseler Jugendlichen erzählten von ihren Jugendgottesdiensten, wie es ihnen gelungen sei, in kurzer Zeit eine große Anzahl junger Leute für Gottesdienste anzusprechen. Marianna erzählte von den Verhältnissen in Peru, wie die offizielle Kirche noch immer auf Seiten der Besitzenden stehe und wie schwer es für einen Kaplan sei, soziale Probleme in seiner Gemeinde anzupacken.

In unserem Kreis entstand eine so gute Atmosphäre, dass wir auch bei anderen Gelegenheiten zusammen saßen und unsere Erfahrungen austauschten. – All die Begegnungen und Gespräche ermutigten mich aufs neue, internationale Jugendbegegnung zu suchen und zu fördern.

3. Wir sollten mehr hören als sprechen

Dreimal am Tag wird in der Kirche ein Gottesdienst gehalten. Kein einziges Mal hörte ich eine Predigt. Ich möchte die Predigt in unseren Gottesdiensten nicht abschaffen. Aber ich habe den Eindruck, bei uns wird zuviel geredet, unsere Gottesdienste sind zu wortreich.

Ich empfand es als angenehm, dass die Brüder in den Gottesdiensten sich ausgiebig Zeit zum Meditieren nehmen. Sie glauben, dass Gott in die Stille hineinspricht, dass wir Menschen in der Stille zu uns selber kommen. Ein Teppichboden ohne starre Kirchenbänke ist ja auch eine gute Voraussetzung, um in selbst gewählter Haltung auf den Anruf Gottes zu hören. Die Brüder bieten auch Kurse gemeinsamen Schweigens an.

Den Abschied aus Taizé werde ich nicht vergessen. Nach dem Sonntagsgottesdienst suchte unsere Gruppe Frére Roger in der Kirche auf. Alle stellten sich ihm vor. Für jeden von uns hatte er eine freundliche Geste: Den jungen Männern schlug er freundlich auf die Schulter, den jungen Frauen berührte er liebevoll das Haar. Dann bildeten wir einen Kreis, hielten uns an der Hand, wie Kinder das tun und waren eine Weile still. In die Stille hinein sprach dann Frére Roger: *„Jesus Christus ist auferstanden. Er ist für alle auferstanden!“* Damit verabschiedeten wir uns, setzten uns in den VW-Bus und fuhren heim.

Taizé hat mich so stark beeindruckt, dass ich für ein Jahr bei den Brüdern eintreten wollte. Leider geht das nicht auf Zeit, wie mir Frére Rudolf sagte. Dennoch möchte ich einmal längere Zeit Taizé erleben. Ich werde in den großen Ferien 1976 in Taizé sein. Wer von den Lesern des „Doppelpunkt“ auch zu dieser Zeit für eine Woche nach Taizé fahren möchte, ist schon jetzt eingeladen, an unseren Taizé Abenden nach Ostern 1976 teilzunehmen.

Taizé und Friedensstrategie

Brief an Frére Roger 1976

Jugendliche und
1 Animateur aus
der Passagegruppe
Zelt 92, den 5. 8. 1976

An Frére Roger
Brüdergemeinschaft
Taizé

Lieber Frére Roger!

In unserer Gruppe sprachen wir über das Osterengagement. Hierbei wurden Gedanken lebendig, die schon vor einem Jahr von Kapitän Oskar Herwartz (BRD) vor allem in der Schaffung eines Friedensheeres geäußert wurden. Wir sprachen damals in Taizé auch über Friedensprobleme. Wir glauben an ein weltweites Osterengagement, das allein in der Lage ist, die zerrissene Menschheit zu einen und in eine Zukunft zu führen. Wir möchten Dir diese Gedanken mitteilen:

1. Durch wachsende Aufrüstung ist die nähere Zukunft bedroht. Die Völker der Welt sind von tiefer Friedenssehnsucht erfüllt. Dass Verständigung unter den Völkern möglich ist, beweist das Leben der Jugend auf dem Hügel von Taizé und das Jugendkonzil.

2. In einer hochtechnisierten Welt ist der alte römische Spruch: *„Wenn du den Frieden willst, rüste zum Krieg!“* total überholt. Darum muss endlich eine Alternative zur bisherigen gewaltsamen Verteidigung gefunden werden.

3. Der auferstandene Christus ist für uns die Alternative. Das verstehen wir so:

In Jesus ist die schöpferische Liebeskraft Gottes gegenwärtig. Es ist die Kraft, die Leben weckt und weiterentwickelt. In Jesus war diese göttliche Liebeskraft so stark, dass sie den Tod besiegte und Jesus von den Toten auferweckte. Das bezeugt das Volk Gottes bis auf den heutigen Tag, und wir erfahren auch in unserem täglichen Leben, dass Liebe dort Leben schafft, wo alles hoffnungslos zu sein scheint. Mit Jesu Auferweckung ist der Menschheit der Weg in die Zukunft gewiesen. Die Höherentwicklung des Menschen geht nur in diese Richtung. Alles andere hat keine Zukunft.

4. Fortschrittliche Menschen sind zu der Überzeugung gelangt, dass es menschenunwürdig ist, Konflikte gewaltsam zu lösen. Auch das Prinzip des Gleichgewichts des Schreckens lässt uns den Weg in die Zukunft nicht finden. Wir sehen folgenden realisierbaren Weg, den uns unser Glaube zeigt, der mit diesem Glauben ernstmacht:

5. Ein Staat muss damit beginnen, neben der Armee ein FRIEDENSHEER aufzustellen. Hierin werden die Ergebnisse der Friedensforschung studiert und eingeübt. Die FRIEDENSKÄMPFER lernen die Sprache und Kultur möglicher Gegner und bemühen sich um wechselseitige internationale Begegnung. Im Ernstfall (Krieg) ermutigen sie die Bevölkerung zu passivem Widerstand gegen den Angreifer und sprechen „von Mensch zu Mensch" mit ihm. Der Friedenskämpfer muss bereit sein, für seine Idee zu sterben, der Glaube an den Auferstandenen gibt ihm die Kraft dazu. Im Kriegsfall wird es sicher auch bei den Friedenskämpfern Tote geben, aber unvergleichlich weniger als in einer gewaltsamen Auseinandersetzung etwa mit Atomwaffen.

6. Das FRIEDENSHEER ist eine „neue Waffe", die die anderen Völker im Zuge des Gleichgewichts der Kräfte auch schaffen müssen, um im Friedenswillen bei den Nachbarvölkern anerkannt zu sein. So wird es sich schließlich keine Nation leisten können, kein FRIEDENSHEER zu haben. Es soll das Bemühen der Friedensheere sämtlicher Nationen sein, ständig miteinander zu kommunizieren und Erfahrungen der Friedensarbeit auszutauschen.

7. 1 % oder auch nur ½ % des gesamten Rüstungsetats der Staaten reicht aus, das Projekt zu finanzieren.

8. Es wäre unrealistisch, heute schon die mit scharfen Waffen ausgerüsteten Soldaten nach Hause zu schicken. Die gewaltsame Verteidigung kann nur durch eine dynamisch stetig wachsende gewaltfreie Strategie abgelöst werden, bis schließlich jeder Versuch, Konflikte mit Waffengewalt zu lösen, geächtet wird.

9. Die jungen Leute müssen entscheiden, in welcher Art von Heer sie eintreten. Für das Friedensheer sehen wir eine Probezeit vor. Kriegsdienstverweigerer werden im Friedensheer ihre Vorstellungen von Frieden verwirklichen können.

10. Das Volk Gottes soll die Staaten bei der Schaffung von FRIEDENSHEEREN tatkräftig unterstützen und zu seiner Überzeugung, dass der Waffendienst unchristlich ist, zurückkehren.

11. Das gemeinsame Osterengagement für den Frieden in der Welt wird uns der Einheit der Christen und der Menschen auf aller Welt ein gutes Stück näher bringen.

Lieber Frére Roger: Die Jugend der Welt hofft auf die Impulse, die von Deiner Reise zu Mutter Teresa ausgehen. Wir begleiten Dich mit unserem Beten und hoffen mit Dir das Sichtbarwerden der Wirklichkeit des auferstandenen Christus.

Könntest Du zu uns am Freitagabend über „Gewalt und Gewaltlosigkeit" sprechen? Deine …

Hans Ludger, 41 Duisburg 14, Kronprinzenstr. 34, BRD

Anmerkung 2008

Wir haben die Idee vom Friedensheer vierzehn Politikern Europas, der USA und der Sowjetunion, des weiteren Papst Paul VI. und zehn bekannten Bischöfen der Weltkirche per Einschreiben zugeschickt. Viele

Briefe wurden beantwortet und unser Friedensengagement positiv beurteilt. Auch die Friedensorganisation Pax Christi, deren Mitglied ich bin, hat die Thesen von der Aktion Friedensheer veröffentlicht. Ich wurde dann 1978 Pfarrer von Geldern und hatte nicht mehr die Zeit, mich weiterhin um die Idee zu kümmern. Wir hatten auch die Hoffnung, dass die Idee bei Politikern und Bischöfen zünden würde, sich also zu einem Selbstläufer entwickeln könnte. Unsere Hoffnung erfüllte sich leider nicht. Ich konnte in den 70er-Jahren vier internationale Begegnungen zwischen der Berufsbildenden Schule Rheinhausen und dem Durham Technical College durchführen, außerdem zwei Jugendbegegnungen zwischen dem Warschauer Studentenchor und der Pfarrgemeinde St. Josef Rheinhausen. Auch meine drei Fußwallfahrten von Warschau nach Tschenstochau (240 Kilometer) dienten der internationalen und gesamtdeutschen Begegnung. Die jungen Leute aus der damaligen DDR sagten mir: *„Die Idee des Friedensheeres hätten wir nicht einmal zu denken gewagt.“*

Unser Weihekursus bei einer Fortbildung im Jahre 1977.
Untere Reihe sitzend von links: Franz-Josef Ortkemper, Franz Jung, Klaus Brass, Ludger Böckenhoff, Günter Kiefer;
oben, alle in einer Reihe betrachtet von links: Hans Ludger, Clemens Sievert, Heinrich Gebing, Alfons Kühling, Heinz Büren, Heinz Sürgers, Hans-Karl Seeger, Hermann Walgern, Heinrich Bücker, Clemens-August Schulze Zumhülsen, Ulrich Dissen, Hubert Herbig, Bernhard Kösters, Josef Lammerding, Roetger Schwartz, Heinz Böcker, Josef Ruhoff, Gerhard Leve, Altfried Decking

Unterwegs mit dem polnischen Volk

3. Fußwallfahrt von Warschau nach Tschenstochau und Besuch der DDR vom 1. bis 20. August 1981

In: Rheinische Post vom 29. August 1981

Mit vielen neuen Eindrücken sind Pastor Hans Ludger von der Kirchengemeinde St. Maria Magdalena und der Gelderner Theologiestudent Gregor Wolters jetzt von einer gemeinsamen Polenreise zurückgekehrt. Vor allem vor dem Hintergrund der aktuellen politischen Ereignisse gewinnen diese Reiseeindrücke der beiden Gelderner eine besondere Bedeutung. Pastor Ludger berichtet:

„Mit völlig überladenem Pkw waren wir in Richtung Warschau gestartet. Neben unserem persönlichen Gepäck hatte wir nämlich noch viele Lebensmittel in unseren Kofferraum geladen: Fleischkonserven, Dauerwurst, Büchsenmilch und Seifenpulver. In Helmstedt tankten wir noch einmal auf, und auch unsere beiden Reservekanister waren gut gefüllt, als wir an die DDR-Grenze kamen. Die Zollbeamten sahen unseren überladenen Wagen und verzichteten auf eine gründliche Kontrolle. Auch die polnischen Zollbeamten hatten gegen unsere Ladung nichts einzuwenden.

In Posen wollten wir unseren Wagen wieder auftanken. Aber an keiner Tankstelle war Benzin zu bekommen. Überall hunderte Meter lange Schlangen von Autos, aber es gab keinen Tropfen Benzin. Glücklicherweise hatten wir noch unsere Kanister, deren Inhalt wir in den Tank einfüllten. Und nun bekamen wir Angst,

Gregor Wolters und Hans Ludger mit Solidarnosc-Kappe nach ihrer Rückkehr

unser Unternehmen könnte am mangelnden Benzin scheitern. Da wir aber in Polen nur 90 Stundenkilometer fahren dürfen, reichte unser Sprit tatsächlich bis Warschau, das wir schon am nächsten Tag erreichten.

Wir sind zu Gast im Pfarrhaus von St. Josef. Liebevoll werden wir aufgenommen und machen schon am ersten Tag einen Bummel durch die Altstadt. Am nächsten Tag wird unser gastgebender Pfarrer von der Gewerkschaft Solidarität gebeten, vor dem Kulturpalast Warschau mit den Streikenden der Ver-

kehrsbetriebe an drei Stellen Gottesdienst zu halten. Er sagt zu, und am Nachmittag sind wir dabei und stehen in der ersten Reihe.

Der Pfarrer steigt auf einen Lastwagen, hat den Kulturpalast, in dem vor wenigen Wochen noch der Parteikongress stattgefunden hat, im Rücken und spricht vor der streikenden Menge Busfahrer und Straßenbahnfahrer über das Thema: ‚Ich bin der Weinstock, und ihr seid die Reben!'

Es komme in dieser Situation darauf an, den Kontakt zu Christus zu halten, dann befände sich das polnische Volk auf dem richtigen Weg, und es laufe nicht Gefahr, zu gewalttätigen Mitteln zu greifen. Er sagt kein Wort gegen die Regierung, sondern hält mit allem religiösem Anspruch einen Wortgottesdienst mit geistlichen Liedern, ‚Vater unser' und Fürbitten.

Alle sind ergriffen, hören aufmerksam zu und sind innerlich beteiligt. Man reicht sich die Hand zum Friedensgruß, eine Geste, die im polnischen Volk auch in Messfeiern eine Selbstverständlichkeit geworden ist. Der Wortgottesdienst wird an noch zwei weiteren Stellen vor dem Kulturpalast gehalten und dauert jeweils etwa 25 Minuten.

Erstaunlich ist, dass vor dem Gottesdienst oder nachher niemand von Gewerkschaft spricht. Man überlässt die ganze Demonstration der Kirche. Jedermann weiß, worum es hierbei geht: Man will für die Bevölkerung mehr Brot und Fleisch in den Läden. Jedem Besucher aus dem Westen fallen die langen Schlangen vor den Geschäften auf.

Die Menschen in den Städten müssen die notwendigsten Dinge entbehren: Es gibt so gut wie keine Milch, zu wenig Fleisch, zu wenig Brot, keine Babynahrung, kein Waschpulver. Und dennoch ist im ganzen Land eine Atmosphäre der Gelöstheit und der Freiheit wie in anderen freiheitlichen Ländern.

Die Spitze unserer Gruppe „Karawane", mit Baskenmütze H. Ludger.

50.000 Pilger unterwegs durch Zentralpolen, Beschallung durch Megaphone auf Besenstielen …

… auch junge Familien mit Kinderwagen-Kindern sind dabei

Zwei Tage später beginnt dann in Warschau unsere große Wallfahrt, an der ich schon 1978 und 1980 teilnehmen konnte. Mit 40.000 überwiegend jungen Menschen gehen wir zu Fuß zur Schwarzen Madonna von Tschenstochau. Wir gehen den Weg von 250 km in neun Tagen. Unsere Untergruppe ‚Karawane' besteht aus 400 Teilnehmern aus Ost- und Westdeutschland, aus Polen, den Niederlanden, Belgien und Ungarn.

Wir wachsen in dieser Woche zu einer starken Gemeinschaft zusammen, beten und singen miteinander, lernen uns in vielen Gesprächen kennen und tauschen immer wieder

Morgens und abends gab es Butterbrote mit Dosenwurst aus Rheinhausen.

Rasten tut gut. Rechts H. Ludger.

Adressen aus. Wir spüren die völkerverbindende Kraft des Heiligen Geistes, eine Solidarität, die nicht nur dem polnischen Volk geschenkt ist, sondern weitergeht auf die Christen der übrigen Völker der Welt.

Wir erkennen, dass hier eine innere Macht erfahren wird, die stärker ist als alle militärische Gewalt. Wir ahnen etwas von der weltpolitischen Aufgabe des polnischen Volkes, das mit seinem Protest gegen Ausbeutung und Menschen verachtenden Atheismus ein weltweit sichtbares Zeichen setzt.

Und unsere Frage taucht auf: Werden die Christen der anderen Völker in Ost und West dieses Zeichen erkennen? Werden sie erkennen, dass bei gegenwärtiger höchster Bedrohung durch apokalyptische Waffentechnik der Weg des polnischen Volkes der uns von Christus gewiesene Weg ist? Werden sie sich stärker mit diesem Volk solidarisieren oder werden sie einfach achselzuckend mit ansehen, wie dieses Volk leidet und mit der Erfüllung seiner historischen Aufgabe zu Boden geht?

Auf dem langen Weg machen wir tiefe Erfahrungen: Die einfache Lebensweise, die körperlichen Strapazen, Hunger und Durst, Sonne und Regen, Licht und Dunkelheit – die Hilfe der Weggefährten, die deutsch-deutsche

Auf dem Berg der Versöhnung vor Tschenstochau werden die Priester in die Luft geworfen, ein Zeichen von Dankbarkeit der Pilger für ihren Dienst während des langen Weges.

Begegnung, die emotionale starke Religiosität des polnischen Volkes – dankbar sein für einen Becher Wasser, am Morgen die Zelte abbrechen und sich wieder auf den Weg machen, miteinander unterwegs sein.

Die Völker Europas auf gemeinsamem Weg – Vision des Friedens, der ein Geschenk des lebendigen Gottes ist und nicht mit Gewalt erzwungen werden kann, Überwindung der Sprachbarriere durch Geduld und liebevolles Annehmen des anderen – brüderliches Teilen auch des Wenigen, das wir haben, Verzicht auf luxuriösen Konsum. – Felder, Wiesen, Wälder und Heidelandschaft, Menschen am Wegesrand, die uns liebevoll mit Obst und Getränken versorgen – ein Bild des Friedens in einem Land, das in seiner krisenhaften Situation schwerstens bedrängt ist.

Und wir fragen uns, wer hat vor wem mehr Angst: Die einen vor dem Einmarsch der anderen, oder die anderen vor der Kraft der geistigen Solidarität, die auch andere Völker des östlichen Europas ergreifen könnte.

Die verregnete Wallfahrt 1978, Kälte, Nässe, Schüttelfrost am Abend, 300 Pilger von 500 wurden krank und mussten den Pilgerweg abbrechen. Mein wasserdichter neuer Expeditionsschlafsack und die extradicke Luftmatratze machten mich nachts immer wieder fit für den weiteren Weg. So ein Überlebenstraining habe ich seither nicht wieder erlebt.

Beim Einzug in Tschenstochau werden wir von Erzbischof Glemp und einem Weihbischof herzlich begrüßt. Bildmitte: Kaplan Peter Paul Gregor aus der DDR, ganz links H. Ludger.

Zum ersten Mal in der Geschichte des Christentums bietet ein Volk in geistlicher Kraft der sie beherrschenden Macht die Stirn. Es zeichnen sich real neue Wege ab, Konflikte auszutragen.

Bei der Ankunft in Tschenstochau werden wir von der Bevölkerung stürmisch begrüßt. Der neue Primas von Polen, Erzbischof Josef Glemp, steht mit den Weihbischöfen am Wegesrand und reicht uns die Hand. Ich erinnere ihn an seinen Aufenthalt in Straelen und richte die Grüße des Dechanten aus. In langsamem Zug geht es nun zur Schwarzen Madonna, dem Bild der Königin Polens. Maria ist die Königin des Friedens. Mit dem polnischen Volk sind wir unterwegs in eine Zukunft voller Hoffnung.

Erfahrungen von der Wallfahrt konnte ich in der Predigt am Fest Mariä Himmelfahrt in der St.-Josefs-Kirche Warschau (ul. Deotyma) darlegen. In Konzelebration mit dem Warschauer Pfarrer Ks. Bogdan Sotkiewicz und einem Mitbruder aus der DDR durften wir die heilende Kraft des Glaubens erkennen und erfahren, dass Solidarität nicht nur eine polnische Sache ist, sondern die Völker Europas umspannt.

Glücklicherweise gibt es in Warschau eine Tankstelle für Gäste aus dem Ausland, so konnten wir genügend Sprit tanken, um unsere Rückreise anzutreten. Der anschließende Aufenthalt in der DDR brachte uns mit einem Teil unseres Volkes in Verbindung, der immer mehr abzureißen droht. Das Misstrauen voreinander lässt das offene und freie Gespräch verstummen. Wer weiß, ob der Gesprächspartner nicht für den Staatssicherheitsdienst arbeitet und Informationen weiterleitet.

Unsere Gruppe vor der großen Kirche in Tschenstochau, ganz vorne überwiegend junge Priester, H. Ludger 4. von links.

Man flüstert in den Gastwirtschaften, es ist in diesem Land einfach keine Stimmung, auch nicht in den Erholungsgebieten Mecklenburgs und an der Ostsee. Selbst der Kirche fällt es schwer, in Predigten über dieses Problem zu sprechen und Kreise zu schaffen, in denen einer dem anderen vertraut.

Was gegenwärtig in Polen geschieht, ist in der DDR überhaupt nicht zu denken. Wir haben in den Gaststätten und an den öffentlichen Plätzen genau so laut gesprochen wie in Westdeutschland und spürten deutlich, wie man die Ohren spitzte und interessiert zuhörte, was wir einander erzählten.

Wir haben in den vier Tagen unseres Aufenthaltes in der DDR nur etwa 15 Autos aus der Bundesrepublik gesehen. Der hohe Pflichtumtausch schreckt viele Bundesbürger ab, in die DDR zu fahren. Und dennoch ist es dringend notwendig, dass wir unsere Schwestern und Brüder hinter der Mauer nicht vergessen.

Wichtiger als Pakete nach drüben sind brieflicher Kontakt und das ehrliche Bemühen, mit den Menschen drüben im Gespräch zu bleiben. Ein Besuch löst Freude aus und lässt vieles bei uns in einem anderen Licht erscheinen."

Fußwallfahrt zur hl. Adelheid von Geldern

nach Pützchen bei Bonn im Herbst 1983

Fröhlich kehrten die 50 Wallfahrer von der großen Fußwallfahrt von Geldern nach Pützchen bei Bonn am Samstag, dem 15. Oktober, pünktlich um 16 Uhr zurück. Sie beendeten ihren langen Weg, der über eine Strecke von genau 189 km ging, in der St.-Adelheid-Kirche mit dem sakramentalen Segen. Dieser Segen sollte noch einmal verdeutlichen, was die Wallfahrer erfahren hatten: Der Herr hat sie auf ihrem Weg begleitet, er hat sie zu einer Gemeinschaft werden lassen, in der einer dem anderen beistand in den Beschwernissen, die ein langer Fußweg mit sich bringt.

Alle geben bereitwillig Auskunft über die Erlebnisse des gemeinsamen Weges: *„Jeden Tag sind wir über 30 Kilometer gelaufen, unterwegs gab es ein gutes Mittagessen, einige Male Erbsensuppe, nach der wir fast süchtig geworden wären, wenn es nicht gelegentlich Pommes gegeben hätte“*, erklärte einer der jugendlichen Teilnehmer. Übrigens jeder zweite Teilnehmer war Jugendlicher oder ein Kind, der jüngste Teilnehmer erst 12 Jahre alt und

Die Wallfahrt startet an der St.-Adelheid-Kirche in Geldern.

der älteste 63 Jahre. Das Durchschnittsalter der Wallfahrer betrug 33 Jahre, eben das Alter Jesu, als er seinen großen Aufbruch von Galiläa nach Jerusalem gewagt hat. Bestimmt nicht nur ein zufälliges Zusammenspiel der Zahlen, ein kleines Zeichen, dass der Herr uns zusammengeführt hat und sich für unseren Weg interessiert.

Um Kreuz und Auferstehung ging es wesentlich auf dem langen Weg. Die Häftlinge der Vollzugsanstalt Geldern-Pont hatten für uns Holzkreuze geschnitzt, die wir um den Hals hängen hatten, ein Zeichen für das Kreuz vieler Mitmenschen, die es schwer haben in ihrem Leben. Wir empfanden das Kreuz auch in den Beschwernissen des Weges, Blasen an den Füßen, Rückenschmerzen, Kreislaufbeschwerden und vieles mehr. Eine Krankenschwester und ein Krankenpfleger hatten jeden Abend viel zu tun, um uns wieder in Ordnung zu bringen, ohne sie beide hätten viele das Ziel gar nicht erreicht.

Aber auch die Lebendigkeit der Auferstehung dürfen wir erfahren: Die gegenseitige Hilfe, das fröhliche Miteinander, die frohen Lieder auf dem Weg, die Gespräche, jeder ist offen für den anderen, einer beschenkt den anderen, geht neben ihm her, Freundschaften entstehen oder werden vertieft. In den Eucharistiefeiern jeden Tag ist es der Herr selbst, der uns seine heilende Nähe spüren lässt. Freie Fürbitten sind selbstverständlich, der Friedensgruß gehört einfach dazu. *„Warum tun wir das nicht in den Messen am Sonntag in unserer Gemeinde?"*, fragen die Jugendlichen. *„Ihr könnt es ruhig tun"*, antwortet der Pastor, *„eines Tages wird der Funke auf alle überspringen, wenn wir mit unserer Gemeinde zehnmal in Pützchen waren, dann werden auch unsere Gottesdienste lebendiger sein."*

Was Nächstenliebe wirklich ist, dürfen wir in den Gemeinden erleben, die uns müde Pilger am Abend aufnehmen. Wir übernachten in Pfarrzentren und Jugendheimen, die meisten auf Luftmatratzen, einige beziehen auch ein Privatquartier, der Pastor und Kaplan kommen im Pfarrhaus unter. Für alle ist bestens gesorgt. Nach dem Abendessen in den verschiedenen Tischgruppen gibt es eine fröhliche Runde. Wir singen, dass die Wände wackeln, die Kinder und Jugendlichen führen Sketche auf, ihre Phantasie nimmt kein Ende, es wird schallend gelacht und Beifall geklatscht, so fröhlich kann nur eine Wallfahrt sein.

Und dann gehen wir um 20 Uhr in die Kirche zum Abendgebet. Wir bedenken den hinter uns liegenden Tag. Wir können nur danken für all die herrlichen Dinge, die wir erleben durften. Ein Segenswort wird gesprochen oder der sakramentale Segen gespendet. Dann begeben sich alle zur Ruhe, ein Glück, dass es die Nachtruhe gibt. Morgen müssen wir wieder fit sein für die nächste Etappe.

Nach der Messe um 8 Uhr geht der Weg weiter, unterwegs gibt es einige geistliche Anregungen, ein Megaphon auf Besenstiel hilft uns, die ganze Gruppe im Laufen akustisch zu erreichen. Am Nachmittag beten wir den Rosenkranz, ein vorzügliches Gebet für Wallfahrer. Wir beten ihn für den Frieden und in all den Anliegen, die uns die Leute zu Hause vor der Wallfahrt anvertraut haben. Zwischendurch gibt es immer auch Zeiten der Stille, jeder von uns hat das Bedürfnis, sein eigenes Leben zu überdenken und es neu auf Christus auszurichten. Ein Tag gehört der persönlichen Beichte. Der größte Teil der Gruppe führt ein persönliches Beichtgespräch mit dem Priester. Die Begegnung mit Christus in der Beichte

Junge Leute lieben Tuchfühlung bei der Rast.

schenkt Freude und Frieden, eine tiefe österliche Erfahrung.

So wandern wir sechs Tage über Hinsbeck, Wegberg, Koslar, Buir und Weilerswist nach Pützchen. Das schwere Gepäck wird von einem Traktor mit Anhänger transportiert. Dank auch den Treckerfahrern und dem PKW-Fahrer, der sich derer angenommen hat, die nicht mehr laufen konnten. Es ist beruhigend zu wissen, wenn du einmal nicht mehr kannst, wirst du doch mitgenommen, niemand bleibt auf der Strecke liegen.

Und dann haben wir es in sechs Tagen geschafft. Am späten Nachmittag erreichen wir das Ziel unserer Wallfahrt: Pützchen. Mit Freudentränen in den Augen ziehen wir in die Pfarrkirche zur Hl. Adelheid ein. Pfarrer Schumacher begrüßt uns liebevoll. Wir singen: *„Großer Gott, wir loben dich“* und grüßen die hl. Adelheid, die sich vor 1.000 Jahren ebenfalls von Geldern aus auf den Weg gemacht hat und in der Gegend von Pützchen und Vilich außerordentlich segensreich gewirkt hat. Sie ist eine von uns, das ist uns allen bewusst, sie ist uns ein Zeichen auf dem Lebensweg, sie hat uns gezeigt, wie wir das Ziel unseres Lebens erreichen können. Sie schöpfte als Äbtissin Kraft aus der Gottesverehrung für ihre Aufgaben an den Mitmenschen, besonders den Kindern und Jugendlichen in den Schulen. Wir sind glücklich, zu ihr aufschauen zu dürfen, wenn wir schallend das Adelheidlied singen: *„Heilge Adelheid, bitt für uns und unsre Zeit, hilf uns Gott zu lieben …“*

Pfarrer Hans Ludwig Schumacher von Pützchen spricht mit uns in der Adelheid-Kapelle das Abendgebet. An der Kapelle befindet sich das Pützchen (Brünnlein von lat. Puteus = Brunnen, Pfütze). Hier hat die hl. Adelheid in einem trockenen Sommer mit ihrem Äbtissinnen-Stab eine kleine Quelle aufgestoßen, deren Wasser heilende Wirkung hat und auch in trockenen Sommern nicht versiegte. Fromme Pilger haben hier von ihren Krankheiten Heilung erfahren. Das Wasser tut besonders den Augen gut. Wir bestreichen unsere Augen mit dem Wasser aus dem Adelheidis-Pütz in der Hoffnung, den klaren Blick zu behalten und das Gute im Menschen mehr zu sehen als das Schlechte.

Am folgenden Morgen feiern wir die hl. Messe im Karmel von Pützchen, die Sacre-Coeur-Schwestern sind dabei. So tief danksagen kann man nur in der Eucharistiefeier: *„Herr, wir danken dir für diese Wallfahrt, für den erfrischenden Wind und den strahlenden Sonnenschein. Wir wollen das schlechte Wetter des letzten Jahres vergessen, du machst alles gut. Lob und Preis sei dir für die Kinder und Jugendlichen, die sich nicht gescheut haben, den bequemen Alltag zu verlassen und die Mühen eines langen Weges auf sich zu nehmen. Lob und Preis sei dir auch für alle Dienste, die sie getan haben, damit das Ganze gelingen konnte. Dank sei dir, Herr, dass du in den Kirchengemeinden lebst, Dank sei dir für alle Gastfreundschaft, die von dir kommt und zu dir hinführt. Dank sei dir, Herr, für die vielen Begegnungen mit dir und den Menschen. Gib*

1982 am Pützchen: Am linken Bildrand H. Ludger.

Seit alters her hat das Pützchen (von lat. Puteus = der Brunnen, mundartlich: Pütt, Pützchen, Pfütze) eine heilende Kraft und dem Ortsteil Pützchen seinen Namen gegeben. Hans Ludger bestreicht seine Augen mit dem Wasser des Pützchens, um auf Dauer klar sehen zu können.

1989: Vor der Adelheidi-Kirche in Pützchen, ganz rechts Pfr. Schumacher, dann der Organist und Hans Ludger

1981: Ralf macht mit der Hand vom Grabmal der hl. Adelheid ein Kreuzzeichen.

Ankunft am Pützchen 1987: In der Mitte die Pfarrer Hans Ludger und Hans-Ludwig Schumacher von St. Adelheid Pützchen.

uns die Kraft, immer wieder aufzubrechen und dich von ganzem Herzen zu suchen. Lass uns unterwegs bleiben auf der Pilgerreise unseres Lebens und einst das Ziel erreichen, das du uns gezeigt hast, die ewige Gemeinschaft mit dir. Herr, lass uns diese Wallfahrt jedes Jahr machen, schon im nächsten Jahr wollen wir uns mit deiner Hilfe wieder auf den Weg machen, lass uns dann wieder eine Schar von 50 Pilgern sein. Amen.“

Anmerkung 2008

Die Wallfahrt ist insgesamt zehnmal gegangen, zuletzt 1990. Es nahmen insgesamt etwa 200 Personen daran teil. Es hat bei den Wallfahrten immer wieder Augenblicke gegeben, in denen ich sehr glücklich war. Die Wallfahrten gehören zum Besten, das ich als Priester erleben durfte.

H. Ludger macht bei einer Rast einen Kopfstand aus Übermut und Freude.

Auf dem Weg 1987: Toni Meyer trägt das Kreuz, das niemand überholen durfte. Rechts: Lina und Heinrich und Aengenheister.

Die Wallfahrtsgruppe 1988: Pfarrer Hans Ludger hat seine Baskenmützen an die Kinder verschenkt, um die Mode zu beeinflussen.

Lebendige Pfarrgemeinde

1984

Zum ersten Mal kam ich im Jahre 1975 als Berufsschulpfarrer in Duisburg-Rheinhausen durch meinen damaligen Pastor mit der Gemeinde-Erneuerung in Berührung. Zusammen hielten wir in Rheinhausen mehrere Glaubensseminare nach den Büchern von Heribert Mühlen: Einführung in die christliche Grunderfahrung.

Seit 1978 bin ich Pfarrer in Geldern in der Gemeinde St. Maria Magdalena, zu der auch die Kirche St. Adelheid und die Kapuzinerkirche gehören. Mein Rheinhauser Pas-

Die St.-Maria-Magdalena-Kirche in Geldern mit Wochenmarkt

Das Pfarrhaus, ein früheres Karmeliterkloster

Tor zum Pfarrhaus

tor Fritz Klümpen ist als Pensionär in unserer Gemeinde tätig und hilft nach Kräften in der Seelsorge mit.

Unsere Gemeinde zählt 9.115 Mitglieder. Im Pfarrhaus, einem alten Karmeliterkloster wohnen außer mir noch die beiden Kapläne und unsere Haushälterin. In der Seelsorge arbeitet noch eine Pastoralassistentin mit, die sich bei uns in der Ausbildung befindet. Wir versuchen eine Vita communis (gemeinschaftliches Leben). Auf dem Boden unserer Gemeinde befinden sich 15 Schulen, täglich pendeln ca. 7.000 Schüler und Schülerinnen von auswärts in unsere Stadt. Unser Kirchenvorstand ist Dienstgeber von 65 Angestellten. Das Clemens-Hospital liegt am Rande der Stadt und wird von einem Kuratorium geleitet, in dem ich lediglich Mitglied bin. Ich möchte hier ausführen, wie ich zur Erneuerung meines Tauf- und Weiheversprechens kam und damit nur sagen, was ich der Erneuerung verdanke.

Gebet

Das Gebet macht mir viel Freude, ich nehme mir am frühen Morgen eine halbe Stunde für Brevier und Schriftlesung und überdenke betend den Tag. Mittags beten wir in unserem Gebetsraum die Sext in Gemeinschaft mit den Kaplänen und der Pastoralassistentin. Der Gebetsraum ist uns eine große Hilfe für das gemeinsame Gebet, ich selber suche den Raum viermal am Tag auf. Die Gemeinde-Erneuerung hat mir geholfen, Zugang zum freien Beten zu finden. Das Gebet gibt mir Kraft, innere Freude, Humor und Ideen für die Seelsorge. Ich bete gern im Auto, bei längeren Autofahrten gibt es immer Zeiten des persönlichen lauten Gebets. Ich stelle mir vor, dass der Herr neben mir sitzt und meine Fahrt begleitet, dann haben wir uns viel zu sagen.

Gottesdienste

Wir haben in unserer Gemeinde zwei Gebetsabende: Dienstags und donnerstags. Wir sprechen nicht so sehr von „Gebetskreis“, da das exklusiv klingt, wir sagen ganz einfach „Gebetsabend“, und die ganze Gemeinde ist immer eingeladen. Die Leitung des Abends wird häufig von Laien übernommen, die immer mehr in diese Aufgabe hineinwachsen. An einem Gebetsabend meditieren wir meistens die Frohbotschaft des folgenden Sonntags. Wenn wir einen Abend lang mit unserer Gemeinde im Geiste der Lesung oder des Evangeliums des nächsten Sonntags gebetet haben, dann fällt uns Priestern die Predigt nicht mehr allzu schwer. Es kommt auch gelegentlich vor, dass die Sonntagspredigt in ein Gebet „umkippt“. Hier wird die Führung des Geistes Gottes in der Verkündigung deutlich spürbar. Die Erneuerung hat mir das Bewusstsein geschenkt, dass ich Gottes Werkzeug bin: Ich muss mich von ihm leiten lassen, er möchte durch mich wirken. Jeden Samstagabend gibt es in unserer St.-Adelheid-Kirche einen Familiengottesdienst, der familiengerecht gestaltet wird. Das Evangelium wird in diesem Gottesdienst häufig nicht vorgelesen, sondern frei verkündet. Die Kinder kommen gern zum Priester, um mit ihm über das Evangelium nachzudenken und Anregungen für die Fürbitten zu geben. Für die ganze anwesende Gemeinde ist es immer wieder ein ergreifendes Bild, wie die Kinder sich bemühen, das Wort Gottes zu verstehen und wie sie ganz dabei sind. Jede Woche halte ich mehrere Schulgottesdienste, an denen insgesamt bis zu 1.200 Kinder und Jugendliche teilnehmen, eine wunderbare Chance für die Verkündigung des Glaubens. Die Einheit mit dem gekreuzigten und auferstandenen Herrn ist hier in einer Dichte zu erleben, dass ich mich öfter frage: Womit hast du dieses Geschenk verdient? Beim Gespräch über das Evangelium ist ein Blick in die Augen der Kinder, die den Priester umstehen, wie ein Blick in den Himmel. Hier bin ich dem Herrn ganz nahe, ich kann sein Wort nur zu gut verstehen: Lasst die Kinder zu mir kommen, denn ihrer ist das Himmelreich.

Christsein heißt: sich immer wieder für ein Leben mit dem Herrn entscheiden. Das geschieht in besonderer Weise in Erneuerung des Taufgelübdes in der Osternacht. Zeichenhaft erneuern die Gläubigen in der Osternacht ihr Taufversprechen, indem sie von ihrem Platz nach vorne an die Stufen des Altars kommen, ihre Hand in ein Weihwasserbecken tauchen und sich damit bekreuzigen. Das Echo auf diese Art, Schritte auf Christus hin zu tun, ist sehr positiv.

Persönliche Beratung

Hier merke ich immer wieder, dass ich mit einem guten Rat überfordert bin. Am Ende eines Beratungsgespräches biete ich dem Ratsuchenden das Gebet an. Ich bete dann im Sinne des Gesprächsinhaltes und lasse das Gebet immer in das Vaterunser einmünden, das der Gesprächspartner bereitwillig mitbetet. Am Schluss bedankt er sich häufig mehr für das Gebet als für den Rat. Gebet in der Beratung ist auch sehr leicht am Telefon möglich. In solchen Situationen ist der Herr am Werk, und ich darf seine Kraft den Schwestern und Brüdern zusprechen. Ich möchte jungen Theologiestudenten immer wieder sagen: Es ist schön, Priester zu sein, ich kann mir keinen schöneren Beruf vorstellen. Viele Menschen haben es in unserer Zeit sehr schwer. Sie sind krank oder tragen schwere innere Verletzungen mit sich herum. Wir Priester können diesen Mitmenschen die heilende Kraft unseres Herrn zusprechen, ich kann mir keinen schöneren Dienst vorstellen.

Buße und Beichte

Wir kämpfen um die persönliche Beichte. Unsere Beichtstühle sind so eingerichtet, dass man durch das Gitter und von Mensch zu Mensch beichten kann. Zu mir kommen samstags im Schnitt drei Personen, das ist natürlich gemessen an dem was die Beichte dem Menschen schenken kann, sehr wenig. Ich bin davon überzeugt, dass Christus der Kirche heilende Kraft gegeben hat. Ich habe in den letzten Jahren erkannt, dass uns in der Beichte nicht nur Schuld vergeben wird, sondern dass sie auch heilende Kraft hat.

Viele tragen Verletzungen und Enttäuschungen mit sich herum, die ihnen von anderen zugefügt worden sind. Wenn diese Dinge im Bekenntnis ausgesprochen werden, formuliere ich immer in meinem Beichtzuspruch ein Gebet, in dem ich Christus um Heilung bitte, etwa, wenn jemand Eheprobleme hat, wenn die Kinder ihm zu schaffen machen oder wenn er Sorgen mit seiner Arbeit und mit seinen Arbeitskollegen hat. Ich übergebe die Befreiung des beichtenden Menschen dem Herrn.

Dass ich sein Werkzeug dabei sein darf, sozusagen der Kanal, durch den die Kraft des Herrn strömt, erfüllt mich immer wieder mit tiefer Beglückung. Nicht nur der Beichtende erfährt in der Beichte großes Glück, auch der Priester, der den wunderbaren Dienst der Heilung und Befreiung tun darf.

Die Kinder haben das erkannt. Ich habe die Hoffnung, dass wir über die Kinder irgendwann auch die Erwachsenen wieder zur persönlichen Beichte führen können.

Nun ist es nicht so, dass unsere Gemeinde keinen Umkehrwillen hat. Vor den Hochfesten halten wir fünf Bußfeiern in unseren beiden Kirchen. Bis zu insgesamt 2.500 Christen füllen dann die Kirchen. Die Bußfeiern dauern bis zu einer Stunde, in aller Regel stellen wir uns unter das Wort Gottes.

Der Priester gibt zu erkennen, dass er mit der Gemeinde Buße tun möchte und lässt in der Gewissenserforschung auch seine Schwächen erkennen. Das schafft eine starke Solidarität mit der büßenden Gemeinde. Eine Bußfeier ist für mich eine hohe geistliche Anforderung, sie wird am fruchtbarsten, wenn ich kurz zuvor selbst zur Beichte gegangen bin.

Während der Gewissenserforschung werde ich in der Bußfeier bisweilen sehr direkt, etwa wenn es um die Nächstenliebe geht, dann sage ich: „*Denke jetzt an den Menschen, den du nicht ausstehen kannst, gegen den du in deinem Herzen sogar Hass trägst. Du kannst dir als Christ keinen Hass leisten. Bete jetzt für den Bruder oder die Schwester: Herr befreie mich vom Hass, gib mir Kraft, auf diesen Mitmenschen zuzugehen, ihm die Hand zur Versöhnung zu reichen, ihm erneut eine Chance zu geben.*“

Vor der Bitte um Sündenvergebung bitte ich die Gemeinde, Christus jetzt von ganzem Herzen zu lieben und aus Liebe zu ihm alle Sünden zu bereuen. Dann ist es ganz still in der Kirche, eine dichte, gefüllte Stille, in der der Herr wirken kann und auch wirkt.

Viele Leute sagen, dass ihnen eine Bußfeier mehr hilft als die Beichte, wie sie sie früher abgelegt haben. Einige Besucher der Bußfeier erscheinen auch bei nächster Gelegenheit im Beichtstuhl und sagen, die Bußfeier habe sie wieder zur persönlichen Beichte geführt.

Die Bußfeier müssen wir unbedingt ernst nehmen. Es ist ein Geschenk, wenn Menschen sich in der Bußfeier bekehren, wenn sie ein neues Leben beginnen und die heilende Kraft Christi erfahren. Wer ein intensiveres religiöses Leben führen möchte, wird von Christus sicher zur persönlichen Beichte geführt.

Ehe und Zölibat

Ein Priester, der sich bemüht, zu Christus ein persönliches Verhältnis zu haben, sieht auch seine Ehelosigkeit in einem neuen Licht. – Er beginnt zu begreifen, dass er mit seiner Ehelosigkeit Zeugnis von seinem Bund mit Christus gibt. Er hilft so den Eheleuten, sich ebenso persönlich mit dem Herrn zu verbinden. Je stärker ihre Bindung an Christus ist, desto stärker werden sie auch miteinander verbunden sein und Kraft haben, einander die Treue zu halten. Christus ist in ihrer Ehe gegenwärtig, er gibt ihnen Phantasie für das eheliche Miteinander.

Die amerikanische Eheberatung hat herausgefunden, dass geistlich geführte Ehen auch im sexuellen Bereich glücklich seien. (Vgl. „Wie schön ist es mit dir“, Tim und Beverly La Haye“, Wetzlar 1985).

In den Traugesprächen versuche ich die Brautleute auf diese geistliche Dimension ehelichen Lebens hinzuweisen.

Wenn sie bereit sind, über ihren Glauben zu sprechen, sind sie vielleicht auch eines Tages bereit, miteinander zu beten. Wenn es uns gelingen könnte, Eheleute zum gemeinsamen Beten zu führen, könnte man ihnen geradezu eine Garantie dafür geben, dass sie in ihrer Ehe und Familie viel Glück erfahren.

Der ehelose Priester muss im Zölibat keine frustrierende Verkümmerung seines Lebens sehen, sondern eine Chance, seine Mitmenschen – vor allem in Ehe und Familie – auf eine wichtige Grundlage menschlichen Zusammenlebens hinzuweisen: auf die Kraft des auferstandenen Christus, der im Heiligen Geist in den Menschen lebendig sein möchte, um sie zum wahren Leben zu führen. Sollte die geistliche Erneuerung sich bei vielen Priestern durchsetzen, wird die Kirche eines Tages auf den Pflichtzölibat verzichten können, weil ihn so viele aus ihrer tiefen Christusverbundenheit heraus freiwillig und schöpferisch leben möchten. Der Geist Gottes ist auch heute noch in der Christenheit lebendig und löst Schwierigkeiten, die nach menschlichem Ermessen kaum lösbar sind.

Heilungsdienst an den Kranken

20 Hauskranken bringe ich einmal im Monat am Herz-Jesu-Freitag die hl. Kommunion. Ich lege den Kranken zum Schluss der Feier

die Hände auf und spreche den aronitischen Segen. Auch bei Besuchen im Krankenhaus spreche ich meistens vor dem Abschied ein Segensgebet. Die Bevölkerung des Gelderlandes hat ein waches Interesse an der geistlichen Ausrichtung unseres Krankenhauses: Katholische und evangelische Christen spendeten Geld für kunstvolle Kreuze und Neue Testamente in den Krankenzimmern.

An einem Bitttag machen wir mit unserer Gemeinde eine Bittprozession zum Krankenhaus und feiern vor dem Haus die heilige Eucharistie, um so unsere Verbundenheit mit dem Haus und den Kranken zum Ausdruck zu bringen.

Die Verbundenheit von Krankenhaus und Pfarrgemeinde kommt auch durch die Kabelverbindung zwischen unserer Maria-Magdalena-Kirche und dem Clemens-Hospital zum Ausdruck: Über Kopfhörer können die Kranken die Gottesdienste und Konzerte in unserer Kirche mithören.

Der „Christliche Krankenhausdienst" begleitet Schwerkranke und Sterbende, einige aus dieser Gruppe kommen regelmäßig zu den Gebetsabenden. Auch meine Arbeit im Kuratorium wird inspiriert vom dem, was das Chrisma der Heilung meint: die Kirche hat heilende Kraft in der Institution Krankenhaus an den Menschen heranzutragen, wobei oft auch der Konfliktherd Krankenhaus der Heilung bedarf.

Erstkommunion in der St.-Adelheid-Kirche

Gemeindekatechese

Es gibt in jedem Jahr in unserer Gemeinde bis zu 100 Kommunionkinder; in diesem Jahr haben wir gleichzeitig die Vorbereitung von 220 Kindern auf die Firmung zu leisten. Es ist ein gutes Stück Arbeit, für ca. 300 Kinder Eltern zu gewinnen, die bereit sind, die Kinder in Gruppen auf die Erstkommunion und Firmung vorzubereiten.

In fünf Jahren haben 150 Gemeindemitglieder an den jährlich stattfindenden Glaubensseminaren der Erneuerung teilgenommen. Viele von den Teilnehmern haben eine religiöse Vertiefung ihres Lebens erfahren und sind so eher bereit, einen Dienst in der Pfarrgemeinde zu übernehmen.

Bei der Erstbeichte gebe ich den Kindern den Beichtzuspruch in Form eines Gebetes, das ich frei, entsprechend ihrem Bekenntnis, formuliere. Auch wenn das Kind im zweiten Schuljahr noch nicht so schlimme Dinge getan hat, dass eine Beichte notwendig wäre, so erfährt es in diesem Gebet und in der Lossprechung doch die Liebe Gottes und fühlt sich zutiefst von Gott angenommen.

Viermal im Jahr gibt es in unserer Gemeinde einen Schülerbeichttag: Am Freitag vor Beginn der Ferien: 14 Uhr zweites Schuljahr, 15 Uhr drittes Schuljahr, 16 Uhr viertes Schuljahr und 17 Uhr fünftes Schuljahr und darüber hinaus. Zu solchen Beichttagen kommen bis zu 350 Kinder. Und wir Priester hören zu viert von 14 Uhr bis 19 Uhr Beichte. Die Eltern haben erkannt, welche Bedeutung die Schülerbeichte für ihr Familienleben hat.

Geschwisterkindern spende ich nach ihrer Beichte den Geschwistersegen. Sie reichen einander die rechte Hand, ich lege ihnen die Hände auf und segne sie etwa mit folgenden Worten: *„Herr segne diese beiden, lass sie einander gern haben, im Streit schnell bereit sein, sich zu versöhnen, lass sie auch ihre Eltern lieben und zu Hause mithelfen und sich nicht immer bequem von der Mutter bedienen lassen. Das schenke euch der gute Gott, der Vater, der Sohn und der Heilige Geist.“* Eltern fragten mich: *„Was haben Sie nur mit unsern Kindern gemacht? Sie haben sich glatt zwei Tage vertragen.“*

Am Tag der Erstkommunion stehen die Kinder zum Empfang der hl. Kommunion um den Altar. Nach dem Empfang betet der Priester frei mit den Kindern, so lernen die Kinder, wie sie dem Herrn in der Eucharistie begegnen können. Die Firmung würden wir gern zu einem späteren Zeitpunkt spenden lassen. Dazu bedarf es noch des intensiven Gesprächs mit den Bischöfen.

Glaubensseminare

Bisher konnte ich in Zusammenarbeit mit meinem pensionierten Mitbruder fünf Glaubensseminare „Einübung in die christliche Grunderfahrung“ durchführen. Diese Seminare wurden vorher öffentlich im Jahresprogramm der Familienbildungsstätte angekündigt. Jeder konnte teilnehmen. Zwischen 30 und 40 Personen haben jeweils teilgenommen. Es hat sich herausgestellt, dass die beste Seminarzeit nach den großen Ferien bis Weihnachten ist.

Es nehmen auch Christen aus den Nachbargemeinden daran teil, bisweilen auch Priester. Ziel des Glaubensseminars ist: Einführung in das freie Beten und Ermutigung zur Übergabe des Lebens an Christus (Tauferneuerung, Firmerneueurng, Erneuerung des Eheversprechens und der Priesterweihe).

Nach den Seminaren entschließen sich immer einige Schwestern und Brüder, auch zu den Gebetsabenden am Dienstag oder Donnerstag zu kommen, an denen regelmäßig ca. 30 Personen teilnehmen.

In der Fastenzeit halten wir in unseren Kindergärten Elternseminare. Sie sollen den Eltern helfen, ihre Kinder gläubig zu erziehen, und dienen der Vertiefung ihres eigenen Glaubens. Die Elternseminare sind eine gute Vorbereitung auf das Glaubensseminar.

Von unschätzbarem Segen ist, dass einige Erzieherinnen voll in der Erneuerung stehen und die Früchte den Eltern und Kindern mitteilen möchten. Ebenso haben mehrere Lehrer der Grundschulen und weiterführenden Schulen an den Glaubensseminaren teilgenommen. Man kann sich gut vorstellen, wie sich ihr vertiefter Glaube auf die Erziehungsarbeit auswirkt.

Friedensarbeit

Unsere Pfarrgemeinde unterhält lebendige Kontakte zu Familien in Polen. Dreimal durfte ich die große Wallfahrt von Warschau nach Tschenstochau zur Schwarzen Madonna mitmachen (240 Kilometer zu Fuß mit bis zu 50.000 Pilgern aus ganz Europa). Fast jedes Jahr ist eine Konzert- oder Folklore-Gruppe aus Polen in unserer Gemeinde zu Gast. Es fällt nicht schwer, die Gäste in Gastfamilien unterzubringen.

Durch die polnische Wallfahrt ermutigt, machen wir in diesem Jahr schon zum vierten Mal eine große Fußwallfahrt zur hl. Adelheid von Vilich und Pützchen bei Bonn. In sechs Tagen gehen wir 189 km.

Die hl. Adelheid lebte vor 1.000 Jahren und stammt aus unserer Gemeinde. Sie ist auf der Gelderner Burg aufgewachsen und hat als Äbtissin in Köln und Vilich segensreich gewirkt. An der Wallfahrt nehmen bis zu 50 Personen teil; sie ist ein Symbol für das Unterwegssein mit dem Herrn zum ewigen Ziel. Fast alle legen auf dem Weg eine persönliche Beichte ab. Jeden Tag feiern wir die heilige Eucharistie. Freie Fürbitten sind für die Wallfahrtsgruppe eine Selbstverständlichkeit. Beim letzten Mal nahmen zur Hälfte Jugendliche und zur anderen Hälfte Erwachsene teil. Die Jugend will gefordert werden. Dankbar sind wir den Gastgemeinden, die uns liebevoll aufnehmen und deren Anliegen wir in unser Gebet hineinnehmen.

Klima in der Gemeinde

Die geistliche Erneuerung ist für die ganze Gemeinde und für den Pfarrverband eine starke Herausforderung. Aber sie hat nicht zur Spaltung geführt, im Gegenteil, sie ist die Ursache für ein friedliches Arbeitsklima, in dem jeder Mitarbeiter entsprechend seiner Begabung (seinem Charisma) arbeiten kann und niemand überfordert werden soll. Wenn jemand Schwierigkeiten hat, erfährt er Hilfe und wird mit seinem Problem nicht allein gelassen. Ich selbst brauche als Seelsorger viel Kraft für den Dienst der Versöhnung und des Friedens, aber auch immer wieder die Führung des Herrn, die mir hilft, auf die Mitarbeiter und auf die Gemeinde zu zugehen – gerade auch dann, wenn sie von mir enttäuscht worden sind.

Die geistliche Erneuerung geht langsam voran. Der Hirte der Gemeinde ist Christus, der gute Hirt. Je mehr Gemeindemitglieder sich von ihm führen lassen, desto mehr wird unsere Gemeinde die Stadt auf dem Berge sein, die lebendig ist und in der Menschen Geborgenheit finden.

Die Gemeinde-Erneuerung ist keine neue Spiritualität, sie ist keine neue Gruppierung neben vielen anderen in der Kirche, sie ist einfach urbiblisch und urkatholisch. Ich habe in den letzten Jahren durch sie so viele Anregungen bekommen und so viel Kraft, dass ich nur jedem Christen wünschen kann, sich auf die Führung des Herrn einzulassen.

„Hab Dank Herr, dass du mich vor 20 Jahren in deinen Weinberg berufen hast, hab Dank für alle Liebe, die du mir geschenkt hast, die ich auch von den Menschen erfahren darf. Hab Dank auch für alles Schwere, das du mir zugetraut hast. Sei weiterhin der Hirte meines Lebens und unserer Gemeinde. Führe uns alle auf dem Weg, der in dir sein Ziel findet. Segne unsere Familien, sei in ihnen lebendig mit der Liebe und Kraft deines Geistes, segne die Eheleute, dass sie einander die Treue halten, segne die Kinder und Jugendlichen. Berufe viele in deinen Dienst und schenke ihnen Freude am Gebet, am gemeinsamen Weg mit dir. Berufe viele aus unseren Gemeinden in deinen unmittelbaren Dienst.

Heile uns vom informierten und distanzierten Sprechen über dich. Sei du in uns lebendig, durchdringe unser Leben, unseren Leib und unsere Seele. Schenke uns die Ge-

sundheit des Geistes und des Leibes und lass uns alle ein Herz und eine Seele sein.

Herr, ich lobe und preise dich für alles, was du mir in meinem Leben geschenkt hast und was du mir noch schenken wirst. Herr, gib mir die Kraft, immer wieder Zeugnis von dir abzulegen in Wort und Tat. Sprich du durch mich, handle durch mich, lass mich dein Werkzeug sein. Lass mich mithelfen am Frieden und an der Versöhnung unter den Menschen.

Du allein kannst den Menschen den wahren Frieden bringen. Dir sei Lob und Dank und Ehre in Ewigkeit. Amen"

Besuch des Adelheid-Kinderhauses

Anmerkung 2008

Dieser Artikel erschien 1984 in Heft 20 der Zeitschrift „Erneuerung in Kirche und Gesellschaft", herausgegeben von Prof. Heribert Mühlen, Paderborn. In dieser Zeit war ich Mitglied der Koordinierungsgruppe des Rates der charismatischen Erneuerung in der kath. Kirche in der Bundesrepublik Deutschland. Hier lernte ich außerdem Prof. Dr. Norbert Baumert SJ, Diakon Franz Adolf Kleinrahm, Dr. Karl Renner, Pfarrer Peter-Josef Quirmbach, Schwester Lucida Schmieder OSB, Pfarrer Johannes Mohr und Marie Luise Ritter kennen, die mein theologisches Denken und meine Spiritualität stark angeregt und wertvolle Impulse für die Praxis gegeben haben.

In Geldern habe ich nicht so viele Artikel geschrieben. Aber einige Bilder sollen zeigen, wie schön diese Zeit war.

Auch ein Pastor kann übermütig sein ...

Die Drehorgel brachte immer wieder gute Stimmung bei den Kindern, das Interesse der Kinder verlagerte sich schließlich mehr auf elektronische Tonträger.

Elternnachmittag im Kindergarten, rechts die Leiterin Frau Irmgard Badzinski.

Höhepunkt des Nikolausspiels war, wenn die Kinder unter meinen Mantel kamen. Ich kam mir vor wie eine Schutzmantelmadonna.

1988: Richtfest für den Turm der Adelheid-Kirche.

1989: Einweihung des Adelheid-Kirchturms.

Glockenweihe in der Adelheid-Kirche

Montage der Glocken, Pfarrer Ludger bringt den Arbeitern Kaffee und Kuchen in die Glockenstube.

Dreifachprimiz in Geldern 1989 – v.l.: Bürgermeister Hessler, Pfarrer H. Ludger, Primizianten Gregor Wolters, Norbert Derrix und Jürgen Wenge.

Pfarrer Ludger vollendet sein 50. Lebensjahr – v.l.: Carola Ludger, Käthe Ludger, Vater Franz Ludger, Hans Ludger und Bruder Reinhard Ludger.

Karneval in Geldern – links Pfarrer H. Ludger, rechts Kaplan H. Overkämping.

Karneval in Geldern – links der evangelische Pfarrer Rainer Podswina, rechts Pfarrer Hans Ludger.

Abschied von den Frauen der kfd Geldern

1990: Abschied von Clara Tischer

Mein tägliches Morgengebet

1985

Heiliger, starker, lebendiger *Gott*:
Ich glaube an dich, dreieiniger Gott,
Vater, Sohn und Heiliger Geist.
Dir sei Anbetung, Lob und Ehre.
Vater, in deine Hände lege ich mein Leben:
all meine Schuld und Angst, meine Vergangenheit, meine Gegenwart,
den heutigen Tag, alle, die mir nahe stehen,
alle, für die ich Verantwortung trage,
unsere Pfarrgemeinde, die Kirche und die ganze Welt.
Ich schenke dir den heutigen Tag,
meine ganze Zukunft, ja, auch schon meinen Tod.
In allem geschehe nicht mein, sondern dein Wille.
Herr Jesus Christus, ich nehme deine lebendige Gegenwart in mir an.
Durchdringe mich mit deiner Kraft,
durchströme mich mit deiner heilenden Lebendigkeit.
Sei du der Herr meines Lebens.
Schenke mir ein hörendes, liebendes, tapferes Herz.
Lass mich so werden, wie du mich haben willst.
Mit dem hl. Paulus möchte ich sprechen:
Nicht mehr ich lebe, Christus lebt in mir.
Heiliger Geist,
deiner Führung vertraue ich mich völlig an.
Zeige mir heute, was ich tun soll,
in deiner Kraft will ich es bereitwillig tun.
Ich danke dir, dass du da bist
und schon seit meiner Taufe in mir lebendig bist.
Erneuere in mir den Mut, tapfer von
meinem christlichen Glauben Zeugnis zu geben,
lass die Gnade der Firmung in mir lebendig sein.

Entfalte in mir alle Gaben,
die ich heute benötige, um die Aufgaben
des heutigen Tages zu erfüllen.
Segne meine Begegnungen mit den Menschen.
Sei du in ihnen gegenwärtig
mit deiner Liebe, deinem Frieden und deiner Kraft.
Heilige Maria, Mutter Gottes, du Mutter
aller Gläubigen und Königin des Friedens,
dich grüße ich am Beginn dieses Tages,
ich empfehle mich deiner mütterlichen Liebe und Sorge.
Heiliger Namenspatron und alle *heiligen Engel*,
helft mir, den Weg des Evangeliums zu gehen.
So segne mich, du guter und treuer *Gott:*
Vater, Sohn und Heiliger Geist.

Amen.

Eine Seerose aus dem Garten von Pfarrer Hans Ludger, sie ist ein Symbol für das Erheben des Lebens aus dem Schlamm zur Schönheit (Tod und Auferstehung).

Mein tägliches Morgengebet

Stichwortartige Erklärungen als Vorlage zu einem Einkehrnachmittag

Kultur des Morgens – Vor dem Frühstück: Gebet – Begegnung mit Gott macht sensibel für die Begegnung mit den Menschen – Tag läuft besser

Heiliger, starker, lebendiger Gott,
Gott lebt – Gotteserkenntnis aus der Lebensgeschichte – aus der Natur – Begegnung mit Menschen – mit Kindern – in der hl. Messe.

ich glaube an dich, dreieiniger Gott,
Bei allem gelegentlichen Zweifel – Grundentscheidung: Ich glaube an Gott.

Vater, Sohn und Heiliger Geist.
Gott ein abgrundtiefes Geheimnis – Dreifaltigkeit – Dreieinigkeit – Vater-Sohn-Heiliger Geist – Vater: der Ursprung – Sohn: Menschgewordener Gott – Gott: ein menschliches Antlitz – Geist: Liebe zwischen beiden – Geist: weibliches Element, Sophia Weisheit – Taube weiblich – Bild von der Dreifaltigkeit.

Dir sei Anbetung, Lob und Ehre.
Anbetung – Anerkennung Gottes in seiner Schöpfermacht – alles ist im Lot – Geborgenheit – Heil – ich fühle mich als Mensch – Kippa der Juden – bis zur Kippa ein Mensch – Gott loben im Laufe des Tages – innere Beziehung wächst – ihm die Ehre geben – Stoßgebete am Tag.

Vater,
Ich bin vor Gott wie ein Kind – er nimmt mich an die Hand – ihm verdanke ich meine Existenz – mein Leben gründet in ihm – er hat alles geschaffen – er erhält alles im Dasein.

in deine Hände lege ich mein Leben:
Starker Vertrauensakt – entlastend – Gott trägt mich – ich fürchte mich nicht – Akt der Einübung.

all meine Schuld und Angst,
Alles, was mich bedrückt – Sorgen mit den Kindern – Aufarbeitung der Schuld in der persönlichen Beichte – Aussprechen vor Gott, was mich bedrückt, was der Heilung bedarf – Gleichgültigkeit – Oberflächlichkeit – Flachsinn – Ablegen der Ängstlichkeit – nicht in allem eine Sünde wittern – positiv denken – es wird schon alles gut werden.

meine Vergangenheit, meine Gegenwart,
Meine Lebensgeschichte – Gott kann sie heilen – dringt in Tiefen vor, in die kein Psychologe kommt – nicht ständig über die

Vergangenheit grübeln – die Gegenwart ist entscheidend.

den heutigen Tag, alle, die mir nahe stehen,
Die Aufgaben des Tages überlegen – an die Angehörigen denken.

alle, für die ich Verantwortung trage,
Mit zunehmendem Alter nimmt die persönliche Verantwortung ab, hierüber froh sein – weiterhin verantwortlich für Menschen, die auf mich schauen, sie nicht enttäuschen – Kranke – Kontakte nicht abreißen lassen – telefonieren – besuchen – einen Gruß schreiben – Namenstag, Geburtstag – eine Geburts- u. Namenstagstabelle anfertigen und allen zuschicken – in den neuen Kalender die Daten eintragen.

unsere Pfarrgemeinde, die Kirche und die ganze Welt.
Die Pfarre ins Gebet nehmen – Schwierigkeiten und Unverständnis betend verarbeiten – keinen Hass aufkommen lassen – Propst und Kirchenvorstand in St. Remigius Borken – richtige Entscheidungen treffen – das Krankenhaus, all die kirchlichen Einrichtungen – den Betrieb zusammenhalten – Bischof und Bistum – Fehlender Priesternachwuchs – der Papst – Vernunft und Religion – die Weltreligionen – Religionsfreiheit muss weltweit kommen – die Weltprobleme: Klimaveränderung – Terrorismus – Globalisierung.

Ich schenke dir den heutigen Tag,
Gottes Gegenwart zulassen – sensibel sein am heutigen Tag – Stoßgebete.

meine ganze Zukunft, ja, auch schon meinen Tod.
Vertrauen von Heute transponieren in die Zukunft – er hat mich nie im Stich gelassen, er wird mich nie verlassen – Hochrechnung: Annahme des eigenen Todes – unbedingte Zukunft bei Gott gründend auf dem Glauben an die Auferstehung Jesu – Taufe, eingetaucht in Tod und Auferstehung Jesu – Eucharistie, Kernenergie des Lebens.

In allem geschehe nicht mein, sondern dein Wille.
Vaterunserbitte – Was ist Gottes Wille? – sensibel sein für seine Nähe – Gebet – Eucharistiestille – Anbetung – Hören auf Gottes Stimme – Impulse des Hl. Geistes sensibel wahrnehmen – er zeigt im Alltag den Weg wie ein Navigationsgerät im Auto – Weg fürs Auto über Satellit gezeigt.

Herr Jesus Christus,
ER ist der Herr – unser Bruder.

ich nehme deine lebendige Gegenwart in mir an.
Sein Einwohnen in mir zulassen – Er in mir und ich in Ihm – Johannesevangelium ist voll davon – Glauben nicht nur ein „Fürwahrhalten“, lebendige Beziehung zu Christus – Gebet – Eucharistieempfang.

Durchdringe mich mit deiner Kraft,
meinen Leib, meine Seele, meinen Geist, meinen Willen, meine Beziehungen.

durchströme mich mit deiner heilenden Lebendigkeit.
Jesus bringt uns Menschen das Heil, er hat ungezählte Kranke geheilt. Es tut auch mir gut, wenn ich seine heilende Kraft in mich hineinlasse, ihn geradezu darum bitte. Handauflegung bei der Taufe, bei der Segnung unmündiger Kinder beim Kommunionempfang der Erwachsenen.

Sei du der Herr meines Lebens.
Jesus ist der Herr. Das Kyrie in der Messe. Seine Herrschaft unterdrückt nicht, sie macht frei und lebendig. Er ist der König unseres Lebens. Vertrauen zu ihm: er lässt als Herrscher Menschen nicht für sich sterben, er stirbt selbst für uns Menschen. Selbstmordattentate sind diesem König ein Gräuel. Jesus vor Pilatus: Ja, ich bin ein König. Er ist Hirte und Lamm in einem. Er gibt sein Leben für die Seinen. Herrscher der Welt können und müssen hieran Maß zu nehmen. Weg der Hingabe. Das Lamm löst das Buch mit den sieben Siegeln (Weltprobleme: Krieg – Hunger – Arbeitslosigkeit – Rassismus – Klimawandel – Materialismus –nationalistisches Stammesdenken).

Schenke mir ein hörendes, liebendes, tapferes Herz.
Erfüllung des Wunsches von König Salomo: ein hörendes Herz. Wir reden zuviel in unseren Gottesdiensten. Stille ist angesagt. Helfen Sie mit, die Stille zu kultivieren. Empfang der hl. Kommunion. Gott hat eine Stimme, er spricht zu mir ganz persönlich, Geschichte von Jona bei den Kindern. Orientierung schafft Liebe, es macht mir Freude, den Weg zu gehen, den der Herr mir zeigt. Gott schenkt Tapferkeit, eine Kardinaltugend, Ideen, den Glauben zu bezeugen. Fehlen der Transzendenz in vielen Fernseh-Talk-Sendungen wird den diskutierten Problemen nicht gerecht. Probleme schreien geradezu nach Erlösung durch Gottes Wort (Gewalt – Suchtprobleme – Terrorismus – Missbrauch von Kindern)

Lass mich so werden, wie du mich haben willst.
Als hörender Mensch finde ich zu einer Selbstverwirklichung, indem ich bemüht bin, dem Plan meines Schöpfers auf die Spur zu kommen und dieser Spur zu folgen. Gott hat eine Idee von mir. Diese Idee möchte ich erkennen und verwirklichen.

Mit dem heiligen Paulus möchte ich sprechen: *Nicht mehr ich lebe, Christus lebt in mir.*
Die eigentliche Bekehrung ist: Mein Glauben ist nicht mehr nur ein intellektuelles „Fürwahrhalten" des Glaubensbekenntnisses. Ich lasse Gott mit der Kraft seines Geistes in mich hinein. *„Gott wohnt, wo man ihn einlässt"*, sagt der jüdische Religionsphilosoph Martin Buber. Auch der große Theologe Eugen Biser, mit dem ich persönlich korrespondiere, sagt in seinem Buch „Der obdachlose Gott", das Mysterium des Einwohnens Gottes in uns sei etwas, das der moderne Mensch realisieren könne. Denken wir an das Ziel moderner fernöstlicher Meditationen: Das Versinken in das Nichts, in die völlige Leidenschaftslosigkeit und Leidfreiheit, letztlich in das Nirwana, in das Ausgelöschtwerden der Seele. Christliche Meditation ist etwas ganz anderes, ihr Ziel ist das Einswerden mit der personalen Liebe des dreifaltigen Gottes, die uns in der Vitalität des Heiligen Geistes durchdringt. Dies führt zu einem tiefen Glück der Bejahung, des existenziellen Angenommenseins, der geschöpflichen Geborgenheit in Gott, zum eigentlichen und wesentlichen Glück in unserem Leben.

Heiliger Geist,
Der Heilige Geist ist die Anwesenheit Gottes unter uns Menschen. Er ist die Kraft, mit der Gott die Welt ins Dasein rief und sie im Dasein erhält. In der Kirche in Urschalling am Chiemsee sah ich eine Darstellung der Dreifaltigkeit, in der der Hl. Geist als Frau dargestellt ist. Das hebräische Ruach (Geist)

ist feminin und auch das griechische Wort sophia (Weisheit) ist weiblich. Das Symbol für den Hl. Geist, die Taube, ist auch weiblich. Ein sexistisches Denken über Gott ist sehr menschlich gedacht und kann nur analog gelten. Wenn der Mensch Gottes Ebenbild ist, dann ist er dies als Man und Frau, dann ist es legitim, auch in der Dreieinigkeit ein weibliches Element zu denken. In neuerer Zeit hat die Kirche es verboten, den Hl. Geist als Frau darzustellen. Aber auch hier gilt: Der Geist weht, wo er will.

deiner Führung vertraue ich mich völlig an.
Es ist etwas anderes, an Gott zu glauben und sich von seinem Geist führen zu lassen. Die Führung vom Hl. Geist erfordert Sensibilität, Wachsamkeit und Fingerspitzengefühl. Wir sind hörende Menschen. Hören auf seine Impulse. Wer hierzu Zugang gefunden hat, dessen Leben ändert sich radikal. Jugendliche sagen: *„In den Tempel, da kriegt ihr mich nicht mehr rein. Das sagt mir nichts.“* Sie haben nicht gelernt, auf Gottes Stimme zu hören, schon gar nicht, sich von Ihm leiten zu lassen. Das Geheimnis von Taizé liegt genau hierin: Stille in Fülle – Hören – Beten und Singen – Gemeinschaft mit Jugendlichen aus aller Welt. Wer das Prinzip der Führung durch den Geist eingeübt hat, schenkt ihr Vertrauen, lebt sorgloser, gelassener, kommt leichter durch schwere Zeiten hindurch.

Zeige mir heute, was ich tun soll,
Ich überdenke den vor mir liegenden Tag, lass mir schon Ideen schenken für problematische Situationen. Denke an Menschen, die mir nicht liegen, die mir unsympathisch sind. Ich empfehle sie Gott. Der Geist verhindert es, dass ich sie hasse. Die Begegnung mit ihnen ist locker, verständnisvoll. Möglicherweise werden mir auch Ideen geschenkt, wie ich auf Menschen zugehen kann, wen ich anrufen soll, wen ich besuchen werde, wem ich einen Brief schreibe oder eine Mail schicke.

in deiner Kraft will ich es bereitwillig tun
Ich lasse die Kraft des Geistes bewusst in mich hinein. Ich glaube nicht nur daran, dass es sie gibt, ich lasse sie in mich hinein in meinen Geist, meine Seele, meinen Leib, meine Beziehungen, meine ganze Existenz.

Ich danke dir, dass du da bist
Hierfür kann ich nur danken. Ich fühle mich in meiner Existenz ohnehin verdankt. Gott hat mich ins Dasein gerufen. Er hat mich bejaht und bejaht mich auch heute und darüber hinaus bis in alle Ewigkeit. Sein Name ist geradezu: *„Der-ich-da-bin-für-euch.“*

und schon seit meiner Taufe in mir lebendig bist.
Diese geistige Anwesenheit Gottes hat sich bereits in der Taufe in mir ereignet. Es drängt mich, meine Taufe zu bejahen, im Taufbewusstsein zu leben. Das Amen der Taufe gilt es nachzuholen und zu bestätigen, dass ich die Taufe bejahe, bemüht bin, als Christ zu leben.

Erneuere in mir die Gnade der Gotteskindschaft,
Ich bin Kind Gottes. Er hält seine schützende Hand über mich. Existenziell habe ich nichts zu befürchten. Ich kann locker sein wie ein Kind, mich freuen, lachen singen, tanzen und springen, ruhig schlafen bei allen Problemen, die es in meinem Leben gibt.

die mir in der Taufe geschenkt wurde.
Die Gotteskindschaft ist ein kostbares Geschenk, man kann sie nicht erzwingen, schon

gar nicht für Geld kaufen. Die Menschen sind voller Sehnsucht nach diesem Lebensgefühl. Im Rundfunksender Klassik-Radio wird bei jeder Gelegenheit gesagt: „Bleiben Sie entspannt." Die ganze Wellness-Bewegung verspricht dieses Gefühl. Allein unser Glaube reicht tiefer, er erreicht unser Herz, unsere Personmitte.

Erneuere in mir den Mut, tapfer von meinem christlichen Glauben Zeugnis zu geben,
Es fällt mir nicht schwer, vom Glauben Zeugnis abzulegen. Der Geist inspiriert mich, bei entsprechender Gelegenheit den Mund aufzutun. Samstag Silberhochzeit in Glandorf, 120 Gäste bei „Plocksaugust" an der B 51 vor Glandorf: Keiner lässt erkennen, dass es ein Tischgebet gibt. Ich frage den Silberbräutigam: Darf ich ein Tischgebet anstimmen? Alle singen mit: Großer Gott, wir loben dich.

Der Glaube entzündet sich am Glauben. Wer tief gläubig ist, kann davon nicht schweigen. Er hat viele Gelegenheiten, zeugnishaft zu sagen, was er denkt und glaubt. Besser ist es durch Taten den Glauben zu bekunden als durch Worte. So leben, dass ich gefragt werde, warum tust du dies und jenes. Warum besuchst du die Messfeier? Warum lässt du dich kirchlich trauen? Warum gehst du noch zur Beichte? Wir leben immer mehr in einer atheistischen Umwelt. Wichtige Talkshows im Fernsehen sind oft aalglatt und sparen die Dimension der Transzendenz aus. So am letzten Sonntag (19. November 2006) bei Sabine Christiansen: Es ging um die Gefängnisaffären in Dresden und Siegburg. Vor allem die qualvolle Ermordung des jungen Gefangenen in Siegburg in der vergangen Woche hätte zum mindesten eine Erwähnung der Gefängnisseelsorge verdient. Es fehlt modernen Menschen immer mehr die transzendente Dimension.

Ich bin mir sicher, viele Zuschauer haben dies gar nicht bemerkt. Wir leben eben in einer Zeit, in der man versucht, menschliches Leben rein materialistisch naturwissenschaftlich zu deuten. Oder der Amoklauf des 18-jährigen Sebastian in Emsdetten am Montag. Welche religiösen Defizite gibt es im Leben dieses Jungen? Wir Christen dürfen eine schleichende Verdunstung unseres Glaubens nicht zulassen, auch wenn wir immer weniger sind. Wir sind das Salz der Erde. Ohne den Glauben an Gott wird das Leben in der Gesellschaft unmenschlich.

lass die Gnade der Firmung in mir lebendig sein.
Die Gnade der Firmung: das ist die Bejahung der Anwesenheit des Geistes Gottes in meinem Leben. „Sei besiegelt mit der Gabe Gottes, dem Heiligen Geist!" spricht der Bischof bei der Firmung. Der Geist Gottes ist eine Gabe, die man annehmen muss, sonst bringt das alles nichts. Er wirkt nicht automatisch, magisch wie eine Tablette. Ich muss mich von ihm durchdringen lassen und ihm gestatten, von meinem Leben Besitz zu ergreifen.

Entfalte in mir alle Gaben,
Er hilft uns, die Gaben, die Gott uns geschenkt hat, zur Entfaltung zu bringen. Für Kinder in der Schule ist dies sehr wichtig: Niemand kann alles, jeder kann etwas. Herausfinden, wo meine Begabung liegt, sie mit Gottes Hilfe zur Entfaltung bringen. Sprechen, Singen, Musizieren, Mathematik, Fremdsprachen, Handarbeit, Kombinieren, Malen, Kochen, Nähen, Tiere, Landwirtschaft, Technik, Versöhnung stiften, Erklären, Lehren, Hören …

die ich heute benötige, um die Aufgaben des heutigen Tages zu erfüllen.
Der heutige Tag hat genug Aufgaben, wir leben im Heute, für morgen brauchen wir uns keine Sorgen zu machen.

Segne meine Begegnungen mit den Menschen.
Wem werde ich heute begegnen? Ich lasse einige Personen an meinem geistigen Auge Revue passieren: Familie, Arbeitsplatz, Pfarrgemeinde, Schule, Nachbarn, Verwandte, Kranke, alte Leute, Unsympathische, Feinde, …

Wenn ich für diese Menschen gebetet habe, wird die Begegnung besser, lockerer, freundlicher sein. Ich vermag ein gutes Wort zu sagen, zu lächeln

Sei du in ihnen gegenwärtig
Gott ist nicht nur in uns, er ist auch mit uns zwischen uns und unter uns. In der Gemeinschaft ist er leicht zu erfahren. Sensibel sein für die Gotteserfahrung in der Gemeinschaft. In vielen Familien wird er gar nicht mehr erfahren, weil sie keine Gemeinschaft mehr sind, keine gemeinsamen Mahlzeiten kennen, keine gemeinsamen Unternehmungen machen, viele sind ständig unterwegs. Einsamkeit vor dem Fernseher macht krank, Gesprächskultur erstirbt mehr und mehr.

mit deiner Liebe, deinem Frieden und deiner Kraft.
Ich lasse mir Ideen schenken für die Begegnung, bin offen für die Liebe Gottes, die in der Gemeinschaft erfahrbar ist, versuche mich einzubringen, eben mich führen zu lassen. Die Leute sollen spüren, es ist gut, wenn ich da bin, es findet Integration und nicht Konfrontation statt, dies ist heute sehr wichtig. Gott schenkt den Frieden. Unser Glaube arbeitet aktiv am Frieden. Der Friede muss errungen werden.

Heilige Maria, Mutter Gottes,
Zum Schluss wenden wir uns der Gottesmutter zu. Sie hatte die innigste Gottesbeziehung, die man sich denken kann. Sie war wahrhaft eine Hörende, hat Ja gesagt zu Gottes Heilsplan, hat nicht alles verstanden, was der Engel von ihr wollte. Sie hat den Geist Gottes in sich wirken lassen wie niemand je zuvor.

du Mutter aller Gläubigen und Königin des Friedens,
Maria ist die exemplarisch Glaubende. Sie nimmt teil am Königtum ihres Sohnes, so ist sie wahrhaft die Königin des Friedens. Marienverehrung führt uns zur innigen Gemeinschaft mit Christus im Heiligen Geist. Der geisterfüllte Mensch ist immer ein Marienverehrer, weil die Gottesmutter es vorgelebt hat, was es heißt, voll des Geistes, voll der Gnade zu sein.

dich grüße ich am Beginn dieses Tages, ich empfehle mich deiner mütterlichen Liebe und Sorge.
Es tut gut, die Gottesmutter zu grüßen, vielleicht eine Kerze an ihrem Bild in der Kirche anzuzünden oder in unserer Wohnung. Sie tut alles für uns, was in ihren Kräften steht, hat Verständnis für unsere Sorgen und Nöte. In Kevelaer wird sie als die Trösterin der Betrübten verehrt. Ungezählte Menschen haben bei ihrer Verehrung Trost und Hilfe erfahren. In der Johanneskirche in Borken verehren wir sie als die Mutter vom guten Rat. Immerzu brennen Kerzen vor ihrem Bild, eine eigene Bruderschaft in unserer Gemeinde bezeugt, dass wir ihre Hilfe immer wieder brauchen. In der Michaelskir-

che trägt sie eine Weizenähre als Zeichen ihrer Verbundenheit mit der ländlichen Bevölkerung.

Heiliger Namenspatron,
Hier sprechen wir den Namen unseres Namensheiligen aus. Johannes der Täufer ist für mich ein echtes Vorbild. Ich schätze an ihm besonders, dass er völlig frei ist von jeglichem geistlichen Neid auf seinen Verwandten (Kusinensöhne) Jesus. Johannes ist Jesu Wegbereiter, arbeitet ihm in die Hände, lebt asketischer als Jesus selbst.

und alle heiligen Engel,
Engel gehören zum Glaubensgut aller Religionen. Wir Menschen bestehen aus Leib und Geistseele. Die Engel sind reine Geister, Diener und Boten Gottes. Auch Menschen werden gelegentlich als Engel bezeichnet. „Schatz, du bist ein Engel", hat Ihr Mann hoffentlich schon mal zu Ihnen gesagt. Oder Kinder sollen manchmal wie Engel sein, sie können auch kleine Teufel sein, wenn sie nicht gut erzogen werden und Eltern sich zu wenig Zeit für ihre Kinder nehmen. Die Schutzengel helfen uns, den richtigen Weg zu finden. Hier gehen sie manchmal ineinander über: die Engel und der Geist Gottes.

helft mir, den Weg des Evangeliums zu gehen.
Der Weg des Evangeliums ist der Weg der Gottes- und Nächstenliebe und Selbstliebe. Nicht verschwiegen werden darf die Feindesliebe. Jesus hat Gottes- und Nächstenliebe miteinander in Verbindung gebracht. Wer Gott liebt, wird von ihm zum Nächsten geführt. Wer seine Mitmenschen liebt, macht in dieser Liebe eine Gotteserfahrung, die ihn intensiver an seine Mitmenschen bindet.

So segne mich, du guter und treuer Gott,
Segnen, das heißt: Gott sorgt, dass es mir gut geht, dass ich meine Tagesaufgaben gut erfülle, am Abend sagen kann: Das war wieder einmal ein gesegneter Tag. Gott ist gut und treu. Das Wort Gott entstammt derselben Sprachwurzel wie das Wort gut. Danach ist Gott die Güte schlechthin. Er ist treu: er sagt nicht heute so und morgen schon wieder anders. Er liebt einen jeden von uns und denkt nicht daran, diese Liebe aufzukündigen. Es liegt bei uns, auf diese Liebe Antwort zu geben, indem wir uns bemühen, seinen Willen am heutigen Tag zu erfüllen.

Vater, Sohn und Heiliger Geist.
„Gott ist dreifaltig einer" singen wir in einem Gottesloblied. Er ist nicht einsam. Er ist Gemeinschaft. Wir berühren beim Kreuzzeichen bei den Worten: Im Namen des Vaters den Kopf (Gott ist hoch erhaben), beim Wort und des Sohnes berühren wir das Herz (Der Sohn ist herabgestiegen zu uns Menschen) und bei den Worten und des Heiligen Geistes berühren wir die linke und die rechte Schulter, das bedeutet: der Geist Gottes ist unter uns in der Horizontalen anzutreffen, also unter uns.

Amen.
Amen bedeutet: So soll es sein. Ich stehe zu dem, was ich jetzt gesagt habe.

Anmerkung 2008
Dieses Gebet ist eine Neuformulierung eines Gebetes der Schweizer „Heilig-Kreuz-Gemeinschaft". Ich habe wohl 20 Jahre daran gefeilt. Es sind mehr als 7.000 Exemplare verbreitet. Die Erklärung habe ich anlässlich eines Einkehrnachmittags der kfd St. Josef Borken 2007 verfasst.

Gebet um den Geist wird immer erhört

1986

Lk 2,1-13 (17. So. Jahresreihe, Lesejahr C)
Jesus war einmal beim Gebet. Und als er es beendet hatte, sagte einer seiner Jünger zu Ihm: Herr, lehre uns beten, wie schon Johannes seine Jünger beten gelehrt hat. Da sagte er zu ihnen: Wenn ihr betet, so sprecht:

Vater, dein Name werde geheiligt! Dein Reich komme! Gib uns täglich das Brot, das wir brauchen. Und erlass uns unsere Sünden; denn auch wir erlassen jedem, was er uns schuldig ist. Und führe uns nicht in Versuchung.

Dann sagte er zu ihnen: Wenn einer von euch einen Freund hat und um Mitternacht zu ihm geht und sagt: Freund, leih mir drei Brote; denn einer meiner Freunde, der auf Reisen ist, ist zu mir gekommen, und ich habe ihm nichts anzubieten!, wird dann etwa der Mann drinnen antworten: Lass mich in Ruhe, die Tür ist schon verschlossen, und meine Kinder schlafen bei mir, ich kann nicht aufstehen und dir etwas geben?

Ich sage euch: Wenn er schon nicht deswegen aufsteht und ihm seine Bitte erfüllt, weil er sein Freund ist, so wird er doch wegen seiner Zudringlichkeit aufstehen und ihm geben, was er braucht.

Darum sage ich euch: Bittet, dann wird euch gegeben, sucht, dann werdet ihr finden; klopft an, dann wird euch geöffnet. Denn wer bittet, der empfängt; wer sucht, der findet; und wer anklopft, dem wird geöffnet. Oder ist unter euch ein Vater, der seinem Sohn eine Schlange gibt, wenn er um einen Fisch bittet, oder einen Skorpion, wenn er um ein Ei bittet?

Wenn nun schon ihr, die ihr böse seid, euren Kindern gebt, was gut ist, wie viel mehr wird der Vater im Himmel den Heiligen Geist denen geben, die ihn bitten.

Predigt
Liebe Schwestern und Brüder!
Viele von uns haben in dieser Ferienzeit die Chance, über ihren Glauben nachzudenken, allein einmal in eine Kirche zu gehen, sich vor Gott auszusprechen und wieder von neuem zum Gebet zu finden. Gebet ist das Atemholen der Seele. Wer von uns hat nicht Sehnsucht nach einem lebendigeren Glauben, nach lebendigem Gebet? Auch den Jüngern ist es so ergangen, sie wussten, dass Jesus ein betender Mensch ist, bei dem man lernen kann, wie man betet.

Alle, die Sie heute zur Sonntagsmesse gekommen sind, haben ihre Erfahrungen mit dem Gebet. Viele von uns können bezeugen, dass ihre Gebete erhört wurden. Es gibt aber auch viele, die von Enttäuschungen berichten, die uns sagen würden: Ich habe soviel gebetet, aber es hat nichts genützt. Im heutigen Evangelium gibt uns Jesus Anregung für unser Gebet und zeigt uns einen Weg zur Lösung „unerhörter Bittgebete".

Es ist das große Anliegen Jesu, immer wieder zu verkünden: Gott ist unser gütiger Vater. Er wird uns unsere Bitten nicht abschlagen, wie ein Vater seinen Kindern auch die Bitten erfüllt, die sinnvoll sind. Oder ein Freund seinen Freund nicht abweist, der mit einer Bitte zu ihm kommt. Nun sagt Jesus: Wenn nun schon ihr euren Kindern gute Gaben gebt, wenn sie euch darum bitten, wie viel mehr wird der Vater im Himmel denen den Heiligen Geist geben, die ihn darum bitten. Darin liegt auch die Lösung unseres Problems: Das Beste, das Gott uns schenkt, ist der Heilige Geist. Er gibt ihn uns, er schenkt ihn uns, wenn wir ihn darum bitten. Etwas locker möchte ich sogar sagen: Der Vater hat hier eine „schwache Stelle", der Bitte um den Heiligen Geist kann er nicht widerstehen. Er gibt ihn uns in jedem Falle, wenn wir darum bitten.

Welche Wirkung hat die Gabe des Heiligen Geistes? Diese Gabe ist das Wichtigste im Leben eines Christen. Ich will versuchen, dies zu erklären. Durch die Taufe wohnt die Kraft des Heiligen Geistes in uns, es ist dies die Kraft der Auferstehung Jesu, die Kraft des ewigen Lebens, die uns durchglüht und durchpulst. Viele Christen sind sich dessen gar nicht bewusst. In der Firmung haben wir uns bewusst für die Kraft des Heiligen Geistes entschieden. Vielleicht waren wir damals noch zu jung, um wirklich zu ermessen, was sie bedeutet. Als suchende Erwachsene können wir diese Wirklichkeit tiefer erkennen und aus ihrer Kraft leben. Das sieht konkret so aus: Ich bin in der heutigen Zeit versucht, mir aus eigener Kraft, mit meiner eigenen Intelligenz, mit meinem eigenen Geist und Verstand meinen Lebensweg zu suchen. Ich muss zugeben, dass es auf diesem Lebensweg eine Vielzahl von Schwierigkeiten und Problemen gibt. Der lebendig gläubige Christ hat einen völlig anderen Lebensentwurf: er möchte nicht aus eigener Kraft seinen Lebensweg gehen, sondern er vertraut auf die Führung des Geistes Gottes. Da Gott unser Vater ist, und es gut mit uns meint, wie ein Vater seinen Kindern nur gute Gaben gibt, so meint es Gott natürlich auch gut mit uns.

Wenn wir seinem Geist die Führung unseres Lebens anvertrauen, werden wir niemals enttäuscht werden. Er wird uns niemals in die Irre führen. Wenn wir seinem Geist gestatten, uns zu durchdringen, Besitz zu ergreifen von unserer Seele, unserem Geist und unserem Leib, wird sich unser Leben total verändern. Dann fühlen wir uns in ihm geborgen. Er erfüllt uns mit der Lebenskraft, die Jesus von den Toten auferweckt hat. Wir können lebendig glauben, dass das ewige Leben uns bereits hier und heute durchpulst.

Der Geist Gottes schenkt uns auch die Gabe der Unterscheidung der Geister: Er lässt uns erkennen, wofür wir beten und bitten können. Er lässt uns auch erkennen, dass die Erfüllung von Bitten Gottes großes Geheimnis ist, dass es zu unserem Heil häufig viel besser ist, dass uns eine Bitte nicht erfüllt wird.

Der geisterfüllte Christ ist einverstanden mit dem Willen Gottes, er kann ehrlich im Vaterunser beten: Dein Wille geschehe wie im Himmel so auf Erden. Auch wenn es für mich schwer zu erkennen ist, was der Wille Gottes ist, aber ich habe das Vertrauen, dass sein Wille der beste ist.

Und wenn mir eine Bitte nicht erfüllt wird, ich kann immer noch sagen: Gott hat mich nicht allein gelassen, er liebt mich, er ist mit seinem Geist in mir lebendig. Auch wenn ich gegenwärtig Schweres zu ertragen habe, am Horizont meines Lebens erkenne ich bereits die ewige Herrlichkeit, die mich auch mit ihrer Kraft bis in meinen schwierigen Alltag hinein erreicht. Und darum habe ich keinen Grund zu verzagen, zu verzweifeln oder missmutig zu sein.

Ich kann beten: Der Herr ist mein Hirte, nichts kann mir fehlen.

Die Gabe des Heiligen Geistes schenkt uns Gott besonders im Gebet. Darum ist das Gebet des Christen das Allerwichtigste. Von hier bekommt er seine Impulse für seine Entscheidungen, für seinen Einsatz an den Mitmenschen, für die Verwirklichung der Nächstenliebe, für das Durchhalten in schwierigen Situationen, etwa auch in Ehe und Familie, in der Berufswelt.

Ich möchte Sie alle ermutigen, das tägliche Gebet und die treue Mitfeier der heiligen Messe als große Chance zu sehen. Wir alle brauchen in dieser Zeit eine geistige Kraft, die uns weiterführt, die uns bewahrt vor Resignation und Kleinmut. Ich möchte die Anregung geben, immer wieder ausdrücklich um die Gabe des Heiligen Geistes zu beten. Das kann ein kurzes Stoßgebet sein wie: Komm, Heiliger Geist – hilf mir jetzt, du Heiliger Geist – durchdringe mich, du Heiliger Geist – führe mich, leite mich – ich übergebe dir mein Leben – ich will deinen Willen erfüllen – zeige mir deinen Willen, gib mir die Kraft, ihn zu erfüllen. Für mich ist Jesu Wort ein Schlüsselwort für mein spirituelles Leben:

Wie viel mehr wird der Vater denen den Heiligen Geist geben, die ihn darum bitten!

Amen.

Silbernes Priesterjubiläum

Andachtsbild 1989

Zum Bild

Jesus befindet sich im Boot, er steht, mit der rechten Hand weist er auf das Meer und seinen Fischreichtum, mit der linken weist er nach oben, zu seinem Vater, der die Welt ins Dasein gerufen hat. Die Männer im Boot, Petrus und Jakobus, haben die Ärmel aufgekrempelt, knieend sind sie bei der Arbeit, das Boot kann die Fülle der Fische nicht fassen. Jakobus streckt seine Hand nach dem Herrn aus, er sucht den spürbaren Kontakt mit Jesus, dem sie einen so großen Fang verdanken. Die Gefährten im anderen Boot sind schon in der Nähe, um mitzuhelfen, die reiche Beute einzuholen. Niemand kann allein den Fischfang schaffen, er braucht die Hilfe aller von Christus Gerufenen.

7014/KL Der reiche Fischfang
Email von Egino Weinert, 1981
Ursula-Werkstätten E. Weinert, Köln

Herr, auf dein Wort hin will
ich die Netze auswerfen. LK 5,5

HANS LUDGER

25 Jahre Priester
des Bistums Münster

Pfarrer
an St. Maria Magdalena
Geldern

29. Juni 1989

Herr Jesus Christus, auf Dein Wort hin ist Petrus mit seinen Gefährten noch einmal hinausgefahren, du hast ihr Bemühen reich gesegnet. Ich danke dir, daß du auch im Boot meines Lebens bist, daß ich dein Fischer sein darf, obwohl ich ein sündiger Mensch bin. Ich lobe und preise dich für alle Menschen, die mithelfen, den reichen Fang einzuholen, erfülle uns alle mit der Kraft deines lebendigen Geistes.

Amen.

Vater Franz Ludger und Pfarrer Hermann Künne im Gespräch beim silbernen Priesterjubiläum von Hans Ludger in Vinnenberg 1989. Pfarrer Künne war Jugendvikar von H. Ludger in Harsewinkel und er findet es heute noch gut, dass der Jubilar damals sein Pfarrjugendführer war.

Pfarrer in der Pfarrgemeinde Herz Jesu in Münster

Einführung 1990

Einführung von Pfarrer Hans Ludger durch Dechant Lothar Große Rüschkamp (links). Rechts: Dr. Dalto Caram aus São Paul in Brasilien, er hat die Gemeinde ein halbes Jahr vor meinem Kommen liebevoll verwaltet, so dass zwischen unserer Gemeinde und ihm ein freundschaftliches Verhältnis entstand. Ich habe ihn einmal in São Paulo besucht und Werner und Margret Gellenbeck sogar zweimal.

Bei den Thomaschristen in Südindien

1995

Schon 1958 lernte ich durch Vikar Hermann Künne in meiner Heimatgemeinde Harsewinkel den jungen Priester Dr. Josef Koikakudy aus Kerala kennen. Er hatte in Rom sein Studium beendet und suchte Kontakt zu einer katholischen Gemeinde. Seither stehe ich mit ihm in Verbindung. Mehrmals hat er mich besucht, wir schrieben uns wenigstens zu Weihnachten und immer hat er eine Einladung nach Indien ausgesprochen.

Diese Einladung musste ich schließlich annehmen, das hat seinen verständlichen Grund: Vor zwei Jahren bat mich Dr. Josef Koikakudy, mitzuhelfen beim Bau einer kleinen Kirche für die Gemeinde seines Vetters Josef Koikakudy (!) in Methotti in Südkerala. Die Baumaterialien der Kirche waren vom Bauingenieur auf 12.000 DM kalkuliert worden. Es war meine Aufgabe, Spender für diese Summe zu finden, was mir ziemlich bald gelungen ist. In Zusammenarbeit mit Missio Aachen wurde das Projekt in Angriff genommen. Die Männer und Frauen der St.-Paulus-Gemeinde in Methotti bauten ihre Kirche selbst unter Anleitung eines erfahrenen Baumeisters. Nach einem Jahr war das Werk vollendet. Ich wurde zur Einweihung der Kirche eingeladen, und diese Einladung habe ich angenommen.

Die Flugreise war recht abenteuerlich. In New Delhi musste ich mit einem Taxi zum Nationalen Airport fahren. Einige Männer waren sofort zur Stelle, um meinen Koffer zu tragen. Ich gab ihnen einige Rupien. Die Kofferträger freuten sich ungemein. Später, als ich den Wert des Geldes kannte, erfuhr ich, dass ich ihnen mehr als einen Wochenlohn geschenkt hatte. Ich hatte auf dem National Airport von morgens bis nachmittags viel Zeit, lernte einen indischen Kanadier kennen, der in Cochin seine 90-jährige Mutter besuchen wollte. Einige Zeit vor Abflug unserer Inland-Maschine kam immer wieder die Durchsage, dass unser Flieger noch nicht startklar sei, man würde den Fehler jedoch bald gefunden haben. Dies wiederholte sich dreimal. Die betroffenen Fluggäste schlossen sich zusammen, um Angst und Sorgen miteinander zu teilen, ich bekam feuchte Hände. Ich hatte Sorge, ob meine Freunde in Cochin drei Stunden auf mich warten würden. Der Kanadier beruhigte mich: Wenn deine Freude nicht mehr da sind, dann kommst du mit zu uns. Schließlich kam eine Durchsage, der Flug könne nun losgehen, man würde eine andere Maschine einsetzten. Ich konnte nur hoffen, dass dies den Tatsachen entsprach.

Prozession zur neuen Kirche (H. Ludger links neben dem Schirm, seitlich vor ihm Bischof Mar George, hinter ihm Josef Koikakudy)

Einzug in die neue Kirche St. Paul

Wir kamen glücklich in der Nacht in Cochin an. Dr. Josef Koikakudy holte mich mit einem Jeep ab und wir fuhren einige Stunden durch die Nacht bei angenehmer Temperatur. Nach Mitternacht kamen wir in Jevaijotti an. Dies ist eine große Familienbildungsstätte, die Josef leitete.

Schon zehn Tage vor Einweihung der Kirche St. Paul konnte ich mich davon überzeugen, dass inmitten von Kokospalmen, Bananenstauden, Jacktrees und vielen anderen tropischen Gewächsen ein schönes Gebäude entstanden ist, das einer kleinen Gemeinde von ca. 800 Leuten einen würdigen Raum bietet für die Feier der Gottesdienste.

Am 21. Januar 1995 wurde die Kirche von Bischof Mar George Punnakottil aus Kothamangalam eingeweiht. Dies war ein wahres Freudenfest für die ganze Region. Der hinduistische Bürgermeister hielt eine Rede. Später

Kirchweihe, von links: Father Joseph Koikakudy, Father Josef Koikakudy (zwei Vettern), Bischof Mar George, unter der Krümmung des Bischofsstabes H. Ludger

erfuhr ich, dass die drei Religionen Hinduismus, Christentum und Islam friedlich miteinander leben und sich bei festlichen Anlässen auch gegenseitig besuchen. Jeder gehört einer bestimmten Religion an. Religionsübergreifend geheiratet wird in der Regel nicht. Eine bindungslose Religion der Gleichgültigen kennt man in Kerala nicht.

Die Christen an der Malabarküste leiten ihren Glauben vom Apostel Thomas ab, ihre Kultsprache ist das Syrische. Seit dem II. Vatikanischen Konzil wird auch hier Gottesdienst in der Volkssprache (Malajalam) gefeiert. Es gibt in der neuen Paulus-Kirche keine Bänke. Alle Gläubigen stehen oder sitzen beim Gottesdienst auf dem Boden. Im Wortgottesdienst schaut der Priester wie bei uns zur Gemeinde hin. Bei der eigentlichen Eucharistie schauen Priester und Gemeinde gemeinsam auf das Kreuz auf dem

Joseph Koikakudy am Rächerstäbchenofen

Der Baumeister der Kirche in der Mitte, rechts der Pfarrer der neuen Kirche Josef Koikakudy, links H. Ludger

Baumhaus in der Gemeinde, noch bewohnt bis Mitte des vorigen Jahrhunderts

Altar (versus altare). Liturgische Farben gibt es nicht. Der Priester trägt immer ein weißes, üppig mit Goldfäden verziertes Messgewand. Das Syrische Kreuz kennt keine Darstellung des Corpus unseres Herrn. Es trägt das Symbol der Lotosblüte als Zeichen der Auferstehung Jesu. Priester und Gläubige feiern barfuß die Messe. Die Tempelanlagen der Hindus dürfen auch nur barfuß betreten werden, für uns eine Qual, da wir dies nicht gewohnt sind. Siehe Genesis: Mose, zieh deine Schuhe aus, der Ort, wo du stehst, ist heiliger Boden.

Nach der Einweihung der Paulus-Kirche habe ich Gelegenheit, mich mit meiner Foto-Kamera allein im Dorf umzusehen. Ich sehe noch Baumhütten, auf denen bis vor 30 Jahren die Menschen Zuflucht suchten vor den Elefanten, die die Gärten zertrampelten und großen Schaden anrichten konnten.

H. Ludger mit Kokosnuss, Gemeindemitglieder St. Paul mit ihrem Pfarrer Josef

In den Häusern gibt es offene Feuerstellen, im Dorf mehrere tiefe Brunnen, so dass die Menschen einfach und gesund leben können. Hinter den Häusern steht oft die Kuh der Familie. Für mich eine schöne Erinnerung an meine Kindheit, da wir zu Hause auch eine Kuh hatten, die wir liebten.

Die beiden Mitbrüder Dr. Josef Koikakudy und Pfarrer Josef schenkten mir viel Zeit. Ein Neffe von Dr. Josef, der eine Familienbildungsstätte mit Kursmöglichkeiten für 150 Personen leitet, stellte uns seinen Mahindra-Jeep zur Verfügung, mit dem wir eine Woche lang weite Touren unternahmen. Wir besuchten das Wildreservat Thekkadi, wo wir einer Herde von wildlebenden Elefanten begegneten, die Südspitze des indischen Kontinents Kap Komorin, hier strömen die drei Meere Arabische See, Bengalisches Meer und Indischer Ozean zusammen.

Bischof Mar George und Hans Ludger in der Wohnung von Joseph Koikakudy

Mit dem Mahindra-Jeep haben wir eine Rundfahrt durch Südindien bis zur Südspitze gemacht.

Auf dieser Fahrt besuchten wir auch die Kirche Rajakumari, die Pfarrer Hermann Künne mit Harsewinkeler und Beckumer Hilfe Ende der fünfziger Jahre des vorigen Jahrhunderts finanziert hat.

Ungezählte Scharen von Hindupilgern suchen diese Stätte auf, um ein rituelles Bad zu nehmen, um den berühmten Sonnen- und Mondaufgang zu erleben. Manche fahren mit dem Boot zum Vivekananda-Memorial. Swami Vivekananda meditierte auf diesem Felsen, er versuchte, die drei großen Religionen Hinduismus, Christentum und Islam zusammenzubringen.

An diesem Kap Kanya Kumari befindet sich das Gandhi-Memorial, hier wurde die Asche des Verstorbenen ins Meer gestreut. Wir unternahmen weitere Fahrten in das Nachbarland Tamil Nadu und besichtigten die riesige Tempelanlage von Madurai und den Bergtempel von Palani. Die Inder, denen wir auf unserer Reise begegneten, führen ein gesundes religiöses Leben. Sie sind nicht dem Zwang zum Fortschritt verfallen, denken nicht so sehr linear von Entwicklung und Fortschritt, als vielmehr in einem Kreis, in dem alles wiederkehrt (Samsaron). Für den Hinduismus ist die ganze Welt von Gott durchdrungen, auch die Tiere, die Pflanzen, die Menschen sind religiös ansprechbar, sie haben noch die Antenne zu Gott und zu religiösem Tun.

Zweimal übernachtete ich bei Verwandten von Dr. Josef. Es hat mich tief beeindruckt, wie am späten Abend die ganze Familie sich auf den Boden setzte oder kniete, um den Rosenkranz zu beten und noch weitere Gebete anzuschließen. Es gibt in der Verwandtschaft der Familie Koikakudy 12 Priester und 70 Ordensfrauen.

Zum Abschied schenkte mir die junge Paulus-Gemeinde einen von Elefanten getragenen Blumen-Hocker mit kunstvoller Entarsienarbeit. Er steht in unserm Wohnzimmer neben dem Hausaltar und erinnert mich täglich an den unvergesslichen Besuch der Thomaschristen in Südindien.

Der Glaubensweg des Kindes

1996

In der Taufe wird das Kind „hineingetaucht“ in den Tod und in die Auferstehung Jesu Christi. Dem Menschenkind wird schon in der Taufe ewiges Leben geschenkt. *Gläubig sein heißt: Ich fühle mich in meiner Existenz geborgen über den Tod hinaus.* Ich lebe gern. Ich liebe das Leben. Wir Christen haben ein Menschenbild, das die Sehnsüchte des Menschen nach Leben, Frieden und Geborgenheit ernst nimmt. Wir nehmen auch unsere Kinder mit ihren Anlagen und Begabungen ernst, also auch mit ihrer Glaubensbegabung. Die Eltern und Paten versprechen bei der Taufe, ihr Kind im Glauben zu erziehen, ihm zu helfen, zu einem Leben zu finden, in dem es sich bejaht fühlen kann. Sie sind mit dieser Aufgabe nicht alleingelassen, unsere Gemeinde hilft ihnen dabei.

Unsere Kindergärten sind konzipiert in Achtung vor dem Kind und Liebe zu ihm. Die Kinder werden gefördert in all ihren Anlagen: Grob- und Feinmotorik, Bewegung, Rhythmik, Stille, Kreativität, soziales Verhalten, Sprache, Singen, Sauberkeit und eben auch in ihrer Begabung, zu suchen und Fragen zu stellen nach dem Woher und Wohin des menschlichen Lebens. *Wir möchten, dass unsere Kinder fragende und forschende Menschen bleiben.* Soweit wir Antworten wissen, teilen wir sie ihnen mit. Niemals sagen wir einem Kind: Wie kannst du nur so etwas Dummes fragen. Nicht selten beantworten wir die Fragen unserer Kinder mit Überzeugungen, die uns das Leben geschenkt hat. Ein Kind fragt: wer hat die Bäume und Blumen, meine Katze, ja die ganze Welt gemacht? Wir sagen: ich glaube, das hat der liebe Gott getan. Wie sieht der liebe Gott aus? Wir können es nicht wissen. Aber er geht so mit den Menschen um, wie Jesus mit den Menschen umgegangen ist, er hat sie sehr lieb, besonders die Kinder. *Kinder freuen sich, wenn ich ihnen sage, wie sehr Gott sie alle liebt.* Wenn ich diese Botschaft schon früh dem Kind mitteile, fühlt es sich angenommen in seiner Existenz, es fühlt sich wohl bei seinen Eltern, aber auch in dem Gedanken, dass der liebe Gott es gern hat.

Um dies den Kindern nahe zu bringen, besuche ich einmal im Monat jede Kindergartengruppe. Ich erzähle anhand eines Bilderbuches den Kindern eine Geschichte aus der Bibel. Ich bete mit den Kindern halbsatzweise, die Kinder sprechen meine Worte nach. Die Kinder lernen so beten und die wichtigsten Glaubensinhalte. Ich singe mit Gitarrenbegleitung einige Lieder mit ihnen. Es sind nicht nur religiöse Lieder, sondern auch Lieder mit lustigen Inhalten. Die Kinder sollen Freude haben, wenn der Pastor kommt. *Die Eltern sind zu diesen Katechesen immer willkommen.* Die Kinder bekommen manchmal eine Erklärung oder Deutung dessen mit nach Hause, was ich mit ihnen im Kindergarten gemacht habe. *Dies ist für die Eltern ein Angebot, sich zu informieren, was ihr Kind an diesem Morgen über den Glauben erfahren hat.* Man kann sich auch vom Kind erzählen zu lassen, was es im Kindergarten erlebt hat und auf seine Fragen eingehen. Auch die Erzieherinnen in den Kindergärten sind bemüht, den Kindern die Glaubenswelt zu erschließen, sie in ihren Anlagen zu achten und ihnen zu helfen, eine lebensbejahende Persönlichkeit zu werden. Jegliche Art von Indoktrination liegt uns fern.

Besuchen Sie mit ihren Kindern vor allem unsere Familiengottesdienste, sie helfen Ihrer jungen Familie, Kontakte mit anderen Familien zu knüpfen.

Diese Pädagogik wird von der Grundschule aufgegriffen und weitergeführt. Ich habe als Pastor guten Kontakt zu den Kindern im Kindergarten gewonnen. Dies hilft mir, in der Grundschule die lebensbejahende Pädagogik fortzusetzen. Ich besuche die Kinder in allen Schulklassen. Sobald die Kinder lesen können, schenke ich ihnen ein kleines rotes Gebetbuch mit 31 Morgen- und 31 Abendgebeten, das sie treu gebrauchen. Im 3. Schuljahr bete ich nicht mehr halbsatzweise vor, die Kinder haben gelernt, selbstständig zu beten. Und im 4. Schuljahr sprechen die Kinder im Schulgottesdienst aus der Stille Fürbitten frei, dass Erwachsene sagen: *„So etwas haben wir nie gelernt!"*

Ich möchte den Kindern helfen, zur Selbsterziehung zu finden, also wie ein Sportler an sich zu arbeiten, sich nicht einfach gehen zu lassen, sondern zu erkennen: ich habe gute Begabungen, ich will sie entdecken und zur Entfaltung bringen. *„Hilf mir, es selbst zu tun" ist ein unverzichtbarer pädagogischer Grundsatz* (M. Montessori). Dies ist das Ziel der Grundschule überhaupt, die Kinder zu ermutigen, den Sinn des Lernens zu entdecken und fröhlich anzupacken. *Eltern kann in ihrer Erziehungsarbeit nichts Besseres passieren als, wenn sie spüren, dass ihr Kind beginnt, das eigene Leben zu trainieren.* Der Mensch der Zukunft wird ein flexibler Mensch sein müssen, der sich schnell auf eine neue Situation einstellen kann, lernwillig ist, lernfreudig und belastbar.

Wir rüsten unsere Kinder für das Leben, wenn wir ihnen helfen, zu einer inneren Kraft zu finden, zu Gott. Dies macht sie fröhlich und ideenreich. Gott ist ein Gott der schöpferischen Ideen, der Phantasie, dies beweist seine wunderbare Schöpfung, die wir lieben und vor Zerstörung bewahren müssen. Dies können Kinder schon erkennen. Der Glaube hilft ihnen, am Frieden und an der Versöhnung mitzuarbeiten, mit fairen Mitteln zu streiten und den zerstörerischen Versuchungen (Drogen, Alkohol, maßloser Medienkonsum) zu widerstehen.

Die Motivation zum Lernen muss von Innen her kommen. Noch größerer Leistungsdruck und noch mehr Schulstunden helfen nicht weiter, um auf die PISA-Studie angemessen zu reagieren. Versuchen wir es doch mal mit dem Glauben.

Das spirituelle Erziehungskonzept ist einfach zu durchschauen. Es kommt erst dann den Kindern zugute, wenn Eltern darüber informiert sind und sich aktiv daran beteiligen. *Wo Kindergarten, Grundschule, Pfarrgemeinde und Elternhaus zusammen arbeiten, macht allen Beteiligten das Leben Freude.* Mit den Kindern kommt man erst dahinter, dass das Leben eine Dimension hat, die Essen und Trinken, Fernsehen und Computer weit übertrifft. Ja, dass es Dinge gibt, die uns helfen, diese „modernen Spielsachen" richtig zu gebrauchen und für das Leben sinnvoll einzusetzen.
(Erste Fassung 1996, vorliegende 2005)

Einmal im Monat besuchte ich alle Gruppen unserer drei Kindergärten St. Agnes, Herz-Jesu und St. Elisabeth. Dies Foto entstand im Agnes Kindergarten im Jahr 2001.

Von Fa. Scheiwe (Lignum) bekamen wir ein Gartenhaus geschenkt. Einweihung mit KV-Mitglied Irmgard Konerding, den Kindern und Erzieherinnen der Tageseinrichtung für Kinder.

Im Herz-Jesu-Kindergarten war das Lambertus-Spiel sehr beliebt. Da der Pastor plattdeutsch sprechen und singen kann, spielte er fast jedes Jahr den Buer (O Buer wat kost din Hei).

Um den Kindern von St. Elisabeth einen Platz zu geben, wo sie ordentlich bolzen konnten, wurde ein Bolzplatz eingerichtet. Kaplan Wilfried Theising nimmt die kirchliche Weihe vor, während Pfarrer Ludger den ersten Probeschuss tut.

Mein Glaube an Gott

25. Februar 1997

Der Glaube meiner Kindheit – religiöses Elternhaus – Kirchenbesuch: eine Selbstverständlichkeit – Verbindung zur Natur –Leben in der kath. Jugend – Messdienerarbeit – auf Fahrt gehen – singen – spannende Bücher lesen.

Studium: Versuch, das Geheimnis Gottes rational zu erfassen – Erlebnis gut gestalteter Liturgie – Reisen: Sizilien-Italien-England-Irland – Erlebnis der großen weiten Welt. Mein Gott wie schön ist deine Welt! Jugendlager auf der Insel Ameland helfen mir, Glaubenszweifel zu überwinden, ich lerne die Freude am Leben kennen, Sonne, Meer und Strand – Freunde …

Als Kaplan bin ich von der Gemeinde angenommen – fühle mich getragen, erkenne darin die Nähe Gottes – An der Berufsschule Kontakt zu Jugendlichen, auch zu schwierigen – ich erkenne, dass Gott etwas mit Liebe zu tun hat – wo Liebe ist, gedeiht der Mensch, auch Kinder wachsen im Kraftfeld der Liebe besser, entwickeln sich zu mündigen, lebensbejahenden Menschen. Ich kann glauben: wo die Liebe ist, da ist Gott. Die ganze Schöpfung ist aus der schöpferischen Liebe Gottes hervorgegangen, ich meine, hier ist für mich ein Zugang zum Glauben an Gott – die Liebe ist immer schöpferisch, während der Hass lähmt, zerstört, nicht von Gott sein kann …

Als Pfarrer wird mir immer klarer, dass Gott eine lebendige Wirklichkeit ist, er steht in Beziehung zu uns Menschen, es gibt Kontaktstellen zwischen ihm und uns.

Das Gebet spielt hier die führende Rolle: Gebet ist nicht nur Sprechen zu Gott, sondern vor allem auch still sein und hören – Verweilen in Gott – auf seine Stimme hören – sich von ihm durch das alltägliche Leben führen lassen, öfter kurze Stoßgebete sprechen: Herr, ich danke dir, hilf mir jetzt – wunderbar hast du das wieder gemacht – sich als sein Kind fühlen – ihm Vertrauen schenken – die Impulse von ihm aufnehmen – sich gute Ideen schenken lassen – seine Nähe einfach erfahren – ganz dicht oft die Eucharistiefeier – vor allem nach der hl. Kommunion – einfach da sein – im Schweigen mit der Gemeinde eins sein mit ihm.

Die vielen Weisen der Begegnung mit ihm: Im Zusammensein mit Kindern im Kindergarten oder in der Schule – beim Segnen vom Geburtstagskindern und ihren Ehepartnern am Telefon – am Krankenbett – im Beratungsgespräch – im Dienst an der Einheit in den Gemeinden und im Dekanat – im ohnmächtigen Scheitern bei Dingen, die ich nicht ändern kann – im Angenageltsein in manchen Situationen – in meinen Grenzen, die ich nur mit Gottes Hilfe annehmen kann – im Nichtverstandenwerden – im Üben von Geduld, wenn vieles nicht nach meiner Vorstellung läuft

All dies finde ich in Christus wieder. Ich kann glauben, dass in ihm Gott bei uns angekommen ist – seine Botschaft von Gottes Reich entspricht meinem Sehnen und Suchen, ich habe in ihm gefunden, was meine Sehnsucht nach Sinn und Geborgenheit stillt.

Zwei Pfarrgemeinden – ein Pfarrer (Seelsorgeteam)

Februar 1997

Seit dem 1. September 1996 wird unsere Herz-Jesu-Kirche renoviert. Das Gewölbe weist über 100 Risse auf, die verfüllt werden müssen. Im Zuge dieser Renovierungen wird die ganze Kirche neu ausgemalt. Zunächst kommt der hintere Teil der Kirche dran.

In den Gottesdiensten rücken wir als Gemeinde in unserer „kleinen Kirche" vorn in Herz Jesu zusammen und feiern vorn im Chorraum auch das Weihnachtsfest. Dann kommt die Renovierung des Chorraums dran. Die Arbeiten beginnen am 10. Januar 1997. Wir ziehen für die Zeit, in der das Gerüst aus dem hinteren Teil der Kirche in den vorderen versetzt wird, mit unseren Gottesdiensten werktags in das Pfarrer-Eltrop Heim (PEH), die Sonntagsgottesdienste finden in St. Elisabeth statt. Vielleicht die Hälfte der regelmäßigen Kirchenbesucher von Herz Jesu nimmt dies an, die anderen wandern in andere Gemeinden ab (Dom, St. Mauritz, St. Margareta). Als das Gerüst im Chorraum aufgestellt ist, überlegen wir neu: Gehen wir in den renovierten hinteren Teil der Kirche zurück oder gehen wir in das Pfarrer-Eltrop-Heim oder bleiben wir in St. Elisabeth.

Der Bauausschuss des Kirchenvorstandes rät von einer Rückkehr in die Herz-Jesu-Kirche ab. Es bleibt das Pfarrer-Eltrop-Heim. Unser Seelsorge-Team ist der Meinung, es hat Sinn, in St. Elisabeth zu bleiben, zumal die Renovierungsarbeiten voraussichtlich nur noch drei Monate dauern werden und bisher schon sechs Monate bewältigt wurden. Es tut der Elisabeth-Gemeinde gut, dass wir bei ihnen zu Gast sind, und unser Team meint, es ist zuzumuten, dass wir noch drei Monate bleiben. Die Entscheidung in dieser Frage soll in einer Sondersitzung des Pfarrgemeinderates getroffen werden. Einige Tage zuvor kommt es zu einer außerparlamentarischen Aktion: Frau G. veranstaltet eine Unterschriftenaktion für die Rückkehr in das Pfarrer-Eltrop-Heim, sie bekommt 170 Unterschriften. Dies erfahren wir am Montagmittag (17. Februar). Wir sind uns im Seelsorge-Team einig: An diesen 170 Unterschriften kommen wir nicht vorbei. Im Pfarrgemeinderat am Abend werden Pro und Contra abgewogen, es kommt zu einer Kompromisslösung: Wir bleiben in St. Elisabeth, an jedem Sonntag ist um 9.30 Uhr eine hl. Messe im Pfarrer-Eltrop-Heim. Die Heilige Woche werden wir überwiegend in St. Elisabeth feiern.

Für mich ergibt sich folgendes Problem als Pfarrer von Herz Jesu und St. Elisabeth: Für welche Gemeinde soll ich mich engagieren?

Herz-Jesu-Kirche Münster: Ein Werk des Baumeisters Wilhelm Rincklake (P. Ludgerus OSB), eingeweiht am Herz-Jesu-Fest 1900, aufgenommen aus dem Dachfenster der Familie Knepper, Mindener Straße.

Die Herz-Jesu-Kirche mit dem höchsten Kirchturm Münsters

Der Altarraum von Herz Jesu mit Werktagskirche in der Apsis

Blick durch Yuka-Palmen auf den Herz-Jesu-Turm (H. Ludger machte dies Bild auf dem Rücken liegend)

Soll ich mich aus dem ganzen Prozess heraushalten? Soll ich wohl Argumente benennen, die für ein Verbleiben in St. Elisabeth sprechen, aber werde ich damit den Leuten von Herz Jesu gerecht?

Wofür ich mich auch einsetze, ich sitze immer zwischen zwei Stühlen. Beide Gemeinden erwarten eine Stellungnahme ihres Pastors. Kann ich aus einer übergeordneten Ebene denken und entscheiden? Ich fühle mich in dieser Frage hin und hergerissen und spüre, wie schwierig es ist, Pfarrer von zwei Gemeinden zu sein. Wie soll ich mich in Zukunft verhalten? Soll ich in solchen Fragen mich bei Abstimmungen gar nicht beteiligen? Soll ich meine Meinung nicht sagen? Darf ich mit meiner Meinung hinter dem Berg halten? Alles ist verkehrt. Es gibt hierfür keine Lösung. Ich muss mit der Widersprüchlichkeit leben. Dies kann nicht die Aufgabe eines Pastors sein, dessen Hauptaufgabe es ist, den Dienst an der Einheit zu tun. Diesen Dienst zu tun und selber zerrissen zu sein, dies ist schlimmer als Glaubenszweifel. Wie will ich Vertrauen finden zu den Gemeindemitgliedern, die ja immer denken müssen: Wie ehrlich steht der Pastor auf unserer Seite? Oder ich beziehe überhaupt nicht Stellung, lasse alles in der Schwebe und fange schließlich selber an zu schweben und keine Bodenhaftung mehr zu haben. Ich frage auch: Ist es eigentlich theologisch und anthropologisch zu akzeptieren, dass ein Pfarrer zwei Gemeinden hat? Muss er nicht zwangsläufig zwischen den beiden Gemeinden zerrieben werden? Jede Gemeinde hat ihre eigene Geschichte und ihre eigene Identität, soll man diese leugnen oder einebnen? Das Problem ist nicht die viele Arbeit, die ich gern tue, das Zusammensein mit den Menschen, die ich gern habe, auch mit

Der Altar in der Werktagskirche von Herz Jesu. Er ist ein Seitenaltar aus der früheren Kirche von Heiden im Kreis Borken (Foto bei Sonnenlicht).

den unbequemen Leuten. Das Problem ist im Grunde die vorprogrammierte Unmöglichkeit, es allen recht zu machen, was ohnehin nicht zu leisten ist. Diese Fragen stellen sich mir in diesen Tagen. Ich werde diese Gedanken dem Weihbischof Ostermann vortragen. Ich bin gespannt, was er mir darauf sagen wird.

Ich stelle mir das Bild vom Hirten und von der Herde vor. In meinem Fall ist das so: Da gibt es in einer Landschaft zwei saftige Weideflächen, auf jeder befindet sich eine Herde. Ursprünglich haben sie mal zusammengehört, aber sie haben sich so fruchtbar vermehrt, dass jede Herde eine eigene Weidefläche und einen eigenen Hirten bekam. Beide Herden entwickelten sich auch zu einer eigenen Identität, sie eigneten sich unterschiedliche Gewohnheiten an und fühlten sich auf ihrer eignen Wiese sehr wohl. Auch die Hirten kümmerten sich liebevoll um ihre Herden und waren bereit, Kopf und Kragen für sie zu riskieren. Eines Tages jedoch starb der Hirte der einen Herde. Es wurde entschieden, dass der Hirte der anderen Herde von nun an für beide Herden zuständig sein solle, er und seine Mitarbeiter. Es gab nun Zeiten, in denen er bei der einen oder anderen Herde war. Er schlichtete den Streit bei den Tieren der einen Herde, oder kraulte ihr warmes Fell, er merkte sich auch ihre Stimme und konnte viele mit Namen anreden. Beide Herden merkten sich genau, wann und wie lange er bei ihnen und bei den anderen war. Ständig verglichen sie, was er bei der einen bzw. bei der anderen Herde tat. So entstand Neid und Eifersucht. Der Hirte konnte sich noch soviel Mühe geben, je mehr er sich bemühte und sich ganz für die ihm anvertraute Herde einsetzte, desto

Die St.-Elisabeth-Kirche (Grundsteinlegung 1938, im Kriege zerstört, wiederaufgebaut, 2008 profaniert)

stärker wurden diese negativen Gefühle bei den Herden. Es überkam den Hirten in Gedanken die Versuchung, nicht mehr so viel zu tun, nicht mehr soviel in den Herden zu sein, um ihnen keine Gelegenheit für die negativen Gefühle zu geben. Er dachte: Wer weiß denn, wo ich bin? Wenn ich nicht in der einen Herde bin, kann man ja glauben, ich sei in der anderen. Dieser Versuchung widerstand der Hirte aber aufs heftigste, da er sich ein bequemes Leben nicht vorstellen konnte. So beschloss er, weiter in beiden Herden aktiv zu sein, und über die Probleme weiter nachzudenken.

So kam er eines Tages auf folgende Idee: Es muss für die andere Herde einen Hirten oder eine Hirtin geben, die sich ganz mit ihr identifiziert. Jede Herde soll ihr eigenes Leben behalten, ihre eigene Wiese, aber es soll keinen Zaun zwischen den Wiesen geben. Alles soll durchlässig sein. Die Hirten überlegten miteinander, wie sie ihren Herden Gutes tun könnten, alles sollte dem Wohl der Herden dienen. Als sie ihre Idee in die Tat umsetzten, gediehen die Herden von nun an prächtig, auch die Hirten verstanden sich gut und arbeiteten zusammen und hatten viel Freude daran.

Wo soll der Bischof nun den Hirten für die zweite Gemeinde hernehmen? Es muss für die zweite Gemeinde einen Gemeindeleiter oder eine Gemeindeleiterin geben, dies kann der Kaplan sein oder die Pastoralreferentin, die mit eigener Kompetenz ausgestattet sind. In kritischen Abstimmungen muss jeder sich zurückhalten können, sich etwa an der Abstimmung nicht beteiligen dürfen, ohne dass ihm dies angelastet wird. Eine andere Möglichkeit wäre, beide Gemeinden zusammenzulegen, hierbei müsste man bedenken, wie viel an Eigenleben jede Gemeinde aufgegeben würde. Ein häufiges Zusammen-

Pfarrhaus St. Elisabeth mit Pfarrer-Schneider-Heim, im Vordergrund der beliebte Kinderspielplatz

gehen, ein partnerschaftliches Miteinanderumgehen wird sicher dazu führen, dass Gutes in beiden Gemeinden wächst und beide eine gute Zukunft haben.

Die Lösung des Problems sehe ich darin: Es kann sich nur ein Pastor total mit einer Gemeinde identifizieren, für die zweite Gemeinde muss dies ein anderer tun. In unserem Falle: ich bin Pastor für Herz Jesu, der Kaplan oder die Pastoralreferentin ist Identifikationsperson für St. Elisabeth, im kirchenrechtlichen Sinne bleibe ich Pfarrverwalter für St. Elisabeth, nicht als ob ich mich von St. Elisabeth zurückziehen wollte, ich werde genau dieselben Dinge weiter tun und mich genauso weiter engagieren, ich will ja gerade nicht alles sausen lassen. Wenn man ernst damit macht, dass jede Gemeinde ihr eigenes Profil hat, dann muss es eine Person geben, die dieses Profil aufbaut und sich für ein Selbstbewusstsein der Gemeinde einsetzt. Wenn Jesus sagt: Niemand kann zwei Herren dienen, dann trifft dies voll für unser Problem zu. Eine solche Konstruktion bewahrt die Elisabeth-Gemeinde vor Resignation und vor der Furcht, „die von Herz Jesu" wollen uns doch nur schlucken. Es wächst Vertrauen. Der Pastor von Herz Jesu geht für St. Elisabeth nicht mehr so stark in Führung, überlässt die Führung dem „Hirten" von St. Elisabeth und ist eigentlich mehr subsidiär zur Stelle. Er tut nichts, was St. Elisabeth in Herz Jesu einverleiben soll, im Gegenteil, er hat Freude daran, wenn St. Elisabeth stark wird. Er sorgt für partnerschaftliches Miteinander, dies alles in Freiheit und geschwisterlicher Nächstenliebe. Eine Zusammenlegung beider Gemeinden wird erst sein, wenn in einer oder auch in beiden kein Kirchenvorstand und kein Pfarrgemeinderat mehr zustandekommt, weil die Kandidaten fehlen.

Am Sonntag, 2. März 1997, machen wir ein Konveniat des Seelsorgeteams im Herz-Jesu-Pfarrhaus, ich trage noch einmal meine Gedanken vor, dass es mir aufgegangen ist, wie widersprüchlich es ist, Pfarrer zweier Gemeinden zu sein. Kaplan und Pastoralreferentin können sich mit meinem Vorschlag, für jede Gemeinde einen Hirten zu haben, nicht anfreunden. Sie meinen:
Dann fühlt sich die zweite Gemeinde schlechter behandelt und das Problem ist damit nicht vom Tisch. Dann sollte man sich anstrengen, die beiden Gemeinden wieder zusammenzulegen. Dies ist jedoch zum gegenwärtigen Zeitpunkt undenkbar. Wir sollten alles, was man gemeinsam tun kann, sinnvollerweise gemeinsam tun. Auch sollten wir darüber nachdenken, was alles gemeinsam getan werden kann. Auf keinen Fall wird man die Gemeinden ohne einen langen Bewusstseinsprozess zusammenlegen können. Vielleicht ist dann der Zeitpunkt gekommen, wenn wir nicht mehr genügend Leute für Kirchenvorstand und Pfarrgemeinderat bekommen können. Um die Seelsorge zu koordinieren, werden vermehrt gemeinsame Sitzungen der beiden Pfarrgemeinderäte stattfinden müssen

Ich komme nicht umhin, das Beste aus meiner Situation zu machen, in der Hoffnung, dass auch die Gemeinden Verständnis zeigen. Ich werde ein Gutachten anfertigen lassen, was theologisch, spirituell und psychologisch von der Konstruktion „zwei Gemeinden – ein Pfarrer“ zu halten ist. Ob dies auf Dauer zu verantworten ist, welche Folgen dies etwa für die Pfarrer hat, wie lange sie dies aushalten können, welche Folgen es auch für den Priesternachwuchs hat, ob junge Leute gerade hiervor zurückschrecken und sagen: Dem fühle ich mich nicht gewachsen.

25. April 1997

An diesem Sonntag halten wir ein Hauskonveniat mit Weihbischof Ostermann. Ich hatte ihm meine bisherige Ausführung über zwei Gemeinden und ein Seelsorgeteam zugeschickt. Die Virulenz der Frage nach dem theologischen Status der Gemeinde scheint mir aus einem doppelten Identitätsverlust, nämlich der Pfarrer und der Gemeinden zu resultieren, der auf die Kirchenerfahrung und den Glauben der Priester wie der Gemeinden durchschlägt. Deshalb reichen allein administrative Antworten nicht aus.

Zum einen verliert ein Pfarrer, der mehrere Gemeinden zu leiten hat, sein bisheriges Selbstverständnis und seine bisherige Identität als Pfarrer e i n e r Gemeinde. Er verliert, theologisch gesehen, die gerade neu gewonnene und sachlich richtige Zuordnung seines Amtes zur Ortskirche; er erlebt nicht mehr, wie er wirklich Kirche darstellt, weil er nie nur eine Gemeinde repräsentieren darf. Die buchstäblich für sein geistliches und sein Glaubensleben verheerende und ihn im Endeffekt einsam machende Arbeitsüberlastung ist meines Erachtens nicht einmal das Schlimmste, obwohl hier die häufig notwendige Konzentration auf die Sakramentenspendung zur Falle werden kann, wenn die Sakramente isoliert erscheinen und der Pfarrer nicht mehr aus dem gelebten Miteinander, sondern nur von oben, verwaltungs- und bewältigungsfunktional reagieren kann. Tiefer geht, dass er nicht mehr weiß, wo er hingehört. Nicht die Menge, Vielfalt und Intensität der Arbeit scheinen mir das Gefährlichste, sondern die unauflösbare Gleichberechtigung der erfahrenen, aber nie zu erfüllenden Ansprüche der Gemeinden. Alles, was er tut, ist zugleich für die andere Gemeinde nicht getan. Je mehr er sich engagiert, desto aussichtsloser wird

Das Innere der Elisabeth-Kirche, das Pfingstereignis an der Stirnwand des Chorraumes kam meiner Verkündigung sehr entgegen.

sein Tun. Er hat keine Mitte mehr oder die Mitte wird funktional. Beides ist für ihn auf Dauer geistlich und auch physisch tödlich. Für die Gemeinden bedeutet das, statt eines Menschen, statt ihres Pfarrers, einen geistlichen Funktionsträger zu erleben, der aber nie ganz und als ganze Person zu beanspruchen ist – schon deswegen, weil beide Gemeinden gleichen Anspruch auf ihn haben und, wollen sie sich als sich selbst behauptende Gemeinde nicht aufgeben, auch unbedingt und mit Vehemenz geltend machen müssen. Dies Problem ist nicht durch Einsatz oder Persönlichkeit, nicht individuell, sondern nur strukturell zu lösen. Die Gemeinden ohne eigenen Pfarrer werden sich nach anderen Personen umsehen, die g a n z für sie da sind, die aus ihrer Situation und nicht aus gerecht zu verteilenden Kräften und Stunden, aus notwendiger Aufgabenverteilung heraus denken, sondern die wirklich Bezugspersonen sind und nicht nur Bezugsfunktionen erfüllen. Die Notwendigkeit einer eigenen Bezugsperson, an der ich meine Identität ausbilden kann, halte ich auf Dauer für unverzichtbar, in einer wirklich pluralistischen Gesellschaft scheint sie mir doppelt unverzichtbar. Absolut wird sie, wo Kirche nicht nur gesellschaftlich funktional agieren, sondern personale Identität prägen will.

Der Weihbischof nimmt diese Gedanken sehr ernst. Der Tenor unseres Gespräches ist: Wir suchen eine starke Kooperation beider Gemeinden, Zusammenarbeit in allen möglichen Bereichen. Eines Tages wird sich die Vereinigung beider Gemeinden ergeben. Wir können sie nicht erzwingen, sie kann auch nicht von oben verordnet werden. Es ist eine Frage, wie sinnvoll es ist, für beide Gemeinden sonntags sechs Gottesdienste anzubieten mit zum Teil halbleeren Kirchen. Auch in den Kindergärten könnte man bei einer Gemeinde besser die Probleme vor allem wegen der Unterbelegung lösen. Um seelsorgerisch Maßnahmen durchzusetzen, müssen zu viele Gremien befragt werden, die zum Teil in Konkurrenz miteinander leben. Dies ist zeit- und kräftezehrend, viele Dinge kommen dadurch gar nicht zustande. Ich komme zu der Erkenntnis, dass ich eigentlich Pfarrer von drei Gemeinden bin, von Herz Jesu, von St. Elisabeth und von all denen, die die Kooperation suchen und wünschen.

Ich werde nicht mehr in Richtung Selbstständigkeit beider Gemeinden gehen, sondern in Richtung Zusammenlegung, dies nicht mit Druck, sondern mit Argumenten und viel Geduld. Dies hilft mir, mich in meiner Identität als Pfarrer besser zurechtzufinden, ich bin nicht mehr so sehr zwischen den Stühlen, sondern die Richtung geht in die Einheit. So denken auch der Kaplan und die Pastoralreferentin.

Das Gespräch mit dem Weihbischof verlief sehr harmonisch, sehr ruhig und mit viel Einfühlungsvermögen. Ich bin dankbar, dass wir so miteinander sprechen konnten.

Herz-Jesu-Kirche Münster, Wolbecker Straße

Brief an das Diözesanforum: Zwei Gemeinden – ein Pfarrer

1997

Hans Ludger, Pfr.
Münster, den 8. September 1997

An das Diözesanforum des Bistums Münster
z. Hd. Herrn DDr. Thomas Sternberg

Betrifft: Zwei Gemeinden ein Pfarrer – Seelsorgliche Einheit

Sehr geehrter Herr Dr. Sternberg!
Seit dem 9. Juni 1990 bin ich Pfarrer der Herz-Jesu-Gemeinde Münster.

Seit dem 16. Oktober 1994 bin ich zusätzlich Pfarrer der St.-Elisabeth-Gemeinde Münster.

Herz Jesu hat 4.500 Mitglieder und St. Elisabeth 2.500, also zusammen 7.000.

Im Seelsorgeteam arbeitet ein Kaplan und eine Pastoralreferentin mit. Der Kaplan wohnt im Pfarrhaus von St. Elisabeth, die Pastoralreferentin wohnt in Herz Jesu und hat im Pfarrhaus von St. Elisabeth ihr Arbeitszimmer. Ich selbst wohne im Pfarrhaus von Herz Jesu.

In beiden Kirchen ist jeden Tag wenigstens eine heilige Messe. Sonntags haben wir in jeder Kirche mit Vorabendmesse je drei Messfeiern und abends gibt es eine Andacht bzw. Vesper. Zur Herz-Jesu-Gemeinde gehören zwei Kindergärten mit sechs Gruppen und zur Elisabeth-Gemeinde gehört ein Kindergarten mit drei Gruppen.

Jede Gemeinde hat ihren eigenen Kirchenvorstand und ihren eigenen Pfarrgemeinderat mit all den Unterausschüssen, jede Gemeinde hat ihr Pfarrheim, ihr Pfarrbüro, ihren Küster und Kirchenmusiker.

Als Pfarrer habe ich die Aufgabe, den Dienst an der Einheit in den Gemeinden zu tun. Hierbei ergeben sich folgende Probleme:

1. Es fällt der Elisabeth-Gemeinde schwer, zu akzeptieren, dass ihr Pastor nicht bei ihnen im Pfarrhaus wohnt.
2. Beide Gemeinden sind misstrauisch: welche Gemeinde mag der Pastor mehr, wo ist er mehr, wo engagiert er sich mehr. Beide meinen, der Pastor würde am meisten in der jeweils anderen Gemeinde sein.
3. Dies kann zu der Versuchung führen, ich tue nur das Nötigste, halte beide Gemeinden am Laufen und lasse die Leute in der Meinung, ich sei sowieso überlastet. Wenn ich gründlich und ehrlich mich abmühe, die Botschaft vom Reiche Gottes in Wort und Tat zu verkün-

den, bleibt das Misstrauen in beiden Gemeinden.

4. Oft denke ich, wo ist für dich als Pastor deine Heimat? In Herz Jesu bin ich länger, hier wohne ich auch, aber die Leute von St. Elisabeth sind mir genauso lieb, ich muss sagen, ich mühe mich mehr für St. Elisabeth ab als für Herz Jesu. Dies wird gar nicht erkannt, ich kann es auch nicht klarmachen.
5. Wir bieten möglichst viele Veranstaltungen für beide Gemeinden an. Es gibt in beiden Gemeinden Leute, die dies akzeptieren, die Zahl wächst, aber das Gros tut sich schwer, den Weg von einer Gemeinde in die andere zu finden.
6. Wenn die beiden Gemeinden etwas gemeinsam tun sollten (Prozession, Wallfahrt, Erstkommunionvorbereitung, Firmvorbereitung, Einschulungsgottesdienst und vieles mehr), müssen beide Pfarrgemeinderäte hierüber beraten und beschließen. Alles muss durch beide Gremien. Dies ist zeitaufwendig und in sich unsinnig.
7. Mein Ziel ist: Wir machen soviel gemeinsam wie eben möglich. Bis sich die Zusammenlegung beider Gemeinden eines Tages ergibt.
8. Hierbei sollte man auch bedenken, wie viele Leute unnötig verschlissen werden. Wieviel Konflikte und Spannung unnötig sind. Wieviele Mehrkosten durch zwei Gemeinden anfallen, die erheblich gesenkt werden könnten, wenn beide Gemeinden zusammengelegt würden, zumal St. Elisabeth in den zwanziger Jahren aus Herz Jesu hervorgegangen ist.
9. Die Initiative der Zusammenlegung kann nicht von mir aus gehen. Dies muss vom Bischof aus geschehen. Ich werde Zusammenarbeit fördern, aber die Zusammenlegung ist Sache des Bischofs.
10. Natürlich hat es für beide Gemeinden Vorteile, gemeinsam einen Kaplan und eine Pastoralreferentin zu haben, dies ist für die Jugendarbeit von großer Bedeutung.

Ich bitte, auf dem Forum über folgenden Antrag abstimmen zu lassen:
Wenn ein Pfarrer für zwei Gemeinden verantwortlich ist, die benachbart sind, von denen die eine aus der anderen hervorgegangen ist, möge der Bischof eine Zusammenlegung beider Gemeinden veranlassen. In beiden Kirchen sollen Gottesdienste weiterhin gefeiert werden, das übrige Gemeindeleben soll in beiden Pfarrzentren weiter gefördert werden, auch sollen bestehende Gruppierungen weiter existieren.

Herr Weihbischof Ostermann erhält eine Kopie dieser Eingabe.

Mit freundlichem Gruß
H. Ludger, Pfr.

In memoriam Pfarrer Heinrich Eltrop

1997

Vor 40 Jahren, am 25. Juli 1957, starb Pfarrer Heinrich Eltrop an Herzinfarkt. 28 Jahre wirkte er unermüdlich in unserer Herz-Jesu-Gemeinde. Sein Andenken ist vor allem bei den älteren Mitgliedern unserer Gemeinde lebendig. *„Pfarrer Eltrop gab das letzte Hemd, er machte unendlich viele Hausbesuche, er kannte sie alle, ob jung oder alt, ob arm oder reich, unermüdlich war er unterwegs mit seinem Fahrrad"*. So erzählt man heute noch in Herz Jesu.

Er war ein frommer Pastor, oft traf der Küster ihn schon, bevor er die Kirche aufschloss im Gebet versunken. Er war ein glühender Herz-Jesu-Verehrer. In der Eucharistiefeier nannte er nach der Wandlung immer seine persönlichen seelsorgerischen Anliegen: Kranke, Sterbende, Kommunionkinder, die Jugend, Pfarrmitglieder, die sich vom kirchlichen Leben entfernt hatten und vieles mehr. Seine besondere Sorge galt den Kranken. Jede Woche besuchte er die Kranken in den Hospitälern von Münster, alle zwei Wochen auch in den Kliniken.

Zur Sühne und Buße für die glückliche Heimkehr der Kriegsgefangenen aus Russland schlief er von 1945 bis 1955 (erster Herzinfarkt) nachts in einem Sessel. *„Solange die Kriegsgefangenen aus unserer Gemeinde nicht in einem Bett schlafen, will ich auch nicht in einem Bett ruhen"*, soll er gesagt haben. Sein Monatseinkommen halbierte er, die Hälfte war für die Armen und den Aufbau der Herz-Jesu-Kirche bestimmt.

Seine Lebensweise war sehr bescheiden. Die Haushälterin kochte eine Bohnensuppe, die für mehrere Tage reichte. Oft hatte sie kein Geld, um Brot zu kaufen, auch fehlte manchmal der Koks im Keller. Man erzählt, er habe in der Nacht sein Bett weggebracht und sei auf der Straße von der Polizei irrtümlich als Dieb angehalten worden

Von einem älteren Gemeindemitglied erfuhr ich, dass Pfarrer Eltrop während der Luftangriffe auf Münster den Juden in der Turmkapelle der Herz-Jesu-Kirche eine sichere Bleibe gewährt habe. Juden war das Betreten eines Bunkers nicht erlaubt, *„dessen seien sie nicht würdig"*, war die Meinung der Nazis.

Im Pfarrhaus hatte er bereits eine kleine Kleiderkammer eingerichtet, seine Sorge galt vor allem den Arbeitslosen. Parrer Eltrop verband mit seinem Leben in Armut eine bezwingende Liebenswürdigkeit und Bescheidenheit, die ihm immer und überall die Herzen gewonnen hat. Er spielte gern mit seinen Mitbrüdern Doppelkopp.

Es ging in seiner Gegenwart froh zu. Er sang mit den Kindern im Kindergarten. Bei Vereinsfesten setzte er seine Pennälermütze auf, nahm sie zum Schluss in die Hand und sammelte Geld für die Herz-Jesu-Kirche. Er folgte auch gern den Einladungen der Bauern auf der Laer, wenn Erdbeeren und Kirschen reif waren.

Als er zum „Päpstlichen Geheimkämmerer" ernannt wurde, konnte er sich nur schwer damit abfinden. „Nun bin ich nicht mehr der Pastor", meinte er. Nur auf langes Drängen seiner Kapläne konnte er sich zu Fronleichnam dazu entschließen, „violett" zu tragen.

Pfarrer Heinrich Eltrop lebte in einer Zeit, in der die Kirche in der Gesellschaft eine bedeutendere Rolle spielte als heute, in der sie ein anderes Selbstverständnis hatte. In dem Nachruf von Dr. Joseph Decking auf Pfarrer Eltrop ist immer wieder von „Pfarrkindern" die Rede. Und wirklich hat Pfarrer Eltrop jeden aus seiner Gemeinde wie sein eigenes Kind geliebt und er wurde wie ihr Vater geliebt und anerkannt. Heute haben die aktiven Mitglieder unserer Gemeinde ein anderes Gemeindebewusstsein, der Pastor ist nicht mehr wie früher ein Einzelkämpfer, partnerschaftlich und eigenverantwortlich stehen ihm viele Gemeindemitglieder zur Seite. Pfarrer Heinrich Eltrop hat in seiner Zeit bestimmt das Meiste richtig gemacht, ob wir heute alles so richtig machen, ist eine Frage. Wie werden die Leute in 50 Jahren einmal über uns denken?

Das Wunder der Renovierung unserer Herz-Jesu-Kirche

1996–1997

Schon in den achtziger Jahren zeigten sich die ersten Risse im Gewölbe der Herz-Jesu-Kirche. Unser Kirchenvorstand hat mit seinem Bauausschuss unter dem Architekten Günter Böse all die Renovierungsarbeiten vorangetrieben – mit Sachverstand und optimaler Ausnutzung der vorhandenen Gelder aus Kirchensteuermitteln und Spenden der Gemeinde. Im gesamten Gebäude muss eine ungeheure Spannung bestanden haben, die zu den Rissen führte. Die beiden großen Giebel im Osten und Westen drifteten auseinander, mit Stahlstangen wurden die Giebel schon 1989 wieder zusammengebunden, die Kirche erhielt ein neues Schieferdach, die Risse im Gewölbe aber waren noch immer nicht behoben. Da bisweilen kleine Gesteinsbrocken aus dem Gewölbe in den Kirchenraum fielen, konnte die Sanierung des Gewölbes nicht mehr lange aufgeschoben werden. Als beim Wegschieben der fahrbaren Chororgel das Taufbecken nachgab und die kleinen Stützsäulen zu Boden fielen, war dies ein Startzeichen für die Renovierung der ganzen Kirche.

So wurde mit Genehmigung der bischöflichen Behörde am 2. September 1996 mit der Einrüstung der hinteren Hälfte der Kirche begonnen. Wir lagerten unsere Gottesdienste in die St.-Elisabeth-Kirche und in das Pfarrer-Eltrop-Heim aus und dachten zunächst: Vielleicht sind wir schon zu Weihnachten wieder in der Kirche. Wir konnten nicht ahnen, dass sich die Renovierungsarbeiten bis Anfang Juli 1997 hinziehen sollten.

Wir feierten das Weihnachtsfest in der erheblich verkleinerten Herz-Jesu-Kirche und in St. Elisabeth. Es zeigte sich schließlich, dass die Sanierung des Gewölbes wegen der vielen Risse doch nicht so schnell gehen konnte. Ursprünglich war ein Neuanstrich der Kirche gar nicht vorgesehen gewesen. Wir sollten nach Meinung der bischöflichen Behörde die zugepressten Risse einfach „beistreichen“ lassen. Man kann sich jedoch vorstellen, wie unsere Kirche ausgesehen hätte, wenn wir so gehandelt hätten. Da nun das Gerüst für viel Geld in der Kirche stand, beantragte der Kirchenvorstand, den Anstrich des Gewölbes wenigstens bis zu den oberen Kapitellen der Kirche auszuführen. Das Bistum stellte den erforderlichen Betrag hierfür zur Verfügung. Den Rest wollten wir dann anmalen lassen, wenn das entsprechende Geld hierfür vorhanden sein würde.

Jetzt aber zeigte unsere Gemeinde, wie sehr sie an der Herz-Jesu-Kirche hängt. Durch ungewöhnliche Spendenfreudigkeit der Gemeindemitglieder und durch Leute, die einen persönlichen Bezug zu unserer Gemeinde haben, konnten wir mit dem Anstrich immer weitergehen, bis wir schließlich sagen konnten: Wir können nun den ganzen hinteren Teil der Kirche ausmalen lassen. Als dies geschehen war, wurde das Gerüst vom hinteren Teil in den vorderen Teil der Kirche umgebaut. Und hier konnten wir Ähnliches erleben: Es zeigten sich im Deckengewölbe größere Schäden, als man von unten feststellen konnte. Nun sah die Gemeinde, wie schön die Kirche im hinteren Teil geworden war. Viele Leute kamen und brachten ihre Spenden, damit die Kirche nun ganz ausgemalt werden konnte. Ich war oft ganz gerührt, wenn die Spender in das Pfarrhaus kamen, 1.000 DM brachten, viele steckten mir kleinere Beträge zu, alle halfen sie mit, das Werk weiterzuführen.

Wer zu dieser Zeit einmal das Innere der Kirche betrat, konnte nur schwer glauben, dass die ganze Kirche je einmal wieder ein würdiger Raum für Gottesdienste sein würde.

Und dann war es schließlich soweit: auch das Gerüst im vorderen Teil der Kirche konnte abgebaut werden, es waren so viele Spenden eingegangen, dass auch die Vierung über dem Hauptaltar und die ganze „Kleine Kirche“ in der Apsis ausgemalt werden konnte.

Nicht zu vergessen ist die Aktivität der beiden Gemeindemitglieder Werner Gellenbeck und Hans Gerdemann. In unermüdlicher monatelanger Eigenleistung haben sie Elektroleitungen neu verlegt, die Orgelbühne saniert, eine neue Beleuchtung in der Werktagskirche installiert und vieles mehr an Arbeit getan.

Da die Chororgel viel Raum in der Taufkapelle in Anspruch nahm, sollte das Taufbecken an einem andern Ort in der Kirche aufgestellt werden. Prof. Dr. Klemens Richter von der Universität Münster nannte in einem Vortrag vor Kirchenvorstand und Pfarrgemeinderat in der Kirche die verschiedenen Möglichkeiten, wo ein Taufbecken stehen könne. In einer geheimen Abstimmung entschied man sich dafür, dass das Becken seinen Standort in der Nähe des Westportals finden solle. Der Windfang dort wurde entfernt und das Taufbecken aufgestellt. Bisher haben schon mehrere Taufen hier stattgefunden, wir hatten sogar schon eine „Eintauch-Taufe“ eines armenischen Kindes. Durch das größere Umfeld kann sich die Tauffeier nun gut entfalten.

Unser Küster Anton Lauel hatte mit vielen Helferinnen und Helfern etwa eine Woche zu tun, um die Kirche zu reinigen. Dann aber war es soweit: Endlich konnten wir am Sonntag, dem 6. Juli 1997, mit einem festlichen Gottesdienst wieder in unser Gotteshaus einziehen. Der Kirchenchor, verstärkt durch Sänger und Sängerinnen aus dem VocalEnsemble Herz Jesu trug zum Gelingen dieses festlichen Hochamtes wesentlich bei. Anschließend gab es einen kleinen Empfang vor dem Pfarrer-Eltrop-Heim. Selten habe ich die Gemeinde so strahlend und glücklich gesehen wie an diesem herrlichen Morgen. Ich muss von mir sagen, ich fühlte mich auch sehr gut, es war wunderbar, was da im Laufe von zehn Monaten in unserer Kirche geschehen war.

In diesen Tagen stellte es sich heraus, dass auch unsere Glocken reparaturbedürftig sind. Gutachter erklärten, die Lager seien verschlissen, die Klöppel müssten neu mit Leder versehen werden und die ganze Läuteanlage bedürfe der Überholung. Kosten 30.000 DM. Ich wagte nicht, dieses Projekt der Gemeinde mitzuteilen. Der Kirchenvorstand übergab das Glockenproblem dem Generalvikariat mit der Bitte um Finanzierung. Und das Wunder geschah, der Antrag wurde genehmigt, wir konnten der Gemeinde den Schaden und den Weg zur Behebung mitteilen.

Es fehlte im Innern der Kirche jetzt eigentlich nur noch der hohe Raum, in dem die große Orgel steht. Eine schwierige Gerüstkonstruktion wurde installiert, die Gemeinde hat weitergespendet.

Eine Dame kam mit einem Schmuckkästchen mit 18 wertvollen Schmuckstücken, zu jedem Stück war ein Zertifikat mit Preisangabe beigefügt. *„Der Schmuck ist für die Renovierung der Kirche bestimmt“*, sagte die Dame, *„ich brauche ihn nicht mehr, Sie können ihn gern verkaufen.“* So etwas hatte ich noch nicht erlebt. Schmuck im Wert von 22.000 DM.

Ich versuche in mehreren Juweliergeschäften in Münster den Schmuck in Geld umzumünzen. Vergeblich! Alle sagen mir: *„Wir nehmen grundsätzlich keinen gebrauchten Schmuck. Für Ihren Schmuck können Sie von uns 1.000 DM bekommen, er ist für uns nur interessant als Gold- und Edelstein-Material.“*

In Absprache mit dem Kirchenvortand biete ich den Schmuck zum halben Preis an. Der Juwelier Lenze reinigt die Schmuckstücke und fertigt neue Zertifikate mit Preisangabe an.

Ich fotografiere die Karten mit dem Schmuck und mache daraus ein kleines Fotoalbum. Ich trage dieses Album stets bei mir. Wenn ich einer Dame (es gibt bei den Frauen Schmucktypen) begegne, die Schmuck trägt, spreche ich Sie an und sage: *„Ich sehe, dass Sie Schmuck gern haben. Darf ich Ihnen einmal Schmuck zeigen, der Ihnen oder Ihren Kindern und Nichten gefallen würde?“* Ich zeige das Schmuckalbum und sage: *„Dies sind echte Schmuckstücke mit Zertifikat. Sie können Sie bei mir zum halben Preis haben. Die Originale befinden sich im Tresor unseres Pfarrbüros. Kommen Sie uns doch einmal besuchen und probieren Sie den Schmuck an.“*

Auch die Zeitung brachte das Foto eines Colliers mit dem Hinweis, dass wertvoller Schmuck bei uns im Pfarrbüro zu bekommen sei. Da bekam ich einen Anruf: *„Das Collier in der Zeitung ist gestohlen, es gehört meiner Frau, ein Geschenk von mir.“* Ich frage zurück: *„Wo haben Sie den Schmuck denn gekauft?“* Antwort: *„In der Türkei.“* Darauf erwidere ich. *„Wenn Sie Ihrer Frau wirklich etwas Gutes schenken wollen, dann kommen Sie und kaufen ihr das Collier mit einem Zertifikat für die Echtheit.“* Der Mann ist nicht gekommen. Die Schmuckstücke habe ich in drei Monaten für 11.000 DM zu Geld gemacht.

Die Renovierung kann weitergehen. So ist der Orgelbühnenraum inzwischen auch fertiggestellt. Die Orgelfirma Fleiter ist da, um die Orgel zu reinigen und neu einzurichten. Zum ersten Advent dürfte alles in Ordnung sein, so dass wir das „Ewige Gebet“ und einige festliche Tage in der nun total renovierten Kirche feiern können.

Es fehlt jetzt nur noch die Sakristei. Sie befindet sich in einem ähnlich schlimmen Zustand wie die ganze Kirche zuvor. Auch die Messdienersakristei könnte junge Menschen aus der Kirche treiben und der Raum, in dem die Pfarrbriefe verteilt werden und ein Großteil der Messgewänder aufbewahrt wird, bedarf dringend einer Renovierung. Dies muss jetzt aber nicht unter dem Druck geschehen, wie die übrigen Maßnahmen. Wenn alles abgerechnet ist, werden wir die Gemeinde informieren, wieweit wir mit den Finanzen gekommen sind.

Anbetung in der Herz-Jesu-Kirche

Ich kann nur sagen, dass es mir Freude macht, zusammen mit den Gremien der Gemeinde solche Projekte in Angriff zu nehmen. Es hat Sinn, dem guten Gott an erster Stelle zu danken, der alles so gut gefügt hat, dass wir nun wieder eine würdige Herz-Jesu-Kirche haben. Dank allen Spendern, Dank dem Architekten und den Handwerkern, den vielen Helferinnen und Helfern, die das Werk bis hierher geführt haben und es zu einem guten Ende führen werden.

Wir bereiten uns auf das Jahr 2000 vor, auf das Fest des 100-jährigen Jubiläums unserer Herz-Jesu-Kirche am Herz-Jesu-Fest. Wenn wir eine lebendige Gemeinde sein wollen, dann sollten wir nun unser Augenmerk verstärkt auf die geistliche Erneuerung unserer Gemeinde richten, wenn wir sie wollen, werden wir hierbei ebensolche Wunder und größere erleben.

Anmerkung

Ich schrieb in Kirche und Leben am 12. Juni 1999: „*Wie bereits vor längerer Zeit angekündigt, kann nach dem Herz-Jesu-Fest auch mit der Renovierung der Sakristei unserer Kirche begonnen werden. Erneuert werden die gesamte Elektroinstallation, die Messdienersakristei und der Vorraum, in dem Messgewänder und viele andere Dinge aufbewahrt werden, bekommen neue Schränke. Ebenso wird die Toilette gründlich renoviert. Alle Räume bekommen einen neuen Anstrich. Die Arbeiten werden mehrere Wochen in Anspruch nehmen, Wir dürfen damit rechnen, dass vor Beginn des Jubiläumsjahres 2000 alles fertig ist.*“ Genau so ist alles eingetroffen.

7. Fußwallfahrt von Münster nach Kevelaer

1998

Vierzehn Frauen und sieben Männer machten sich in der zweiten Herbstferienwoche auf den Weg zur traditionellen Fußwallfahrt von Herz Jesu Münster nach Kevelaer, die Strecke von 130 Kilometern wurden in sechs Tagen gut bewältigt. An zwei Tagen hatten wir arge Probleme mit dem Wetter. Die Unterbringung in Pfarrzentren, Hotels und Pfarrhäusern gab uns vor allem an diesen kritischen Tagen die Möglichkeit, unsere nassen Sachen wieder trocknen zu lassen. An den übrigen Tagen wurde uns trockenes, manchmal auch sonniges Herbstwetter geschenkt.

Die Großgruppe von 21 Wallfahrern ist in vier Tischgruppen eingeteilt, die für das Frühstück und das Abendessen sorgen, die Gruppen sind aber auch zuständig für die Gestaltung des Tagesprogramms. Die Tage stehen unter den Themen: Aufbruch – Gemeinsam unterwegs – Wegbegleitung – Spuren – Orientierung – Ziel. Jeder Tag beginnt mit einem ausgiebigen, gemütlichen Frühstück, es folgt die Eucharistiefeier, die von den Gruppen gestaltet ist.

Das Gepäck wird von einem Malteserauto befördert, wer nicht mehr so gut laufen kann, wird im Auto eine oder zwei Etappen mitgenommen.

Unterwegs gibt es am Morgen einen Meditationsimpuls mit zehn Minuten Stille auf dem weiteren Weg. Wir gehen meistens zu zweit, führen Gespräche über das Tagesthema oder über Dinge, die uns interessieren. Einige ziehen es vor, auch einmal eine Zeit für sich allein zu gehen, still zu sein, die herrliche Natur auf sich wirken zu lassen, eigenen Fragen nachzugehen, der Dimension Gottes nachzuspüren.

Das Mittagessen wird in einem Gasthaus am Wege eingenommen, es gibt jeden Tag „Sonntagsessen“. Am Nachmittag wird der Rosenkranz gebetet, die Gesätze sind häufig von den Gruppen selbst gestaltet. Am Abend kommen wir in der Zielgemeinde an. Wenn die Kirche offen ist, gehen wir hinein und singen ein frohes Danklied für den Weg, den wir heute gemeinsam gehen durften.

Nach Abendessen und froher Wallfahrtsrunde beschließen wir den Tag mit dem Abendgebet in der Kirche der Gastgemeinde. Sehr gastfreundlich aufgenommen wurden wir in diesem Jahr wieder von den Gemeinden St. Dionysius Seppenrade, St. Laurentius Haltern, St. Nikolaus Dorsten, St. Peter Büderich und St. Urbanus Winnekendonk.

Die Pilger von 1997 vor der Gnadenkapelle in Kevelaer

Am Samstag haben wir nur noch ein kurzes Stück von drei Kilometern bis Kevelaer zu gehen. Wir grüßen die Gottesmutter im Gnadenbild der „Trösterin der Betrübten" und finden uns um 11 Uhr in der Beichtkapelle zur Eucharistiefeier ein. Domkapitular Richard Schulte Staade lässt es sich nicht nehmen, uns Fußwallfahrer aus Münster eigens zu begrüßen. Wir beenden unsern Pilgerweg mit einem guten Mittagessen im „Weißen Kreuz". Befreundete Gemeindemitglieder aus Münster sind gekommen, um uns mit ihrem Auto abzuholen. Viele von uns sind um 16 Uhr schon wieder zu Hause.

Und was hat uns die Wallfahrt gebracht? *„Es gibt in so kurzer Zeit keine Erholung, die mich ganzheitlich so anspricht wie die Fußwallfahrt, Erholung an Leib und Seele, an Geist und Gemüt, ein Gehen bis an die Grenzen der körperlichen Belastbarkeit" – „die Wallfahrt gibt mir Abstand vom Alltag, ich sehe viele Dinge anders, kann sie neu und besser anpacken" – „dieses Gehen den ganzen Tag gibt mir einen klaren Kopf" – „ich finde die Gottesdienste auf der Wallfahrt ansprechend" – „ich habe mich noch nie so intensiv mit meinem eigenen Leben befasst" – „gern würde ich auch zu Fuß wieder zurückgehen, leider fehlt hierfür die Zeit"*, so sprechen Wallfahrer in diesem Jahr.

Anmerkung 2008:
Die Wallfahrt hat neunmal stattgefunden. Es ist leider nicht gelungen, die jungen Familien für dieses Projekt zu gewinnen, dennoch war jede Wallfahrt für alle ein unvergessliches Erlebnis.

Advent im Heiligen Land

1998

Vom 1. bis zum 10. Dezember 1998 flogen wir mit 23 Personen aus den Gemeinden Herz Jesu und St. Elisabeth Münster und einigen Gästen in das Heilige Land. Wir wollten den Advent einmal anders erleben, das Land erfahren, in dem Gottes Sohn einer von uns geworden ist.

Wir begannen in Arad in der Wüste Negev. Unter der außerordentlich sachkundigen Leitung unseres israelischen Guide Akiva Biran (von uns kurz Aki genannt) erstiegen wir die Felsenburg Massada, badeten im Toten Meer, und fuhren zum See Genezareth, wo wir vier Tage im Hotel des Kibbuz Nof Genosar blieben. Das Wetter meinte es die ganze Zeit über recht gut mit uns. Jeden Tag stieg das Thermometer auf ca. 25 Grad, es regnete erst am Abreisetag.

Seit 50 Jahren hat Israel nicht einen so warmen und trockenen Dezember erlebt. Für das Land und seine Bewohner grenzt die Wasserknappheit bereits an eine Katastrophe, wenn man bedenkt, dass fast ganz Israel das Wasser aus dem See Genezareth bezieht.

Wir erkundeten die heiligen Stätten im Umfeld des Sees, den Berg der Seligpreisungen, Kapernaum, Tabgha, den Berg Tabor, die Jordanquellen in Caesarea Philippi, Nazareth, fuhren mit dem Boot über den See und hatten am Ufer des Sees einen unvergesslichen Abend, an dem uns Aki zum Petrusfischessen einlud.

Wenn es eben ging, feierten wir an den heiligen Stätten Eucharistie oder wir lasen den Bibeltext, der sich auf die Stelle bezog, an der wir uns gerade befanden. Die Eucharistiefeiern wurden am Abend zuvor von einigen Reiseteilnehmern vorbereitet, fanden im Freien oder in einem Kirchenraum statt.

Am Sonntag fuhren wir über Akko, den Berg Karmel und Caesarea Maritima nach Jerusalem. Auch hier verweilten wir vier Tage. Das Hotel Mount Zion, wenige Hundert Meter von der Altstadt entfernt, bot uns einen sehr angenehmen Aufenthalt.

Aki führte uns zur El-Aksa-Moschee, zum Felsendom, zur Westmauer und in das wunderschöne Stadtmuseum Tower of David, das uns in vorbildlich museumspädagogischer Weise die Geschichte der Stadt Jerusalem präsentierte. Viel Interesse fanden die heiligen Stätten auf dem Ölberg, die Vaterunserkirche, Dominus flevit (wo der Herr weinte), der Ölgarten mit der Kirche der Nationen.

Tief ergriffen wurden wir in der Grabeskirche, die sinnvoller Auferstehungskirche

Hier wird in der Grabeskirche die Stelle verehrt, an der das Kreuz gestanden haben soll.

In der Grabeskirche: Unmittelbarer Eingang zum Heiligen Grab

genannt wird. Sie wurde von Kaiser Konstantin im 4. Jahrhundert über dem Berg Golgota errichtet, in dessen Nähe sich auch das Heilige Grab befindet. Jeder von uns betrat das Innere des heiligen Grabes, sprach ein kurzes Gebet und verließ es wieder, daran denkend, dass hier Gottes Sohn den Tod besiegt hat, dass dies die wichtigste Stätte unseres christlichen Glaubens ist.

Eine Gruppe von israelischen Soldaten begegnete uns in der Grabeskirche, einer wollte den Sinn der Kirche wissen. Ich versuche ihm den Tod und die Auferstehung Jesu zu erzählen. Er sagt, dass er in Hebron stationiert ist, dass sie Stätten der Kultur und Religionen aufsuchen, um sich zu informieren. Ich frage ihn nach den Spannungen im Lande. Er erklärt mir, er habe vor allem vor dem Besuch von Bill Clinton Angst, weil er neue Demonstrationen der Palästinenser befürchte. Wir haben uns auf unserer Reise stets sicher gefühlt. Aki war sehr vorsichtig, den Besuch von Bethanien hat er gestrichen, weil am Tag zuvor hier mit Steinen geworfen wurde. Unser Besuch von Bethlehem wurde vom Nachmittag auf den Morgen verlegt, Aki hielt dies für sicherer. Hier fanden wir nun wirklich sehr wenige Besucher. Die Geburtsstadt Jesu hatte noch vor 20 Jahren 80 Prozent Christen und 20 Prozent Muslime. Heute ist es umgekehrt. Die Christen werden von den Muslimen verdrängt. Wir betreten die älteste Kirche der Christenheit, müssen uns beugen, um in die Kirche hineinzugelangen, so niedrig ist der Eingang. Über Treppen gehen wir in die Grotten unter der Kirche, wo das göttliche Kind zur Welt gekommen ist. Wir singen das Lied „Zu Bethlehem geboren", niemand von uns wird diesen Augenblick jemals vergessen können.

Am letzten Tag sehen wir die weltberühmten Fenster von Marc Chagall in der Synagoge des Hadassah Hospitals in Jerusalem.

Ein Besuch der Gedenkstätte Yad Vashem konfrontiert uns mit dem Holocaust an den Juden in der Nazizeit.

Der 10. Dezember bringt uns adventliche Erfahrungen ganz anderer Art. In Deutschland sind die Straßen vereist, die Flughäfen streichen Auslands- und Inlandsflüge. Wir aber haben unseren Rückflug gebucht. Der Start in Tel Aviv beginnt zwei Stunden später als vorgesehen. Kaum jemand von uns rechnet damit, dass wir den Anschlussflug in Frankfurt nach Greven bekommen. Aber der Flieger wartet in Frankfurt treu auf uns, obwohl wir eine Stunde nach vorgesehener Abflugzeit eintreffen. Die Maschine ist auf den Tragflächen mit Eis und Schnee bedeckt. So kann das Flugzeug nicht starten. Ein Enteisungsgerät muss her und die Maschine flott machen. Das dauert einige Zeit. Aber dann geht es endlich los. In einer halben Stunde sind wir in Greven. Wir möchten unsere Koffer in Empfang nehmen, leider stehen wir vergeblich am Transportband. Unsere Koffer sind nicht mitgekommen, sie sind in Frankfurt geblieben. Die Dame im Flughafen versichert uns, sie würden am folgen Tag per Taxi nachgeliefert. Erst jetzt können wir Ausschau halten nach den beiden Sammeltaxis. Sie warten schon einige Stunden auf uns. Das nenne ich Treue. Erst in der Nacht um 1.30 Uhr kommen wir zu Hause an.

Und darin sehe ich unsere adventliche Erfahrung: Wir sind auf den Spuren Jesu gegangen, durften während der ganzen Reise erleben, wie er uns führte, uns vor Gefahren behütet hat, auch als einer älteren Teilnehmerin der Kreislauf versagte und sie in Ohnmacht fiel, bald aber wieder erwachte; dass wir in den Konflikt zwischen Israelis und Palästinensern nicht attackiert wurden; dass wir in der ganzen Zeit sommerliches Wetter hatten; die Gruppe sich gut verstand, der Reiseleiter die Sache liebevoll im Griff hatte, alles für uns tat, um uns sein Land und die historischen Stätten vorzustellen; die Gottesdienste an heiliger Stätte; das Beschütztwerden noch am letzten Tag bis in die tiefe Nacht: dies alles war der total alternative Advent, den ich niemals vergessen werde.

100 Jahre Overberg-Grundschule Münster

Dankgottesdienst am 7. Mai 1998

Lieber Herr Frie,
liebe Kolleginnen und Kollegen im Schuldienst und im verdienten Ruhestand,
liebe Eltern,
liebe Mädchen, liebe Jungen!

Als unsere Overbergschule vor 100 Jahren eingeweiht wurde, war die Herz-Jesu-Kirche erst zur Hälfte fertiggestellt, bis zur ersten Säule hinter der Vierung. Im Dachreiter hingen zwei kleine Glocken, die den Brüdern Ewaldi geweiht waren.

Die Geschichte der Overbergschule und der Herz-Jesu-Kirche und seit 1939 der Elisabeth-Kirche ist eng miteinander verwoben. Tausende von Jungen und Mädchen sind in diesen beiden Kirchen getauft worden, sind zur ersten heiligen Kommunion gegangen und haben in den Schulgottesdiensten und sonntäglichen Eucharistiefeiern eine starke Verwurzelung im Glauben erfahren.

Hierbei standen und stehen sich Schule und Kirche partnerschaftlich zur Seite.

Wir hörten das Gleichnis von der selbstwachsenden Saat: Wie oft haben wir als Lehrer und Eltern die Saat des Glaubens ausgesät, und konnten nur hoffen, dass sie wächst und gedeiht. Wir alle könnten gerade von unseren Grundschullehrern sagen, wie sehr sie unser Leben geprägt haben durch ihren humorvollen Unterricht, in dem zu spüren war, wie sehr sie uns Kinder gern hatten, durch ihr Glaubenszeugnis, das uns zeigte, wo die Quellen und Wurzeln ihres Lebens sind, ihr lebendiger Glaube an Gott und an das Gute im Menschen, das es im Kind zu wecken und fördern gilt.

Wir dürfen unendlich dankbar sein für diese Schule und ihre pädagogische Ausrichtung, was in den vergangenen hundert Jahren geleistet wurde und was auch heute noch geleistet wird für die gesunde Persönlichhkeitsentfaltung unserer Kinder.

Die Medien berichten darüber, dass die Kinder- und Jugendkriminalität in den letzten Jahren gewaltig angestiegen ist. Hierfür gibt es ein ganzes Bündel von Ursachen. Eine Ursache ist, dass kriminelle Aggression von Kindern wesentlich durch religionslose Erziehung verursacht wird. Diese impft dem Kind unbewusst von klein auf Hoffnungslosigkeit, Sinnlosigkeit und Ausweglosigkeit ein. Egal, was du tust: Das Leben hat keine höhere Bedeutung! Alles ist zum Tod bestimmt! Was du jetzt nicht ausnutzt, ist verloren! Ein solcher Erziehungstil, der die Kinder um Gott betrügt, wie es der Religionspädagoge Albert Biesinger von der

Universität Tübingen formuliert, kann auf Dauer nicht harmlos bleiben. Auffällig ist, dass gerade in den ostdeutschen Bundesländern die Kinderkriminalität weit über den Durchschnitt anstieg. In einer Gesellschaft, die Gott, den Glauben an Jesus Christus, an Rettung, Auferstehung, Erlösung und ewiges Leben verbannt hat, erreicht die Frustration unter Kindern und Jugendlichen die höchsten Gewaltwerte. In Hamburg hat die Kinderkriminalität seit langem höchstes Niveau erreicht. Das ist kein Zufall.

Hamburg ist eine der atheistischsten Städte Westdeutschlands. Religionslosigkeit macht auf die Dauer den Menschen kaputt. Wer als Kind nicht mehr beten lernt, wer als Jugendlicher nicht mehr religiös sein Leid klagen, ja Gott selbst nicht mehr anklagen darf, schreit sein Elend dann anders heraus, notfalls zerstörerisch – selbstzerstörerisch. Wenn es Gott nicht gibt, kann ich mir alles erlauben. Eine Wohlstandsgesellschaft, in der Gott keine Rolle mehr spielt, muss mit solchen Entwicklungen rechnen, und wir dürfen als Kirche und Schule nicht tatenlos zusehen (s.: „Christ in der Gegenwart", 5. Mai 1998).

Ich danke im Namen vieler tausend Menschen, die als Kinder die Overbergschule besuchten, dass sie den Kindern geholfen hat, Zugang zum Glauben an einen persönlichen Gott zu finden, in ihm schon als Kinder eine Antwort auf die Frage nach dem Sinn des Lebens angeboten zu bekommen.

Dieses Menschenbild, das offen ist für Transzendenz des eigenen Lebens und die Geborgenheit in Gott, ist modern und aktuell wie nie zuvor. Defizite in diesem Bereich haben Defizite in der Entwicklung unserer Kinder zur Folge, die sich gravierend in Sinnverlust, Ehrfurchtslosigkeit und Gewaltbereitschaft auswirken.

Schon als Zehnjähriger kam ich vor dem Gymnasium Laurentianum in Warendorf jeden Tag an einem Denkmal vorbei: In Überlebensgröße steht dort Bernhard Overberg, Lehrer der Normalschule, auf einem etwa zwei Meter hohen Sockel, auch im Innenhof des Priesterseminars in Münster begleitete mich dieses Denkmal bis in unsere Zeit hinein. Und nun darf ich selbst in einer Schule Kontaktstunden geben, die nach Bernhard Overberg benannt ist. Er ist ein Mann gewesen, dessen Pädagogik in ihrer Grundausrichtung noch heute Geltung hat: die Kinder liebende Zuwendung spüren lassen, den Unterricht froh gestalten, ihnen den Glauben an Gott nicht vorenthalten.

Wir haben uns hier versammelt, um Gott zu danken, dass dies in einem langen Zeitraum von 100 Jahren geschehen ist, und ich darf die Hoffnung aussprechen, dass dies auch die Zukunft der Overbergschule ist.

Segnungsgottesdienst im Dom zu Osnabrück

Brief an Bischof Bode 1999

Pfarrgemeinden Herz Jesu u. St. Elisabeth
Münster
Hans Ludger, Dechant, Wolbecker Str. 123
48155 Münster, den 19. April 1999

Herrn Bischof Bode
Osnabrück

Sehr geehrter Herr Bischof Bode!
Herzlichen Dank für Ihren Mut, am letzten Sonntag einen Segnungsgottesdienst für Ihr Bistum zu halten. Ich habe hierüber einen Bericht geschrieben, den ich in unserer Kirchenzeitung „Kirche und Leben" veröffentliche. Sie können über diesen Artikel verfügen.

Mit freundlichem Gruß
Ihr H. Ludger, Dechant

Am Sonntag, dem 18. April, fuhr ich nach Osnabrück, um dort im Dom einen Segnungsgottesdienst mitzuerleben. Wir fanden unweit vom Dom einen Parkplatz und wanderten das letzte Stück Weges durch die ziemlich leeren Geschäftsstraßen zum Dom. Kurz vor 15 Uhr kamen wir hier an und mussten feststellen, dass wir in dem überfüllten Dom keinen Sitzplatz mehr bekommen konnten. Es waren nur noch einige Stehplätze im Seitenschiff zu haben.

Bischof Bode eröffnete den Segnungsgottesdienst und sagte, dass seit seiner Weihe zum Bischof der Dom nicht mehr soviel Leute gesehen hätte. In seiner Predigt ging er aus von dem Schriftwort: „*Ich lasse dich nicht, wenn du mich nicht segnest!*" (Gen 32,27) Er ermutigte zu einem persönlichen Schritt auf Christus zu im Sinne von Tauf- und Firmerneuerung oder Erneuerung des Eheversprechens oder der Priesterweihe. Man könne auch in eigenen persönlichen Anliegen den Segen Gottes erbitten.

Es folgten eindrucksvolle Glaubenszeugnisse von jungen Leuten, von Ehepaaren, Männern und Frauen, die darlegten, wie sie zu einem persönlichen Glauben an Christus gefunden hätten und wie ihnen der Glaube im alltäglichen Leben Mut und Kraft gebe. Es tat wirklich gut, einmal in einem Dom keine professionellen Prediger zu hören, sondern Leute des alltäglichen Familien- und Berufslebens.

Die musikalische Gestaltung oblag der Jugendschola Meppen und der Schola „Kleine Kirche". Es wechselten moderne religiöse Lieder mit bekannten Gotteslobliedern.

Dieser Teil des Gottesdienstes dauerte bereits eine Stunde.

Dann wurde zur Einzelsegnung eingeladen. An 13 Stellen des Domes standen „Segnungteams", jeweils zwei Laien (Männer oder Frauen) und ein Priester zum Segnen bereit.

Da ich für meine Arbeit in beiden Gemeinden den Segen Gottes dringend brauchte, begab ich mich nach vorn und bat um den Segen. Mit viel Liebe und Ermutigung legten die Leute vom Team ihre Hände auf meine Schultern und der Priester legte seine Hände auf meinen Kopf und sie sprachen nacheinander Worte, die mir Zuversicht und Vertrauen schenkten für die Lösung der Probleme, die uns bevorstehen.

Die 13 Segnungteams waren für die ungeheuer große Anzahl von Segenswünschen viel zu wenig. Ich spürte, hier kannst du nicht tatenlos zusehen, du musst beim Segnen mithelfen. Also ging ich zu einer Gruppe und sagte zu den Leuten, die vielleicht erst nach zwei Stunden drangekommen wären: Ich habe etwas Erfahrung im Segnen, wenn Sie wollen, kommen Sie zu mir. So durfte ich bis 17.30 Uhr den Segnungdienst mittun. Es kamen ganze Familien, Männer und Frauen, jüngere und ältere Personen. Die allermeisten waren tief ergriffen von den Segensworten, die ich sprechen konnte. Dies ist für mich eine wunderbare Erfahrung: Es sind nicht meine Worte, es ist ein „geistgeführtes Beten", das Segensgebet fließt in die Mitte des Herzens dessen, der vor mir steht. Ich fühle mich selten als Christ (als Priester) so glücklich wie in diesen Augenblicken. Dass ich Gottes Werkzeug sein darf, erfüllt mich mit tiefer innerer Freude.

Da wir vereinbart hatten, um 17.30 Uhr wieder nach Münster zu fahren, überließ ich die übrigen Personen den Segnungteams und verließ den Dom. Ich bin mir sicher, dass vor 20 Uhr die letzten Gläubigen den Dom nicht verlassen haben.

Man kann nur wünschen, dass es im Dom zu Münster auch irgendwann einmal einen so großen Segnungsgottesdienst geben wird. Vorerst versuchen wir in Herz Jesu, diesen geistlichen Impuls aufzugreifen. In diesem Jahr wieder am Herz-Jesu-Fest, am Samstag, dem 12. Juni, 17 Uhr. Schon heute laden wir alle hierzu ein, die diese gottesdienstliche und ganz persönliche geistliche Dimension einmal erfahren möchten. Herr Weihbischof Josef Voss wird auch daran teilnehmen und für Segnungen zur Verfügung stehen.

Hans Ludger, Pfarrer von Herz Jesu und St. Elisabeth Münster

Polnische Mission in St. Elisabeth

Münster 1999

Liebe Schwestern und Brüder!

Nach anfänglichen personellen Schwierigkeiten wird die polnische Mission schon bald in St. Elisabeth einziehen und mit der Feier polnischer Gottesdienste am ersten Samstag und Sonntag im September beginnen. Der polnische Pfarrer Marian Wagner zieht am 27. August in das Pfarrhaus von St. Elisabeth ein. Er ist 45 Jahre jung und seit 19 Jahren Priester. Er spricht perfekt deutsch und war bis jetzt in der Stadtgemeinde von Siegen tätig, wo er besonders die polnischen Katholiken betreut hat. Das Pfarrbüro der polnischen Mission wird am 3. September in das Elisabeth-Pfarrhaus einziehen. Das Pfarrbüro von St. Elisabeth und der Arbeitsraum von Frau Terbeck bleiben bestehen. Die Polnische Mission wird neben der Elisabeth-Kirche auch das Pfarrer-Schneider-Heim benutzen. Das Gemeindeleben von St. Elisabeth wird wie bisher weitergehen.

Um das Kirchenzentrum von St. Elisabeth zu erhalten, hatte unser Bischof Reinhard Lettmann die Idee, die polnische Mission in St. Elisabeth zu beheimaten. Jedes Bistum ist verantwortlich für die ausländischen Katholiken auf seinem Gebiet. Die Mitglieder der polnischen Mission Münster wohnen im Großraum Recklinghausen bis Ibbenbüren. Sie treffen sich zu Gottesdiensten außerdem in Dülmen, Marl, Dorsten, Coesfeld, Beckum, Rheine, Henrichenburg und Selm-Bork. Die Gemeinde wird von einem Pfarrer geleitet, dem drei Kapläne zugeordnet sind. Für die Seelsorge gibt es einen Mitarbeiterkreis, die finanziellen Dinge regelt das Generalvikariat Münster.

Die polnische Gemeinde feiert samstags um 17 Uhr, sonntags 9.30 Uhr und 17.30 Uhr in St. Elisabeth Eucharistie, werktags werden die Messfeiern am Montag, Mittwoch und Freitag um 17.30 Uhr sein. Die gesamte Gestaltung der Gottesdienste ist in polnischer Sprache. Ich bin mir sicher, dass Gemeindemitglieder von Herz Jesu und St. Elisabeth mal eine polnische Messe mitfeiern werden, um zu sehen, wie es da zugeht. Um zwischen der polnischen Messe am Sonntag um 9.30 Uhr und der folgenden Messe von St. Elisabeth genügend Zeit zu lassen, müssen wir unsere Sonntagsmesse um eine Viertelstunde verschieben. Also: die Sonntagsmesse beginnt in St. Elisabeth vom 5. September an um 11 Uhr.

Die Andachtsregelung steht noch aus. Zunächst sind alle von St. Elisabeth am

Sonntag in Herz Jesu um 18 Uhr zur Andacht eingeladen.

Die polnische Gemeinde wird auch das Pfarrer-Schneider-Heim benutzen. Es sind Gespräche in Vorbereitung, die dies regeln. Für St. Elisabeth und die polnische Gemeinde beginnen nun einige Wochen, in denen wir geduldig und wohlwollend miteinander umgehen. Beide müssen zurückstecken, um Neues zu gewinnen. St. Elisabeth darf sich glücklich schätzen, dass das Gemeindeleben ohne große Veränderungen weitergeht. Der polnischen Mission wird ein totaler Umzug des Kirchenraumes, des Pfarrheims und des Pfarrbüros mit Pfarrerwohnung zugemutet. Dies ist nicht leicht zu verkraften. Ich möchte alle Leute von St. Elisabeth herzlich bitten, unsere polnischen Schwestern und Brüder freundlich aufzunehmen. Die polnische Mission ist natürlich auch in Herz Jesu und im Pfarrer-Eltrop-Heim willkommen.

Wir alle kennen die leidvolle Geschichte beider Völker. Gerade die kath. Kirche hat viel getan, die Wunden der Vergangenheit bei beiden Völkern zu heilen und im Hinblick auf die europäische Völkergemeinschaft die Menschen zusammenzuführen. Dies ist auch unsere Chance und Aufgabe. Was mich als Pastor betrifft, darf ich sagen, dass meine meisten internationalen Kontakte nach Polen gehen und dass ich durch die Teilnahme an den großen Fußwallfahrten von Warschau nach Tschenstochau Glaubenserfahrungen machen durfte, für die ich heute noch dankbar bin. Unsere Fußwallfahrt nach Kevelaer ist aus der polnischen Wallfahrt entstanden.

Am Sonntag, dem 12. September wird um 17.30 Uhr der neue Pfarrer Marian Wagner durch Weihbischof Dr. Josef Voss in sein Amt eingeführt. Wir heißen Pfarrer Wagner bei uns willkommen und wünschen ihm für sein Wirken alle Gaben des Heiligen Geistes, die ein Pfarrer ganz besonders braucht. Auch der polnischen Gemeinde mit all den Mitarbeiterinnen und Mitarbeitern gilt unser Gruß und ein herzliches Willkommen.

Hans Ludger, Pfarrer, Peter Edelbruch (Pfarrgemeinderat) und Maria Smolka (Kirchenvorstand) von St. Elisabeth

Feier der Restaurierung der Kapelle und des Arkadenganges auf Lütkenbeck

Tag des offenen Denkmals 12. September 1999

Begrüßung und Einführung
Liebe Schwestern und Brüder!

An diesem herrlichen Sommermorgen begrüße ich Sie alle sehr herzlich zur Eucharistiefeier in der so kunstvollen und mit viel Liebe restaurierten Kapelle von Lütkenbeck. Besonders begrüße ich Gräfin Gloria Droste zu Vischering, alle Verwandten und Mitarbeiter der gräflichen Familie, alle, die sich seit sieben Jahren um die Restaurierung der Kapelle erfolgreich bemüht haben: von der Pfarrgemeinde Herz Jesu Frau Heike Hänscheid und den Arbeitskreis Kapelle Lütkenbeck, Frau Mechthild Mennebröcker vom Amt für Denkmalpflege, Herrn Stefan Buske vom Stadtmuseum Münster, Herrn Dr. Ulrich Reinke vom westfälischen Amt für Denkmalpflege, den Architekten Herrn Herbert Brößkamp, alle Handwerker, die das Werk ausgeführt haben, alle Lütkenbecker und Gäste, die zu dieser Feier erschienen sind.

Heute wollen wir Gott danken, dass die Kapelle samt Arkadengang vor dem Verfall bewahrt wurde und als Zeichen christlichen Glaubens und abendländischer Kultur unserer Region erhalten bleibt. Was noch vor sieben Jahren ziemlich aussichtslos erschien, ist nun Wirklichkeit geworden. Alle haben am selben Strang gezogen, es ist der schöpferische Geist der Einheit, der dies vollendet hat. In einer Zeit, in der es viel Zwist und Spaltung gibt, war es eine beglückende Erfahrung für uns alle, gemeinsam das Ziel vor Augen zu haben, es mutig anzusteuern und nun erreicht zu haben.

Wenn wir nun das Kyrie singen, soll darin eine Anerkennung der Herrschaft Gottes in unserem Leben liegen und die Hoffnung, dass Menschen unserer Gesellschaft sie auch an diesem Ort zulassen.

Predigt
Liebe Schwestern und Brüder!

Am Tag des offenen Denkmals 1997 hat Stefan Buske vor der Kapelle einen ausführlichen Vortrag über Lütkenbeck gehalten.

Danach erwarb im Jahre 1695 Heidenreich Ludwig Freiherr Droste zu Vischering Lütkenbeck von Familie von Drolshagen.

Um 1701 wurde ein Schloss vom Baumeister Lambert Friedrich von Corfei geplant (Erbauer des Schlosses von Drensteinfurt), das von dem Maler Johann Martin Pictorius herrlich ausgemalt und 1720 fertig gestellt wurde.

Pfarrer Hans Ludger im Gespräch mit Graf Droste zu Vischering

Das Schloss war ähnlich Schloss Nordkirchen, dem westfälischen barocken Versailles, nur kleiner und lieblicher.

Noch im selben Jahr, am 28. Dezember 1720, brannte Schloss Lütkenbeck bis auf die Grundmauern nieder. Die beiden Arkadengänge mit Gerichtspavillon und Kapelle blieben vor der Feuersbrunst bewahrt.

Der Besitzer Freiherr Droste zu Vischering sah den Brand als ein Zeichen des Himmels, es sollte uns an die Vergänglichkeit alles Irdischen erinnern und so ließ er das Schloss nicht wieder aufbauen.

Stattdessen beschloss er, dass an jedem Sonn- und Feiertag zu Gottes Ehre und seines Seelentrostes in dieser Kapelle gebetet werde.

Das Lehnsgut Lütkenbeck hatte immer auch eine eigene Gerichtsbarkeit. Man spricht in diesem Zusammenhang auch von der Herrlichkeit Lütkenbeck. Es ist überliefert, dass bis ins 18. Jahrhundert südwestlich hier von Lütkenbeck ein Galgen stand. Der Straßenname Gallenkamp ist von Galgenkamp abzuleiten, es ist wiederholt von einem Schandpfahl die Rede.

Von 1753 bis 1757 wurde der Erbdrostenhof in Münster gebaut, Baumaterial wurde unter anderem aus den Ruinen von Lütkenbeck herbeigeschafft. (Säulen und Ähnliches, das noch verwertbar war)

Im 19. Jahrhundert war Lütkenbeck ein Refugium für Dichter, die von der Idylle dieses Ortes stark angezogen waren. Friedrich Leopold Graf zu Stollberg war befreundet mit Amalie Fürstin von Gallitzin. Stollberg wurde von Kloppstock erzogen, hatte also auch freundschaftlichen Kontakt zu Goethe. Der Protestant Stollberg konvertierte durch den Einfluss der Fürstin von Gallitzin zum Katholizismus. Graf von Stollberg ist mit seiner Familie hier nach Lütkenbeck gezogen, er schreibt 1801: „Wir haben rundum zahllose Nachtigallen und hören ihren Gesang wirklich fast unaufhörlich. Man sollte eine solche Gegend so nahe bei der Stadt, deren Lage nichts weniger als anmutig ist, nicht für möglich halten. Hainbuchen und Eichen sind die herrschenden Bäume. Diese letzten aber von außerordentlicher Schönheit und das Grün, sowohl der Bäume als der Saaten und des Grases so frisch wie ich es selten sah."

Die Familia sacra zog viele interessante Leute hier nach Lütkenbeck, das gleichsam eine Sommerfrische der Stadt Münster war. Namen wir Freiherr von Stein, Freiherr von Fürstenberg, der Gründer der Universität Münster. Es hat bis 1835 noch einen Wohn-

Pfarrer Hans Ludger und Stefan Buske vom Stadtmuseum Münster

Gerichtsgebäude (links) und Kapelle (rechts)

turm auf Lütkenbeck gegeben, der dann leider abgerissen wurde.

Auch der Dichter Karl Immermann hielt sich öfter auf Lütkenbeck auf, er ist bekannt als Verfasser des Romans über den Lügenbaron Münchhausen. Ab 1819 lebte Immermann für einige Jahre hier auf Lütkenbeck und sein Drama „Prinz von Syrakus" ist hier entstanden. Immermann begann auch hier seine Brieffreundschaft mit Heinrich Heine.

Im ausgehenden 19. Jahrhundert gab es hier natürlich auch eine Kaffeewirtschaft. Studenten feierten hier gerne, es gab hier Empfänge und Konzerte.

Im Jahre 1848, dem Jahr der Paulskirchenverfassung, wurde die Wahl von Johann Erzherzog von Österreich zum Reichsverweser (also ein Demokrat) groß gefeiert. Man organisierte ein Volksfest mit Vogelschießen und es kam zu einer Verbrüderung zwischen Adel und Bürgerschaft.

Man darf für das 20. Jahrhundert Otto Modersohn nicht vergessen. Er ist zwar gebürtig aus Soest, aber seine Familie hat ihre Wurzeln in Münster. Modersohn ist bekannt als Mitbegründer der Worpsweder Künstlerkolonie. Wiederholt war er hier auf Lütkenbeck, hat Skizzen angefertigt, die er dann in Ölbilder umsetzte.

Im Kriege sind hier einige Bomben gefallen, die Kapelle wurde gottseidank nie getroffen, sie hatte wohl einige Schäden erlitten, konnte 1949 schon wieder für Gottesdienste geöffnet werden. Die Kapelle ist also der ein-

Kapelle mit Arkadengang

zige barocke Sakralbau in Münster, der im Kriege nicht zerstört wurde.

Die übrigen Gebäude auf Lütkenbeck waren 1964 alle wieder aufgebaut.

Die Pfarrgemeinde Herz Jesu nutzte die Kapelle als Gottesdienstraum, bis sie in den 80er-Jahren wegen Priestermangels aufgegeben wurde.

Alle, die am Wiederaufbau des 1990 eingestürzten Arkadenganges und an die Restaurierung der Kapelle geglaubt haben, konnten nicht einsehen, dass es Gottes Wille sei, dieses barocke Kleinod dem Verfall preiszugeben. *Es ist dem Pfarrgemeinderat der Pfarrgemeinde Herz Jesu zu verdanken, dass er die bedrängende Idee von Pfr. Hans Ludger, Arkadengang und Kapelle nicht verfallen zu lassen, aufgegriffen hat und in einem eigenen Arbeitskreis unter der Leitung von Frau Heike Hänscheid in siebenjähriger Arbeit die Restaurierung maßgeblich vorangetrieben hat.*

So dürfen wir am heutigen Tag des offenen Denkmals mit großer Freude hier wieder Eucharistie feiern. Wir danken allen, die ich eingangs schon begrüßen durfte und allen, die in irgendeiner Weise zur Restaurierung dieser herrlichen Kapelle und des Arkadenganges beigetragen haben.

Worin besteht nun heute der Sinn dieses schönen Hauses, dem nach dem Evangelium „heute Heil widerfahren ist"?

Am Dienstag (7. September 1999) feierte die Gräfliche Familie Droste zu Vischering mit ihren Verwandten und Freunden hier einen Gottesdienst mit Weihbischof Friedrich Ostermann. Nach seiner Ansprache setzte der Weihbischof eine Reliquie der seligen Maria Droste zu Vischering im Altar dieser Kapelle bei.

Diese heilige Frau veranlasste 1899 kurz vor ihrem Tod Papst Leo XIII, die Menschheit dem Herzen Jesu zu weihen. Als Erziehungsleiterin bei den Schwestern vom guten Hirten in Porto, Portugal war sie mystisch begnadet und setzte sich mit äußerster Hingabe für die ihr anvertrauten Mädchen ein.

Als „Maria vom göttlichen Herzen" wurde sie am 1. November 1975 von Papst Paul VI. selig gesprochen. Daran erinnert eine Tafel, die am Eingang der Kapelle angebracht wurde.

Damit wird ein Bogen zur Herz-Jesu-Kirche geschlagen, die im nächsten Jahr ihr einhundertjähriges Jubiläum feiert. Unsere Herz-Jesu-Gemeinde ist bemüht, heute die herzliche Liebe Gottes zu uns Menschen zu erkennen und aus ihrer Kraft zu leben.

Zusammen mit der St.-Elisabeth-Gemeinde möchten wir hier in den Sommermonaten einige Male die hl. Messe feiern, eine Maiandacht und einen Erntedankgottesdienst halten.

Unsere Pfarrgemeinderäte denken noch darüber nach, wie dies konkret aussehen kann.

Darüber hinaus wird es hier kulturelle Veranstaltungen geben wie Konzerte oder Dichterlesungen. Der wunderschöne Raum soll genutzt werden zur Ehre Gottes und zur Freude der Menschen.

Ich möchte mich bei der Gräflichen Familie Droste zu Vischering bedanken, dass wir hier auf Lütkenbeck Gottesdienst feiern dürfen. Gern sind wir bereit, mitzuhelfen, dass dieses Gotteshaus auch in Zukunft mit Leben gefüllt wird.

(Die kursiven Passagen wurden am 19. Juni 2001 von Hans Ludger ergänzt.)

Mit Freude Eucharistie feiern

1999

Ein Wort zuvor

In unserer Spaßgesellschaft haben es unsere Eucharistiefeiern schwer, verstanden zu werden und anzukommen. Sie sprechen uns Menschen in einer Tiefe an, in der die Freude, die Liebe, das Suchen und Fragen ihren Ort haben.

Gern habe ich in St. Elisabeth einen Besinnungsnachmittag gehalten über das Thema dieses Heftes. Die Zeit war zu kurz, um alles zur Sprache zu bringen. Darum möchte ich meine Ausführungen auf diese Weise zur Sprache bringen.

Ich möchte darstellen, dass es mir Freude bereitet, mit Menschen jeglichen Alters auf Gottes Wort zu hören, zu beten und zu schweigen, im Lied meiner Freude oder Traurigkeit Ausdruck zu geben, im Gottesdienst Musik zu hören, dem Herrn unter den Zeichen von Brot und Wein zu begegnen.

Hiervon möchte ich etwas überbringen für alle, die treu und regelmäßig an unseren Eucharistiefeiern teilnehmen, aber auch für alle, die auf der Suche sind und die Frage haben: Was kann meinem Leben Sinn und Halt geben, was gibt mir geistliche Anregung?

Vielleicht setzt sich der Leser oder die Leserin dieser Zeilen auch einmal hin und schreibt auf, was ihm oder ihr in der Eucharistiefeier „etwas bringt".

Herrn Prof. Dr. Dr. Hermann Josef Pottmeyer danke ich für sein kritisches Durchsehen dieser Ausführungen und seine hilfreichen Anregungen.

Die nun folgenden Erläuterungen der Eucharistiefeier orientieren sich am Aufbau der Messe, wie wir sie als Mitfeiernde erleben.

Eröffnung

Ankommen – sich öffnen – hinwenden.
„Wo zwei oder drei in meinem Namen versammelt sind, da bin ich mitten unter ihnen" (Mt 18.20). Schon vor dem Glockenzeichen sind viele Gläubige in der Kirche versammelt. Sie sammeln sich in Stille, kommen zur Ruhe, sind sich bewusst: dies ist die Stunde für Gott. Ein freundlicher Gruß des Bruders oder der Schwester in unserer Nähe tut gut, verbindet und holt uns schon heraus aus unserer Anonymität. Man kann sich auch jetzt schon die Hand geben zum Willkommensgruß. Wenn man sich noch nicht kennt, kann man sich kurz vorstellen und einander ein gutes Wort sagen. Bedenken wir: Für Jesus ist Gottes- und Nächstenliebe das Allerwichtigste damit. Das ist sicher in seinem Sinn.

Einzug und Einzugsgesang

Bildung von Gemeinschaft und Vorbereitung der Feier. Wir sind vor Gott nicht allein, als

Kirche sind wir Gemeinschaft. Gebet und Lied helfen uns, eine Gemeinschaft zu sein.

Altarkuss
Der Priester begrüßt im Altar Christus als den eigentlichen Herr.

Kreuzzeichen – Der Herr sei mit euch – Einleitung
Der Priester begrüßt die erschienene Gemeinde, er sagt in kurzen Worten, worum es in dieser Feier geht: *Still werden vor Gott, auf sein Wort hören, bereit sein für die Begegnung mit ihm, ihm die alltäglichen Sorgen und Nöte hinhalten, erfüllt sein von Dankbarkeit für alles, was er uns schenkt, einfach da sein für ihn.*

Der Bußakt …
… ist ein *deutliches Sichhinwenden zu ihm*. Wir sind vor Gott schwache und sündige Menschen. Wir bedürfen immer wieder der Vergebung unserer Schuld. Wir bedürfen der seelischen und körperlichen Heilung, des persönlichen Friedens und des Friedens mit unseren Mitmenschen. Dies alles schenkt uns der Herr umsonst, gnadenhaft, wenn wir es nur annehmen.

Das „Herr, erbarme dich" (Kyrie) …
… ist ein Lobpreis und Huldigungsruf an Jesus Christus. Wir erkennen seine Herrschaft über uns an. Er ist das Ziel unseres Lebens. Wer sich seiner Führung anvertraut, wird niemals enttäuscht.

Viele Menschen wissen nichts von einer lebendigen Beziehung zu Gott, haben hierüber nie etwas gehört. Oder sie leben an Gott vorbei, wissen mit ihm nichts anzufangen, er kommt in ihrem Leben nicht mehr vor. Wir sind unendlich reicher, wenn wir eine lebendige Beziehung zu Jesus Christus pflegen. Der Geist des Sohnes Gottes führt uns zu unseren Mitmenschen.

Es ist unmöglich, dass ein von Gott begeisterter Mensch keinen Kontakt zu Schwestern und Brüdern findet. Wer dies auf Ehe und Familie anwendet, erkennt, welche Quellen von Glück hier verborgen sind. *Im Erbarmen wird auch die mütterliche Seite Gottes deutlich: Wie eine Mutter sich ihrer Kinder erbarmt, so erbarmt sich Gott über uns. Wir können von Gott nur in Bildern sprechen, er hat väterliche und mütterliche Züge zugleich, wobei wir nicht vergessen dürfen, dass Jesus Christus das wahre Bild Gottes ist.*

Im Gloria …
… preisen wir Gott: Es ist einfach großartig, seine Kinder zu sein. Dies zeigt sich in frohen Gloria-Liedern. *Der Lobpreis Gottes ist ein sicherer Weg zur Gottesbeziehung, zum Erleben von Freude.*

Im Tagesgebet …
… gedenkt die Gemeinde des Tages oder Festes, das gefeiert wird. Ein Fest feiern hat immer einen Bezug zu Gott. *Wir feiern in den Festen unsere Beziehung zu Gott: Weihnachten, Ostern, Pfingsten, und Mariä Himmelfahrt – früher nannte man diese Feste die Vierhochzeiten.*

Der trinitarische (= Dreieinigkeit Gottes ansprechend) *Schluss des Tagesgebetes: Gott ist dreieinig, vollkommen, Gemeinschaft, Leben, Liebe, Dynamik, Licht: alles Bilder für sein Wesen, in Wirklichkeit ist er ganz anders als Menschen sich ihn vorstellen: Gott, unser Vater … durch unseren Herrn Jesus Christus, deinen Sohn, der mit dir lebt und herrscht in der Einheit des Heiligen Geistes als Gott von Ewigkeit zu Ewigkeit. Amen.* Christi Herrschaft ist Dienst, darum können wir nicht oft genug auf ihn hinweisen. Seiner Herrschaft können wir uns vorbehaltlos anvertrauen. Daran können alle, die Verantwortung tragen, Maß nehmen in Kirche, Politik, Verwaltung, Schule, überall.

Wortgottesdienst
Hören – Schweigen – Antworten
(Der Herr ist in seiner Kirche gegenwärtig in seinem Wort, Gottes Geist spricht zu uns im Wort der Heiligen Schrift des Alten und Neuen Bundes)

Die 1. Lesung
Sitzend hören wir aus dem Alten Testament: Jahwes Heilshandeln an seinem Volk Israel, er hat von seinem Heilswillen nichts zurückgenommen, meint auch uns heute mit seinem Wort.

Im Antwortpsalm …
… geben wir freudig Antwort auf seine Botschaft. Immer wieder ist der Gläubige von ganzem Herzen froh, dass Gott in die Welt hineingesprochen hat, er zeigt uns den Weg, gibt uns Orientierung, lässt uns spüren: du bist nicht allein, er kennt uns, trägt unsere Sorgen und Nöte, gibt uns Impulse für unser alltägliches Leben.

Die 2. Lesung …
… ist immer aus dem Neuen Testament, aus der Apostelgeschichte, den Briefen der Apostel, als fortlaufende Lesung zu hören. Die Botschaft an die jungen Gemeinden z. B. in Korinth, Rom, Ephesus, Philippi etc. geben auch uns Anregung für unser Leben als Christen, für unser Leben in Gemeinde und Gesellschaft.
Halleluja mit Vers (wir stehen auf)
Mit Freude begrüßen wir im Halleluja Jesus Christus, der nun im Evangelium zu uns spricht.

Evangelium (Frohbotschaft)
Wir hören stehend aus Ehrfurcht Gottes Wort. Gott spricht zu uns durch die Menschwerdung seines Sohnes, seine Taten und seine Botschaft vom Reich Gottes werden uns verkündet. Der fragende und suchende Mensch *(woher komme ich, wohin gehe ich, wozu lebe ich?)* bekommt eine glaubwürdige und tragfähige Antwort auf seine Fragen. *Indem er das Evangelium annimmt,* es in sein alltägliches Leben überträgt, *wird er von ganzem Herzen froh,* er denkt: Damit kann ich leben, hier fühle ich mich angenommen und als Mensch ernstgenommen. *Die tiefsten Fragen meiner Existenz kann nur Gott beantworten. Er hat mich nicht allein gelassen, seine Antworten tragen mich, ich kann mich auf ihn hin loslassen. Es gibt nichts Besseres, als diese Erkenntnis.*

Die wichtigste Frage ist die nach dem Tod. Gott antwortet auf diese meine Frage mit dem Tod und der Auferstehung seines Sohnes Jesus Christus. Er hat mich als Schöpfer ohnehin so geschaffen, dass ich über mich hinaus frage und suche. Ich bin nicht bereit, mich mit den paar Jahren irdischen Lebens zufrieden zu geben. Das kann es nicht sein. Es steckt mehr in uns drin. Wenn mein Leben sinnvoll sein soll, dann muss es dies sein bis zum letzten Atemzug und darüber hinaus. *Wir sind Gottes Ebenbild. Der Mensch ist nicht für den Tod geschaffen, sondern für das Leben. Gott ist ein Gott des Lebens und nicht des Todes, ein Gott der Liebe, die stärker ist als der Tod.* Dies ist der tiefe Inhalt der Offenbarung Gottes an uns Menschen. Es geht um Leben und Heil, hier und heute, und darüber hinaus in alle Ewigkeit. Die Ewigkeit ist nicht erst das, was nach dem Tode kommt. Sie hat uns seit der Taufe schon längst erreicht. Wir stehen schon mittendrin, der Tod wird uns diese starke Gemeinschaft mit dem lebendigen Gott in Christus nicht nehmen können. Das ist eine *frohmachende Botschaft, sie ist in Wahrheit Evangelium. Wichtig ist nur, dass ich dies persönlich annehme und bejahe, glaube!*

Die Predigt …

… versucht die Frohbotschaft in die heutige Zeit zu übertragen, zu aktualisieren. Ziel einer Predigt muss immer die frohmachende Botschaft sein: *Ihr seid von Gott geliebt. Versucht auf seine Impulse im alltäglichen Leben einzugehen. Lasst Gott in euch hinein, schenkt ihm Wohnung und Heimat und ihr werdet spüren, dass er da ist, euer Leben verwandelt und heil macht und gesund, euch Mut schenkt und Zuversicht, dass ihr zu ewigem Leben berufen seid, ja dass ihr das ewige Leben schon längst empfangen habt.*

Credo

Wir bekennen unseren Glauben an den dreifaltigen Gott, an sein Heilswerk, an die Auferstehung der Toten, an das ewige Leben. Das Glaubensbekenntnis ist eine Antwort auf Lesung, Evangelium und Predigt. *Das persönliche Bekenntnis ist auch im Alltag wichtig. Wir geben mutig Zeugnis von unserem Glauben und helfen einander, gläubig zu sein.*

In den Fürbitten …

… tragen wir Christus unsere Anliegen vor, was uns auf den Nägeln brennt. In einigen Eucharistiefeiern sprechen die Gläubigen die Fürbitten frei. Alle hören dann besonders gut zu, weil sie wissen, hier spricht jemand, dem sein Gebet ein persönliches Anliegen ist. Hier wird nicht etwas aus einem Buch vorgelesen. In der Remigiuskirche gibt es ein Buch für die Sorgen und Nöte der Menschen sowie für Eintragungen von Dank und Lobpreis. Man könnte diese Gebete auch in den Sonntagsgottesdiensten zur Sprache bringen. Dies schenkt dem Beter das Bewusstsein: Du bist mit deinen Sorgen und Anliegen nicht allein, du bist von der betenden Gemeinde mitgetragen.

Eucharistie: Die große Danksagung

Wir danken Gott für seine großen Taten, für das Heil, das er uns schenkt, für seinen Sohn Jesus Christus, der im heiligen Zeichen (Sakrament des Altares) unter uns gegenwärtig ist und sich innig mit uns vereinen möchte, bei uns Wohnung nehmen möchte.

Gabenbereitung

Die *Gaben von Brot und Wein* symbolisieren den Hingabewillen der Gemeinde. Brot: Nahrung für das tägliche Leben, Wein: Zeichen der Freude und des Festes. Der Priester lässt einige Tropfen Wasser in den Wein fließen und spricht dabei die Worte: Wie das Wasser sich mit Wein verbindet zum heiligen Zeichen, so lasse uns der Kelch teilhaben an der Gottheit Christi, der unsere Menschennatur angenommen hat. – *Das Wasser vermischt sich mit dem Wein, so kommt es in der Eucharistie zur innigen Verbindung zwischen Christus und uns.*

Der Priester bringt die Gaben Gott dar und spricht dabei: „… *Schöpfer der Welt, du schenkst uns das Brot, die Frucht der Erde und der menschlichen Arbeit, wir bringen dieses Brot vor dein Angesicht, dass es uns das Brot des Lebens werde. Gepriesen bist du in Ewigkeit, Herr, unser Gott.*"

So bringt er auch den Kelch dar mit den Worten: „*Gepriesen bist du, Herr, unser Gott, Schöpfer der Welt, du schenkst uns den Wein, die Frucht des Weinstocks und der menschlichen Arbeit. Wir bringen diesen Kelch vor dein Angesicht, damit er uns der Kelch des Heiles werde. Gepriesen bist du in Ewigkeit, Herr, unser Gott.*"

Händewaschung
Die Hingabe kann nur geschehen im Geist der Demut und Reinheit.

In der Kollekte …
… geben wir eine finanzielle Spende, sie dient den vielfältigen Aufgaben der Gemeinde und den weltweiten Hilfsaktionen der Kirche. Auch unsere Spende ist ein Zeichen für unsere Hingabegesinnung und unsere Bereitschaft, unseren Besitz mit anderen zu teilen.

Eucharistisches Hochgebet
Leben – Sterben – Auferstehen – Geheimnis des Lebens

Präfation und Sanktus
Gott ist lobwürdig in seinem Sein, als Schöpfer der Welt und als Herr der Heilsgeschichte. Im Sanktus geben wir ihm mit allen Wesen, auch den Engeln und Heiligen, die unbedingte Ehre.

Im Messbuch lesen wir Nr. 48 u. 55:
„Beim letzten Abendmahl setzte Christus das Opfer und das österliche Mahl ein, durch das in der Kirche das Kreuzesopfer immer gegenwärtig wird, sooft der Priester, der Christus, den Herrn darstellt, das vollzieht, was Christus selbst getan und den Jüngern zu seinem Gedächtnis anvertraut hat."

Einsetzungsbericht:
„Denn in der Nacht, da er verraten wurde, nahm er das Brot und sagte Dank, brach es, reichte es seinen Jüngern und sprach: Nehmet und esset alle davon: Das ist mein Leib, der für euch hingegeben wird."

„Ebenso nahm er nach dem Mahl den Kelch, dankte wiederum, reichte ihn seinen Jüngern und sprach: Nehmet und trinket alle daraus: Das ist der Kelch des neuen und ewigen Bundes, mein Blut, das für euch und für alle vergossen wird zur Vergebung der Sünden. Tut dies zu meinem Gedächtnis."

„Geheimnis des Glaubens."

Alle sagen: ***„Deinen Tod, o Herr, verkünden wir, und deine Auferstehung preisen wir, bis du kommst in Herrlichkeit."***

Wir nennen dies die *„Wandlung". Brot und Wein sind in den Leib und das Blut Jesu Christi verwandelt, er ist gegenwärtig unter den Zeichen von Brot und Wein.* Statt Zeichen sagen wir auch *Sakrament*.

Es gibt im alltäglichen Leben eine Fülle von Zeichen, die etwas Wichtiges bedeuten: Wir reichen einander die Hand, dies ist ein Zeichen für Frieden und Versöhnung oder nur für eine Begrüßung. *So kann auch Christus solche Zeichen einsetzen, in denen er zeichenhaft, aber auch ganz wirklich unter uns Menschen sein möchte, auch heute noch. Diese seine Zeichen nennen wir Sakramente.* Es gibt eine Fülle von Möglichkeiten, wie er zu uns kommen kann. Die Sakramente verwandeln uns, wenn wir dies zulassen, in seine Hingabe, in seine Liebe und Menschenfreundlichkeit. *Das Ziel aller Wandlung in der heiligen Messe ist unsere Verwandlung in Christi Haltung hinein.* Wie er mit den Menschen umgegangen ist, so gehen auch wir miteinander um, wenn wir die Verwandlung durch ihn an uns geschehen lassen.

Wir lesen in der Einleitung zum Messbuch unter Nr. 54: *„Durch Christi Wort und Tun wird das Opfer vollzogen, das der Herr beim letzten Abendmahl eingesetzt hat, da er seinen Leib und sein Blut unter den Gestalten von Brot und Wein darbrachte, sie den Aposteln zum Essen und Trinken reichte und zugleich den Auftrag gab, dieses Geheimnis weiterhin zu begehen. Die Kirche erfüllt den Auftrag, den sie von Christus, dem Herrn durch die Apostel erhalten hat, und begeht sein Ge-*

dächtnis. Dabei gedenkt sie besonders des heilbringenden Leidens, der glorreichen Auferstehung und der Himmelfahrt. In diesem Gedächtnis bringt die Kirche, vor allem als hier und jetzt zur Feier versammelte Gemeinde, im Heiligen Geist die makellose Opfergabe dem Vater dar. Die Kirche möchte erreichen, dass die Gläubigen lernen, sich selbst hinzuschenken, und so durch Christus zu einer innigen Einheit mit Gott und untereinander gelangen, auf dass Gott alles in allem sei."

Warum ist Jesus den Weg des Leidens und der Kreuzigung gegangen? Gott hätte auch andere Möglichkeiten gehabt, uns zu erlösen. Sein Sohn wollte uns Menschen bis in die äußerste Erniedrigung nahe sein, bis hin in unser Leiden und Sterben, radikal Mensch sein mit all seinen Tiefen und Demütigungen. Er hat die radikale Nächstenliebe bis hin zur Feindesliebe nicht nur gepredigt, er hat sie selbst praktiziert, wohl wissend, dass sie ihm selbst den Tod bringen würde. *Sein Vater hat dieses Leben und den Tod seines Sohnes angenommen, er hat ihn nicht im Tod gelassen, sondern von den Toten auferweckt. Damit sagt er uns: Der Tod ist in Christi Tod und Auferstehung überwunden. Wer seinen Weg geht, geht den Weg der Wahrheit und des Lebens, geht den Weg des ewigen Lebens in der Gemeinschaft mit dem lebendigen Gott.*

In der Eucharistie begegnen wir dem gekreuzigten und auferstandenen Herrn. Er nimmt uns mit in seine Lebendigkeit, in seine Kraft. Dies ist die Kraft des *Heiligen Geistes, die Art und Weise, wie Gott heute unter uns Menschen gegenwärtig ist. Schon in der Taufe wurden wir hineingetaucht in den Tod und in die Auferstehung Jesu Christi. Da ist uns bereits das ewige Leben geschenkt worden. In der Feier der Eucharistie empfangen wir die Nahrung für ein Leben mit und in Christus.* Wir sind auf Gott hin angelegt, Gottes Ebenbild, göttliches Leben durchpulst uns von Anfang an. Wie können wir diese Dimension in unserem Leben brachliegen lassen? Dies muss zur Verkümmerung unseres Wesens führen! *Also ist die Eucharistie etwas sehr Menschliches, das Beste, was unser Glaube zu schenken hat. Wir haben allen Grund, uns von ganzem Herzen zu freuen. Wer dies einmal erkannt hat und für sich persönlich angenommen hat, dessen Leben verwandelt sich radikal.* Er wird ein anderer Mensch, voll Freude, bereit seine Mitmenschen zu lieben, an der Versöhnung mitzuarbeiten, Verantwortung zu übernehmen im öffentlichen Leben. Gott schenkt ihm die wahre Wirklichkeit seines Lebens, zeigt ihm seine Begabungen und führt ihn auf dem Wege zu seinem wahren Selbst.

In dieser Feier fühlen wir uns mit unserem Papst, unserem Bischof und der ganzen Kirche verbunden, beten für alle, die Verantwortung tragen, um Kraft in ihrem schweren Amt.

„Die Eucharistie wird in Gemeinschaft mit der ganzen Kirche gefeiert, der himmlischen wie der irdischen. Die Darbringung erfolgt für sie und für alle ihre Glieder, die Lebenden wie Verstorbenen, da alle zum Heil berufen sind." (S. Messbuch).

In jeder Messfeier gedenken wir unserer lieben Verstorbenen, sie gehören zu uns. Viele von uns haben die besten Freunde unter denen, die durch das Tor des Todes geschritten sind und in der Herrlichkeit Gottes leben. Es ist ein guter Gedanke, für die Verstorbenen zu beten, für sie zu danken, sich an sie zu erinnern. Bestimmt tun sie alles für uns, was in ihren Möglichkeiten liegt. Es ist auch ein guter Brauch, im Pfarrbüro ein Totengedenken für eine Messe zu bestellen. Früher konnte der Priester von dem Stipendium für eine Messe einen Tag leben. Heute werden die fünf Mark caritativen Zwecken zugeführt, und die weiteren an bedürftige Priester armer Partnergemeinden geschickt. *Manchmal wird gefragt: „Was kostet eine Messe?!" Eine Messe kann man nicht wie eine Ware behandeln, man kann sie auch nicht kaufen. Geistliche Werte sind für Geld überhaupt nicht zu haben.*

Durch ihn und mit ihm …

… bringt die preisende Verherrlichung Gottes zum Ausdruck. Dieser Lobpreis ist wiederum trinitarisch, spricht die Dreieinheit Gottes an. Er wird durch das bekräftigende *Amen der Gemeinde* beschlossen. Es bezeugt, dass es die ganze Gemeinde ist, die Eucharistie feiert und Gott Dank sagt.

Die Kommunion – Einswerdung
Das Vaterunser …

… ist das Kerngebet aller Christen. Manchmal fassen wir uns alle an die Hände, um die Einheit in Christus und untereinander zum Ausdruck zu bringen. Es ist auch üblich geworden, die Hände nicht zu falten, sondern nach oben zu öffnen, wie der Priester es tut. Dies ist ein Zeichen der Offenheit für das Heilswirken Gottes an uns. Es folgen Worte und Gesten, in denen die Gläubigen um Frieden und Einheit der Kirche und der gesamten Menschheitsfamilie bitten und einander ihre Liebe bezeugen, ehe sie von dem einen Brot essen.

Der Friedensgruß …

… kann individuell gestaltet werden: Handschlag, Zuneigen und freundliches Anschauen des Bruders und der Schwester.

„Das Brotbrechen …

… wurde von Christus beim letzten Abendmahl vollzogen und gab in der apostolischen Zeit der ganzen Eucharistiefeier den Namen. Das Brechen des Brotes hat nicht nur praktische Bedeutung, sondern zeigt, dass wir alle in der Kommunion von dem ***einen Brot des Lebens*** *essen, das Christus ist, und dadurch* ***ein Leib*** *werden."* (Messbuch)

Während der Priester das Brot bricht, spricht er die Worte: *„Lamm Gottes, du nimmst hinweg die Sünde der Welt, erbarme dich unser, gib uns den Frieden."* Jesus ist für uns zerbrochen, das Brotbrechen ist ein Symbol für das Kreuzesgeschehen.

Jesus wird vor seiner Taufe von Johannes d. T. als das Lamm bezeichnet, das die Sünde der Welt hinwegnimmt. „Lamm" bedeutet Hingabe, Opfer. „Sünde der Welt" meint eine Welt ohne Gott, eine Welt, die sich aus sich selbst versteht, in der Gott nicht vorkommt. In der Geheimen Offenbarung öffnet das Lamm das Buch mit den sieben Siegeln. Christus selbst ist das Lamm, seine Haltung, sein Leben, seine Botschaft, die Gemeinschaft mit ihm löst das größte Problem, das wir haben: die Frage nach dem Tod. In Tod und Auferstehung hat er den Tod überwunden, dies ist das große Thema jeder Eucharistiefeier. Es geht um die Fülle des Lebens durch alle Zerbrochenheit hindurch.

Der Priester zeigt das gebrochene eucharistische Brot der Gemeinde und spricht: *„Seht das Lamm Gottes, das hinwegnimmt die Sünde der Welt. Alle antworten: Herr, ich bin nicht würdig, dass du eingehst unter mein Dach, aber sprich nur ein Wort, so wird meine Seele gesund.*

Jesus möchte uns an Leib und Seele heil, gesund machen. Ungezählte Christen haben erfahren, dass das Heilshandeln Christi ihnen Heilung, Befreiung und Neuorientierung für ihr Leben gebracht hat und das Bewusstsein, dass ewiges Leben sie durchpulst.

Wir empfangen Christus unter dem Zeichen des Brotes. Wir öffnen unsere Hände, lassen uns den eucharistischen Herrn in die Hände legen. Dies ist ein starkes Zeichen von Gottes

Zuneigung und Vertrauen zu uns. Er gibt sich in unsere Hand. Er geht mit uns partnerschaftlich um, er ist einer von uns geworden.

Unsere Antwort kann nur grenzenloses Vertrauen sein, Zuneigung, Liebe, keine Angst, das stört die Beziehung, wohl Ehrfurcht und Hochachtung. Wir führen die heilige Speise in den Mund und verzehren sie, wie man Brot verzehrt. ***Er ist das Brot des Lebens.*** Er ist die Nahrung auf unserem Lebensweg mit ihm. Er ist das Unterpfand ewiger Herrlichkeit, ewigen Friedens, ewigen Lebens.

Der Empfang des Kelches …

…war in der frühen Kirche für alle eine Selbstverständlichkeit. Als die Gemeinden größer wurden, hat man auf den Kelch verzichtet, wohl auch aus *übertriebener Ehrfurcht*, die dem eucharistischen Anliegen mehr schadet als dient. Das II. Vatikanische Konzil hat die Kelchkommunion für bestimmte Gottesdienste empfohlen. Es gibt in unserer Gemeinde die Kelchkommunion am Gründonnerstag, bei Trauungen, bei Jubelhochzeiten, bei Glaubensseminaren und mittwochs in St. Michael Marbeck um 8 Uhr und freitags um 9 Uhr

Jesus hat gesagt: ***„Nehmt und trinkt alle daraus.“*** *Der Empfang des eucharistischen Weines ist ein starkes Zeichen der innigen Gemeinschaft mit Christus.*

Wenn die Kommunionspendung beendet ist, verweilen alle in Stille in der Vereinigung mit dem eucharistischen Herrn. Es tut gut, bei ihm zu sein, in kurzen Gebeten ihm mein Leben hinzuhalten: *„Herr durchdringe mich, heile mich, durchströme mich mit der Kraft des Heiligen Geistes.“* Oder: *„Herr, ich danke dir für alles, das ich mit dir erleben darf. Oder ich bin einfach da, bin still und fühle, wie ich von Gott geliebt und angenommen bin.“ Ich bin bereit hinzuhören, was er mir ganz persönlich sagen möchte Dies ist ein Augenblick großer Freude, ich bin einfach glücklich, Gott in mir und ich in ihm. Wenn wir Freude an der Eucharistiefeier haben wollen, müssen wir die persönliche Begegnung mit dem lebendigen Gott zulassen, der im Wort und den sakramentalen Zeichen von Brot und Wein zu uns kommt und zu uns spricht.*

Schluss: Dank – Segen – Sendung
Im Schlussgebet …

… fasst der Priester unser stilles Beten zusammen Es enthält oft den Dank für die Gottesbegegnung in Wort und Sakrament und bittet um Beistand Gottes im alltäglichen Leben. Es wird ein *Schlusslied* gesungen.

Im Publicandum

… wird auf weitere Gottesdienste und Veranstaltungen in der Woche hingewiesen und die Gemeinde zu den vielfältigen Gottesdiensten und Veranstaltungen im Laufe der Woche eingeladen.

Der Priester spricht ein Abschiedswort, wünscht der Gemeinde einen frohen Sonntag und eine gelingende Woche, dazu erbittet er den …

Segen Gottes

Er spricht: „So segne und geleite (führe) euch der dreieinige Gott, der Vater und der Sohn und der Heilige Geist.“
Alle: *„Amen.“*
„Gehet hin in Frieden.“
Alle: ***„****Dank sei Gott dem Herrn.“*

Der Kirchenmusiker spielt zum Schluss ein besonderes Orgelstück. Einige bleiben noch in der Kirche, freuen sich an der ausdrucksstarken Musik, durch die Gott auch zu uns spricht. Sie lassen die Eucharistiefeier ausklingen. Dann verlassen sie die Kirche, treffen vor der Kirche in kleinen Gruppen

Freunde und Bekannte, wünschen einander „einen frohen Sonntag".

Sie gehen in ihre Familien oder auch in ihr Alleinsein und leben mit dem Wort des Propheten Nehemia (8,10): *„Macht euch keine Sorgen, die Freude an Gott ist eure Kraft."*

„Mit Freude Eucharistie feiern"
Verfasser und Herausgeber: Hans Ludger
1. Auflage 1999: 1.000 Exemplare
2. Auflage 1999: 4.000 Exemplare
3. Auflage 2000: 2.000 Exemplare
4. Auflage 2000: 1.000 Exemplare
5. Auflage 2007: 1.000 Exemplare
Die Inhalte dieser Kleinschrift wurden in den Gemeinden des Verfassers dankbar angenommen. Naturgemäß wird hier keine große Theologie der Liturgie der Eucharistie dargelegt, sondern zeugnishaft werden persönliche Erfahrungen mit dem Vermächtnis des Herrn in kurzer Form dargestellt und entfaltet.

„So ist diese anregende Kleinschrift vorzüglich geeignet, den ‚treuen' Gottesdienstmitfeiernden wertvolle Anregungen für ihren persönlichen Glauben zu geben. Aber auch all die, welche Kinder auf die Erstkommunion vorbereiten, finden darin weiterführende Anstöße." (Anzeiger für die Seelsorge, Herder, 02/2000)

„Der Versuch von Herrn Pfarrer Hans Ludger, eine Liturgiekatechese zum Thema der Eucharistiefeier zu halten, dient sicher der Glaubensvertiefung, da dadurch die Messfeier besser verstanden wird und die Gläubigen diese mit größerer Intensität mitfeiern können." (P. Chrysostomus Ripplinger OSB, Referat Liturgie im Bischöflichen Generalvikariat Münster. 1. Dezember 1999)

Anlässlich des 70-jährigen Jubiläums des Kirchenchores von St. Elisabeth 1999 waren die früheren Kapläne unserer Gemeinde erschienen – v.r.: Hans-Bernd Serries (jetzt Propst in Billerbeck), Wilfried Theising (jetzt Propst in Borken), P. Kurt Roters, jetzt Pfr. in Kempenich

Herz Jesu: Anbetung

1. Advent 1999

Liebe Schwestern und Brüder!

Wer hat sich nicht *auf den ersten Advent gefreut*? Der Adventskranz, adventliches Brauchtum zu Hause, das Zusammensein mit Kindern. Wir beginnen die Adventszeit in Herz Jesu mit dem so genannten „*Ewigen Gebet*". Es gibt einen Kalender, der anzeigt, wo im Bistum Münster die Anbetung des eucharistischen Herrn stattfindet, jeden Tag und jede Nacht in irgendeiner der vielen Gemeinden und geistlichen Häuser. Uns ist die *Chance* gegeben, durch einen *Tag des Gebetes der Ankunft Gottes* bei uns entgegenzugehen, ihm in der Stille und Einfachheit des Betens, der Eucharistiefeier oder der Andacht zu begegnen.

Viele von uns *tun sich schwer mit dem Gebet*, mit der Stille, mit dem Verweilen vor Gott. Sie kommen aus einem bewegten und oft unruhigen alltäglichen Leben. Zu Hause ist ständig etwas los. *Es tut gut,* einmal für eine längere Zeit die Herz-Jesu-Kirche aufzusuchen und hier *vor dem Allerheiligsten Sakrament zu verweilen*.

Im vorigen Monat las ich auf der Rückseite eines Kalenderblattes folgende Geschichte von Metropolit Anthony Bloom, er schreibt: „*Ich erinnere mich, dass unter den Ratsuchenden, die zu mir kamen, eine alte Dame war, die klagte: ‚Vierzehn Jahre lang habe ich fast ununterbrochen gebetet, doch nie habe ich ein Gefühl von der Gegenwart Gottes gehabt.' Da fragte ich sie: ‚Haben Sie ihm Gelegenheit gegeben, ein Wort einzuwerfen?' ‚Wie das?', entgegnete sie. ‚Nein ich habe die ganze Zeit zu ihm gesprochen, ist das nicht etwa Beten?' – ‚Nein', sagte ich, ‚ich glaube nicht, und was ich Ihnen empfehle, das ist, dass Sie sich täglich eine Viertelstunde nehmen sollten, einfach dasitzen und vor dem Angesicht Gottes stricken.'*

So machte sie es. Und was war das Ergebnis? Schon bald kam sie wieder und sagte: ‚Es ist merkwürdig: Wenn ich zu Gott bete, indem ich spreche, fühle ich nichts; doch wenn ich still dasitze, ihm gegenüber, dann fühle ich mich in seine Gegenwart eingehüllt.'"

Ähnlich beschreibt der hl. Pfarrer von Ars die Anbetung: „*Er ist da und schaut mich an und ich bin da und schaue ihn an.*"

Die eucharistische Anbetung wird in Herz Jesu und St. Elisabeth zu verschiedenen Zeiten gepflegt. Manche Christen meinen, sie müssten bei der Anbetung ständig sprechen. *Natürlich ist Beten Sprechen mit Gott. Beten ist aber auch Stillwerden vor Gott und Hören.* Ihm die Chance gebe, zu uns zu sprechen. Vor dem Sakrament seiner Liebe verweilen, *ihm unsere Sorgen und Nöte hinhalten*, ihm aber auch danken für das Gute, das wir von ihm immer wieder erfahren. *Ihm unser Leben in die Hand legen, auch das Leben unserer Mitmenschen*, die uns Sorgen bereiten, die uns verletzt haben, die vielleicht unsere Feinde sind. Vor ihm zur Ruhe kommen. Wo können wir dies tun? *Wir tragen göttliches Leben in uns. Wann und wo können wir diese Begabung pflegen?* In der Anbetung werden wir uns dessen bewusst. *Wir lassen Gottes Energie in unser Innerstes fließen. Das schenkt Heilung, Geborgenheit, Zuversicht, innere Freude, Mut und vor allem gute Ideen.*

Der moderne Mensch ist auf der *Suche nach Orientierung*, innerem Frieden. Das Gebet ist ein sicherer Weg, dies alles zu finden. Wir hörten im Evangelium die Worte Jesu, die uns zum „*Wachsein*" aufrufen. Der betende Mensch ist der wache Mensch. Er ist *sensibel für die Stimme Gottes*, für die Impulse, die von ihm ausgehen. Er ist *sensibel für seine Mitmenschen*, er spürt, wann sie Hilfe und Anerkennung brauchen. Dadurch verfällt er nicht so leicht den *modernen Versuchungen*: Geld, Bestechung, Alkohol, Drogen, Maßlosigkeit im Gebrauch der modernen Medien. Er wird mit der *geistlichen Gabe der Unterscheidung* beschenkt. Er erkennt leichter, was wichtig und was unwichtig in seinem Leben ist. Was ihn frei macht oder abhängig von den Menschen.

Der *Prophet Jesaja* braucht ein gutes Bild für den geistlich orientierten Menschen: „*Und doch bist du Herr, unser Vater. Wir sind der Ton, und du bist unser Töpfer, wir alle sind das Werk deiner Hände.*" Hierzu gehört Vertrauen. Ich gestatte Gott, mich zu formen und bin mir sicher, dass mir dies guttut. Gott führt mich an lebendige Wasser, er lässt mich nicht zugrunde gehen. Er zeigt mir, wo ich mich ändern muss, wie ich mehr Mensch werde.

All dies ist mit Advent gemeint. Gott kommt zu uns, wir sehnen uns nach ihm, wir lassen sein Licht und sein Leben in uns hinein.

Ich möchte Sie einladen, diesen ersten Advent bewusst betend zu verbringen, die Herz Jesu Kirche aufzusuchen und sich der Ankunft Gottes bei uns zu öffnen, ihn willkommen zu heißen, ihn einzulassen in das persönliche Leben.

Fusion von Herz Jesu und St. Elisabeth

Vorschlag 1999

1. Beide Gemeinden haben am Ende des Jahres 1998 zusammen 6495 Mitglieder, Herz Jesu 4143, St. Elisabeth 2352. Der Wohnbezirk ist homogen und geschlossen, abgesehen von Lütkenbeck. *Für diese 6.500 Katholiken sind in zwei KV 16 gewählte Mitglieder und in zwei PGR 36 gewählte und ernannte Mitglieder ein zu hoher Personaleinsatz*, der zahlenmäßig auf Dauer nicht aufrechterhalten werden kann. Auch die zu hohe Anzahl von Sitzungen raubt dem Seelsorgeteam und übrigen MitarbeiterInnen die Zeit, die anderweitig für Gott und Mensch dringend benötigt wird.

2. *Die Angestellten (Herz Jesu 27, St. Elisabeth 16 Arbeitsverträge)* sind von der *Zentralrendantur im Dekanat Münster Mauritz und einem KV* gut zu begleiten. Die Zusammenarbeit der *drei Kindergärten* wird bei nur einem KV leichter sein. Der Bedarf an Gruppen der drei Tageseinrichtungen in unserem Viertel kann von nur einem KV leichter ermittelt und schneller durchgesetzt werden.

3. Es ist für die *Gemeindeleitung (Seelsorgeteam, PGR und KV)* ein unsinniger *Konfliktherd*, wenn in zeitlich und räumlich verschiedenen Sitzungen die Aktivitäten von zwei Gemeinden geplant und reflektiert werden. Informationsvorsprung eines Gremiums vor einem anderen schafft Unzufriedenheit und Misstrauen. Die Information geschieht in e i n e m KV und e i n e m PGR unmittelbar, Informationsdefizite und damit unnötiger Frust werden vermieden.

Der *Pfarrer* hat die Aufgabe, an der *Einheit in der Gemeinde* zu arbeiten. Er leidet unter *unnötigem Verschleiß*, wenn er ständig allen Gremien alles recht machen muss. Die *Anzahl der Sitzungen ist zu groß*, sie schluckt wichtige Zeiten, die für Seelsorge und geistliches Leben dringend benötigt werden.

4. *Schon jetzt gibt es in beiden Gemeinden folgende Gemeinsamkeiten:* Eucharistiefeiern, Kirchenmusik, Messdiener, Kinderchor, Firmung, Wallfahrten, Wocheninfo, Pfarrbrief, Gottesdienstplan, Exerzitien im Alltag, Bildungswerk, Neujahrsempfang, Sternsinger, Fronleichnam, Overbergschule, Fürstin-von-Gallitzin-Schule. Die gemeinsamen Aktivitäten werden durchlässiger und zahlreicher, wenn es neben dem Seelsorgeteam nur e i n e n PGR und nur e i n e n KV gibt.

5. Bei einer *Fusion* von Herz Jesu und St. Elisabeth plädieren wir für das Modell: *Eine*

Gemeinde und zwei Kirchenzentren. Die Kirchen und Pfarrheime und auch die Pfarrhäuser sollen erhalten bleiben, alle Aktivitäten sollen wie bisher weitergehen.

6. Es ist wichtig, dass auch die *Pfarrbüros in beiden Gemeinden besetzt* bleiben. Eine Frage ist, ob die Stundenzahl der Sekretärinnen weiter bestehen kann.

7. Die Beheimatung der *„Polnischen Mission"* in St. Elisabeth ist ein weiterer Grund, eine Fusion beider Gemeinden vorzunehmen. Vertreter der polnischen Gemeinde sollen an den KV- und PGR-Sitzungen der fusionierten Gemeinde teilnehmen.

8. Die Fusion der Kirchenvorstände sollte bei der nächsten Wahl im Jahr 2000 erfolgen in der Weise, dass beide Gemeinden je zu 50% Kandidaten benennen, jedes Gemeindemitglied aber Kandidaten nach eigener Entscheidung wählen kann. *Der Bischof müsste im Jahr 2000 mit der Wahl eines neuen KV die neue Gemeinde konstituieren.* Der Name der neuen Gemeinde sollte ab 2000 schon *„Herz-Jesu/St. Elisabeth"* sein.

9. Die beiden PGR würden kommissarisch weiterarbeiten, bis zur Neuwahl im Jahr 2001.

10. Im Jahr 2001 wird entsprechend dann auch ein neuer PGR für beide Gemeinden gewählt. Dann ist die Fusion perfekt.

Wir bitten die bischöfliche Behörde, schon jetzt die rechtlichen Konditionen zu prüfen und das Verfahren so zu organisieren, dass mit der Neuwahl des KV im Jahr 2000 die Fusion beginnen kann.

Dieser Vorschlag wird vom „Leitungsgremium" (Vorstände KV, PGR und Seelsorgeteam) beider Gemeinden für sinnvoll gehalten. Auch die Kirchenvorstände und Pfarrgemeinderäte beider Gemeinden sind hiermit einverstanden.

Münster, den … 1999
Unterschriften

Fusionierungssyndrom

Telefon-Interview mit „Antenne Münster" am 31. Dezember 1999 Medien-Attacke von Opposition und Kollegen gegen Pfarrer Ludger

Zur Frage des Wortbruches

Seit 1990 bin ich Pfarrer von Herz Jesu Münster, seit dem Tod von Pfr. Josef Schneider 1994 hat mir Bischof Lettmann auch die St. Elisabeth-Gemeinde anvertraut.

Herz Jesu hat gegenwärtig ca. 4.200 Mitglieder, in St. Elisabeth sind es ca. 2.400. Unser Seelsorgeteam, bestehend aus der Pastoralreferentin und einem weiteren Priester, ist für die Seelsorge in beiden Gemeinden zuständig. Wir bemühen uns, es beiden Gemeinden recht zu machen, was oft eine Gratwanderung ist.

Als Dechant des Dekanates Münster Mauritz musste ich in der Dechantenkonferenz mit Bischof Lettmann am 17. März 1998 zur Kenntnis nehmen, was Bischof Lettmann vorhatte, er sagte: *„Es gibt viele Orthodoxe in unserer Stadt, sie suchen eine Kirche, und auch die Moslems müssen ihren Gottesdienst im Schloss feiern. Da habe ich an die Elisabeth-Kirche gedacht, ich wollte sie den Orthodoxen anbieten, was brauchen wir in Münster 42 Kirchen?"*

Ich fahre aus der Haut und sage: *„Solange ich Pastor in St. Elisabeth bin, wird dies nicht geschehen!"* Alle 50 Dechanten lachen über meinen Eifer. Einige denken vielleicht: Wie dumm von dem Ludger, warum gibt er dem Bischof nicht recht, dann wäre er St. Elisabeth los.

Ich hätte es nicht überstanden, wenn die Elisabeth-Kirche weggegeben worden wäre. Ein Jahr später sagte mir Bischof Reinhard, er habe die Idee, die polnische Mission in St. Elisabeth anzusiedeln. Damit würden die Kirche, das Pfarrer-Schneider-Heim und das Pfarrhaus auf Dauer erhalten. Ich konnte diesem Plan nur zustimmen. Es ist ja mein Anliegen, das Gemeindeleben in St. Elisabeth zu erhalten. Auch die Gremien Pfarrgemeinderat und Kirchenvorstand von St. Elisabeth stimmten dem Plan zu. Seit dem 12. September 1999 ist der polnische Pfarrer in das Pfarrhaus von St. Elisabeth eingezogen, die Polen feiern Gottesdienste in St. Elisabeth und benutzen das Pfarrheim. Damit sind die Räumlichkeiten sinnvoll ausgenutzt, auch die Elisabeth-Gemeinde kann ihr Gemeindeleben so weiterführen wie bisher. Ich bin sehr glücklich, dass dies alles so ist.

Zur Frage der Fusionierung

Um nun über die weitere Zukunft von St. Elisabeth und Herz Jesu nachzudenken, wurde entsprechend dem Diözesanforum Münster am 20. April 1999 ein Leitungsgremium für beide Gemeinden gebildet, bestehend aus der Moderatorin Frau Wüller vom Generalvikariat, aus den Vorständen der Pfarrgemeinderäte, den stellvertretenden Vorständen der Kirchenvorstände und dem Seelsorgeteam.

Dieses Leitungsgremium kommt nach vielen Sitzungen zu der Erkenntnis, dass in der gegenwärtigen Situation eine Fusionierung beider Gemeinden sinnvoll ist. Es ist wichtig zu wissen, dass der Pfarrer in einer Gemeinde nicht allein das Sagen hat. In Abstimmungen wird ein Meinungsbild erhoben. Die Gremien von Herz Jesu stimmen für eine Fusionierung, der Pfarrgemeinderat von St. Elisabeth stimmt ebenfalls einstimmig dafür, im Kirchenvorstand von St.Elisabeth stimmt die Hälfte der gewählten Mitglieder (4) dagegen. Es ist nicht allen bekannt, dass in solchen Fragen in der kath. Kirche der Bischof das letzte Wort hat. Der Pfarrgemeinderat ist das eigentliche Leitungsgremium einer Gemeinde, während der Kirchenvorstand allein für die sachgerechte Verwaltung der Finanzen zuständig ist. Dies haben vor allem die KV-Mitglieder der Oposition und einige Kollegen noch immer nicht klar.

Mir kam es darauf an, für die insgesamt nur 6.600 Katholiken keine zwei Pfarrgemeinderäte und keine zwei Kirchenvorstände zu haben. Beschlüsse für gemeinsame Aktivitäten dauern zu lange, nehmen den Mitarbeitern die Lust an der Arbeit. Darum finde ich die Fusionierung ganz okay.

Es ist außerdem interessant zu wissen, dass im Protokoll über die gemeinsame Sitzung des PGR und KV von St. Elisabeth mit Weihbischof Ostermann am 29. März 1999 zu lesen ist: *„Ein KV-Mitglied der Oposition fragte an, ob nicht innerhalb der Gemeinde schon das Gespräch über eine bevorstehende Fusion geführt werden sollte. Auf die Befürchtung von Frau Terbeck, er würde vielleicht Stimmung gegen eine bevorstehende Fusion machen, erklärte er sehr energisch, dass dies keinesfalls in seiner Absicht liege. Er habe mit einem Herrn der Oposition in der Pause besprochen, in Zukunft positiv und konstruktiv mit allen zusammenzuarbeiten.“* So kann ich nicht verstehen, weshalb Oposition und Kollegen um die Zukunft von St. Elisabeth solch einen Wirbel machen.

Das Leben der Gemeinde bleibt erhalten, die Gebäude werden nicht weggegeben, die Finanzierung ist gesichert, alle freuen sich über die harmonische Entwicklung mit Herz Jesu nach dem Motto: Gemeinsam sind wir stärker. Die Identität von St. Elisabeth bleibt erhalten, ja sie wird noch verstärkt. Wir haben als zwei Kirchenzentren völlig neue Möglichkeiten. Ganz zu schweigen von der europäischen Internationalität, die wir mit der polnischen Mission bekommen. Jetzt kommt Leben in die Bude. Von wegen „Tote Hose“, wie die Herrn von der Opposition früher zu sagen pflegte. Zusammen mit den Gremien haben wir die Ziele, die Bender früher wollte, erreicht. Wenn er die Leute von St. Elisabeth ein bisschen liebt und die von Herz Jesu nicht für so schlimm hält, kommen wir gut miteinander aus. Unsere gemeinsamen Veranstaltungen waren bisher ein großer Erfolg: die Fronleichnamsprozession mit über 300 Teilnehmern, das Pfarreiengemeinschaftsfest am 16. Oktober mit über 200 Teilnehmern vor allem auch aus St. Elisabeth, das Adventskonzert beider Kirchenchöre am 3. Advent mit einer vollen Herz-Jesu-Kirche und „Standing Ovations“ für die Chöre.

Gerade heute bekomme ich von einer Journalistin aus der Herz-Jesu-Gemeinde ein altes chinesisches Sprichwort in die Hände gespielt: *„Wenn der Wind der Veränderung weht, bauen die einen Mauern und die anderen Windmühlen.“*

Wenn Sie meine Meinung wissen wollen: Mauerbau ist überholt, wir brauchen neue Energien gerade in St. Elisabeth und Herz Jesu Münster, lassen wir uns neu in Schwung bringen und die Opposition mitreißen.

Eingetaucht in das Leben

Taufe und Taufbewusstsein
31. März 2000

Eltern bitten um die Taufe ihres Kindes. Der Priester oder die Pastoralreferentin besuchen die junge Familie, um mit ihr ein Gespräch zu führen, das klären soll, worum es in der Taufe geht und wie die Taufe gespendet wird. Ich möchte in diesen Ausführungen einiges zum Taufritus anmerken, das große Geschenk der Taufe bewusst machen und zu Glaubensmut und Glaubensfreude beitragen.

Gespräch mit den Eltern

Die Taufgemeinde versammelt sich hinten in der Kirche. Sie wird vom Priester oder Diakon begrüßt und eingeladen, in die Werktagskirche nach vorne zu kommen.

Priester/Diakon: ***„Welchen Namen haben Sie Ihrem Kind gegeben?“***
Eltern: ***„Johannes.“***
Priester/Diakon: ***„Was erbitten Sie von der Kirche Gottes für Johannes?“***
Eltern: ***„Die Taufe.“*** (oder sie können auch sagen: ***„Dass es ein Kind Gottes wird.“*** – ***„Die Gnade Christi.“*** – ***„Die Aufnahme in die Kirche.“*** – ***„Das ewige Leben.“***)

Christliche Eltern geben dem Kind den Namen eines Heiligen. Der Name soll gut klingen, soll modern sein, soll auch zum Familiennamen passen. Das Kind braucht Vorbilder. Wenn wir dem Kind später etwas über seinen Namenspatron erzählen, möchte es sich mit dem Leben seines Namenspatrons identifizieren. Auch wenn der Geburtstag den Namenstag verdrängt hat, Kinder feiern gern, sie freuen sich, wenn sie ihren Namenstag feiern können, eine kleine Aufmerksamkeit bekommen und sich erinnern, was ihr Namenspatron ihnen zu sagen hat.

Durch die Taufe wird das Kind in die Kirche aufgenommen. Es hat Sinn, das Kind in der Gemeinde taufen zu lassen, wo es mit seiner Familie wohnt. Durch die Taufe bekommt die Familie Kontakt zum Seelsorgeteam. Außerdem können die Eltern ihrem Kind beim Kirchgang später sagen: Hier wurdest du getauft. Manchmal lassen die Eltern ihr Kind in der Kirche taufen, in der sie geheiratet haben und die ihnen von ihrer eigenen Kindheit her viel bedeutet. Man kann sein Kind in jeder Kirche taufen lassen. Die Entscheidung liegt bei den Eltern.

Priester/Diakon: ***„Liebe Eltern! Sie haben für Ihr Kind die Taufe erbeten. Damit erklären Sie sich bereit, es im Glauben zu erziehen. Es soll Gott und den Nächsten lieben lernen, wie***

Christus es uns vorgelebt hat. Sind Sie sich dieser Aufgabe bewusst?"
Eltern: ***„Ja."***

Ein Kind zu taufen ist nur zu verantworten, wenn es auch christlich erzogen wird. Gläubig sein heißt: Vertrauen in das Leben haben, sich geborgen fühlen. Christliche Erziehung fängt in dem Augenblick an, wenn die Mutter erfährt, dass sie schwanger ist. Ihre positiven Gefühle helfen dem Kind zu einer gesunden Entwicklung. Das ungeborene Kind hört schon die freundliche Stimme seiner Eltern und erfährt schon ganz früh „im Schoß der Familie" Angenommensein und Geliebtsein.

Das Kind hat von Anfang an vielfältige Begabungen: Sitzen, Krabbeln, Laufen, Sprechen, Singen, Schreien, Greifen, Husten, Fühlen, es hat auch die Begabung, an Gott zu glauben. Es ist von Natur aus religiös. Wenn Eltern mit ihrem Kind beten, wird es dies ohne weiteres mittun. Es lernt sprechen, indem es angesprochen wird, es lernt lachen, indem es angelacht wird, sonst „hat es nichts zu lachen". So lernt es auch beten, wenn Eltern mit ihm beten.

Es lernt Gott und den Nächsten lieben aus der persönlichen Erfahrung in der eigenen Familie. Religiöse Erziehung ist zunächst Erfahrung und Erleben, erst später Information und Erklärung. Wenn das Kind zu fragen beginnt, haben Eltern gute Chancen, die großen Inhalte unseres Glaubens dem Kind nahe zu bringen. Das Kind wird die bedeutenden Fragen des Menschen stellen: „*Woher komme ich?*" – „*Wohin gehe ich?*" – als Jugendlicher: „*Wozu lebe ich?*"

Die Frage nach dem „Woher" beantworten Christen damit, dass Gott die Welt ins Dasein gerufen hat, auch uns Menschen, auch mich. Diese Erklärung reicht weiter als naturwissenschaftliche Erklärung.

Die Frage nach dem „Wohin" beantwortet unser Glaube auch mit Gott. Wir sind dazu berufen, über den Tod hinaus in der Geborgenheit Gottes zu leben.

Als Christen schauen wir auf Christus, der uns vorgelebt hat, was es heißt, Gott und den Nächsten zu lieben. In diesem Glauben finden wir eine Antwort auf unsere Frage nach dem Wozu.

An Jesus Christus können wir auch ablesen, wie Gott ist. Kinder fragen gern: „*Wie ist der liebe Gott? So wie Jesus Christus mit den Menschen umgegangen ist, so geht Gott mit den Menschen um.*" Wie Jesus die Menschen geliebt hat, so liebt Gott die Menschen, ganz besonders die Kinder. Diese Botschaft kommt bei Kindern immer an: Gott hat besonders die Kinder lieb. Das nimmt ihnen die Angst vor Gott und schenkt Vertrauen.

Es ist wunderschön, Kinder religiös zu erziehen. Auf keinen Fall sollten Eltern die religiöse Dimension aus der Erziehung heraushalten. Sie sollten ihre Kinder nicht um Gott betrügen.

Der Mensch der Zukunft ist ein Mensch, der innere Kraft hat, der das Leben bejaht, der belastbar ist, der letzten Halt in der Gottesbeziehung findet besonders dann, wenn menschliche Hilfe nicht mehr greift. All dies schenkt der persönliche Glaube, den wir schon den Kindern mitgeben.

Außerdem macht es uns Erwachsenen Freude, Kinder in die Welt des Glaubens einzuführen. Es hilft auch uns, selber gläubig zu sein, wenn wir sehen, wie Kinder sich freuen, wenn wir ihnen eine Geschichte aus der Bibel erzählen. Hierzu gibt es ein Fülle von brauchbaren Bilderbüchern; hinten in unseren Kirchen finden Sie Bilderbücher, die Ihnen zeigen: Sie sind mit ihren Kindern bei uns herzlich willkommen. Wir sind kinderfreundliche Gemeinden.

Priester/Diakon an die Paten: ***„Liebe Paten! Die Eltern dieses Kindes haben Sie gebeten, das Patenamt zu übernehmen. Auf Ihre Weise sollen Sie mithelfen, dass aus diesem Kind ein guter Christ wird. Sind Sie dazu bereit?“***
Paten: ***„Ja.“***

Die Paten haben die Aufgabe, an der christlichen Erziehung des Kindes mitzuwirken, sich auch einmal Zeit für ihr Patenkind zu nehmen, es nicht so sehr mit materiellen Geschenken zu überhäufen, es vielmehr spüren zu lassen: Wir sind für dich auch noch da. Wenn das Patenkind ins jugendliche Alter kommt, ist es sehr hilfreich, dass es zusätzlich zu seinen Eltern Ansprechpartner hat, mit denen es über seine Probleme sprechen kann. Die Paten sollten nicht zu alt sein, wenigstens ein Pate muss katholisch sein, so sieht es das Kirchenrecht vor. Die Paten sind beim Taufgespräch sehr willkommen. Es versteht sich von selbst, dass Paten sich für ihr Patenkind verantwortlich fühlen, wenn den Eltern etwas passiert.

Priester/Diakon: ***„Allmächtiger ewiger Gott, du schenkst den Glauben, ohne den es keine Taufe gibt. Lass uns jetzt auf dein Wort hören, damit dieser Glaube in uns wachse durch Christus, unsern Herrn.“***
Alle: ***„Amen.“***

Wortgottesdienst: Lesung
Jemand aus der Gemeinde oder der Priester trägt nun einen Abschnitt aus der Bibel vor. Häufig wird die Stelle genommen, wie Jesus die Kinder segnet. Mk 10,13-16.

Es folgt eine kurze Ansprache
„Jesus sagt: ‚Lasst die Kinder zu mir kommen, haltet sie nicht zurück, denn ihrer ist das Reich Gottes.‘ Viele Menschen tun sich heute schwer, gläubig zu sein.

Wer viel mit Kindern zusammen ist, kann als kritischer, zweifelnder Mensch leichter wieder zu einem persönlichen Glauben kommen. Er kann an den Kindern ablesen, was mit Reich Gottes gemeint ist: sich spontan freuen können, jemandem etwas schenken, sich geborgen, gehalten und geführt wissen.

Kinder haben viel vom Reich Gottes an sich und in sich, sie sind gerade aus der Schöpferhand Gottes hervorgegangen. Junge Eltern sind begeistert von ihrem Kind, sie sagen: ‚Unser Kind ist unser ein und alles, es macht uns sehr viel Freude, wir können uns unser Leben ohne unser Kind gar nicht mehr vorstellen.‘

Dies sind Spuren des Reiches Gottes. Ein zweites Mal erhalten wir die Chance, durch unsere Erfahrung gezeigt zu bekommen, was mit Reich Gottes gemeint ist, was mit Glauben an Gott gemeint ist: Er ist es, der alles schenkt, bei wem sollten wir uns für diese schönen Dinge des Lebens bedanken, wenn nicht bei Gott? Auch wenn die Kinder uns manchmal auf die Nerven gehen, wir lieben sie dennoch. Jesus sagt auch: Wenn ihr nicht werdet wie die Kinder, könnt ihr nicht in das Himmelreich eingehen. Wir Erwachsenen tun gut daran, uns etwas vom Kindsein zu bewahren. Glauben, Hoffen und Lieben. Kinder können ohne diese Grundlagen nicht leben und wir Erwachsenen auch nicht. Kinder halten uns eine bessere Predigt über das Himmelreich, als es ein Prediger könnte. Was sollte uns darum hindern, schon kleine Kinder zu taufen, wenn sie dem Himmelreich so nahe sind?“

Bezeichnung mit dem Kreuzzeichen
Priester/Diakon: ***„Johannes, mit großer Freude nimmt dich unsere Pfarrgemeinde auf. In ihrem Namen bezeichne ich dich mit dem Zeichen des Kreuzes. Nach mir werden auch dei-***

ne Eltern und Paten dieses Zeichen Christi, des Erlösers, auf deine Stirn zeichnen."

Das Kreuz ist das Zeichen der Christen. Es ist ein Symbol für das Koordinatensystem des Oben und Unten, der Vertikalen und der Horizontalen, Gottes und der Welt. Jesus hat am Kreuz die Arme weit ausgebreitet, um alle Menschen an sich zu ziehen. Er ist für uns in den Tod gegangen, um uns in allem, auch im Tod, nahe zu sein. In seiner Auferstehung hat er den Tod überwunden. Er möchte uns hineinnehmen in die Lebendigkeit ewigen Lebens. Dies ist gemeint, wenn wir uns oder jemand anderen mit dem Kreuz bezeichnen. Es wird auf die Stirn geschrieben, damit wir die Kraft haben, den Mächten des Todes zu widerstehen, ihnen gleichsam die Stirn bieten können. Die Stirn ist ja auch der Teil des Menschen, mit dem er etwas durchsetzen möchte, das Kreuz auf der Stirn heißt dann: Die Sache Jesu Christi soll sich durch diesen Menschen durchsetzen.

Diese Geste ist für die Eltern und Paten auch eine Anregung für die religiöse Erziehung. Dem Kind gelegentlich ein Kreuz auf die Stirn schreiben, ihm dabei sagen: Gott hat dich lieb, er segnet dich. Wenn das Kind spürt, dass wir dies ehrlich meinen, wird es diese geistliche Wirklichkeit annehmen, ohne dass wir viel argumentieren müssen.

Ich kenne ein Ehepaar, das schreibt sich jeden Tag gegenseitig ein Kreuz in die Hand. Irgendwann hat sie jemand dahingeführt und es ist bis heute ein Zeichen geblieben, das ihnen hilft, den lebendigen Gott in ihrer Partnerschaft zuzulassen und sich von seinem Geist leiten zu lassen.

Fürbitten

Priester/Diakon: ***„Wer getauft wird, tritt ein in die Gemeinschaft der Heiligen, die seine Fürsprecher bei Gott sind. So rufen wir jetzt miteinander die Heiligen an, besonders den Namenspatron des Kindes.***
Heilige Maria, Mutter Gottes, …"
Alle: ***„… bitte für uns."***
Priester/Diakon: ***„Heiliger Josef, …"***
Alle: ***„… bitte für uns."***
Priester/Diakon: ***Heiliger Johannes der Täufer …"***
Alle: ***„… bitte für uns."***
Priester/Diakon: ***Heiliger Petrus und heiliger Paulus, …"***
Alle: ***„… bittet für uns."***
Es wird der Namenspatron des Kindes angerufen, es können auch die Namenspatrone der Eltern und Paten angerufen werden, ebenso der Patron der Pfarrgemeinde, in der das Kind getauft wird.
Priester/Diakon: ***„Alle Heiligen Gottes, …"***
Alle: ***„… bittet für uns."***

Die Heiligen sind Christen, die vor uns gelebt haben, deren Leben so war, wie Gott es sich denkt. Die Heiligen haben auch ihre Fehler gehabt, nur sind sie bei ihren Fehlern nicht stehen geblieben, sie haben die Liebe Gottes erkannt und erwidert durch Gottesliebe und Nächstenliebe. Wir glauben, dass sie bei Gott im Himmel sind, in der ewigen Herrlichkeit, in der Geborgenheit des himmlischen Vaters, dass sie das Ziel ihres Lebens erreicht haben.

Die Kirche hat eine Fülle von Menschen heilig gesprochen, von niemandem hat sie gesagt, dass er das Ziel seines Lebens nicht erreicht hat, sie hat niemanden auf ewig verdammt. Wir glauben, dass die Heiligen unsere besten Freunde sind und bei Gott alles für uns tun, was in ihren Kräften steht. Am Gedenktag eines Heiligen verehren wir ihn oder sie besonders, in der Eucharistiefeier hören wir seine Lebensgeschichte und passende Lesungen aus der Bibel. Viele haben auch ein Bild ihres Namenspatrons in ihrem Wohn- oder Schlafzimmer hängen, sie kennen seine Lebensgeschichte ganz genau und sie bedeutet ihnen viel.

Priester/Diakon: „***Liebe Schwestern und Brüder! Dieses Kind soll die Taufe empfangen. Lasst uns das Erbarmen des Herrn auf Johannes herabrufen, auf seine Eltern und Paten, auf seine Geschwister und auf uns alle, die wir schon getauft sind.***“

Es folgen Fürbitten für den Täufling. Es hat Sinn, dass die Eltern und Paten die Fürbitten selbst formulieren. Dies kann frei und spontan sein, häufiger sind die Bitten zu Hause zusammengestellt und den Gästen bei der Taufe schon übergeben, so dass der Priester nur ein Zeichen gibt für das Vortragen der Bitten.

Betend sprechen sie aus, was sie für ihr Kind vor Gott erbitten: Gesundheit, Lebensfreude, Frieden, gute Freunde, Treue zu Gott und den Menschen ...

Handauflegung

Priester/Diakon: „***Herr Jesus Christus, du hast einst Kindern die Hände aufgelegt und sie gesegnet. Schütze dieses Kind und halte fern von ihm, was unmenschlich und was böse ist. Entreiße es jetzt und immer wieder der Macht des Satans. Lass es bei seinen Eltern und Geschwistern geborgen sein, und gib ihm Sicherheit und Schutz auf den Wegen seines Lebens, der du lebst und herrschest in Ewigkeit.***“

Alle: „***Amen.***“

Der Priester legt dem Kind schweigend die Hände auf und spricht dann das Gebet. Handauflegung ist eine Segensgeste: Gottes Geist wohnt in uns, durch die Handauflegung wird er auf den Täufling übertragen und durchdringt sein ganzes Leben. Es kann einem Menschen nichts besseres geschehen, als von Gottes Geist erfüllt zu werden. Es ist der schöpferische Geist Gottes, der wachsen und werden lässt, der Geist der Liebe und der Einheit, der Geist der kreativen Ideen und der Geist des Heiles. Ich empfehle den Eltern, ihren Kindern öfter die Hände aufzulegen und ein gutes Segenswort zu sprechen. Das lateinische Wort für „segnen“ ist „benedicere“, also etwas „Gutes sagen“.

Das Kind ist in eine Welt hineingeboren, in der es das Böse gibt. Wir brauchen nur die Tageszeitung aufzuschlagen, um einer Fülle von bösen Nachrichten zu begegnen. Aus eigener Kraft kann das Kind den Teufelskreis des Bösen nicht sprengen. Es gibt eine Verkettung des Menschen mit dem Bösen. Das ist mit „Erbsünde“ gemeint. Das Böse ist der Feind des Lebens.

Gott aber ist ein Gott des Lebens. Er will, dass wir Leben haben und zwar in Fülle, sogar über den Tod hinaus. Er schenkt uns die Kraft, das Böse zu überwinden. Jesus Christus hat durch seinen Tod und seine Auferstehung den Tod überwunden und uns damit den Schlüssel gegeben, den Teufelskreis des Bösen zu durchbrechen und zum wahren Leben zu gelangen schon hier und heute und über den Tod hinaus.

Durch die Taufe wird das Kind hineingenommen in die Lebendigkeit der Auferstehung Jesu Christi. Die Dunkelheit des Todes ist besiegt. Dieses wunderbare Geschenk kann man einem Kind nur wünschen, das man liebt.

Gott zeigt uns den Weg des Lebens, er ist mit uns auf dem Weg. Wichtig ist für uns, dass wir dies erkennen und die Partnerschaft mit Gott bejahen. Dafür ist die religiöse Erziehung da, sie muss dem Kind dies bewusst machen, hat allerdings nur dann Aussicht auf Erfolg, wenn wir selbst diesen Weg des Lebens mit Gott gehen. Das Kind soll bei seinen Eltern und Geschwistern geborgen sein. Geborgenheit bei Gott setzt die Geborgenheit in der eigenen Familie voraus.

Religiöse Erziehung ist nicht so sehr theoretische Information, sondern Erfahrung von Leben und Geborgenheit in der eigenen Familie. Wo Eltern keine Zeit für ihr Kind haben, dürfte auch die religiöse Erziehung wenig wirksam sein. Wo Vater oder Mutter in der Erziehung ausfallen, müssen andere „Grundgestalten" an die Stelle treten, damit das Kind sich gesund entfaltet, Großeltern, Paten, Freunde, Kindergarten. Fernsehen, Video und Computerspiele, das Surfen im Internet mögen noch so faszinierend sein, sie ersetzen nicht die spürbare Nähe von Vater und Mutter, die Vorbild für die Nähe Gottes sind.

Wir beten um Sicherheit und Schutz für das Kind. Das Kind braucht eine innere Stabilität, um den Versuchungen, die schon bald auftreten, gewachsen zu sein.

Versuchungen der modernen Jugend sind: Drogenkonsum, bei Arbeitslosigkeit Sinnlosigkeit des Lebens, sich hängen lassen, nicht an sich zu arbeiten, auf nichts „Bock" haben, keine Hobbys haben, mit dem Medienkonsum keine Grenzen kennen und vieles mehr. Der Glaube ist eine innere Kraft, die selbstkritisch macht, die immer wieder den Schwung gibt, nicht alles sausen zu lassen, verantwortungsbewusst mit seinem Leben umzugehen, die Zukunft nicht aus dem Blick zu verlieren.

Salbung mit Katechumenenöl

Priester/Diakon: *„Es stärke dich die Kraft Christi, des Erlösers. Zum Zeichen dafür salben wir dich mit dem Öl des Heiles in Christus, unserm Herrn, der lebt und herrscht in Ewigkeit.*

Alle: *„Amen."*

Das Leben wird auch als Kampf gesehen, mit vielen Widerständen und Schwierigkeiten, auch mit Versuchungen, die der Christ bestehen soll.

Wie die Ringkämpfer im Altertum ihren ganzen Körper mit Öl salbten, um dem Gegner den Angriff zu erschweren, so ist die Salbung mit Katechumenenöl auf der Brust ein Zeichen, dass der Christ für den vielfältigen Kampf des Lebens gerüstet ist. Leider wird diese Salbung häufig unterlassen, statt dessen werden dem Täufling noch einmal schweigend die Hände aufgelegt.

Spendung der Taufe

Taufwasserweihe

Priester/Diakon: *„Allmächtiger, ewiger Gott. Von Anbeginn der Welt hast du das Wasser zu einem Sinnbild des Lebens gemacht. Wir bitten dich: Segne dieses Wasser, das für die Taufe bestimmt ist, und schenke dem Kind, das damit getauft wird, das neue Leben in deiner Kirche durch Christus unsern Herrn."*

Alle: *„Amen."*

In der Zeit zwischen Ostern und Pfingsten wird für die Taufe das an Ostern geweihte Taufwasser genommen. Das Wasser ist Sinnbild des Lebens, ohne Wasser gibt es kein Leben auf dieser Erde. Wer von uns hat nach einem erfrischenden Bad nicht schon gesagt: Ich fühle mich wie neugeboren. So geht es in der Taufe um eine neue Geburt in ein neues Leben hinein, das teilhat am Leben des lebendigen Gottes. Das Kind wird hineingetaucht in dieses Leben. Es wird Mitglied all derer, die getauft sind, der Kirche.

Absage und Glaubensbekenntnis

Priester/Diakon: *„Liebe Eltern und Paten! Gott liebt Ihr Kind und schenkt ihm durch den Heiligen Geist im Wasser der Taufe neues Leben. Dieses Leben soll wachsen und dem Bösen widerstehen. Deshalb sollen Sie Ihr Kind im Glauben erziehen. Wenn Sie bereit sind, als gläubige Menschen diese Aufgabe zu übernehmen, dann sagen Sie jetzt im Gedenken an Ihre eigene Taufe dem Bösen ab und bekennen Ihren Glauben an Jesus Christus, den Glauben der Kirche, in dem Ihr Kind getauft werden soll."*

Eltern und Paten werden nun persönlich gefragt, ob sie bereit sind, allem Bösen zu widersagen, ob sie an die Auferstehung Jesu Christi und das ewige Leben glauben.

Priester/Diakon: *„Widersagen Sie allen Werken der Bosheit und aller Gleichgültigkeit gegen Gott und sein Wort?"*
Eltern und Paten: „Ich widersage."
Priester/Diakon: *„Widersagen Sie aller Lüge und Selbsttäuschung und allem, wodurch Sie sich selbst verlieren könnten?"*
Eltern und Paten: „Ich widersage."
Priester/Diakon: *„Widersagen Sie allen Taten und Worten, die Ihren Mitmenschen schaden?"*
Eltern und Paten: „Ich widersage."
Priester/Diakon: *Glauben Sie, dass Jesus Christus der neue Mensch ist, das Licht der Welt, durch dessen Tod und Auferstehung wir gerettet sind zum neuen und ewigen Leben?"*
Eltern und Paten: „Ich glaube."
Priester/Diakon: *„Sind Sie bereit, in diesem Glauben Ihr Kind Johannes mitzunehmen, damit es darin aufwächst und Hoffnung schöpft?"*
Eltern und Paten: „Ich bin bereit."

In Taufgesprächen frage ich die Eltern und Paten: *„Glauben Sie denn wirklich an die Auferstehung Jesu Christi und an das ewige Leben?"* Auf diese Frage höre ich oft ein spontanes: *„Ja!"* Manchmal aber bekomme ich zur Antwort: *„Ich habe da starke Zweifel. Ich weiß nicht recht, wie das gehen soll ‚ewiges Leben'"*. Oft beginnt jetzt erst das tiefere Glaubensgespräch. Ich halte es für meine Pflicht, zeugnishaft darzulegen, wieso ich an die Auferstehung Jesu und an das ewige Leben glaube. Etwa so:

1. Es steckt in uns Menschen eine tiefe Sehnsucht nach Leben, alle Religionen verkünden, dass mit dem Tod des Menschen nicht alles aus ist. Der Schöpfer hat uns Menschen so auf Leben hin angelegt, wir sind so geschaffen und es ist ganz normal, an ein Leben über den Tod hinaus zu glauben.
2. Gott hat durch die Menschwerdung seines Jesus Christus eine Antwort auf unsere Frage, was nach dem Tod ist, gegeben. Jesus hat gesagt: Ich bin der Weg, die Wahrheit und das Leben, wer an mich glaubt, wird leben, auch wenn er gestorben ist. Seine Botschaft ist eine Botschaft des Lebens. Er hat den Menschen das Heil gebracht, Kranke geheilt, Tote auferweckt. Die Begegnung mit ihm hatte immer heilende und belebende Wirkung.
3. Mit Jesus Christus wollte Gott bei uns Menschen ankommen, er ist bis in unsere äußerste Erniedrigung hinabgestiegen, bis in Qual und Folter, bis in den Tod am Kreuz. Gott hat ihn nicht im Tod gelassen, er hat ihn am dritten Tag von den Toten auferweckt. Er ist den Frauen erschienen, den Aposteln, den Jüngern und Jüngerinnen, in Gruppen und einzelnen Personen. Dies geschah in einem

Zeitraum von 40 Tagen an verschiedenen Orten vor unterschiedlichen Personen.

4. Diese Begegnungen mit dem Auferstandenen wurden von den vier Evangelisten Matthäus, Markus, Lukas und Johannes aufgeschrieben und bis in unsere Zeit überliefert. Sie stimmen in der Aussage überein: Jesus wurde gekreuzigt, der Vater hat ihn am dritten Tage von den Toten auferweckt. Es handelt sich bei diesen Zeugnissen der Frauen und Männer nicht um Visionen, die ihnen etwa in Gebet oder Meditation aufgeleuchtet sind, sondern um Erlebnisse, die ihre Ursache in äußeren Widerfahrnissen hatten. Männer und Frauen sind für dieses Zeugnis in den Tod gegangen, weil sie unmöglich davon schweigen konnten, was sie erlebt hatten.
5. Die ganze Bibel (Altes und Neues Testament) ist eine große Liebeserklärung Gottes an uns Menschen, er ist der Gott, der alles ins Dasein gerufen hat, ein Gott des Lebens. Er möchte, dass wir Leben in Fülle haben, es entspricht seiner unendlichen Liebe zu einem jeden von uns, dass diese Verbindung mit Gott im Tod nicht abreißt, sondern über den Tod hinaus Bestand hat.

Ich sage, dass ich mit diesem Glauben leben kann, dass ich mich darin wiederfinde und in meinem Fragen und Suchen eine tragfähige Antwort gefunden habe. Da ich oft mit Kranken und Sterbenden zusammenkomme, kann ich sagen, dass ich auch in solchen Situationen nicht einfach fassungslos bin, sondern durch Gebet und taktvolles Gespräch helfen kann, Trost zu schenken und Mut. Dies gilt auch für die Betreuung von trauernden Angehörigen, wenn ein lieber Mitmensch gestorben ist. Kurz: Es ist einfach menschlich, an das ewige Leben zu glauben, auch wenn wir uns dies konkret nicht vorstellen können.

Um diesen Glauben geht es dann auch im apostolischen Glaubensbekenntnis, das sich an die Fragen anschließt:

Alle: ***„Ich glaube an Gott, den Vater, den Allmächtigen, den Schöpfer des Himmels und der Erde, und an Jesus Christus, seinen eingeborenen Sohn, unsern Herrn, empfangen durch den Heiligen Geist, geboren von der Jungfrau Maria, gelitten unter Pontius Pilatus, gekreuzigt, gestorben und begraben, hinabgestiegen in das Reich des Todes, am dritten Tage auferstanden von den Toten, aufgefahren in den Himmel; er sitzt zur Rechten Gottes des allmächtigen Vaters; von dort wird er kommen, zu richten die Lebenden und die Toten. Ich glaube an den Heiligen Geist, die heilige katholische Kirche, Gemeinschaft der Heilgen, Vergebung der Sünden, Auferstehung der Toten und das ewige Leben. Amen.“***

Taufe

Priester/Diakon: ***„Sie haben sich eben zum Glauben der Kirche bekannt, in diesem Glauben empfängt ihr Kind nun die Taufe.“***

Die Mutter oder der Vater hält das Kind über das Taufbecken, die Paten legen die Hand auf das Kind.

Der Priester oder Diakon gießt dreimal (warmes) Wasser über das Köpfchen des Kindes und spricht dabei: ***„Johannes, ich taufe dich im Namen des Vaters und des Sohnes und des Heiligen Geistes.“***

Mit einem Handtuch trocknet er (oder die Mutter oder der Vater) das Köpfchen des Kindes ab.

Der Taufritus sieht eigentlich vor, dass der Täufling dreimal eingetaucht („gedöppt“) wird. Dies ist das deutlichere Zeichen, das anzeigt, was mit der Taufe eigentlich gemeint ist. Die Taufe ist das wichtigste Sakrament in unserer Kirche. „**Sakramente sind Zeichen, die bewirken, was sie bezeichnen, äußere Zeichen für innere Vorgänge.**“

Wir haben im alltäglichen Leben eine Fülle von Zeichen, die uns helfen, unser Leben zu bewältigen. Wir reichen einander die Hand, ein Zeichen für einen Gruß oder für die Versöhnung. Eheleute tragen einen Ehering, ein Zeichen, dass sie verheiratet sind. Verkehrszeichen regeln den Verkehr, wir tun gut daran, ein Stoppzeichen zu beachten.

Im Glaubensleben kennt die kath. Kirche sieben Sakramente, sieben Zeichen, die das Heilshandeln Gottes an uns Menschen sinnenfällig zum Ausdruck bringen. Das Eintauchen bei der Taufe meint: Das Kind nimmt teil am Untergang Jesu Christi, an seinem Tod. Das Auftauchen bedeutet, es wird hineingenommen in die Lebendigkeit der Auferstehung Jesu Christi.

Miriam Nienhoff (geb. 7. Dezember 2007) wird in St. Michael Marbeck durch Eintauchen in warmes Wasser getauft.

Damit wird dem Kind in der Taufe schon das ewige Leben geschenkt. Das ewige Leben beginnt nicht erst nach dem Tod, sondern schon mit der Taufe. Nur wenn Eltern darum bitten, spenden wir die Taufe in der Form des Eintauchens.

Bemerkenswert ist, dass nach dem Sprechen der Taufformel kein „Amen" gesagt wird, obwohl es jeder gern sagen möchte. Der Täufling muss dieses „Amen" einmal selbst sprechen, er muss seine Taufe für sich annehmen, bejahen. Sonst wäre sie sinnlos. Darum ist die religiöse Erziehung eines getauften Kindes unbedingt erforderlich. Diese Tauferneuerung (Taufentscheidung) geschieht bei der Erstkommunionfeier, bei der Firmung oder bei einer anderen Gelegenheit.

In der religiösen Erziehung und in unserer spirituellen Bildung ist es unbedingt erforderlich, das Taufbewusstsein zu wecken: Ich bin von Gott geliebt, ich bin hineingetaucht in den Tod und in die Auferstehung Jesu Christi, ich gehöre zu ihm, ewiges Leben durchpulst bereits mein Leben.

Der Mensch ist Gottes Ebenbild (Gott schuf den Menschen nach seinem Bild und Gleichnis), ob er dies wahrhaben will oder nicht. Er gelangt zu einem glücklichen, gelingenden Leben, wenn er dies anerkennt und die Wirklichkeit des lebendigen Gottes in sein Leben einlässt.

Dies geschieht durch das Bewusstsein der unendlich großen Würde, die ich als Mensch vor Gott habe, die auch meine Mitmenschen haben. Dies geschieht, wenn ich betend zu Gott in Kontakt trete in Dankbarkeit, Offenheit, Liebe und Zuneigung zu meinem Schöpfer, der in mir lebt und wirkt in der Kraft des Heiligen Geistes.

Gott hat sich in seinem Sohn Jesus Christus mit uns verbunden. Er hat einen ewigen Bund mit uns Menschen, auch mit mir, geschlossen. Er wird diesen Bund niemals aufgeben. Ich gehöre zu ihm und er gehört zu mir. Gott in mir und ich in Gott.

Gläubig sein heißt also nicht: ich halte einige Glaubenssätze der Kirche für wahr: Es muss ja ein höheres Wesen geben, das wir Gott nennen – ich bin ein anständiger Mensch und gehe gelegentlich in die Kirche, wenn ich das Bedürfnis danach verspüre, – solch ein Glaube reißt keinen vom Stuhl. Glauben heißt vielmehr: Ich habe eine lebendige Beziehung zu Gott, ich bin mit ihm im Gespräch, ich spüre, wie er mein Leben begleitet. Er führt mich durch schwierige Situationen. Er gibt mir Impulse für mein alltägliches Leben.

Das Leben mit Gott ist hochinteressant, lebendig, dynamisch und voll wunderbarer Dinge. Er schenkt mir Ideen, die zuvor niemand gedacht hat. Er führt mich durch schwierige Situationen. Er zeigt mir, dass es auch heute noch Wunder gibt. Er lässt mich über die fantastische Natur staunen, sein Schöpfungswerk. Er gibt mir Impulse, wie ich gut mit seiner Schöpfung umgehe. Er ist es, der mir Humor schenkt, mich nicht so wichtig zu nehmen, offen zu sein für andere; in jedem und jeder ist er anzutreffen. Ich sehe dem Tod gelassener entgegen, fühle mich in Gott geborgen, weiß, dass er mich niemals fallen lässt.

Ich lade Sie ein, sich diesem Taufbewusstsein zu öffnen und es Ihren Kindern weiterzugeben. Sprechen Sie mit Ihrem Ehepartner darüber, lassen Sie Gott als den Dritten im Bunde in Ihre Ehe eintreten und Sie werden reich mit dem beschenkt, was unsere Sprache Glück nennt. Bei aller positiven Sicht des technischen Fortschritts, es gilt, anspruchsvoll zu bleiben und sich nicht mit der Faszination flacher Computerspiele und dem Surfen im Internet zu begnügen. Der

Mensch ist Person und als solcher braucht er den lebendigen Kontakt zu anderen Personen, vor allem zu Gott.

Alles, was im Taufritus nun folgt, möchte uns weiterhin zeichenhaft verdeutlichen, was in der Taufe bereits geschehen ist.

Salbung mit Chrisam

Priester/Diakon: ***„Der allmächtige Gott, der Vater unseres Herrn Jesus Christus, hat dich von der Schuld Adams befreit und dir aus dem Wasser und dem Heiligen Geist neues Leben geschenkt. Du wirst nun mit dem heiligen Chrisam gesalbt; denn du bist Glied des Volkes Gottes und gehörst für immer Christus an, der gesalbt ist zum Priester, König und Propheten in Ewigkeit.“***

Alle: ***„Amen.“***

Gott hat alles gut gemacht, die Sünde von Adam und Eva hat einen Riss durch die Schöpfung verursacht. Durch die Menschwerdung seines Sohnes Jesus Christus hat Gott den Riss geheilt und die Verkettung des Menschen an die Sünde durchbrochen. Mit seiner Hilfe durchbrechen wir Menschen den Teufelskreis des Bösen. Dies gilt auch heute noch. Wer kann schon aus eigener Kraft seine Feinde lieben, wer kann auf Vergeltung verzichten, wenn Gott ihm nicht hilft? Die Taufe schafft diese innige Verbindung mit Gott. Es kommt darauf an, als Glaubender diese Verbindung mit Gott zu pflegen durch Gebet, Schriftlesung, Gottesdienst, sich führen zu lassen vom Geist Gottes im alltäglichen Leben. Er gibt uns Impulse für unser Tun und Lassen, etwa so: Du könntest die kranke Frau Müller besuchen. Sag deiner Frau ein gutes Wort, wenn sie das Mittagessen wieder einmal so schmackhaft zubereitet hat. Lass deinen Mann spüren, dass du ihn liebst. Unternimm wieder einmal etwas mit deiner ganzen Familie. Sorge für eine gute Atmosphäre an deinem Arbeitsplatz!

Die Salbung mit Chrisam auf dem Scheitel ist ein Zeichen für die Würde des Täuflings (kein zusätzliches Sakrament, sondern ein „Sakramentale“ wie die Kirche sagt). Chrisam ist eine Mischung aus Balsam und Olivenöl, das vom Bischof am Gründonnerstag im Dom geweiht wird. Es wird verwandt bei der Taufe, Firmung und Priesterweihe. Von dem Wort Chrisam (griech. Chrisma) kommt das Wort „Christus“, das heißt: „der Gesalbte“. Diese Salbung im Zusammenhang mit der Taufe bedeutet, dass der Täufling teilhat am Priestertum, Königtum und Prophetentum Jesu Christi. Er ist ein „Christ“.

Vor Gott sind wir Getauften wie Könige. Der Arbeiterseelsorger Josef Kardinal Cardijn pflegte den Jugendlichen in der CAJ zu sagen: *„Jeder Arbeiter (Mensch) ist mehr wert als alles Gold der Erde.“* Ich liebe die hohe Menschenwürde in unserem Glauben. Damit kann ich leben, darin finde ich mich wieder. Ich sehe auch meine Mitmenschen mit dieser Würde ausgestattet, ganz gleich welcher Nation, Rasse, Religion oder welchen Alters sie angehören.

Der Getaufte nimmt auch teil am Priestertum Jesu Christi. Er ist berufen, Brückenbauer zu sein zwischen Gott und den Menschen. Bei 1 Petr. 9 lesen wir: *„Ihr aber seid ein auserwähltes Geschlecht, eine königliche Priesterschaft, ein heiliger Stamm, ein Volk, das sein besonderes Eigentum wurde, damit ihr die großen Taten dessen verkündet, der euch aus der Finsternis in sein wunderbares Licht gerufen hat.“*

Der gottverbundene Mensch ist außerdem mit prophetischer Begabung ausgestattet. Gott spricht durch ihn. Dies kann geschehen in der persönlichen Beratung, im Gebet. Prophetentum meint eigentlich nicht so sehr etwas „vorhersagen“, sondern vielmehr etwas „hervorsagen“ aus der innersten Verbindung mit dem Geist Gottes.

Überreichen des weißen Kleides
Priester/Diakon: ***„Johannes, dieses weiße Kleid soll dir ein Zeichen dafür sein, dass du in der Taufe neu geschaffen worden bist und – wie die Schrift sagt – Christus angezogen hast. Bewahre diese Würde für das ewige Leben.“***

Erst jetzt wird dem Kind das weiße Taufkleid angezogen oder übergelegt. Manchmal bringen die Familien das Taufkleid ihrer Familie mit, auf das die Namen all derer gestickt sind, die es nach der Taufe getragen haben. Für die Anwesenden ist es immer eindrucksvoll, daran erinnert zu werden, wer dies Kleid schon getragen hat. Das weiße Kleid bedeutet neue Schöpfung, leuchtendes Leben, der Dimension des Todes entrissen.

Übergabe der brennenden Kerze
Priester/Diakon: ***„Empfange das Licht Christi! Liebe Eltern und Paten! Ihnen wird dieses Licht anvertraut. Christus, das Licht der Welt, hat Ihr Kind erleuchtet. Es soll als Kind des Lichtes leben, sich im Glauben bewähren und dem Herrn und allen Heiligen entgegengehen, wenn er kommt in Herrlichkeit.“***

Die Taufkerze ist eigentlich eine Osterkerze. In der Osternacht trägt der Diakon das geweihte Osterlicht mit der großen Osterkerze in die dunkle Kirche und singt dreimal „Lumen Christi“ (Licht Christi). Es folgt das „Exsultet“ (Lobpreis) auf das Osterlicht. Jesus Christus hat durch seine Auferstehung die Dunkelheit des Todes besiegt. Hierfür ist die Osterkerze ein Symbol. Die Taufkerze meint das Gleiche: Der Täufling nimmt teil an der Lebendigkeit des Auferstandenen, ihm ist ewiges Leben geschenkt worden, der Tod ist tot, es lebe das Leben.

Die Taufkerze wird gut aufbewahrt, sie wird angezündet am Geburtstag, Tauftag, oder Namenstag des Kindes, bei der Erstkommunion, bei der Hochzeit, es kommt sehr selten vor, dass die Taufkerze in der Sterbestunde als Sterbekerze noch vorhanden ist. Das Kind soll als „Kind des Lichtes“ leben, also sich dessen bewusst sein, dass es getauft ist. Es soll persönlich aus der Kraft des Glaubens leben und sich darin bewähren.

Erstkommunion und Firmung sind weitere Schritte, die Beziehung zu Gott zu vertiefen und sich die Lebendigkeit schenken zu lassen, die unser Leben stark und kraftvoll macht.

Wenn ein Mensch so gerüstet ist, kann er in der Sterbestunde „dem Herrn und allen Heiligen entgegengehen“, es ist eine Begegnung mit dem Herrn in der Herrlichkeit des Himmels. Das Ziel unseres Lebens ist nicht der Tod, es ist das ewige Leben in der lichtvollen Herrlichkeit Gottes und aller, die vor uns das Ziel ihres Lebens erreicht haben. Dieser Glaube gibt unserem Leben Zuversicht, Mut und inneren Halt. Es lohnt sich, sich hiermit auseinander zu setzen und von neuem einen persönlichen Zugang zu diesen Glaubenswahrheiten zu finden.

Effata-Ritus
Priester/Diakon: ***„So wollen wir den Herrn bitten, dass er diesem Kind helfe, seine Botschaft zu hören und zu bekennen. Der Herr lasse dich heranwachsen, und wie er mit dem Ruf ‚Effata‘ dem Taubstummen die Ohren und den Mund geöffnet hat, öffne er auch dir Ohren und Mund, dass du sein Wort vernimmst und den Glauben bekennst zum Heil der Menschen und zum Lobe Gottes.“***

Familie Nienhoff nach der Taufe von Miriam

Der Priester berührt die Ohren und den Mund des Täuflings, alle seine Sinne sollen geöffnet werden, er soll ein hörender Mensch sein, Gottes Wort gläubig in sich aufnehmen. König Salomo durfte vor Gott einen Wunsch äußern. Er hat sich ein hörendes Herz gewünscht und wurde von Gott für diesen sinnvollen Wunsch reich belohnt. Von seiner Weisheit träumen die Herrschenden noch heute. Gott spricht zu uns im alltäglichen Leben, wer hierfür ein „Ohr" hat, darf sich glücklich schätzen. Der Glaube ist nicht eine Ansammlung von vielen „Glaubenswahrheiten", er ist vielmehr eine lebendige Beziehung zwischen Gott und dem Menschen, der dies will und pflegt. Gott spricht zu uns vor allem durch das Wort der Heiligen Schrift, wenn wir sie im Gottesdienst hören oder ganz persönlich im alltäglichen Leben lesen.

Er spricht zu uns in den Sakramenten, in der Eucharistie möchte er bei uns verweilen und uns mit seiner Liebe durchdringen. Er nimmt uns die Lebensangst, möchte, dass wir frohe, lebenstüchtige, lebensbejahende Menschen sind.

Ihm geht es immer wieder um das Leben. Und wir sind zögerlich, zweifeln, lassen uns alles Mögliche in die Ohren blasen und merken nicht, dass wir die leise Stimme Gottes abgewürgt haben.

Mit Kindern kann man eine Übung machen, in der Gottes Stimme zu hören ist. Ich habe das mit Kommunionkindern einmal versucht. Alle waren ganz still. Wer Gottes Stimme zu hören meinte, durfte aufzeigen.

Erst kam nichts, aber nach ein paar Minuten zeigte mehr als die Hälfte der Klasse auf. Ein Kind sagte: *„Zu mir hat Gott gesprochen: ‚Du könntest in der Schule besser sein.'"* Ein weiteres Kind sagte: *„Du könntest dich mit deinem Bruder besser vertragen."* Und ein drittes Kind sagt: *„Gott hat zu mir gesagt: ‚Ich hab dich lieb.'" „Das sieht ihm ähnlich"*, konnte ich darauf nur antworten.

Wer gelernt hat, auf Gottes Stimme zu hören, wird dies als unendlich Kostbares empfinden. Er wird seinen Mund auftun, und davon Zeugnis ablegen. Er kann unmöglich von dem schweigen, was er erlebt hat und immer wieder erlebt. Das Leben wird hierdurch interessanter, es bekommt eine Tiefendimension, die menschlich ist.

Gott spricht zu den Eltern auch durch ihr Kind. Sie empfinden es als ein Geschenk des Himmels. Was brauchen wir denn noch mehr Beweise für unsern Glauben? Das Leben selbst ist die Grundlage für den tiefen Sinn unseres Lebens. Die Botschaft der Bibel hilft dem Hörenden, zur Deutung seines Lebens zu finden, zum Heil, sich selbst zu finden. Dies kann er nicht für sich behalten, er wird es weitererzählen. Das ist mit dem Effata-Ritus gemeint.

Persönliche Tauferneuerung

Um alle Gäste, die zur Taufe erschienen sind, an ihre Taufe zu erinnern, habe ich einen kleinen Ritus der persönlichen Tauferneuerung eingefügt. Ich sage: *„Liebe Schwestern und Brüder! Sie sind jetzt Zeugen der Taufe eines Säuglings geworden. Vielleicht ist Ihnen aufgefallen, dass unmittelbar nach der Taufe, als ich die Worte sprach: ‚Ich taufe dich im Namen des Vaters und des Sohnes und des heiligen Geistes', niemand ‚Amen' gesagt hat. Dies ist richtig so. Hier hat die Liturgie kein ‚Amen' vorgesehen. Das Kind muss sein ‚Amen' zur Taufe irgendwann einmal selbst nachholen bei der Erstkommunion, bei der Firmung oder sonst zu einem anderen Anlass. Die meisten von den hier Anwesenden sind getauft.*

Ich lade Sie ein, in dieser Feier ein Zeichen zu setzen, Ihr ‚Amen' zur Taufe nachzuholen und damit zum Ausdruck zu bringen, dass Sie damit einverstanden sind, dass Ihre Eltern Sie haben taufen lassen, dass Sie bemüht sind, als Christ zu leben. Wer dies tun möchte, den lade ich ein, seine Fingerspitzen in das Taufwasser zu tauchen, ein Kreuzzeichen zu machen und ‚Amen' zu sagen. Das soll bedeuten: Ich bin getauft, ich stehe zu meiner Taufe, ich bin bemüht, als Christ zu leben. Es geht gewöhnlich ein sanftes: *„Oh"*, durch die Reihen. Dann treten die meisten ans Taufbecken, tauchen ihre Fingerspitzen ins Taufwasser, machen das Kreuzzeichen und sagen: *„Amen."*

Abschluss der Tauffeier

Die Taufgemeinde tritt nun vor den Hauptaltar der Kirche und betet stellvertretend für das Kind das Vaterunser, das bedeutet: Das getaufte Kind ist in die betende Gemeinde aufgenommen.

Priester/Diakon: ***„Liebe Schwestern und Brüder! Diesem Kind wurde in der Taufe das neue Leben geschenkt, und so heißt und ist es ein Kind Gottes. In der Firmung wird es die Fülle des Heiligen Geistes empfangen. Es wird inmitten der Gemeinde zum Altar treten, Gott seinen Vater nennen und teilhaben am Tisch des heiligen Opfers. Auch uns hat Gott zu seinen Söhnen und Töchtern angenommen; daher beten wir stellvertretend für dieses Kind, wie der Herr uns zu beten gelehrt hat."***
Alle: ***„Vater unser im Himmel …"***

Das Kind hat in der Taufe neues Leben empfangen. Dieses Leben wird sich für alles einsetzen, was dem Leben dient. Es ist hineingetaucht in den Tod und in die Auferstehung des Gottessohnes Jesus Christus. Es hat eine Vitalität, die durch den Tod hindurchgehen wird in das ewige Leben hinein.

Ewiges Leben ist dem Täufling schon in der Taufe geschenkt worden. Es bedarf nun der religiösen Unterweisung, des Vorbildes der Eltern, der Paten und der Gemeinde, damit dieses Leben sich entfalten kann.

Junge Eltern nehmen ihr Kind sonntags mit in die Kirche zum Familiengottesdienst. Es gewöhnt sich an den Raum, an die Kirchenmusik, an den feierlichen Schmuck, an den Duft, an alles, was mit den Sinnen wahrnehmbar ist. Zum Kommunionempfang bringen die Eltern ihr kleines Kind mit an die Kommunionstufe, dort wird es vom Priester oder Kommunionhelfer liebevoll angeschaut und gesegnet.

Wenn es mal lästig quengelt und schreit, gehen die Eltern ein wenig mit ihrem Kind nach hinten in die Kirche, gehen mit ihm umher und helfen ihm, wieder ruhig zu werden. Für die etwas älteren Kinder befinden sich hinten in der Kirche auf dem Gebetbuchwagen ein ganzes Sortiment von religiösen Bilderbüchern, damit kann sich Ihr Kind im Gottesdienst beschäftigen.

Es wird etwas problematisch, wenn sich Ihr Kind von Ihnen losreißt und durch die Kirche, vor allem durch den Chorraum wandert. Die Aufmerksamkeit der Gemeinde ist dann natürlich auf das Kind gerichtet. Der kinderfreundliche Priester wird nichts sagen, aber es kostet ihn eine Menge Nerven, dem Treiben Ihres Kindes kein Ende zu bereiten.

Bei uns haben alle viel Geduld, vielleicht haben auch Sie mit der Gemeinde Geduld und kommen am nächsten Sonntag trotzdem wieder.

Es gilt ja, dem Kind bewusst zu machen, dass es von Gott und den Menschen geliebt ist, dass es ein Kind Gottes ist. Auch uns Erwachsenen tut es gut, uns dies immer sagen zu lassen: Du bist Kind Gottes, von ihm geliebt, er kennt dich und möchte, dass du froh und glücklich bist.

Im Sakrament der Firmung wird dem jungen Menschen vom Bischof mit Chrisam ein Kreuz auf die Stirn geschrieben mit den Worten: *„Sei besiegelt mit der Gabe Gottes, dem Heiligen Geist.“* Der junge Mensch hat sich mit seinem persönlichen Glauben auseinandergesetzt, er öffnet sich dem Wirken Gottes in seinem Leben, er nimmt die Gabe Gottes, den heiligen Geist an.

Er ist schon im Namen des Vaters und des Sohnes und des Heiligen Geistes getauft, die Firmung ist die Vollendung der Taufe, der Firmand öffnet sich bewusst und entschieden dem Wirken des Heiligen Geistes in seinem Leben. Er ist bemüht, auf die Impulse des Heiligen Geistes einzugehen, sein Leben nach ihm auszurichten, Zeugnis abzulegen von seinem Glauben, dem Gleichgültigkeitsatheismus die Stirn zu bieten und sich von Gottes Liebe formen zu lassen.

Dies gelingt in der Gemeinde besser als im Alleingang. Christ ist man nicht allein. Darum beten wir zusammen das Vaterunser, es macht uns als Gemeinde eins vor Gott und führt uns zueinander.

Schlusssegen

Priester/Diakon: ***„Liebe Schwestern und Brüder! Wir empfehlen euch dem Erbarmen und der Gnade des allmächtigen Gottes, des Vaters, seines eingeborenen Sohnes und des Heiligen Geistes. Er behüte euer Leben, dass ihr im Lichte des Glaubens den Weg zu den verheißenen Gütern findet und wir mit euch.***

Nach der Taufe von Christina Busse 1993 in Herz Jesu Münster. Zufriedenes Kind und froher Pastor.

Es segne euch der allmächtige Gott, der Vater, der Sohn und der Heilige Geist. Gehet hin in Frieden."
Alle: ***„Dank sei Gott, dem Herrn."***

Zum Schluss stellt der Priester die ganze Taufgemeinde unter den Segen des dreieinigen Gottes. Er soll unser Leben behüten und uns helfen, den richtigen Weg zu finden. Leben heißt „unterwegs sein", auf der Suche nach dem lebendigen Gott, dem Sinn unseres Lebens. Wer auf der Suche bleibt, wird auch finden. Wer Gott ganz bewusst und engagiert sucht, hat ihn eigentlich schon gefunden. Man kann nicht über Gott verfügen, man ahnt und spürt ihn bei persönlichen Erlebnissen, man kann ihn auch nicht beweisen.

Dennoch wird jeder, der an Gott glaubt, sagen: Er spielt in meinem Leben eine große Rolle. Ich kann mir ein Leben ohne Gott gar nicht vorstellen. Auf alles andere könnte ich zur Not verzichten, aber der Glaube an Gott, an Jesus Christus, an den Heiligen Geist ist für mich unverzichtbar, er gehört zu meinem Leben dazu, ist ein Stück meiner Identität.

Das macht unser Leben so interessant: Wir sind unterwegs mit Glaubenden, Gleichgültigen, Kirchentreuen, Kritikern, Feministinnen, Transzendenzschwachen, Materialisten, Konsumisten, sie alle sind unsere Schwestern und Brüder. Gott hat sie alle lieb. Jesus ist für alle in den Tod gegangen.

Eines sollten wir auf diesem Weg bedenken: das Leben wird langweilig, wenn sich alle anpassen an das, was gerade üblich ist, an den Zeitgeist. Mit allen, die ehrlich Suchende sind, könnte ich zusammenwohnen oder in Urlaub fahren, mit denen, die zu einem Gespräch bereit sind über die tieferen Dimensionen unseres Lebens. Ich würde ihre Überzeugung achten, aber meine Überzeugung würde ich sagen. Das, was mir viel bedeutet, was mir in meinem bisherigen Leben aufgegangen ist. Und die Fragen, die ich habe, würde ich aussprechen, vielleicht helfen sie uns, miteinander ins Gespräch zu kommen.

Das Ziel des Weges ist der Friede. Der Friede mit Gott und den Menschen. Dies ist der letzte Wunsch des Priesters bei der Tauffeier und bei jedem Gottesdienst, den wir feiern. Wir können nur danken, wenn wir uns auf diesem Weg befinden.

Es wird zum Schluss noch ein Lied gesungen, ein Mitglied des Pfarrgemeinderates sagt einen Glückwunsch, überreicht ein Andenken und heißt den Neugetauften in unserer Gemeinde willkommen.

Auch ich reiche den Eltern und Paten die Hand zum Glückwunsch und sage, dass ich mich auf ein Wiedersehen der Familien im Gottesdienst freue.

Katholikentag Hamburg 2000

Zeugnis Segnungsgottesdienst 31. Mai 2000

Mein Name ist Hans Ludger, ich bin 62 Jahre und Pfarrer der Gemeinden Herz Jesu und St. Elisabeth in Münster und Dechant des Dekanates Münster Mauritz. Seit 36 Jahren bin ich Priester. Ich bin mit unseren Kirchenvorständen verantwortlich für 51 Angestellte in beiden Gemeinden, hinzukommen die Aufgaben, die ich als Dechant habe. Zu unserem Seelsorgeteam gehören die Pastoralreferentin und ein Arnsteiner Pater als Vicarius Cooperator.

Dankbar möchte ich ausführen, wie der Herr mir Kraft gegeben hat, den Dienst in unseren Gemeinden zu tun, so dass ich heute noch sagen kann: Ich bereue keine Minute meines Priesterseins und kann besten Gewissens auch heute noch jungen Menschen raten, diesen Beruf zu ergreifen, wenn sie sich von Gott berufen fühlen.

Seit 1976 bin ich offen für den Impuls der Erneuerung, der von Gottes Geist in dieser Zeit an die Kirchen ergeht. Angeregt durch Glaubensseminare habe ich mich 1976 zum ersten Mal für die 12 Jahre meines priesterlichen Dienstes beim Herrn bedankt und mich segnen lassen, später habe ich in Abständen von Jahren mehrmals meine Weihe erneuert und mir durch die Segnung der Brüder und Schwestern Mut und Kraft zusprechen lassen. Ich versuche, die Impulse des Geistes in die tägliche Seelsorge einfließen zu lassen, wobei mir die tägliche Eucharistiefeier eine wesentliche Kraftquelle ist. Ich möchte betonen, dass mir spektakuläre Erfolge nicht zuteil geworden sind. Gern berichte ich von kleinen Dingen in meinem beruflichen Alltag.

Ich halte es nicht für meine Aufgabe, die Menschen an mich zu binden, mein Anliegen ist es, sie mit Christus in Verbindung zu bringen.

Die dreimalige Teilnahme an der polnischen Wallfahrt von Warschau nach Tschenstochau auf einem Weg von 250 Kilometer mit bis zu 50.000 Pilgern schenkte mir 1980 die Idee, selbst eine Fußwallfahrt zu gründen. So pilgerte ich in den 80er-Jahren achtmal mit insgesamt bis zu 40 Personen aus meiner damaligen Gemeinde in Geldern zur heiligen Adelheid nach Pützchen bei Bonn. Die Fußwallfahrt erstreckte sich über 180 Kilometer und ging über eine Woche.

In Münster bereiten wir jetzt die neunte Fußwallfahrt von Münster nach Kevelaer vor, eine Woche mit Schwestern und Brüdern unterwegs bei Wind und Wetter, dies gehört zum Besten meiner seelsorglichen Tätigkeit, schenkt Erholung an Leib und Seele. Die Wallfahrten werden im Wesentlichen von den Teilnehmern gestaltet, so dass ich nicht ständig geistlich etwas geben muss, sondern einfach nur begleiten darf.

In der Pilgerkirche nebenan treffen sich hier auf dem Katholikentag in diesen Tagen viele Menschen, die ihren Glaubensweg als einen Pilgerweg betrachten, ihnen fühle ich mich sehr verbunden.

Jedes Jahr führe ich ein Glaubensseminar durch, früher „Einführung in die christliche Grunderfahrung", „Neu mit Gott" von Heribert Mühlen, „Exerzitien im Alltag" vom Münchener Ordinariat, „Komm und sieh!" von Leo Tanner und Klemens Armbruster. Dieses zuletzt genannte Seminar habe ich in der Fastenzeit dieses Jahres und nach Ostern durchgeführt.

Ich erlebe seit vielen Jahren, dass die geistliche Dimension bei Tauffeiern und Trauungen die jungen Leute anspricht. Leider reicht dies nicht aus, sie zum regelmäßigen Besuch unserer Sonntagsgottesdienste zu motivieren. So habe ich alle jungen Paare, die ich in den letzten fünf Jahren getraut und deren Kinder ich getauft habe, zu dem Glaubenskurs „Komm und sieh" eingeladen. Die schriftlichen Einladungen habe ich telefonisch begleitet, so dass 15 Teilnehmer die acht Abende mitgemacht haben und auch jetzt noch weiterhin als Gruppe zusammenbleiben möchten.

Vor schs Jahren hat mir unser Bischof eine zweite Gemeinde geschenkt: St. Elisabeth. Herz Jesu hat 4.200 Mitglieder und St. Elisabeth 2.400. Beide Gemeinden werden zum 1. Januar. 2001 fusionieren. Jeder, der die Entwicklung heute in den Bistümern kennt, kann sich vorstellen, welche Konflikte bis hin zum Mobbing hiermit verbunden sind. Als ich unserem Bischof das Schreiben mit den Unterschriften beider Gemeinden mit der Bitte um Fusionierung überreichte, fand er die anerkennenden Wort: *„Da hast du aber gut gearbeitet."* Hier darf ich sagen: *„Der Beistand des Heilgen Geistes hat mich durch diese Zeit geführt, er bewahrte mich davor, in meinem Herzen Hass aufkommen zu lassen, er sorgte dafür, dass die Schlaflosigkeit sich in Grenzen hielt. Ohne Eucharistiefeier und Gebet wäre dies nicht zustande gekommen."*

Ich halte die vielen Sitzungen nur aus, wenn ich gleichzeitig an der spirituellen Erneuerung unserer Gemeinden mitarbeiten darf. Dies ist mir eine Kraftquelle, die Ideen, Mut und einen langen Atem schenkt. Zum Herz-Jesu-Fest, dem Titularfest unserer Gemeinde, gibt es bei uns seit Jahren einen Segnungsgottesdienst mit Segnungteams. Im letzten Jahr haben wir mit drei Teams über eine Stunde die Menschen gesegnet, die dies wünschten.

Es macht mir große Freude, alte Leute an ihrem Geburtstag zu segnen oder die Schulneulinge am Tag ihrer Einschulung. Ich sage zu den Kindern: Stellt euch in einer Reihe auf die unterste Stufe und schaut eure Eltern an. Dann flüstern mir die Kinder ihren Namen ins Ohr, ich lege ihnen die Hände auf, nenne sie beim Namen und spreche ein Segenswort. Den Eltern empfehle ich, in dieser Zeit ein kurzes Gebet für ihre Kinder zu sprechen. Alle sind total dabei. Vor allem die Eltern sind ganz ergriffen.

Oder ich bete in bestimmten Situationen mit Anrufern am Telefon und lasse das persönliche Gebet in das „Vaterunser" übergehen, das immer mitgebetet wird. Es gibt Anrufer, die einen telefonischen Segen erbitten.

Ich trage auf meinem Primiz-Messgewand ein großes Fischernetz. Heute würde eine Angel besser zu mir passen. Ich werfe die Angel mal hier und mal dort aus und bin froh, wenn ich ab und zu etwas fangen darf. Aber das Fischen sitzt drin, davon lasse ich nicht. Ich kann unmöglich für mich behalten, was mir von Herrn geschenkt worden ist. Oft lese ich über meinem Schreibtisch den Vers aus Nehemia 8,10: ***„Macht euch keine Sorgen, die Freude an Gott ist eure Kraft."***

Die Spielverderber

Oktober 2000

Am vergangenen Samstag (16. Oktober 2000) besuchte ich im Pfarrer-Eltrop-Heim das Theaterstück „Die Spielverderber“ von Michael Ende. Die Amateurbühne Münster Ost spielte wieder einmal meisterhaft ein modernes Stück, das zum Nachdenken und Fragen Anlass gibt.

Der Inhalt ist schnell erzählt: Das Stück wird mitten im Saal aufgeführt, Ort sind die Gemächer eines Schlosses, die Zuschauer sitzen ringsum und befinden sich in diesem Schloss. Wichtig ist der Titel des Stückes: „Die Spielverderber“. Sie machen das Spiel des Lebens kaputt, sie verderben es, von diesen Leuten ist die Rede. Es steht hinter diesem Theater die Sehnsucht nach dem Spiel, das zu spielen sich lohnt, das fair ist und Freude bereitet, das nicht verdorben wird. Ich entnehme diese Sehnsucht aus dem Titel des Stückes, sonst kommt sie nur indirekt vor.

Zur Testamentseröffnung des verstorbenen Johannes Philadelphia sind zehn Erben im Schloss angereist. Es sind die unterschiedlichsten Typen, die sich zuvor nie gesehen haben: der makellose Direktor nebst Gattin und lügenhafter Tochter, ein etwas einfältiger Arbeiter, eine fesche Baronin mit Schießgewehr, ein gewaltbereiter General, eine blinde Bäuerin, ein hilfsbereites Dienstmädchen, eine penible Lehrerin, ein ehrenwerter Gauner, ein sachlicher Notar und der gehorsame Diener des Erblassers.

Alle Angereisten erhalten einen Briefumschlag mit dem Anteil ihres Erbes. Der Einzelne kann mit dem eigenen Briefumschlag nichts anfangen. Erst wenn sie alle Briefe zusammenlegen, kommen sie an das Erbe heran. Jeder denkt natürlich an seinen eigenen Vorteil, vertraut dem anderen nicht, es entstehen Zusammenschlüsse einzelner Personen, Fälschungen des Erbpapiers. Der Direktor schließt das Gebäude ab, keiner kommt mehr heraus. Er meint, wer reine Hände hat, kann die Mauern auseinander bewegen und einen Ausgang schaffen.

In meiner Nähe steht eine Truhe, gefüllt mit Schlüsseln von Sicherheitsschlössern, niemand weiß, zu welchen Schlössern sie passen.

Der General will mit Waffengewalt eine Lösung erzwingen, er erschießt den Arbeiter, auch die blinde Frau und die Lehrerin bekommen einige Erbpapiere in die Hand. Jeder versucht es auf seine Weise, das Problem zu lösen. Es kommt auch die Frage auf, ob es den Erblasser überhaupt gegeben hat, oder ob das Ganze nicht ein Spiel ist, das jemand mit den Erben treibt.

Die Spannung steigt ins Unerträgliche. Das Schloss gerät in Brand, der Direktor versucht, die Mauern mit seinen Händen auseinander zu bewegen, sie geben nicht nach, es gibt kein Entrinnen mehr. Schließlich züngeln die Flammen an den Eingeschlossenen hoch, sie steigen auf den Tisch, stoßen einen Schrei aus, es gibt einen lauten Knall, das Licht geht aus und das Stück ist zuende. Spieldauer 3 ½ Stunden.

Ich habe in diesen Tagen oft über dieses Stück nachgedacht. Ist die Situation unseres modernen Lebens so, wie Michael Ende sie schildert? Ich empfinde dieses Theater als eine Herausforderung meinerseits zu sagen, was ich denke, was ich glaube: Ich glaube nicht daran, dass wir in einem Raum eingeschlossen sind, aus dem es kein Entrinnen mehr gibt. Ich glaube an folgendes Spiel: Es gibt einen Schlüssel, der unsere Enge aufschließt, der uns ins Weite führt schon in diesem Leben, sogar über den Tod hinaus. Dies ist mein Glaube an den lebendigen Gott, der mich ins Dasein gerufen hat, der mir eine Sehnsucht ins Herz gegeben hat nach einem Erbe, das er mir bereitet hat. Ich gebe Michael Ende Recht: Ich kann dieses Erbe nicht allein aus eigener Kraft gewinnen, ich brauche dazu die Mitmenschen.

Ich glaube nicht daran, dass am Ende mit einem Knall alles aus ist. Dies muss jemand annehmen, der von Gott nicht den blassen Schimmer einer Ahnung hat, der sein Leben materialistisch deutet, der keine Transzendenz kennt, der folglich auch nicht weiß, was Beten heißt, schon gar nicht, was in der Eucharistiefeier geschieht. Machen wir uns nichts vor, die Meinung vieler Leute heute ist von einer solchen Lebensauffassung nicht weit entfernt. Dies ist die eigentliche Versuchung des heutigen Menschen, Gott als den Schlüssel des Lebens wegzuwerfen und erfahren zu müssen, dass es eng wird in Krisensituationen, wenn sich Hoffnungslosigkeit ausbreitet und das Spiel des Lebens verloren scheint.

Was wollte Michael Ende mit diesem Theater erreichen? Eine Deutung der heutigen Gesellschaft? Die Darstellung ist sicher überzogen. So pessimistisch sehe ich es nicht. Aber es lohnt sich, darüber nachzudenken und sich selbst hierüber Rechenschaft abzulegen: Ist am Ende Dunkelheit, eine Wand, Feuer und die Auflösung in das Nichts, oder ist das Ende Licht, Leben, Weite, Freiheit, Erfüllung all unserer Sehnsucht im lebendigen Gott?

Ich bin mit Michael Ende davon überzeugt, dass unser Leben ein Spiel ist. Wer aber sind die Spielverderber? Sind sie in unserer Nähe, in unserem Betrieb, in unserer Familie, in unserer Gemeinde? Das eigentliche Spiel des Lebens wird gespielt von und mit Leuten, die die Spielregeln kennen und anerkennen.

Als Jugendliche haben wir oft das schöne europäische Lied gesungen: *„Nehmt Abschied, Brüder …“* In der letzten Strophe heißt es: *„Nehmt Abschied, Brüder, schließt den Kreis, das Leben ist ein Spiel. Und wer es recht zu spielen weiß, gelangt ans große Ziel. Der Himmel wölbt sich übers Land. Ade! Auf Wiedersehn, wir ruhen all in Gottes Hand, lebt wohl auf Wiedersehn.“*

In memoriam Pfarrer Klaus Jung

13. März 2000

Liebe Angehörige und Verwandte des Heimgegangenen,
liebe Frau Toni Rusche,
liebe Schwestern und Brüder!

Wir hörten soeben in der Lesung aus dem Römerbrief: „*Ihr habt den Geist empfangen, der euch zu Söhnen macht, den Geist in dem wir rufen: Abba, Vater! So bezeugt der Geist selber unserem Geist, dass wir Kinder Gottes sind.*"

Dieses Durchdrungensein vom Geist Gottes war für Klaus Jung nicht nur Inhalt des Glaubens, sondern das Leben selbst. Dies hat ihm viel bedeutet.

Ich lernte Klaus Jung 1967 als Diözesanreferenten für Religionsunterricht an Berufsbildenden Schulen kennen. Oft sind wir uns begegnet auf Treffen mit Religionslehrern und Religionslehrerinnen, wo es immer darum ging: Wie können wir den jungen Menschen helfen, zu einem Sinngrund ihres Lebens zu finden? Hier konnte man deutlich spüren, die eigene Erfahrung des Geistes Gottes, selber ein Kind Gottes zu sein, schenkte Klaus Jung ein grenzenloses Vertrauen in den lebendigen Gott. Die intensiven Diskussionen mit ihm waren getragen von Respekt vor der anderen Meinung des Kollegen, er fühlte sich für uns verantwortlich und hatte die Begabung, auf uns zuzugehen. Gemeinsam haben wir Strategien entwickelt, wie wir die Jugendlichen gewinnen konnten durch einen erlebnisreichen Unterricht, durch Erlebnisse außerhalb der Schule, in denen die Dimension des Glaubens deutlich wurde. Hierbei kam es Klaus Jung darauf an, den christlichen Glauben niemandem aufzuzwingen oder gar überzustülpen.

Klaus Jung hatte ein umfangreiches theologisches Wissen, war mit den neuesten Strömungen der Theologie vertraut, die er kritisch zu werten wusste. Uns allen war er ein lebendiger Gesprächspartner mit festem Standpunkt. Er stand in Treue und Liebe zur Kirche, wie das ein Schlesier gar nicht anders kann. Wenn ich dies hier sagen darf: Ich habe noch nie einen ungläubigen Schlesier kennen gelernt, sie gehören zu den Menschen, die von Geburt an gläubig sind, solch ein Mensch ist Klaus Jung.

Als ich 1990 als Pfarrer nach Münster kam, freute ich mich, hier im Dekanat Mauritz Klaus Jung wiederzusehen als Pfarrer von Gelmer und als Definitor, als Stellvertreter des Dechanten. Treu nahm er an den Konveniats- und Pastoralkonferenzen teil. Ja, er wollte eigentlich jedes Konveniat zu einer Talkrunde über ein bestimmtes Thema machen. Dies ist ihm nicht gelungen, da wir Gespräche bevorzugen, in denen jeder seine Sorgen und Nöte vortragen kann und auch erzählen darf, wenn ihm etwas gelungen ist. Hier erfuhren wir, dass es Klaus Jung in Gelmer nicht immer leicht gehabt hat. Wer hat es als Pastor schon leicht, diese Frage stellt sich heute für alle Berufe. Die perfekte pflegeleichte Gemeinde müsste erst noch gefunden werden. Die Auseinandersetzung über das Firmalter der Jugendlichen war solch eine Geschichte, die wir am Rande mitbekamen. Hierüber konnten wir dann in der Liturgiezeitschrift „Gottesdienst" einen fundierten Artikel von Klaus Jung lesen, in dem er Gründe anführte, weshalb es sinnvoll sei, die jungen Menschen nicht schon mit 12 oder 13 Jahren zu firmen.

Gern sind wir vom Dekanat zu Pastoralkonferenzen und Konveniats nach Gelmer in diese schöne Josefskirche gekommen, haben hier die Vesper gesungen, die Pfr. Jung an der Orgel begleitete. Die Feier der Liturgie war ihm eine große Freude. Der Bau dieser Kirche nach den Erkenntnissen des II. Vatikanischen Konzils wird die Erinnerung an den heimgegangenen Pastor wachhalten und ihm ein treues Gedenken der Gemeinde sichern. Die Umsetzung des II. Vatikanischen Konzils in die praktische Seelsorge war Pfarrer Jung ein Herzensanliegen. Die Entdeckung von Begabungen in der Gemeinde, die Ermutigung der Laien, in Liturgie, Caritasarbeit und in den Verbänden mitzuwirken und dadurch am Aufbau einer lebendigen Gemeinde mitzuwirken, entsprach seiner innersten Überzeugung und war Ziel all seiner Mühen als Hirte der Gemeinde. Alle Gemeindemitglieder nehmen teil an dieser Hirtenaufgabe und sind füreinander verantwortlich.

Wenn wir nach der Botschaft dieses Pastorenlebens über den Tod hinaus fragen, dürfen wir sagen: Klaus Jung lebte aus einem intellektuell begründetem, durch persönliche Erfahrung des Geistes Gottes lebendigen Glauben. Wir hörten dies im Evangelium: *„Das ist das ewige Leben: dich den einzigen wahren Gott, zu erkennen und Jesus Christus, den du gesandt hast."* Dies trifft für ihn zu, er konnte seine Glaubenserkenntnis nicht verschweigen, er hat sie verkündet in Liturgie und persönlichem Leben. Das ewige Leben fängt nicht erst nach dem Tod an, es ist hier und heute in der lebendigen Gottesbeziehung schon zu erfahren.

So gilt es in dieser Stunde Dank zu sagen für das Leben dieses Mannes. Dank gebührt auch seiner lieben Haushälterin Frau Toni Rusche, die dafür sorgte, dass er in häuslicher Geborgenheit frei war für die seelsorgliche Arbeit in der Gemeinde.

Wir feiern Eucharistie, die große Danksagung an Gott für alles Gute, das er an uns getan hat durch Pfarrer Klaus Jung. Vor allem aber sagen wir Dank, dass wir der Botschaft aus dem Römerbrief Glauben schenken können, die Pfarrer Jung hier oft verkündete: „Sind wir aber Kinder, dann auch Erben; wir sind Erben Gottes und Miterben Christi, wenn wir mit ihm leiden, um mit ihm auch verherrlicht zu werden." Amen.

Lesung: Röm 8,11.14-17;
Evangelium Jh 17,1-5.

100 Jahre Herz-Jesu-Kirche

Unsere Gemeinde auf der Suche nach der Herzmitte des Glaubens Herz-Jesu-Fest 2000

Zur Zeit des Neubaus unserer Herz-Jesu-Kirche vor hundert Jahren war die Herz-Jesu-Verehrung eine starke Motivation für den Bau einer großen Kirche. Sie sollte nicht nur unserer Pfarrgemeinde als Gotteshaus dienen, vielmehr ein Monument des Glaubens und der Zuneigung der Bevölkerung zu Gott sein, der sich in herzlicher Liebe in Jesus Christus uns Menschen gezeigt hat, dessen Liebe sogar bis in den Tod ging.

Die Herz-Jesu-Frömmigkeit hat bei den älteren Menschen unserer Gemeinde noch heute einen hohen Stellenwert: Die dreitägige Feier des Herz-Jesu-Festes mit stillem Verweilen vor dem Allerheiligsten Sakrament in der Kirche, die festlichen Gottesdienste an diesen Tagen, das Halten des Herz-Jesu-Freitags mit Kommunion der Hauskranken und Senioren in ihren Wohnungen, die Herz-Jesu-Lieder und Hingabegebete, dies alles ist der älteren Generation auch heute noch außerordentlich wertvoll.

Junge Leute finden keinen Zugang zur traditionellen Herz-Jesu-Verehrung. Sie vermuten darin etwas Altmodisches, Verstaubtes. Die Malerei hat versucht, das Anliegen im Bild darzustellen und hierbei meistens ein brennendes Herz im Innern Christi vorgestellt, ein Herz, das von „Liebe entbrannt" ist. In unserer Kirche gibt es zwei solcher Bilder: ein großes neben dem Sakristeieingang mit der Darstellung der Vision der Margareta Maria Alacoque und ein kleineres in der Sakristei, das Jesus zeigt, wie er uns sein „brennendes Herz" schenkt.

Als Gemeinde sind wir auf der Suche, wie wir in dieser Zeit die herzliche Liebe Gottes zu uns Menschen in unserem Gemeindeleben erfahren können.

„Gott nimmt mich so, wie ich bin, er lässt mich nicht, wie ich war." Die Begegnung mit seiner herzlichen Liebe verändert mich. In der Eucharistiefeier, wenn ich schweigend sein Wort bedenke, in der eucharistischen Vereinigung unter den Zeichen von Brot und Wein, wenn ich still bin vor ihm, einfach mein Leben ihm hinhalte mit all seinen Sorgen und Nöten, mit seinen Freuden und glücklichem Erleben. Wir setzen uns dafür ein, seinen Auftrag „Nehmt, esst und trinkt" zu erfüllen, indem wir auch an Werktagen zur Kelchkommunion einladen.

Der Auferstandene Christus möchte uns mit der Lebendigkeit seines Geistes durchdringen, uns teilhaben lassen an allem, was den Tod überwindet, uns mitnehmen in die Herzmitte der Wirklichkeit, die er selber ist.

Das Geheimnis der Liebe Gottes zu uns ist in Worte nicht zu fassen, die Kirchenmusik halten wir für unverzichtbar, wenn es darum geht, Spuren des lebendigen Gottes zu erkennen, ihnen zu folgen und bei ihm zu verweilen.

Auch die künstlerische Gestaltung des Gotteshauses und der phantasievolle Schmuck sind Bilder der Schönheit, der Herrlichkeit Gottes, die sich uns mitteilen möchte.

Viele aus unserer Gemeinde lassen sich ansprechen von dieser herzlichen Liebe des menschgewordenen Gottessohnes, erkennen ihre Begabungen und Fähigkeiten und sind bereit, sie einzubringen in das Leben der Gemeinde. Sie haben ein Herz für die Mitmenschen, die Kinder, Bedürftigen, Suchenden, Zweifelnden, Kranken und Sterbenden.

Wir erkennen, dass es eine Fülle von Wegen gibt, auf denen wir die Wegbegleitung des gütigen Gottes erfahren.

Wir haben Gottesdienste gefeiert für die Kranken mit Krankensalbung und persönlicher Segnung. Hiervon ging viel Kraft aus. Auch das anschließende Kaffeetrinken im Pfarrer-Eltrop-Heim lag ganz auf der Linie der herzlichen Liebe Gottes zu uns.

Wir laden am Herz-Jesu-Fest zu einem Segnungsgottesdienst ein, an dem wir in Teams die Schwestern und Brüder einzeln segnen, die vortreten und eine bestimmte Segensbitte vortragen. Hierbei sind auch die Laien aktiv, jeder Christ ist berufen, seine Mitmenschen zu segnen. Das lateinische Wort für segnen ist „benedicere", dies heißt wörtlich: „etwas Gutes sagen". In der persönlichen Segnung wird mir die Liebe und Freundlichkeit Gottes persönlich zugesprochen. Dies gibt mir neuen Mut und hat auch heilende Wirkung.

Im Herbst findet die Fußwallfahrt nach Kevelaer statt, wir gehen die Strecke von ca. 120 Kilometer durch das schöne Münsterland und den fruchtbaren Niederrhein in sechs Tagen. Die tägliche Eucharistie, die Meditationen unterwegs in der herbstlich farbigen Schöpfungswelt und die Gemeinschaft geben uns das Bewusstsein: Gott ist mit uns auf dem Weg. Das schenkt uns neue Orientierung und Zuversicht für das Leben im Alltag. Wir entdecken Spuren der herzlichen Liebe Gottes zu uns.

Aus unserer Herz-Jesu-Gemeinde ist das Pfarrer-Eltrop-Heim nicht wegzudenken. Für die Jugend ist es ein beliebter Treffpunkt. Die Amateurbühne hat schon manchen in Staunen versetzt über die schauspielerischen Leistungen, die Kinder, Jugendliche und Erwachsene „auf die Bretter bringen". Ob Arbeit in den Gremien Pfarrgemeinderat und Kirchenvorstand, Verbandsleben in KAB und KFD, Seniorengruppen und Feiern der Gemeinde, das Pfarrheim ist ein Ort, an dem wir viel Gutes erleben und auch darin dem guten Gott nahe sind.

„Gott wohnt, wo man ihn einlässt", hat Martin Buber gesagt. Wer ein Herz für ihn hat, der wird seine herzliche Liebe erfahren. So ist die Verehrung seines Herzens nicht überholt. Wir dürfen dankbar sein, dass viele Menschen in unserem Wohngebiet ihn gefunden haben in der Herz-Jesu-Kirche seit nunmehr hundert Jahren und im Pfarrer-Eltrop-Heim seit mehr als fünfzig Jahren. Was werden die nächsten hundert Jahre bringen? Ich bin mir sicher: Wer die Liebe Gottes sucht, wird sie finden, sie wird ihn zum Mitmenschen führen, zur Gemeinschaft – zur Herz-Jesu-Gemeinde.

Festwoche 100 Jahre Ev. Erlöserkirche

Ansprache in Herz Jesu am 5. November 2000

Liebe Schwestern und Brüder!

„Im Wichtigsten einig" ist ein griffiger ökumenischer Slogan. Unter diesem Thema stand der ökumenische Gottesdienst am Reformationsfest in der evangelischen Erlöserkirche, die wie die Herz-Jesu-Kirche ebenfalls um 1900 eingeweiht wurde. Es waren erfreulich viele Gemeindemitglieder von Herz Jesu und St. Elisabeth erschienen.

Pfarrer Spindelmann hielt eine meditative Predigt über die Nächstenliebe, die dem anderen Wohnung schenkt, wobei dies nicht räumlich, sondern mehr persönlich zu denken ist. Pfarrer Thilo unterstrich die Notwendigkeit von Kirche heute und kritisierte den „Blauen Brief" – „Dominus Jesus" – aus Rom. Meine Aufgabe bestand darin, ein Gebet zu sprechen und den Schlusssegen zu spenden, was ich in der uns bekannten Art nach unserem Messbuch tat. Der Chor von St. Mauritz gab dem ökumenischen Gottesdienst einen festlichen Rahmen.

Nach dem Gottesdienst gab es im Paul-Gerhard-Haus einen schmackhaften Imbiss mit viel Gelegenheit zu Gespräch und gegenseitigem Kennenlernen.

Wenn Jesus im heutigen Evangelium sagt: Das Wichtigste ist die Gottes- und Nächstenliebe, so konnten wir an diesem Abend erleben, dass wir kath. und evangelischen Christen uns in diesem Wichtigsten einig sind.

Die Frage ist, wie wir dies als Gemeinden konkret verwirklichen. Der katholische Prof. Wagner brachte in seinem kurzen Vortrag konkrete Vorschläge: Viel miteinander sprechen, gemeinsame Aktionen, gemeinsame Tauffeiern, evangelische Paten auch bei kath. Taufen zulassen, eine Patenschaft mit einer Gemeinde der anderen Konfession schließen. Er sagte auch: *„Entscheidend ist bei all unserem Bemühen die Frage nach der gemeinsamen Eucharistie bzw. dem gemeinsamen Abendmahl."* Dies sei bei einer persönlichen Gewissensentscheidung des evangelischen Christen heute in der kath. Kirche möglich. Die Amtsfrage wurde angeschnitten. Prof. Wagner hielt es für denkbar, dass Ordinationen in Zukunft auch mit Handauflegung kath. und evangelischer Amtsträger vorgenommen werden könnten, was aus der Sicht eines Professors leichter zu sagen als in der Praxis auszuführen sein dürfte.

Der evangelische Prof. Beintker sprach als reformierter Theologe und setzte sich von den Lutheranern ab. Man sah hier, dass Katholiken und Lutheraner sich in manchem näher kommen als Reformierte und Lutheraner. Beintker machte kein Hehl aus seiner Sympathie zu Prof. Ratzinger, dem Vorsitzenden der römischen Glaubenskongregation, wegen seiner präzisen Formulierungen, die uns weiterbrächten als die Ausführungen der Augsburger Erklärung vom 31. Oktober 1999 über die Rechtfertigungslehre, die er in manchen Punkten als ungenau bezeichnete. Es überraschte, wie unterschiedlich an diesem Abend viele Positionen dargestellt wurden, aber alles geschah, ohne den anderen zu verletzen oder in Verlegenheit bringen zu wollen. Nächstenliebe über Konfessionsgrenzen hinaus war deutlich zu spüren, auch eine Prise Humor, was immer ein Zeichen von Zuneigung ist.

Auch ich meldete mich zu Wort und griff die Frage der Abendmahlsgemeinschaft auf. Ich sagte: *„Ich habe in unseren Eucharistiefeier in Herz Jesu und St. Elisabeth keine Probleme, einem evangelischen Christen die heilige Kommunion zu reichen, wenn er wie die Katholiken ehrfürchtig hinzutritt und seine Hände zum Empfang der heiligen Gabe öffnet."* Als wir in Herz Jesu unser 100-jähriges Jubiläum mit einem Festgottesdienst feierten, war auch ein evangelischer Pfarrer zugegen, der auch die heilige Kommunion empfing, was viele von uns bestimmt gesehen haben. Als ich dann am letzten Sonntag den Festgottesdienst in der Erlöserkirche mit mehreren evangelischen Pfarrern und dem Präses der Ev. Landeskirche von Westfalen, Präses Manfred Sorg, mitfeierte, hatte ich zuvor schon beschlossen: Das Abendmahl empfängst du nicht. Ein Pfarrer sprach den gleichen Einsetzungsbericht wie wir in der Eucharistie, auch das „Vater unser" und das „Lamm Gottes" waren Bestandteile der Abendmahlsfeier. Dann wurde das Abendmahl ausgeteilt, es beeindruckte, wie es immer an etwa 25 Personen in Brot und Wein vor dem Altar ausgeteilt wurde. Nach dem Empfang sprach ein Pfarrer einen Bibelvers, und alle begaben sich wieder an ihren Platz.

Nun geschah etwas, das mir zu denken gibt: Es kamen so viele Leute zum Abendmahlsempfang, dass schließlich zu wenig Hostien und zu wenig Wein vorhanden waren und der Küster mit Hostien und Wein zweimal aus der Sakristei kam, um die Kelche der Pfarrer mit Hostien und Wein nachzufüllen. So lautete meine Frage: Was ist, wenn zu wenig Brot und Wein oder zuviel Brot und Wein in einem Abendmahlsgottesdienst vorhanden sind? Was geschieht mit den übriggebliebenen Gaben nach der Feier? Ich merkte, dass ich mit meiner Frage Betroffenheit auslöste. Ich gebe zu bedenken: Es handelte sich um einen hochoffiziellen Gottesdienst, bei dem sogar der Präses der Westfälischen Landeskirche zugegen war. Darum habe ich keine Scheu, diese Fragen öffentlich auszusprechen, in der Hoffnung, dass uns das ökumenische Gespräch hierüber weiterführt. Die Antwort vom Podium war: Die evangelische Kirche muss hier Klarheit schaffen und sieht Gesprächsbedarf. Dies hat mir gezeigt, dass der Weg in der Verständigung über das, was Kirche und Sakramente betrifft, ein weiter Weg sein wird. Ich möchte die katholischen Christen ermutigen, auch einmal an einer Abendmahlsfeier teilzunehmen, um sich hierüber selbst ein Urteil zu bilden.

In Gottes- und Nächstenliebe sind wir uns einig. Die Begegnung der Erlösergemeinde und Herz Jesu mit St. Elisabeth war sehr fruchtbar, auch nach der Fusionierung unserer Gemeinden werden wir das ökumenische Anliegen hochhalten und gemeinsam tun, was möglich ist, wir werden jedoch die unterschiedliche Überzeugung des anderen achten und ehrlich weiterarbeiten an größerer innerer und äußerer Einheit unter den Christen verschiedener Konfession.

Kurzwallfahrt nach Tschenstochau

2000

Am Mittwoch, dem 27. September 2000, startete ich mit dem polnischen Mitbruder Marian Wagner am frühen Morgen eine Autofahrt nach Breslau. Herrlich lag der glühende Feuerball der aufgehenden Sonne auf der Autobahn. Vorbei ging die Fahrt an dem früheren DDR-Grenzübergang Helmstedt. Schlimme Erinnerungen an frühere Kontrollen wurden lebendig. Heute aber ging unsere Fahrt zügig weiter, die Autobahn fast überall in gutem Zustand.

Schon um 12.30 Uhr waren wir in Breslau. Mit Marians Studienfreund gingen wir in die Kathedrale auf der Dominsel. Seit ein paar Jahren tragen beide Domtürme wieder einen Helm. Auch die Elisabeth-Kirche ist inzwischen fast vollständig restauriert. Die Innenstadt macht auf mich einen sehr gepflegten und lebendigen Eindruck. Viele junge Leute bewegen sich in der Fußgängerzone um das alte historische Rathaus, seit der Wende haben Gastwirtschaften auch draußen Tische und Stühle aufgestellt, das Ganze hat ein ansprechendes Flair. In der Nähe des Priesterseminars sieht man seit einigen Monaten eine Christusstatue auf einer Säule aufgestellt. Christus trägt die Tiara (dreifache Krone) des Papstes. Dies empfinden viele Breslauer als befremdlich, auch ich kann mich der Kritik nicht verschließen. Nach einem guten Mittagessen in einem Restaurant setzen wir unsere Reise nach Namysłów (Namslau) fort.

Hier hatte Pfarrer Wagner seine erste Stelle als Kaplan. Wir werden von Pfarrer Alexander Matyka in seinem großen Pfarrhaus sehr freundlich aufgenommen.

Am Donnerstag werde ich zur Konzelebration in der Pfarrkirche (Peter und Paul) eingeladen. Es waren wohl an die 50 Gläubige zur Werktagsmesse erschienen. Pfarrer Matyka zeigte uns die Eintragung eines schlesischen Priesters, der vor 60 Jahren hier seine Primiz gefeiert hat und vor kurzem in seine Heimatstadt zurückgekommen ist, um für die 60 Jahre seines priesterlichen Wirkens zu danken. Nach ausgiebigem Frühstück geht unsere Fahrt weiter.

Nur noch 150 Kilometer bis Tschenstochau. Und wieder hatten wir herrlichen Sonnenschein den ganzen Tag. Die alten schlesischen Alleen stehen unverändert und geben der Landschaft einen Reiz, den wir bei uns von früher her kennen. In Tschenstochau parken wir das Auto auf einem bewachten Parkplatz und gehen in das Paulinerkloster. Hier hatte Pfarrer. Wagner schon eine Kopie der „Schwarzen Madonna“ bestellt,

Die gemalte Kopie der „Schwarzen Madonna von Tschenstochau" in St. Elisabeth, rechts Parrer Marian Wagner, links Hans Ludger.

kunstvoll gemalt von Pater Arkadius. Das Gnadenbild der Gottesmutter wird hier seit 1382 verehrt und hat in der Geschichte des polnischen Volkes bis heute große Bedeutung. Das eingepackte Bild ist bei der Eucharistiefeier der Wallfahrtsgruppen in der Gnadenkapelle dabei. Alle Leute sind sehr andächtig. Auch ich denke daran, was ich der „Schwarzen Madonna“ verdanke. Frühere Fußwallfahrten von Warschau nach Tschenstochau gehören zum Besten, was ich erleben durfte. Anregungen von damals gelten heute noch. Dann stehen wir vor einem schwierigen Problem. Das Bild ist so groß, dass es nicht in unser Auto passt. Sollte unsere Pilgerfahrt umsonst gewesen sein? Erst nach mehrmaligen Versuchen ist es uns gelungen, das Bild der Länge nach auf die Rückenlehnen und hintere Ablage des Wagens zu legen. Nur mussten Fahrer und Beifahrer mit angewinkelten Beinen fahren, was nicht so schlimm war, wie wir erst dachten.

Noch eine Nacht nehmen wir die Gastfreundschaft des Pfarrers von Namslau in Anspruch. Am Freitag feiern wir wieder mit der Gemeinde die Werktagsmesse. Es ist das Fest der heiligen Michael, Gabriel und Rafael. Ich denke, den Beistand dieser Engel können wir auf unserer Rückreise gut gebrauchen. Nach reichhaltigem Frühstück verabschieden wir uns von dem liebenswürdigen Pfarrhaus. Ich bekomme von der Haushälterin vier Gläser Pflaumenmus geschenkt, der Pfarrer schenkt Marian und mir eine Stola mit dem Emblem des Jahrtausendjubiläums. Der Abschied ist sehr herzlich und freundschaftlich.

Die Engel begleiten uns tatsächlich auf unserer Reise. In den Verkehrsnachrichten hören wir ständig von kilometerlangen Staus. Wir sehen sie öfter aber immer nur auf der anderen Autobahnseite. Auch an der Grenze in Forst werden wir schnell abgefertigt. Ich erzähle unsere Geschichte. Was es mit dem Bild auf sich hat: dass es in unserer Elisabeth-Kirche in Münster ein Symbol gemeinsamer Verehrung ist. Der Zöllner erklärt: Wenn es sich so verhält, dann verzichten wir auf eine Zollerhebung, es wären eigentlich sieben Prozent fällig gewesen. Das Bild hat 2.500 DM gekostet. Gegen 20 Uhr waren wir am Freitag schon wieder in Münster, beide sehr glücklich über diese so schöne Blitzwallfahrt nach Tschenstochau.

Am kommenden Sonntag (8. Oktober 2000) soll das Bild seinen Platz in St. Elisabeth finden. Die bisherige Marienikone wird in der Werktagskapelle von St. Elisabeth zu sehen sein und weiterhin der Gemeinde erhalten bleiben. Das neue Marienbild wird für alle Marienverehrer eine Bereicherung sein. Wenn der hintere Bereich der Elisabeth-Kirche renoviert ist, hoffen wir, durch die Glaswand einen Raum zu schaffen, der über Tag offen bleiben kann. Dies ist für alle Menschen in unserem Viertel ein Gewinn. Wir wollen vor allem auch die Kinder mit diesem schönen Marienbild vertraut machen. Ich bin mir sicher, das Gnadenbild von Tschenstochau wird in unserer Kirche Polen und Deutschen eine Anregung und Hilfe zum Gebet sein und ihnen das Bewusstsein geben, dass sie mit ihren Sorgen und Nöten zu Maria gehen können.

Schulentlassung Fürstin-von-Gallitzin-Schule Münster

2000

Sehr geehrter Herr Direktor,
verehrtes Lehrerkollegium,
liebe Eltern,
liebe Mädchen und liebe Jungen!

Es war im Jahr 2000. Über 100 Jungen und Mädchen der Fürstin-von-Gallitzin-Realschule im beneidenswerten Alter von 16 bis 17 Jahren kamen mit Eltern und Lehrern in die Erlöserkirche in Münster zu ihrem Entlassgottesdienst.

Als Bild für ihre Situation hatten sie die Pusteblume gewählt, die jedes Kind kennt. Sie dachten: Jetzt sind wir noch schön zusammen. Aber an dem heutigen Tag werden wir wie eine Pusteblume in alle Winde verweht. Wer weiß, ob wir uns jemals alle wieder an einem Tag wie diesem wiedersehen werden.

Sie hatten sich bei der Vorbereitung des Gottesdienstes viele Gedanken gemacht. So kombinierten sie die Pusteblume mit der Geschichte, die Jesus einmal erzählte vom Gleichnis mit dem Bauern, der Samen auf sein Feld säte. Jesus wollte den Leuten klarmachen, was es mit dem Reich Gottes auf sich hat. Heute würden wir sagen, was können wir tun, damit unser Leben gelingt. Dies ist für Mädchen und Jungen heute ungemein aktuell. Der Samen soll auf guten Boden fallen und Frucht bringen. Die jungen Leute öffneten ihre Ohren, als sie eine moderne Deutung des biblischen Gleichnisses hörten, auch die Lehrer und Eltern hörten zu.

Samenkörner fallen auf den Weg, sie werden zertreten, von den Vögeln aufgepickt und haben keine Chance, aufzugehen. Die Schüler hatten in der Schule viel gelernt: Deutsch, Englisch, Mathe, mit Computern umzugehen, Religion und vor allem Sport machten alle gern. Es gab nun einige unter ihnen, die konnten sich nicht für einen Beruf entscheiden, andere fanden keine Lehrstelle. Sie schoben die Entscheidung vor sich her und sagten sich: Es kann ja nicht verkehrt sein, eine weiterführende Schule zu besuchen. Sie dachten: Kommt Zeit, kommt Rat. Ein Glück, dass es nur wenige Schülerinnen und Schüler gab, die keine Lebensperspektive hatten

Dann fallen Samenkörner auf felsigen und steinigen Boden, sie können nicht aufgehen, weil es an Wasser fehlt, es dringen ihre Wurzeln nicht in die Tiefe.

Auch von diesen Mädchen und Jungen, die keinen Tiefgang haben, die sich für nichts interessieren, gab es nicht viele, sie sind kaum erwähnenswert. Sie glauben, man kann per

Mausklick die Zukunft erobern. Sie sind Kinder unserer Zeit, surfen nächtelang durchs Internet und verplempern viel Zeit, hocken Stunden vor dem Fernseher, telefonieren den ganzen Tag, strapazieren die Finanzen ihrer Eltern und stellen hohe Ansprüche, aber geistig haben sie nicht viel drauf. Wie gesagt, wir dürfen froh sein, dass diese Sorte Leute in der Pustbeblumegeschichte äußerst wenige sind, wenn es sie denn überhaupt gibt.

Dann erinnern wir uns an das Saatgut, das unter die Dornen fällt, es wird, kaum ist es aufgegangen, von den Dornen erstickt. Es gibt bekanntlich ja Dornen, die sehr schöne Blüten tragen, so zu Beispiel die Rosen. Wir denken an Drogenkonsum, gewaltbereite Gruppierungen und an Jugendsekten. Die jungen Menschen merkten erst spät, dass sie auf einem Irrweg waren. Ein Segen, dass sie sich an Freunde und Freundinnen aus der Realschulzeit erinnerten, die ihnen halfen, aus ihrer schlechten Lage herauszukommen und doch noch etwas Gescheites zustande zu bringen.

Endlich kommen wir zum letzten Teil unserer Geschichte: Es fällt Saatgut auf guten, fruchtbaren Boden und bringt hundertfältige Frucht. Dies waren die allermeisten Schülerinnen und Schüler, für die dies zutraf. Gott sei Dank. Sie hatten erkannt, dass es im Leben ohne Lernen nicht geht. Sie waren offen für die große Wirklichkeit. Sie stellten Fragen und suchten sie zu lösen. Sie hatten ihre Begabungen erkannt und nutzten die Chance, sie zur Entfaltung zu bringen.

Sie konnten sich auch entscheiden für ein Leben aus dem Glauben an Gott, auch wenn noch Fragen offen blieben.

Das Psalmwort: „Du führst mich hinaus ins Weite“, hatten sich einige als Lebensmotto angeeignet. Sie konnten sich mit Leuten nicht anfreunden, die nur ans Geldverdienen dachten und an persönliche Vorteile, solche Leute fanden sie ätzend und uncool. Sie fanden Erfüllung im Beruf, waren geachtet bei den Freunden und hatten auch Glück bei der Wahl eines Lebenspartners. Hierbei ließen sie sich Zeit. Als gläubige junge Menschen hatten sie erkannt, dass der Glaube auch in Ehe und Familie eine bedeutende Rolle spielt, dass das Ganze einfach mehr Tiefgang hat und ein sinnvolles Leben schenkt. Da sie dir Fürstin-von-Gallitzin-Schule in bester Erinnerung hatten, schickten sie ihre Kinder natürlich auf diese Schule und erzählten immer, wenn Schulentlassung war, die Geschichte von der Pusteblume.

Karnevalspredigt für die Fastenzeit

Herz Jesu und St. Elisabeth 2001

Geliebte Schwestern, liebe Brüder,
in Versen werd' ich sagen wieder,
was man zu Fastnacht sagen darf.
Ich hoffe, es wird nicht zu scharf.

Herz Jesu und Elisabeth
sind jetzt zusammen wirklich nett.
Als dieses Jahr hat angefangen
die Einheit wurde schlicht begangen.

Der Weg hierher war ziemlich weit
nicht alle waren ja bereit,
auf eigenen Kirchturm zu verzichten,
darüber könnt' ich viel berichten.

Man wollte hier nicht „Emmaus" heißen,
das würde vieler Herz zerreißen.
Es wurde durchgeführt 'ne Wahl
mit dem Ergebnis ganz dual.

Sie wollten es beim Alten lassen,
für alle ist es leicht zu fassen:
„Herz Jesu und Elisabeth"
wählten die Leute ganz konkret.

Im Siegel eine Rose blüht,
ein Zeichen, dass die Liebe glüht,
von Gott in unser Herz einströmt.
Er ist es, der die Welt versöhnt.

Es wird bei uns nun Vieles neu.
Es fanden sich ganz bald nicht scheu,
ich will es gerne euch verraten:
'ne gute Anzahl Kandidaten.

Für PGR und auch KV
gibt's Leute, die bestimmt bald schlau
mithelfen und auch mitentscheiden,
dass andere uns schon fast beneiden:
Was hier nun läuft mit Gottes Geist,
das hat zusammen uns geschweißt.

Am End' des März Anfang April,
was ich euch heute sagen will,
da wird gewählt nach allen Messen,
das darf niemand von euch vergessen.

Damit wir Kandidaten kennen,
dürfen wir es nicht verpennen:
An einem Mittwoch Mitte März
ist Pfarrversammlung ohne Scherz!

Im schönen Pfarrer-Eltrop-Heim
da werden wir zusammensein
uns Kandidaten gut ansehn.
Wie sollte sonst die Wahl ausgehn?

2000: Hans Ludger bei der Karnevalsfeier der Frauen im Pfarrer-Eltrop-Heim.

Wenn dann die Wahl entschieden hat,
wie weitergeht bald unser Pfad,
dann packen wir es fröhlich an:
So jede Frau und jeder Mann.

In der Gesellschaft laff und lau
gestalten wir den Menschenbau,
in der ganz oben stehet Gott,
er macht uns Menschen richtig flott:

Die Kinder werden fröhlich sein,
die Eltern beieinander bleib'n,
die Jugendlichen Arbeit haben,
dass nicht verlottern ihre Gaben,

und sie zu allem Überfluss,
sich Drogen reinziehn mit Genuss,
und landen in der Chaos-Szene
verdreckt und ohne Hygiene.

Zu Karneval ich sag' es offen,
wird Schnaps und Bier zuviel gesoffen,
schon mancher musst nach vielem Saufen
in Armut sich die Haare raufen.

Auch stellt er fest dann voller Wut,
dass er ganz krank, total kaputt.
Wein und Bier maßvoll genossen,
macht heiter dich, wenn du verdrossen.

Unser Glaube braucht Musik,
ob Choral ob Orgelstück,
Rhythmusgruppen, frohe Kehlen,
öffnen die verstopften Seelen.

Mancher Christ hat keine Lust,
schleicht hierher mit Alltagsfrust,
kaum erklingt der Orgel Ton,
kribbelt's in der Seele schon.

Tiefenwirkung hat Musik,
ist dein Fell auch noch so dick,
sie dringt durch dein Knochenmark
und bewahrt vor Herzinfarkt.

Doch kommt unser Herz zum Schwingen,
wenn alle auch ganz kräftig singen.
Manchmal ist es hier recht lahm,
man schläft ja ein, dass Gott erbarm.

So singen wir auch neue Lieder
aus dem Ringheft immer wieder.
Aufgehört hat alles Meckern,
weil Lieder klasse, fast zum Schleckern.

Es kam ins Heim ein toller Flügel,
ein „Steinway" sag ich ohne Prügel,
er wird die Musik beflügeln,
wer wird die Ekstase zügeln?

Ein guter Mann hat ihn geliehn.
Ich musst ihn gar nicht lang beknien.
Hierfür sag ich ihm frohen Dank.
Musik macht heil, wenn du bist krank.

Ganz neu wird in Elisabeth
die Sakristei hell und adrett.
Auch in der Kirche Vorderraum
da wird saniert, man glaubt es kaum.

Da gibt es eine Wand aus Glas,
die Kirche, die ist bald first class.
Haus Gottes dann auch werktags offen.
Dass nichts passiert, kann man nur hoffen.

Auch gibt es ein Marienbild
aus Polen, das uns Schutz und Schild,
wenn wir in höchsten Nöten sind.
Es geht zu ihm bald jedes Kind.

Ich dank euch, dass ihr zugehört
und niemand meine Predigt stört.
Jetzt weht bei uns der richtge Wind,
darum will schließen ich geschwind.

So wollen wir zusammenhalten,
Gemeindeleben froh gestalten.
Euch allen, die zusammenkamen,
statt mit „Helau" schließ ich mit „Amen".

Dank an Prof. Dr. Dr. Heribert Mühlen

23. April 2002

Lieber Heribert!

Herzlich danke ich Dir für Deine freundliche Einladung zur Vollendung deines 75. Lebensjahres. Da ich am Samstag Dienst habe, kann ich nicht kommen.

Ich wünsche Dir weiterhin die Fülle aller Gaben des Heiligen Geistes, die Dir in der Seniorenphase Deines Lebens gut tun, einen frohen Glauben und gute Gesundheit.

Ich will diesen Brief zum Anlass nehmen, um Dir ein Wort des Dankes zu sagen. Du gehörst zu den Menschen, die mein priesterliches Leben auf eine Spur gebracht haben, die heute noch stimmt und die ich niemals verlassen möchte.

Seit 1976 haben wir Kontakt miteinander. Du versuchtest, den charismatischen Impuls des Heiligen Geistes in die Erneuerung der Gemeinde zu lenken. Diese Überzeugung habe ich niemals aufgegeben.

Nach schweren Auseinandersetzungen bei der Fusionierung unserer beiden Gemeinden hat mir das Gebet und die Eucharistiefeier geholfen, meine Gegner niemals zu hassen. Heute kann ich sagen: Es macht schon wieder Freude, Pfarrer zu sein.

Stichwortartig möchte ich Dir schreiben, was mir als Pastor Freude bereitet: Jeden Tag rufe ich die Geburtstagskinder unserer Gemeinde an, die ich persönlich kenne. Das sind ca. fünf Personen jeden Tag. Ich spüre, mit wem ich am Telefon beten kann und wen ich segnen kann. Das ist schon am Anfang eines Tages ein wunderbares Geschenk für das Geburtstagskind wie für mich.

Jeden Montag gehe ich in einen unserer drei Kindergärten, anhand eines Bilderbuches erzähle ich den Kindern eine biblische Geschichte, bete frei im Sinne der erzählten Geschichte, die Kinder sprechen die kurzen Gebete nach und lernen so, was Beten ist. Im 2. Schuljahr können sie schon selber frei beten, Gott danken, ihn bitten. Dieses Schulgebet muss ich immer abbrechen, es will kein Ende nehmen. Da ich erkannt habe, dass Kinder gern beten, habe ich ein kleines Gebetbuch mit 31 Morgen- und Abendgebeten zusammengestellt und den Kindern geschenkt. Sie dürfen immer nur ein Gebet sprechen, sonst bekommen sie eine „Gnadenvergiftung“.

Ich habe in einfacher Sprache ein Heft geschrieben über Eucharistie und über Taufe und Taufbewusstsein, diese Hefte sind hilfreich bei Taufgesprächen. Ich füge Dir je ein Exemplar bei. Dies alles gäbe es nicht, wenn ich dich nicht kennen gelernt hätte.

In jeder Fastenzeit halte ich ein Glaubensseminar. In den letzten Jahren hielt ich die Seminare von Klemens Armbruster „Komm und sieh“ und „Neu anfangen“. Die Werbung geschieht stark über Telefonate. Es genügt heute nicht mehr, die Leute nur anzuschreiben, man muss die Werbung telefonisch begleiten, sonst läuft nichts. Ich erlebe, wie in Trauungen und Tauffeiern der geistliche Funke überspringt, lade die jungen Eltern ein, diese Erfahrung weiter auszubauen. Ich sage bei der Trauung: Alle kommen jetzt bitte in die Nähe des Brautpaares, wenn ich das Jawort erfrage. Wer möchte, kann die Hand seines Partners ergreifen und sie liebevoll drücken zum Zeichen, dass er ihn oder sie immer noch liebt und den Segen Gottes auch für seinen Ehebund neu erfleht. Ich höre hinterher als Rückmeldung: der Pastor hat uns alle neu verheiratet.

Oder bei der Tauffeier nach dem Effata-Ritus sage ich: *„Unmittelbar nach der Taufe des Kindes hat niemand Amen gesagt. Der Täufling muss sein Amen irgendwann einmal nachholen. Es bedeutet: Ich stehe zu meiner Taufe, bin bemüht als Christ zu leben. Wer eine solche Bestätigung seiner Taufe geben möchte, den lade ich ein, seine Finger in das Taufwasser zu tauchen, das Kreuzzeichen zu machen und Amen zu sagen.“* Nicht alle treten dann ans Taufbecken heran, aber an die 70 bis 80 Prozent tun es doch.

Die Gebetsgruppe in unserer Gemeinde hat sich leider aufgelöst. Es gibt eine neue Gruppe: „Glauben, Bibel, Leben teilen“. Diese Gruppe ist mit Bibelteilen geistlich orientiert, für die Teilnehmenden eine große Hilfe, heute lebendig gläubig zu sein.

Zum 10. Mal geht in diesem Jahr unsere Fußwallfahrt in den Herbstferien von Münster nach Kevelaer (120 Kilometer zu Fuß in 5 Tagen). Die Gestaltung wird von allen Pilgern getragen. Es gibt keine Woche, in der man sich ganzheitlich so erholen kann wie auf unserer Wallfahrt.

Im vergangenen Jahr sind wir 100 km auf dem Jakobsweg nach Santiago de Compostela gepilgert mit spiritueller Gestaltung, die der Erneuerung des persönlichen Glaubens diente.

Am Herz-Jesu-Fest halten wir nun schon zum 10. Mal einen Segnungsgottesdienst, um der herzlichen Liebe Gottes auf die Spur zu kommen.

All diese schönen Erfahrungen wären mir nicht geschenkt worden, wenn du mir nicht diesen geistlichen Weg gezeigt hättest. Dafür danke ich Dir und vielen anderen, aber Dir am meisten. Das wollte Dir einmal schreiben

Ich wünsche Dir zum 27. April viel Freude, das Wiedersehen mit vielen guten Freunden und nochmals Gottes reichen Segen für eine geisterfüllte Zukunft.

In herzlicher Gebetsverbundenheit
Dein Hans

Prof. DDr.
Heribert Mühlen
* 27. April 1927
ᛘ 5. März 1955
† 25. Mai 2006

Fastnachtspredigt

2003

Liebe Schwestern, liebe Brüder,
zu Fastnacht möcht ich heute wieder
predigen in Vers und Reimen.
Die Welt braucht Freud', so will mir scheinen,

und das nicht nur zu Karneval,
sie sucht sie täglich überall.
Und das wolln wir hier neu bedenken:
die wahre Freud' kann Gott nur schenken.

Zu lindern aller Menschen Not,
gab er uns seine 10 Gebot:
Soll'n ihn und unsern Nächsten lieben,
das Böse wird dadurch vertrieben.

Im Karneval, so hört es wohl,
die 11 als Zahl ist ein Symbol
fürs Übertreten der Gebote,
klingt liberal und scheint in Mode.

Wer Gottes Grenzen übertritt,
verliert die Freud, sie geht nicht mit.
Drum lasset den Entschluss uns fassen,
man muss die Kirch' im Dorfe lassen.

Zu Fastnacht woll'n die Leute lachen,
da soll die Predigt Freude machen.
Allenthalben wissen wir:
Es lacht der Mensch und nicht das Tier.

Nur des Menschen Angesicht
hat Fähigkeit in Glanz und Licht
der frohen Herzensheiterkeit
und inniger Glückseligkeit.

Es hat ein jeder hier zur Stund
für Freude wahrlich echten Grund,
weil als Mensch und auch als Christ
er tief in Gott geborgen ist.

Auch Paulus ruft uns nicht nur heut':
So freuet euch zu jeder Zeit.
Tut allen eure Freude kund
lacht öfter mal, das ist gesund.

Lachen, das ist Medizin
bringt Gesundheit, bringt Gewinn
für das triste Angesicht,
schenkt der Seele Gleichgewicht.

13 Muskeln wir bewegen,
wenn wir uns vor Freud erregen,
während Griesgram uns nur schlaucht,
weil man 60 Muskeln braucht.

Und was ein rechter Christ will sein,
möcht' oft auch in Herz Jesu sein.
Geht gern auch nach Elisabeth,
das findet der Pastor ganz nett.

Mancher Christ hat keine Lust,
schleicht zur Kirch' mit Alltagsfrust;
kaum erklingt der Orgel Ton,
kribbelt's in der Seele schon.

Doch kommt unser Herz zum Schwingen,
wenn alle auch ganz kräftig singen,
manchmal ist es hier recht lahm,
man schläft ja ein, dass Gott erbarm.

Lisbeths Orgel würd verenden
wenn alle nicht ganz kräftig spenden.
Das meiste Geld wurd schon gesammelt,
nur wenigen ist das Herz verrammelt.

Am Montag feiert der Pastor
Geburtstag mit ganz viel Humor.
Vor kurzem las ich einen Spruch
sehr weise in 'nem schlauen Buch:

Montag werd' ich 65
nach dem Himmel, Freunde, lechz' ich
Doch o Gott, es hat noch Zeit;
lang ist ja die Ewigkeit.

Füg o Gott noch 5 hinzu
eh du gibst die ewg'e Ruh!
Bald schon werd ich 70 sein,
gern noch trinken weißen Wein.

Doch noch höher geht mein Ziel:
noch mal 10 wär nicht zuviel.
Denn wer 70, macht sich
Hoffnung auch auf 80.

Herr, es wär' nicht einzig,
erreicht ich noch die 90.
Schließlich wär' ich nicht verwundert,
brächt ich's gar auf stolze 100.

Montag seid ihr eingeladen
zu dem Fest von Jahres Gnaden –
alle Lauen, alle Frommen
in die Dankmesse zu kommen.

Die beginnt um kurz nach neun.
In Herz Jesu wir uns freun,
und danach gibt's den Empfang
im Eltrop-Heim den Morgen lang.

Und wer mir gern was wollte schenken,
den möchte' ich auf das Sparschwein lenken,
das beim Empfang wird gern gefüttert,
darüber ist man nicht erschüttert.

Das Geld ist für 'nen guten Zweck
Die Orgel frisst noch manchen Scheck
bis dass sie kunstvoll dann erschallt,
für alle Menschen jung und alt.

Noch tolle Tage wünscht euch all',
den Männern und den Damen,
der Prediger im Karneval
und sagt ganz einfach „Amen".

Predigt zur Vollendung des 65. Lebensjahres

Rosenmontag, 3. März 2003, in Herz Jesu Münster

Macht euch keine Sorgen, die Freude an Gott ist eure Kraft!
(Neh 8.10)

Liebe Schwestern und Brüder!

Wer sich um spirituelle Sensibilität bemüht, kann sagen, welcher Vers in der Bibel ihm besonders viel bedeutet. Mir hat immer wieder der Satz aus dem Propheten Nehemia geholfen: *Macht euch keine Sorgen, die Freude an Gott ist eure Kraft.*

Das fing schon in meiner frühen Kindheit an. Ich erlebte an meinen Eltern eine einfache, tiefe Frömmigkeit, die den Boden bereitete für meinen Weg als Priester. Hierfür möchte ich Gott heute ganz besonders danken.

Die Jugendarbeit und das Gymnasium Laurentianum in Warendorf waren weitere Fundamente, die mich den Priesterberuf ergreifen ließen. Ich will jetzt nicht einen Lebenslauf von mir erzählen, ich finde es am anregendsten, den Blick nur auf die heutige Situation zu lenken.

Ich brauche nur einige Stichworte zu nennen, die einem Christen Sorge bereiten können: Gleichgültigkeit der Menschen – Versickern des Gottesglaubens in unserer Gesellschaft – Arbeitslosigkeit – Angst vor einem Krieg im Nahen Osten – Profillosigkeit und Transzendenzschwäche vieler Politiker – Fehlen der Finanzen in Staat und Kirche – Reduzierung der sozialen Einrichtungen auch in den Kirchen-Gemeinden – Notwendigkeit der Zusammenlegung von Pfarrgemeinden – Probleme bei der Gewinnung von ehrenamtlichen Mitarbeiterinnen und Mitabeitern – Antipathie gegen Ausländer – und vieles mehr.

Um all diesen Belastungen Stand zu halten, bedarf es einer Kraft, die tief und stark sein muss. Es ist die Freude an Gott, um es mit Nehemia zu formulieren.

Ich möchte einige Beispiele erzählen, die von der Kraft Zeugnis geben, die der gute Gott mir immer wieder schenkt.

Da sind zunächst die vielen Gäste, die heute Morgen zu diesem Dankgottesdienst erschienen sind. Wir alle stehen in diesem Kraftstrom Gottes, das ist das eigentliche Geburtstagsgeschenk, über das ich mich sehr freue.

Überhaupt ist es immer wieder die Eucharistiefeier, die mir eine Quelle der Freude ist. Je älter ich werde, desto mehr erkenne ich den Zeichenwert des großen Triumph-Kreuzes über dem Altar in unserer Herz-Jesu-Kirche: Tod und Auferstehung – Leid und Freude – Unheil und Heil. Deinen Tod, o Herr, verkünden wir, und deine Auferstehung preisen wir, bis du kommst in Herrlichkeit.

Es ist für mich ein frohmachendes Erlebnis, wenn unsere beiden Kirchen Herz Jesu und St. Elisabeth gut besucht sind, wenn sie rappelvoll sind. Wenn die Gemeinde aus vollem Herzen singt und man aus den Fürbittantworten heraushört, dass alle Beter die Bitte voll unterstützen. Dankbar bin ich unseren Kirchenmusikern, die wesentlich dazu beitragen, dass göttliche Schwingungen uns erreichen.

Aber das Eigentliche lässt sich ja gar nicht in Worte fassen. So danke ich der Gemeinde, dass sie erkannt hat, wie kostbar die Stille nach dem Empfang der hl. Kommunion ist. Dieses Verweilen in der Gemeinschaft mit dem Herrn. Ihm die Chance geben, zu uns persönlich zu sprechen. Ihn an die Sorgen heranlassen und sich Ideen schenken zu lassen, wie die Sorgen zu ertragen sind, das ist die Kernenergie meiner Glaubensfreude. Oft tut es mir Leid, wenn ich die tief versunkene, betende Gemeinde aus der Stille herausholen muss mit den Worten: Lasset uns beten.

Es gibt nun in meinem all- und sonntäglichen Leben eine Fülle von Lichtblicken, die mir Freude machen, so dass ich es keine Sekunde bereue, Priester zu sein.

Da sind die Besuche bei den Kindern in den Kindergärten, ich erzähle ihnen mit einem Bilderbuch spannende biblische Geschichten, bete und singe mit ihnen. In all unseren Einrichtungen habe ich eine stationäre Gitarre, das ist auch heute noch eine Art Markenzeichen von mir, obwohl ich nie richtig nach Noten zu spielen gelernt habe.

Viel Freude erlebe ich täglich bei den Geburtstagsanrufen. Täglich haben zwischen 20 und 30 Personen aus unserer Gemeinde Herz Jesu und St.Elisabeth Geburtstag, heute sind es 26 Geburtstage. Viele sind äußerst überrascht und dankbar, verwundert, dass die Kirche sich so moderner Mittel bedient. Wenn ich spüre, dass das Geburtstagskind religiös sensibel ist, biete ich einen persönlichen Segen am Telefon an. Der Segen enthält Elemente von Dank, Vertrauen, Geborgenheit in die Güte Gottes, was auch immer geschehen mag, über den Tod hinaus. Dies ist für das Geburtstagskind und auch für mich eine tiefe Erfahrung, schenkt Freude, die in die Mitte des menschlichen Herzens geht. Ich denke oder bete danach: Mein Gott, dass ich so etwas tun darf, hab Dank für deine Führung.

Pfarrer Hans Ludger mit 65 (nicht ganz frei von Sorgen)

Zu den besonderen Highlights gehören auch die Hochzeiten. Schon im Traugespräch sage ich den Brautleuten: Wenn Sie Gott in Ihre Beziehung hineinlassen, dann haben Sie die Garantie, dass Ihre Ehe sehr glücklich wird, Belastungen aushält und auf Dauer Bestand hat. Gott in die Ehe hineinlassen: Miteinader beten, Miteinader die Messe besuchen, die hl. Kommunion empfangen, sich vom Geist Gottes führen lassen zu partnerschaftlicher Zärtlichkeit. Gott ist ein Gott der Liebe, der Einheit, der guten Ideen, der Phantasie, der Zärtlichkeit: er ist ein schöpferischer Gott. Ich sage allen Gästen bei Trauungen: Ich lade Sie ein, die Sicherheit der Kirchenbänke zu verlassen und in die Nähe des Brautpaares zu kommen. Wenn das Brautpaar das Ja-Wort spricht, dann können alle Partner die Hand des anderen suchen und sie ein wenig drücken, das soll heißen: ich liebe dich noch immer. Ich fühle mich bei solchen Feiern überhaupt nicht aus der Bejahung Gottes ausgeschlossen, sondern bin froh und dankbar, dass ich ein wenig mithelfen darf, die konkrete Anwesenheit Gottes zu interpretieren.

Diese Erfahrungen möchte ich gern rüberbringen. Diese Erlebnisse lassen mich das Dahinschwinden der Jahre vergessen. Und so bin ich auf einmal 65. Ich weiß nicht, wo die Zeit geblieben ist. In diesem Stil hoffe ich, dass es weitergeht.

Jedenfalls mache ich mir keine Sorgen, denn die Freude an Gott ist meine Kraft.

Amen.

Mein Altern

„Altern als Herausforderung und Chance"
Studienwoche mit Prof. Dr. Ludger Veelken
für den Weihekurs 1964
vom 9. bis 14. November 2003 im Priesterseminar Münster

Beginnende Alterserscheinungen

Dass ich älter werde, merkte ich erkennbar mit 45, als ich die Schilder auf der Autobahn nicht schnell genug lesen konnte. Ich sagte zu meinem Beifahrer: Die können doch die Schilder mal größer machen. Ich bekam zur Antwort: Du brauchst eine Brille, das ist alles. Damit fing es an.

Schon um die 40 bekam ich eine Zahnprothese, was mich nicht so sehr erschreckte wie die Brille, die ich von nun an tragen musste. Die Leute sagten: Die Brille steht ihnen aber gut, das hat mich etwas entschädigt.

Gesunde Ernährung: Siebenkörner-Brot

Bei den Zähnen habe ich seit Jahren keine Ausfälle mehr. Ich führe das auf das „franziskanische Brot" zurück, das ich jeden Tag esse. Deswegen franziskanisch, weil meine Haushälterin Franziska sieben verschiedene Körnersorten selbst mahlt und das Brot backt. Seit ich dieses Brot esse, geht es mir gastroenterologisch besser. Ich kann alles essen und trinken, vertrage alles, hab mit dem Magen oder Darm keine Beschwerden, auch die Verdauung klappt prima. In jüngeren Jahren litt ich öfter unter nervösen Magenbeschwerden. Wir essen im Pfarrhaus einfach und gut. Der Kaplan und afrikanische Doktorand sind beim Mittagessen dabei. Wir alle nehmen nicht sehr große Portionen, sonntags gibt es immer ein (oder auch zwei) Glas Wein zum Mittagessen. Das Beste beim Mittagessen ist der Nachtisch, Franziska kann meisterhafte Herrencremes und Zitronencremes kreieren. Da wir mittags gut essen, gibt es nachmittags selten Kuchen, nur wenn Besuch kommt.

Alkohol ist für mich kein Problem. Bei Geburtstagsbesuchen trinke ich wohl ein Gläschen Wein oder ein Glas Bier. In die Kneipe gehe ich nach Sitzungen nicht. Einmal käme ich dann viel zu spät nach Hause, zum anderen wollen die Leute den Pastor gar nicht immer bei sich haben und auch mal ungestört über ihn reden können.

Es liegt immer Obst bereit, vor allem am Abend esse ich gern Weintrauben und vor dem Schlafengehen ein kleines Stück Schokolade. Ich schlafe leicht ein und ziemlich tief. Morgens mache ich einige gymnastische Übungen (seit meinem 10. Lebensjahr schon) und unter der Dusche Kneippsche Anwendungen, die ich in Bad Wörishofen gelernt habe. Alle vier Jahre mache ich eine Kneipp-Kur, im Februar 2004 schon zum 5. Mal. Dies hält mich fit. Diese Wochen in Wörishofen sind ganz wunderbar, richtige

Beim Fußballspiel holte ich mir einen Quadrizepsriss (vier Bänder über der Kniescheibe). Auf einer Trage wurde ich zum Krankenwagen transportiert. In der Mitte des Bildes der Arzt Dr. Mike Mbanwusi aus Nigeria, der fünf Vierteljahre bei uns zu Gast war.

Holidays, heilige Tage. Ich habe Zeit zum Spazierengehen, Lesen, Messefeiern und natürlich für die Anwendungen.

Krankheiten

Ich habe 1993 einen Sportunfall gehabt beim Fußballspiel Kirchenvorstand und Pfarrgemeinderat gegen den Rest der Gemeinde. Ich war Torwart. Plötzlich gab es ein Techtelmechtel vor meinem Tor, ich ging zu Boden und stand nicht wieder auf. Diagnose: Quadrizeps-Riss über der Kniescheibe. Ich wurde im Franziskushospital erfolgreich operiert. Heute weiß ich kaum noch, an welchem Bein ich operiert wurde. Gehen kann ich weit, nur rennen fällt mir schwer. Fußballspielen habe ich ein für alle Mal beendet.

1995 wurde eine Schilddrüsenoperation notwendig. Die Schilddrüse vergrößerte sich nach Innen und drückte die Luftröhre ein. Ohne Operation wäre ich erstickt. Durch die Operation hat meine Stimme gelitten, sie ist nicht mehr das, was sie früher einmal war, ich bin froh, dass ich überhaupt wieder länger sprechen und singen kann. Dr. Schulz im Franziskushospital hat diese und die Quadrizeps-Operation durchgeführt. Wenn ich ihm mit seinen Assistenten bei Krankenbesuchen im Franziskus-Hospital begegne, fällt es mir leicht, ihm zu sagen, dass ich ihm und seinen Leuten unsagbar viel verdanke.

Bedingt durch den andauernden Stress beim Fusionierungsprozess von Herz Jesu und St. Elisabeth erlitt ich 1999 einen Gehörsturz. Ich hatte permanent unterschiedlich hohe Geräusche in beiden Ohren. Das Sprechen durch ein Mikrophon war eine Qual. Ich bekam 10 Infusionen bei meiner Ärztin und der Spuk war vorbei. Noch immer bekomme ich einen leichten Druck auf die Ohren, wenn ich in Stress gerate. Dies ist ein starkes Signal, langsamer zu treten. Aber das ist gar nicht immer möglich. Ich kenne mehrere Mitbrüder, die unter einem dauerhaften Tinnitus leiden. Ihnen gilt meine Sympathie, mein Mitleiden ganz besonders.

Erholungsurlaub in den Bergen

Im Januar fahre ich seit Jahren nach Kirchberg/Tirol. Hier bin ich im Pfarrhaus beheimatet, übernehme etwas Dienst und gehöre so richtig dazu. Seit vielen Jahren habe ich mich körperlich besonders beim Ski-Langlauf bestens erholt. Ich kenne alle Loipen der Region, fuhr manchmal mit der Bahn oder dem Bus bis zu zehn Kilometer von Kirchberg fort, um dann auf den Skiern zurück zu laufen. Im Jahre 2001 bin ich auf einer leicht gewellten Loipe gestürzt, habe mir eine starke Prellung der Schulter geholt und musste mich in Münster in ärztliche Behandlung begeben. Seither ist das Skilaufen abgehakt. Ich spüre die Prellungen in der linken Schulter bis heute. Ich fahre noch immer nach Kirchberg, statt Schilaufen stehen längere Wanderungen auf dem Programm.

Schlaf und Bewegung halten fit

Ich bemühe mich, Leib und Seele ernst zu nehmen. Ich bekomme ausreichend Schlaf von 11 Uhr abends bis 6 Uhr morgens, mittags von 13 Uhr bis 14.30 Uhr in der Regel. Während der Mittagsruhe bewacht meine Haushälterin Franziska Diepers das Telefon, das ich in dieser Zeit abgestellt habe. In Notfällen ruft sie mich. Ich brauche einmal in der Woche einen längeren Spaziergang von ca. zwei Stunden Dauer. Im Sommer fahren Franziska Diepers und ich Sonntagsnachmittags in den Teutoburger Wald, unternehmen hier längere Wanderungen von bis zu drei Stunden Dauer. Zur Orientierung greifen wir immer wieder zur Wanderkarte. Im Raum Iburg/Hagen kennen wir alle Wanderwege. Wir sind erstaunt, dass wir auf unseren Wanderungen sehr wenigen Menschen begegnen.

Montagsmorgens fahre ich gern in das Ostbad und schwimme hier wenigstens eine halbe Stunde an einem Stück. Am letzten Montag beobachtete ich, wie der 80-jährige Theo Recker aus unserer Gemeinde vom Dreimeterbrett einen Kopfsprung wagte, ich bekam es mit der Angst zu tun, als er vom Einmeterbrett längs durch das ganze Schwimmbecken tauchte. Wir sprechen immer plattdeutsch im Schwimmbad, das verbindet noch mehr als das gemeinsame Schwimmen im selben Schwimmbad. Theo Recker stammt aus Glandorf, dem Geburtsort meines Vaters, wo heute noch bei den Älteren plattdeutsch die Umgangssprache ist.

Alle Wege in der Gemeinde und auch in der Stadt bewältige ich mit dem Fahrrad. Das Auto benutze ich nur bei Regen oder wenn es etwas zu transportieren gibt. Vor ein paar Wochen ist mir mein Herrenrad gestohlen worden, ich habe ein neues Rad gekauft, ein Damenfahrrad mit fünf Gängen. Ich bin fasziniert vom Fortschritt in der Zweiradtechnik. Das Damenfahrrad wäre früher für mich keine Idee gewesen. Jetzt aber werde ich älter. Komme auf so ein Fahrrad schneller rauf und runter.

Älterwerden – Gedächtnis – Spannkraft

Mein Älterwerden spüre ich besonders bei meinem Gedächtnis. Ich habe die Kinder in den Schulklassen fotografiert und mit Namen versehen, vor jeder Unterrichtstunde und vor den Schulgottesdiensten schaue ich mir im Namensalbum alle Kinder und ihre Namen gründlich an. In der Kirche sind die Leute dann erstaunt, dass ich die Namen der Kinder fast alle kenne. Wenn sie wüssten, wie schnell ich sie wieder vergessen habe.

Auch das Kurzzeitgedächtnis lässt nach. Habe ich jetzt die Tür abgeschlossen oder nicht? Habe ich die Tablette soeben genommen oder nicht? Peinlich wird es, wenn jemand vor mir steht, ich ihn begrüße und mir sein Name nicht einfällt. Meistens überspiele ich eine solche Situation oder gebe ganz ehrlich zu, dass mir der Name entfallen ist.

Was ich in der Kindheit und in der Jugend gelernt habe, ist in meinem Kopf geblieben. Ich kann noch heute ganze Passagen von Homers Odyssee auswendig aufsagen oder lateinische klassische Verse. Auch die Fahrtenlieder der Jugendzeit sind unauslöschlich in meinem Gedächtnis haften geblieben. Dabei fällt es mir schwer, die neuen Lieder aus dem Gotteslob-Anhang auswendig zu singen.

Ich zwinge mich, die Predigten frei zu halten, meine Stütze ist eine logische Gliederung und die rhetorische Anregung des alten Cato: Rem tene, verba sequuntur. Die Sache halte fest, die Worte folgen.

Ich wurde vor ein paar Jahren von unserer Amateurbühne gebeten, eine kleine Rolle zu übernehmen. In einem Kinderstück spielte ich einen alten Einsiedler. Es fiel mir unendlich schwer, den Text Wort für Wort auswendig zu lernen. Meine Mitspieler bekamen ihr Stichwort nur, weil eine gute Souffleuse hinter den Kulissen stand. Bei diesem Stück wurde mir auch klar, wie wenig die Theaterspieler vom Publikum sehen, sie sind total von den Scheinwerfern geblendet. Der Applaus nach dem Stück würde mir nicht ausreichen, dass mir die „Bretter die Welt bedeuten könnten“. Da haben wir es als Prediger unvergleichlich besser: Wir sehen die Leute und erkennen ihre Reaktion auf unsere Worte. Außerdem sind wir keine Schauspieler, sondern Verkünder der Frohbotschaft Gottes. Mit zunehmendem Alter habe ich an der Predigt größere Freude. Ich arbeite sie Wort für Wort schriftlich aus, nehme das Manuskript nicht mit an den Ambo, spreche frei und habe so Blickkontakt zur Gemeinde. Die frühere Schüchternheit habe ich abgelegt, habe Lampenfieber nur, wenn ich nicht gut genug vorbereitet bin.

Das Älterwerden spüre ich abends beim Lesen von Zeitschriften und Büchern. Ich werde eher müde, scheue mich nicht, die Füße auf die Coutsch zu legen und eine Viertelstunde zu schlafen und dann weiter zu lesen. Ich habe immer ziemlich viele neue Bücher in meinem Arbeitszimmer. Ich lese nicht mehr alle Seiten, sondern versuche das Wesentliche zu erfassen. Wenn mir das Buch gefällt, schenke ich es weiter, selten habe ich ein Buch zweimal gelesen, wenn ich es nicht so toll finde, kommt es in die Kiste für den Bonifatiusverein. Alle paar Jahre kommt ein Unitas-Bundesbruder vom Bonifatiusverein, holt meine entbehrlichen Bücher ab und schafft sie in die Priesterseminare des Ostens.

Interesse am Geschehen der Zeit

Das Fernsehen interessiert mich bis auf die Nachrichten und informelle Talkrunden immer weniger. Gute und wichtige Sendungen nehme ich auf Video auf und schaue sie mir an, wenn ich Zeit habe. Hierbei kann ich die Geschwindigkeit der Sendung selbst bestimmen, wenn es langweilig wird, spule ich das

Video einfach weiter. Ich habe eine ganze Sammlung von alten Fernsehfilmen, die ich an Interessierte auch ausleihe. Wenn meine Aufmerksamkeit zum Lesen nicht mehr reicht, zum Fernsehen reicht es allemal.

Neueste Informationen hole ich aus dem Internet, besonders vom Newsletter von Radio Vatikan, der von den Jesuiten gemacht wird.

Generationenproblem

Meine hauptamtlichen Mitarbeiter und Mitarbeiterinnen sind größtenteils eine Generation jünger. Es ist mir gelungen, Kirchenvorstand und Pfarrgemeinderat wesentlich zu verjüngen, so dass ich in aller Ruhe der Frage nachgehen kann, wann ist denn für dich die Zeit gekommen, eine neue Phase in deinem Leben zu beginnen. Dies wäre der Status des Vicarius cooperator. Ich sage unserer Gemeinde: Ich bin jetzt 65 Jahre. Bis 70 bleibe ich sicher nicht hier. Wenn es soweit ist, bitte ich hierfür Verständnis zu haben, das Loslassen ist nicht leicht. Die Fußwallfahrten haben mir und allen Pilgern sehr viel gegeben. Schade, dass ich sie lassen muss! Die Fußwallfahrt von Münster nach Kevelaer konnte neunmal stattfinden. Leider ist es mir nicht gelungen, die jüngere Generation für die Fußwallfahrt zu begeistern. Die Luft ist raus. Der Generationenunterschied schlägt voll zu. Ich muss lernen, Dinge zu lassen. Aber wozu bin ich nach 12 Jahren von Geldern gegangen, wo alles prima lief, um in Herz-Jesu und St. Elisabeth den Absprung nicht zu kriegen?

Strukturfragen

Gestern war der 15. Oktober 2003. Vor genau 25 Jahren wurde ich in Geldern als Pfarrer eingeführt, einen Tag vor der Wahl unseres Papstes Johannes Paul II.

Ich liebe es, Priester zu sein. Aber ich fühle mich auf Dauer mehr und mehr überfordert, den ganzen differenzierten Kram hochzuhalten: Die Ehrenamtlichen in Kirchenvorstand, Pfarrgemeinderat, in den Verbänden und all den Diensten einer Gemeinde zu betreuen, das heißt: mithelfen, dass sie treu bleiben, dass sie die Freude an der Arbeit in der Gemeinde nicht verlieren. Danken und Anerkennen, eigene Fehler eingestehen, Spannungen aushalten, Konflikte lösen, manches wegstecken. Vieles mit Humor ertragen. Neuen Mitarbeitern gute Arbeitsfelder anvertrauen und selbst das tun, was das Schwierigste ist. Den Generationenkonflikt aushalten. Die sieben Jahre Fusionierungsprozess sind nicht spurlos an mir vorüber gegangen. Auch wenn wir fusioniert haben, an der inneren Einheit der Gemeinde Herz Jesu und St. Elisabeth gilt es weiterhin zu bauen mit viel Geduld und Integrationskraft. Auch die Zusammenarbeit mit der polnischen Mission bedarf Energien, die immer wieder erneuert werden müssen.

Als vor einem Jahr der Vorsitzende vom Pfarrgemeinderat aus gesundheitlichen und beruflichen Gründen sein Mandat ruhen lassen musste, fand sich kein Nachfolger, der bereit gewesen wäre, den Vorsitz im PGR zu übernehmen. So habe ich den Vorsitz selber übernommen, um die wertvolle Arbeit des PGR zu retten. Ich habe diese Aufgabe gern getan, wohl wissend, dass der PGR ein Laiengremium ist. Auf jeder Tagesordnung stand: Wahl eines neuen Vorsitzenden des PGR, bis sich die frühere, sehr kompetente Vorsitzende bereit erklärte, den Vorsitz zu übernehmen.

Kindergartenfrage belastet weiter

Mit zunehmendem Alter fällt es mir schwer, die strukturellen Probleme der Gemeinde durchzustehen. Wir haben drei Kindergärten mit insgesamt sieben Gruppen. In diesem Jahr wurden wir gezwungen, eine Kindergartengruppe zu schließen. Das Generalvikariat und die Stadt Münster waren nicht bereit, den Finanzierungsanteil zu übernehmen. Es bildete sich eine Aktionsgruppe, die sich für den Erhalt der Kindergartengruppe einsetzte. Die Stadt brachte alle Kinder bis auf drei in anderen Einrichtungen unter. Ich hatte der Nikolausstatue am Prinzipalmarkt in Münster ein Schild umgehängt: „Lieber Bischof Nikolaus, hilf, dass alle Kinder von 3 bis 6 Jahren in Münster einen Kindergartenplatz bekommen, dein Pastor Hans Ludger." Beide Tages-Zeitungen haben diese persönliche Aktion mit Bild des hl. Nikolaus gebracht. Die Bitte wurde erhört. Die Aktionsgruppe veranstaltete einen Fackelzug zu unserem Pfarrhaus vor der KV-Sitzung, in der die Schließung der einen Gruppe zu erwarten war. Es fällt mir schwer, als Freund der Kinder und Familien einen Fackelzug zu akzeptieren, wo ich eigentlich auf der Seite der Fackelträger stehe. Dieses Problem beschäftigt uns weiter. Die Gelder für den sozialen Bereich werden weniger, noch sind wir mit unserer Gemeinde Träger von drei Tageseinrichtungen für Kinder. Wie lange noch? Als Vorsitzender des KV und Freund der Familien bin ich hin- und hergerissen. Ähnliches musste ich in Geldern mitmachen, als die Kinderabteilung des Clemens-Hospitals geschlossen werden sollte, und die ev. Pfarrer eine Bürgerinitiative zum Erhalt der Kinderabteilung ins Leben riefen. Das Generalvikariat hat uns bis 2005 den Bestand von sieben Gruppen garantiert. Was wird dann sein? Die Lösung dieser Frage zehrt an meinen Kräften, weil ich es nicht allen recht machen kann.

Horizont durch Reisen

Zeit meines Lebens bin ich gern gereist. Vieles, was ich sehen wollte, habe ich gesehen. Ich habe gar nicht mehr die Lust, große Reisen zu machen, Erholung finde ich, wenn ich längere Zeit an einem Platz bleibe, wandere, lese und viel schlafe. Ich habe Einladungen ausstehen nach Indien, Brasilien und Afrika und natürlich ins Heilige Land, das ich fünfmal besucht habe und jederzeit wieder aufsuchen würde, wenn die politische Situation ruhiger wäre. Ich kenne Jerusalem besser als Berlin.

Ich kann es nicht lassen

Bei vielen Trauungen und Taufen bekam ich eine positive Rückmeldung. Ich dachte: Ich lade einmal die Traupaare der letzten drei Jahre zu einer Vertiefung der geistlichen Erfahrung der Hochzeitsfeier zu einem Glaubensseminar in der Fastenzeit ein. Ich hatte hervorragende Vorlagen von Klemens Armbruster. Ich lud zu diesem Glaubenseminar auch die Ehepaare und Alleinerziehenden der Kinder ein, die in den letzten Jahren getauft wurden. Zuerst bekamen alle einen Brief, nach einer Woche folgte ein telefonischer Anruf: Wie wäre es mit dem Glaubensseminar, ich dachte das wäre das Richtige für Sie. Von ca. 80 angeschriebenen und angerufenen Personen haben schließlich 15 an dem Seminar teilgenommen. Ich hielt dies für einen Erfolg. Ich habe zweimal nach dieser Methode gearbeitet. Zur Primiz bekam ich ein schönes weißes Messgewand geschenkt mit einem Fischernetz und vielen Fischen. Ich fühle mich heute mehr als Angler denn als Fischer. Wirf hier mal die Angel aus oder dort. Gefangen habe ich schon oft, aber es sind nicht mehr die großen Zahlen, wie ich es in Geldern gewohnt war. Ich brauche Kraft, um diesen Frust wegzustecken. Dennoch kann und werde ich nicht aufhören, die Angel oder das Netz auszuwerfen.

Dies geschieht auch mit Hilfe der modernen Medien, vor allem mit unserer Homepage, die von unserem Küster der Elisabeth-Kirche auf dem Laufenden gehalten wird. Vor Taufgesprächen sage ich den jungen Eltern, wenn Sie wollen, können Sie ja schon mal auf unserer Homepage nachlesen, was in der Taufe auf Sie zukommt. Oder nach der Taufe verteile ich die Links unserer Homepage, die Gäste können nachlesen, was das bedeutet, was sie erlebt haben. Auch bei meinen Geburtstagsanrufen frage ich ganz oft: Hätten Sie nicht Lust, uns im Internet zu besuchen? Hier erfahren Sie alles über unsere Gemeinde, unsere Gottesdienste und die übrigen Aktivitäten.

Begegnung mit Kranken und Alten

An einem Morgen in der Woche besuche ich die Kranken unserer Gemeinde in einem der drei großen kath. Krankenhäuser unserer Stadt. Dies ist häufig eine Begegnung mit dem älteren und kranken Menschen. Immer freuen sie sich über meinen Besuch. Als ich im Krankenhaus lag, habe ich mich über Besuch gefreut, habe auch erkannt, wie anstrengend er für den Patienten ist. So bleibe ich nicht lange, erzähle mehr als ich frage und beziehe die übrigen Patienten ins Gespräch mit ein. Manchmal ist es sinnvoll, ein Segenswort über alle Kranken im Zimmer zu sprechen.

Ostergeheimnis – Existential für meinen Lebensentwurf

Solange ich über den Glauben nachdenke, ist das Ostergeheimnis für mich wichtig gewesen. Mein Vater Franz ist an Ostern geboren und in das Osterfest hinein gestorben. Wir besuchten gemeinsam die Osternachtsliturgie in Harsewinkel. Ich habe viel über die Auferstehung Jesu gelesen und thesenhaft zusammengestellt, warum ich an die Auferstehung Jesu glaube (nachzulesen auf der Homepage).

Heute kann ich sagen, ich glaube an die Auferstehung Jesu und an meine Auferstehung bei allem Wagnis-Charakter, den dieser Glaube nach wie vor hat. So verkünde ich bei jedem Requiem oder Trauergottesdienst die christliche Botschaft vom Sieg des Lebens über den Tod. Oft habe ich durch monatliche Krankenkommunion einen jahrelangen persönlichen Kontakt zu einem Verstorbenen, den ich beerdige. Ein Blick in die Augen der Gemeinde sagt mir, wie diese Botschaft angenommen wird oder überhaupt schon zuvor geglaubt wird. Nicht selten ist eine Wand zwischen mir und der Trauergemeinde. Dann bedarf es eines starken Fingerspitzengefühls, die Botschaft liebevoll zu verkündigen. Ich lasse die Angehörigen im Trauergespräch Eigenschaften des Verstorbenen sagen, die über den Tod hinaus Bestand haben, an die man sich erinnert, wenn man seinen Namen nennt. Ich lasse dieses Nichtvergessenkönnen in die Auferstehungsbotschaft des Evangeliums übergehen. Dies ist für alle Beteiligten sehr hilfreich, hiermit kann auch ich getrost älter werden und irgendwann mein letztes Adsum sprechen, wenn ich mein irdisches Leben aushauche. Ich habe mir schon bei der Verwaltung des Zentralfriedhofs Münster einen Ruheplatz ausgesucht, nicht weit von Schwester Euthymia. Seit 1990 bin ich Mitglied der Zentralfriedhofskommission Münster und verantworte diese kirchliche Einrichtung mit.

Der Weg in die Zukunft

In diesem Jahr vollendete ich am Rosenmontag mein 65. Lebensjahr, wir schrieben den

2003: Hans Ludger am Schreibtisch

Religionsunterricht mit Musik in der Overbergschule im Jahr 2003

3. März 2003. Mir wurde ein sehr einfacher Spruch geschenkt: „*Der Weise hat noch nie sein Alter bereut.*“

Ich stehe zu meinem Alter. Als Wallfahrer freue ich mich, schon so viele Etappen meines Lebens durchlaufen zu haben. Nächstes Jahr feiern wir unseren 40. Weihetag. Ich habe vieles erlebt und möchte keine Höhe und keine Tiefe in meinem Berufsleben missen. In der jetzigen Lebensphase bin ich körperlich und seelisch gut drauf. Das Tempo muss gedrosselt werden, das sagen mir Herzbeschwerden, die ich hatte, ich muss Nitrolingual-Kapseln bereithalten, die Beschwerden hören sofort auf, wenn ich eine Kapsel zerkaue. Ich bin ganz gelassen. Ich werde älter und bin gespannt, wie das alles weitergehen wird.

23 Jahre hindurch war ich mit dem Pfarrer Fritz Klümpen befreundet, er war 30 Jahre älter als ich, theologisch und geistlich

durchtrainiert, mystisch begabt. Wenn man ihn fragte: *„Wie geht es dir?"*, dann bekam man zur Antwort: *„Immer besser."* In der Tat, in seiner Studienzeit war er permanent krank, konnte keine Vorlesungen besuchen, seine Priesterweihe war zeitweilig in Frage gestellt. Er wusste alles aus Büchern. Im Laufe seines Lebens wurde er immer vitaler, konnte von Herzen lachen. Auf seinem Totenzettel ist er als schallend Lachender abgebildet, wie ich es auf einem Totenbildchen noch nie zuvor gesehen habe. Er starb an Herzversagen bei der Morgengymnastik, die er niemals ausfallen ließ. Die Laudes hatte er noch nicht gebetet, im Tod stimmte er ein in den Gesang der Chöre des Himmels. Für mich ein Beispiel des Alterns oder besser des Reifens in eine lebendige Zukunft hinein, bei der der Tod nur eine Schwelle in den Raum eines intensiveren Lebens bedeutet.

Hans Ludger – gelassen der Zukunft entgegen, rechts Frau Brigitte Meiners

Telefonseelsorge mal ganz anders

25. November 2003

An meinem Namenstag, dem Fest des hl. Johannes des Täufers, am 24. Juni 2001, wurde mir die Idee geschenkt, mit Hilfe der Adressdiskette (Mausprogramm) unserer Pfarrgemeinde jeden Tag allen mir bekannten Geburtstagskindern zu gratulieren. Diese Aktion bringt jeden Tag viel Freude. Natürlich besuche ich weiterhin die 80-, 85-, 90- und 95-Jährigen persönlich. Bei den Telefonaten ergeben sich etwa folgende Dialoge:

„Guten Morgen, Frau Müller, ich möchte Ihnen heute ganz herzlich zu Ihrem Geburtstag gratulieren."

„Das finde ich aber sehr aufmerksam von Ihnen."

„Ich wünsche Ihnen Gottes Segen, gute Gesundheit und Freude am Leben."

„Ganz herzlichen Dank. Wie kommen Sie dazu, mich anzurufen?"

„Ich rufe alle in der Gemeinde an, die heute Geburtstag haben, mit Ihnen sind es 32 Personen. Leider stehen nicht mehr alle im Telefonbuch, da sie ein Handy haben und die Telefonnummer nur noch ihrem Bekanntenkreis anvertrauen. Wenn Sie heute feiern, grüßen Sie bitte Ihre Gäste von mir."

„Das werde ich sicher tun, das ist mir ja noch nie passiert, dass ich vom Pastor zum Geburtstag angerufen werde."

Wenn wir uns dann ein paar Tage später auf der Straße oder in der Kirche sehen, sagt die Frau: *„Mit Ihrem Anruf haben Sie mir eine große Freude bereitet. Auch meine Gäste fanden das außerordentlich nett, diesen Anruf von Ihnen."*

„Auch mir hat es Spaß gemacht", erwidere ich.

Segnen am Telefon

Die Anrufe bewegen sich normalerweise im mitmenschlichen Bereich. Nicht selten spüre ich besonders bei älteren Personen, dass ein Segenswort angebracht ist. Ich biete dann den Segen am Telefon an.

„Geht das denn überhaupt?", fragt das Geburtstagskind.

„Hören Sie einmal ganz aufmerksam zu, ich spreche jetzt für Sie einen kräftigen Geburtstagssegen." Dann bin ich „ganz da", halte mit der linken Hand den Hörer, die rechte Hand ist zum Himmel geöffnet und ich bete: *„Der Herr segne und behüte dich, er lasse sein Angesicht über dir leuchten und sei dir gnädig, der Herr wende dir sein Antlitz zu und schenke dir Heil, Frieden, Gesundheit und Freude am Leben auch im Alter, Dankbarkeit für alles Gute, das er dir in deinem langen Leben geschenkt hat,*

Dankbarkeit auch dafür, dass er dich bei allem Schweren, das du erlebt hast, nicht allein gelassen hat. Und er schenke dir das Bewusstsein, dass du in seinen guten Händen geborgen bist, was auch immer geschieht: das gewähre dir der lebendige und treue Gott, der Vater, der Sohn und der Heilige Geist. Amen.“

„Mein Gott, so etwas habe ich noch nie erlebt, dies ist das schönste Geburtstagsgeschenk, das ich je bekommen habe. Haben Sie ganz herzlichen Dank.“ – „Ich danke Ihnen für Ihr Vertrauen, dass ich Sie segnen durfte.“ Auch ich bin total erfüllt von diesem Geburtstagssegen und verweile noch in Stille ein wenig in der wunderbaren Erfahrung der Güte Gottes; der Segnende ist immer mitgesegnet. Das gibt mir Kraft für den Tag. Ich durfte einem Menschen die Frohbotschaft verbindlich zusprechen, dass Gott ihn liebt und Geborgenheit schenkt über den Tod hinaus.

Keine Scheu vor dem Anrufbeantworter
Manchmal meldet sich der Anrufbeantworter des Geburtstagskindes. Ich habe keine Scheu, meinen Geburtstagwunsch auf Band zu sprechen. Ich habe ein ganzes Sortiment von Spruchweisheit zum Geburtstag, z.B. den irischen Spruch *„Nimm dir Zeit zu arbeiten ... nimm dir Zeit zu lieben und geliebt zu werden .. .nimm dir Zeit zu lachen, das ist die Musik der Seele.“* Oft bekomme ich Dankesanrufe, dann schicke ich den Segenstext fein auf Elefantenhaut (so heißt dieses Papier) mit dem Computer geschrieben mit persönlicher Widmung dem Geburtstagskind zu.

Kennenlernen bisher unbekannter Leute
Als ich diese Aktion ein Jahr lang gemacht habe, bekam ich immer wieder den Impuls: Ruf doch auch alle an, die du nicht kennst. Ich hatte bei den Anrufen aller Bekannten schon mit Erschrecken festgestellt, dass ich sehr viele Leute aus unserer Gemeinde gar nicht kenne. Zu unserer Gemeinde Herz Jesu und St. Elisabeth (fusioniert nach siebenjährigem Ringen am 1. Januar 2001) gehören 6.200 Mitglieder. Am 1. August 2002 fange ich an, alle Geburtstagskinder anzurufen, deren Telfonnummer unsere Pfarrsekretärin mit Hilfe der Telefon-CD-ROM ermittelt. Von nun an bekomme ich jeden Tag meine Liste mit Geburtstagskindern und Telefonnummern. Ich habe am Tag zwei Zeiten für die Anrufe: morgens nach 9 Uhr die über 60-Jährigen und 1- bis 3-Jährigen und abends nach 17 Uhr alle Übrigen. Die jungen Mütter sind sehr erfreut, wenn der Pastor ihrem Kind schon zur Vollendung des 1. Lebensjahres gratuliert. Wenn ich die jungen Eltern getraut und ihr erstes Kind getauft habe, sind sie besonders erfreut, wieder einmal einen persönlichen Kontakt zu mir zu haben. Die Älteren haben meist schon gefrühstückt, sind gespannt auf den vor ihnen liegenden Tag und freuen sich sehr, wenn der Pastor der Erste ist, der an ihrem Geburtstag an sie denkt.

Von der Sprachlosigkeit zum Gespräch
Diese Leute erzählen natürlich ihren Gästen, dass ich angerufen habe, und so sprechen sie Gutes über ihren Pfarrer. Die späteren Anrufe erreichen die Berufstätigen zu einer Zeit, in der sie sich auf den Abend vorbereiten. Sie sind sehr empfänglich für die Segenswünsche. Ich rufe alle an, alle bekannten und bisher unbekannten Personen. Die „Neuen“ sind oft sehr überrascht, manchmal sogar ganz von der Sprache weg, so dass ich sie behutsam erst einmal aufbauen muss, bevor ein kleines Gespräch zustande kommt. Kürzlich

sagte eine Frau: „*Das gibt's doch nicht, gerade überlege ich, ob ich aus der Kirche austreten soll, und da rufen Sie an.*"
Ich sage: „*Lasst uns zuvor über diesen Schritt nachdenken. Ich bin bereit, Sie zu besuchen. Sie können auch zu mir kommen, wenn Sie es wünschen.*"

Die schwangere Frau hat mich tags darauf besucht, wir führten ein gutes Gespräch, bisher ist sie nicht aus der Kirche ausgetreten.

Neugierig auf unsere Gemeinde

Viele sagen: „*Ich kenne Sie überhaupt nicht.*"
„*Das kann sich ja ändern. Wenn Sie mich mal sehen, sprechen Sie mich ruhig an. Es lohnt sich, mich kennen zu lernen.*"
„*Den Eindruck habe ich auch.*"
„*Haben Sie denn Internet-Anschluss?*"
„*Sicher, hat doch heute fast jeder.*"
„*Besuchen Sie unsere Gemeinde doch mal auf unserer Homepage. Die Adresse ist: www.herz-jesu-st-elisabeth.de. Da erfahren Sie alles über unsere Gemeinde und ihre Aktivitäten in der Woche. Hier können Sie auch nachlesen, wie eine Tauffeier verläuft und was sie bedeutet, oder wie man wieder ‚mit Freude Eucharistie feiern' kann. Oder lesen Sie mal die paar Zeilen über den ‚Glaubensweg des Kindes in unserer Gemeinde'.*"

Gelegentlich kommt es vor, dass das Geburtstagskind gar nicht glaubt, dass ich der Pastor bin. Einmal sagte eine Frau: „*Ich glaube nicht, dass Sie der Pastor sind. Unser Pastor, der singt oft.*"

Ich singe ein Lied. Darauf sagt sie: „*Unser Pastor spielt aber oft mit seiner Gitarre.*" Ich hole die Gitarre und begleite ein Lied.

Sie glaubt es immer noch nicht. Am nächsten Tag begegnet mir die Frau im Pfarrheim und sagt: „*Lieber Herr Pastor, das tut mir doch so Leid, dass ich Ihnen gestern nicht geglaubt habe.*"

Ich sage: „*Das macht doch nichts, Hauptsache, Sie hatten einen schönen Geburtstag.*"

Meistens gelingt es mir, bei Zweifeln etwas zu sagen, dass die Geburtstagskinder sich nicht vernatzt fühlen von jemandem, der sich als Pastor ausgibt, es aber in Wirklichkeit nicht ist. Sie glauben mir und das Gespräch nimmt seinen guten Verlauf.

Es ist sehr schön, Kindern zu gratulieren oder Jugendlichen und jungen Erwachsenen, die mich noch von der Grundschule her kennen. Das finden Sie immer ganz toll, dass ich sie nicht vergessen habe und mich noch an sie erinnere.

Wichtige Notizen

Wenn ich jemanden angerufen habe, notiere ich immer mit einem roten Stift, was wichtig ist. So gibt es Eintragungen wie: studiert Jura – Theologie – Englisch – leidet an Krebs – hat einen Unfall gehabt – kümmert sich um ihren kranken Mann – sehr interessiert – bald besuchen – als Mitarbeiter möglicherweise geeignet.

Ich stoße immer auf Leute, die zugezogen sind und früher in ihrer Gemeinde sehr aktiv waren. Sie hatten bisher noch nicht den Mut, auf unsere Pfarrgemeinde zuzugehen. Ich nenne diese Leute „Schläfer", sie müssen für die aktive Mitarbeit nur geweckt und angesprochen werden. So haben wir immer wieder Ressourcen für Gremien, liturgische Dienste und andere Aufgaben in unserer Gemeinde.

Die Blätter der Geburtstagskinder mit ihren Adressen habe ich in zwei Mappen gesammelt, nach den 365 Geburtstagen geordnet, die es im Jahr gibt. Diese Mappen sind sehr viel griffiger als eine Pfarrkartei mit 6.200 Karteikarten und immer auf dem neuesten Stand.

Nach Krankenbesuchen in den drei großen Krankenhäusern Münsters notiere ich in der Geburtstagsmappe meinen Besuch bei der besuchten Person. Beim neuen Geburtstagsanruf kann ich mich gezielter nach der Gesundheit des Geburtstagskindes erkundigen.

Am Geburtstag leicht ansprechbar

An seinem Geburtstag ist jeder Mensch offener als sonst. Dies ist für unsere Arbeit eine große Chance, hier anzusetzen, einfach ganz menschlich. Noch nie hat bei meinem Anruf jemand den Telefonhörer einfach aufgelegt. Alle haben sich gefreut und bedankt, einige haben mich sogar daraufhin besucht, um mich kennen zu lernen und sich auf diese Weise zu bedanken, oder sie haben Blumen geschickt oder Schokolade oder einen lieben Brief geschrieben.

Manchmal ist ein Geburtstagskind der Vorjahresliste inzwischen verstorben, es erscheint auf der diesjährigen Liste nicht mehr. Dann rufe ich die Angehörigen an und sage: Ihre Frau oder Ihr Mann hätte heute Geburtstag gehabt, ich denke heute an Sie alle. Man kann sich vorstellen, dass dieser Anruf hilft, die Trauer zu bewältigen.

Junge Gemeinde ernstnehmen

Ich erkenne aus den täglichen Geburtstagslisten, dass der Durchschnitt unserer Gemeinde wesentlich jünger ist als das Erscheinungsbild der Kirchenbesucher. Dies motiviert mich, die seelsorglichen Bemühungen nicht nur auf die Älteren zu beziehen und mit Seelsorgeteam, Pfarrgemeinderat und Kirchenvorstand auch die Jüngeren nicht aus den Augen zu verlieren. Das Mausprogramm führt auch Personen auf, bei denen unter Konfession „keine Angaben“ steht. Dies sind Angehörige von Katholiken, Kinder und Jugendliche, die nicht getauft sind, und Erwachsene, die aus der Kirche ausgetreten sind. Diese rufe ich nicht an. Eine Frage bleibt jedoch, wie wir auf Dauer mit diesen Mitmenschen umgehen. Ebenso erscheinen evangelische Familienangehörige in der Liste. Sie rufe ich auch nicht an. Ich müsste mit dem evangelischen Pfarrer sprechen und ihn fragen, aber ich spüre, ich sollte die Gratulation ihm überlassen.

Menschenfischer

Neben der fast täglichen Eucharistiefeier gehören die Anrufe zum Besten, was ich jeden Tag erlebe. Es kostet nicht soviel Zeit, wie man meint, höchstens eine halbe Stunde täglich. Der Erfolg steht in keinem Verhältnis zum Aufwand des Anrufens. Vor allem die bisher unbekannten Gemeindemitglieder fühlen sich beachtet, dazugehörig und angesprochen. Dies schafft eine positive Atmosphäre in der ganzen Gemeinde, lockert auf, lässt die Kirche als modern und ideenreich erscheinen. Vielleicht gelingt es ihr doch noch, den Anschluss an die heutige Entwicklung zurück zu gewinnen, jedenfalls hält sie die Menschlichkeit hoch und hat Humor.

Dank der Sekretärin

Ein besonderer Dank gilt unserer Pfarrsekretärin Rita Frericks, die flott mit Computer und CD-ROM umgehen kann. Ich habe täglich die fertigen Listen auf dem Schreibtisch liegen. Die Anrufe bereiten Freude und schenken mir Freude, so dass ich sagen kann: Es lohnt sich, heute Priester zu sein, ich freue mich schon auf morgen.

Neujahrsempfang 6. Januar 2004

Was mich erfreut, wofür ich danke

Seit drei Jahren sind wir die Gemeinde Herz Jesu und St. Elisabeth.

Durch die Anzahl der Gottesdienste haben wir ein Angebot sowohl samstags/sonntags wie auch an den Werktagen, das es in ganz Münster so nicht gibt. Wir haben jeden Werktag außer mittwochs zwei Messfeiern, die meisten mit Kirchenmusik.

Kaplan Frank Bakenecker bemüht sich mit Erfolg um zahlreiche Messdienerinnen und Messdiener. Die Sternsinger-Aktion war wieder einmal eine große Sache. Der nächtliche Besuch der Sternsinger bei Feuerwehr und Polizei und weiteren Einrichtungen in Münster war gestern Stadtgespräch in Münster, beide Zeitungen berichteten ausführlich darüber. Großartig die 3.000 Euro, die sie gesammelt haben.

Da wir gerade beim Sammeln sind, die Adveniat-Kollekte erbrachte bis jetzt 7.553,17 Euro, das sind 300 Euro mehr als im Jahr zuvor.

Frau Paula Belo gelingt es, die Kommunionkinder mit ihren Eltern in die Familiengottesdienste zu holen. Mit den ökumenischen Bibeltagen für bis zu 80 teilnehmende Kinder setzt sie Strukturen ökumenischer Zusammenarbeit mit der evangelischen Erlösergemeinde.

Herr Michael Schmutte trägt mit der Kirchenmusik dazu bei, dass mehr Leute in unsere Gottesdienste kommen. Dass der Kammerchor „canticum novum" den Titel Meistersinger von Münster erlangt hat, darf uns alle mit Freude erfüllen. Das Weihnachtsoratorium am kommenden Sonntag in der Petri-Kirche ist ebenso ein starker Akzent der erfolgreichen Arbeit von Herrn Michael Schmutte.

Auch die Kommunionhelfer und Lektoren tun ihren Dienst gewissenhaft. Unser neuer Küster Herr Andreas Schubert hat Freude an seiner neuen Aufgabe in der Kirche, im Pfarrer-Eltrop-Heim merkt man bereits seine leitende Hand.

Die Zusammenarbeit in den Gremien PGR und KV ist effektiv. Dankbar bin ich, dass im vergangenen Jahr Frau Heike Hänscheid wieder in die PGR-Arbeit eingestiegen ist und einstimmig zur Vorsitzenden gewählt wurde. Dank für den Pfarrbrief, der wieder einmal viel positives Echo gefunden hat. Hier ist die Arbeit des Öffentlichkeitsausschusses anzuerkennen. Auch die Homepage unserer Gemeinde ist ein Grund zu Dankbarkeit und Freude. Die Seniorenarbeit wird mit viel Liebe und Ideen erfolgreich getätigt. Dank allen übrigen Ausschüssen des PGR.

Franziska Diepers, unsere treue Haushälterin

Dankbar bin ich, dass wir einen Kirchenvorstand haben, der die bestehenden Probleme anpackt und sie zur Lösung führt. Herr Rudolf Driesch ist als Beauftragter des KV Verbindungsmann zur Zentralrendantur, seine Idee war es, die Stellen eines Heimwartes im Pfarrer-Eltrop-Heim und des Küsters der Herz-Jesu-Kirche zu einer Vollzeitstelle zu kombinieren. Er hat es oft nicht leicht, bei mangelnden Finanzmitteln zum Sparen zu mahnen und mit dem KV für die Gemeinde Strukturen zu schaffen, die angemessen sind.

Hier möchte ich auch die Arbeit unserer Zentralrendantur erwähnen, Herrn Guido Kerkeling und sein Team. Sie betreuen die 50 Arbeitsverträge unserer Angestellten. Die Kindergartenfrage hat uns im letzten Jahr sehr beschäftigt, sie wird uns auch im vor uns liegenden Jahr Entscheidungen abverlangen, die nicht populär sind. Ich habe aber die Hoffnung, dass wir Lösungen finden, die aus einer schwierigen Situation das Beste machen werden.

Der KV hat erfolgreich die Chorfenster und das große Westfenster in der Herz-Jesu-Kirche renovieren lassen. Auch das Bücherei-Haus hat ein neues Dach bekommen, zwei neue Wohnungen werden bald wieder vermietet werden können. Danken möchte ich allen Ausschüssen des KV für die mühevolle Arbeit, die sie im vergangenen Jahr geleistet haben.

Am Pfarrer-Schneider-Heim hat das Spielplatz-Café an mehreren sonnigen Dienstagen viele junge Familien angezogen, hier werden noch Mitarbeiterinnen und Mitarbeiter gesucht.

Was wäre eine Gemeinde ohne unser Pfarrbüro! Frau Rita Frericks und Frau Gisela von Grone sorgen dafür, dass Termine angenommen werden, Messintentionen aufgeschrieben werden und viele Dinge mehr, die hier gar nicht alle genannt werden können. Auch ihnen gebührt Dank und Anerkennung.

Auf keinen Fall darf ich Frau Franziska Diepers vergessen, die um mein Wohlergehen besorgt ist, die darüber hinaus für die Gemeinde viel tut: Kirchenzeitungen austragen, wenn ein Austräger verhindert ist, Briefe austragen, um Porto zu sparen, Leute an der Tür empfangen, Nothilfe leisten, sie zum „Offenen Ohr“ schicken oder zur Münstertafel. Sie ist eine erfolgreiche und oft genug einsame Caritas-Haus-Sammlerin, wobei das „einsame“ sich auch auf „einsame Klasse“ bezieht.

Ich sagte es schon in der Kirche, das „Offene Ohr“ hat sich bereits sehr bewährt. Es ist die Anlaufstelle für Leute, die in Not oder ratlos sind.

Unser Pfarrgarten, eine „franziskanische" Arbeit

Ebenso ist die Münstertafel äußerst angenehmen. Umsonst kann man hier Lebensmittel holen, die kurz vor dem Verfallsdatum stehen. Helferinnen verschenken jeden Mittwochmorgen an bis zu 100 Personen die Lebensmittel. Dies ist eine schwere Arbeit und nicht immer ohne Konflikte, wie man sich gut vorstellen kann.

Unsere beiden Pfarrbüchereien hätten einen größeren Zulauf an Lesern verdient.

Nicht unerwähnt bleiben dürfen unsere Verbände: die KFD und die KAB, auch die Pfadfinder und die Amateurbühne Münster Ost, sie alle sorgen für Leben in unserer Gemeinde. Die KFD gestaltet seit Jahrzehnten die Dienstagsmesse in der Herz-Jesu-Kirche.

Der KAB gilt mein Dank für den Markt der Möglichkeiten im September, dies ist ein Pfarrfest, das Leute aus ganz Münster anzieht.

Danken möchte ich auch der polnischen Mission mit Ks. Marian Wagner und der Sekretärin Malgorzata Wojcik für die vertrauensvolle Zusammenarbeit. In Geduld gilt es die Vorstellungen auf beiden Seiten auszusprechen und dann zu einem Kompromiss zu finden. Die große Beteiligung der Leute an der Fronleichnamsprozession im letzten Jahr ermutigt uns, auf diesem Weg weiter zu gehen.

Was mir Sorgen bereitet, sind die 55 Leute, die im vergangen Jahr aus der Kirche ausgetreten sind. Bestimmt sind die Arbeitslosigkeit und Sparmaßnahmen in vielen Bereichen der Gesellschaft ein wesentlicher Grund zu diesem Schritt. Aber ich sage mir auch: Wenn wir attraktiver wären, käme es nicht zu so vielen Austritten. Wir alle müssen uns die Frage stellen, ob wir für unsere Gemeinde werben. Die Kirche der Zukunft wird eine zeugnishafte Gemeinschaft sein, in der wir einander mitteilen, was uns der Glaube bedeutet, oder wo wir in unserem Suchen und Fragen fündig geworden sind. Kinder und Jugendliche wollen wissen: Was glaubst du denn? Ich finde es sehr anregend, dass Gundula Gause vom ZDF sich in der Zeitschrift „Anzeiger für die Seelsorge" auf ein zeugnishaftes Interview eingelassen hat. Vielleicht haben Sie es in der Kirche an der Stellwand gelesen. Was glaubt denn wohl Frau Sabine Christiansen oder Frau Maibritt Illner?

Dass es so wenige Priesterberufungen gibt, erfüllt mich ebenfalls mit Sorge. Wir in Herz Jesu und St. Elisabeth haben unmittelbar unter dem Priestermangel nicht so sehr zu leiden. Aber ich kenne Mitbrüder, die für fünf Gemeinden zuständig sind, wo die Gemeinden benachbart, aber nicht befreundet sind.

Wir haben am 18. und 19. Februar 2004 Visitation von Weihbischof Ostermann. Ihm können wir viele Fragen stellen.

Am Fest Peter und Paul begehe ich mein 40-jähriges Weihejubiläum. Am Samstag, dem 3. Juli, um 17 Uhr möchte ich mit der ganzen Gemeinde einen Dankgottesdienst feiern. Hierzu lade ich Sie alle schon jetzt ganz herzlich ein.

Heute möchte ich mich bei allen genannten und nicht genannten Personen sehr herzlich bedanken für das vergangene Jahr und wünsche uns für unseren weiteren Weg viel Kraft, Gottes heiligen Geist, Geduld und den Geist der Versöhnung untereinander.

Prof. Dr. Dr. Hermann Josef Pottmeyer

Vollendung des 70. Lebensjahres 2004

Der emeritierte Bochumer Fundamentaltheologe ist Berater der Glaubenskommission der Deutschen Bischofskonferenz und des Zentralkomitees der deutschen Katholiken. Der Wissenschaftler ist zudem seit 1992 eines der beiden deutschen Mitglieder der 30-köpfigen Internationalen Theologischen Kommission in Rom. Seit 1998 ist er als erster Katholik ständiger Gast in der Kammer für Theologie der Evangelischen Kirche in Deutschland (EKD). In den letzten Jahren sprach sich Prof. Pottmeyer wiederholt für den innerkirchlichen Dialog aus; Kirche im Dialog entspreche dem Willen Gottes. Bereits

Prof. Dr. Dr. Hermann Josef Pottmeyer begrüßt Papst Johannes Paul II., Kardinal Ratzinger schaut freundlich zu.

in den 80er-Jahren trat er nachhaltig Versuchen aus dem Vatikan entgegen, den Status der nationalen wie regionalen Bischofskonferenzen abzuwerten.

Der gebürtige Bocholter, der in Münster und Rom studierte, wurde 1960 zum Priester geweiht und vier Jahre später in Rom promoviert. 1974 nahm er einen Ruf an die Bochumer Ruhr-Universität an, wo er nach dem Sommersemester 1999 emeritiert wurde. Der Wissenschaftler ist unter anderem Mitbegründer der Europäischen Gesellschaft für katholische Theologie. Er gehörte außerdem der römischen theologisch-historischen Vorbereitungskommission für das Jahr 2000 an. Im Jahr 1998 erhielt er für seine wissenschaftlichen Leistungen den Ehrendoktor der Theologischen Fakultät der Päpstlichen Theologischen Akademie Krakau. International bekannt wurde Prof. Pottmeyer durch seine Forschungsarbeiten zum Ersten und Zweiten Vatikanischen Konzil. Zu seinen Veröffentlichungen zählen unter anderem seine Habilitationsschrift „Unfehlbarkeit und Souveränität" von 1975, das von ihm in den 80er-Jahren mitherausgegebene vierbändige Handbuch der Fundamentaltheologie, die 1989 gemeinsam mit Hubert Müller veröffentlichte Studie zum theologischen und juridischen Status der Bischofskonferenzen und „Kirche sein – nachkonziliare Theologie im Dienste der Kirchenreform von 1994" (KNA).

Anfang Dezember 1999 wurde Prof. Dr. Dr. Hermann Josef Pottmeyer vom Papst wegen seiner Verdienste um die theologische Wissenschaft und die kath. Kirche zum Prälaten ernannt.

Seit 25 Jahren feiert Prof. Pottmeyer, soweit es ihm seine Zeit erlaubt und er im Lande ist, mit uns an den Sonntagen Eucharistie, seine Predigten und Vorträge sind gut verständlich. Er ist bei allen in der Gemeinde sehr geschätzt und geliebt. Wir wünschen ihm für die kommenden Jahre Gottes Segen für seine weitere wissenschaftliche Arbeit, gute Gesundheit und häufige Anwesenheit in unserer Gemeinde.

40-jähriges Priesterjubiläum

Ansprache an St. Peter und Paul 2004 im Kloster Vinnenberg

An St. Peter und Paul feierte ich 1964 meine Messe und 1989 das Silberne Priesterjubiläum im Kloster Vinnenberg.

Lesung: Apg 3,1-10, Heil und Heilung nicht durch Gold und Silber
Evangelium: Jh 21,1.15-19, Herr, du weißt, dass ich dich liebe.

Jesus sagt: *„Ich schenke dir mein Herz, ich biete dir meine Liebe an.“*

Heute vor 40 Jahren wurde ich von Bischof Dr. Josef Höffner im Dom zu Münster zum Priester geweiht. Ich hatte die ganze Nacht nicht geschlafen, die einzige in meinem Leben bisher. Die Weihe war für mich und für meine Freunde ein großes Erlebnis. Auch die Primiz in Harsewinkel, die wegen der Kollision mit dem Schützenfest um eine Woche verschoben werden musste, war ein wunderbares Fest mit großer Anteilnahme der Harsewinkeler Bevölkerung.

Ein paar Tage später fuhr ich mit meinen Eltern nach Kleve zur Gemeinde Christ König. Hier feierte ich ebenfalls eine Primizmesse mit vielen Jugendlichen. Einige hatten bei mir eine einfache Liedbegleitung mit Gitarre gelernt. Hier habe ich auch vor allem durch zwei Amelandlager meine Berufung zum Priester wieder gefunden. Insgesamt habe ich in allen Gemeinden zusammen 16 Amelandlager erlebt. Ich habe in diesen Ferienzeiten mehr gelernt als durch Bücherlesen.

Wir fuhren dann weiter nach Emmerich. Schon im Priesterseminar hatten meine Studienfreunde gesagt: *„Du wirst Kaplan in Emmerich.“* Auch Regens Weinand hat sich am Tag vor der Priesterweihe verplappert. Er war früher Kaplan an St. Martini in Emmerich. Vor der Weihe sagte er im Garten des Priesterseminars zu mir: *„Ludger, Sie werden eine nicht sehr leichte Stelle bekommen. Ich fragte zurück:“ „Komme ich nach St. Martini Emmerich?“* Antwort: *„Wer hat Ihnen das gesagt?“* Ich sagte: *„Die Art, wie Sie zurückfragen, ist ja eine deutliche Bestätigung, dass ich nach Emmerich gehen werde.“* Der Regens: *„Das dürfen Sie gar nicht wissen!“* Ich sagte: *„Ich werde es nicht weitersagen.“* Dieses Wissen war der eigentliche Grund, weshalb ich in der Nacht vor meiner Weihe kein Auge zugedrückt habe.

Wir setzten mit der Rheinfähre Christophorus von Warbeyen nach Emmerich über direkt vor St. Martini. Die Kirche war noch eine halbe Ruine. Meine Eltern waren ziemlich erschrocken: *„Hier sollst du Kaplan* *sein?*" Ich sagte: *„Es wird bestimmt so kommen. Wir wollen mal in die Kirche gehen und sie besichtigen.*" Freundliche Frauen waren gerade dabei, die Kirche zu reinigen. Eine Frau entfernte sich, um den Pastor zu holen. Er kam denn auch bald und erklärte uns die Kirche. Er ahnte wohl auch, dass ich sein neuer Kaplan war. Weder er noch ich hatten vom Bischof meine Ernennung erhalten. Zum Abschied sagte er hintergründig: *„Diese Kirche weiß vieles zu erzählen und vieles zu verschweigen. Ich würde mich freuen, wenn wir uns wiedersehen würden.*"

Dann ging ich als Kaplan nach Emmerich, hatte einen 70-jährigen Pastor, der eines Tages zu mir sprach: *„Kaplan, geh doch bitte mit in die Polderbuschschule, da kommen die Eltern der Kommunionkinder zusammen.*" Er begrüßte die Eltern und sagte dann: *„Und jetzt spricht der Kaplan zu Ihnen.*" Ich holte tief Luft, und versuchte dann einiges zur Erstkommunion zu sagen. Ich fand die Zeit in Emmerich sehr schön. Zu dieser Zeit wurde die Rheinbrücke gebaut. Der Priesterberuf war längst nicht so schwer, wie ich gedacht hatte, und er brachte mir sehr viel Freude.

Da ich in Emmerich gern in die Berufsschule ging, kam ich dann 1967 nach Rheinhausen zur Berufsschule und zur Gemeinde St. Josef in Friemersheim mit Fritz Klümpen als Pastor. Uns verband eine aufrichtige Freundschaft, selten habe ich soviel gelacht wie mit Fritz Klümpen. Die jungen Menschen in der Berufsschule habe ich für den Unterricht gewinnen können. Ich besuchte sie bei Krupp im Hüttenwerk und im Stahlbau in der Lehrwerkstatt, ich unternahm große Auslandsreisen mit ihnen und gewann ihre Herzen. Ich gründete die Fußwallfahrt von Rheinhausen nach Kevelaer, beim erstenmal gingen 20 Jugendliche mit, beim 10. Mal waren es 120 junge Leute, Mädchen und Jungen.

Auch die Begegnung mit Polen gehört in diese Zeit, dreimal machte ich die große Fußwallfahrt von Warschau nach Tschenstochau über 240 Kilometer mit bis zu 50.000 Pilgern. Ich hatte eine außerordentlich lebendige und sinnvolle Zeit als Kaplan in Rheinhausen, spürte die herzliche Liebe Gottes immer wieder und konnte sie weitergeben.

1978 ging es dann weiter nach Geldern. Ich wurde Pfarrer einer großen Gemeinde mit drei Kirchen, 15 Schulen, 7 Kindergärten und einem Akutkrankenhaus mit 400 Betten. Trotz der vielen Leitungstätigkeit in den Gremien konnte ich mich der Seelsorge vor allem in den Kindergärten, den Grundschulen und der bischöflichen Liebfrauen-Realschule widmen. Ich hatte in der Zeit in der Adelheid-Kirche wöchentlich an die 1.000 Kinder und Jugendliche im Schulgottesdienst. Zur Schülerbeichte kamen an einem Nachmittag vor den Ferien in den 80er-Jahren an die 300 Kinder und Jugendliche. Davon kann man heute nur träumen. Es ging von hier ein Impuls in die Familien, der den Menschen half, die spirituelle Dimension ihres Lebens ernst zu nehmen, den lieben Gott vor den Karren ihres Lebens zu spannen und so das Leben zu lieben und die Schwierigkeiten beherzt anzupacken. Auch dies werte ich im Nachhinein als ein starkes Wirken der herzlichen Liebe Gottes.

Dann kam ich 1990 nach Münster. Ich wollte mich kleiner setzen, was mir gehörig misslang. Ich fühlte mich in Herz Jesu bald zu Hause, die westfälische Mentalität ist mir sehr vertraut, wenngleich ich immer noch der niederrheinischen Mentalität nachtrauere, die Menschen dort sind einfach lockerer, Kinder können in ganzen Sätzen antworten, sind nicht so „blei". 1994 starb mein Nachbarpastor Josef Schneider von St. Elisabeth. Der Bischof schenkte mir dann die Gemeinde St. Elisabeth dazu. Es dauerte sieben Jahre, bis es zu einer Fusionierung beider Gemeinden kam. Dies war ein hartes Stück Arbeit, einige KV-Leute von St. Elisabeth wollten mit allen Mitteln verhindern, dass es zu einer Fusionierung kam. Seit Neujahr 2001 sind wir die eine Gemeinde Herz Jesu und St. Elisabeth. Als der Bischof die Elisabeth-Kirche im Jahre 1999 verkaufen wollte, habe ich ihm heftig widersprochen. Die Polnische Mission zog in St. Elisabeth ein, ist jetzt schon fünf Jahre bei uns. Wir hatten bei der gemeinsamen Fronleichnamsprozession in diesem Jahr 450 Teilenehmer. Ich habe mich am Sonntag von den Polen verabschiedet. Sie sind sehr dankbar für das gute Zusammengehen von Polen und Deutschen, eine europäische Aufgabe, die bisher bei uns einzigartig ist in ganz Deutschland. Auch hier sehe ich die herzliche Liebe Gottes am Werk.

Meine Zeit in Münster ist zuende. Ich ziehe am 07.07. 7:07 Uhr nach Borken Marbeck. Ich freue mich, dass Frau Franziska Diepers mitkommt. Das Pfarr-Haus in Marbeck ist in den letzten Wochen von Grund auf renoviert worden, wir mussten einmal in der Woche hinfahren, um die Handwerker zu ermutigen und ihre Arbeit lobend anzuerkennen. Ich gehe nicht in den Ruhestand, sondern bin sog. Vicarius Cooperator, tue alle Dienste eines Priesters und habe nicht mehr die Last der Leitung einer Gemeinde am Hals. Zahlenmäßig werde ich in Zukunft möglicherweise noch mehr Gottesdienste feiern als bisher. Ich tue dies gern, es ist mein Leben. Ich freue mich auf die neue Aufgabe und würde mich auch freuen, wenn ihr uns in Marbeck mal besuchen würdet. Am heutigen Tag möchte ich nach 40 Jahren Priestertum sagen: Es hat sich gelohnt, ich habe keine Sekunde bereut. Ich bin bereit, weiterhin den Dienst zu tun, soweit es mir möglich ist. Ich danke euch für euer Gebet und denke, dass wir auch weiterhin aneinander im Gebet denken werden.

(Verfasst: 29. Juni 2004)

40-jähriges Priesterjubiläum und Abschied von Münster

Predigt am 3. Juli 2004 in der Herz-Jesu-Kirche

Liebe Schwestern und Brüder!

Nach 14 Jahren Seelsorge in Münster bin ich sehr dankbar für diese kostbare Zeit in meinem Leben.

Ich bin dem Geheimnis des Herzens Jesu ein gutes Stück nähergekommen. Ich will einige Beispiele nennen: Das Herz-Jesu-Geheimnis bedeutet die unendliche Liebe Gottes zu uns, die menschliche Gestalt angenommen hat im Leben und Sterben seines Sohnes Jesus Christus. Diese Liebe ist bis heute in der Kraft des Heiligen Geistes bei uns allen auf vielfache Weise erfahrbar. Ich durfte sie immer wieder erfahren und möchte dies ein wenig schildern.

Der Glaube der Kinder: Sie lernen im Kindergarten Beten durch Nachsprechen. In der Grundschule formulieren sie selbstständig Fürbitten, die ich betend unterstütze. Am Dienstag vor einer Woche kamen in einem Schulgottesdienst der vierten Klasse sieben Kinder ans Mikrophon und beteten frei sinnvolle Anliegen, so dass die erwachsenen Kirchenbesucher nur staunen konnten. Ein Fernsehteam von TV-Münster war in diesen Abschiedstagen dabei und hat viele Erlebnisse mit den Kindern aufgezeichnet. Das Fernsehteam war erstaunt über das Mittun der Kinder und dankbar, so etwas mal im Fernsehen bringen zu können. Dies alles ist für mich eine wunderbare „Herz-Jesu-Erfahrung".

Heute gilt es Dank zu sagen dem Seelsorgeteam, das fast wöchentlich zusammenkam zu Dienstbesprechungen, sie waren getragen von Vertrauen und persönlichem Engagement der Kapläne, Pastoralreferentinnen, Pastoralreferenten, Kirchenmusiker und Küster. Dank sagen möchte ich dem Kirchenvorstand und Pfarrgemeinderat mit ihren Ausschüssen. Hier wird sachlich und kompetent daran gearbeitet, wie wir eine lebendige Gemeinde sein können bei allen Schwierigkeiten, die uns zugemutet werden. Ich denke vor allem an das Kindergartenproblem, wie man von allen Seiten mit Verantwortung und Realismus das Problem angeht und die Hoffnung nicht aufgibt, dass bei schwindenden Finanzmitteln die wenigen Kinder in unserem Stadtteil gut behandelt werden, ganz gleich, in welcher Trägerschaft ein Kindergarten geführt werden kann.

Danken möchte ich den Angestellten in den Einrichtungen unserer Gemeinde für ihren Dienst an den Menschen, den Sekretärinnen in den beiden Pfarrbüros, den Erzieherinnen in den drei Tageseinrichtungen für Kinder, sie leisten eine schwere Erziehungsarbeit und sorgen mit, dass die Familie eine unverzichtbare Keimzelle unserer Gesellschaft ist. Danken möchte ich den Vereinen und Verbänden kfd und KAB, Amateurbühne ABM und DPSG, allen Ehrenamtlichen in Liturgie und Caritasarbeit wie dem Offenen Ohr, der Münstertafel und dem Krankenbesuchsdienst. Eine Gemeinde ist nur so lebendig, wie es Menschen gibt, die zur Mitarbeit bereit sind.

Die „Herz-Jesu-Dimension" beinhaltet jedoch auch Enttäuschungen und Entwicklungen in der Gesellschaft, wo wir als Kirche machtlos sind. Aber dennoch vertrauensvoll mit allen Beteiligten zu arbeiten, das hat mich tief angesprochen, aber auch viel Kraft gekostet, die nur vom Glauben her zu bekommen ist. Ich werde die Fusionierungsgeschichte von Herz-Jesu und St. Elisabeth nicht vergessen, in der es eine ganze Reihe „Herz-Jesu-Motive" gab. Unter „Herz-Jesu-Motiv" verstehe ich Erfahrungen, die mit persönlichen Verletzungen zu tun haben. Dies war nur vom Glauben her zu packen, wofür ich nur dankbar sein kann.

Kehren wir zum Positiven zurück: Dem Geheimnis Gottes können wir nicht auf den Grund kommen. Aber Spuren seiner Nähe werden uns immer wieder geschenkt. Ich denke an die Kirchenmusik in beiden Kirchen. Ob Chorgesang, Gemeindegesang, Orgelspiel: Die Musik ist ein Weg, der uns zu vertiefter Gotteserkenntnis führt. Danken möchte ich auch den Mitarbeiterinnen und Mitarbeitern der Zentralrendantur Münster Mauritz. Sie ist zuständig für die Verwaltung des Geldes, die Besoldung der Angestellten in den Gemeinden des Dekanates.

Wo wir gerade vom Dekanat Münster Mauritz sprechen: Den Mitbrüdern des Dekanates möchte ich danken für ihre Freundschaft, ihre brüderliche Haltung in schwierigen Situationen, vergessen möchte ich nicht die Pastoralreferentinnen und Pastoralreferenten des Dekanates, ich danke auch ihnen für ihre Solidarität und Freundschaft.

Was mir viel bedeutet in den Jahren in Münster: In Taizé habe ich schon Anfang der 70er-Jahre gelernt, dass Gott eine Stimme hat, und dass er es liebt, in der Stille zu uns zu sprechen. So gibt es in unseren Eucharistiefeiern Zeiten der Stille, etwa nach der Predigt oder immer nach dem Empfang der Heiligen Kommunion. In Stille zu verweilen, dem Herrn die Chance geben, zu uns zu sprechen, dies durfte ich auch mit den Grundschulkindern einüben, eine tiefe spirituelle Erfahrung, auf die ich nicht verzichten möchte.

Was unsere Gemeinde auszeichnet, ist ihre Spendenfreudigkeit, ob Kirchenrenovierungen, Orgelprojekte, Caritassammlungen, die Großzügigkeit Gottes spiegelt sich wider in der Großzügigkeit der Gemeindemitglieder von Herz Jesu und St. Elisabeth. Als Pastor möchte ich dankbar sagen, dass ich mich nie mit den Problemen alleingelassen gefühlt habe. Die herzliche Liebe Gottes hat mich durch seinen Geist durch diese Jahre hindurchgeführt, er führte beide Gemeinden zusammen zur Gemeinde Herz Jesu und St. Elisabeth. Er schickte auch noch die Polnische Mission in die Elisabeth-Kirche. Die große Teilnehmerzahl bei den Fronleichnamsprozessionen unserer Gemeinde mit der Polnischen Mission ist ein Geschenk Gottes, eine Gabe und Aufgabe zugleich.

Wir leben in einer Zeit, in der die Völker der Welt immer mehr nebeneinander und miteinander leben. Wir haben eine portugiesische Pastoralreferentin, afrikanische Doktoranden, die Polnische Mission und in den Kindergärten über zehn verschiedene Sprachen der Kinder. Alle Menschen sind Kinder Gottes, ganz gleich, welcher Rasse, Hautfarbe

Macht euch keine Sorgen,
die Freude an Gott ist eure Kraft!
Neh 8,10

Hans Ludger

40 Jahre Priester
des Bistums Münster

Pfarrer
an Herz Jesu u. St. Elisabeth
Münster

29. Juni 2004

Jesus, dieses Bild von dir in der Sakristei unserer Herz-Jesu-Kirche lässt mich nicht los: Vor dem Gottesdienst brennt immer eine Kerze vor deinem Bild. Mit dir ist Licht in die Welt gekommen, Licht zu uns Menschen. Das Licht strahlt aus deinem Antlitz, dein Blick ist voller Licht, deine Augen sind gütig, gewinnend, gewaltfrei, wehrlos. Du zwingst mir dein Leuchten nicht auf, du bist einfach da mit deiner Freundlichkeit, mit deinem heilenden Blick. Dir kann ich Vertrauen schenken, dir kann ich alles sagen, du verstehst mich.
Mein Blick richtet sich auf deine beiden Hände: in der linken hältst du ein brennendes, strahlendes Herz, umgeben von einem Dornenkranz. Mit deiner rechten Hand weist du hin auf dieses Herz, als wolltest du sagen: Sieh her, hier ist mein Herz, ich schenke es dir. Du willst uns ein neues Herz und einen neuen Geist schenken, du willst das Herz von Stein aus unserer Brust nehmen und uns ein Herz von Fleisch geben, so hat es Ezechiel prophetisch verheißen (Ez 11,19).

Jesus, hilf mir, dieses kostbare Geschenk anzunehmen, die Liebe deines brennenden Herzens. Und lass mich spüren, wie auch mein Herz zu brennen beginnt für deine Botschaft, für die Gemeinschaft mit dir und den Schwestern und Brüdern unserer Gemeinde.
Ich verstehe die Dornen um dein Herz: Viele Menschen verstehen dich nicht, lassen dich gar nicht an sich heran. Jesus, du hast viele Enttäuschungen weggesteckt, du hilfst auch mir, Scheitern und Frust zu ertragen, dafür danke ich dir.
Vereint mit dir kann ich mein Herz auch in die Hand nehmen und Dinge wagen, die ich mir allein nicht zutrauen würde. Ich danke dir, dass du mich Wege führst, die ich ohne dich nicht gehen könnte.
Auf deinem Gewand trägst du ein kleines Kreuz. Du hast alle todbringende Herzlosigkeit durch deine Liebe bis in den Tod am Kreuz überwunden und schenkst uns in deiner Auferstehung ewiges Leben schon hier und heute. Danke, Jesus, heute und alle Tage meines Lebens bis in Ewigkeit.
(Herz-Jesu-Darstellung 17. Jahrh. Südtirol)
H. Ludger

Vierseitiges Andachtsbild zum 40-jährigen Priesterjubiläum von Pfarrer Hans Ludger oder Religion sie angehören, ganz gleich, welche Sprache sie sprechen. Es bedarf in dieser Zeit einer Integrationskraft, die die Menschen nicht gegeneinander aufbringt, sondern die sie zusammenbringt, dass sie miteinander im Frieden leben. Die Kirche und damit auch unsere Gemeinde kann hierfür eine Menge tun. Es gilt, das Bewusstsein wach zu halten, dass Menschenwürde über dem Profitstreben steht, Menschenwürde ist ohne Gottesbezug nicht zu haben.

In den 40 Jahren meines Priesterseins habe ich immer mitgeholfen, diese Dimension des Geistes lebendig zu halten. Hierfür bin ich unendlich dankbar. Ich danke Gott, dass er mich durch Höhen und Tiefen geführt hat, so dass ich heute sagen kann, ich habe keine Sekunde bereut, Priester zu sein und sehe zuversichtlich der Zukunft entgegen. Ich danke auch Ihnen allen für Ihr Mitdenken, Mitverantworten, Ihre Ideen und Ihr Mittun in allen Bereichen. Ich möchte hierbei nur einen einzigen Namen nennen, ohne diesen Namen hätte ich diese Zeit nicht überstanden: Frau Franziska Diepers. Sie hat durch ihren Dienst das Pfarrhaus offen gehalten, ich habe ein Essen bekommen, das sowohl gut schmeckt als auch gut ist für die Gesundheit. Das „franziskanische Brot" ist bei vielen Leuten in der Gemeinde bekannt, einige haben sogar gelernt, es selbst zu backen. Es war Frau Diepers eine Freude, Gäste zu haben. Aber auch an der Haustür und am Telefon hat sie gezeigt, wie wichtig es ist, mit allen menschlich umzugehen. Den Frauen unserer Gemeinde möchte ich für ihre Mitarbeit besonders danken, ich möchte ihnen sagen, dass ich ihr Engagement sehr schätze und daher besonders hervorheben möchte.

Ich möchte alle, die ich verletzt habe, die ich zu wenig beachtet habe oder die eine Wut auf mich haben, um Vergebung bitten. Es gibt kein Gemeindemitglied, von dem ich sagen könnte, der oder die ist für mich gestorben. Wenn ich 14 Jahre jünger wäre, würde ich hier bleiben und Ihnen sagen: *„So, jetzt geht's erst richtig los."* Dieses Wort muss ich meinen Nachfolgern überlassen, bei denen ich sicher bin, dass sie den spirituellen Schwung der Gemeinde nicht bremsen werden.

Ich werde in Borken nicht mehr so viel Verantwortung für die Leitung der Gemeinde haben, für Kirchenvorstand, Pfarrgemeinderat und Angestellte. Alle priesterlichen Dienste werde ich weiterhin mit Freude tun, möglicherweise mehr Gottesdienste feiern als hier.

Ich wünsche Ihnen die Erkenntnis, dass die Kinder von Herz Jesu und St. Elisabeth religiös sehr interessiert sind, so dass die Erwachsenen an ihnen erkennen können, was mit Reich Gottes gemeint ist. Ich wünsche, dass unsere beiden Kirchen in Münster Ost präsent bleiben als Orte der Gottesverehrung, als Räume von Orientierung und Kraft für die Menschen vor Ort, für ihre Sorgen und Nöte, für ihre Freude und ihr Glücklichsein. Hierbei möchte ich auch die Kapelle von Lütkenbeck mit einbeziehen, dieses Kleinod barocker Münsterscher Kultur, das es ohne das Engagement unserer Gemeinde wohl nur noch als Ruine geben würde.

Am Mittwochmorgen, dem 7. Juli, werde ich umziehen. Dann bricht hier nichts zusammen. Kaplan Bakenecker wird als Pfarrverwalter dafür sorgen, dass die Leitung der Gemeinde bis zur Einführung des neuen Pfarrers freudig verantwortet wird. Ich wünsche ihm hierfür Gottes Segen und eine stabile Gesundheit.

Münster war für mich die spannendste Zeit in meinem Leben. Ich werde Herz Jesu und St. Elisabeth Münster niemals vergessen. Amen. (Verfasst: 3. Juni 2007)

Abschied von der Polnischen Mission

Predigt am 27. Juni 2004

Liebe Schwestern und Brüder der Polnischen Mission!

Als Berufsschulpfarrer in Duisburg-Rheinhausen kam ich mit Polen in Berührung: 1975 auf einer Reise mit einem Bus voller Jugendlicher durch ganz Polen: Breslau, Krakau, Warschau, Gezycko (Lötzen), Swienta Lipka (Heilige Linde), Thorn, Danzig, Marienburg, Stettin.

In Warschau kam es zu einer freundschaftlichen Begegnung mit der Studentengemeinde Sw. Anna. Ich habe die Studentengemeinde nach Rheinhausen eingeladen.

1976 kamen 35 polnische Studenten nach Rheinhausen, die Pfarrgemeinde St. Josef nahm die polnischen Gäste in ihren Wohnungen auf. *„Ich war dabei, wie mein Vater von einem Polen erschossen wurde. Wir nehmen einen polnischen Gast auf“*, sagte ein Gemeindemitglied.

1977 machte ich mit 35 jungen Erwachsenen aus Rheinhausen eine Reise nach Warschau. Wir waren in Gastfamilien untergebracht. Dies war für alle jungen Leute ein starkes Erlebnis. Es gab Tränen beim Abschied auf beiden Seiten.

1978/79/81 war ich Pilger auf der Fußwallfahrt von Warschau nach Tschenstochau. 240 Kilometer pilgerten die 30.000 Teilnehmer zu Fuß, 1980 waren es gar 50.000.

Es kam zu einer Freundschaft mit dem Warschauer Studentenchor. Es gab geistliche Konzerte in unseren Kirchen in Rheinhausen und danach in Geldern.

1990 kam ich nach Münster Herz Jesu. 1994 starb Pfarrer Schneider von St. Elisabeth. Ich wurde auch Pfarrer von St. Elisabeth und zum Dechanten des Dekanates Münster Mauritz gewählt.

Anfang 1999 sagte Bischof Dr. Reinhard Lettmann auf einer Dechantenkonferenz, er dächte daran, die Elisabeth-Kirche an die Orthodoxen zu verkaufen. Ich widerspreche ihm ganz energisch mit den Worten: *„Solange ich Pastor von St. Elisabeth bin, geschieht das nicht!“* Alle Dechanten lachen hierüber. Mir ist gar nicht zum Lachen zumute. Bischof Lettmann fragt mich nach ein paar Tagen im Priesterseminar, was ich denn davon hielte, wenn die Polnische Mission nach St. Elisabeth käme.

Dieser Plan wurde noch im Herbst 1999 verwirklicht. Und nun sind Sie schon seit fast fünf Jahren bei uns.

Wir freuen uns, dass wir gemeinsam die Elisabeth-Kirche und das Pfarrer-Schneider-Heim benutzen können. Es gibt zwei gemeinsame Gottesdienste: die Palmweihe am Palmsonntag und die Fronleichnamsprozession, an der in diesem Jahr 450 Personen teilgenommen haben. Dies ist ein starkes Zeichen europäischer Begegnung. Eine richtige Freundschaft zwischen beiden Polen und Deutschen hat es bisher nur in Ausnahmefällen gegeben. Beide Völker haben im Laufe ihrer Geschichte einander viel Böses angetan. Der gemeinsame christliche, katholische Glaube führt uns auf den Weg der Versöhnung und des Friedens. Ich werde niemals das geistliche Ereignis der Tschenstochau-Wallfahrten vergessen, sie gehören zum Besten, was ich als Priester erlebt habe, das gemeinsame Singen, das Beten, das Beichtehören, die Messfeiern schon morgens um 4 Uhr. Das Ertragen von Unwetter, wir haben völlig durchnässt auf der Strasse getanzt, um wieder warm zu werden. Dies alles gehört zu meiner Erinnerung an Polen. Es gibt kein Land und kein Volk, mit dem ich so prägende religiöse Erlebnisse haben durfte.

Die Elisabeth-Kirche ist bei allen gegenwärtigen Strukturänderungen eine der stabilsten Kirchen im Lande, mit manchmal 500 polnischen und deutschen Kirchenbesuchern an Samstagen und Sonntagen. Wobei die Polen weitaus häufiger zur Kirche kommen als die Deutschen, ich schätze, es kommen dreimal soviel Polen nach St. Elisabeth wie Gemeindemitglieder von Herz Jesu und St. Elisabeth. Und dabei leben nur um die 30 Polen auf unserem Gemeindegebiet.

Die Gläubigen beider Nationen haben in den letzten Jahren 65.000 Euro für die Reparatur der Orgel von St. Elisabeth gespendet. Sie möchten, dass die Elisabeth-Kirche als Gottesdienstraum weiterhin erhalten bleibt. Die Orgel wird im Jahr 2005 fertiggestellt. Es werden dann noch ansprechendere Messfeiern und geistliche Konzerte möglich sein. Für diese ganze Entwicklung möchte ich mich am Ende meiner Zeit in Münster bei Ihnen allen sehr herzlich bedanken, bei Pfarrer Wagner, Kaplan Misiewicz und nicht zu vergessen Frau Wojcik aus dem Pfarrbüro. Ich wünsche Ihnen weiterhin Gottes Segen für die Zusammenarbeit mit der Gemeinde Herz Jesu und St. Elisabeth, gute Ideen für die Zukunft und viel geistliche, internationale Integrationskraft des Heiligen Geistes. Amen.

Marlies Terbeck

Pastoralreferentin in Münster

1990 wurde ich Pfarrer der Gemeinde Herz Jesu Münster. Als mein Nachbarpfarrer von St. Elisabeth im Jahr 1994 verstarb, übergab mir unser Bischof Dr. Reinhard Lettmann auch die Verantwortung für diese Gemeinde. Die Zusammenarbeit beider Gemeinden führte am 1. Januar 2001 zur Fusionierung zur Pfarrgemeinde Herz-Jesu und St. Elisabeth. Dieser Prozess muss bei der Arbeit von Frau Terbeck in dieser Zeit ständig mit berücksichtigt werden.

Eigenverantwortliche Aufgaben

Liturgie: Wortverkündigung sonntags und in der Frauenmesse als Statio. – Begleitung der Frauen bei der Vorbereitung der Eucharistiefeiern. – Hier entwickelte sie gute Ideen, die Frauen fühlten sich von ihr gut begleitet.

Gemeindekatechese: Vorbereitung der Kinder auf Erstkommunion und der Jugendlichen auf die Firmung. – Schulung der Katechetinnen und Katecheten. Es gelang ihr, das Vertrauen der Kinder, Jugendlichen und ihrer Eltern zu gewinnen.

Taufgespräche führte sie zur Vorbereitung von Taufen, hierbei hielt sie auch selbst eine Ansprache.

Traugespräche führte sie für Paare, die auswärts heiraten wollten. Frau Terbeck ist gut informiert über das kirchliche Eherecht.

Jugendarbeit: Sie war Kuratin der Pfadfinder und stand auch der Gruppenleiterrunde der Pfarrjugend in beiden Gemeinden mit Rat und Tat zur Seite. Jährliche Ferienlager betreute sie mit Schwung und viel Engagement, mit Verständnis für Kinder und Jugendliche.

Sonstige Aufgaben und Dienste

Eine ihrer wesentlichen Aufgaben war die Mitarbeit in den Pfarrgemeinderäten beider Gemeinden. Sie kennt sich gut aus in der rechtlichen Struktur des PGR und weiß diese auch mit Leben zu erfüllen. Sie arbeitet integrierend und war mir bei all den Konflikten, die mit Kooperation und anstehender Fusionierung zusammenhingen, eine wertvolle, kluge Mitarbeiterin, die mir manchen guten Rat geben konnte.

Achtmal nahm sie an unserer einwöchigen Fußwallfahrt Münster-Kevelaer teil, sie unterstützte dieses Unternehmen vor allem durch ihre spirituellen und geselligen Beiträge.

Religionsunterricht
Frau Terbeck gab in den letzten Jahren an der Overberg-Grundschule einmal in der Woche Religionsunterricht in Kontaktstunden und erreichte damit alle Jahrgangstufen. In früheren Jahren gab sie auch Kontaktstunden an der Fürstenberg-Hauptschule.

Beurteilung der Arbeit
Frau Terbeck nahm an den wöchentlichen Teamsitzungen des Seelsorgeteams (Pfarrer, Kaplan, jetzt Pater, Küster, Kirchenmusiker, Praktikant, Pastoralreferentin) teil. Hier wusste sie sich in Planung und Reflektion der Seelsorgearbeit konstruktiv einzubringen. Sie ist bereit und fähig zur Kooperation und legt Wert auf genaue Absprachen.

Ich danke Frau Marlies Terbeck für die zehnjährige Zusammenarbeit in den Neunziger Jahren des vorigen Jahrhunderts. Ich halte sie für kompetent, auf Diözesaner Ebene die großen Probleme unserer Bistümer zu erkennen und an realistischen Lösungen mitzuarbeiten. Ich kann Frau Marlies Terbeck jedem Ordinariat in Deutschland mit gutem Gewissen empfehlen.

Anmerkung 2009
Ich nehme diese Beurteilung in mein Buch auf, um zu zeigen, dass die Zusammenarbeit mit Frauen in der Pastoral unverzichtbar ist, dies wird auch durch andere Artikel in diesem Buch deutlich. Frau Terbeck ist gegenwärtig Mitarbeiterin im Ordinariat des Bistums Magdeburg.

Dank für das Jubiläum und Ankunft in Borken-Marbeck

2004

Hans Ludger, Pfr.
46325 Borken
Marbecker Str. 85
Tel. 0 28 61 / 32 38

Im August 2004

Liebe Schwestern und Brüder!

Mein 40-jähriges Weihe-Jubiläum und der Abschied von Münster sind nun schon seit mehr als einem Monat vorbei. Da wird es höchste Zeit, dass wir, Franziska Diepers und ich, ein Lebenszeichen von uns geben.

Allen ganz herzlichen Dank für die familiäre Feier am Fest Peter und Paul in Vinnenberg und den starken Dankgottesdienst am Samstag darauf in der Herz-Jesu-Kirche. Mein Bruder Reinhard sagte: *„Das war das Beste, was ich je in einer Kirche erlebt habe."*

Auch der Empfangsabend im Pfarrer-Eltrop-Heim wird uns unvergesslich sein. Dank auch für alle Geschenke und Spenden, es wurden 6.450 Euro für die Kindergärten gegeben. Besonders gefreut habe ich mich auch über die zahlreichen freundlichen Briefe, die mir sehr gut getan haben. Vor allem das schöne „Abschiedsbilderbuch" der Overberg-Grundschule zeigte die herzliche Zuneigung der Kinder zu ihrem Pastor. Der Abschied von ihnen fiel mir am schwersten.

Als wir am 7. Juli mit dem Möbelwagen hier ankamen, lag ein Brief im Flur des Pfarrhauses: *„Bitte sofort öffnen."* Es stand in dem Brief: *„Herzlich willkommen in Marbeck. In der Küche des Jugendheims steht ein Apfelkuchen, die Sahne ist im Kühlschrank, Kaffee und was Sie brauchen, ist alles da. Guten Appetit!"* Eine aufmerksame Frau hatte diese angenehme Willkommensgeste vorbereitet. So haben wir mit den Möbelpackern eine gemütliche Kaffeepause gemacht. Diese Gastlichkeit ist nun auch in allen anderen Bereichen zu erfahren.

Ich war schon in fast allen Kirchen der großen Remigius-Gemeinde zu Eucharistiefeiern. Die Gemeinde macht gut mit. Am 1. August habe ich mit vielen Leuten auf einem Bauernhof einen plattdeutschen Gottesdienst gefeiert, meine plattdeutschen Kenntnisse kann ich hier gut gebrauchen. Auch Franziska Diepers ist gut angenommen worden. Sie fährt schon rund zu Besuchen von Namenstagskindern, von Vereinsamung keine Spur.

Ich spüre, es war gut, dass wir diesen Schritt getan haben. Nach wie vor gilt, die Zeit in Münster bleibt uns in bester Erinnerung. Und wenn mal jemand in das westliche Münsterland kommt, ist er oder sie bei uns herzlich willkommen. Wie es bei uns aussieht, zeigen die beiden Fotos: Pfarrhaus und St.-Michael-Kirche sowie das Innere der Kirche.

Froh und dankbar grüße ich alle auch im Namen von Frau Diepers

Ihr Hans Ludger, Pfr.

Pfarrhaus und St.-Michael-Kirche in Borken-Marbeck

Altarraum der St.-Michael-Kirche

Gipfelmesse auf dem Großen Rettenstein

2004

Seit 37 Jahren bin ich im Pfarrhof Kirchberg/ Tirol im Urlaub zu Gast. Mehrmals bewohnte ich das Zimmer mit Blick auf den Großen Rettenstein (2.362 m). Oft schaute ich mit dem Fernrohr zum Gipfel hin und sah das Gipfelkreuz. Ich dachte: Ob du wohl jemals diesen Berg ersteigen wirst? Diesmal kam ich seit langer Zeit wieder einmal im Sommer nur für eine Woche nach Kirchberg. In den Pfarrnachrichten las ich: Samstag, 28. August, um 11 Uhr Bergmesse auf dem Großen Rettenstein. Der Gemeindepfarrer Gerhard Erlmoser hatte keine Einwände gegen meine Teilnahme. Also beschloss ich: Jetzt oder nie!

Am Freitag vor dem Aufstieg unternahm ich eine etwas ausgedehntere Wanderung durch den „Unteren Grund" zur Labalm und über den Naturlehrpfad wieder zu meinem Auto, das ich in der Nähe der Oberlandhütte geparkt hatte. Das Wetter schien sehr gut zu werden. Ich legte mich schon um 21 Uhr schlafen, um am nächsten Tag fit zu sein.

Am Samstagmorgen erfuhr ich, dass am Abend zuvor Josef Dittrich, genannt Sepp, aus Kirchberg am Großen Rettenstein tödlich abgestürzt sei. Alle Bergsteiger fanden es richtig, dass wir den Aufstieg zum Berg nicht ausfallen ließen. Wir wurden um 7 Uhr von einem Taxi abgeholt, sammelten uns in zwei Taxis an der Oberlandhütte. Ich lernte als zusteigende Bergsteigerin auch Maria Hochkogler kennen. Am Tag zuvor hatte ich in dem ansprechend gestalteten Tourismus-Prospekt „Das Geheimnis von Kirchberg" von ihr gelesen, von ihren umsichtigen, erlebnisreichen Bergtouren. Und jetzt stieg sie zu uns in den VW-Bully. Ich ahnte nicht, dass ich ihre Hilfe noch am selben Tag in Anspruch nehmen würde. Es stiegen auch drei Mitterhögler Weisenbläser mit ihren Blasinstrumenten zu, zünftig in Tiroler Tracht gekleidet. Wir fuhren bis zur Schöntal-Alm.

Hier begann unser Aufstieg. Zunächst war ich ziemlich vorne. Pfarrer Gerhard war in seinen Shorts recht flott, immer vorne weg. Schon bald merkte ich, dass ich von den Teilnehmern des Alpenvereins überholt wurde. Ich spürte keine Müdigkeit. Als wir dann den leicht begehbaren Almpfad verlassen mussten, um steile, steinige Kletterpartien zu bewältigen, merkte ich, auf was ich mich eingelassen hatte. Ich kletterte ohne Wanderstöcke, das gab mir mehr Bewegungsfreiheit. Die Sonne schien warm, es war nicht heiß, ein wohltuendes Lüftchen wehte. Für den Gipfelaufenthalt hatte ich meinen Parka im Rucksack verstaut, außerdem befand sich im Rucksack ein sportlicher Regenschutz, drei Tütchen mit Apfelsaft, zwei Doppelschnitten Butterbrot von der Köchin Mali im Pfarrhaus liebevoll eingepackt. Auf dem Kopf trug ich eine weiße Baseball-Kappe, die mich vor zu starker Sonneneinstrahlung schützte. Ich war „gut drauf", konnte mich immer wieder an dem herrlichen Alpenpanorama erfreuen, dessen Weite mit zunehmender Höhe bei glasklarer Sicht immer größer wurde. Einige Male hielten die drei Kitzbühler Weisenbläser inne und erfreuten die Kletterer mit ihren getragenen Alpenklängen. Es war eine feierliche, fast religiöse Stimmung bei diesem Aufstieg zum Großen Rettenstein. Die Freunde vom Alpenverein dachten immer wieder an den tragischen Tod ihres Bergfreundes Sepp, der mit 66 Jahren gut einen Monat älter war als ich und bestimmt mehr als 100 mal auf den Großen Rettenstein gestiegen ist.

Am gestrigen Freitag, erst vor wenigen Stunden, wollte er mit einigen Freunden den Gipfel mit Feuer illuminieren, ein Brauch, der zur Sonnenwende in diesem Jahr wegen des schlechten Wetters ausfallen musste. Ein Stein, den Sepp für belastbar hielt, gab nach und ließ ihn in die Tiefe stürzen. Er war sofort tot. Diesen Gedanken hingen viele von uns nach.

Ich merkte nun nach einer Stunde Aufstieg, dass ich immer öfter kurz halten musste. Ich trank eine Tüte Apelsaft, sie tat mir sehr gut. Schließlich merkte ich, dass ich der Letzte war und der Abstand zu den Kletterern vor mir größer wurde. Die meisten waren schon am Gipfelkreuz angekommen.

Da vernahm ich in meiner Nähe die Stimme der Bergführerin Maria, sie sagte: *„Du darfst nicht stehen bleiben, gehe langsam, Schritt für Schritt."* Als sie merkte, dass meine Kräfte immer weniger wurden, nahm sie mir meinen Rucksack ab und trug nun ihren eigenen und meinen Rucksack, der nicht gerade leicht war. Nun zeigte sie mir jeden Schritt und Tritt: *„Setz den rechten Fuß hierhin, den linken dorthin."* Ich fühlte mich in ihrer Nähe sehr sicher und hatte keine Angst, zusammenzubrechen.

Pfarrer Gerhard stand schon in Albe und Stola unter dem Gipfelkreuz, wir waren die Letzten. Schließlich haben wir es geschafft, gingen an den Leuten vorbei, die schon oben waren. Nicht weit vom Gipfelkreuz konnte ich mich auf einem Brett niederlassen, das mir eine freundliche Bergsteigerin anbot. Ich war sehr glücklich.

Die Gipfelmesse konnte beginnen. Der Pfarrer begrüßte den Alpenverein Kirchberg und bedankte sich, dass diese Gipfelmesse nun schon seit einigen Jahren durch Mithilfe des Vereins stattfinden könne. Er hieß auch mich als Gast aus dem Bistum Münster auf dem Gipfel herzlich willkommen. Ich erwiderte spontan: *„Ich war der Letzte, der den Gipfel erreicht hat, dank der Hilfe von Maria. Ich komme mir vor wie der Gewinner einer Goldmedaille bei der Olympiade in Athen, die am morgigen Sonntag zuende geht."* Alle klatschen Beifall und freuen sich, dass ich nicht schlapp gemacht habe.

Der Pfarrer nahm für die Messe die Texte vom Fest der Verklärung des Herrn.

Die Weisenbläser standen hinter ihm und untermalten das Geschehen sehr eindrucksvoll mit ihrer Alpenmusik. Wir hatten auf dem Großen Rettenstein einen außerordentlich schönen Panoramablick über die Österreichische Alpenwelt: den Wilden Kaiser, die Loferer Steinberge, das Kitzbühler Horn, die Leoganger Steinberge, das Steinerne Meer, die Hohen Tauern, das Kitzstein-Horn, den Großglockner, den Großvenediger in der Venediger Gruppe, die Zillertaler Alpen, das Karwendel-Gebirge und nicht zu vergessen die Hohe Salve, von der aus ich im Winter manches Mal einen herrlichen Blick über die Alpenwelt genießen durfte.

Der Aufstieg auf den Großen Rettenstein (rechts) geschah zwischen den beiden Geröllfeldern steil zum Gipfel. Im Hintergrund die Zillertaler Alpen.

Bei aller Freude an der Schönheit der Berge lag über der Gruppe eine Trauer über das Unglück am Abend zuvor. Der Pfarrer betonte, es sei gut, an dieser Stelle in einer Messe besonders des tödlich abgestürzten Sepp zu gedenken. Alle fühlten sich betroffen und haben ganz sicher öfter an den befreundeten Bergkameraden gedacht. In seiner Ansprache hatte es der Pfarrer leicht, deutlich zu machen, dass die Schöpfung der Alpenwelt aus Gottes Hand hervorgegangen ist. Man konnte dem Wort von Altbischof Stecher nur zustimmen: *„Einer der schönsten Wege zu Gott führt über die Berge."* Mich beeindruckte vor allem das „Heilig, Heilig, Heilig" von Schubert. Alle Mitfeiernden waren von der Musik auf dem Gipfel so ergriffen, dass sie es nicht über ihre Lippen brachten, den Text des Liedes mit zu singen. Nach der Messe verweilten wir noch einige Zeit auf dem Gipfel, es war angenehm warm, das Band der Gletscher zeigte uns, wie genau doch die Natur ihre Schönheit präsentiert. Wir Menschen haben allen Grund, alles daran zu setzten, diese schöne Welt nicht zu zerstören, sie vielmehr zu lieben und zu pflegen.

Wir stärkten uns mit den Butterbroten, dem Apfelsaft, einige hatten einen gereiften Zwölfapostelwein dabei, den sie großzügig anboten. Dann begann der Abstieg. Ich dachte, der kann so schlimm wie der Aufstieg nicht werden. Schon spürte ich Maria in meiner Nähe. Ich konnte meinen eigenen Rucksack wieder tragen und fühlte mich gut. Es dauerte nicht lange, da waren wir wieder die Letzten. Maria sagte: *„Nur mit der Ruhe, nicht zu schnell, setz den rechten Fuß hierhin, den linken dorthin."* So kamen wir sicher in die unteren Regionen des Berges.

Auch Peter, Marias Mann, war in meiner Nähe. Er trug den zusammengeklappten Tisch, der auf dem Gipfel als Altar gedient hatte. Den „Flügelaltar" hat Sepp selbst gebaut, sagte Peter. Maria überließ ihrem Mann Peter die Sorge um mich, sie habe auf der Alm noch einiges vorzubereiten. Die Weisenbläser erfreuten uns noch einige Male mit ihren getragenen Alpenklängen, wobei auch von einer anderen Seite des Berges ein Solotrompeter stimmungsvolle Einlagen blies. Die Atmosphäre beim Abstieg war außerordentlich harmonisch, einfach glücklich.

Die Kameraden vom Alpenverein hatten auf der kleinen Scherm-Hütte vor der Schöntalalm ein Mittagessen vorbereitet. Hier bleiben wir noch einige Zeit. Mit den Freunden Jesu konnte ich sagen: „*Hier ist gut sein, lasst uns hier Hütten bauen. Hier wollen wir bleiben.*" Ich sagte zu den Bergkameraden und Kameradinnen: „*Kommt alle heute oder morgen Abend in Kirchberg in die Kirche. Ich werde in der Predigt erzählen, was wir heute erlebt haben.*" Ich fand noch Gelegenheit, mich bei Maria Hochkogler persönlich für ihren Einsatz zu bedanken. Sie wehrte ab und meinte: „*Das ist bei uns selbstverständlich, wir lassen keinen zurück.*"

An der Schöntalalm nahmen uns die Taxis wieder auf und brachten uns nach Kirchberg zurück. Am Sonntagabend sah ich in der Abendmesse Leute vom Alpenverein, auch die Angehörigen des tödlich Verunglückten Sepp waren erschienen. Als Sonntagsevangelium wurde aus Lukas 14 verkündet, wie Jesus die Leute tadelt, die sich die besten Plätze aussuchen. „*Wer sich erhöht, wird erniedrigt und wer sich erniedrigt, wird erhöht werden.*" Ich führte in der Predigt aus: „*Was wir da eben im Evangelium gehört haben, habe ich gestern persönlich erlebt. Beim Aufstieg auf den Großen Rettenstein musste ich den letzten Platz einnehmen. Fast hätte ich den Gipfel nicht erreicht. Ich verdanke es der Hilfe der Bergführerin Maria, dass ich dennoch den Gipfel erreichte. Im Reich Gottes ist bisweilen alles auf den Kopf gestellt. Ich kam mir vor wie der Gewinner einer Goldmedaille.*"

Am selben Sonntagabend gingen die Olympischen Spiele in Athen zuende, ein Ereignis, bei dem alle Teilnehmenden bestrebt sind, den ersten Platz zu bekommen in Gold, Silber oder Bronze. Auch in der Gesellschaft denken viele Menschen leistungsorientiert. Nur der Erfolgreiche gilt etwas, die anderen werden gar nicht erst erwähnt. Wenn Jesus Goldmedaillen verteilt, werden ganz andere Leute bedacht, die nicht mehr können und nicht aufgeben, die die Lasten ihrer Mitmenschern mittragen, die Jahre lang ihre schwerkranken Angehörigen zu Hause pflegen. Diese Dimension von Gottes Reich durfte ich bei der Ersteigung des Großen Rettenstein erfahren.

Darum geht es ja in jeder Messfeier: Licht und Dunkel liegen dicht beieinander. Wir gedachten des plötzlichen Todes eines Bergkameraden, der oft im Licht der Berge die Schönheit Gottes erahnt hat. Der Tod hat nicht das letzte Wort, die Wirklichkeit des Lichtes des Auferstandenen Christus ist stärker. Das ist der beste Trost, den ich kenne, in dem wir Menschen uns wiederfinden und in dem das Leben weitergeht auch nach dem plötzlichen Tod eines lieben Mitmenschen.

Am Montag war die Beerdigungsmesse in der Kirchberger Kirche für den tödlich abgestürzten Sepp. Die Kirche war bis auf den letzten Platz gefüllt. Der Friedhof fasste nicht die Trauergäste, die bis zum Einbruch der Dunkelheit Abschied nahmen von ihrem geliebten Freund.

Da ich am Mittwoch abreisen wollte, ging ich am Dienstag zum Frisör, um einigermaßen ordentlich wieder in meiner Gemeinde zu erscheinen. Ich ging zum Haarstudio an der Kitzbüheler Straße und wurde besonders von der Inhaberin des Geschäftes, einer Tochter von Sepp, begrüßt. Sie bedankte sich für meine Worte am Sonntagabend in der Kirche und versprach mir, Fotos vom Großen Rettenstein zu schicken. Diese Bilder in meinem Arbeitszimmer erinnern mich täglich an einen starken Tag, an gute Menschen, an die schöne Alpenwelt, an Erlebnisse, die mit meinem Glauben zu tun haben. Und wenn jemand die Bilder anschaut, erzähle ich, was ich erleben durfte.

„Gebt ihr ihnen zu essen …"

Wittstock 2005

Bei der großen Fußwallfahrt von Warschau nach Tschenstochau im Jahr 1978 lernte ich Pfarrer Josef Scholz aus der DDR kennen. Wir waren in einer Untergruppe der Studentengemeinde St. Anna aus Warschau. Ich schätzte die ehrliche, freche Offenheit von Josef Scholz. Er hatte noch nie einen batteriebetriebenen Trockenrasierer gesehen, mit dem ich mich rasierte. Gern erfüllte ich seine Bitte, den Rasierer einmal benutzen zu dürfen. Während er sich rasierte, sagte er: *„Jetzt weiß ich auch, was du mir zu Weihnachten schicken kannst."* Prompt schickte ich ihm einen Trockenrasierer, als ich wieder zu Hause war.

Ich besuchte ihn 1984 in Wittstock an der Dosse, das liegt zwischen Hamburg und Berlin in Mecklenburg. Er hatte damals den Ehrgeiz, mir die schwierige Situation in der DDR zu zeigen. So fuhren wir zur verlassenen evangelischen St. Anna-Kirche in Alt-Krüssow. Vor der Fahrt sagte er zu mir: Jetzt lassen wir deinen VW hier. Wir nehmen meinen Trabi, ich sitze neben dir und höre mir deine Flüche über dieses Auto an. Die Fahrt ging über holprige Straßen mit vielen Schlaglöchern. Die St. Anna-Kirche in Alt-Krüssow im echten backsteingotischen Baustil wurde nicht mehr benutzt. Das Dach war undicht, man konnte sich ausrechnen, wann das ganze Gebäude einmal einstürzen würde. Das stimmte mich sehr traurig. Diese marode Kirche stand nur als Beispiel für andere Häuser, die alt waren und der Sanierung dringend bedurften.

Zu Zeiten der DDR war ich öfter drüben als nach der Wende. Ich dachte, du musst unbedingt wieder einmal hinfahren, um die Freundschaft mit Pfr. Josef Scholz aufzufrischen und die Menschen zu fragen, wie es ihnen denn heute, mehr als 15 Jahre nach der Wende geht.

Also bin ich am 19. Juli wieder nach Wittstock gefahren zur Heilig-Kreuz-Gemeinde. Pfr. Scholz ist für drei weitere Gemeinden zuständig, die jedoch vor einem Jahr auf Anordnung des Bischofs von Berlin zusammengelegt wurden: Pritzwalk, Meyenburg und Fretzdorf. Die Gottesdienststellen liegen 20 Kilometer und mehr voneinander entfernt.

Ich war überrascht über den guten Zustand der Stadt. Wittstock gilt als das Rothenburg des Nordens, es gibt noch eine geschlossene Stadtmauer, die man in dreiviertel Stunden umwandern kann, was ich mehrmals tat. Im Stadtkern – schätze ich – leben 5.000 Einwohner. Alles macht einen sehr guten Eindruck: Die Häuser zum größten Teil saniert, die Straßen in bestem Zustand, altes Katzenkopfpflaster hat man belassen. Auch die Kirchen aus dem Mittelalter werden saniert. Ich stieg mit Josef Scholz auf den Turm der großen evangelischen Marienkirche.

An einem Tag fuhren wir wieder nach Alt-Krüssow. Die Kirche hat eine umfassende Dachsanierung erfahren, sie ist in ihrer Substanz gerettet. Hierüber habe ich mich sehr gefreut. Man spürt überall die Hilfe der Bundesregierung, man spürt aber auch, dass die Geldvorräte erschöpft sind.

Ich frage Josef Scholz: *„Wie geht es dir denn seit der Wende?"*

„Für unsere Diasporagemeinde ist manches schwerer geworden. Gewiss, wir leben in Freiheit, können aussprechen, was wir denken. Wir leiden darunter, dass viele junge Familien abwandern, weil die Eltern hier keine Arbeit finden. Junge Leute sehen hier keine Perspektive, deswegen gehen sie in den Westen. Es bleiben die alten Leute, um die wir uns natürlich liebevoll kümmern. Der Kommunismus hat nicht nur das Land herunterwirtschaftet, er hat auch in den Menschen Verwüstungen angerichtet, die nur schwer zu sanieren sind. Für uns war die Arbeit vor der Wende in mancher Hinsicht leichter. Die nichtchristlichen Jugendlichen hatten durch den Kommunismus eine ideologische Perspektive, diese ist jetzt weggefallen. Wir sind als Kirchen zu schwach, um dieses Defizit wirksam aufzufangen. Jugendliche wenden sich hier stark der gewaltbereiten, rechten Szene zu. Die Evangelische Kirche ist bemüht, dagegen zu steuern. Es begegnen einem auf der Straße junge Leute, die man kaum anzusprechen wagt."

Wir besuchten an zwei Abenden Nachbarn des Pfarrhauses von Josef Scholz, Männer und Frauen zwischen 40 und 60 Jahren. Sie waren sehr freundlich zu uns. Ich spürte, dass Josef Scholz einen sehr guten Kontakt zu diesen Leuten hatte. Auch mich nahmen sie sehr freundlich in ihren Kreis auf. Es dauerte nicht lange, da boten mir alle das Du an, worauf ich ohne weiteres einging und mich auch von ihnen „duzen" ließ. Auch ihnen stellte ich die Frage: *„Wie fühlt ihr euch nach der Wende?"* Alle waren zu kommunistischer Zeit voll in das System in führenden Positionen eingebunden: als Ingenieur im Trikotagenbetrieb, als Soldat in der Volksarmee, ein Mann ist heute als Angestellter in einer Versicherung tätig, eine Frau leitete zu DDR-Zeiten den Kindergarten von Wittstock mit 300 Plätzen und tut dies heute noch. Eine weitere Frau ist ebenfalls in leitender Stellung tätig. Ein junges Mädchen hatte seine Ausbildung als Ergotherapeutin beendet und bekommt nach vielen vergeblichen Bewerbungen eine Stelle in Graz in Österreich.

Alle äußersten sich positiv über die Wende: *„Die Wende musste kommen, es konnte so nicht weitergehen. Im Kommunismus wurden wir als Menschen verarscht, nur der Kommunismus machte dies freundlich, wir fühlten uns wohl dabei. Auch heute fühlen wir uns als Menschen nicht ernstgenommen: Es zählt nur das Geld, nur der Profit, der Mensch bleibt auf der Strecke. Die Familie wird zu wenig gefördert, der Staat tut zuwenig für die Kinder."* Einer sagt: *„Ich sehne die DDR nicht zurück, fühle mich in dem heutigen Staat jedoch auch nicht wohl."* Die großen Parteien in Deutschland lehnen alle ab. Sie werden wahrscheinlich die Neue Linke Partei bei der nächsten Wahl wählen. Eine der Frauen war gerade von einem Besuch in Thüringen zurückgekehrt und hatte leckere Grillwürstchen mitgebracht. Sie werden auf den Grill gelegt und zu Brot und Bier verzehrt. Ich hole aus dem Kofferraum meines

Autos eine Flasche Hennesee-Cognac, das stärkt das Gefühl der Zusammengehörigkeit. Pfr. Scholz spricht von mir immer als von einem Wessi, was ich scharf kritisiere, weil die Einteilung von Wessi und Ossi die Spaltung nicht überwindet. An der Kreuzkirche von Wittstock befindet sich am rückwärtigen Giebel ein Kreuz mit der Inschrift: *„Dass alle eins seien."* Unsere Gesprächspartner beziehen dieses Wort auf die gegenwärtige Situation unseres Vaterlandes, was mir in meinen Gesprächsbeiträgen sehr entgegenkommt: Wir sitzen alle im selben Boot und müssen die gegenwärtigen gesellschaftlichen Probleme gemeinsam lösen. Hierbei sind der Fortschritt der Technik und die Globalisierung als Chance und Gefahr zugleich zu sehen. Wir leben in einem Wettstreit des Fortschritts, wobei die Eigeninitiative von größter Wichtigkeit ist. Unsere Gesprächspartner haben die Kreuzkirche noch nicht von Innen gesehen, obwohl sie nur über die Straße gehen müssten.

Am ersten Abend schnitt einer der Männer einen schönen Blumenstrauß in seinem Garten und gab ihn dem Pfarrer für die Kirche, eine außerordentlich freundschaftliche Geste. Spät am Abend gingen wir in bester Stimmung auseinander und wurden für den folgenden Abend wieder eingeladen. Bernhard wurde an diesem Abend 50. Das Gespräch war weiterhin sehr freundschaftlich. Wir haben viele Lieder gesungen, Josef Scholz kannte einige Lieder aus der DDR-Zeit, worüber sich unsere Gesprächspartner nicht wenig wunderten. Ich sang einige Lieder mit Vorsingen und Nachsingen aller. Es beschwerten sich keine Nachbarn über unsern Gesang. Wir erlebten den Abend auf einer menschlich, kameradschaftlichen Ebene. Gott tauchte nur am äußersten Rande auf, obwohl ich sagen muss, er war an beiden Abenden mitten unter uns.

Das heutige Wort: Gebt ihr ihnen zu essen! verstehe ich so: 300 Kinder wachsen im städtischen Kindergarten ohne christlichen Glauben auf, es gibt einen evangelischen Kindergarten, zu dem auch die wenigen katholischen Kinder gehen. Die Leiterin des städtischen Kindergartens sprach von den Jahreszeiten, die sie mit den Kindern erlebt, von der Hilflosigkeit vieler Eltern, ihre Kinder zu erziehen.

In einem weiteren Gespräch hätte ich die Frage gestellt: *„Und was sagt ihr den Kindern, wenn jemand stirbt? Was sagt ihr den Jugendlichen, welchen Sinn das Leben hat? Ihr kritisiert selbst die materialistische Gesellschaft, in der es nur um das Geld geht. Worum geht es euch denn?"* Diese Menschen kennen nicht den Trost des Gebetes, kennen nicht die Bibel, sie haben immer nur Negatives über die Kirche gehört. Man spürt ihren Hunger nach wahrem Menschsein, das in einer Tiefe begründet ist, die sie nicht kennen.

Immer wieder sagen uns die Leute: Wir möchten doch bei uns dafür werben, dass die Leute aus dem Westen ihren Urlaub in den neuen Bundesländern verbringen. Nach der Wende sind mehr Menschen aus der früheren DDR in den Westen gefahren als umgekehrt. Dabei ist ein Besuch von Mecklenburg sehr lohnend: die herrliche Landschaft, die Seen, die uralten Alleen mit Eichen und Linden, sehenswerte Städte wie Schwerin, Güstrow mit seinen beiden Museen mit Werken von Ernst Barlach, Havelberg, Bad Doberan, Bad Wilsnack, Röbel am Müritz-See und natürlich Wittstock nicht zu vergessen mit seinem Museum zum dreißigjährigen Krieg. Ich sprach mit der Leiterin dieses Museums und regte an, einige Bilder vom Rathaus und Friedenssaal von Münster zu zeigen, um auf diese Weise über den Ort des Friedensschlusses 1648 zu informieren und Besucher nach Münster einzuladen. Umgekehrt hätte es Sinn, im Rathaus zu Münster auf das Museum in Wittstock hinzuweisen. Ich bin mir sicher, dieses bliebe für die Besucherzahl in beiden Städten nicht ohne Wirkung.

Ich ging am letzten Samstag zum Friseur. Es war 10 Uhr morgens. Eigentlich hätte der Salon voller Kunden und Kundinnen sein müssen. Aber ich war der einzige. Drei Angestellte standen zur Verfügung, um mir die Haare zu schneiden. Ich fragte die Frisörin, ob sie mal auf dem Kirchturm der Marienkirche gewesen sei. Sie verneinte, schien auch gar kein Interesse daran zu haben, obwohl der Turm jeden Tag für Besucher geöffnet ist. Es fehlt an Interesse, Dinge zu tun, die einfach zum Leben dazu gehören. Dazu gehört ein Spaziergang um die Stadt unter mehr als 100-jährigen Eichen- und Lindenbäumen. Nur wenige Rentner sind hier zu finden. Hier ist kein Leben, wie man es sich wünscht.

Jesus sagt: ***„Gebt ihr ihnen zu essen!“*** Wir Christen sind aufeinander angewiesen. Der Kontakt zu dem Mitbruder in Wittstock hat auch mir wichtige Impulse gegeben, vor allem die Bewunderung für Menschen, die den Kommunismus überlebt haben und einen Pastor, der in Treue zum Glauben steht und die Alten gut behandelt, obwohl er gern mit Familien zusammenarbeiten möchte. Dies wurde deutlich, als zwei Familien einen Gottesdienst besuchten, der im Wohnzimmer des Bürgermeisters von Fretzdorf gefeiert wurde. Weltweit ist eucharistisches Brot in Fülle vorhanden. Menschen, die es austeilen und empfangen, tun einen wichtigen Dienst für das Heil des Einzelnen wie für das friedliche Zusammenwachsen der Völker.

Erntedank 2005

Predigt 15 Jahre nach der Wiedervereinigung

Liebe Schwestern und Brüder!

Danken hängt sprachlich mit Denken zusammen. Wir haben in diesem Jahr eine reiche Ernte, es gab in unseren Breiten keine nennenswerten Unwetter, bisher konnte die Ernte schnell und sicher eingebracht werden. Dies ist keine Selbstverständlichkeit. So danken wir an erster Stelle dem Schöpfergott, der alles wachsen und gedeihen lässt, ohne seinen schöpferischen Willen, den er seit der Erschaffung der Welt nicht zurückgenommen hat, gäbe es keine Früchte des Feldes. Unser Dank gilt auch den Landwirten, die trotz maschineller Hilfe hart gearbeitet haben, damit wir genug zu essen haben. Wir beten, dass sie nicht den Mut verlieren, wenn sie für die Erntegaben nicht den finanziellen Erlös bekommen, den sie brauchen und auch gerechterweise verdient hätten.

Wir tun gut daran, Gott in der Produktion der Nahrungsmittel nicht außen vor zu lassen. Unsere Sorge sind genmanipulierte Nahrungsmittel, von denen wir nicht genau wissen, ob sie nicht krebsverursachend sind. Fachleute sagen, der Mensch solle die biologische Beschaffenheit der Nahrungsmittel so belassen, wie sie aus Gottes Schöpferhand hervorgegangen sind.

Wir werden uns damit abfinden müssen, dass die Agrarprodukte, sogar auch Weizen, zur Produzierung von Biogas verwendet werden. Mit steigenden Ölpreisen werden wir immer mehr gezwungen, alternative Energiequellen zu erschließen und auszubauen.

Dankbar dürfen wir auch sein, dass wir in einer Zone der Erde leben, in der es bisher noch keine Hurrikane gab wie in der Karibik, in den amerikanischen Staaten Louisiana und Texas. Die Stadt New Orleans wurde von den Hurrikans Kathrina und Rita heimgesucht. Von all diesen Problemen wurden wir verschont.

Durch das Fernsehen sind wir über die großen Katastrophen schnellstens und bestens informiert.

Wir begehen am Montag den Tag der deutschen Einheit. Vor 60 Jahren wurde der II. Weltkrieg beendet und vor 15 Jahren geschah die Wiedervereinigung unseres Vaterlandes in einer gewaltfreien Revolution. Ohne das Gebet der Kirchen ist dieses Ereignis nicht zu denken. Nach 15 Jahren fragen wir uns: „*Wie sieht die Ernte der Wiedervereinigung aus? Was ist aus der Begeisterung der Menschen in Ost und West geworden?*“ Es gibt nicht wenige Menschen, die dem Unrechtstaat DDR nachtrauern. 943 Menschen wurden an der Mauer umgebracht, 200.000 politische Häftlinge wurden in den Gefängnissen der DDR gefoltert. Die Nachfolgepartei der verbrecherischen SED, die PDS, gehört bei den letzten Wahlen zu den Gewinnern. Der frühe griechische Staatsphilosoph Thukydides sagt: *„Menschen, die ihre Geschichte vergessen, laufen Gefahr, sie eines Tages wiederholen zu müssen.“* Welche Rolle spielt heute der Glaube bei uns und in den neuen Bundesländern?

Danken dürfen wir auch für die 60 Jahre in unserem Land, in denen es hier keinen Krieg gegeben hat. Immer wieder sind wir erschüttert, wenn wir im Fernsehen mit den Terrorismusattacken vor allem im Irak und im Heiligen Land konfrontiert werden. Dabei dürfen wir Afrika nicht aus dem Blick verlieren, wo es noch viele Länder gibt, die nicht im Frieden miteinander leben. Wir beobachten mit Sorge, dass Afrikaner zu Tausenden versuchen, über das Mittelmeer in europäische Länder zu gelangen

Dank allen Eltern in unserer Gemeinde, die den Mut haben, mehreren Kindern das Leben zu schenken. In unserem Land hält der Tod eine andere Ernte, es sind die 250- bis 300.000 Kinder jährlich, die nicht das Licht der Welt erblicken, weil sie von ihren Eltern aus welchem Grund auch immer nicht erwünscht sind. Und hier gilt es Dank zu sagen für die reiche Ernte der geretteten Kinder. Allen, die durch Beratung und Engagement mitgeholfen haben, dass Kinder geboren werden und leben. Darum ist Erntedank so wichtig. Wir behalten Gott und sein Wirken unter uns im Auge. Eine Gesellschaft, die Gott aus dem Blick verliert, geht zum Teufel.

Der eigentliche und tiefste Dank in unserem Leben geschieht in der Eucharistiefeier. Wir danken Gott für alles, was er uns schenkt, begegnen ihm in seinem Wort und Sakrament, hören auf seine Stimme. Wir danken ihm, dass er uns auch in schwierigen Situationen nicht allein lässt.

Ihnen allen möchte ich danken, dass Sie die Treue zum Glauben nicht aufgegeben haben. Mit Gottes Hilfe werden wir die Probleme der Gegenwart erkennen, sie beherzt anpacken und lösen.

Beichten entspannt

In den Bußfeiern, …

… die vor den hohen Feiertagen in unseren Kirchen gehalten werden, findet sich Jahr für Jahr ein Großteil der Gemeinde ein, in dem ehrlichen Bemühen, Buße zu tun, sich eine lebendigere Gottesbeziehung schenken zu lassen. Oft ist die Kirche gut gefüllt, wir halten gemeinsam Gewissenserforschung, stellen uns unter das Wort Gottes, bereuen unsere Sünden und Schwächen und erflehen im Gebet Vergebung und Heilung.

Hierbei wird deutlich, dass die Sünde sozialen Charakter hat, wir schaden durch die Sünde nicht nur uns persönlich, sondern auch der Gemeinschaft, in der wir leben: unserer Familie, den Kollegen am Arbeitsplatz, ja, der ganzen Gemeinde. Immer wieder höre ich nach einer Bußfeier, dass sie Anregung und Hilfe bewirkt hat, hier und da auch Umkehr und Neubeginn. Es gibt Leute, die sagen, dass ihnen die Bußfeiern heute viel mehr geben als die Beichten früher.

Es wäre allerdings ein Verlust für unser religiöses Leben, wenn wir das …

… persönliche Beichten …

… aufgeben würden. Ich möchte einige Gedanken über die persönliche Beichte ausführen. Hinter diesen Gedanken steht die eigene Erfahrung und die Liebe zur Gemeinde. Es steht dahinter die Überzeugung, dass wir Priester für die Gemeinde da sind und uns bemühen müssen, ihr zu helfen, in dieser Zeit gläubig zu sein und aus der Kraft des Glaubens zu leben.

Viele Gläubige gehen deshalb nicht mehr zur Beichte, weil sie nicht wissen, wie man das macht. Als Kinder haben sie vielleicht zum letzten Mal gebeichtet, seither sind Jahre vergangen. Ich will einmal beschreiben, wie ich die …

… Beichte heute …

… erlebe. Nehmen wir einmal an, jemand ist jahrelang nicht mehr zur Beichte gegangen. Er vertraut darauf, dass der Priester im Beichtraum ihm dabei hilft. Er kann im Beichtraum wie gewohnt durch das Gitter beichten, oder am Tisch sitzend mit dem Priester von Mensch zu Mensch sprechen. Hierbei schauen beide auf das Kreuz, das sich im Beichtraum befindet.

Als Priester bete ich für die beichtende Person, dass sie vor Gott ausspricht, was der Vergebung, der Heilung oder Erneuerung bedarf. Ich bete auch darum, dass ich höre, wie Jesus zuhört und spreche, wie er spricht, wenn es darum geht, einen Rat zu geben oder die Absolution (Vergebung) zu erteilen.

Dann stelle ich drei Fragen. Die erste entspricht dem Gebot der **Gottesliebe**: *„Wie sieht es mit Ihrem religiösen Leben aus? Gibt es in Ihrem Alltag das persönliche Gebet? Gehen Sie noch sonntags oder auch werktags in die Kirche und besuchen die hl. Messe?“* Ich gehe auf die Antwort des Beichtenden ein und versuche, ihm für sein religiöses Leben einige Hilfen zu geben. Und die zweite Frage nimmt Bezug auf das Gebot der **Nächstenliebe**: *„Welches Verhältnis haben Sie zu Ihren Mitmenschen? Sind Sie verheiratet, haben Sie Kinder? Gibt es in Ihrem Ehe- und Familienleben irgendwelche Dinge, die Sie belasten und die Sie in der Beichte einmal aussprechen möchten?“*

Soweit ich kann, versuche ich auch hier dem Beichtenden einen Rat zu geben. Und eine letzte Frage stelle ich: *„Gibt es irgendetwas, das Sie belastet, das Sie einmal aussprechen möchten, etwas, das sie bedrängt oder Ihnen ernsthafte Schwierigkeiten bereitet?“* Dem Beichtenden ist schon häufig geholfen, wenn er Probleme aussprechen kann und wenn ihm jemand wirklich zuhört.

Nach einer kurzen Beratung spreche ich ein Gebet im Sinne des gesamten Gespräches und des Bekenntnisses. Hier bin ich als Priester gefordert. Ich trete als Mensch zurück und überlasse dem Herrn und dem Hl. Geist den weiteren Gang des Gebetes. Vielleicht hat eine Mutter von ihren Sorgen um ihre Kinder gesprochen, dann bete ich: *„Herr, nimm dieser Frau ihre schweren Sorgen, zeige ihr Wege, wie sie mit ihren Kindern umgehen kann, segne ihre Kinder, dass sie den richtigen Weg finden, segne auch den Vater der Kinder, lass beide Eltern vereint sich um die Entwicklung der Kinder kümmern und lass sie hierbei auch Freude erfahren.“* – Oder ein Ehepartner hat Schwierigkeiten in seiner Ehe, man versteht sich nicht, geht aneinander vorbei. Dann bete ich etwa so: *„Herr, segne die Ehe dieses Mannes. Hilf ihm, seiner Frau verständlich zu machen, dass er sie gern hat, verzeih ihm alle Schwächen und Fehler, komm mit der Liebe deines Geistes auch über seine Frau, dass sie ihren Ehemann von neuem annimmt und von Herzen liebt.“*

Das persönliche Beten im Sinne des Beichtgesprächs mündet ein in die Absolutionsformel: ***„Gott, der allmächtige Vater hat durch den Tod und die Auferstehung seines Sohnes die Welt mit sich versöhnt und den Heiligen Geist gesandt zur Vergebung der Sünden. Durch den Dienst der Kirche schenke er dir Verzeihung und Frieden. Und so spreche ich dich los von deinen Sünden im Namen des Vaters und des Sohnes und des Heiligen Geistes. Amen.“*** Dann empfehle ich noch ein Gebet zur Buße, wünsche vor einem Hochfest ein frohes Fest und sehe, dass das Fest bereits in seinem Herzen begonnen hat. Nach dem Gespräch in der Kirche: Verweile in Stille in Gott – Dankbarkeit – Geborgenheit – Ruhe – Friede – Glück – Freude erfüllt dein Leben. Du fühlst dich im Innersten neu aufgebaut und erfährst die Dimension der Auferstehung Jesu, die ja bereits seit der Taufe in uns wohnt – Leben in Fülle – Dies ist Entspannung in höchster Form – unerreichbar für jede moderne Psychotechnik – ein großes Geschenk, von dem man nicht schweigen kann, das wir für unserne Kinder nur wünschen können.

Wer eine persönlichen Beziehung zu Christus, zum Heiligen Geist gefunden hat, möchte auf gar keinen Fall auf die Mitfeier der Eucharistie am Sonntag verzichten. Sie ist ihm nicht äußere Pflicht, sondern eine innere Sehnsucht treibt den Glaubenden zur Feier des Todes und der Auferstehung des Herrn. Die persönliche Beichte bietet auch die Chance der …

… geistlichen Begleitung …

… durch einen Priester. Es tut gut, alle sechs bis acht Wochen über sein Leben nachzudenken, im Gespräch Gott manches „hinzuhalten", was der Erneuerung, der Bekehrung oder der Heilung bedarf. Dies muss nicht immer eine Beichte im strengen Sinn sein. Es kann auch die …

… Bitte um Segen …

… sein, um innere Heilung, um Versöhnung und Frieden, für eine bestimmte Aufgabe, für das Gelingen einer Operation im Krankenhaus oder für eine größere Reise. Wer auf der Suche ist nach geistlicher Begleitung, möge sich im Dekanat und darüber hinaus umschauen nach einem kompetenten Seelsorger. Karl Rahner sagte einmal: *„Die Kirche der Zukunft wird eine mystische sein, oder sie wird nicht sein."*

Du kehrst zurück in den Alltag, möchtest den Kontakt zu Christus weiterhin aufrechterhalten und vertiefen. Das tägliche Gebet ist dir hierbei eine Hilfe. Wenn du auch Zeit hast für die tägliche Messfeier, wirst du erkennen, dass du keine Zeit verloren hast, dass dir vielmehr die täglichen Aufgaben besser von der Hand gehen. Natürlich gibt es auch in der Bußfeier eine Begegnung zwischen Christus und dem Christen. Man darf aber wohl feststellen, dass die Begegnung in der persönlichen Beichte weitaus intensiver und befreiender ist. Hierzu möchte ich folgendes Beispiel anführen: Ein Deutschlehrer ist mit seiner Klasse sehr zufrieden. Er sagt das vor seinen Schülern: „Ich finde euch wirklich gut, ich komme gern zu euch in den Unterricht." Die Schulklasse freut sich hierüber. Wenn der Lehrer dieses Lob aber einem einzelnen Schüler persönlich sagt, dann ist das für diesen eine überwältigende Stärkung seines Selbstwertgefühls. Er fühlt sich aufgebaut und ernstgenommen, seine innere Freude ist groß. Ähnlich ist es bei der persönlichen Beichte: **Gott spricht durch den Priester: *„Deine Sünden sind dir vergeben. Du kannst sicher sein, dass ich dich liebe, du kannst sicher sein, dass ich dir weiterhelfen werde."***

Die Beichte dringt bis in das Herz des Menschen vor, dort wo sich Glauben und Lieben ereignen, dort wo wir das Leben sinnvoll und gut finden, dort wo wir Gottes Ebenbild sind. Jeder von uns ist tief angelegt. Viele von uns sind in der Tiefe ihres Herzens unsicher, bedrängt oder verletzt. Jesus ist gekommen, um uns zu heilen.

Die innere Heilung …

… hat Auswirkung auf das äußere Heilsein, auf die Gesundheit, auf die Vitalität. Wie viele Menschen sind auf der Suche nach einer gesunden Vitalität, sie treiben Sport, machen Nordic Walking, schinden ihren Leib in einer „Muckibude", nehmen an Marathonläufen teil, geben viel Geld für „Wellness und Entspannung" aus, haben jedoch vergessen, dass der Mensch aus Leib und Seele besteht, dass eine gesunde Seele auch den Leib gesunden lässt. Beichte und seelsorgliches Gespräch schenken innere Heilung und Befreiung, das macht sie so ungeheuer wertvoll. Und was auch sehr schön ist, es kostet nichts, es ist gratis, gnadenhaft geschenkt. Vielleicht sollten wir für jede Beichte 100 Euro nehmen, dann würden die Leute wieder Schlange stehen. Die Beichte ist das …

… Geschenk des Auferstandenen Christus …

… an seine Kirche. Am Abend des Ostertages erscheint er den Jüngern und spricht zu ihnen: „Empfangt den Heiligen Geist, wem ihr die Sünden nachlasst, dem sind sie nachgelassen, und wem ihr sie behaltet, dem sind sie behalten." Es ist der Geist Gottes, der Jesus von den Toten auferweckt hat. Dieser selbe Geist möchte unser Leben durchdringen, uns von allem befreien, was uns bedrängt, körperlich und seelisch krank macht. In der Beichte erfahren wir diese lebendige Kraft Jesu, sie bewirkt eine große innere Freude und tiefen inneren Frieden, den wir nirgendwo anders so finden. Der Auferstandene Christus ist im Heiligen Geist in der Kirche bis ans Ende der Tage lebendig. Es gilt, seine Lebendigkeit zu erkennen und sie in das eigene Leben hinein zu nehmen, damit sie fruchtbar werden kann. Die Sünde hält nicht, was sie verspricht, sie schenkt kein Leben, nur Traurigkeit, Beklemmung und Unfreiheit: die Sünde verhindert das wahre Leben. Jesus ist gekommen, dass wir *„das Leben haben in Fülle."* (Jh 10,10).

Bußfeier und Beichte …

… haben beide ihre Bedeutung im Leben unserer Gemeinde. Wer die Kraft Jesu Christi tiefer erfahren möchte, wird zu einer persönlichen Beichte finden. Wer in der Bußfeier religiöse Anregung, wirkliche Umkehr und Weiterführung im geistlichen Leben findet, wird weiterhin treu zur Bußfeier gehen oder beides neu kultivieren: Bußfeier und Beichte. Wer sich schwerer und schwerster Schuld bewusst ist, wird von sich aus die persönliche Beichte wählen, um tiefe Befreiung zu erfahren.

Dies alles ist keine Theorie, sondern praktisch längst erprobt.

Von Kindern leichter praktiziert …

… als von Erwachsenen. Nach der Erstkommunion 2005 kamen einige Wochen später alle Kommunionkinder von Marbeck zur persönlichen Beichte. Auch die Hälfte vom 4. Schuljahr waren an einem normalen, sonnigen Donnerstagnachmittag in der St. Michaelskirche erschienen. Ich hatte die Kinder in der Grundschule vorbereitet, sie kamen ohne Angst, auch einige Eltern waren sogar mitgekommen. Den Eltern hatte ich einen Brief geschrieben etwa mit dem Inhalt: *„Es kann Ihnen in der Erziehung Ihrer Kinder nichts Besseres passieren, als wenn Ihr Kind anfängt, über sich selbst nachzudenken, seine Fehler erkennt, seine Schwächen wahrnimmt und mit Gottes Hilfe beginnt, an sich selbst zu arbeiten, Begabungen zu erkennen und zur Entfaltung zu bringen, Verletzungen durch andere auszusprechen und zu lernen, an der Versöhnung und am Frieden zu arbeiten."* In der …

… Entwicklung unserer Gesellschaft …

… zeichnet sich ab, dass der Mensch der Zukunft belastbar sein muss, um den künftigen Anforderungen zu genügen. Die Lösung des Problems der PISA-Studie liegt nicht in der Erhöhung des Leistungsdrucks, die Motivation zu Lernen und Umgang mit den Mitmenschen muss von Innen her kommen. Der Glaube ist also gefragt, ob wir Menschen dies wahrhaben wollen oder nicht. Kinder können diese Zusammenhänge schon erkennen und sind bereit, an sich zu arbeiten, mit Gottes Hilfe also zu einem Leben zu gelangen, das sich nicht einfach treiben lässt von den Versuchungen unserer Zeit: übertriebenem Medienkonsum, zu vielem Essen, Bewegungsmangel, Motivationslosigkeit, Alkohol und Nikotin. In der Beichte dürfen die Kinder auch sagen, was sie gut können, wo sie Erfolg haben. Ich unterstütze das Gute durch Lob und Gebet. Wichtig ist vor allem, dass die Kinder sich etwas vornehmen für die nächste Zeit. Ein …

… Beichtspiegel für Kinder …
… sieht folgendermaßen aus:

Gebet zur Vorbereitung
Guter Gott, ich komme zu dir, denn ich weiß, dass du mich kennst und liebst. Du siehst, was in meinem Leben gut ist, was mir Freude macht. Und du siehst auch, was ich falsch gemacht habe. Vor dir kann ich ehrlich sein. Dir kann ich alles sagen. Du bist wie ein guter Vater und eine gute Mutter zu mir und nimmst mich in deine Arme. Du vergibst mir, deshalb komme ich zu dir. Du hilfst mir, ein besserer Mensch zu werden, das Leben zu lieben und alles, was gut und schön ist; denn du hast alles gut und schön gemacht. Mit dir will ich leben. Amen.

Jesus sagt: *„Du sollst Gott von ganzem Herzen lieben!“*
- Denke nach über dein Leben. Gott möchte mit dir Freundschaft schließen. Er liebt dich und möchte mit dir zu tun haben.
- Bete ich morgens, mittags und abends?
- Gehe ich am Sonntag in die Kirche? Feiere ich die Messe begeistert mit oder sitze ich die Zeit nur ab?
- Denke ich immer wieder mal an Gott?
- Kann ich still sein?
- Bin ich dankbar gegenüber Gott, wenn ich etwas Schönes erlebt habe?
- Danke ich für meine Eltern und Geschwister?
- Bete ich für sie? Bitte ich Gott um Hilfe in der Schule, in Kummer und Streit?

Jesus sagt: *„Du sollst deinen Nächsten lieben wie dich selbst!“*
- Liebe ich meine Eltern, meine Geschwister, die Kinder in meiner Schulklasse?
- Wie verhalte ich mich im Streit?
- Schlage ich einfach zu aus Hass und Rachegefühl?
- Helfe ich mit am Frieden zu Hause und in der Schule?
- Bin ich fair im Sport, kann ich auch einmal verlieren?
- Bemühe ich mich um Ehrlichkeit, sage ich die Wahrheit,
- oder will ich mich mit Lügen durchmogeln?
- Habe ich gestohlen? Im Kaufhaus?
- Habe ich schwächere Kinder beschützt?
- Was konnte ich Gutes tun?
- Überlege selbst einmal, was du ändern kannst!
- Nimm dir etwas vor, was in deinem Leben besser werden soll, etwa:

Ich will jeden Morgen und Abend beten – ich will mich mit den Geschwistern verstehen – ich zeige meinen Eltern, dass ich sie gern habe – ich helfe zu Hause mit bei der Arbeit – ich will mir in der Schule Mühe geben – ich werde auch einmal ein Buch lesen – ich will nicht ständig vor dem Fernseher hocken – ich will lernen, mit dem Computer vernünftig umzugehen – ich will im Sport fair sein – ich will meinen Körper und meinen Geist trainieren.

Sprich jetzt mit dem Priester, er hilft dir, dass du alles richtig machst und in deinem Leben weiterkommst.

Am Ende des Gesprächs vereinbart der Priester mit dir ein Gebet, das du nach der Beichte betest, vielleicht gibt er dir auch ein Gebet auf einem Zettel mit. Dann betet der Priester mit dir. Er spricht dir die Vergebung Gottes zu mit den Worten: „Gott, der allmächtige Vater usw." Hierbei macht er das segnende Kreuzzeichen, du machst ein Kreuzzeichen wie beim Beginn eines Gebetes. Dann sagt er: *„Gelobt sei Jesus Christus!"* Du antwortest darauf: *„In Ewigkeit. Amen."* Du gehst wieder in die Kirchenbank und verweilst einen Augenblick in Stille vor Gott – Dankbarkeit – Freude – Liebe zu ihm und den Menschen – gute Gefühle durchströmen dein Leben. Du bist gut drauf. Vielleicht wundern sich deine Eltern und Geschwister, dass sich in dir etwas getan hat. Das dürfen sie ruhig. Dies ist ein Zeichen, dass deine Beichte „angeschlagen hat".

Gottes Stimme hören

Fastenpredigt in Rhede und Bocholt 2006
1 Sam 3,1-10

Was kann ein Fastenprediger sagen, was nicht schon gesagt ist? Ich habe die Hoffnung, dass meine Ausführungen für Einige eine Anregung sind. Ich sehe, es sind auch bei Ihnen überwiegend reifere Leute zur Fastenpredigt erschienen. Wie kommt es, dass die Jüngeren fehlen? Wir leben in einer Zeit, in der die Kirchenbesucherzahlen sinken. Es fällt den Gemeinden schwer, den Glauben an die nächste Generation weiterzugeben.

In den 70er-Jahren habe ich als Religionslehrer an der Berufsschule in Duisburg-Rheinhausen gearbeitet. In dieser Zeit habe ich dreimal mit Jugendlichen eine Fahrt nach Taizé in Frankreich gemacht. Damals trafen sich jährlich über 100.000 junge Leute aus aller Welt auf dem Hügel von Taizé. Ich erinnere mich sehr deutlich, wie in einer Gesprächsrunde ein Animateur sagte: „*God has a voice.*“ Gott hat eine Stimme. Wenn er eine Stimme hat, ist es äußerst interessant, sie zu hören, ähnlich wie in der Lesung Samuel die Stimme Gottes gehört hat. Es fiel mir in Taizé auf, dass es in den Gottesdiensten immer eine ungewöhnlich lange stille Zeit gab, die jungen Leute saßen mit den Brüdern auf dem Fußboden und lauschten einfach in die Stille hinein, gaben Gott die Chance, zu ihnen zu sprechen. Dies geschah nach einer Predigt, einem Gebet, oder einer Schriftlesung.

Junge Leute sagen heute oft zu ihren Eltern: „*In den Tempel, da kriegt ihr mich nicht mehr rein. Das sagt mir nichts!*“ Man kann noch so interessante Gottesdienste gestalten, irgendwann ist da die Luft raus. Vielleicht sollten wir es einmal damit versuchen, Gott die Chance zu geben, zu uns ganz persönlich zu sprechen.

Vor ein paar Jahren hatte ich mit Kommunionkindern in Herz Jesu Münster in der Grundschule ein schönes Erlebnis. Ich fragte die Kinder: „*Wer von euch glaubt an Gott?*“ Alle zeigten auf. „*Wer glaubt an Jesus Christus?*“ Es zeigen wieder alle Kinder auf. „*Wer ist Jesus?*“ „*Er ist Gottes Sohn.*“ „*Gibt es ihn heute noch?*“ „*Ja*“, meinten die Kinder. „*Wenn es ihn noch gibt, wo ist er denn?*“ „*Im Himmel und in unserem Herzen.*“ „*Wenn es ihn gibt, kann er dann auch sprechen?*“ „*Ja ganz sicher.*“ „*Wenn er sprechen kann, können wir dann seine Stimme hören?*“ „*Das wissen wir nicht.*“ Es reizte mich weiter zu fragen: „*Wollen wir einmal versuchen, seine Stimme zu hören?*“ „*Ja, das wäre toll, wenn wir ihn hören könnten.*“ Ich sagte: „*Man kann ihn am besten hören, wenn man ganz still ist. Also sind wir jetzt einmal ganz still und versuchen, ihn zu hören. Wer ihn zu hören glaubt, zeigt bitte auf, damit ich weiß, zu wem er gesprochen hat.*“ Alle Kinder sind absolut still, machen die Augen zu und sind ganz Hörende. Ich bete im Stillen: „*Jesus, jetzt bist du dran, lass mich nur nicht im Stich. Du darfst mich jetzt nicht blamieren!*“ Es vergehen zwei, drei Minuten: Niemand zeigt auf. Dann auf einmal erhebt sich ein Finger, ein zweiter, ein dritter und schließlich zeigen etwa zweidrittel der Mädchen und Jungen auf. Ich bete: „*Danke Jesus, ich wusste, dass du mich nicht hängen lässt.*“ Ich sage zu den Kindern: „*Wer bereit ist zu sagen, was er gehört hat, lässt bitte den Finger oben.*“ Drei Kinder lassen ihren Finger oben.

Das erste Kind sagt: „*Ich habe gehört, wie er zu mir gesagt hat: ‚Du könntest dich mit deinem Bruder besser vertragen.*‘„ Ich sage: „*Dann weißt du, was du zu tun hast.*“ Das zweite Kind sagt: „*Zu mir hat er gesagt: ‚Du musst für die Schule mehr tun.*‘“ Ich sagte: „*Also nimm dir mehr Zeit zum Lernen.*“ Das dritte sagt: „*Ich habe gehört, wie er sagte: ‚Ich habe dich lieb*‘„. Darauf sage ich: „*Das ist bestimmt von ihm, das sieht ihm ähnlich, so ist er.*“

Gott hat eine Stimme. Dies ist keine Kindergeschichte, analog können wir Erwachsenen genauso Gottes Stimme als Impuls für unser alltägliches Leben vernehmen. Ich möchte sogar behaupten: Wenn uns dies aufgegangen ist, sind wir mit unserem Glauben fein heraus. Es gilt nun, diese Wirklichkeit mit Kindern, Jugendlichen und Erwachsenen einzuüben. In vielen Gemeinden unseres Bistums gibt es die Exerzitien im Alltag. Sie sind eine Einübung in die wunderbare Stille des alltäglichen Lebens, in denen Gott zu uns spricht.

In jeder Eucharistiefeier gibt es Chancen, in Stille Gottes Stimme zu hören. Etwa nach einer Predigt. Oder nach dem Kommunionempfang. Früher blieben die Gläubigen nach der hl. Messe noch eine Zeitlang in der Kirche, um zu danken, um in der Begegnung mit dem eucharistischen Herrn zu verweilen. Es gab früher auch so genannte Stille Messen. Die waren so verkehrt nicht, weil der Gläubige sich ganz persönlich von Gott angesprochen fühlte und die Gottesbegegnung mit in den Alltag nahm. Die außerordenordentlich große Chance der Gottesbegegnung liegt im Verweilen mit dem eucharistischen Herrn in der Stille nach der Kommunion. Ich bin einfach da, mit Christus und in ihm. Ich höre, was er mir ganz persönlich zu sagen hat. Ich halte ihm meinen Tag hin, meine Sorgen, meine Verletzungen, die voraussichtliche Begegnung mit den Menschen. Er gibt mir Impulse, wie ich den Alltag oder den Sonntag oder die Woche bewältigen kann. Gott stillt meine Sehnsucht nach Leben, nach Angenommensein, ich erfahre Ihn, den Urgrund meines Daseins, meines Lebens. Das gibt mir eine Kraft, die ich sonst nirgends finde. Wir stellen uns einmal vor: ein Ehepaar verweilt so gemeinsam in der Eucharistie: beide bekommen Impulse für ihr Eheleben, Anregungen, wie sie einander in Liebe und Hochachtung begegnen können, wie sie ihre Kinder erziehen, wie sie einander vergeben können, wenn sie einander auf die Füße getreten haben.

Oder ein junger Mensch ist auf der Suche nach einem Partner oder einer Partnerin, braucht Entscheidungskriterien, für welchen Menschen er sich entscheiden soll. Oder jemand ist auf der Suche nach dem rechten Beruf. Gottes Impulse helfen ihm, die richtige Entscheidung zu treffen. Es ist dies das Wirken des Heiligen Geistes unter uns und in uns. Wir müssen es nur kultivieren und einüben. Es reicht eben nicht aus, dass wir an Gott glauben in der Weise, es muss ja ein höheres Wesen geben. Gott ist unter uns und in uns mit seinem Heiligen Geist und möchte das Beste für uns. Nur sind wir zu wenig auf diese Spur gesetzt. Wir müssen als Kirche aufpassen, dass andere Religionen uns nicht die Wurst vom Butterbrot nehmen. Fernöstliche Meditationen haben das Ziel, in Stille sich immer mehr dem Nichts zuzuwenden, alle Gefühle der Leidenschaft in sich ersterben zu lassen. Die christliche Meditation wendet sich dem liebenden Gott zu, möchte ihm begegnen, sich von ihm Orientierung geben lassen. Das ist das beste Lebensprogramm, das ich mir denken kann. Es gibt nichts, das unserem Wesen mehr entspricht als die Hinwendung zu Gott dem Vater, in dessen Güte wir geborgen sind sogar über den Tod hinaus. Wir sind auf den unendlichen Gott hin angelegt, es gibt nichts, das uns so befriedigt wie die Begegnung mit ihm, dem Urgrund unserer Existenz, er schenkt unserem Alltag Saft und Kraft. Er ist Weg und Ziel unseres Lebens.

Der jüdische Religionsphilosoph Martin Buber hat einmal gesagt: Gott wohnt, wo man ihn einlässt. Dies ist für einen lebendigen Glauben sehr wichtig. Das Johannesevangelium verkündet immer wieder die tiefe Einheit zwischen Jesus und dem Vater. Er in mir und ich in ihm (Jh17). Dies soll auch zwischen Jesus Christus und uns so sein: Er in uns, und wir in ihm. Jesus sagt: Ich bin des Brot des Lebens. Er meint damit die innige Vereinigung mit uns. Eugen Biser, ein anerkannter Spitzen-Theologe unserer Zeit schreibt in seinem Buch „Der obdachlose Gott": *„Deshalb kreist das Paulinische Denken um das Motiv der Einwohnung Christi im Herzen der Seinen."* Für sich selbst beansprucht das der Apostel mit dem Satz: *„Ich lebe, doch nicht ich – Christus lebt in mir."* (Gal 2,20) Und im 2. Korintherbrief schreibt Paulus: *„Fragt euch doch selbst, ob ihr im Glauben steht, prüft euch selbst! Oder erseht ihr an euch nicht, dass Christus in euch ist? Wenn nicht, so hättet ihr die Probe nicht bestanden."* (2Kor 13,5) Wir lassen uns von der Kraft seines Geistes durchdringen. Lassen uns von ihm führen, hören auf seine Stimme. Die große Chance, dies zu tun, ist in der Eucharistiefeier. Wir lassen uns im Empfang der hl. Kommunion ganz von ihm durchdringen, an Leib und Seele, in unserem Geist, im Verstand, in unserem ganzen Sein. Eine solche Spiritualität verändert unser Leben: Der Geist Gottes ist seit der Taufe schon längst in uns, in der Firmung sind wir uns seiner erneut bewusst geworden und haben uns entschieden zu einem Leben mit Ihm. Dies gilt es zu realisieren.

Wer dies einübt, hat gute Ideen, ist belastbarer, erfährt im Alltag immer wieder die Nähe Gottes, kann Einsamkeit besser ertragen, liebt auch diejenigen, die ihm etwas in den Kaffee getan haben. Die kostbarsten Dinge in unserem Leben sind nicht kompliziert, sie sind einfach. Der Glaubende braucht keine Beweise für seinen Glauben. Der Liebende findet Erfüllung in der Liebe. Dies hat mit Erfahrung zu tun. Ich wünsche uns allen in der Fastenzeit die Erfahrung, den lebendigen Gott erneut in uns aufzunehmen und zu erkennen, dass Ostern wirklich das Fest des Lebens ist. Gottes Geist hat Jesus von den Toten auferweckt. Er durchdringt auch uns kraft seines Geistes mit derselben Lebendigkeit, wenn wir es denn zulassen.

Dies alles ist keine Theorie, sondern handfester katholischer Glaube, der in der Luft liegt. Seit 20 Jahren formuliere ich an einem Morgengebet, das versucht, diese Spiritualität zu realisieren. Wer dies einmal versuchen möchte, dem empfehle ich das hinten in der Kirche ausliegende Gebet (s. in diesem Buch: „Mein tägliches Morgengebet“) an mehreren Tagen zu versuchen. Mir hilft es seit vielen Jahren. Wenn Sie es mit ihrem Partner gemeinsam beten können, erfahren Sie deutlich, dass Gottes Geist in Ihrer Partnerschaft gegenwärtig ist. Was wollen Sie mehr? Glaube liegt in der Luft, lassen Sie ihn nicht verdunsten, sondern lassen Sie ihn auf Ihr Leben herabregnen. Warum sollten wir in der Fastenzeit nicht auch einmal an ein bekanntes Adventslied erinnern: *„Tauet Himmel den Gerechten, Wolken regnet ihn herab.“* Amen.

Pfingstpredigt

St. Michael Marbeck 2006

A. Bei Eltern von Firmlingen eingeladen zum Glaubensgespräch

B. Präfation: Der Heilige Geist als Angeld der ewigen Osterfreude (Messbuch Seite 408)

1. In Wahrheit ist es würdig und recht, dir, Vater im Himmel zu danken und dich mit der ganzen Schöpfung zu loben …
Schöpfung aus Gottes Hand hervorgegangen durch die Kraft des Heiligen Geistes.

2. … denn in dir leben wir, in dir bewegen wir uns und sind wir.
Der Geist durchdringt uns – wir sind in Gott – wir leben – atmen – haben einen Herzschlag – können denken und fühlen – haben Ideen – sind Gottes Ebenbild – dies alles wirkt der Hl. Geist.

3. Jeden Tag erfahren wir aufs Neue das Wirken deiner Güte.
Die junge Kirche hat den Geist Gottes am Pfingstfest machtvoll erfahren – die Apostel sind auf die Straße gegangen und haben die Botschaft von der Auferstehung Jesu öffentlich verkündet – auch wir erfahren das Wirken des Geistes Gottes täglich – das Spektrum der Geisteserfahrung ist unendlich: Lösung von Problemen – Zugehen auf Mitmenschen – sich Einsetzen für eine gute Sache – sich um arme und benachteiligte Menschen kümmern – für die Kinder dasein – beschenkt werden mit Freundlichkeit der Mitmenschen – eine Chance bekommen – eine Operation erfolgreich überstehen – In Marbeck: Lösungen sehen bei der Bewältigung des Problems der Schweinepest.

4. Schon in diesem Leben besitzen wir den Heiligen Geist.
Der hl. Geist: eine Gabe – schon in der Taufe bekommen – in der Firmung bewusst angenommen – er durchdringt uns – macht uns heil – wir fühlen uns okay – denken positiv – fühlen uns von Gott nicht verlassen – im Gegenteil: es wird alles gut werden – sind bescheiden im Besitzstreben – das Wichtigste ist uns der Kontakt mit Gott im Heiligen Geist – wir pflegen das Gebet – spüren den tiefen Kontakt mit dem Geist Gottes – auch die Eucharistiefeier ist uns nicht eine lästige Pflicht, sie ist die Tankstelle, wo wir Power tanken – Schnittpunkt zwischen Himmel und Erde – das allerrealste Geschehen, das ich mir denken kann – Überwindung des Todes durch die Feier des Ge-

dächtnisses des Todes und der Auferstehung Jesu – Paulus: Nicht mehr ich lebe, Christus lebt in mir – dies zulassen, es geradezu wünschen – Martin Buber: Gott wohnt, wo man ihn einlässt.

5. Er ist das Unterpfand (Anzahlung) **ewiger Herrlichkeit.**
Wir alle fragen uns: Wohin geht dieses Leben? Auch wenn das ewige Leben ein absolutes Geheimnis ist, können wir die Richtung bereits erkennen: Der Geist Gottes hat uns bereits erreicht, anfanghaft, die Richtung macht uns schon hier lebendig und heil, wir werden in der himmlischen Herrlichkeit erfüllt sein mit dieser Kraft.

5. Durch ihn hast du Jesus auferweckt von den Toten und uns die sichere Hoffnung gegeben, dass sich an uns das österliche Geheimnis vollendet.
Die Kraft des Geistes Gottes hat Jesus auferweckt – sie schafft neues Leben – ist stärker als der Tod – gläubig sein heißt dann: diese Kraft anerkennen, sie bejahen, sich von ihr führen lassen – mit ihr wirken – mit ihr leben und sich in ihr bewegen – das ist der „eigentliche Kick christlicher Existenz", es bringt zu wenig, nur ein höheres Wesen anzuerkennen, das wir Gott nennen.

6. Darum preisen wir dich mit allen Chören der Engel und singen vereint mit ihnen das Lob deiner Herrlichkeit.
Wer dies erkannt hat, kann Gott nur loben und preisen – ihm nur danken – Eucharistie feiern ist der große Dank an den lebendigen Gott.

C. Liebe Schwestern und Brüder!
Ich weiß, dass wir in einer Zeit leben, in der diese wunderbaren Zusammenhänge nur schwer durchschaut werden, wer sie erkannt hat, wird sie für sein eigenes Leben realisieren. Wir wissen, dass Gegenwart und Zukunft uns vor große Herausforderungen stellen. Ich lade Sie ein, das Leben mit einem geisterfüllten Glauben bewusst anzupacken. Leicht waren die Zeiten nie. So wollen auch wir nicht aufhören zu beten: ***„Komm, heiliger Geist, erfülle die Herzen deiner Gläubigen und entzünde in ihnen das Feuer deiner Liebe. Sende aus deinen Geist und alles wird neu geschaffen, und du wirst das Angesicht der Erde erneuern. Amen."***

„Muss ich auch fahr'n über gefährliche Straßen …"

2006

Am Freitag, dem 15. September 2006, jährte sich zum 30. Mal der Todestag unserer Mutter. Mit meinen beiden Brüdern Reinhard aus Harsewinkel und Karl-Heinz aus Wadersloh vereinbarte ich den Besuch des Grabes unserer Eltern (Franz und Katharina) auf dem Friedhof in Harsewinkel. Wir wollten uns um 15.30 Uhr am Grab treffen.

Ich bestellte zu 15.15 Uhr eine Blumenschale bei der Gärtnerei Westmattelmann in Harsewinkel. Mit meiner Haushälterin Franziska Diepers starte ich um 13 Uhr in Marbeck. Sonst fuhren wir immer über Münster durch das Münsterland nach Harsewinkel, das sind 110 Kilometer. Wir brauchten hierfür immer 1 Sunde und 45 Minuten. Diesmal wollten wir die Autobahn benutzen, um diese Strecke einmal zu testen: Die A 31 bis Bottrop und weiter die A 2 bis Oelde, dann über Landstraßen nach Harsewinkel.

Unmittelbar vor der Fahrt hörte ich noch am Radio den Bericht über Staus auf den Autobahnen. Unsere Strecke wurde überhaupt nicht erwähnt. Also dachte ich, lass uns nur ruhig losfahren.

Mühelos gelangten wir über die A 31 bis Bottrop. Die A 2 war sehr stark befahren. Bald schon begannen die Baustellen mit 60 Stundenkilometer Geschwindigkeitsbeschränkung. Öfters wurde der ganze Verkehr auf die andere Fahrbahn geleitet. Da wurde es mit dem Verkehr noch dichter. Wir waren häufig auf der schmaleren Überholspur, überholten mächtige LKWs aus ganz Europa, bisweilen standen wir und ließen uns von den Giganten der Autobahn überholen. Wir kamen kaum voran. Draußen waren es 27 Grad Celsius.

Und dann begann ein Problem uns Sorgen zu machen: Der Motor unseres Jetta gehorchte nicht mehr dem Gaspedal. Beim Langsamfahren gab er mehr Gas, als er brauchte, auch gab der Motor ein eigenartiges Geräusch von sich. Wie ich es schon einmal erlebte, der Motor wurde nicht richtig gekühlt.

Wir waren wieder einmal auf einem sehr engen Fahrbahn-Abschnitt. Manchmal tauchten Nothaltebuchten auf. Ich dachte, wenn nur jetzt nichts passiert und der Motor einfach stehen bleibt. Dann sah ich ein Hinweisschild der Raststätte Rhynern. Ich sage zu Franziska: „*Hier fahren wir mal eben raus und machen eine kleine Pause, dann sehen wir weiter.*" Wir fahren auf den Parkplatz, heben die Motorhaube und lassen kühlere Luft an den Motor. Ich gehe auf die Toilette. Dann versuchen wir, weiterzufahren.

Die kurze Rast hat der Maschine gut getan. Wir kommen bis zur Abfahrt Oelde, hier fahren wir ab. Die Fahrt durch die Stadt Oelde ist ein einziges Abenteuer. Der Wagen tut sich schwer beim Wiederanfahren an den Ampeln. Fahrer hinter uns hupen, ich schalte die Warnblinkanlage ein und fahre nach einiger Zeit in eine Seitenstraße ein, sie steigt etwas an, unser Jetta bleibt stehen. Hinter uns ertönt aufgeregtes Hupen.

Es gelingt uns noch, den Wagen auf den Parkplatz eines Aldi-Großmarktes zu lenken. Ich parke in eine freie Parklücke ein. Nichts läuft mehr. Ich lasse die Warnblinkanlage eingeschaltet. Ich hebe die Motorhaube hoch und schaue mir den Motor an. Es ist nichts Auffälliges zu finden. Ein Herr interessiert sich für uns und ist bereit zu helfen. Ich sage, ich rufe erst einmal meinen Bruder in Harsewinkel an und informiere ihn über unsere Lage.

Es ist bereits kurz nach 15 Uhr. Die Brüder holen die Blumen ohne uns vom Gärtner und gehen zum Grab unserer Eltern. Franziska erkundet den Namen der Straße, wo wir stehen, es ist die „Hohe Straße". Sie hält Ausschau, ob mein Bruder Karl-Heinz mit Käthe aus Wadersloh in ihrem Auto vorbeikommen Es haben uns mehrere Leute in Oelde echt weiter geholfen: Beim Aldi-Großmarkt bekommt Franziska einen Eimer voll Wasser. Wir wollen damit den Motor kühlen. Eine Frau sagt uns: *„Ein paar Häuser weiter gibt es hier an der Straße eine sehr gute Autowerkstatt."* Ich suche die Werkstatt zu Fuß auf. Der junge Inhaber ist gern bereit, sich unseren Wagen an zu schauen. Er kann uns auch notfalls einen Leihwagen besorgen.

Ich rufe die Versicherung an. Ich schildere dem Mitarbeiter der Versicherung in Münster unsere Situation. Er fragt: *„Wo liegt denn Oelde?"* Ich sage: *„Bei Wadersloh und Beckum."* Damit kann er offensichtlich nicht viel anfangen, sagt aber, ich solle den Wagen reparieren lassen und einen Leihwagen nehmen, die Versicherung würde die Kosten übernehmen. Er gibt mir noch eine andere Telefonnummer und sagt, er sei außerdem für den Fall nicht zuständig. Ich bedanke mich.

Unser Auto war jetzt schon wieder so weit abgekühlt, dass es die Fahrt vom Parkplatz zur Werkstatt (ca. 100 Meter) gut schaffte. Die Leute in der Autowerkstatt waren sehr freundlich, sie nahmen sich unseres Autos bald an. Der Meister verband einen kleinen Schlauch mit einer Anschlussstelle und sagte: *„Versuchen Sie es jetzt noch einmal."* Ich frage: *„Was darf ich Ihnen geben?"* *„Das ist Service"*, sagte der Meister. Wir bedanken uns sehr erfreut, setzen uns in den Jetta und kommen tatsächlich in Harsewinkel um 16.30 Uhr an.

Natürlich erzählen wir hier unsere Story und bekommen den Rat, ich sollte mir nun doch endlich ein neues Auto anschaffen. Ich sagte: *„Ich hab schon eins gekauft, es ist ein Ford Fusion und wird Ende Oktober ausgeliefert."*

Wir besuchen das Grab unserer Eltern, sind sehr erfreut über die Blumen auf dem Grab, das Reinhards Frau Anne durch das ganze Jahr hindurch vorbildlich pflegt. Auch die Blumenschale ist ein Zeichen unserer Zuneigung zu unseren Eltern, denen wir unendlich viel verdanken. Wir sprechen ein Gebet und machen uns auf den Heimweg nach Borken.

Ich fahre nicht schneller als 100 Stundenkilometer. In Münster sage ich: *„Ich habe die feste Hoffnung, dass wir heute noch zu Hause ankommen."* Nach zwei Stunden Fahrt erreichen wir heil und wohlbehalten Marbeck. Da auf dem Nummernschild unseres

Jetta die Zahl 257 steht, singen wir vor Freude drei Strophen von Nr. 257 aus dem Gotteslob: *„Großer Gott, wir loben dich."* Unser Hund Cindy ist außer sich vor Freude, als wir ihn an der Gartenpforte begrüßen, er hat in unserer Abwesenheit auf Haus und Garten aufgepasst.

Wir haben auf unserer Reise einiges gelernt: Die Autobahnroute ist 50 Kilometer länger als die Münsterland-Route über Münster. Wir werden nie mehr über die Autobahn nach Harsewinkel fahren.

Wie kommt es, dass wir mit einem defekten Auto über gefährliche Strecken der Autobahn fahren konnten? Wieso haben sich so viele gute Leute freundlich um uns gekümmert und uns entscheidende Hinweise gegeben, auch den Weg zur Autowerkstatt gezeigt?

Als gläubiger Mensch kann ich wohl dafür danken, dass unsere Eltern auch jetzt noch für uns tun, was sie können. Sie wirken mit Gottes Geist und den Engeln zusammen und lassen uns spüren, dass sie uns über den Tod hinaus lieben. So empfinden wir als ihre Kinder, nun schon Senioren, Freude und Dankbarkeit, Geborgenheit in Gott, die den Tod nicht zu fürchten braucht.

Litanei bei klassischer Schweinepest

2006

In der Region Borken wurden 2006 ca. 100.000 Schweine mit der Elektrozange getötet und entsorgt. Dies ist mein Beitrag zur Linderung der Not.

V/A Herr, erbarme dich.
V/A Christus, erbarme dich.
V/A Herr, erbarme dich.

V Christus, höre uns.
A Christus, erhöre uns.

V Gott Vater im Himmel,
A erbarme dich unser.
Gott Sohn, Erlöser der Welt,
Gott Heiliger Geist,
Heiliger dreieiniger Gott,

V Gott, du Schöpfer des Himmels und der Erde,
A wir loben dich.
Du Schöpfer der Meere und Flüsse,
Du Schöpfer der Bäume und Blumen,
Du Schöpfer aller Tiere,
Du Schöpfer der Menschen,

V Du hast uns als guter Vater die Schöpfung anvertraut,
A wir danken dir.
Du bist der Hirte der Schöpfung,
Du liebst alles, was du geschaffen hast,
Du liebst besonders den Menschen, dein Ebenbild,
Du gabst den Menschen den Auftrag: Erfüllet die Erde und macht sie euch untertan,
Bauern führen deinen Auftrag aus seit Menschengedenken

V Die Entwicklung zwingt sie, Technik und Chemie bei ihrer Arbeit einzusetzen,
A Herr, erbarme dich.
Nahrungsmittel werden im Überfluss produziert bei unmenschlichem Hunger in vielen Regionen der Erde,
Höfe werden zusammengelegt, Landwirtschaft bringt nicht mehr den verdienten Gewinn,
Monokultur greift auch auf die Viehhaltung über,
Betriebe züchten häufig nur eine Art Tiere in großer Menge,
Die Tiere werden für Krankheiten anfälliger,
Lebensfeindliche Viren werden von weither eingeschleppt,
Vor Schweinepest gibt es noch keine Sicherheit,
Bei Virenbefall im Schweinestall wird der ganze Bestand gekeult,
Auch gesunde Viehbestände der Nachbarschaft fallen der Elektrozange zum Opfer,

Berge von gekeulten Tieren werden mit einem Bagger verladen und entsorgt,
Ehrliche und redliche bäuerliche Familien sind geschockt,
Es gibt kein Entrinnen,
Gewissenhafte Bauern sind hilflos,
Die Gesetze kennen keine Gnade,
Arbeit von Generationen wird zunichte gemacht,
Bauern sind voller Wut,

V Stärke sie in ihrer Hilflosigkeit.
A Wir bitten dich, erhöre uns.
Bewahre sie vor Hass und Resignation.
Bewahre den Bauern die Solidarität zu ihren Nachbarn und Verwandten.
Lass einer dem andern hilfreich zur Seite stehen.
Komme mit deinem Geist über die Politiker, dass sie gerechte und ethisch stimmige Gesetze machen.
Lass sie gesunde Entwicklungen in der Tierhaltung nicht zerstören.
Schenke ihnen Achtung vor deiner Schöpfung.
Schenke ihnen Respekt vor der Würde der Tiere, auch der Schweine.
Bewahre alle vor Tierquälerei.
Bewahre unsere Gesellschaft vor einer rein materialistischen Sicht des Lebens der Tiere und der Menschen.
Bewahre die Menschheit vor Profitgier auf Kosten des Lebensraumes von Tier und Mensch.
Schenke auch den Jägern kritischen Sinn bei Virenübertragung durch Wildschweine und Zugvögel.
Bewahre alle hart geprüften Bauern davor, alles hinzuwerfen und am Sinn ihres Arbeitens und Lebens zu verzweifeln.
Schenke ihnen gute Ideen, wie es weitergehen kann.
Lass sie staatliche und fachkundige Hilfe erfahren, eine neue Existenz aufzubauen.
Lass uns alle erkennen, dass ein Leben ohne Rückbindung an dich in einer Sackgasse endet.

V Heiliger Franziskus, du Schutzpatron der Tiere, hilf uns, die Tiere zu lieben undverantwortungsvoll mit ihnen umzugehen,
A bitte für uns.
V Heiliger Antonius, genannt „Schwienetöns", hilf, dass die Schweinekrise im Kreis Borken und darüber hinaus bald ein Ende hat und normales Leben auf den Bauernhöfen wieder einkehren kann,
A bitte für uns.

V Lamm Gottes, du nimmst hinweg die Sünde der Welt,
A erbarme dich unser.
V Lamm Gottes, du nimmst hinweg die Sünde der Welt,
A erbarme dich unser.
V Lamm Gottes, du nimmst hinweg die Sünde der Welt,
A gib uns deinen Frieden.

V Lasset uns beten: Gott, unser himmlischer Vater, du hast uns diese wunderbare Welt geschenkt. Sie ist einmalig im ganzen Weltall. Du liebst sie so sehr, dass du dich in deinem Sohn Jesus Christus selbst mit dieser Welt verbunden hast. Er ist uns Orientierung und Ziel. Sein Geist zeigt uns den Weg in die Zukunft dieser Erde. Lass uns mit dir stärker verbunden sein und deiner Führung Vertrauen schenken. Denn du bist nicht jenseits dieser Erde, sondern lebst und wirkst mitten in uns und unter uns. Lob und Dank sei dir in Ewigkeit.
A Amen.

Plattdeutsche Messe zum Erntetag

6. August 2006 auf dem Hof Eiting in Marbeck
24. September 2006 in St. Michael
23. September 2007 in Hoxfeld

Evangelium: Lk 17,11-19

Jesus heilt teggen Utsätzige und bloss eenen bedankt sick

Up sienen Weg no Jerusalem hen, do kamm Jesus mitten düör de Grenzgiegend von Samarien un Galiläa. Un as he do in en Duorp rin gong, do kammen teggen utsätzige Lüe em in de Möde; se blieven wiet weg stohn. Un se reipen: „*Jesus, Mester! Erbarm di üöver us!*"

Äs Jesus se soag, do häve he seggt: „*Goat hen un wiest ju bi de Priesters!*" Un up den Weg no de Priesters do wöern se rein. Un eenen von iähr, äs he soag dat he gesund worden wöer, leip to em trügge. Un he luovede Gott met starker Stimme. Un he smeit sick vör de Fööte von Jesus up den Grund hen un bedankte sick bi em. Und dat wöer en Kerl ut Samarien.

Do het Jesus seggt: „*Et sind der doch alle teggen rein worden. Wo sind dann de annern niegen? Is denn kinneenen trüggekuemen, um Gott de Ähre to gieben? Bloos düsse Uutlänner?*" Un he segg to em: „*Stoh men up un goh no Hues hen, din Glauben de häv di holpen!*"

Priäge:

Mine leiwen Lüe hier in de St.-Ludgerus-Kiärke!

Ji hewt et alle hoert: Et föllt de Mensken swor sick to bedanken. Usse leiwe Hääer hew teggen kranke Mannslüe gesund makt und men blos eener kümp trügge un bedankt sick bi em. Wi hebt us van nomdag hier in St. Ludger versammelt, um Erntedank to fiern. Danken dat kümp von Denken. Wecke nodenkt, de kümp von sölvest drup, dat he Grund häw ton Danken. So häw we dat os Kinnere all von usse Ellern läeert, wenn de einer was, de us 'n Stücksken Schokolade off'n Bömsken gav. „*Un wat seggs du nou?*" Un wi mössen: „*Danke schön!*", seggen.

Wenn de auck nich mehr soviel Lüe sind, de inne Landwirtschaft arbegget, so häng doch för us alle viel davon aff, off der Ernte guet is. Wi hewwet 'n ganz nütte heiten Juli hat, de Gerste was ruckzuck von 'n Lanne wegdiärsket. Et gaw nich soviel Ertrag äs man dat süs so gewuent ist, et harre wisse noch leiger kuemen konnt. In düsse Dage sind de Buern derbie, den Mais to schnien un to häckseln. An leßten Friedag häwk son grauten Maishäcksler Jaguar von Claas an de Arbeit seihen. Ick sin met min Fahrrad stoan bliewen un konn mi blos noch wünnern, wu hennig dat gait. Min Vader was de 35. Mitarbeiter bi Claas. He häw auch an den Maidiärsker inne fiftiger Joahre Erfindungen maket, de för de Anerkennung von de Maschine wichtig wörn. Ick denke, et häw vandage auk Sinn, för de Technik in de Landwirtschaft to danken. Blos bi de ganze Technik müet de Mensken uppassen, dat de Technik för den Denst is, da se de Mensken hölpet. Dat de Technik för den Menschen do is un nich ümgekhert: de Mensk för de Technik.

De meisten Buern häwwet up 'n Lanne ne starke Beregnungsanlage, so richtig utdrüeget is dat Land hie in düsse Giegend nüernsnich. So dat we doch dankbar sind, dat we düt Joahr kinne Missernte hewt.

Dat met de Swinepest vör 'n par Monate dat was ne helske leige Sake. Do hewwet viele Buern wahne unner lien most. Et bliew de Froage: Was dat denn wull neirig, dat so viele Swine mossen kaputtmaket werden, auck wenn se ganz munter und gesund wöern? Nülick segg ne Buersfrau to mi: *„Wi hebbt allwier Schwine in Stall, wi sind doch fraoh un dankbar, dat de wier Liäben up ussen Hoff is.“*

De beste Ernte, de Mensken hewwet, sind de Kinner. Dovon giv et in usse Land nich mehr soviel os neirig wör. Over hie in Marbeck is dat anners. Do giv et mehr Kinner äs annerwiägens. Et is immer ne ganz graute Sake, wenn de Ehelüe Goldhochtied fiert. Es is de grötste Freude, wenn se dann alle inne Kiärke kuemt, Kinner un Enkelkinner, olle helpt se met bi de Misse mit Lesung, Förbittgebett und Misse-Deinen. Ick kann et vont Altor uet guet seihen, dann sind de Gold-Hochtiedslüe deip in 'n Hiärten glücklich und dankbar. Se könnt den Herrgott nich genaug danken.

Ick mott seggen, de Kinnere hier in Marbeck sind guet in Schuss, ick denke, dat et in Hoxfeld nich anners is. Wenn ick in Kinnergorden goh orre in de Engelradingschaule, olle makt se guet met, se singet und biärt gern, se lustert de Geschichten, de ick vörliäse orre vertelle, de Stunne is immer to kuort. Ick mott seggen, de Kinnere helpt mi sölvst in minnen Glauben. Auk 'n Pastor de brukt immer wie ne Anregung und wenn he miärket, dat de Glaube de Mensken hölpet, dann hölpt dat auck em sölvst. Dovör bin ick dankbar.

Et sint der oll ne ganze Riege Ellern, de miärket, dat et guet is, sonndags wier inne Kiärke to goahn. Dat döet de ganze Familje guet. Wir müett doch den Härgott danken för alles, wat he us Guetes döt und dat he us Kraft un Ideen för den Alltag giff. Wi mött wisse 'n Platz hebben, wo wi von Hiärten danken könnt und dat is de Sunndagsmisse.

Wie liävet in ne schwoare Tied. De Wirtschaftsbosse un viele Politiker willt, dat auck sunndags arbegget wärt. Un dat wick ju seggen: Wenn dat kümp, dann geiht in usse Kultur noch mähr kaputt. Dorüm, wenn de Lüe wiägen de Arbeit sundags nich mehr in de Kiärke goat, dann wärt de Kiärke taumaket, un wenn se sunndags auck noch arbeggen müöt, dann hewwet se kinne Tied me tot friggen, sick to besöken und sick wat to vertellen orre 'n Wacholderken to drinken. Ick mott seggen, dat ick as Pastor in Marbeck dankbar bin, dat immer mähr Lüe düt alles erkennt und begriepet und dat sie miärket: Ohne den Glauben häw wi alle kinne Tokunft. Darüöm findt ick et guet, dat wi vandage hier sein könnt um dat Erntefest to fiern: Dank an ussen Härgott för de Ernte, für die Familjen, för de Kinnere und ganz wisse för den Glauben in düsse Tied, do loat wi nich von aff. Amen.

(Harsewinkeler Plattdeutsch, sprachliche Richtung von Augustin Wibbelt, Orthographie nach dem Gehör)

Die Auferstehung Jesu – ein Glaubenszeugnis

Von 1975 bis 2009 immer wieder neu formuliert

1. Der Kreuzestod Jesu ist eine geschichtliche Tatsache.

2. Kreuzestod und Auferstehung Jesu werden von fast allen Schriftstellern des Neuen Testamentes bezeugt (Konvergenz der Aussagen).

3. Die Auferstehung Jesu lässt sich ebenso wenig in den Griff bekommen, wie man die Existenz Gottes beweisen kann. Sie ist eine Begegnung des göttlichen mit dem irdischen Bereich.

4. Die Erscheinungsberichte sind Glaubenserfahrungen der jungen Kirche, die besagen: Jesus lebt. Er ist nicht im Tod geblieben. Er hat den Tod überwunden. Diese Zeugnisse sind nicht eine Vision aufgrund von Gebet oder Meditation, sie sind nur aus echten Begegnungen (Widerfahrnissen) mit dem Auferstandenen zu erklären, in denen Frauen und Männer sich gefürchtet haben, weil sie das Erlebte nicht einordnen konnten. Frauen sind die ersten Zeugen der Begegnung mit dem Auferstandenen. Im Altertum galt das Zeugnis von Frauen nichts. Desto wertvoller ist ihr Zeugnis von der Auferstehung Jesu. Sie verkündeten den Jüngern und Aposteln, was sie erlebt hatten. Auch ihnen erscheint Jesus an verschiedenen Orten in einem Zeitraum von 40 Tagen. Matthäus, Markus, Lukas und Johannes haben das Erlebte in den Evangelien und der Apostelgeschichte (Bekehrung des hl. Paulus) aufgeschrieben. Ungezählte Zeugen der frohen Botschaft und Auferstehungserfahrung sind hierfür in den Tod gegangen.

5. Es genügt nicht, die Auferstehung Jesu so zu interpretieren, dass gesagt wird: Die Jünger erinnerten sich an Jesus, an seine Botschaft und seine Taten und so „ist er auferstanden". Eine solche Auffassung wird dem biblischen Befund nicht gerecht, der die Auferstehung Jesu als des Menschen Jesus (mit verklärtem, beseeltem Leib) immer wieder betont.

6. Auferstehung Jesu heißt nicht: *Jesus ist in sein früheres Leben zurückgekehrt*, sondern: *er ist in eine neue Wirklichkeit eingetreten, in die Herrlichkeit des Vaters.*

7. *„Ich bin gekommen, dass sie das Leben haben und es in Fülle haben."* (Jh 10,10) Das Leben Jesu ist sein Lieben. In Jesus fallen Botschaft und Tat zusammen. Er redet nicht nur von Liebe, er tut, was er sagt. Diese Lie-

Die Grabeskirche (Auferstehungskirche) in Jerusalem, in ihren Ursprüngen zur Zeit der römischen Kaisers Konstantin errichtet, in der heutigen Gestalt überwiegend aus der Kreuzfahrerzeit des Mittelalters.

Hier soll nach der Überlieferung die Kreuzigung Jesu geschehen sein.

be ist stärker als alles, was zum Tode führt. Liebe ist schöpferische, Leben spendende Macht. Hass ist eine lebensfeindliche tödliche Macht. Erfahrung von Liebe: Lebensförderung, Steigerung, Hoffnung, Zukunft. Im Gegensatz dazu Hass: Zerstörung, Tod, Lebensverhinderung. Gott ist in der Liebe. Wo die Liebe ist, da ist Gott. Spuren Gottes sind deutlich in der Liebe erkennbar. Auferstehung Jesu: Überwindung der Mächte des Todes letztlich durch die Liebe, die von Gott kommt. Es sind die gleichen schöpferischen Kräfte des Geistes Gottes, die die Welt ins Dasein gerufen haben.

8. Der Glaube an die Auferstehung Jesu besagt: Gott will nicht den Tod des Menschen, sondern sein Leben. Wo alles hoffnungslos erscheint, gibt es bei Gott noch Hoffnung. Unser Leben ist Gott so wichtig, dass er uns nicht in das Nichts zurücksinken lässt.

9. Gott ist ein Gott der Lebenden und nicht der Toten. „Ewiges Leben" fängt spürbar an, wenn ich Ja sage zu einem Leben in Christus, und nicht erst nach dem Tode.

10. Wenn wir den Weg Jesu gehen, versuchen, ihm nachzufolgen, können wir erfahren, dass ein Leben nach seiner Botschaft Kraft gibt, uns menschlich tief anspricht, dass wir dann erst richtig leben. Wir sehen Zukunft, das Leben wird weit, hat vorher nicht gekannte Dimensionen, hat SINN.

Das Innere des Heiligen Grabes. Als ich 1972 das erste Mal hier war, habe ich vor Ergriffenheit geweint.

11. *Der Geist Gottes* hat die Welt ins Dasein gerufen und er erhält sie im Dasein. Der Heilige Geist ist es auch, der Jesus von den Toten auferweckt hat. Wer sich diesem Geist öffnet, sich von ihm führen lässt, bewegt sich in einer faszinierenden Dimension des Lebens. Er erkennt, dass das ewige Leben schon in ihm ist, ihn durchpulst an Leib und Seele. Das ist das Ziel jeglichen lebendigen Glaubens.

12. Österliche Erfahrung vermitteln heißt: Dort Leben schaffen, wo alles langweilig und sinnentleert ist, wo man gedankenlos nebeneinander hertrottet, Leben bringen, wo bisher alles tot war, Vertrauen schaffen, wo man einander misstraut, mithelfen am Aufbau von Gemeinschaft und Gemeinde, Kirche sein. Lieben heißt: Dem anderen sagen und ihn spüren lassen: *„Du wirst ewig leben!"*

13. Ein gläubiger Mensch hat Ehrfurcht vor dem Mitmenschen, vor dem Schwerkranken und Sterbenden. Leben hat Sinn auch noch angesichts des Todes und über den Tod hinaus. Es kommt zur Vollendung in der himmlischen Herrlichkeit, in der Schau des Gottes der Liebe und der Gemeinschaft aller, die Jesus gefolgt sind. Er hat gesagt: *„Ich bin der Weg, die Wahrheit und das Leben. Niemand kommt zum Vater außer durch mich."* Jh 14,6 Und: *„Wenn jemand an meinem Wort festhält, wird er auf ewig den Tod nicht schauen."* Jh 8,51

Das Sakrament der Ehe

Fastenpredigt in St. Remigius Borken 2006

Nicht selten wählen Brautpaare für ihre Trauungsmesse das Evangelium vom Haus, das auf Felsen gebaut ist. Sie möchten ihre Ehe nicht auf Sand, sondern auf stabilem Untergrund bauen. Dies tun sie im Wissen darum, dass heute in unserem Land etwa jede dritte Ehe scheitert. Was können Eheleute tun, damit ihre Ehe Bestand hat?

Zunächst sage ich ihnen: *„Dass Sie kirchlich heiraten, ist schon ein wesentliches Fundament für den Bestand Ihrer Ehe! Sie haben erkannt, dass Ihre Beziehung eine geistliche Dimension hat. Sie ahnen, dass Gott Sie zusammengeführt hat, dass er es gefügt hat, dass Sie einander begegnet sind. Sie waren schon oft in Ihrer Partnerschaft richtig dankbar und glücklich. In diesem Empfinden dürfen Sie sagen, dass Sie Gott auf die Spur gekommen sind. Glück und Gott, das lässt sich nicht trennen. In dieser Ahnung sind Sie sich dessen sicher geworden, dass ein rein rechtlicher Ehevertrag vor dem Standesbeamten die Tiefe Ihrer Beziehung nicht wiedergibt. Dies hat mit Gott zu tun.“*

Im Traugespräch wird den Brautleuten erklärt, dass die Ehe ein Sakrament ist, ein starkes Zeichen des Glaubens. Gott liebt uns Menschen, das ist der große Inhalt der gesamten Offenbarung des Alten und Neuen Testamentes. Gott hat sich in Christus auf unauflösbare Weise mit uns Menschen verbunden. Er denkt nicht daran, diese Bindung wieder aufzugeben. Eine Scheidung zwischen Gott und Mensch gibt es von Gott aus nicht. Wie Gott mit uns Menschen verbunden ist, so wollen Mann und Frau in der Ehe miteinander verbunden sein, so tief, so untrennbar, so treu. So wie Gott es mit uns Menschen macht, so machen wir es auch, sagen die Brautleute. Damit wird die Ehe zu einem Abbild der Liebesbeziehung Gottes zu uns Menschen, zu einem Sakrament.

Die Ehe als Abbild des Liebesbundes Gottes mit uns Menschen kann nur gelingen, wenn das Ehepaar Gott in seine Beziehung hineinlässt. Gott als Dritten im Bunde haben, geschieht dadurch, dass man ihn nicht tabuisiert, ihn nicht außen vorlässt. Eheleute sprechen über ihre Glaubenserfahrungen miteinander, sie erleben ohnehin das Leben in einer Tiefe, wovon Alleinstehende nur träumen können. Vielleicht gelingt es ihnen sogar, miteinander zu beten oder die Sonntagsmesse zu besuchen. Für mich ist es immer ein wunderbares Erlebnis, wenn ich den Familiengottesdienst in St. Johannes feiern darf. Junge Eheleute empfangen die hl. Kommunion, haben ihre

Trauung 2006 in der St. Johanneskirche Borken

unmündigen Kinder an der Hand oder auf dem Arm, ich spüre, wie Gottes Liebe ihre Familie durchpulst bei allen Schwierigkeiten, vor denen sie nicht verschont bleiben. Ich segne die Kinder mit lieben Worten und kann Gottes Freundlichkeit geradezu mit Händen greifen.

Diese Familien sind auf Fels gebaut. Die Amerikaner haben vor Jahren das Scheitern und Gelingen von Ehe und Familie statistisch untersucht. Das Ergebnis ist: Jede dritte Ehe scheitert, in der Glaube und Religion keine Rolle spielt. In Ehen, in denen der Glaube praktiziert wird, man gemeinsam zur Kirche geht und miteinander über den Glauben spricht und betet, scheitert nur jede 1.300. Ehe. Im Prinzip hat sich hierin nichts geändert.

Die Forscher haben auch herausgefunden, dass religiös geführte Ehen zärtlicher, ideenreicher und rücksichtvoller sind bis in die eheliche Begegnung hinein. Wenn Gott als Dritter im Bunde in der ehelichen Partnerschaft willkommen ist, nimmt er diese Einladung sehr gern an. Er ist ein Gott der Liebe. Er schenkt Ideen und Impulse, die die Partner in keinem Buch gelesen haben. Er schenkt Aufmerksamkeit für den anderen und lässt erkennen, wenn einer den anderen dringend braucht. Er sorgt dafür, dass der Ehemann aufmerksam feststellt, wenn die Frau beim Frisör war und lässt ihn die Worte finden: *„Schatz, du siehst wunderbar aus!“* Oder wenn das Essen gut geraten ist: *„Liebling, du kochst viel besser als meine Mutter!“* Oder wenn der Mann als Vater

Silberhochzeit in St. Johannes: Der Priester segnet das Jubelpaar. Kinder, Schwiegerkinder und Enkelkinder legen dem Paar auch die Hände auf die Schultern, was ein starkes Zeichen von Einheit der Familie ist.

eine glückliche Hand hat bei der Erziehung der Kinder, sagt die Ehefrau: *„Wie machst du das bloß, dass unsere Kinder auf dich hören?"* Es gibt ungezählte Möglichkeiten, die Impulse Gottes im alltäglichen Familienleben zu spüren und zu realisieren. Darum ist das Gebet und die Eucharistiefeier so wichtig. Hier erfahren wir in außerordentlicher Dichte die Liebe Gottes, das Wirken des Heiligen Geistes. Wir lassen uns von ihm durchdringen. Er begleitet uns im alltäglichen Leben und zeigt uns immer wieder Wege zueinander.

Dass dieses sakramentale Eheverständnis keine Ideologie ist, vielmehr dem Wesen von Mann und Frau entspricht, können wir immer wieder bei Silberhochzeiten, Rubinhochzeiten, Goldhochzeiten, Diamantenen und Eisernen Hochzeiten erfahren. Die Ehepartner sind sich ein Leben lang treu geblieben, haben für ihr Eheleben Kraft geschöpft aus dem Glauben. Jubelhochzeiten müssen gefeiert werden in der Öffentlichkeit der Gemeinde! Hier ist erkennbar, dass Lebensglück tiefer angelegt ist als eine Partnerschaft, die von Glauben nichts kennt. Bei Jubelhochzeiten ist es immer eine besondere Freude des Jubelpaares, wenn Kinder und Enkelkinder bei der Gestaltung des Festgottesdienstes mitwirken. Hier ist deutlich zu erkennen, dass eine gelingende Ehe und Familie ein ganz großes Geschenk Gottes ist, für das die Ehepartner von Anfang an offen waren, das sie gläubig angenommen haben und für das sie aus tiefstem Herzen nur danken können.

Dies klingt alles sehr positiv und einfach. Dennoch möchte ich nicht verschweigen, dass es Ehen gibt, die schwere Belastungen auszuhalten haben: Kinderlosigkeit, Krankheit, Arbeitslosigkeit, Untreue, erkaltete Liebe, finanzielle Schwierigkeiten. Wer gläubig ist, findet bei all diesen Problemen keine Patentlösungen, aber er kommt mit seinen Belastungen besser zurecht, er kann sie eher tragen und lässt sich nicht sogleich scheiden. Hier möchte ich auch die kirchliche Eheberatung erwähnen. Sie tut Ehe und Familie einen wertvollen Dienst in Zeiten der Krise und Belastung. Ich kann nur empfehlen, in kritischer Situation sie aufzusuchen und sich von erfahrenen Fachleuten helfen zu lassen.

Eine Gemeinde tut gut daran, Kinder und Jugendliche zu geistlicher Erfahrung zu führen, damit lernen sie leichter den richtigen Partner oder die richtige Partnerin zu finden, sie widerstehen eher sexueller Verführung und halten in ihrer lebendigen Beziehung zu Gott den notwendigen Abstand in der Partnerschaft.

Hierbei ist es auch denkbar, dass ihre geistliche Orientierung ihnen die Berufung zu einem ehelosen Beruf als Priester oder Ordensfrau eingibt. Ich empfinde die Ehelosigkeit als eine Freistellung von Ehe und Familie, um so mehr Zeit für Gott zu haben und dies in die spirituelle Seelsorge auch der Familien einzubringen. Um des Gelingens von Ehe willen tut es der Gesellschaft gut, wenn es Ehelose um des Himmelreiches willen gibt. Auch dies muss im Zusammenhang mit sakramentaler Ehe gesagt werden. Dies ist wohl auch ein Grund, weshalb unsere Kirche so entschieden am Zölibat der Priester festhält.

Die wichtigste Voraussetzung für alle diese wunderbaren Zusammenhänge ist die Gotteserkenntnis. *Wer zu Gott gefunden hat, findet auch zum Menschen, zur Ehefrau, zum Ehemann, zur Ehelosigkeit.* Damit Ehen auch heute gelingen, wünsche ich uns allen, dass wir miteinander auf der Suche bleiben nach dem lebendigen Gott. Er ist ein Gott des Lebens, des Glücks, des Kreuzes, des Scheiterns, aber auch der Auferstehung. Dies bedenken und feiern wir in diesen Tagen. Auch hier gilt: Eine Heilige Woche mit der ganzen Familie gefeiert, trägt dazu bei, dass Liebe und Einheit, kurz: das Glück des Lebens in Ehe und Familie auch heute noch zu finden sind.

Mit dem BasisGesundheitsDienst Münster in Zentral-Indien

2006

Eine zweiwöchige Reise nach Indien im Februar und März 2006 hat mich sehr beeindruckt. Der Besuch von 14 Entwicklungshilfeprojekten in der Diözese Jabalpur in Zentralindien hat mir deutlich gezeigt, wozu persönliches Engagement von einigen wenigen Leuten in der Lage ist.

In meiner Zeit als Pfarrer von Herz Jesu Münster lernte ich den „BasisGesundheits-Dienst Münster" (BGD) kennen. Unter der Leitung von Heinrich Rickert arbeitete man mit Bischof Theophan und seinem Nachfolger Bischof Gerald Almeida in Jabalpur zusammen.

„Im zentralindischen Bistum Jabalpur leben 30.000 Katholiken; das sind 1,5 Prozent der Bevölkerung, deren Mehrheit von Hindus und Moslems gebildet wird. Für alle Projekte des BGD ist Gerald Almeida als Bischof von Jabalpur mitverantwortlich. Bevor ein Projektantrag seinen Schreibtisch verlässt und nach Münster geschickt wird, ist der Antrag von einem Prüfungsausschuss beraten und in eine Prioritätenliste eingeordnet worden. So entscheidet in erster Linie der Partner des BGD vor Ort, welche Projekte in Indien realisiert werden. Der BGD setzt den Schwerpunkt seiner Arbeit in den Bereichen Gesundheit, Bildung und Soziales. Beispielsweise finanziert der Verein den Bau von Schulen, Ambulanzstationen mit Apotheken, Behandlungs- und Entbindungszimmer, Patienten- und Mitarbeiterunterkünfte sowie Brunnen und Bewässerungsanlagen. Zielgruppe des BGD sind vor allem die Adivasi, die Ureinwohner Indiens, die zu großen Teilen verelendet sind. Von den eine Milliarde Einwohnern Indiens sind 80 Millionen Adivasi. In Jabalpur stellen sie in den meisten Gebieten die Hälfte der Bevölkerung. Sie sind in Stammes- und Dorfgemeinschaften organisiert und wohnen in strukturschwachen Regionen. Bisher hat der BGD 200 Projekte gefördert." (Gerd Felder)

Da ich schon 1995 mitgeholfen hatte, zusammen mit Missio Aachen in Kerala in Indien eine kleine Kirche zu bauen, zeigte ich bei einem Besuch von Heinrich Rickert das Fotoalbum über die Einweihung der Kirche dem Bischof Almeida. Es entstand hierdurch ein persönlicher Kontakt. Immer wieder lud mich Bischof Almeida nach Jabalpur ein. Er sagte sogar: *„Ich bin eher in Marbeck als du in Jabalpur."* Dies sollte sich bewahrheiten.

Auch Dr. Neuhaus aus Borken arbeitet mit dem Basisgesundheitsdienst Münster zusammen und hilft mit, soziale Projekte zu fördern. Gegenwärtig unterstützt er den Bau eines Krankenhauses in Dindori. So durften wir im letzten Sommer Bischof Almeida bei uns in Marbeck beherbergen. Er war zu einem Gespräch mit Dr. Neuhaus nach Borken gekommen. Seine Einladung nach Jabalpur bestand noch immer. Ich entschloss mich, allein nach Indien zu fliegen, rief zuvor Frau Rickert an (ihr Mann Heinrich ist vor zwei Jahren verstorben) und fragte sie, was ich wohl in Jabalpur zu beachten hätte. Sie empfahl mir, nicht allein zu reisen, sondern mich einigen Vorstandsmitgliedern vom BGD anzuschließen, die eine Flugreise nach Indien planten.

Ich wurde ohne Probleme in die Reisegruppe integriert. Robert Steineke, der Präsident des BGD, und auch die übrigen Vorstandsmitglieder machten es mir leicht, das ganze Programm mitzuerleben.

Wenngleich unser Aufenthalt nur kurz war, erlebten wir in dieser Zeit außerordentlich viel. Neben unseren Besuchen der Projekte sahen wir natürlich auch ein wenig „Indien": das Taj-Mahal in Agra, das Fort Agra, in Delhi den Nehru-Palast, das Indira-Gandhi-Museum, Indian Gate, die Stelle wo Mahatma Gandhi kremiert wurde, den Bahai-Tempel, den Yamuda-Fluss unweit von Delhi, in dem Hindus ein kultisches Reinigungsbad nehmen. Dies alles beeindruckte uns stark.

Das Eigentliche jedoch war der Besuch von 14 Missionsstationen, in denen der Vorstand des BGD unter anderem bei der Einweihung von Häusern mitwirkte, Grundsteine für ein neues Krankenhaus und eine große Schule legte oder einfach Kontakte auffrischte. Dies geschah sehr eindrucksvoll in Katni. Hier wurde ein Berufsbildungszentrum für junge Menschen eingeweiht. Das neue Haus ziert eine *Heinrich-Rickert-Gedächtnistafel*, um den Mann zu ehren, der sich neben vielen anderen Projekten für dieses Zentrum ganz besonders eingesetzt hat. Bischof Almeida nahm die kirchliche Einweihung vor und Robert Steineke durchschnitt mit einer Schere das rote Band, das die Vollendung der Einweihung symbolisierte.

Bischof Almeida begleitete bis auf ein paar Tage unsere achttägige Rundreise durch das Bistum. Oft feierten wir mit ihm am frühen Morgen die heilige Messe. Nicht selten waren schon um 7 Uhr die Kinder der Schulen auf den Beinen und feierten andächtig den Gottesdienst mit. Umgangsprache ist Hindi. Einige Male habe ich eine kleine Ansprache für die Kinder in Englisch gehalten, die der Bischof in Hindi übersetzte.

In zwei vollklimatisierten Landrovern haben wir in einer Woche ca. 1.500 Kilometer zurückgelegt auf Straßen, deren Zustand teilweise so schlecht war, dass man nur beten konnte, um heil und gesund ans Ziel zu gelangen. Mir wurde jedoch gesagt, dass manche Straßen schon wesentlich besser geworden seien. Auch das Nichtbeachten von Verkehrsregeln vor allem in den Städten hat uns nicht selten in Angst versetzt. Neue Straßen werden auffallend durch Frauen gebaut, die in ihren farbigen Saris Baumaterial in flachen Schalen auf dem Kopf tragen. Mit Leichtigkeit könnten Baumaschinen diese Arbeit schneller ausführen, aber das würde für die Frauen den Verlust ihres Arbeitsplatzes bedeuten. Sie bekommen für ihre Schwerstarbeit jeden Tag ca. 1 Euro Lohn.

Auf allen Missionsstationen wurden wir wie Könige empfangen. Blumen wurden uns überreicht oder Blumengirlanden um den Hals gelegt. Immer hatten die Kinder ein buntes Programm vorbereitet: sehr schöne Tänze in traditionell farbenfrohem Sari die Mädchen, die Jungen entsprechend ihren Auftritten in farbenfroher Kleidung.

Mädchen einer großen, vom BGD gebauten Schule begrüßen uns mit ihren anmutigen Tänzen.

Bei diesen Performances wurde mir immer wieder beglückend deutlich, welche außerordentliche Hilfe der BGD mit seinem Einsatz für die Adivasi bedeutet.

Kinder werden der Armut und Motivationslosigkeit entrissen, sie leben einfach, lernen eifrig in der Schule, können tanzen, lachen und singen, ja sogar längere Zeit still sein, sie sind rundum gesund. Oft habe ich mit den Kindern „Faxen" gemacht, gesungen, in verschiedenen Höhenlagen gelacht, es hat sie und mich very much enjoyed.

Im Bistum Jabalpur sind etwa zwei Prozent der Kinder katholisch, die übrigen gehören der Hindu-Religion oder den Animisten an. Niemand wird gezwungen, Christ zu werden. Es gibt auch keine großen Zahlen von Übertritten zum christlichen Glauben. Die Hindu-Kinder kommen auch zum kath. Gottesdienst, finden den Gottesdienst gut, gehen aber nicht zur hl. Kommunion.

Auffallend ist an allen Stationen die segensreiche Arbeit der Ordenschwestern als Lehrerin, Krankenschwester, Sozialarbeiterin oder Wirtschafterin, in schickem gelbrosa Sari gekleidet deuten sie an, dass die kath. Kirche bereit ist, indische Kultur zu integrieren. Die Schwestern sind im Durchschnitt wesentlich jünger als in unserem Land. Wir begegneten auf einer Station sogar Mauritzer Franziskanerinnen.

Jeder Euro, der in Deutschland gespendet wird, wird vom Bundesministerium für wirtschaftliche Zusammenarbeit um weitere 3 Euro aufgestockt. Die Kaufkraft des Euro ist zehnmal so stark wie die indische Rupie.

Mauritzer Franziskanerinnen, das Mutterhaus steht in St. Mauritz, Münster.

Seit 1992 wurde dem BGD für seine Arbeit öffentliche Anerkennung zuteil: Das Deutsche Zentralinstitut für soziale Fragen in Berlin (DZI) verlieh dem BGD das begehrte „Spendensiegel". Damit gehört er zu den ersten 40 Organisationen in Deutschland, die – wie zum Beispiel Misereor – mit diesem Gütesiegel ausgezeichnet wurden.

Ein Junge in Junwani

Als ich in den Siebziger Jahren in Duisburg Rheinhausen in der Pfarrgemeinde St. Josef arbeitete, haben wir schon auf Anregung von Missionar Pater Gerard Donkers im Bistum Jabalpur durch Altpapieraktionen eine Wasserleitung für Junwani und ein kleines Krankenhaus mit 10 Betten in Duhanya gebaut. Für mich war es eine große Freude, den Kindern von Junwani in einem Gottesdienst Grüße von Rheinhausern ausrichten zu können, die sich vor mehr als dreißig Jahren für die Menschen in Zentralindien engagiert haben.

Diese eigentlich viel zu kurze Indienreise hat mich von neuem erkennen lassen, dass Globalisierung auch Kommunikation mit anderen Kulturen bedeutet, dass eine verhältnismäßig kleine Gruppe wie der BGD (60 Mitglieder) in den 20 Jahren seines Bestehens 40 Grundschulen, ein großes Schulzentrum, 40 Boardinghouses, 30 kleine Krankenhäuser, 2 größere Krankenhäuser und viele kleinere Projekte wie Brunnen und Zäune gebaut hat. Dies möchte ich einfach erzählen und in meinen 200 Lichtbildern nur einige Beispiele zeigen, wie ungezählten Menschen, vor allem Kindern in einer armen Region wirkungsvoll geholfen wird.

Die Arbeit des BGD werde ich unterstützen. Ich danke dem Vorstand, dass ich mitreisen durfte, ich danke Bischof Almeida, seinen Mitarbeitern und den Missionsstationen für die herzliche Gastfreundschaft, allen Engeln des Himmels für ihre Begleitung, dass wir nach langen Flügen immer wieder festen Boden unter die Füße bekamen und manche Straße ohne Blessuren befahren konnten. Diese Reise lässt sich nicht in touristischen Kategorien beschreiben, sie war ein Ereignis mit geistlicher Dimension.

Im Kahnapark, einem Rest des Indischen Dschungels, gelangen mir einige Fotos von Tigern in freier Wildbahn von einem Elefanten aus. Natürlich hätten die Tiger den Elefanten angreifen können. Noch heute wird mir schwindelig, wenn ich den Leichtsinn bedenke, den ich da mitgemacht habe.

Tiger im Indischen Dschungel

Keine Feuerbestattung

2006

Ich persönlich ziehe eine Erdbestattung im Sarg vor und habe hierfür folgende Gründe:

1. Wir Menschen sind von der Erde genommen und kehren zur Erde zurück. Adam heißt „von der Erde".

2. Der Mensch mit Leib und Seele ist Gottes Ebenbild. Eine Verbrennung der Leiche ist ein gewaltsamer Akt, der vom Schöpfer so nicht vorgesehen ist.

3. Verbrennung entspricht mehr dem Materialismus, an den ich nicht glaube.

4. In der früheren DDR wurde die Entsorgung der Leichen von der Müllabfuhr getätigt. Darum gibt es in Ostdeutschland auch heute noch fast nur Kremationen.

5. Als Christ glaube ich daran, dass Jesus aus dem Grabe auferstanden ist. Auch kenne ich keinen Heiligen, der zu Lebzeiten gewünscht hat, eingeäschert zu werden. Ich möchte, dass mein toter Leib in die Erde gelegt wird.

6. Ich habe hierfür schon einen Platz auf dem Zentralfriedhof in Münster vorgesehen.

7. Ich beobachte, dass mit zunehmendem Schwinden des Glaubens an Gott die Urnenbestattungen zunehmen. „Tod und alles ist aus" entspricht nicht unserem christlichen Glauben. Bei jeder Beerdigung verkünde ich die Botschaft von der Überwindung des Todes durch die Auferstehung Christi. Natürlich nehme ich auch Urnenbestattungen vor.

8. Ich kann nicht verstehen, dass Gotteshäuser von unserer Kirche als Kolumbarien (Bestattungshaus für Urnen von lat. Columba = die Taube, die Bestattungsstellen sind Taubenschlägen ähnlich) zur Verfügung gestellt werden. Dies sieht so aus, als ob die Kirche mit der Einäscherung einverstanden wäre.

Erntedank

Plattdeutsche Messe in Harsewinkel 2005 und Weseke 2007

Tagesgebet

Loat us biärn: Gott, use Vader, du sorgst för alls, wat du maket häs. Du häs us Mensken de Ärde anvertraut. Wi dankt di för de Ernte von düt Joahr. Giv us jeden Dag dat dägLike Braut, dann könnt wi di för dinne Gaben luoben un met dienen Gaben de Lüe hölpen, weke in Naut sind. Dorüm bitt' wi dür Christus, ussen Häern. Amen.

Evangelium (Lk 12,15-21)

Jesus segg to siene Jünger:

Niem't ju in acht un wahrt ju vör de habsucht! Dat Liäben von us Mensken hänk nich aff von usse Können, auk dann nich, wenn't noch so graut is. He vertellere dann dat folgende Gleiknis:

De Kämpe von 'n rieken Buern stonnen so gue'tt, datt he mett ne guette Ernte riäken konn. Do fong he an, to üöwerleggen: Watt sall ick nu maaken? Ick weet wisse nich, wo ick all's unerbrenngen sall! Do kamm em Roat, un he segg to sick:

Ick weet, watt ick do. Ick briäk de ollen Schüern aff un bau doföer nigge und grötte-re. Do breng ick licht de nie-e Ernte un auk all's, wat do no sitt von fröeher, unner. Ick draff dann to mi seggen: Nix kann mi passehrn, ick häff vürsuorgt för viele Johre. Nu ruh di men ut, un loat di't gu'ett goan! Do segg de Häergott to em:

Du unwiesen Kerl, noa in düsse nacht wett dien Liäben von di trügge furdert. Weke hört dann all's to, watt du up'n grauten Haupen packet häs?

So geit't met jeden einen, weke blos sick söwest kennt, un all's tosammen schrappet, un doabi in usse Häergott's Augen nich riek is!

Priäge

Mine leiwen Lüe von Weseke und ut de ganze Giegend !

Wenn ussen leiwen Häer vandage düsse Geschichte vertellt hadde, dann hadde he-i nich dat Beispiel von nen rieken Buern nuomen, sondern von nen rieken Manager von son'n grauten Konzern, de sick nich schiämt in't Joahr mehr äs ne Million Euro in to sakken und sick dann 'n shoin Liäben mäk un annere Lüe för sick arbeggn loet't, auk wenn de Tieten schlecht sinnt un et viele Lüe giw, weke kinne Arbeit häwwet.

Dat Problem bi de Buern is, dat se föer ihre Gerste, den Roggen un de Kartuffeln un för de Miälke und dat Veeh einfach to we-inig Geld kreijet. Se hewwet graute komplizierte Maschinen, de 'n Haupen Geld kostet. De Buer vandage mott son halben Ingenieur se'in, um sie'nen ganzen Machienenpark instanne to hollen. Un wat ne Kauh vandage to friäten un to supen krieg, da wäert von nen Computer ganz genau beriäkert. Un wenn do einer nich metspielt, dann wet he affkoppelt, dann geit he kaputt, „Insolvenz" nennt se dat vandage in de haochdütske Sproke. Viele kleinere Betriebe könnt bloss deswiägen noch existeern, weil se ne Nebenerwerbstelle sind, en Wort, dat et in die plattdütske Sproke überhaupt nich giv, weil dat de Lüe fröehr sücke Probeme nich hatt häwwet. De Mann orre de Frau müet dann in'ne Fabrik wat toverdeinen, süs riäekt sich de ganze Buerie nich.

Wat ovver vandage ne wichtige Botschaft för us alle is, dat is de Gedanke von Jesus, dat de rieke mann blos an sick söwwest dacht hät, nich an Gott glauben konn und en krassen Egoist wiesen is. He konn to sick söwwest seggen: Wat kümmert mi de Noabers, ick do wat ick will. Wat kümmert mi de annern Mensken, de Hauptsake is, dat et mi guet geit. Wi wiet dür dat Fernsehen to guett, dat et ganz viel Hunger in de wiete Welt giv und dat wi de armen Lüe in Afrika, in Indien orre annerwechend nich vergieten drüvet. Wie häwwet hier in Hausewinkel noch guet to iärten, de Ernte wäss guet uppn Lanne, dat Wiär könn in düssen Summer biäter si-en. Wi hätt et nich in usse Hand. Owe datt de en Häergott is, den Glauben, den holt wi fast, den loat wi us nich niemen. Un wenn dann de lesste Stunne doa is, wenn de Knueken-Mann met de scharpe Seise kümp, dann könnt wi met 'n guet Gewieten seggen: Men to. Amen.

Credo (Borkenener Platt)

Wi glöwet fast an eenen Gott,
denn Vader, de bereep de Welt,
denn Sönn, de för uns drog denn Dod,
denn hill'gen Geist, de alls erhölt.
Wi glöwet an de eene Kärk,
ok datt denn Dod nich immer bliww
un dat't en ewig Läwen giww. Amen

Fürbitten

P Op de Fürbitten giew wi alle de Antwort:

A Wi bitt'di, hör usse Gebett.

V Loat us bäden to ussen Häergott, de us dör sine Leewe un sin Gutsiien erhölt. De us jeden Dag un jede Stunne sine Gaben giff.

För alle Mensken, dat se Die as dän Schöpfer un Gäwer aller Gawen ehrt, un Diene Gawen dankboar annemmt.

För alle arbeidenden Mensken und för den, we us regert: Dat se den Gawen de Gott us giff dankbaor brukt.

För alle de, we aone Arbeit bünt, gewähr öhr Hoffnung un Hölpe, dat se ümmer spürt, dat Du se nich awschräwen häs.

För den Hungernden und Kranke op Gottes Äer: dat se Trost und ölpe kriegt.

För den ganze Welt, de so vull Hass un Terror is, dat wie de Vorurdeele afbaut uns versöökt, Brügen te bauen to de anneren Mensken hän.

För user Kinder und Jugendliche, haol Du besonders Dine Hand öwer öhr.

För düsse plattdütske Gemeinde, dat se sich nich bloß an düsen Sundag hier findt, dat se sich ook süs üm de Lüüe un Saaken kümert.

P Gott usse Vader, van Muorn willt wi Di ok danken för alls wat du van Joahr häs wassen loaten. Giw us de Insicht, dat du all's schenken wills, sogar dat ewige Liäben dör ussen Häern Jesus Christus, de liäwt bi di in alle Ewigkeit.

A Amen.

Spiritual Ranch

2007/2008

4. Mai 2007

Schon im zweiten Jahr weiden auf der Wiese hinter der Michaelskirche in Marbeck drei starke Schafe, Heidschnucken, ein spiralförmig-gehörnter Bock und zwei Muttertiere mit schlichterem Kopfschmuck. Die Tiere halten das Gras auf der Wiese kurz und sind mit ihrer langen Wolle ein wunderschöner Anblick. Nur streicheln kann man diese Tiere nicht, sie sind sehr scheu. Die lange Wolle konnte nicht erkennen lassen, dass eins der Tiere tragend war. So kam es zehn Tage vor dem „Sonntag vom guten Hirten" in der Altarraum-Nische draußen an der Michaelskirche zur Geburt von zwei schwarzen, gesunden Lämmern. Das eine war doppelt so schwer wie das andere.

Franziska zieht das schwächere, verstoßene Lämmchen „David" auf.

Wir mussten die traurige Beobachtung machen, dass das Mutterschaf das kleinere, schwächere Lamm nicht annahm, es mit den Hörnern stieß und am Maul verletzte. Ich nahm das Tier auf den Arm. Als ich es wieder absetzte, wich es nicht von meiner Seite. Es hatte großen Hunger, seit seiner Geburt keinen Tropfen Milch bekommen. Unsere Haushälterin Franziska und ich beschlossen, das Tier zu retten und es aufzuziehen.

Franziska besorgte ein Milchfläschchen. Bernhard Weddeling, dem die Schafe gehören, richtete im Schuppen einen kleinen Stall her, den er mit duftigem Heu auslegte. Bei Tage ist das Böckchen in der kleinen Wiese, wo die Wäscheleine steht, und kann seine ganze Schafsfamilie in der großen Wiese sehen. Alle drei Stunden bekommt es nun 150 Gramm handwarme Aufzuchtsmilch. Wenn

Das schwarze Lämmchen David wird von allen großen Schafen abgelehnt, niemand möchte es bei sich haben, Mobbing bei den Tieren.

Heidschnucken auf unserer Weide

Cindy attackiert erfolglos einen Igel

Franziska nicht da ist, darf ich dem Lamm die Flasche geben. Das ist für mich als Pastor eine schöne Hirten-Erfahrung.

Wir hoffen, dass es nach einigen Wochen zu einer „Familienzusammenführung" kommt. Das kleinere Böckchen entwickelt sich putzmunter, macht lustigere, kapriziösere Sprünge als sein größeres Brüderchen, das ständig bei seiner Mutter ist und sich von ihr verwöhnen lässt. Die Hörner auf dem Kopf sind bei beiden Jungtieren schon gut zu sehen und zu fühlen.

Franziska hatte echte Sorgen bei der Fütterung des kleinen Bockes. Jetzt aber meint sie, dass er „über den Berg ist". Er hat Franziska als Hirtin total anerkannt. Man kann hier gut beobachten, was lebenswichtige Nachfolge ist: Wenn das Böckchen abends von der Wiese in den Schuppen gebracht wird, folgt es der Hirtin so unmittelbar auf den Fersen, dass sie sich in Acht nehmen muss, um nicht über das schnuckelige Heidschnuckentier zu stolpern. Der „Gute Hirte" empfiehlt uns eine dichte Nachfolge. Auch wir erkennen, dass sie lebensnotwendig ist. Es ist eine erfreuliche Beziehung zwischen Hirtin (oder Hirten, manchmal darf ich es auch füttern) und Lamm gewachsen, dass wir das biblische Bild vom „guten Hirten" hautnah verstehen.

Wir sind dabei, uns zu einer „Spiritual Ranch" zu entwickeln. Ich erzählte diese Geschichte in der Predigt am „Sonntag vom guten Hirten" und nahm die Kinder mit auf die Weide, damit sie die frischen Böckchen sehen und das kleinere streicheln und auf den Arm nehmen konnten.

Jemand musste auf den Jack-Russel Cindy, unseren Hund, aufpassen. Er ist schrecklich eifersüchtig auf das kleinere Lamm. Da

Unser Garten ist wunderschön. Ich pflege zu sagen: „Bei Frau Diepers kommt erst der liebe Gott, dann sofort der Garten und dann erst bin ich dran."

Die Frösche bringen Leben in den Garten. Cindy jagt sie nicht. Dennoch meinen wir, dass sie weniger werden.

er im Garten schon ein Kaninchen und einen Fasanen gefangen hat, sind wir sicher, dass er dem Lämmchen die Gurgel durchbeißen würde, wenn er in seine Nähe käme. Sobald er sieht, wie wir das schwarze Böckchen pflegen, gerät er außer sich und ist kaum zu bändigen. Wir erleben, dass es unter den Tieren Neid und Eifersucht gibt, die den Menschen in nichts nachsteht. Die Natur ist nicht so unschuldig, wie sie des Öfteren dargestellt wird.

Allmählich sind wir dabei, den kleinen Bock an Kraftfutter zu gewöhnen. Er hat sich schon so an die Spezialmilch gewöhnt, dass er keine Lust verspürt, es einmal mit Kraftfutterkörnern oder Gras-Fressen zu versuchen.

Es ist für mich eine Freude, von meinem Schreibtisch aus zu beobachten, wie die großen und kleinen Schafe sich im Schatten der Michaelskirche entwickeln, sich ihres Lebens freuen, sich manchmal ums Futter streiten und wieder versöhnen, morgens früh schon die Wiese mähen und abends sich friedlich zur Ruhe legen.

Die zahlreichen Frösche im Teich geben durch ihr Gequake zu verstehen, dass sie auch nachts beschäftigt sind, was die Ruhe des Marbecker Pfarrhauses jedoch nicht stören kann, da es ein konzertantes Zeichen von Leben ist.

28. September 2007

Nach einiger Zeit haben wir den Böckchen Namen gegeben: das schwächere bekam den Namen *David* und das stärkere *Goliath.* David hat sich längst daran gewöhnt, saftiges Gras und Heu zu fressen. Er wird von der Herde akzeptiert. Goliath wird von seinem Mutterschaf nach wie vor geliebt, während David von seiner Mutter nicht einmal wahrgenommen wird. Wir sind froh, dass er nicht gebissen und fortgejagt wird. David ist nicht immer dicht bei der Herde, manchmal lagert er allein auf der Weide, während seine Familie stets zusammenbleibt. Es besteht nach wie vor eine starke Bindung zwischen David und Franziska, die ihn großgezogen hat. Ich konnte beobachten, wie kürzlich, nach mehreren Wochen Abwesenheit auf einer anderen Weide, David spontan zu Franziska gerannt ist, sie freundlich begrüßte und sich von ihr kraulen ließ, während die übrige Herde nicht die Spur von Anhänglichkeit zeigte, sich vielmehr hinter der Kirchenecke verbarg.

Die beiden Böcke sind gut gewachsen. Ihre schwarze Wolle hat sich in dunkelbraun verwandelt. Man sagte uns, dass die Wolle nach einigen Monaten grau sein werde. Die Hörner sind bei beiden Tieren schon teuflisch stark, so dass man „den Stier bei den Hörnern fassen" kann, was im übrigen Leben gelegentlich vorkommt.

Kürzlich hörte ich angsterfülltes Blöken: David hatte sich mit seinen Hörnern im Weidezaun verfangen und konnte sich nicht befreien. Er lag am Boden, musste schon längere Zeit versucht haben, loszukommen. Mit meiner Hilfe war er schnell wieder auf den Beinen und zeigte, dass er ein heiter springender Bock ist.

Das sollte nun bald ganz anders werden. David fraß nicht mehr, saß ständig auf der Weide, hatte Schaum vor dem Maul und war völlig apathisch. Diagnose: Blauzungenkrankheit. Die Nachbarn sagten: „*Da ist nichts zu machen! Der geht kaputt!*" Unsere Nachbarn hatten durch diese Krankheit schon mehrere Tiere verloren. Sie wird von Insekten übertragen und hat in unserem Land in diesen Wochen bereits mehrere tausend Opfer gefordert. Man hat noch keinen Impfstoff gegen Blauzungenkrankheit entwickelt. Fran-

Cindy, der Wächter am Gartentor

ziska und ich waren sehr betrübt. Nun hatten wir uns so viel Mühe mit dem Bock gegeben, und dann geht er uns ein. – Aber nein! Es vergeht eine Woche und David ist wieder voll da. Er rennt, frisst und säuft wie die übrige Herde. Er hat es geschafft! Bestimmt hat unsere tierfreundliche Seelsorge geholfen, David am Leben zu erhalten. Wir atmen auf, unsere Freude ist groß.

Alle Schafe sind gegenwärtig wieder auf fremder Weide. Wir freuen uns schon auf ihre Rückkehr. Unser Hund Cindy findet es gut, wenn er es in Garten und Wald allein zu sagen hat und wir ihm wieder mehr Aufmerksamkeit schenken.

16. Juli 2008

Nach langen Herbst- und Wintermonaten sind die Heidschnucken einige Wochen vor Ostern auf die frühlingssaftige Wiese zurückgekehrt: Wolly, Molly, Dolly und David. Goliath wurde als Osterlamm freigegeben, da er sich in der Herde und bei Menschen zu bockig aufgeführt hat. Das wusste anfangs Franziska nicht. Am ersten Morgen rief sie die Herde zur Fütterung. Es war nur ein Jungtier da. Franziska hielt es für Goliath, weil wegen der persönlichen Beziehung immer nur David sich von ihr kraulen ließ. So war sie ziemlich traurig, weil ihr liebstes Schäfchen nicht mehr da war. Aber Gärtner Weddeling sagte, es sei ganz bestimmt David, Franziska solle es mit dem Ruf noch einmal versuchen. Und richtig: am folgenden Morgen erscholl Franziskas Lockruf zur Fütterung. Das junge Tier eilte in kapriziösen Sätzen heran, es erkannte seine Hirtin wieder. Es konnte nur David sein. Er ließ sich füttern und kraulen. Die Welt war wieder in Ordnung. Die Spiritual Ranch atmete auf.

Die beiden jungen Lämmer hängen zehn Wochen an der Flasche, sie lernen, allein Gras zu fressen, was ihre Hauptbeschäftigung am Tage ist.

Es nahte das Osterfest. Am Karsamstagmorgen gab es mächtig Leben auf der Weide. Molly brachte zwei Lämmchen zur Welt. Und wieder geschah es, dass das Mutterschaf nur ein Lämmchen großziehen wollte, ein zweites war ihr zu lästig. So hat sie es mit den Hörnern bearbeitet, um es zu beseitigen. Dies konnten wir rechtzeitig beobachten und haben das kaum geborene Tier gerettet. Franziska hatte ja schon viel Erfahrung mit der Aufzucht von Heidschnucken-Babies. Spezialmilchpulver wurde gekauft, das Milchfläschchen reaktiviert und nun hieß es, sechsmal am Tag dem kleinen schwarzen Lämmchen den Nuckel in den Hals zu schieben, den das Tier gierig aufnahm und lustvoll auslutschte.

Vierzehn Tage später kam es zu einer weiteren Vermehrung des Schafbestandes. Dolly warf ebenso zwei Lämmchen. Es schien zuerst, als ob sie beide akzeptierte. Aber Flötepiepen, es fing das gleiche Theater an, das wir schon kannten: Das wesentlich schwächere Tier wurde von Dolly gestoßen und verstoßen. Ich hob es auf. Es bestand aus einer handvoll Knochen und ein bisschen Fell mit schwarzer Wolle.

Franziska und ich sagen: *„Wir wollen versuchen, auch diesem Tier eine Lebenschance zu geben."* Wir brachten es in die Remise zu dem ersten Lämmchen, das schon zwei Wochen alt war.

Das Ställchen musste durchgeteilt werden, beide Tiere in einem Raum, das konnte nicht gut gehen. Das jüngste Tier war zu schwach zum Stehen. Franziska hatte nur wenig Hoffnung, es durchzubringen. Eines Tages kam sie sehr glücklich von der Fläschchen-Säugung der Babyschafe zurück: *„Das Kleine kann schon auf den Hinterklauen stehen, ich glaube, wir kriegen es durch."*

Und eines Tages war es soweit, es konnte auf allen Vieren stehen und laufen. Das am Karsamstag geworfene Tier hatte keine Probleme, es wuchs und wurde kräftig und lebenstüchtig. Auch die Lämmchen, die von ihren Mutterschafen Wolly und Dolly akzeptiert waren, wuchsen gut und wichen nicht von der Seite ihres Muttertieres. All dies beobachtete der alte Bock Wolly mit Genugtuung. Nach einigen Wochen, als die Frühlingssonne stärker wurde, kamen die beiden Lämmchen aus der Remise bei Tage in die kleine Wiese, die von der großen Weide der übrigen Schafe getrennt ist. Sie konnten ihre Tiereltern sehen und riechen, zu einer Familienzusammenführung hat es nicht gereicht.

Als die Weide schließlich kahl gefressen war, kamen die Herdentiere auf eine andere Weide. Die beiden Tiere aus dem Schuppen durften nun die große Freiheit der großen

Wiese genießen und brachten dies durch Rennen und Springen zum Ausdruck.

Eine Messdienergruppe aus Coesfeld war in unserem Jugendheim mit Übernachtung zu Gast. Sie waren an den Schafen sehr interessiert, gaben den jungen Schafen die Namen Karolin und Pia. Es kam auch eine Kindergartengruppe vom Michaels-Kindergarten, um die Schäfchen zu sehen und zu streicheln.

Vor ein paar Wochen konnte die Hirtin Franziska Pia und Karolin nicht füttern, da sie zu ihren Verwandten an den Niederrhein fuhr. Also bekam ich den Auftrag, dafür zu sorgen, dass die beiden Tiere das Milch-Fläschchen bekamen. Franziska hatte mir die genauen Zeiten angegeben.

Als die beiden Tiere noch sehr jung waren, habe ich die Aufgabe schon einmal gelöst. Jetzt musste ich jedoch feststellen, dass beide Schafe aus meiner Hand die Flasche nicht annahmen. Ich wärmte die Milch in der Mikrowelle an und versuchte es ein zweites Mal. Das gleiche Ergebnis, die Schafe hielten mich offensichtlich für einen Mietling, dem nicht zu trauen ist. Also habe ich die Hände davon gelassen und den Schafen gesagt: „*Dann müsst ihr eben Gras fressen.*" Das hatten sie bereits seit einigen Tagen gelernt. So haben sie an dem Tag keinen Hunger gelitten.

Es zeigt sich bei der Aufzucht von Schafen immer wieder, dass die Frauen die besseren Hirtinnen sind. Wir hatten schon vor, Papst Benedikt ein Foto von Franziska und den Schafen zu schicken als Anregung.

Ich habe diese Geschichte in St. Remigius in einer Predigt erzählt. Die Gemeinde gab spontan Applaus, was in Remigius äußerst selten geschieht. Ich sagte jedoch: „*Der Papst wird sich von seiner Entscheidung, keine Frauen zu Priestern zu weihen, nicht abbringen lassen. Ich bin auch der Meinung, wenn Frauen zu Priestern geweiht werden, wird es bald kaum noch Männer in der Kirche geben, Priester schon gar nicht.*" Ich gebe zu, das war in St. Remigius auch nur ein Gag, ich bin der Versuchung erlegen, einen heißen Gedanken auszusprechen.

Seit mehreren Wochen ist die Herde nun schon wieder auf einer anderen Weide. Karolin und Pia schaffen es fast nicht, die große Weide und kleine Wiese kurz zu halten. Ein Drittes Schaf würde ausreichen, damit alle Futter genug haben und die Wiesen nicht so ins Kraut schießen.

Vor dem kleinen Hund Cindy haben beide Heidschnucken großen Respekt. Wir lassen ihn nicht zu nahe an sie heran. Man muss Hass und Eifersucht ja nicht unnötig schüren.

Stichworte zum Wirken des Heiligen Geistes

2007

Der hl. Geist ist die Art und Weise, wie Gott in und unter uns Menschen anwesend ist und wirkt.

Kreuzzeichen: Im Namen des Vaters (Berühren des Kopfes) und des Sohnes (Bauch, von oben nach unten: Menschwerdung des Sohnes) und des Heiligen Geistes (beide Schultern: Horizontale menschlicher Existenz).

Präfation in der Messe: Der Hl. Geist als Angeld der ewigen Osterfreude:
„In Wahrheit ist es würdig und recht, dir, Vater im Himmel zu danken und dich mit der ganzen Schöpfung zu loben. Denn in dir leben wir, in dir bewegen wir uns und sind wir. Jeden Tag erfahren wir aufs Neue das Wirken deiner Güte. Schon in diesem Leben besitzen wir den Heiligen Geist, das Unterpfand (Anzahlung) ewiger Herrlichkeit. Durch ihn hast du Jesus auferweckt von den Toten und uns die sichere Hoffnung gegeben, dass sich an uns das österliche Geheimnis vollendet. Darum preisen wir dich mit allen Chören der Engel und singen vereint mit ihnen das Lob deiner Herrlichkeit. Heilig, heilig, heilig …"

Der hl. Geist erhält mich am Leben. – Er lässt mich atmen. – Er wird Atem Gottes genannt. – In der Taufe bereits geschenkt. – In der Firmung vollendet, besiegelt: *„Sei besiegelt mit der Gabe Gottes, dem Heiligen Geist."* Das beste Geschenk, das ich mir denken kann. – der Kick für ein erfülltes Leben. – das Leben hat Sinn. – Das Leben lohnt sich.

Nicht bewahrt werden vor schweren Belastungen, Kraft bekommen, sie besser zu bewältigen.

Der Hl. Geist ist eine Gabe, die ich annehmen muss, wenn sie mich gleichgültig lässt, bringt sie nichts. – Wie eine Freundschaft, die ich pflegen muss. – Wie eine Blume, die ich begießen muss, sonst geht sie ein.

Gebet: Mit dem Geist Gottes auf Du und Du. Nicht nur daran glauben, dass es einen Gott gibt, spüren, dass er in mir lebt. Martin Buber: *„Gott wohnt, wo man ihn einlässt."* Ihn bewusst in mein Leben einlassen!

Gottesdienst, Eucharistiefeier: Auftanken von Kraft und geistiger Energie, der „personalen Kernenergie" – nicht das Absitzen einer unbequemen Pflicht. – Orientierung für den Werktag. – Erfahren der Kraft Gottes im Heiligen Geist. – In Gott geborgen, von ihm geliebt, geführt. – Wie ein Navigationssystem im Auto zeigt mir Seine Stimme den Weg zum Ziel meines Lebens. – Sinn des Lebens erkennbar. – Heilende Kraft. – Sucht die Versöhnung. – Stiftet Frieden. –

Führt zur Einheit. – Prinzip der Führung durch den Geist Gottes in unserer Kirche wenig erkannt.

Meditation: Verweilen in Gott. – Still werden vor ihm. – Auf seine Stimme hören. – Sensibel sein für die Impulse, die von ihm ausgehen: Stille. – Gott spricht zu mir, schenkt mir gute Ideen in Ehe und Familie, im Beruf. – Gabe der Geduld. – Zugehen auf Mitmenschen. – Überwindung von Schüchternheit. – Hilft beim freien Sprechen. – Ist eine Gabe der Unterscheidung von Gut und Böse.– Lässt mich leichter erkennen, wes Geistes Kind der andere ist. – Hilft dem jungen Menschen bei der Berufsfindung, bei der Partnerfindung. – Er führt mich durch den Alltag: Was soll ich tun? Wer mit Gottes Geist lebt, hat niemals Langeweile, nutzt die Zeit gut, lernt gern, möchte die Begabungen mit Gottes Hilfe zur Entfaltung bringen. – Sagt nicht zu allem Ja und Amen. – Ist konstruktiv-kritisch in Kirche und Gesellschaft.– Ist den modernen Anforderungen des Lebens besser gewachsen.

Abendgebet: Rückschau auf den Tag. Wo sind die spot-lights des Tages, wo ich den Geist Gottes besonders deutlich erfahren habe? Dafür danken! Den Tag gut beschließen und ruhig einschlafen. Sich freuen auf den morgigen Tag.

Anbetung

2007

Wir dürfen dankbar sein für jede Kirche, sie ist ein Ort der Stille und des Gebetes. Jede Eucharistiefeier ist eine Hochform von Gebet. Es hat Sinn, eine Kirche aufzusuchen, in der ich allein sein kann und mit Worten oder auf Gottes Stimme hörend beten kann.

Gebet ist ein „Sich-Aussprechen" vor Gott. Zunächst vergegenwärtige dir die Anwesenheit des Herrn. Herr, du bist da.

Sage ihm zunächst, wofür du danken möchtest, erzähle ihm deine Lebenssituation. Es gibt Erfahrungen in unserem Leben, für die wir uns nur bei Gott bedanken können, sie haben geschenkhaften Charakter, etwa die Gesundheit, die Liebe des Ehepartners, die gute Entwicklung der Kinder, das gelingende berufliche Leben. *„Ich danke dir, ich lobe und preise dich, immer wieder kann ich es spüren, du bist da, du bist mit mir auf meinem Lebensweg, du lässt mich nicht im Stich. In dir bewege ich mich, in dir lebe ich, dir verdanke ich alles, ich bete dich an."*

Ich muss in der Anbetung nichts Besonderes leisten, von Gott fühle ich mich angenommen.

Dies ist besonders wichtig, wenn es mir schlecht geht, wenn es mir schwer fällt, zu loben und zu danken, einfach weil mir das Wasser bis zum Hals steht. Hier darf ich darauf vertrauen, dass er, der Einsamkeit und Leid kennt, mir zuhört und dass er mich versteht. Auch in dieser schwierigen Situation kann ich meine Sorgen und Nöte vortragen, das Scheitern meines Lebens. Die Angst vor der Zukunft, mein Nichtverstandenwerden, die Schmerzen, die mir meine Krankheit bereitet, die Beziehungsprobleme, die ich mit meinen Mitmenschen habe.

Christus liebt mich als der Gekreuzigte, er hilft mir, das Schwere zu tragen. Es gibt Christen, die geben in ihrem Beten all ihre Sorgen dem Herrn ab, das ist entlastend und gibt Kraft, sich nicht erdrücken zu lassen. *„Werft all eure Sorge auf den Herrn, er kümmert sich um euch"*, sagt Petrus im 1. Petrusbrief. (1Petr 5,7). Was ist das für eine Entlastung, wenn wir betend dem Herrn unsere Sorgen mitteilen, er schenkt uns Gelassenheit und Trost, vor allem eine innere Kraft, die uns kein Mensch geben kann. Wir fühlen uns in der eigenen Ohnmacht in der Liebe Gottes geborgen. Wir können ihm auch die Namen der Menschen nennen, die uns Sorgen bereiten, mit denen wir uns schwer tun, die uns auf die Nerven gehen. *„Herr, segne meine Beziehung zu meiner Familie, zu meinen Arbeitskollegen, zu den Men-*

schen, mit denen ich immer wieder zu tun habe. Nimm mir jede Aggressivität, gib mir die Kraft, auf sie zuzugehen und ihnen eine Chance zu geben.“

Dieses Beten kann hinführen zu einem Beten, bei dem gar keine Worte mehr gesprochen werden. Der dänische Philosoph Sören Kierkegaard hat gesagt: *„Als mein Gebet immer andächtiger und innerlicher wurde, da hatte ich immer weniger und weniger zu sagen ... Zuletzt wurde ich ganz still. Ich wurde, was womöglich noch ein größerer Gegensatz zum Reden ist, ich wurde Hörer. Ich meinte erst, Beten sei Reden. Ich lernte aber, dass Beten nicht bloß Schweigen ist, sondern Hören. So ist es: Beten heißt nicht, sich selber reden zu hören, beten heißt, still werden und still sein und warten, bis der Betende Gott hört.“*

„Ich bin einfach still, schaue auf den Herrn im Sakrament, ich schaue ihn an, und er schaut mich an.“ (hl. Pfarrer Johannes Vianney von Ars). Ich brauche nichts zu leisten, ich verweile bei ihm und in ihm. Innerlich bin ich ganz offen, all meine Sinne sind geöffnet.

Immer wieder wird uns in der Bibel verkündet, dass Gott eine Stimme hat und die Menschen anspricht. Ich bin mir ganz sicher, dass er uns auch heute noch anspricht. Wie soll er das aber tun, wenn wir immer in Betrieb sind, bei der Arbeit, zu Hause: Musik hören, den Fernseher laufen lassen, im Internet surfen und nur noch vor dem Computer hocken, als ob der für uns ein Partner wäre.

Es ist bemerkenswert, dass der Buddhismus, der 500 Jahre älter ist als das Christentum, so großen Wert auf das Schweigen legt. In ihm hat das Schweigen den Sinn, innerlich ganz leer zu werden, nichts zu denken, zu empfinden, das Ziel ist die völlige Leere, das Nirwana. In unserem Glauben hat das Schweigen den Sinn, innerlich leer zu werden für die Begegnung mit dem lebendigen Gott, also ganz erfüllt zu sein von seiner Liebe, von seinem Geist, der die beste Gabe ist, die wir uns nur vorstellen können.

Das Stillwerden vor Gott, das Spüren der Anwesenheit Gottes in uns, das Hören seiner Stimme, das Gespräch mit ihm gibt unserem Leben neuen Tiefgang, ja den eigentlichen Sinn. Wir sind auf Dialog, auf Gespräch, auf Korrespondenz hin angelegt. Wir sind keine Monaden, Wesen in sich abgeschlossen.

Wer mit Gott im Gespräch ist, findet auch das Gespräch zu den Mitmenschen. Der betende Mensch empfängt von Gott Impulse für sein Leben, schöpferische Ideen, macht Erfindungen, die es zuvor nicht gab. Er sieht viele Dinge völlig anders, als der, der keine Ahnung von alldem hat. Der Betende hat Fingerspitzengefühl, ist sensibel für seine Mitmenschen, ja er bekommt die Gabe der Unterscheidung, was gut und böse ist, was richtig und falsch ist. Er wird nicht von Belastungen verschont, aber er kann sie besser ertragen.

Wenn Gott möchte, dass wir das Ziel unseres Lebens erreichen, dann zeigt er uns auch den Weg dorthin. Der betende Mensch wird diesen Weg leichter finden, weil er auf Gottes Stimme hört und sich von ihm führen lässt. Paulus hat in seiner großen Rede vor dem Areopag in Athen gesagt: *„In Gott leben wir, bewegen wir uns und sind wir, wie auch einige von euren Dichtern gesagt haben: wir sind von seiner Art.“* (Apg 17,28f) Anbetung bedeutet: Erkennen, wir sind von Gottes Art. Er ist schon längst bei uns angekommen. Es gilt, dies zu realisieren und das Gespräch mit ihm zu führen, ein Gespräch, das dem Leben dient und niemals aufhören wird.

Gebet zum Jahreswechsel

St. Michael Borken-Marbeck 2007/2008

Das Jahr 2007 liegt hinter uns, vor uns liegt das neue Jahr 2008, ein neues Jahr des Herrn und Heiles, denn Ihm in die Hände ist Anfang und Ende, ist alles gelegt. In dieser Stunde wollen wir innehalten, still werden, ganz für Gott da sein. In Seinem Licht wollen wir das vergangene Jahr bedenken und uns vertrauensvoll ausstrecken auf das, was kommen wird.

Herr, du hast mich geführt durch manche Gefahren und Schwierigkeiten, ich danke Dir für das vergangene Jahr. Dank sei Dir für alles, was ich in meiner Familie erleben durfte, für den Ehepartner, für die Kinder. Herr, ich glaube, dass du in unserer Familie lebendig bist, hilf mir, im kommenden Jahr mit größerer Treue deinen Willen zu erfüllen.

In danke Dir auch für alles Schwere, das Du mir zugetraut hast, niemals hast Du mich im Stich gelassen. Ich denke an die Krankheit und an den Tod mir nahe stehender Mitmenschen. Ich danke dir, dass ich Dir vertrauen darf, auch wenn es manchmal schwer ist. Ich danke dir, dass Du mir Geborgenheit und Halt gibst, ich durfte es im letzten Jahr immer wieder erfahren: *Du bist auch dann da, wenn schwere Prüfungen über mich kommen.*

Herr, ich danke Dir für alle Begegnungen mit lieben Menschen. Du warst in ihnen gegenwärtig. Immer mehr beobachte ich, wie Du in den Menschen lebendig bist, wie Deine Liebe aus ihren Augen strahlt und wie Du ihnen Kraft gibst, anderen zu helfen. Herr, ich möchte, dass Du auch in mir lebendig bist. Du weißt, dass ich gläubig bin, schenke mir einen lebendigeren Glauben, durchdringe mich mit Deinem Geist.

Herr, ohne dich kann ich nicht sein. Am Ende/Anfang dieses Jahres möchte ich dir sagen: Ich schenke dir erneut mein Vertrauen. Was auch immer kommen mag, ich vertraue darauf, dass Du mich nicht im Stich lässt. Du bist mein Leben, sogar über den Tod hinaus. Du birgst mich in deiner Hand. Du hast meinen Namen in deine Hand geschrieben, ich bin davon überzeugt, ich bin dein.

Herr, wenn ich so in Dir still werde, dann überkommt mich ein Gefühl des Glücks und tiefer Freude. Ich spüre Deine liebende Nähe und kann es dankbar im Glauben erfassen, dass dies die Macht Deines Geistes ist, die mich mit Leben erfüllt und mir Zukunft schenkt. Diese Kraft hat die Welt erschaffen, die Kranken gesund gemacht und Dich, Herr, von den Toten auferweckt. Herr, ich danke Dir, dass Du mit deinem

Geist auch heute in unserer Kirche, in unserer Gemeinde und in mir lebendig bist. Diese Erkenntnis gibt meinem Leben Sinn und Zuversicht.

Dennoch, Herr, bleiben Fragen, die mich bedrängen: Was wird aus meiner Krankheit werden und wie wird es im kommenden Jahr meinen kranken Schwestern und Brüdern ergehen? Werde ich meine Arbeit behalten? Werden unsere Kinder den Weg des Glaubens gehen oder werden sie in materialistische Gleichgültigkeit abgleiten?

Werden wir in unserem Land weiterhin im Frieden leben können? Was wird aus den Krisenherden der Welt werden? Ich denke an Pakistan und die Atombombe, Afghanistan und die Taliban, Irak und den chaotischen Terror, das Heilige Land mit seiner aggressiven Mauer, Afrika und an den Terrorismus weltweit, der unüberwindbar scheint. Ich bitte dich: Komme mit deinem Geist über die Gespräche der Islamgelehrten mit dem Vatikan in diesen Tagen auf der Grundlage der 10 Gebote. Zeige ihnen Wege des Friedens und der Einheit der Völker der Erde, welcher Religion sie auch angehören. Du weißt, der Friede ist unsere größte Sorge in dieser Zeit: Menschliche Vernunft ist zu schwach, die Menschheit vom Weg wahnsinniger Gewalt zurückzuholen. Nur Du kannst den Mächtigen den richtigen Weg zeigen. Sei uns Licht und Weisung im Neuen Jahr, dass wir Deinen Weg zunächst selber gehen, ehe wir ihn von den Politikern erwarten. Herr, all diese Fragen kann ich besser aushalten, wenn ich an Dich glaube, wenn ich auf Dich hoffe und wenn ich Dich liebe.

Jesus, mehr und mehr glaube ich, was deine Menschwerdung für mich bedeutet: Du möchtest mir ganz nahe sein, weil Du mich liebst, Du möchtest Dich mit uns Menschen verbinden und unter uns sein als unser Gott. Ich darf all dies erfahren. Wie reich beschenkst du mich! Was ist all das andere, das ich erleben darf im Vergleich hierzu?

Jesus, du mein Herr und Gott, heute möchte ich Dir sagen, dass ich mit Dir keine Angst habe vor dem Neuen Jahr. Es wird ein Jahr des Heiles sein. Führe mich, leite mich, heile mich. Hier hast du mich! Lass mich Dein Diener sein! Hilf mir, mich selbst an zu nehmen, wie Du mich annimmst. Hilf mir, auf die Schwestern und Brüder zuzugehen! Lass mich Frieden bringen, wo Streit ist! Gib mir Phantasie, wie ich Menschen wieder miteinander versöhnen kann!

Jesus, du mein Herr und Gott, gib mir im Neuen Jahr immer wieder die beglückende Erfahrung Deiner Nähe. In meinem täglichen Beten will ich mich Dir öffnen und mir Anregungen holen von Dir für mein Reden und Tun. Gerade im Alltag bist Du uns oft so nahe. Schenke mir einen wachen Geist und ein waches Herz, dass ich Deine Nähe nicht übersehe. Mach mich sensibel für Deine Führung, richte die Antenne meines Glaubenslebens so, dass ich ständig empfangsbereit bin für die Impulse, die du mir sendest.

Ich glaube, dass du mich liebst auch im neuen Jahr und darüber hinaus bis in Ewigkeit. Amen.

„Vicarius Cooperator"

Mein 40-jähriges Priesterjubiläum am 29. Juni 2004 in der Pfarrgemeinde Herz-Jesu und St. Elisabeth Münster war ein Tag des Dankes und Abschieds nach 14-jähriger Tätigkeit in Münster. Meine Zeit hier war zuende, das signalisierte mir auch meine Gesundheit. Wenn ich noch einige Zeit als Priester arbeiten wollte, war der Wechsel jetzt richtig. Alle Gläubigen hatten hierfür Verständnis, wenngleich einige doch sehr traurig waren.

Es fiel mir sehr schwer, mich von den Grundschulkindern zu verabschieden. Ein Mädchen aus dem 4. Schuljahr sagte: *„Das kannst du doch nicht tun, du hast mich und meine beiden Geschwister doch getauft, du kannst doch jetzt nicht gehen!"* In Schulgottesdiensten waren die Kinder in der Lage, freie Gebete zu formulieren, so dass erwachsene Kirchenbesucher sagten: *„So etwas haben wir früher nicht gelernt."* Alle Kinder der Overberg-Grundschule haben mir ein Bild gemalt und mit einem lieben Grußwort versehen. Die Blätter haben sie zu einem kostbaren Buch binden lassen, eines der schönsten Abschiedsgeschenke, das ich je erhalten habe.

Am 7. Juli 2004 zogen wir, Franziska Diepers und ich, um nach Borken-Marbeck. Es war ein herrlicher Sommertag. Im Flur des Pfarrhauses in Marbeck fanden wir einen Zettel: *„Herzlich willkommen in Marbeck. Der Kuchen befindet sich im Jugendheim, Sahne finden Sie im Kühlschrank, dort steht auch alles für den Kaffee bereit."* Am Sonntag kam ein Kanonikus (Kaplan) und hieß uns mit einer wunderschönen, großen Orchidee willkommen, die noch monatelang in der Kirche bewundert wurde.

Die St.-Michaels-Kirche Marbeck liegt mit Pfarrhaus und Jugendheim etwa 20 Fußminuten von der Siedlung Marbeck entfernt. Die Kirche wurde vor 50 Jahren gebaut, hat 380 bequeme Sitzplätze, einen wunderschönen Chorraum und eine erst zehn Jahre alte Orgel.

Vor unserm Einzug haben die Handwerker das Pfarrhaus in einen guten Zustand versetzt. Nach hinten hat es einen Wintergarten mit Rundblick in den großen Garten, ein Tannenwäldchen und eine Schafswiese, auf der vier Heidschnucken nicht immer friedlich weiden (s. S. 344: „Spiritual Ranch"). Ich habe diesen schönen Raum zu meinem Arbeitplatz erkoren, schaue morgens in die aufgehende Sonne und beobachte, wie sie in den Jahreszeiten nach Süden oder Norden wandert. Mein Kompass zeigt mir, das sind jedes halbe Jahr 45 Grad. So lebe ich mitten in der Natur, öffne die Tür vom Wintergarten und befinde mich im Garten. Im Teich leben ungezählte Laubfrösche, im Mai/Juni stimmen sie ein gewaltiges Konzert an. Es stört uns nicht, es ist ein Zeichen von Leben. Ich sehe Fasane, Hasen und Kaninchen über die Wiese wildwechseln, manchmal beehrt uns auch ein Igel. Wenn der in den eingezäunten Garten kommt, gibt unser Hund Cindy, ein Jack-Russel, keine Ruhe, bis ich das Stacheltier aufgehoben und in eine entferntere Ecke des Wäldchens abgesetzt habe. Hierzu braucht man ein dickes Frottee-Handtuch, in das ich den Igel einwickle.

Cindy ist ein kleiner Jagdhund. Sein Talent hat er schon bewiesen. Er hat einen Hasen und einen Fasan gefangen und für die Küche freigegeben.

St. Michael Marbeck ist seit 2004 mit St. Remigius Borken fusioniert. Marbeck ist eine Bauernschaft etwa 10 mal 10 Kilometer groß mit ca. 2.500 Einwohnern einschließlich Siedlung. Die Großgemeinde St. Remigius zählt 18.000 Mitglieder. Ich habe als Cooperator nicht mehr die leitende Funktion eines Gemeinde-Pfarrers, muss mich nicht sorgen um Kirchenvorstand und Pfarrgemeinderat, um Angestellte und Sparmaßnahmen. Ich bin Priester und das ist das, was ich eigentlich immer wollte. Ich feiere an zehn Stellen die hl. Messe, zu 90 Prozent bin ich in Marbeck tätig, so dass die Leute von mir als „unserem Pastor" sprechen. Ich mache jedoch immer wieder darauf aufmerksam, dass der rechtlich kompetente Pfarrer der Propst in Borken ist. Ich hüte mich, auch nur kleinste Dinge zu entscheiden, bemühe mich um absolute Loyalität dem Propst gegenüber. Hier muss ich erkennen, dass ich als Pfarrer juristisch keine Macht mehr habe. Ich stehe in der zweiten Reihe und muss wichtige Entscheidungen dem Propst überlassen, der von 1994 bis 1997 bei mir in Münster Kaplan war und 25 Jahre jünger ist als ich. Die Rollen sind vertauscht worden.

Da mir Unterricht immer Freude bereitet hat, gehe ich in der Siedlung in die Engelrading-Grundschule und in den Kindergarten St. Michael. Ich versuche den Kindern Freude am Glauben zu vermitteln. Biblische Bilderbücher und Lieder sprechen die Kinder an, auch das persönliche, nachgesprochene Gebet hilft den Kindern, selbst beten zu lernen.

Etwa alle acht Wochen habe ich eine Woche Bereitschaft für das Marien-Hospital. Krankensalbung, Sterbebeistand, Tröstung der Angehörigen sind meine Aufgaben, wenn ich gerufen werde. Hierzu gehört auch der Notfalldienst für die ganze Stadt Borken. In der Bereitschaftswoche bekomme ich den Cityfunk ausgehändigt, bin dann Tag und Nacht erreichbar. Im Notfalldienst musste ich schon mehrmals eine Todesnachricht den Angehörigen überbringen, was auch mich stark belastet hat.

Da wir einen schönen Garten haben, finden hier auch im Sommer Seniorennachmittage von St. Michael statt. Die Haushälterin Franziska Diepers ist sehr gastfreundlich. So laden wir öfter Verwandte oder Freunde aus früheren Gemeinden ein. Wir beschenken sie mit einem gemütlichen Nachmittag bei Kaffee und Kuchen und abends mit „happy Häppchen", guten Gesprächen und ermutigen sie, auch in heutiger Zeit Freude am Glauben zu haben.

Die Marbecker sind sehr entgegenkommend. Wir brauchen nur zu sagen, was uns fehlt, dann liegt es schon bald vor der Tür: Möhren, Kartoffeln, Petersilie, Hilfe im Garten, auch unser Hund ist das Geschenk einer Bauernfamilie. Als Gegenleistung „musste" ich das neue Haus der Familie des Sohnes einweihen, was ich gern tat. Am 3. März vollende ich mein 70. Lebensjahr. Frauen haben sich angeboten, bei der Durchführung des Festes mitzuhelfen, Stühle und Tische zu rücken, so dass ich auch dieser Sorge ledig bin.

Die Umgangssprache der Alteingesessenen ist plattdeutsch. Mit meinem Harsewinkeler Platt kann ich mithalten und darf gelegentlich sogar pattdeutsche Gottesdienste und Vorleseabende halten.

Die Einsamkeit meines Lebens gefällt mir sehr. Ich kann in Ruhe studieren, Gottesdienste und Schule vorbereiten, schreiben, Musik hören. Ich bin viel im Pfarrhaus, leicht erreichbar und für die Menschen da, kann auch für die Mitbrüder hier und da einen Vertretungsdienst übernehmen, was den Kontakt zu ihnen vertieft.

Fast regelmäßig einmal in der Woche treffen wir uns in der Propstei zum Dienstgespräch mit dem Propst: die Kanoniker, die Seniorenpfarrer und der Diakon mit den Pastoralreferenten und gelegentlich auch mit den Kirchenmusikern und Küstern.

Montags kommen die Priester und die Diakone des Dekanates Borken zum Konveniat zusammen. Wir beginnen mit der Vesper in der Kirche des Gastgebers, dann gibt es Gespräche bei Kaffee, Tee, Wasser und Gebäck im Pfarrhaus. Hier geht es immer recht locker zu.

Ich finde den Status eines Cooperators sehr angenehm. Er wird voraussichtlich andauern, bis ich 75 Jahre bin. Auch dann werde ich als „Emeritus“ weiter in der Seelsorge tätig sein. Dies ist mein Beruf und mein Leben. Ich habe es nie bereut, Priester geworden zu sein. Ein Abenteuer war es immer und wird es bleiben. Ich kann jedem jungem Mann empfehlen, auf die Stimme Gottes zu hören und seinem Ruf zu folgen (s. „Hören auf Gottes Stimme“).

Messdienerinnen und Messdiener von St. Michael Marbeck am 29. September 2008

St. Michael Marbeck – Filialkirche mit Zukunft

Festschrift zum 50-jährigen Jubiläum der Kirche 2008

Schon im fünften Jahr bewohne ich mit der Haushälterin Franziska Diepers das Pfarrhaus in Marbeck. In unmittelbarer Nähe zur Kirche und umgeben von Natur fühlen wir uns hier sehr wohl. Ich bin Kooperator für die ganze Remigius-Gemeinde, feiere an zehn Stellen Eucharistie, am häufigsten jedoch in St. Michael Marbeck.

Seit dem 1. Januar 2004 gehört St. Michael zu St. Remigius, hat also den Status einer Filialkirche. In der gegenwärtigen Strukturveränderung der Gemeinden in unserem Bistum, bei der Kirchen geschlossen und umgewidmet werden, taucht natürlich auch hier die Frage auf: *„Wie lange geht das noch gut hier in Marbeck?"*

Die Antwort ist wie viele Dinge im Leben sehr einfach: Wenn in Marbeck religiöses Fragen, Suchen und Finden offen bleibt, wird auch die Michaels-Kirche offen bleiben. Wenn die Leute sich dem gleichgültigen Atheismus hingeben, sich mit naturwissenschaftlichem Materialismus zufrieden geben, nur noch arbeiten (auch sonntags), wird die Michaels-Kirche keine Zukunft haben.

Nach einem Requiem fragte ich kürzlich beim Kaffee die Gäste: *„Was meinen Sie, wie viel Prozent der heutigen Kirchenbesucher glauben wohl an die eigene Auferstehung, an ein Weiterleben nach dem Tod?"* – *„Zwischen 50 bis 80 Prozent!"*, war die Antwort. In der Engelrading-Grundschule glauben alle Kinder meines Religionsunterrichts an Gott, an Christus und an den Himmel.

Was müssen wir tun, um diesen Glauben zu festigen? Wenn es auf diese Frage keine Antwort gibt, dann gibt es auch keine Zukunft für St. Michael Marbeck! Als die Kirche vor 50 Jahren gebaut wurde, haben die Bauern durch die Abgabe ihres Milchpfennigs den Bau der Kirche ermöglicht. Hierfür können wir auch heute noch nur dankbar sein.

Das religiöse Leben der Kinder und Jugendlichen bedarf der Unterstützung der Erwachsenen. Viele Eltern haben dies durch treuen Besuch der Gottesdienste erkannt. Sie wissen, ihre Kinder brauchen eine Motivation von Innen, um die großen Aufgaben des Lebens zu bewältigen. Es fehlen qualifizierte Fachkräfte in allen Berufen: Ingenieure, Lehrer, Priester, Verwaltungsfachleute, Fachkräfte im sozialen Bereich.

Der Glaube gibt Ausdauer und Ideen, die Aufgaben der Zukunft beherzt anzupacken und sie zu lösen. Der Glaube gibt auch die Erkenntnis eines vernünftigen Wertesystems, das wir für unser Leben dringend brauchen:

Luftaufnahme von St. Michael im Jahre 2004

St. Michael zum 50-jährigen Jubiläum

Doppelter Regenbogen über dem Garten von St. Michael: Gott hat seinen Bund mit uns nicht vergessen und wird ihn auch nicht vergessen.

Gottes- und Nächstenliebe, Treue, Ehrlichkeit, Verlässlichkeit, soziale Gesinnung, Bescheidenheit, Sparsamkeit, Geduld, Klugheit, Tapferkeit, Maß, Gerechtigkeit, um nur einige zu nennen.

Die Mission im Frühjahr stand unter dem Motto „Der Glaube zündet". Es wurden einige Wochen später 1.000 kleine Gebetbücher verteilt mit 31 Morgen- und Abendgebeten. Dieses kleine Büchlein ist ein bescheidener Beitrag der geistlichen Orientierung der Propsteigemeinde St. Remigius. Es dient der Integration der früher eher kleinen Gemeinde St. Michael in die große Gemeinde St. Remigius. Gebet schafft Einheit und Lebendigkeit.

Die Gemeindeleitung kann integrierende spirituelle Ideen nur unterstützen, sie sind ein Weg in die Zukunft, in der uns Konflikte sicher nicht erspart bleiben. Die Marbecker sind gern bereit, die Aufgaben der Groß-Gemeinde mit zu bewältigen, wissen sie sich doch vom Kirchenvorstand St. Remigius nicht vergessen.

Das zeigt sich, dass die Michaels-Kirche zum 50-jährigen Jubiläum neu ausgemalt wird, ohne dass die Kirchenbesucher dies lautstark angemeldet hätten. Nach der wunderschön ausgemalten Remigius-Kirche spürt Propst Wilfried Theising, dass die Marbecker auch einen schönen Kirchenraum lieben. Und so ist es seiner Initiative zu danken, dass diese Schrift gelesen werden kann, wenn die Michaels-Kirche schöner geworden ist als je zuvor.

Worin also liegt die Zukunft von St. Michael Marbeck? Die Antwort kann nur lauten: *„In der Treue zum Glauben und in der lebendigen Integration in die Propsteigemeinde St. Remigius Borken."*

Religionsunterricht und Gottesdienste

mit Pfarrer Hans Ludger für die 4. Klasse der
Engelrading-Grundschule in Borken-Marbeck
vor ihrer Entlassung am 25. Juni 2008

18.05.05	Wortgottesdienst: „Maria“
30.05.05	Erschaffung der Welt
06.06.05	Adam und Eva – Lied: „Halte zu mir, guter Gott“
20.10.05	Wortgottesdienst: „Michael und die Engel“
12.01.06	Wortgottesdienst: Der Weg nach Bethlehem – Rotes Gebetbuch
10.03.06	Abraham und Lot
17.03.06	Hagar und Ismael – Isaaks Opferung
23.03.06	Wortgottesdienst: „Kreuzweg“ (Ausmalen) – Lieder: „Alle Knospen“, „Wer leben will“, „Herr, gib uns deinen Frieden“
24.03.06	Esau und Jakob – Lied: „Alle Knospen“
31.03.06	Einzug Jesu in Jerusalem, Judas
11.05.06	Auferstehung Jesu – Bilderbuch von de Kort
20.10.06	Mose aus dem Wasser gezogen, Pharaos Befehl
26.10.06	Wortgottesdienst: „Jona“ – Gottes Stimme hören
03.11.06	Mose im Palast – Mose erschlägt einen Ägypter – der brennende Dornbusch – Blaues Gebetbuch
10.11.06	Androhung und Verhängung der Plagen – mein Kelch, ein Erbstück aus der Verwandtschaft – Tischgebete
17.11.06	Durch das Rote Meer – In der Wüste – Sinai
24.11.06	Das goldene Kalb
14.12.06	Wortgottesdienst: „Johannes der Täufer“ und Advent
15.12.06	Geschichte: „Ein Paar Schlittschuh“, Flowers from the Holy Land
12.01.07	Geschichte: „Versiegelte Lippen“ (Beichtgeheimnis) **Heft für die Eltern: „Beichten entspannt“**
19.01.07	Beichtvorbereitung konkret
15.02.07	Wortgottesdienst: „Der vierte König“
22.03.07	Wortgottesdienst: „Der verlorene Sohn“ – Lied: „Kommt mit Bus und Eisenbahn“
20.04.07	Hostien probiert – Geschichte: „Blacker“ v. Graham Greene

27.04.07	Antworten für die Messe getrimmt – Kleines Herz in Not – Petja
07.05.07	Dankmesse nach der Erstkommunion – Der Auferstandene am See
14.08.07	Dekalog: „Ich bin der Herr, dein Gott“ – Fisch im Wasser – Christophorus-Legende
23.08.07	Messe: „Gott ist für mich wie: …“
28.08.07	1. und 2. Gebot – Geschichte: „Marius von der Bruchgasse“ (Brand Roms)
04.09.07	3. Gebot – Lieder für junge Leute
	Heft: „Mit Freude Eucharistie feiern“
11.09.07	4. Gebot – Der barmherzige Vater
15.11.07	Messe: „Die hl. Elisabeth“
04.03.08	Kreuzweg gehen in St. Michael
13.03.08	Messe: „Kreuzigung“ – Bild von Grünewald
15.04.08	5. Gebot: „Du sollst nicht töten“ – Zeitungsartikel vom Tage
22.04.08	5. Gebot: Fortsetzung – mit Zeitung von heute – Lied: „Das schönste vom ganzen Tag“
29.04.08	6. Gebot: „Wie kann eine Ehe auf Dauer stabil sein?“
08.05.08	Messe: „Maria und die Verehrung des Heiligen Geistes“ – jede/jeder bekommt ein Marienbild von Egino Weinert und ein Andachtsbild der Mutter vom guten Rat
27.05.08	6. Gebot: Fortsetzung
	Alle bekommen das neue gelbe Gebetbuch – Unterricht
10.06.08	7. Gebot: „Du sollst nicht stehlen“ – eckiges Mandala – Lied: „Und bis wir uns wiedersehen, halte Gott dich fest in seiner Hand“
24.06.08	Die Klasse übt in der Kirche den Entlassgottesdienst
25.06.08	Die ganze Schule kommt in die Kirche, Abschlussmesse der 4. Klasse

Summe: 42 Unterrichtsstunden bzw. Gottesdienste in vier Jahren, keine Stunde war daneben. Ich habe mich immer über die Kinder und ihre Motivation gefreut. Ich danke dem Schulleiter und den Kolleginnen für alle Unterstützung dieser schönen Aufgabe.

Religionsunterricht an der Engelrading-Grundschule

Befragung der Kinder

Anonyme Befragung der Klasse 4 (25 Jungen und Mädchen) über 42 Unterrichtsstunden und Gottesdienste in 4 Schuljahren vor der Entlassung am 25. Juni 2008
(Antworten fett gedruckt)

01. Wie fandest du den Religionsunterricht (Note 1 bis 6) **1,5**
02. Was hat dir am besten gefallen? **Mandalas 22 / Lieder 18 / biblische Geschichten 21 / Zehn Gebote 12 / Ehe u. Familie? 3** / Siehe auch Frage 11
03. Was könnte der Pastor in Zukunft verbessern? **Nichts**
04. Ist dir dein Glaube wichtig? **Ja 25 / Nein 0**
05. Sollte noch mehr gesungen werden? **Ja 16 / Nein 9**
06. In welchem Gebetbuch betest du am liebsten? **Im roten 9 / Im blauen 6 / Im gelben 17**
07. Hilft dir das Morgengebet für die Gestaltung des Tages? **Ja 23 / Nein 2**
08. Hast du schon entdeckt, dass man nach dem Abendgebet besser schlafen kann? **Ja 24 / Nein 1**
09. Betet ihr zu Hause auch mittags vor und nach dem Essen? **Immer 7 / manchmal 16 / nie 3**
10. Was schätzt du, wie viele Unterrichtsstunden und Schulgottesdienste wir erlebt haben? 30-31-32-33-34-35-36-37-38-39-40-41-**42**-43-44-45-46-47-48-49
11. Bist du der Meinung, dass das Thema „Ehe und Familie“ in der Grundschule schon behandelt werden soll? **Ja 24 / Nein 1**
12. Kannst du zu Hause mit deinen Eltern und Geschwistern beten? **Ja 22 / Nein 3**
13. Hast du in der Stille schon mal Gottes Stimme gehört? (Gute Ideen – Versöhnung – Andere anerkennen – Eltern und Geschwister lieben) **Ja 21 / Nein 4**
14. Möchtest du Gott noch besser kennen lernen? **Ja 25 / Nein**
15. Möchtest du Jesus zum Freund haben? **Ja 25 / Nein**
16. Hast du erkannt, dass dein Besuch der Sonntagsmesse dazu beiträgt, dass der Gottesdienst für alle lebendiger und nicht langweilig ist? **Ja 23 / Nein 2**
17. Hast du schon einmal daran gedacht, Priester oder Ordensschwester zu werden? Pastoralreferent oder Pastoralreferentin? **Ja 4 / Nein 21**
18. Hast du schon einmal darum gebetet, dass Gott dir zeigt, welchen Beruf du ergreifen kannst? **Ja 17 / Nein 8**

19. Lebst du gern, freust du dich auf deine Zukunft, auf die nächste Schule nach den Sommerferien? **Ja, ich lebe sehr gern 24 / Ich habe Angst vor dem Leben 1**
20. Hast du schon erkannt, dass Lernen mit Gottes Hilfe besser geht? **Ja 24 / Nein 1**

Ich danke euch für die schöne Zeit in der Grundschule. Nach jeder Stunde bin ich froh nach Hause gefahren. Ich habe viel von euch gelernt. Euch allen weiterhin viel Freude und Ausdauer beim Lernen. Vergesst den Glauben nicht. Gottes Segen euch allen!

In herzlicher Verbundenheit
Euer Pastor Ludger

Marbeck, den 17. Juni 2008

Cindy Jack-Russel – Canis pastoralis

2004/2008

Im Pfarrhaus von Geldern erlebte ich 1988 in der Woche vor Weihnachten einen Einbruch. Das Seelsorgeteam befand sich am späten Nachmittag in der Maria-Magdalena-Kirche und erfreute sich an Bachs Weihnachtsoratorium. Franziska Diepers sollte ein festliches vorweihnachtliches Abendessen zubereiten, sozusagen sollte es ein Probekochen sein. Auch sie sollte herausfinden, ob sie wohl als Haushälterin bei uns anfangen würde. Als sie bei unserer Abwesenheit das Pfarrhaus betrat, fand sie alle Räume dunkel. Das war ungewöhnlich, denn im Flur brannte sonst immer Licht. Sie hörte auch Geräusche und dachte: Es ist sicher jemand hier. Ohne es zu wissen, hat sie einen Einbrecher vertrieben.

Als wir aus der Kirche kamen, sahen wir, dass alle Räume durchwühlt waren, aus meinem Schreibtisch im Arbeitszimmer fehlten 300 DM. Auch die Kapläne beklagten, dass jemand in ihrem Zimmer gewesen sein musste. Nur Kaplan Heiner hatte einen anderen Ordnungssinn als wir: Er legte viele Dinge, auch Briefe mit Geld einfach auf den Boden, er hatte so einen guten Blick über seine wichtigen Papiere. Heiner sagte nach dem Einbruch: *„Bei mir ist noch alles da."* *„Der Einbrecher hat sicher gedacht, hier kannst du nichts holen, hier war schon jemand, der sich bedient hat."* Heiner sagte: *„Da seht ihr, dass mein Chaosprinzip das Bessere ist."* Meine Fotoausrüstung war noch komplett da, sie war wohl zu altmodisch. Der Einbrecher hatte den Klappschlüssel für den Tresor im Pfarrbüro bereits in Händen gehabt. Er hat just in dem Augenblick, als er den Tresor aufschließen wollte, die Geräusche von Frau Diepers gehört und dann die Flucht durch das Fenster ergriffen, durch das er eingestiegen war.

Eine Haushälterin, die nicht nur gut kochen kann, sondern darüber hinaus auch noch Einbrecher vertreibt, schien uns sehr geeignet. Ich habe sie eingestellt und nun ist sie schon seit fast 20 Jahren bei mir. Damals habe ich gedacht: Man müsste eigentlich einen Hund haben, der Einbrecher abschreckt. Aber in Geldern war das nicht möglich, da das Pfarrhaus keinen geschlossenen Garten hatte.

Ein zweites Mal erlebten wir einen Einbruch in Münster. Nachts um 2 Uhr erscholl der laute Ruf von Franziska: *„Herr Pastor! Einbrecher! Raus!!"* Ein Mann polterte die Treppe herunter, stürzte über die Stufen und rappelte sich wieder auf. Ich war blitzschnell auf den Beinen. Der Einbrecher hatte einen guten Fluchtweg. Er war durch ein Kellerfenster eingestiegen, hatte im Pfarrbüro ein Fenster geöffnet, sich dann in der Küche umgesehen, das Geld in den Tassen kassiert und den Haustürschlüssel gefunden. Aus meinem Schreibtisch fehlten einige hundert Mark Handgeld. Die Haustür stand sperrangelweit offen, so dass er ungesehen entkommen konnte. Vor Schreck vergaß ich, sofort die Polizei zu benachrichtigen. Auch hier dachte ich: Wir müssen unbedingt einen wachsamen Hund haben. Noch zweimal erlebte ich in Münster das Eindringen eines Diebes am helllichten Tag in mein Arbeitszimmer. Erst einige Tage später bemerkte ich, dass die Geldkassette fehlte, ein Verlust von einigen Hundert DM. Ein Klient, der im Pfarrbüro vorstellig war, hatte wohl einen Komplizen, der sich derweil in meinem Arbeitszimmer umsah und fündig wurde. Diese Einbrüche wären wohl nicht geschehen, wenn wir im Pfarrhaus einen Wachhund gehabt hätten.

In Marbeck wohnen wir sehr einsam, hier wäre ein Hund unbedingt angebracht. Dies erzählten wir den Leuten aus der Gemeinde. Der Bauer Willi Tücking ließ mich wissen, er hätte wohl einen Welpen für uns, den letzten des Wurfes von der Jack-Russel-Hündin Lola. Dieser letzte Welpe müsse weg, da er die Zitzen der Hündin beiße. Ich sagte zu Franziska: *„Den schauen wir uns an.“* Nun war ein riesiges Problem zu lösen: Franziska hatte Angst vor kleineren Hunden. Bei unseren Spaziergängen musste ich mich immer schützend vor sie stellen, wenn uns Leute mit kleineren Hunden begegneten. Sie war nämlich einmal von einem kleinen Hund gebissen worden. Ich hatte beobachtet, wie liebevoll sie mit unseren Schafen umging und war mir ganz sicher, sie würde sich an einen Hund gewöhnen und ihn eines Tages sogar gern haben. Der kleine Welpe hatte die Größe einer mittleren Ratte, war außerordentlich lebendig und wendig. Wir nahmen ihn mit. Als ich nach den Kosten für den wertvollen Hund fragte, bekam ich zur Antwort: *„Wenn Sie als Entgelt das neue Haus unseres Sohnes einweihen, dann dürfen Sie den Hund mitnehmen.“* Darauf konnte ich mich gut einlassen, nach einigen Tagen weihte ich das neue Haus ein. Wir nahmen den Welpen mit und nannten ihn Cindy.

Cindy ist am 16. Oktober 2005 geboren, wir bekamen ihn im Januar 2006. Da es sprachlich „der Hund“ heißt, sagen wir immer: *„Cindy“*, unser Hund. Cindy erinnert mich an unsere Hündin Bubi aus meiner Kindheit. Niemals hätten wir für Bubi das feminine Personalpronomen „sie“ gebraucht.

Wir hatten mit Cindy eine Menge Arbeit: Wir kauften ein schönes Hundekörbchen und legten es mit einer Decke aus. Cindy bekam seinen Platz im Wintergarten, in dem ich mich häufig zum Arbeiten aufhalte. Es dauerte nicht lange, da mussten wir Cindy nachts im Hausflur unterbringen, im Wintergarten riss er die Stromkabel aus der Wand, er hatte keinen Respekt vor den Computerkabeln, knabberte den Schreibtisch an und ließ natürlich auch seine Exkremente im Raum zurück.

Ich studierte mehrere Fachbücher über Hundepsychologie im Allgemeinen und über Jack-Russel-Terrier im Besonderen. Der Grundtenor dieser Bücher kam mir sehr entgegen: Man müsse die Sprache der Tiere verstehen, sich für sie Zeit nehmen, sie viel Anerkennung fühlen lassen, kurz: mit Liebe komme man bei ihnen weiter als mit Strenge. So vertrat ich die Kynagogik (von gr. Kyoon=Hund) der Liebe, während Franziska es mehr mit Strenge versuchte. Im Hausflur knabberte Cindy nachts die Ecken der Wände an. Es gelang Franziska schließlich mit ihrer Strenge, Cindy deutlich zu machen, dass er gefälligst seine Geschäfte draußen im Garten zu erledigen hätte. Heute ist dies kein Problem

Cindy in seiner Hütte

Cindy lässt sich gern auf den Arm nehmen.

mehr, Cindy kann längere Zeit im Haus sein, ohne sich gehen zu lassen.

Wir bekamen immerzu auch Besuch aus Münster, Gemeindemitglieder von Herz-Jesu und St. Elisabeth wollten wissen, wie es uns in Marbeck ginge. Ludger Tumbrink hat uns sehr geholfen.

Er hat eine wunderschöne Hundehütte für Cindy gezimmert. Sie hat ihren Platz am Ausgang des Wintergartens zum Garten hin bekommen. Durchsichtige Plastikstreifen wurden vor den Eingang der Hütte genagelt, im Innern liegt eine handwarm zu heizende elektrische Platte (15 Watt). Cindy hat seine Hütte von Anfang an angenommen. Jeden Abend bringe ich ihn kurz vor 23 Uhr in sein Haus, das er die ganze Nach über nicht verlässt. Er geht zum Schränkchen im Wohnzimmer, holt seine Schmusedecke heraus, die ich ihm in die Hütte lege. Er säuft noch etwas Wasser aus dem Teich, lässt überflüssiges Wasser in den Garten strömen und begibt sich zur Nachtruhe in seine Hütte.

Nur wenn er Besuch von einem Igel bekommt oder andere ungewöhnliche Geräusche in der Nähe sind, ist er hellwach und hört nicht auf zu bellen, bis ich die Situation geklärt habe. Wir sind jetzt im fünften Jahr in Marbeck und haben mit Einbrechern noch keine Probleme gehabt. Wir lassen das Haus nachts niemals allein.

Damit Cindy einen großen freien Auslauf hat, wurde der Zaun um unsern Garten dicht gemacht. Nun kann Cindy sich frei bewegen, aus dem Teich Wasser schlabbern und das ganze Anwesen bewachen. Als der Garten noch kein dichtes Gehege war, ist der Hund mit seinem Jagdinstinkt manchmal ausgerissen. Es half nichts, hinter ihm herzurufen, er lief einfach weiter, er schien zu sagen: Fangt

Cindys Passfoto ist bei den Kindern sehr begehrt.

mich doch! Nach einer halben Stunde etwa kam er zurück, machte sich vor Reue ganz klein und schien zu sagen: Jetzt laufe ich nie wieder weg. Wir haben dann auch nie mit ihm geschimpft, sondern wie der Vater im Evangelium seinen verlorenen Sohn freudig wieder aufgenommen hat, so haben auch wir Cindy gelobt, dass er den Weg nach Hause zurück gefunden hat.

Im Wintergarten und in der Küche steht ein Napf mit „Hundeknabbeln". Cindy kann soviel fressen, wie er will. Manchmal bekommt er in der Küche von Franziska oder mir etwas zugesteckt. Er kann sich über ein Plätzchen so freuen, dass er einen richtigen Tanz veranstaltet, bevor er das Gebäck auffrisst. Er hat noch immer eine gute stromlinienförmige Figur, die für seine Rennübungen um den Teich wichtig und charmant ist. Cindy rennt nicht, er fliegt mit gelegentlicher Bodenhaftung. Etwa alle zwei Wochen wird der Fressnapf mit neuen Knabbeln aufgefüllt. Es zeugt von hoher Intelligenz des Tieres, dass er den Napf in geometrischen Figuren leerfrisst: Zuerst die linke Hälfte bis zum Grund, dann das Dreiviertel bis zum Grund und dann den Rest. Wenn wir zu Mittag essen, holt er sich gern immer wieder eine Knabbel und frisst sie vor unseren Augen. Er liebt auch beim Fressen die Gemeinschaft mit uns Menschen. Er weiß, dass er bei Tisch von uns nichts bekommt.

Cindy hat ein schönes schwarz-weißbraunes Fell, sein Gesicht ist kunstvoll gezeichnet, die Lauscher sind leicht geknickt. Er kann ausdrucksvoll schauen. Man meint, er sei die Wachsamkeit selbst. Vorbildlich ist auch sein Hören. Wenn sein Gehorchen ebenso gut wäre, würden wir uns freuen. In drei Fällen gehorcht Cindy aufs Wort: Wenn wir die Worte „Lecker", „Spazieren" und „Springen" gebrauchen. Dann kommt er sofort und ist auch bereit, vor Gästen seine Flugschau durch den Reifen zu machen.

An unserer Haustür hat er auch ein Namensschild: Cindy Jack-Russel, Canis pastoralis, was soviel wie Pfarrhund bedeutet. Er tut für die Pfarrgemeinde viel Gutes: Er passt auf das Pfarrhaus auf, er ist sehr kinderfreundlich, bei Gemeindefesten im Jugendheim ist er dabei und wird von Kindern ausgeführt, er hilft Franziska und mir, über andere Dinge als Gemeinde zu sprechen, so dass unser Leben nicht so einseitig ist. Er hat gute Eigenschaften als Hund, die uns viel Freude bereiten. So kann er sich unglaublich ekstatisch freuen wie ein Fußballspieler, der ein Tor geschossen hat. Allein das Wort „Spazierengehen" löst in ihm ein nicht zu stoppendes Springen und Bellen aus. Wir müssen dann mit ihm spazieren gehen, sonst verlieren wir unsere Glaubwürdigkeit. Kürzlich rief ich von Österreich aus Franziska an. Cindy war im Raum. Ich hab durch das Telefon gefragt: *„Cindy, willst du mit spazieren gehen?"* Als ich wieder zu Hause war, sagte Franziska: *„Das dürfen Sie nicht noch einmal machen, ich brauchte eine Viertelstunde, um Cindy wieder zu beruhigen; er rannte immer wieder zur Leine und zur Tür."*

Wenn wir dann spazieren gehen, fahren wir meistens mit dem Auto zum Tiergarten nach Raesfeld. Im Auto benimmt sich Cindy sehr auffällig. Er jammert und winselt, will sich Franziska, die hinten im Wagen sitzt, entwinden, was ihm natürlich nicht gelingt. Er bekommt für den Spaziergang ein Hundegeschirr angelegt. Dadurch ist sein Hals frei, er kann soviel an der Leine ziehen wie er will, es tut ihm keinen Schaden. Wenn uns dann fremde Spaziergänger mit einem Hund begegnen, dann geht Cindy schon sehr bald zum Angriff über, als wenn er ein Kampfhund wäre. Dann ist es sehr leicht, ihn einfach in seinem Geschirr hochzuziehen und auf den Arm zu nehmen. Die Spaziergänger amüsieren sich über den mutigen Minihund, der nicht größer als eine Katze ist. Im ersten Jahr hat Cindy auch die Heidschnucken in der Weide gejagt, bis der Bock stehen geblieben ist und dem Furz von Hund seine Hörner gezeigt hat. Seither hat Cindy Respekt vor den Schafen und bellt sie nur noch aus sicherer Entfernung an.

Vor einiger Zeit kamen wir auf unseren Spaziergängen an Cindys Elternhof vorbei. Seine Mutter Lola kam uns mit der Bäuerin entgegen, Lola war nicht angeleint. Cindy erkannte seine Mutter nicht wieder, er ging sofort zum Angriff über. Ich zog ihn im Geschirr hoch, nahm ihn auf den Arm, und Lola konnte mit der Bäuerin weiterlaufen. Cindy jagt auch Fliegen, Düsenjäger und Hubschrauber, bei Fliegen hat er oft Erfolg und frisst die erlegten Brummer sofort. Acht geben müssen wir, wenn er Bienen jagt, sie könnten ihn im Hals in die Luftröhre stechen, und das wäre der sichere Tod von Cindy.

Cindy Jack-Russel begrüßt uns jeden Morgen sehr freundlich und stimmt uns positiv für den Tag. Wenn wir morgens die Laudes beten, schaut er nicht selten bei Franziska in das Brevier, ist angetan von der Gebetsatmosphäre, legt sich bei Franziska auf den Schoß und ist ganz still. Sobald der Segen gesprochen ist, springt er auf, bringt uns den Tennisball und will schon mit uns spielen. Ohne zu ermüden, apportiert Cindy den Tennisball im Wohnzimmer und im Garten. Immer wieder startet er und findet den Ball auch zwischen den Blumen. Ohne zu zögern, stürzt er sich in den Teich, wenn wir den Ball ins Wasser werfen. Wir tun dies nicht mehr so häufig, um die Frösche

Cindy springt durch einen Hoola-Hoop-Reifen.

nicht zu verärgern. Bei großer Hitze steigt Cindy auch ohne Aufforderung ins Wasser und nimmt ein Bad. Er lässt das Wasser bis an den Hals, verweilt ein wenig im kühlenden Nass und geht wieder auf den Rasen, um sich hier gründlich zu schütteln.

Seit ein paar Monaten hat er gelernt, über den hingehaltenen Fuß, durch kreisförmig gehaltene Arme und durch einen Hoola-Hoop-Reifen zu springen. Dies tut er nur gegen ein Lecker-Stäbchen. Unsere Gäste haben ihre helle Freude an den Fähigkeiten von Cindy.

Er ist eine Bereicherung für unsere „Spiritual Ranch". Neben den Heidschnucken, den Fröschen im Teich, den Fasanen, Kaninchen, Hasen, Tauben, Eichhörnchen und den wunderschönen Blumen vertritt Cindy vor allem die Schöpfung im Tierreich. Wir bewundern seine hohe emotionale Intelligenz: Er kann sich unbändig freuen, er macht sich reumütig ganz klein, wenn er etwas „ausgefressen" hat und zitiert wird, er hat ein gutes Gedächtnis, erkennt Leute wieder, die gut zu ihm waren, er kann eifersüchtig sein auf die Schafe, er betrachtet den Garten als sein Revier, sieht immerzu nach dem Rechten. Sein Wesen ist geradezu Wachsamkeit. Er hat auch eine wichtige Rotbuche im Garten vor dem sicheren Tod gerettet, indem er die Tauben aus den Zweigen vertrieben hat. Die Tauben haben die jungen Triebe des Baumes abgepickt. Cindy hat sie immer wieder mit seinem lauten Gebell verscheucht, bis sie es aufgegeben haben, sich in der Buche niederzulassen. Die Blutbuche wächst nun, reichlich bewässert, stetig und verdeckt inzwischen mit ihrem Laubwerk eine Transformatorstation hinter dem Garten.

Cindy hält Mittagsschlaf.

Cindy hat gelegentlich auch schon ein Kaninchen oder einen Fasanen erlegt zur großen Freude von Franziska. Sie konnte damit Abwechslung in ihren Speiseplan bringen. Auch ein Wasserhühnchen musste daran glauben. Cindy erwartete Lob für seine Tat. Er kann ja nichts dafür, dass der Schöpfer ihm eine Jagdnatur gegeben hat. Vor ein paar Wochen hat er im Kellerloch eine Maus aufgestöbert. Die Maus konnte aus dieser Falle nicht heraus. Ich bin mit Cindy in den Keller gegangen, habe das Kellerfenster geöffnet und den Hund in das Kellerloch gelassen. Die Maus war vor Schreck erstarrt, als Cindy ihr den Garaus machte.

Für mich ist es eine unlösbare Frage, wieso der Schöpfer die Schöpfung so eingerichtet hat, dass ein Tier das andere frisst. Der Egoismus ist bei Tieren stärker ausgeprägt als beim Menschen wegen des Fehlens von Transzendenzbewusstsein (Glaube an ein jenseitiges Wesen: Gott). Auch der Mensch neigt zum Egoismus. Das christliche Menschenbild und der Glaube an Gott helfen ihm, den Mitmenschen zu lieben, sich für ihn verantwortlich zu fühlen, auch wenn er sterbenskrank oder sogar sein Feind ist.

Heute erfuhr ich, dass Cindys Mutter Lola von einem Auto überfahren wurde. Das tut mir sehr Leid. Ich wäre mit Franziska sicher sehr traurig, wenn uns Ähnliches mit Cindy passieren würde. Darum halten wir unsern Hund immer schön an der Leine und sorgen dafür, dass er das sichere Gehege des Gartens in seinem Jagdeifer nicht verlässt.

Die anfänglich geäußerte Sorge, Franziska könne in ihrer Angst vor kleinen Hunden keinen Zugang zu Cindy finden, ist schon nach einigen Monaten vorbei gewesen. Franziskas Angst vor Hunden ist in Zuneigung zu Cindy umgeschlagen. In der Mittagszeit ruht Cindy manchmal auf ihrem Schoß, schließt die Augen und auch Franziska fallen die Augen zu. Es ist dann ganz still im Pfarrhaus. Alle sammeln Kräfte für neue Taten, denn der Tag ist noch lange nicht zu Ende.

Holy Days

2008

Die englische Sprache nennt unsere Ferien „holidays“, gemeint sind ursprünglich holy days, heilige Tage. In diesem Begriff schwingt die große Chance der Gotteserfahrung im Urlaub mit. In meinem fortgeschrittenen Alter versuche ich meine Ferienzeit vor allem auch spirituell mit Inhalt zu füllen. In diesem Jahr ist mir das wunderbar gelungen.

Ich verbrachte drei sommerliche Wochen in Kirchberg/Tirol. Seit 42 Jahren habe ich hier immer wieder holy days gemacht, diesmal zum 17. Mal.

Es traf sich gut, dass ich den Kooperator (bei uns „Kaplan“) Richard vertreten konnte, der die ganze Zeit über bis auf ein paar Stunden abwesend war und selbst Urlaub machte. Ich konnte mich immer an den reich gedeckten Tisch der Köchin Mali setzen, hatte ein gepflegtes Zimmer mit Bad, einen herrlichen Blick auf den Sonnberg, auf dem seit meinen letzten holy days schon wieder einige neue Häuser entstanden waren.

Die Gespräche mit dem Mitbruder Gerhard und der Köchin Mali zeigten, dass in Österreich die gleichen Probleme sind wie bei uns: Weitergabe des Glaubens an die nächste Generation – Priestermangel – schwindende Kirchenbesucherzahlen. Nur eines ist bei

Pfarrer Gerhard Erlmoser von Kirchberg besuchte mich 1991 in Münster. Er hat die lange Tour von Kirchberg in sechs Tagen mit dem Fahrrad bewältigt, eine starke sportliche Leistung!

ihnen besser: es werden keine Kirchen geschlossen und abgerissen, da sie zum größten Teil wertvolle Bauwerke des Barock sind, die niemals zerstört wurden und niemals der Abrissbirne zum Opfer fallen werden.

In meinen holy days lege ich Wert darauf, das geistliche Leben weiterzuführen. So konnte ich täglich Eucharistie feiern, am Fest Mariä Aufnahme in den Himmel und an den Sonntagen habe ich in den Messen auch gepredigt. Es ist für den Prediger angenehm, einmal ein ganz anderes Publikum zu haben. Er kann geliebte Gedankengänge problemlos vortragen, spürt, wie die Gemeinde aufmerksam zuhört. Die Vorbereitung der Predigt bereitet nicht so viel Mühe wie zu Hause.

Gern würde ich die holy days mit einem Freund verbringen, wie in früheren Zeiten. Aber es hat sich ergeben, dass mein langjähriger Partner eigene Ferienzeiten hatte. In meiner Pfarrerzeit musste ich immer außerhalb der Schulferien Urlaub machen, da die Kapläne mit Kindern und Jugendlichen nur während der Ferienzeit wegfahren konnten. So wurde ich gezwungen, einen Weg zu finden, wie ich allein Ferien machen kann. Oft bin ich mit Jugendlichen oder der Gemeinde gefahren, aber mit zunehmendem Alter wurde ich als Leiter nicht mehr gebraucht.

Schließlich kam ich dahinter, welche Chancen darin liegen, sich allein auf den Weg zu machen. So habe ich in Kirchberg gut Fuß gefasst, auch Bad Wörishofen ist ein Ort, an dem ich gut holy days machen kann. Und neuestens kommt die Nordseeinsel Baltrum dazu. Hier habe ich im Oktober 2007 für drei Wochen den Seelsorgedienst übernommen. Ich war als Inselpfarrer zuständig für die Nikolaus-Kirche, wohnte in einem modernen Pfarrhaus neben der Kirche. Außer mir war noch eine Küsterfamilie da. Die Kirchenbesucher waren religiös interessierte Leute, sie kamen aus ganz Deutschland. Ich konnte ohne Angabe der Nummern Gottesloblieder anstimmen, Kanones dirigieren und wurde niemals enttäuscht.

Bis zum Badestrand waren es Luftlinie vielleicht 200 Meter. Natürlich war ich manchmal einsam. Aber der Kontakt zu den Kurgästen auf der Insel brachte immer wieder Gespräche und eine gute Abwechslung.

Dreimal traf ich in den letzten Jahren in der Ferienzeit Bekannte:

2006 in Kirchberg: Ich gehe nach einem Tirolerabend zum Pfarrhof zurück. Hinter mir höre ich Stimmen: *„Wenn wir an der Kirche sind, haben wir es nicht mehr weit zum Hotel“* (Metzgerwirt). Ich drehe mich um und frage die Gruppe: *„Waren Sie denn schon einmal in der Kirche?“ „Da müssen wir noch hin“*, war die Antwort. Ich frage weiter: *„Woher kommen Sie denn?“ „Aus Warendorf!“* Ich frage: *„Welche Straße?“ „In Wirklichkeit kommen wir aus Harsewinkel.“ „Das ist auch meine Heimatstadt.“* Dann erkennen mich mehrere Leute aus der Gruppe. Ich sage: *„Ich lade euch zur Abendmesse am Fest Peter und Paul in die Kirche ein, in der Ferienzeit helfe ich hier aus.“ „Da kommen wir hin, bekam ich zur Antwort.“* Alle kannten meinen Bruder Reinhard und seinen Frisörsalon. Tatsächlich kam dann der größte Teil der Gruppe auch zur Abendmesse am Fest Peter und Paul.

2007 in Baltrum: Ich begrüße vor dem Gottesdienst im Messgewand die Kirchenbesucher am Eingang der Kirche. Da sagen mir plötzlich einige: *„Wir kennen Sie doch. Sie sind doch auch aus Harsewinkel, woher wir kommen.“* Es war eine Gruppe aus der evangelischen Gemeinde Harsewinkel, natürlich waren auch einige Katholiken dabei. Ich habe die Landsleute zum Sonntagsgot-

Inselkirche St. Nikolaus auf Baltrum

tesdienst und zu einer Erklärung der schönen Inselkirche eingeladen. Mit einem Besucher bin ich sogar verwandt.

2008 wieder in Kirchberg: An einem Abend gehe ich die Treppe, die zum Kirchenberg führt, hoch. Mir kommt eine Gruppe von ca. zehn vitalen Männern entgegen. Ich grüße Sie und einer sagt: „*Wir kennen Sie doch, Sie sind doch Pfarrer Ludger aus Marbeck.*" Es waren Borkener Männer, die mich aus der Kirche kennen. Sie waren mit ihren Mountainbikes für eine Woche nach Kirchberg gekommen, um die umliegenden Höhen mit ihren Bikes zu erklimmen. Einer bedankte sich noch dafür, dass ich am Jahrestag des Todes seines Vaters angerufen hatte. Ich begegnete der Gruppe noch zweimal. Und als ich nach Borken zurückkam, wusste Propst Theising längst alles von dieser Begegnung.

Es gibt in den holy days Begegnung und Einsamkeit. Ich sehe in der Einsamkeit die Chance, einsame Menschen besser zu verstehen und den geistlichen Kontakt mit dem Herrn zu pflegen. Ich lernte im Laufe der Jahre immer mehr, allein zu sein, die Gottesdienste vorzubereiten, das Stundenbuch zu beten, Bücher zu lesen, zu wandern oder ganz einfach die Stille zu genießen.

In diesem Jahr waren in Kirchberg die „geliften Bergtouren" die große Entdeckung. Mit dem Lift auf die Höhen sich tragen lassen, dort wandern, in Almhütten zu Mittag essen und mit dem Lift wieder ins Tal zurück schweben. Dies geschah meistens in der Zeit zwischen 10 und 16 Uhr. Auf meinen Wanderungen traf ich oft Leute, mit denen ich ins Gespräch kam. Ich überreichte der Almwirtin von der Klooalm bei Aschau ein schönes Gebet, das ich im „Christ in der

Kirchberg/Tirol, Pfarrkirche zum heiligen Ulrich, gotischer Bau 1511, barockisiert 1736

Gegenwart" gefunden hatte. Es passt gut zu den holy days in Kirchberg und lautet:

Verweilen
Lass mich langsamer gehen, Herr. Entlaste das eilige Schlagen meines Herzens durch das Stillwerden meiner Seele. Lass meine hastigen Schritte stetiger werden mit dem Blick auf die weite Ewigkeit. Gib mir inmitten der Verwirrung des Tages die Ruhe der ewigen Berge. Löse die Ansammlung meiner Nerven und Muskeln durch die sanfte Musik der singenden Wasser, die in meiner Erinnerung lebendig sind. Lehre mich die Kunst des freien Augenblicks. Lass mich langsamer gehen, um eine Blume zu sehen, ein paar Worte mit einem Freund zu wechseln, einen Hund zu streicheln, ein paar Zeilen in einem Buch zu lesen. Lass mich langsamer gehen, Herr, und gib mir den Wunsch, meine Wurzeln tief in den ewigen Grund zu senken, damit ich emporwachse zu meiner wahren Bestimmung. Amen. (Aus Afrika)

Dieses Gebet habe ich auch in den Messfeiern in Kirchberg, Aschau und Reith bei Kitzbühel verwendet. Leute kamen nach der Messe und wünschten eine Kopie dieses Gebetes. An einem Dienstagabend feierte ich nur mit fünf Besuchern die hl. Messe in Aschau. Zum Friedensgruß ging ich zu allen und reichte ihnen die Hand. Auch Frau Holzastner war zugegen. Am nächsten Tag fand sie ihre Enkeltochter tot im Bett. Schon am Freitagabend wurde sie unter großer Anteilnahme der Gemeinde beerdigt. Mich hat dieser Tod nachdenklich gemacht, die Frau war etwa von meinem Alter. Auf meinen Wanderungen habe ich immer ein Handy dabei und wirkungsvolle Herzkapseln, man muss immer bereit sein.

Unterhalb der Bärstattalm am Gaisberg hatte ich ein unvergessliches Erlebnis: Ich setzte mich auf eine etwas abgelegene Bank, holte meine Chromonika aus dem Rucksack und spielte Berglieder, Schlager, Wanderlieder und religiöse Lieder. Die Wanderer auf der gegenüberliegenden Bergseite blieben stehen, als ich „Großer Gott, wir loben dich" spielte, nickten mit dem Kopf und wanderten weiter. Ich selbst war in dieser Bergwelt von dem Lied so angerührt, dass ich ganz aus dem Takt kam. Ich stellte voll Freude fest, dass ich in dreißig Jahren das Mundharmonikaspielen nicht verlernt hatte.

Schön waren auch die Besuche bei Familie Leiter. Als ich das erste Mal 1966 in Kirchberg war, war Helene aktiv in der Jugendarbeit. Noch heute ist sie mit ihrer Familie sehr interessiert an theologischen und kirchlichen Fragen. Ihre Mutter Rosa lebt seit einiger Zeit im Seniorenheim. Nach der Messe am Montag im Seniorenheim habe ich sie besucht und gesegnet. Auch eine Verwandte von Helene, die einige Tage darauf operiert werden sollte, habe ich gesegnet. Ich freute mich, mit welcher Selbstverständlichkeit die Segnungen gewünscht wurden.

Auch die 87-jährige frühere Köchin Maria Wegscheider habe ich besucht. Ich staunte über ihre geistige Lebendigkeit und ihre theologische Fitness. Sie hat noch in hohem Alter zu jedem Sonntagsevangelium Gesätze für den Rosenkranz verfasst und sie in der Kirche vorgebetet.

Zu den holy days gehört es unbedingt, einige gute Bücher in petto zu haben.

Ich las in der Zeit von Andreas Englisch: „Gottes Spuren, die Wunder der katholischen Kirche", Bertelsmann; „Herzstücke, Texte die das Leben verändern", ein Lesebuch zu Ehren von Karl-Josef Kuschel, Patmos; „77 Wertsachen, was gilt heute?", herausgegeben von Peter Frey, Herder.

In gemütlicher Runde 1997 in Kirchberg v. l.: Kooperator Tobias, Pfarrer Erlmoser, die Köchin Mali und Hans Ludger

Da das Wetter fast während der ganzen drei Wochen sommerlich warm war, bin ich zweimal in das nur fünf Minuten entfernte Freibad gegangen, habe hier meine Zeit überwiegend mit Lesen verbracht und bin ein wenig geschwommen. In der Nähe des Schwimmbades ist eine Waldschule mit Erklärungen des pflanzlichen Lebens im Wald. Hier kann man gut sitzen und lesen. Gelegentlich setzte sich jemand zu mir und wir kamen miteinander in ein gutes Gespräch. So kam ein Ehepaar aus Leipzig, das sich aktiv an der Überwindung des Kommunismus beteiligt hatte. Eine Mutter kam mit Kindern, die im Wald spielten. Sie klagte über die reichen Leute in Kitzbühel, über 50 Prozent der Einwohner haben in Kitz ihren Zweitwohnsitz, sind also nur zum Wochenende da. Die Reichen und Superreichen zahlen Quadratmeterpreise von über 2.500 Euro für ein Grundstück. Die junge Generation verlässt Kitzbühel, um woanders ihr Glück zu versuchen. Es hat für Kitz seinen Preis, in Sport und Medien so berühmt zu sein.

Wieder bin ich mit meinem PKW die 814 Kilometer nach Kirchberg gefahren. Ich brauchte hierfür zehn Stunden. Ich machte dreimal eine kleine Pause. Unser neues Auto Ford Fusion passt sehr gut zu uns. Es ist klein und leistungsfähig, fährt mit Leichtigkeit 170 Kilometer die Stunde, die ich nur gefahren bin, wenn die Autobahn ganz leer war und dann auch nur ein paar Minuten. Sonst ist meine Reisegeschwindigkeit um

Bergmesse mit Pfarrer Erlmoser und Kitzbüheler Weisenbläsern auf dem Großen Rettenstein

die 130 Stundenkilometer. Ein Segen ist die Klimaanlage, sie fächelt mir ständig frische Luft zu. Auch die Entscheidung, sonntags zu fahren, ist richtig. Dann sind keine LKW auf der Autobahn und man kommt zügig voran. Ich bin erstaunt, wie sicher der Autoverkehr inzwischen geworden ist. Die A 3 hat drei Fahrspuren. Die zig-tausend Autos fahren überwiegend um die 130 Stundenkilometer. Ich habe auf der Hin- und Rückfahrt keinen Unfall gesehen. Die Fahrdisziplin der Autofahrer ist besser geworden, aber auch die Technik der Fahrzeuge. Ich kann mir gut vorstellen, dass ganze Heerscharen von Schutzengeln unterwegs sind, die die Autofahrer beschützen, dass nichts passiert und sie alle heil und gut an ihr Ziel gelangen. Ich hatte vor meiner Rückfahrt in Kirchberg zu Franziska am Handy gesagt: *„Ich komme am Sonntag voraussichtlich um 21 Uhr zurück.“* Ich war genau um 20.59 Uhr wieder in Marbeck. Preis sei dem Herrn!

Ich habe in meinem Leben viele schöne, auch weite Reisen gemacht. Ich habe gar nicht mehr das Bedürfnis, nach Indien oder Brasilien zu fliegen. Bei meinem Rückflug von Delhi nach München 2006 hatte ich im Flieger eine Kreislaufattacke, die ich nie vergessen werde. Holy days sind für mich die richtige Form, Erholung an Leib und Seele zu finden. Ich habe heute schon mit Baltrum telefoniert, die nächsten holy days sind in Vorbereitung nach der Devise: nach dem Urlaub ist vor dem Urlaub.

Katechesen im Kindergarten St. Michael Marbeck

2004–2008

Acht- bis neunmal im Jahr besuche ich den Michaels-Kindergarten, eine Viergruppen-Einrichtung mit ca. 100 Kindern. Träger ist die Propsteigemeinde St. Remigius Borken. Ich halte eine Katechese in jeder Gruppe von 30 Minuten Dauer. Der Aufbau ist immer gleich:

1. Begrüßung

2. Religiöses Lied: Halte zu mir, guter Gott – Du hast uns deine Welt geschenkt – Allen Kindern in diesem Haus. Gitarrenbegleitung ist sehr hilfreich.

3. Bilderbuchbetrachtung: Die Kinder sitzen vor mir, die Osterkerze ist entzündet, ich halte das Bilderbuch vor der Brust und erzähle frei, während die Kinder die Bilder anschauen.

4. Halbsatzweise freies Gebet, das die Kinder nachsprechen. Hierbei kann ich wesentliche Aussagen des Bilderbuches betend in die Mitte der Herzen der Kinder lenken. Die Kinder lernen, was Beten ist: nicht nur Ablesen eines Textes, sondern freies Sprechen mit Gott. Oft fühle ich, wie mich Sein Geist führt und ich Sätze spreche, die ich mir vorher nicht zurechtgelegt habe. Ich schaue in die Augen der Kinder, es ist wie ein Blick in den Himmel.

5. Religiöses Lied: Gottes Liebe ist so wunderbar, mit geistlicher Gymnastik – Heute ist ein Tag, an dem ich froh sein kann – und andere.

6. Mehrere lustige Lieder: Ponylied (Film Immensee) – Drei Chinesen mit dem Kontrabass – Texaslied – Auf einer Glatze saß ne Katze mit scharfer Tatze usw.

7. Abschied: Alle ergreifen in der Mitte des Stuhlkreises meine Hände und wir sagen gemeinsam: „*Auf Wiedersehen.*" Oft wollen die Kinder mich nicht gehen lassen und halten mich mit Gewalt fest. Ich sage: „*Bitte lasst mich jetzt los, ich muss auch zu den anderen Kindern gehen.*"

Ich entschwinde und gehe zur nächsten Gruppe.

Regelmäßig gibt es in St. Michael Familiengottesgottesdienste, gestaltet von den Eltern und den Erzierinnen des Kindergartens. Die Kinder kennen mich schon, so habe ich bei diesen Gottesdiensten „leichtes Spiel". Dies gilt auch für die Engelrading-Grundschule (s. S. 366).

Kindergartenkinder besuchen mit Frau Hinzelmann unsere Schafe.

Katechesen seit 2004 im Michaels-Kindergarten Marbeck

05. 10. 04:	Daniel
02. 11. 04:	Bartimäus wird sehend
07. 12. 04:	Christophorus
11. 01. 05:	Die geheimnisvolle Nacht
12. 03. 05:	Leidensgeschichte Jesu (Bilderbuch Droop)
12. 04. 05:	Emmausjünger
10. 05. 05:	Bilderbuch Maria
07. 06. 05:	Miriam und Mose
04. 10. 05:	Michael und die Engel
25. 10. 05:	Das Schaf Charlotte
22. 11. 05:	David besiegt Goliath
13. 12. 05:	Der Traum der drei Bäume
02. 02. 06:	Blasiussegen
07. 02. 06:	Das kleine Schaf und der gute Hirte
14. 03. 06:	Der barmherzige Vater
04. 04. 06:	Bilder vom Kreuzweg (Reinhard Abeln)
02. 05. 06:	Auferstehung Jesu (Fotos Grabeskirche Jerusalem)
30. 05. 06:	Eine Welt für dich und mich (Schöpfung)
22. 08. 06:	Der Wunsch des Hirten
26. 09. 06:	Engel: Michael, Daniel in Löwengrube, Schutzengel
24. 10. 06:	Jona und der große Fisch
21. 11. 06:	Vater Martin (Leo Tolstoi)
16. 01. 07:	Die weite Reise des vierten Königs
27. 02. 07:	Der verlorene Sohn
27. 03. 07:	Die Leidensgeschichte Jesu
08. 05. 07:	Jesus geht mit uns
21. 08. 07:	Cindy, canis pastoralis, ein Hund zum Anfassen
18. 09. 07:	Christophorus
31. 10. 07:	Nach WortGD Gang mit den Kindern zum Friedhof

13.11.07: Hl. Elisabeth von Thüringen
11.12.07: Die drei Fragen
26.02.08: Jesu Leidensweg und Tod
01.04.08: Ostern: Jesus geht mit uns
06.05.08: Jona und der große Fisch
03.06.08: Das Schaf Charlotte
02.07.08: Kirchenführer von St. Michael, von den Kindern erstellt
08.09.08: Holzkreuze gesegnet
07.10.08: Engel: Michael, Bild vom hl. Michael
11.11.08: St. Martin, goßes Bilderbuch

Die Profanierung von St. Elisabeth Münster

am 16. November 2008

Als mein Nachbarpfarrer Josef Schneider 1994 starb, vertraute mir Bischof Reinhard die St.-Elisabeth-Kirche zusätzlich zu Herz-Jesu an. Damals war es noch neu, dass ein Pfarrer zwei Gemeinden zu verantworten hatte.

Seit 2004 arbeite ich als Kooperator in Borken. Nur noch selten fahre ich nach Münster. Dennoch lebe ich innerlich weiterhin mit den Menschen und Priestern von Herz-Jesu und St. Elisabeth und der polnischen Mission. Viele ehemalige Mitstreiter haben uns hier in Marbeck besucht. Sogar die Seniorengruppe von St. Elisabeth erlebte hier einen schönen Nachmittag.

Die Idee von Bischof Reinhard, die polnische Mission in St. Elisabeth unterzubringen, war ein verheißungsvoller Weg. St. Elisabeth hatte seither die größte Kirchenbesucherzahl von allen Gemeinden in Münster: sonntags bis zu 500 Personen, 25 % Deutsche und 75 % Polen. Es gab eine lockere Beziehung zwischen Polen und uns Deutschen. Ich hatte bei vielen Polen Sympathien, da ich die Fußwallfahrt von Warschau nach Tschenstochau schon dreimal mitgemacht habe und einige polnische Lieder singen kann, vor allem das Lied von der Schwarzen Madonna.

Die jährliche gemeinsame Fronleichnamsprozession war ein starkes Zeichen des Glaubens in unserem Stadtteil. Deutsche Lieder wechselten mit polnischen. Ein PGR-Mitglied stellte allerdings einmal fest: Die Polen haben aber ein Lied mehr gesungen als wir. Die gemeinsame Eucharistie in wechselnden Sprachen im Garten des Kettelerhauses oder vor dem Verlagshaus Aschendorff und an anderen Orten war für alle ein großes Erlebnis.

Der Pfarrer der Polnischen Mission Ks. Marian Wagner bezeichnete es als einmalig im deutschen Sprachraum, dass Polen und Deutsche eine gemeinsame Fronleichnams-Prozession hielten mit ca. 500 Teilnehmern. Auch die Palmweihe an Palmsonntag vor dem Elisabeth-Kindergarten jedes Jahr war eine gemeinsame Liturgie. Die Polen zogen in die Elisabeth-Kirche und die „Elisabethaner“ und „Herz-Jesuaner“ in die Herz-Jesu-Kirche. Dies alles war wirklich ein starkes Zeichen deutsch-polnischer Versöhnung. Ich hatte gehofft, dass dieses Modell Zukunft haben werde. Immerhin hat es neun Jahre Bestand gehabt.

Die Polnische Mission ist schon in die St.-Antonius-Kirche an der Weseler Straße umgezogen. Man kann nur wünschen, dass die Leute von St. Antonius mit den Polen, den Spaniern und den Tamilen ebenso partnerschaftlich umgehen, wie dies in Herz-Jesu und St. Elisabeth der Fall war.

Der Grund für den Umzug sind natürlich die Finanzen. Die bischöfliche Behörde will und muss Geld einsparen. So hat man fünf Nationen in St. Antonius untergebracht. Meine Frage ist bei alldem: Ist eigentlich internationale Versöhnung und europäische Integration nicht das Gebot der Stunde? In St. Elisabeth findet etwas sehr Sinnvolles ein Ende, das erst gerade seinen Anfang genommen hatte. Das hat mich in den letzten Wochen stark umgetrieben. Aber ich arbeite in der „zweiten Reihe" und habe keinen Einfluss mehr auf die Entwicklungen in den Gemeinden.

Ich nahm am Sonntag, dem 16. November 2008, am Profanierungsgottesdienst in St. Elisabeth teil. Mit Franziska Diepers war ich schon um 9.45 Uhr auf dem Parkplatz von Herz Jesu angekommen. Zusammen mit Pfarrer Martin Sinnhuber gingen wir nach St. Elisabeth. Ich nahm Platz mitten in der Kirche. Vor den Augen die Statue der heiligen Elisabeth auf einem Traggestell.

Immerzu kamen Leute zu mir, begrüßten mich und brachten ihre Freude zum Ausdruck, dass ich gekommen war. Dies war für mich ganz klar, nach 10-jährigem Ringen in der Gemeinde konnte ich mich dem Ereignis der Profanierung von St. Elisabeth nicht entziehen. 15 Minuten vor Beginn der Feier betrat ich die Sakristei.

Ich begrüßte den Diözesanadministrator, Weihbischof Franz Josef Overbeck, Pfarrer Bakenecker, Ks. Marian Wagner, das Küsterehepaar Beuse, die Lektorinnen und Messdiener. Ich freute mich, als Konzelebrant mitwirken zu können. Von den früheren Kaplänen war niemand erschienen. Sie wurden auch während der Feier nicht erwähnt. Pfarrer Sinnhuber arrangierte es so, dass ich neben dem Bischof zu stehen und sitzen kam. Es wurde die Liturgie vom 33. Sonntag in der Jahresreihe genommen.

Weihbischof Overbeck hielt eine ansprechende Predigt über das Vertrauen in dieser Situation und über den Aufbruch, den die hl. Elisabeth mehrmals auf sich genommen hat. Der Kirchenchor unter Leitung von Ekkehard Stier und der Kammerchor unter Leitung von Michael Schmutte halfen sehr, die Traurigkeit zu überwinden.

Am Schluss der Feier trat Ks. Wagner ans Mikrophon und bedankte sich für die Zeit seit 1999, seit die Polnische Mission in St. Elisabeth sein durfte. Auch Frau Malgorzata Wojcik bedankte sich als Sprecherin der PM für die Zeit. Sie betonte die europäische Dimension unserer gemeinsamen Arbeit und nannte hierbei auch anerkennend meinen Namen. Es gab seitens der Gemeinde Beifall. Das empfand ich als sehr tröstlich.

Pfarrer Martin Sinnhuber verlas das Dekret des Generalvikars: *„Zum Ende des Jahres 2008 soll die St.-Elisabeth-Kirche in Münster aufgegeben werden, so dass die Profanierung der Kirche notwendig wird. Hiermit wird gemäß c. 1224 § 2 CIC die Kirche St. Elisabeth mit Wirkung zum Jahresende 2008 profaniert. Für die Verwendung der Inneneinrichtung ist gewissenhaft Sorge zu tragen. Norbert Kleyboldt, Generalvikar."*

Höhepunkt oder besser Tiefpunkt der Liturgie war das Auslöschen des ewigen Lichtes durch Pfarrer Sinnhuber, das Löschen der Altarkerzen und das Abnehmen der großen Kerzen von den schweren Standleuchtern. Als dann die schweren Bronzeleuchter umgelegt und quer übereinander gelegt wurden, hat es mich tief ergriffen, ich hätte so heulen können. Jetzt ist das Gebäude keine Kirche mehr und kann für andere Zwecke freigegeben werden.

Ich hatte als Pfarrer zusammen mit dem Kirchenvorstand von 1994 bis 2004 versucht, die Kirche attraktiv zu machen: Neugestaltung des Vorraumes, Trennung vom Kirchenraum durch eine Glasscheibe, so dass man in das Kircheninnere schauen konnte. – Renovierung der Sakristei. – Anschaffung neuer Leuchten im Kirchenraum. – Für die Polen vor allem ein großes Gemälde der Schwarzen Madonna, die auch von den Elisabethanern verehrt wurde. – Einrichtung einer kleinen Werktagskapelle im vorderen linken Seitenschiff der Kirche, wo wir werktags wunderschöne Eucharistien und vor allem auch Schulgottesdienste feiern konnten.– Die Renovierung der Orgel. St. Elisabeth und die Petrikirche in Münster gelten als die besten Akustikräume in Münster.

Meine Nachfolger haben ihr Bestes gegeben. Nun war das Ende der Elisabeth-Kirche gekommen. Dies alles ging mir durch Kopf und Herz.

An der Spitze der nun beginnenden Prozession trugen hinter der Kreuzgruppe die Lamberti-Hansa-Schützen die Statue der hl. Elisabeth. Es folgten die Messdiener, Ks. Wagner und Pfarrer Ludger, Pfarrer Bakenecker trug unter einem Velum die eucharistischen Gaben, gefolgt von Weihbischof Overbeck mit Stab und Mitra und Pfarrer Sinnhuber. Es schloss sich die Gemeinde an. Wir zogen über die Dortmunder Straße, die Schillerstraße, die Ewaldistraße zur Herz-Jesu-Kirche. Unterwegs sangen wir bekannte Lieder, die zum Anlass passten.

In der Herz-Jesu-Kirche wurde die St.-Elisabeth-Statue auf dem Chor aufgestellt. Der Weihbischof gab den sakramentalen Segen und mit dem Te Deum (Großer Gott, wir loben dich) schloss die Feier. Dies war kein triumphalistisches Te Deum, es hatte vielmehr den Klang: Du kannst uns noch so schwierige Prüfungen zumuten, wir werden niemals aufhören, dich zu loben.

Mein Dank für die würdige Profanierungsfeier gilt vor allem den Pfarrern Martin Sinnhuber und Frank Bakenecker sowie dem Liturgieausschuss. Auch ich fühlte mich getröstet und entlastet.

Es schloss sich eine Begegnung im Pfarrer-Eltrop-Heim an. Es gab zur Stärkung Gulasch-Suppe und Brot. Viele Leute waren erschienen, mehr als man voraussehen konnte. Es musste noch Suppe nachgeliefert werden. Ich habe mit vielen Leuten gesprochen. Alle fanden es gut, dass ich gekommen war und freuten sich, mich wieder zu sehen.

Auch Frau Diepers konnte mit vielen Leuten sprechen. Sie hat ja als Haushälterin die 14 Jahre in Münster wesentlich dazu beigetragen, dass ich Hoch- und Tiefpunkte lebend überstanden habe.

Alle Gemeindemitglieder machten einen versöhnten Eindruck. Gewiss, es gab von St. Elisabeth niemand, der nicht traurig war. Es ist ja auch nicht in Worte zu fassen, wie schwer es ist, eine Kirche aufgeben zu müssen, in der man seinen Glauben praktizierte und immer wieder mit lieben Mitmenschen zusammenkam.

Herr Rudolf Driesch erklärte mir zum Schluss noch das Modell der Gebäude, wie es nach St. Elisabeth weitergehen soll. Das Kirchengebäude bleibt stehen, es wird nicht abgerissen, sondern als Kulturraum für Kinder und Erwachsene eingerichtet. Möglicherweise werden hier auch Konzerte stattfinden können.

Es hat sich ein kirchlicher Investor gefunden, der aus dem ganzen Gelände Gutes gestalten wird, sein Name wurde nicht genannt. So soll das Pfarrhaus und das Pfarrer-Schneider-Heim abgerissen werden und einem neuen Kindergarten weichen. Der alte

Kindergarten wird abgerissen und eine größere Wohnanlage an dessen Stelle treten.

Das Ganze wird als Kulturzentrun erhalten bleiben, vor allem auch der Kinderspielplatz. Dies ist für das Hansa-Viertel wichtig, da es sich um einen geschlossenen Stadtteil handelt, der ein Begegnungszentrum dringend braucht.

Für mich ist mit diesem Sonntag ein spannendes Kapitel meines Priesterseins beendet worden: Der Versuch, mit der Polnischen Mission die Elisabeth-Kirche zu retten. Auf der Heimfahrt nach Marbeck fragte ich mich, woran hat es gelegen, dass dieser Weg nicht weiter begangen wird? Der tiefste Grund scheint mir zu sein: Alle drei beteiligten Gruppen – Herz Jesu, St. Elisabeth und Polnische Mission – sind einem starken Stammesdenken verhaftet. Man kann ein Aufbrechen aus diesem Denken nicht verordnen. Es gibt Ausnahmen bei einigen Personen in jeder Gruppe.

Ein Problem im Stadtviertel um St. Elisabeth ist nun gemildert: das Parkplatzproblem. Hier ist ein Aufatmen festzustellen.

Die Polnische Mission geht nach St. Antonius Münster an der Weseler Staße. Die Polen teilen sich die Kirche mit den Spaniern, den Tamilen und der Stammgemeinde St. Antonius, die ihren Gottesdienstraum in der Krypta haben wird, sich sonst aber nach St. Josef hin orientiert. Parkplätze sollen dort noch schwieriger zu finden sein als um St. Elisabeth.

Ich wünsche allen beteiligten Gläubigen alle Gaben des Heiligen Geistes, dass sie erkennen, dass es im Reich Gottes keine Grenzen gibt, wir alle Kinder Gottes sind und Er unser Vater ist, der durch den Heiligen Geist alles zum Besten lenkt.

Hans Ludger, Pfarrer
19. November 2008, am Fest der hl. Elisabeth von Thüringen

Die Reisen und Wallfahrten meines Lebens

1938: 3. März in **Harsewinkel** auf die **Welt** gekommen.

1942: Hochzeit von Tante Paula und Onkel Wilhelm, Erinnerung an1. Eisenbahnfahrt mit der Teutoburger-Wald-Eisenbahn von Harsewinkel nach **Marienfeld.**

Fahrt nach **Glandorf** mit Mutter von Harsewinkel mit TWE bis Laer, dann auf dem Gepäckträger von Mutters Fahrrad nach Westendorf.

1943: Rheine, zu Tante Maria mit Mutter, **Iburg** mit Tante Lene, Rudern auf dem Charlottensee – Wanderung auf den Dörenberg – Aussichtsturm

1944: mit Vater nach **Glandorf,** Radtour über Greffen, Sassenberg, Füchtorf, Glandorf, Westendorf

1946: Düsseldorf, Tante Elsa, Mannesmann-Ufer 7, Fahrt mit einem Dampfer auf dem Rhein nach Zons, sehr trockener Sommer, Rheinwiesen ausgedorrt, Düsseldorf noch stark zerstört, zum ersten Mal eine Straßenbahn gesehen.

1948: Bad Rothenfelde, Klassenfahrt mit Lehrer Erich Meier bis Laer mit TWE, dann zu Fuß nach Rothenfelde.

1949: Glandorf, Ernte, Roggen mähen mit vom Pferd gezogener Mähmaschine.

1950: 1. Mai, Fahrradtour zur **Hünenburg** im Teutoburger Wald mit einigen Freunden ohne Begleitung eines Erwachsenen.

1951: Pfingstlager an der **Hünenburg**, wild gezeltet, vom Förster vertrieben.
Im Sommer: Zeltlager am **Dümmersee,** abgebrochen wegen schlechter Vorbereitung durch unseren Gruppenleiter, es gab jeden Tag fast nur Wackelpudding zu essen.

1952: Zeltlager in **Kirchrarbach,** Sauerland, erste Erfahrung eines guten Jugendlagers, Zelte aus Dreiecksplanen der Wehrmacht zusammengestellt.

1953: Sommerlager in **Messinghausen**, Sauerland, Schützenhalle, Blick auf das Gipfelkreuz: *In hoc signo vinces*. Stollen eines früheren Silberbergwerkes erforscht.

Klassenfahrt nach **Korbach** mit Studienrat Karl Kusenberg, Wanderungen am Edersee.

1954: Fahrradtour mit meiner Jugendgruppe nach **Hardehausen,** Zeltlager, 8 Dreiecksplanen, Zeltromantik hat mir viel bedeutet, wildes Zelten kein Problem.

1955: Fahrradtour mit meiner Jugendgruppe in den **Westerwald** – Kölner Dom erstiegen, in Marienstatt kurz nach Zeltaufbau Unwetter, total nass geworden, mitleidige Frau brachte frühmorgens Lebensmittel ans Zelt, Fahrt nicht abgebrochen.

1956: Wanderfahrt mit unserer Schulklasse durch die **Eifel,** Lieserpfad, Manderscheid, Eifel-Maare, Martinsmühle in Trier, Studienrat Alfred Meier und Studienrat Göstemeier begleiten uns.

1957: Zeltlager mit St. Lucia Harsewinkel in **Rollesbroich, Eifel,** geleitet.

1958: Katholikentag in **Berlin**, Olympiastadion, viele Teilnehmer aus der Ostzone, im Stadion Geld gesammelt für den Bau der Kirche Regina Martyrum in Berlin.

1959: Italien: Venedig, Orvieto, Rom, Pompeji, Sizilien: Ätna, Syrakus, Messina, Palermo, Monreale mit Heinz Althaus, als Trampfahrt vorgesehen, dann aber für 95 DM Prima-Vera-Netzkarte in München für ganz Italien gekauft. Manchmal nachts mit der Eisenbahn gefahren, von Brot und Wein gelebt. Viel gesehen, zu viel Hektik.

1960: Freisemester **Freiburg**: **Basel, Luzern, Ronchamp, Paris, Chartre**, Skilaufen in **Todtnauberg**, Wanderung von Freiburg über **Schluchsee** zur Insel **Reichenau,** mit Clemens-August Schulze Zumhülsen oft als Sozius auf dem Motorrad (175er Zündapp). Mit Caritaskindern aus Freiburg in der **Schweiz: Engadin, Bosca, Guarda, Schuls, Tarasp, Piz Cotschen, Piz Linard, Val Minger**, bei Wanderung von Tarasp nach Bosca links des Inn die Strecke unterschätzt, bei einbrechender Dunkelheit bei Suche nach einem Betreuer am Hang gestürzt, Bergwacht hat uns gerettet, Verarztung in Tarasp Sr. Radegundis OP, Sr. Sophia, Hildegard Jehle, ideale Erfahrungen für Freisemester.

1961: Trampfahrt mit Zelt durch **England** und **Irland** mit Hermann Hartmann: **London, Stratford on Avon, Holihead Überfahrt nach Dunloghaire Irland, Wicklow-Mountains, Glendalough, Kevins Chapel, Cork, Tipperary armes Kaff, Killarney, Ring of Kerry** mit Fahrrad, **Cahrseveen, Ballinskelligs, Rock of Cashel, Galway** neue Kathedrale im Bau erklärt vom Baumeister, bei Familie Frank Curran gewohnt, mit dem Fischerboot zu den **Aran Islands** geschippert, Fischer Kierian Gill, **Insel Inishmore**: Pat Mullen Schriftsteller des Buches Man of Aran: „It is better for the world that Germany is divided". Klippen am Atlantik, Rückfahrt seekrank – **Dublin**, Botschafterfamilie Lübbering besucht, **längste und freieste Reise meines Lebens (6 Wochen)**.

1962: Ameland (Koiplaats) mit DJK Kleve auf Anregung von Franz Ysermann, Kleve, Bauer Kiwitt hat Kuhstall für uns geräumt, jeden Tag Messe, kein Problem für die Kinder – Religionslehrer Wilm Geelink geistliche Begleitung.

1963: 18.7. – 29.8. Als Diakon nach **Ameland**, 3 Wochen mit Messdienern von Christkönig Kleve und 2. Lager DJK Kleve (insgesamt 6 Wochen). Wichtige positive Impul-

Am Strand auf Ameland, Hans Ludger mit Ziehharmonika, ganz links Ewald Brammen

se für meinen Priesterberuf – Berufung zurückgefunden, Dank sei dem Herrn!

1964: 18.8. – 29.8. Mit St. Martini Emmerich in **Halle/Westf. am Teutoburger Wald**.

1965: 20.7. – 9.8. 3 Wochen **Ameland (Buren**) mit St. Martini Emmerich.
16.8. – 28.8. **Dolomiten** mit Wilm Geelink, Welschnofen bei Fischnaller, Rosengarten, Kölner Hütte, Croda Rossa (verlaufen) Latemar, Lago di carezza.

1966: 27.7. – 16.8. St. Martini Emmerich in **Buren Ameland**.
18.8. – 6.9. **Kirchberg/Tirol** Wanderungen, Regens Weinand begegnet, Versetzung angedeutet – mit Maria Wegscheider im Lift auf die Hohe Salve, zu Fuß nach Kirchberg gewandert.

1967: 26.7. – 16.8. Mit St. Josef Rheinhausen 3 Wochen Nes op **Ameland** bei Tante Jo.

1968: 16.4. – 27.4. Osterferien in **Kirchberg** mit Ferdi und Bernarda Schreiner (Wintersport).
18.7. – 7.8. mit St. Josef Rheinhausen Kinderlager 3 Wochen **Nes op Ameland**.

1969: 16.5. – 27.5. Internationale Begegnung mit **Durham** Technical College, Nordengland und Berufsbildende Schule Rheinhausen mit Ferdi und Bernarda Schreiner, Familienunterbringung, **Newcastle upon Tyne, Hadrianswall, London**.
10.7. – 31.7. Mit St. Josef Rheinhausen. Kinderlager 3 Wochen Nes op **Ameland**.
2.8. – 23.8. Campingtour durch **Schweden** mit Karl-Heinz Wielens: **Helsingborg, Helsingör, Stockholm, Vänernsee,**

Karlstadt, Örebro, Uppsala, Gamla Uppsala, Überfahrt nach **Gotland**, **Visby** (Kathedrale Ähnlichkeiten mit Klosterkirche Harsewinkel-Marienfeld). Postkarten mit Schreibmaschine geschrieben, irre! Auf Campingplätzen oft Happenings mit Gitarren gemacht, sehr glückliche Zeit, Lebensfreude echt genossen.
5.10. – 12.10. Mit Stadtjugendring Rheinhausen Tschechoslowakei: **Prag, Pilsen, Lidice, Marienbad, Eger**.

1970: 17.7. – 8.8. Im Sommer mit Karl-Heinz Wielens Campingtour **Norwegen**: von **Hirtshals** nach **Kristiansand** durch das **Skagerak** schlimm seekrank, **Odda-Tal**, **Bükle-Fjord**, **Jostedalsbree**, Stabkirche in **Vik**, **Kinsarvik**, **Gutbrandsdal** zurück, landschaftlich sehr reizvoll, gute Campingplätze, viele Kontakte durch Singen auf Campingplätzen. Wetter nicht so gut.

1971 auf dem South-Rim des Grand Canyon

Hans Ludger feiert mit den Mädchen im Jugendlager auf Ameland die hl. Messe.

Am 1. September 1974 (vor genau 35 Jahren begann der II. Weltkrieg durch den Überfall Hitlers auf Polen) feierten wir auf dem Löwentinsee bei Gezycko in fünf sternförmig aneinandergebundenen Booten die hl. Messe. Schwimmwesten waren der Altar, Kelch und Schale waren aus Keramik. Diese Eucharistie mit Jugendlichen gehört zu den eindruckvollsten, die ich erleben durfte.

11.8. – 1.9. Mädchenlager auf **Nes op Ameland**.
1971: 19.2. – 23.2. mit Jugendlichen über Karneval in Berleburg.
30.3. – 17.4. **USA**, **New York, Phoenix, Mesa Arizona** zu Gast bei einer Mormonenfamilie, **Las Vegas,** Wanderung in den **Grand Canyon**, Hopi Indianer, Besuch einer Indianer-Schule, „America is Indians country"**, Arizona, San Francisco**, Haight Ashbury Drogenviertel, **Kalifornien,** tausendjährige Mammutbäume.
2.7. – 23.7. mit den Mädchen von St. Josef auf **Ameland.**

30.12.71 – 2.1.72 über Silvester mit Manfred und Regina Pohligin Jugendherberge Berleburg mit Jugendlichen**,** Pohligs auch in den folgenden Jahren dabei.

1972: 25.3. – 8.4. Osterferien, **Heiliges Land** mit Propst Schubring aus Göttingen, überwiegend evangelische Gruppe, **Libanon: Beirut, Baalbek, Bekaa-Ebene**, **Byblos, Tyros – Syrien: Damaskus**: gerade Straße des Paulus, **Zypern, Nicosia, Tel Aviv, Jerusalem**, am Gründonnerstag auf dem Balkon mit Blick auf die Altstadt Messe gefeiert, **Massada, Totes Meer, See Genezareth**, ausführlichste Heilig-Land-Reise hat mich am meisten beeindruckt.
13.7. – 3.8. Mädchenlager in Nes op **Ameland** mit St. Josef Rheinhausen.
28.12.72 – 2.1.73 Mit Jugendlichen in **Bad Berleburg**.

1973: 17.6. – 2.7. Mit Kolpingreisen Köln: Mit Peter Lufen Jugendreise im Omnibus nach **Millstatt, Kärnten**, Millstätter See, Wasserski gelernt, von Offizier der Bundeswehr 100 DM geschenkt bekommen, weil wir mittags gebetet haben.
6.7. – 27.7. Campingtour mit Karl-Heinz Wielens durch **Finnland und Norwegen** über Eismeerstraße zum **Nordkap**– Mitternachtssonne erlebt, überzeugte Camping-Freaks geworden: Freiheit – Natur – Internationale Begegnungen – englisch sprechen – kontinentales Klima in Finnland geliebt – unvergessliche Sonnenuntergänge in Karelien.
28.12.73 – 2.1.74 mit Jugendlichen in Bad Berleburg.

1974: 6.4. – 28.4. Osterferien ADAC-Package-Tour mit meinem Bruder Karl-Heinz nach **Marokko**: Sete in Südfrankreich: Auto von Fremden aufgebrochen, nichts gestohlen – **Tanger**–

Mit den polnischen Gästen Besuch bei Bischof Heinrich Tenhumberg in Münster. Links P. Leszek Irek mit seiner Gruppe „Evangelium Rhythmus".

Fes –Besuch eines Berberdorfes, zufriedene arme Menschen, zu Gast im Gästehaus, Couscous gegessen, zum Dank Geschenke verteilt – **Marrakesch**, auf dem „Platz der Gehenkten" durch Briefschreiber Brief an den Scheik des Berberdorfes in Englisch diktiert – Schreiber von Polizei kontrolliert – **Bennimelal – Agadir – Casablanca** – wegen Schiffspanne mit dem VW-Käfer durch Spanien nach Deutschland zurück, sehr anstrengend.
17.8. – 4.9. Jugendreise mit Kolpingreisen Köln durch **Polen**: **Breslau, Warschau**, **Danzig, Heilige Linde (Swienta Lipka), Gezycko (Lötzen) Marienburg, Stettin**.
28.12. – 2.1.1975 mit Jugendlichen in **Bad Berleburg**.

1975: 17.7. – 6.8. Mit Kolping-Jugendreisen Köln, Begleiter der Theologiestudent Ulrich Boom (2009 Weihbischof in Würzburg) **Skandinavienfahrt: Dänemark, Kopenhagen; Schweden: Stockholm** – Überfahrt durch die Schären nach **Finnland: Helsinki, Saimaa-See**, Fahrt mit altem Dampfer, **Savonlinna, Lapeenranta**.
11.8. – 31.8. ADAC-Package-Tour durch **Polen** mit Karl-Heinz Wielens: **Breslau, Warschau** (Anja Citkowska wird uns in Rheinhausen mit Studenten besuchen)**, Krakau, Thorn, Danzig, Marienburg, Stettin,**
28. 12. – 2.1.1976 Mit Jugendlichen in der Jugendherberge **Bad Berleburg**

1976: 19.7. – 7.8. **Taizé** als Animateur mitgewirkt in Passagegruppen. 1 Woche Stille Einkehr für mich. Wollte für ein Jahr als Bruder eintreten, bevor ich eine Pfarrgemeinde übernehmen würde. Dies wurde von den Brüdern abgelehnt, entweder ganz oder gar nicht war die Begründung.

20. 8. – 9. 9.: **Deutsch-polnische Begegnung in Rheinhausen** (35 Studenten zu Gast, Familienunterbringung, Programm in Kirchengemeinden und bei Privatfamilien, eine Sensation der Ost-West-Begegnung, beim Abschied flossen auf beiden Seiten Tränen)

1977 4. 7. – 23. 7. **Schottland** mit Karl-Heinz Wielens: Campingtour**: Loch Ness, Fort William, Thurso, Insel Iona,** Schlechtes Wetter, ich war immer erkältet
30. 7. – 19. 8. Mit 35 Jugendlichen in **Polen:** Eisenbahnfahrt mit dem Ostwest-Express, abenteuerlich, zu Gast bei Bogdan Sotkiewicz in **Warschau-Kolo,** Wanderung durch **Hohe Tatra**, **Swinica, Kasprowi Wierch, Morski Oko**, **Zakopane.** Als Feuerwehrfreunde illegal unterwegs, nicht erwischt worden**.** Treffen mit Jerzy Ravicz am Lagerfeuer. Sprecher der Polen, die Auschwitz überlebt haben, sollte bei Tippfehler in Jauchegrube ertränkt werden. Er schrieb fehlerfrei einige Sätze aus Goethes Faust und durfte fortan in der Schreibstube arbeiten. Ravicz lehnte eine Unterstützung durch das Maximilian-Kolbe-Werk ab. Er könne durch seine Bücher auf eigenen Füßen stehen. **Campinos-Urwald, Blindenschule Laski, Palmiry**.
Der Auszug der Tschenstochauwallfahrt aus Warschau beeindruckte mich sehr, Beschluss, im nächsten Jahr mitzupilgern.

1978 24. 6. – 8.7. Mit St. Joseph Rheinhausen in **Israel** (Aki kennen gelernt).
19.7. – 4.8. Mit Jugend von St. Joseph Jugendlager in **St. Jakob im Pfitsch** in einem alten Widum (Pfarrhaus) (**Südtirol**).
4.8. – 18.8. Mit dem Flugzeug allein von München nach **Warschau: 1. Fußwallfahrt** von **Warschau nach Tschenstochau** (250 Kilometer) mit 40.000 Teilnehmern (großes Erlebnis), Gruppe der Studentengemeinde St.

Vor der Kapelle des Blindenkinderdorfes Laski. Hier leben 350 blinde Kinder, sie besuchen alle Schulformen. Die Blindenpädagogik von Laski ist weltberühmt. Der frühere Küster von St. Elisabeth in Münster, Dipl. Ing. Guido Kraft, baute hier 2002 einen Kinderspielplatz.

Anna Warschau „Karawane“, 500 Leute, davon 350 aus der DDR, sehr schlechtes Wetter, „Survivaltraining“ (von 500 wurden 150 Pilger krank, mussten Wallfahrt abbrechen, das Schwierigste, das ich je erlebte), meine dicke Luftmatratze und der Expeditions-Schlafsack haben mich gerettet, beeindruckt von Gebet, Liedern, Gemeinschaft. Große Chance der deutsch-deutschen Begegnung. Großartige, gläubige Jugendliche! Zu Gast bei Pfarrer Bogdan Sotkiewicz in der Ulica Deotymy in Warschau (s. S. 117: „Unterwegs mit dem polnischen Volk“).

1979: 20.6. – 14.7. Mit Familien Pohlig, Helterhoff, Sperling Rheinhausen Wanderung durch den **Bayerischen Wald: Großer Ar-**

Friedhof und Gedenkstätte für Warschauer, die von den Nazis meuchlings umgebracht wurden. Messfeier mit Bogdan Sotkiewicz und den Jugendlichen in Palmiry.

Bogdans Hund Lord (Black and white)

ber, Kleiner Arber, Lusen, Bayrisch Eisenstein, Dreiländereck.

1980: 4.8.- 22.8. **2. Fußwallfahrt** von **Warschau nach Tschenstochau** (sonnig), 45.000 Teilnehmer, anschließend Besuch bei Mitbruder Josef Scholz in **Brandenburg**.

1981: 2.8. – 21.8. **3. Fußwallfahrt** von **Warschau nach Tschenstochau**, den ungarischen Freund Endre Földi kennen gelernt, zu Gast bei Bogdan, finanzielle Hilfe beim Bau einer Katecheseschule im Pfarrgarten von St. Josef Warschau, Streik der Verkehrsbetriebe Warschau, Bogdan vor dem Kulturpalast Andacht gehalten. Rückreise durch DDR, Pfr. Josef Scholz in Wittstock/Dosse besucht.

In den Herbstferien mit 3 LkW mit Pohlig, Wollenhaupt und Helterhoff noch einmal nach **Warschau**, (Jaruzelski Kriegszustand ausgerufen!), Lebensmittel für hungernde Bevölkerung geliefert. Ich war so schwer erkältet, dass ich kein Wort sprechen konnte.

1982: 23.7. – 12.8. Mit Karl Niepagenkempers Campingbus durch **Ungarn** mit Gregor Wolters und Endre Földi aus **Budapest**. Bei der Einreise in Ungarn Probleme: Der Zoll vermutete Agitationsmaterial hinter Holzverkleidung des Campingbusses. Ich sollte die Verkleidung abnehmen. Nach einem Gebet kam mir die rettende Idee. Der Zöllner zeigte eine Stelle an der Decke, an der ich mit einer Bohrwinde ein Loch in die Verkleidung bohren sollte. So konnte ich den Nachweis erbringen, dass wir keine Agitationsschriften versteckt hatten. **Plattensee, Fünfkirchen, Tokay.** Endre Földi (dt: Andreas Erdmann) war Bauingenieur, wollte ursprünglich Priester werden, wurde aber aus Gesundheitsgründen bei den Jesuiten nicht zugelassen. Er hat sich die Berufung bewahrt und wurde als 65-Jähriger zum Priester geweiht. Mehrere Jahre war er Kaplan in Budapest.
12.8. – 28.8. Mit Familien und Gregor Wolters in **Coesfeld,** Familienerholung, FaBi Geldern, Adele Essers.

1983: 25.5. – 17.6. Gut Häusern **Voralpenland,** bei Sacrecoeur-Schwestern, persönliche Erholung (langweilig), Fahrt mit S-Bahn nach München, Film Mahatma Gandhi gesehen.
11.7. – 23.7. mit FaBi Geldern (Frau Adele Essers) und jungen Familien in **Welschen Ennest,** Sauerland, Familienerholung.

1984: 30.4. – 25.5. mit Jetta nach **Dingelstätt, Eichsfeld**, Gerhard Seeland Gastgeber, von Jugendarbeit beeindruckt. Dann allein nach **Rom** gefahren im VW-Jetta, **über Kirchberg**, versprochen, im nächsten Jahr wiederzukommen, **Rom:** zu Gast bei den Steylern in Nemi, Petersdom und andere Sehenswürdigkeiten Roms in aller Ruhe besichtigt.

1985: 15.1. – 2.2. **Kirchberg**, Ski-Langlauf
2.2. – 6.2. Evangelisationszentrum **Maihingen**.
11.7. – 1.8. im Sommer mit St. Maria Magdalena Geldern auf **Ameland in Buren** mit Fam. Polixa bei Bauer Kiwitt.

1986 2.1. – 5.1. Maihingen.
6.1.– 24.1. **Kirchberg** – Ski-Langlauf.
15.8. – 5.9. **Ameland** – St. Maria-Magdalena mit Familie Polixa.

1987: 20.1. – 13.2. **Kirchberg,** – Ski-Langlauf.
7.8. – 28.8. **Ameland** – St. Maria-Magdalena – Familie Polixa.

1984 – Begegnung mit Papst Johannes Paul II.: „Heiliger Vater, ich heiße auch Johannes Paul." Er erwiderte: „Grüß Gott!" und schaute mich freundlich an.

1988: 11.1. – 6.2. **Bad Wörishofen,** Kur im Kneippianum.
29.7. – 19.8. **Ameland** wie 1987.

1989: 7.1. – 3.2. **Kirchberg,** Ski-Langlauf
7.7. – 14.7. mit Geldern auf **Ameland.**
11.12. – 18.12. mit Geldern **Heiliges-Land** mit Aki.

1990: 22.1. – 14.2. **Kirchberg**
Im Juni Versetzung nach Münster Herz Jesu.
Im Herbst eine Woche Exerzitien in **Rom;** Papst Johannes-Paul II. begegnet, Einstimmung auf Evangelisation 2000.

1991: 7.1. – 25.1. **Kirchberg**.

1992: 13.1. – 7.1. **Wörishofen,** Kneippianum.

1986 und 1989 – Skilanglauf in Kirchberg

1989 – Advent im Heiligen Land mit Pilgern aus Geldern. Untere Reihe v. l.: Thea Kleinen, Franziska Diepers, Aki Biran, Lies Küppers, Heinrich Aengenheister, Willi Ingenhaag, Hans Ludger.

1993: 1.2. – 17.2. **Kirchberg**.
20.2. – 4.3. **Ägypten** mit Herz Jesu, Günter Böse, Bildungswerk: **Kairo, Pyramiden von Gizeh, Tal der Könige, Theben, Assuan, Abu Simbel,** durch deutsche Baufirma Hoch-Tief höher gelegter Tempel aus der Zeit Ramses III.

1994: Im Winter **Brasilien** bei Dalto Caram, **Sao Paulo** – Drei Favellas (Slums) durch Dalto Caram in anständige Wohnhäuser verwandelt, Dalto hat in der Zeit vor mir die Pfarrgemeinde Herz-Jesu in Münster einige Monate verwaltet. Er war ein Freund unserer Gemeinde.

Rio de Janeiro, Zuckerhut und Christusstatue auf dem Corcovado, Straßenkinder, Raubüberfall auf der Copacabana mißsslückt.

1995: Im Winter **Indien**, Kerala bei Joseph Koikakudy: **Cotchin, Jeva Ijoty, Methotty,** Einweihung der Kirche St. Paulus miterlebt, **Kothamangalam, Thudopuza, Raga Cumari, Kunia Cumari, Südspitze des indischen Kontinents, Grabmahl von Mahatma Gandhi** (s. S. 162: „Bei den Thomaschristen in Südindien").

1996: Im Winter Wörishofen, Josefshaus, im Sommer mit St. Elisabeth Fahrt durch **Thüringen: Erfurt, Eisenach, Wartburg**.

1997: Im Winter: **Kirchberg**, im Sommer mit St. Elisabeth Busfahrt nach **Dresden und Prag**.

1998: Im Januar Promotions-Tour **Israel** mit einigen Kölner Pfarrern und Aki.

Pilgergruppe Santiago de Compostela

14 Tage bei den Benediktinern in **Dormition Abbey** gewohnt, fast täglich in der **Altstadt von Jerusalem** verweilt, **Grabeskirche** immer wieder besucht.
Vom 1.12. – 10.12. **Heiligland-Reise** mit Aki, abenteuerliche Rückkehr mit vereisten Tragflächen des Fliegers (195: „Advent im Heiligen Land").

1999: Im Winter **Kirchberg**.

2000: Im Winter Kur in **Wörishofen**. Sommer mit St. Elisabeth auf **Rügen**.

2001: 14-tägige Fußwallfahrt mit 35 Teilnehmern nach **Santiago de Compostela** im Herbst, 100 Kilometer zu Fuß gewallfahrtet– Stadtbildungswerk Vollmer Gilhaus.

2002: Im Winter in **Kirchberg**, zum letzten Mal Skilanglauf gemacht, Sturz auf die Schulter.

2003: Im Winter wieder in **Kirchberg,** Winterwandern macht auch Spaß.
Im Sommer zu den Dominikanerinnen in **Neusatzeck, Sr. Radegundis, Nordschwarzwald**, **Freiburg, Göppingen** bei Christian und Soni, **Ulm, Regensburg, Hohenthann** bei „Familien mit Christus", in der Seelsorge mitgeholfen.

2004: Im Winter Kur in **Wörishofen,** Josefshaus.
13.8. – 25.8. in **Hohenthann** bei „Familien mit Christus" in der Seelsorge.
25.8. – 1.9. **Kirchberg, Großen Rettenstein** zum ersten und letzten Mal erstiegen (s. S. 299: „Gipfelmesse auf dem Großen Rettenstein").
2.9. – 3.9. **Frauenchiemsee, Eggstädt** bei Ursula Neumann-Finsterwalder.

2005: Im Sommer in **Maihingen** bei Gemeinschaft Lumen Christi: „Ferien mit der Bibel", dann in **Wittstock (Dosse)** bei Pfarrer Josef Scholz, wie geht es den Menschen in den neuen Bundesländern? (s. S. 303: „Gebt ihr ihnen zu essen").

2006: Im Frühjahr 2 Wochen **Zentralindien,** Bistum **Jabalpur**, Bischof Almeida und Theophan. Mit Vorstand von Basisgesundheitsdienst Münster eine Woche mit airconditioned Landrovern 14 Entwicklungshilfeprojekte besucht, bei Rückflug Herzbeschwerden, persönlicher Entschluss: Keine längeren Flugreisen mehr. Siehe Bericht!

Im Juni 14 Tage mit Unitas-Verband Flug- und Bus-Reise durch die **Baltischen Länder** mit Lambert Stamer, ein wenig seelsorglich tätig, sodann 15 Tage in **Kirchberg** bis zum 4. Juli Pfarrer Gerhard Erlmoser vertreten.

2007: Im Oktober 3 Wochen Inselpfarrer von **Baltrum**. Alle Gottesdienste gefeiert, hochmotivierte Urlaubsgäste – ansprechende Kirche. Viel gewandert, gelesen und die Seele baumeln lassen.

2008: Im August drei Wochen **Kirchberg**– bei den Gottesdiensten ein wenig ausgeholfen, gewandert, gelesen (s. S. 375: „Holy Days“).

Mutter vom guten Rat

2008

Seit 1777 wird in der Johannes-Kirche zu Borken das Gnadenbild der

„Mutter vom guten Rat"

verehrt. Das Original befindet sich in Genazzano (45 Kilometer südlich von Rom). Nicht selten haben Päpste vor dem Originalbild den Rat Mariens erbetet.

Bei der Hochzeit zu Kana (Joh 2) gibt die Gottesmutter Maria den Dienern den Rat:

„Was Er euch sagt, das tut!"

Die Befolgung ihres mütterlich guten Rates bewirkt, dass der Herr Wasser in Wein verwandelt. Wer auf Seine Stimme hört, darf erfahren, wie Er auch unser alltägliches Leben verwandelt: wunderbar wie in Kana.

Das göttliche Jesus-Kind liebt seine Mutter überaus zärtlich, der enge Kontakt zu ihr und ihr blaues Kleid umhüllen es mit mütterlicher Wärme. Sein Gesichtsausdruck ist reifer als der eines vergleichbaren Kindes. Sein Blick und der seiner Mutter Maria bilden ein Kreuz, eine frühe Ahnung des Heilsweges, den der Sohn gehen muss. Marias Blick ist nachsinnend über das Geheimnis der Menschwerdung des göttlichen Kindes, mystisch nach innen gewandt.

Das rote Kleidchen ihres Kindes weist darauf hin, dass es ein Kind des Hl. Geistes ist und den Weg des Leidens gehen wird.

Das Bild hat kosmische Dimensionen. Es ist ein Bild im Bild. Mutter und Kind strahlen in den Kosmos hinein, sind die Sonne des Weltalls. Auf elliptischer Bahn kreist die Erde um diese Sonne des Heils. Sonne, Mond, Sterne und Planeten sind zwischen den Rahmen beider Bilder zu sehen. Die Flamme des Geistes leuchtet wie eine Feuersäule in der Dunkelheit der Nacht. Über Mutter und Kind schweift unser Blick in die himmlisch unendliche Ewigkeit.

Die Verehrung von Mutter und Kind übersteigt die nur globale Sicht der heutigen Welt in die kosmische Weite der Schöpfung hinein.

Die Mutter vom guten Rat versteht die Sorgen unseres alltäglichen Lebens. ***„Was Er euch sagt, das tut!"*** Gern folgen wir der Einladung des Malers:

„Komt zu S. Maria von guten Rath,
sie hilft in aller noth und Thath."

Wer zur „*Gebetsgemeinschaft der Mutter vom guten Rat*" gehören möchte, setze sich bitte mit dem Propsteibüro in Verbindung.
Kostenfreie Mitgliedschaft!
Einzige Bedingung: Jeden Tag ein Gebet zur Gottesmutter Maria.
Propstei St. Remigius Borken,
Tel. 0 28 61 / 92 44 40.

Das Gnadenbild der „Mutter vom Guten Rat" in der St.-Johannes-Kirche in Borken. Das Original befindet sich in Genazzano/Italien.

Viktor Fides

2008/2009

Viktor Fides ist ein guter Freund von mir. Er kennt alle Artikel dieses Buches und seine Hintergründe und ist bereit, ein Interview mit mir zu führen.

Viktor: Hans, wie bist du darauf gekommen, dieses Buch zu schreiben?

Hans: Schon immer habe ich gern schriftlich gearbeitet, ich war bemüht, das beste Schreibzeug zu haben, das es gibt. Als Zwölfjähriger bekam ich einen Mont Blanc Füllfederhalter mit Goldfeder zu Weihnachten geschenkt, mein Lateinlehrer hat ihn bewundert. Mit diesem Füller habe ich auch die Arbeiten in meinem Abitur geschrieben. Dann besaß ich als Erster in unserer Klasse einen Kugelschreiber, so ein Schreib-Gerät hatte mein Erdkundelehrer noch nicht gesehen.

Mit 17 kauften mir meine Eltern eine gute, gebrauchte Schreibmaschine. Ich schrieb einen ganzen Schreibmaschinenkurs ab und lernte so mit zehn Fingern zu schreiben. Mit dieser Maschine habe ich auch im Theologiestudium meine wissenschaftliche Arbeit über das Gebot der Gottes- und Nächstenliebe geschrieben.

Es folgte eine neue Gabriele-Maschine in Emmerich, dann die elektrische Hammer-Schreibmaschine in Rheinhausen, die Adler-Maschine mit diversen Typenrädern und Korrekturtaste in Geldern. Die Kapläne in Geldern hatten bereits einen PC und meinten: *„Du hast eine so gute Schreibmaschine, einen PC brauchst du nicht.“* Das habe ich geglaubt. Wie dumm!

René Fanta, ein Theologiestudent aus dem Erzbistum Köln, wohnte in unserem Pfarrhaus in Münster, er sagte: *„Du musst unbedingt einen PC haben.“* Er kannte sich in Soft- und Hardware aus und beriet mich beim Kauf eines PC. Dies war 1994, genau das Jahr, als es mit St. Elisabeth losging.

Ich habe dann in diesen Jahren mir meine Sorgen und Ideen von der Seele geschrieben, die Blätter an die Kerngemeinde verteilt und bin so nicht abgeschossen worden. Ich kann heute sagen: Die PC-Technik hat mir geholfen, meinen Weg zu gehen. Ohne den PC wäre dieses Buch nicht zustande gekommen.

Da ich eine Reihe von Artikeln gesammelt hatte, war es nicht schwer, auf den Impuls des Hl. Geistes einzugehen und sie zu einem Buch zusammenzustellen. Die ersten Versuche mit den Heften über Eucharistie, Taufe und Buße sowie Weisheit, Rotes und Gelbes Gebetbuch haben mich so ermutigt, dass ich mit Freude daran gegangen bin, etwas Größeres zu wagen. Außerdem war die Betreuung durch die Druckerei Rehms in Borken so vorzüglich, dass mir das Ganze Freude machte.

Viktor: Was hat dir denn soviel Freude bereitet?

Hans: Das Nachgehen und Nachspüren meines Lebensweges von Anfang an. Die Abwendung vom Theologiestudium, das Zurückfinden, Priesterweihe und Primiz, das Suchen nach Gott, das spurenhafte Finden, das Auf und Ab der Beziehung zu Ihm, die verschiedenen Aufgaben, Berufsschule, Pfarrgemeinde, Jugendarbeit, Eucharistiefeiern, Predigtdienst, Glaubensseminare, Reisen und Wallfahrten, internationale Kontakte, der gepflegte Mittagstisch, Studium neuester Bücher, Spaziergänge und vieles mehr.

Viktor: In dem Artikel über deine Spiritualität hast du geschrieben, dass dir die Gotteserkenntnis so wichtig ist. Hast du Ihn auf deinem Lebensweg erkannt?

Hans: Ich habe erkannt, dass ich Ihn nur finden kann, wenn ich auf der Suche nach Ihm bleibe. Nie kann ich sagen: Jetzt habe ich Ihn gleichsam als einen Besitz. Ich bleibe weiterhin auf der Suche und erkenne Ihn hier und da wie ein Spotlight (Lichtpunkt) im alltäglichen Leben oder in der Liturgie.

Viktor: Kannst du Beispiele nennen, wo du meinst, dass Er dir begegnet ist?

Hans: In der Eucharistie: Bei der Predigt, wenn ich spüre, dass ich etwas Wichtiges sagen darf – wenn er mir Gedanken eingibt, die ich vorher nicht hatte – wenn ich nach der Kommunion in Stille bei Ihm und in Ihm verweile und die Gemeinde ebenso still ist.

Bei der Taufe, wenn die Angehörigen des Täuflings spüren, ihr Kind ist von Gott geliebt und zu ewigem Leben berufen.

Bei der Trauung, wenn ich das Brautpaar segne und viele Paare in der Kirche reichen sich auch die Hand, um am Brautleutesegen teilzuhaben.

Bei einer Jubelhochzeit, wenn die Kinder des Jubelpaares, Schwiegerkinder und Enkelkinder ihre Hände auf die Schultern des Paares legen und so Gottes segnende Kraft spüren.

In der Beichte, wenn ich die Absolution spreche und der Beichtende strahlt vor Befreiung – dann fühle ich mich tief von Ihm ergriffen.

Im Kindergarten und in der Schule, wenn ich mit Bilderbüchern Geschichten von Jesus und aus dem Alten Testament erzähle und in die Augen der Kinder schaue, dann ist das oft wie ein Blick in den Himmel.

Wenn wir Gäste eingeladen haben, uns Zeit für sie nehmen, gute Gespräche führen, sie gut bewirten, Franziska ist eine Meisterköchin. Wenn sie beim Abschied sich aufrichtig bedanken, dann ist Er da.

Wenn ich unseren Hund Cindy erlebe, wie er sich ekstatisch freuen kann, wie er gelernt hat, doppelt so hoch zu springen wie er selber ist, wenn er im ganzen Haus den Tennisball sucht und findet und herbringt, wenn er uns am Morgen fröhlich und anhänglich begrüßt, dann ist Gottes Schöpfungstat in der Tierwelt präsent und ich bin mir sicher, dass Tiere eine Seele und eine Würde haben, dass sie auf Zuwendung positiv reagieren.

Wer dies Buch aufmerksam liest, findet zwischen den Zeilen immer wieder Spuren Gottes.

Es findet nur, wer sucht und finden will. „Amateur- und Gleichgültigkeits-Atheisten" haben hier wenig Chancen, Materialisten schon gar nicht. Die sind ja wirklich zu bedauern! Ebenso „Psychologisten" mit einem rein innerweltlichen Menschenbild, die jede spirituelle Regung und Erkenntnis psychologisch erklären und damit den Menschen in seiner Tiefe verfehlen.

Viktor: Dein Taufnahme ist Johannes, was bedeutet er dir?

Hans: Mein Rufname ist *Hans*. Mein Namenspatron ist der *hl. Johannes der Täufer*, und als zweiten Taufnamen haben meine Eltern für mich den heiligen *Paulus* gewählt. Auch mein Familienname *Ludger* hat seine Wirkung auf mein Leben nicht verfehlt. Also richtig heiße ich: *Johannes Paul Ludger*. Diese drei Namen geben mir für meine Existenz als Priester viel Anregung.

Zunächst *Johannes der Täufer*. Er imponiert mir vor allem, weil er völlig frei war von jeglichem geistlichen Neid (invidia clericalis) gegenüber seinem Verwandten Jesus. Beide sind von einem Alter, Johannes mal gerade ein halbes Jahr älter als Jesus. Johannes war ein mächtiger Bußprediger, der den Menschen die Wahrheit gesagt hat. Auch König Herodes hat er sein ehebrecherisches Leben vorgehalten. Viele Leute sind zu ihm in die Wüste gezogen, um ihn zu erleben, auch um sich von ihm die Bußtaufe spenden zu lassen. Er kam sich vor Jesus klein und erbärmlich vor: *„Nach mir kommt einer, der ist größer als ich. Ich bin es nicht wert, ihm die Schuhe aufzuschnüren."* (Lk 3,16) Jesus hat ihn bewundert und gelobt und zu den Menschen gesagt: *„Was habt ihr denn sehen wollen? Ein Schilfrohr, das im Wind schwankt?"* (Mt 11,9) Und: *„Unter allen Menschen hat es keinen Größeren gegeben als Johannes den Täufer."* (Mt 11,11)

Auch Johannes hat sein kompromissloses Prophetentum mit dem Leben bezahlt.

Als zweiten Namen trage ich den des *heiligen Paulus*. Er bedeutet mir auch sehr viel. Seine Bekehrung vor Damaskus, sein Zeugnis für die Begegnung mit dem Auferstandenen, die Magna Charta der Auferstehung Jesu, 1 Kor 15 hat mich immer wieder bestärkt, an die Auferstehung zu glauben. Das hohe Lied der Liebe 1 Kor 13 wird in sehr vielen Trauungen verkündet: *„Wenn ich in den Sprachen der Engel redete, hätte aber die Liebe nicht, wäre ich nichts."* Dies ist eine kritische Auseinandersetzung mit dem Sprachengebet, der Glossolalie. Ohne Liebe ist sie Schall und Rauch.

In den berühmten Kapiteln 1 Kor 12 und Röm 12 zählt Paulus die Begabungen auf, die es in der Gemeinde gibt: prophetische Rede, Dienen, Lehren, Trösten, Ermahnen, Spenden, Vorsteher sein, Barmherzigkeit üben (Röm 12) und Mitteilen von Weisheit, Vermitteln von Erkenntnis, Glaubenskraft, Heilen von Krankheiten, Wunderkräfte, Gabe der Unterscheidung der Geister, Zungenrede und die Gabe, sie zu deuten. (1 Kor 12). Als Gemeindepfarrer war ich immer bemüht, die Charismen der Menschen zu erkennen, sie zu ermutigen und zu fördern. So durfte ich lebendige Gemeinden erleben und fühlte mich in ihnen mitgetragen bei all den Problemen, die es gegeben hat. Paulus hatte den Mut, das Stammesdenken der Juden zu sprengen und die Botschaft vom Tod und von der Auferstehung Jesu in die ganze damalige Welt zu tragen. Dabei war er klein und unscheinbar, schüchtern und kein besonders guter Redner. Auch das hat mir geholfen.

Bei einer großen Audienz auf dem Petersplatz in Rom bin ich 1990 Papst Johannes Paul II. begegnet. Er kam an unserer Reihe vorbei, reichte mir die Hand. Ich konnte ihm sagen: *„Heiliger Vater, ich heiße auch Johannes Paul!“* Er schaute mich liebevoll an und sagte: *„Grüß Gott!“* Diese Begegnung hat der vatikanische Fotograf im Bild festgehalten. Ich verehre also auch Papst Johannes Paul II. vor allem wegen seines Widerstandes gegen den Nationalsozialismus und Kommunismus. Er hat mit dafür gesorgt, dass der Kommunismus des Ostblocks in die Knie gegangen ist.

Auch mein Familienname *Ludger* bedeutet mir viel. Der heilige Ludgerus ist der erste Bischof und der Gründer unseres Bistums (30. März 805). Er hat es schwer gehabt mit der Sachsenmission. Unsere Vorfahren waren ein sehr kriegerisches Volk, immerzu auf Rache bedacht. Ja, auch im Jenseits musste nach ihrer Vorstellung sogar noch Krieg geführt werden.

Als im Jahre 2004 bei einer Diözesanversammlung der Seelsorger und Seelsorgerinnen unseres Bistums in Münster jeder eine Ludgerus-Kerze erhielt, der seinen Namen trägt, habe ich mich gemeldet. Alle lachten über meinen Eifer. Ich bekam auch eine Ludgerus-Kerze, was die Kirchenzeitung fröhlich berichtete.

In der Woche vor dem 1. Advent fanden unsere Weihekursexerzitien in Gerleve im Haus Ludgeri-Rast statt. Das passte zu mir. In der Tat konnte ich mich spirituell gut erholen. Ich bin in dieser Woche auch eine kleine Etappe des Sint-Lürs-Weges (St.-Ludgerus-Weg) gegangen.

Viktor: Würdest du dich heute wieder entscheiden, Priester zu werden?

Hans: Nach dem, was ich erlebt habe, würde ich es heute leichter tun als vor 44 Jahren. Ich habe es übrigens keine Sekunde bereut, Priester zu sein. Ein Abenteuer war es immer und wird es immer bleiben. Aber Er hat mich nie allein gelassen, so dass ich hätte sagen müssen: Ich halte es nicht mehr aus, ich mache etwas anderes.

Viktor: Wie siehst du den Zölibat? Ist er nicht überholt?

Hans: Ich kann diese Frage nur aus meiner Sicht beantworten. Ich habe immer gute Beziehungen zu Frauen gehabt und habe sie noch heute. Ich habe mich für den Weg der Ehelosigkeit entschieden, habe dadurch mehr Zeit, mich um die Beziehung zu Gott und zur Gemeinde zu kümmern und das Erkannte an Eheleute und Familien weiter zu geben. Ich fühle mich im Leben nicht zu kurz gekommen. Familie und Priestersein dürfte ähnlich sein wie die Quadratur des Kreises, eine einzige Überforderung. Ich kenne übrigens mehrere evangelische Pfarrerfamilien. Ein guter evangelischer Mitbruder aus Rheinhausen sagte mir damals: *„Hans, du kannst froh sein, dass ihr den Zölibat habt, ihr habt es da leichter.“* Ich konnte nur antworten: *„Auch ich habe meine Probleme, eine perfekte Lösung wird es in unserem Beruf nicht geben.“*

Ungezählte Male habe ich mit Fritz Klümpen auf unseren Spazierwegen über dieses Problem diskutiert. Wir sind nie zu einem befriedigenden Ergebnis gekommen. Wenn ich geheiratet hätte, hätte ich meine Frau und die Kinder sehr geliebt. Oft hätte ich mich im Konflikt befunden: Sollst du jetzt deine Zeit für die Gemeinde oder für deine Familie nutzen?

Als ich Pfarrer von zwei Gemeinden war, ist mir dies stark zu Bewusstsein gekommen. Niemand kann zwei Herren dienen. Darum habe ich auch bald an der Zusammenführung beider Gemeinden gearbeitet. Der Dienst in einer Gemeinde ist anspruchsvoll. Am Montag beginne ich schon über die Predigt des kommenden Sonntags nachzudenken. Ich bemühe mich um Inspiration durch den Geist Gottes und erlebe nicht selten, dass mir gute Ideen für die Predigt geschenkt werden. Wenn ich Familie hätte, würde ich häufig an Frau und Kinder denken und viel Zeit mit ihnen verbringen. Ich meine, die Ehelosigkeit des Priesters ist angemessen, eine Hilfe, den Anforderungen des Berufes gewachsen zu sein. Dies ist meine persönliche Meinung. Ich habe im Alter deutlicher dorthin gefunden. Jesus sagte über die Ehelosigkeit um des Himmelreiches willen: *„Wer es fassen kann, der fasse es."* (Mt 19,12)

Dennoch meine ich, dass das Projekt der „Viri probati" (bewährte Männer in der zweiten Ehephase zu Priestern zu weihen) ein Weg ist, den Pfarrgemeinden einen Pastor zu geben. Im Anzeiger für die Seelsorge (Nr. 1/2009, Seite 7) konnte man lesen: *„Und da ist von Neuem mit Nachdruck an Gedanken Benedikt XVI. als Theologe aus dem Jahre 1970 zu erinnern. Auf die Frage, wie die Kirche im Jahr 2000 aussehen werde, schrieb er damals: ‚Die Kirche der Zukunft wird als kleine Gemeinschaft sehr viel stärker die Initiative ihrer einzelnen Glieder beanspruchen. Sie wird auch gewiss neue Formen des Amtes kennen und bewährte Christen, die im Beruf stehen, zu Priestern weihen. In vielen kleineren Gemeinden bzw. in zusammengehörigen sozialen Gruppen wird die normale Seelsorge auf diese Weise erfüllt werden. Daneben wird der hauptamtliche Priester wie bisher unentbehrlich sein.'"*

Mit Fusionierung der Gemeinden zu immer größeren Einheiten ist es nicht getan. Der Glaube ist ohne persönliche Beziehung zu Geistlichen nicht von Dauer. Es ist zu befürchten, dass der christkatholische Glaube weiterhin zurückgeht und der nachfolgenden Generation nicht mehr die Orientierung gibt, die er mir gegeben hat.

Ich las im CiG (Christ in der Gegenwart, Nr. 47, 2008): *„Keinen Grund, katholischer Priester auch der lateinischen Kirche am Heiraten zu hindern, sieht Bischof Malcom McMahon von Nottingham. Gerade in Großbritannien, wo viele verheiratete Pfarrer-Konvertiten der anglikanischen Kirche als katholische Priester arbeiten, sei die Priesterehe eine Frage der Gerechtigkeit. Niemand dürfe daran gehindert werden, seiner Berufung zu folgen. Die Ehelosigkeit sei immer mehr eine Frage der Disziplin als der Lehre gewesen, erklärte der Dominikaner gegenüber dem Sunday Telegraph."*

Ich würde mir wünschen, dass mehr Priester von der Chance als von der Last des Zölibates erzählen. Dies können sie nur, wenn ihnen ihre priesterliche Existenz Freude macht und sie diese Freude weitergeben möchten.

Wichtige Aufgaben in der Seelsorge werden heutzutage von Pastoralreferenten und – Referentinnen wahrgenommen. Sie sind jung und dynamisch, können begeistern. Aber ich zweifle daran, ob sie einen Jungen motivieren können, Priester zu werden, oder ein Mädchen, ins Kloster zu gehen. Sie werden immer nur zum Pastoralreferenten oder zur Referentin motivieren können. Vielleicht raten sie sogar einem Jungen ab, Priester zu werden. Im Grunde können sie alles, nur nicht der Eucharistiefeier vorstehen, Beichte hören und Krankensalbung spenden. Ich weiß nicht, ob ich in jungen Jahren nicht auch Pastoralreferent geworden wäre. Wir älteren Priester können nur schwer einen jungen Menschen moti-

V.l.: Altbischof Dr. Reinhard Lettmann, Hans-Bernd Serries (Propst von Billerbeck) und unser neuer Diözesanbischof Dr. Felix Genn.

vieren, einen geistlichen Beruf zu ergreifen. Die Kirche befindet sich in einem großen Dilemma. Ich plädiere für ein III. Vatikanisches Konzil, das dieses Problem im Sinne von Gemeinde löst.

Viktor: Wie denkst du über die Fusionierung von Gemeinden?

Hans: Die Fusionierung von Herz Jesu und St. Elisabeth Münster war sicher sinnvoll. Da beide Kirchen nur sieben Fußminuten auseinander liegen. Für mich ist es eine Frage, wie lange die leitenden Pfarrer großer fusionierter Gemeindeeinheiten diese überfordernde Aufgabe aushalten. Wie lange will die Bistumsleitung noch fusionieren? Wo liegt die Grenze? Wie viele Kirchen sollen noch profaniert werden? Wo liegt die Grenze? Was wird aus den Pfarrern, deren Gemeinde fusioniert und deren Kirche profaniert wird? Und was wird aus den engsten Mitarbeitern dieser Gemeinden, die der Pfarrer mühsam evangelisiert hat? Es gibt nur eine wirkliche Lösung dieses Problems: Die Zahl der Priester muss erhöht werden durch einen anderen Zugang zum Priestertum.

Viktor: Wieviele Priester leben von deinem Weihekursus noch?

Hans: Wir brauchen viele, vitale junge Leute, die einen geistlichen Beruf anstreben, ja, die möglichst Priester werden. In der Woche vor dem 1. Advent 2008 habe ich mit unserem Weihekursus in der Abtei Gerleve Exerzitien gemacht. Von den 31 noch lebenden Priestern waren 24 gekommen. Die übrigen waren krank oder verhindert. Wir sind vor 50 Jahren mit 94 Studenten im Collegium Borromäum mit unserem Studium angefangen. 40 wurden geweiht. Jeder Jahrgang war damals so stark. Und wie sieht das heute aus? Die meisten Theologiestudenten kommen nicht aus der pfarrlichen Jugendarbeit, sie sind oft „Quereinsteiger". Viele, die sich anmelden, werden von der Hausleitung des Borromäum als nicht geeignet wieder weggeschickt.

In diesem Jahr 2008 ist die Zahl der Priesterweihen in Deutschland auf einen absoluten Tiefstand gesunken: 95 Priesterweihen gab es insgesamt in den 27 deutschen Bistümern. Wir fingen vor 50 Jahren in Münster mit 94 Theologiestudenten an, von denen 40 geweiht wurden und heute noch 31 im Amt sind, dies sind die Zahlen nur für einen Jahrgang in unserem Bistum Münster. Man sprach damals schon vom Priestermangel.

Ich kann nicht verstehen, weshalb nicht mehr junge Menschen den Weg zum Priestertum finden. Ich gebe zu, ich fühle mich gedrängt, dieses Buch zu schreiben, einfach um zu zeigen, wie erfüllend der Priesterberuf ist.

Viktor: Wenn du Bischof von Münster wärest, worauf würdest Du in der Ausbildung der Theologiestudenten besonderen Wert legen?

Hans: Ich würde darauf achten, dass sie eine gediegene theologische Ausbildung bekommen. In der Philosophie sollten sie zu Wahrheitssuchern erzogen werden, wenn sie es nicht schon sind.

In der Dogmatik sollten sie auch mit modernen Theologen vertraut gemacht werden, hierbei jedoch immer im Auge behalten, dass das Studium zum tieferen Glauben und nicht zu permanentem Zweifel führen soll.

Ich würde darauf achten, dass die Theologiestudenten ein Heilig-Geist-Seminar absolvieren. Dies ist eine Hinführung zur persönlichen Gotteserfahrung in allen Bereichen unseres Lebens, zu persönlicher Inspiration. Die überwiegend intellektuelle Vermittlung des Glaubensgutes greift viel zu kurz. Ich erinnere an das Wort von Karl Rahner: *„Der Christ der Zukunft wird ein Mystiker sein, oder er wird nicht sein."* Auch in der Exegese des AT und NT würde ich einen Weg befürworten, der die mystische Dimension der Heiligen Schrift nicht weg exegesiert. Das Ziel muss sein ein glaubensfroher, studienwilliger Theologiestudent (philosophia et theologia perennis).

Ich plädiere auch für eine gediegene psychologische Zusatzausbildung, um dem Anliegen unseres Prof. Dr. Wilhelm Heinen entgegenzukommen. Es bedarf dringend der Versöhnung zwischen Pastoraltheologie und Psychologie. Das materialistische Menschenbild heutiger Psychologie wird dem Menschen nicht gerecht. Wenn der Mensch nicht mehr Gottes Ebenbild ist, kann er im Tiefsten nicht motiviert werden, seine Mitmenschen zu lieben, auch diejenigen, die ihm querliegen oder sogar seine Feinde sind.

Als Bischof würde ich auch die Musik unter den Studenten fördern. Dies ist für die Kinder- und Jugendarbeit heute unverzichtbar. Die heutige Jugendbewegung geschieht über die Musik oder den Sport.

Darum sollte der Theologe seinen Körper ernst nehmen und Sport treiben. Dies ist keine verlorene Zeit. Wir sind früher in das „Cölibad" am Aasee gegangen und als Pastor in Münster habe ich es in den Sommermonaten so oft wie möglich besucht. Scha-

Hans Ludger und sein Vater Franz im Jahr 1989

de, dass es aufgegeben wurde, weil es nicht mehr zu finanzieren war!

Großen Wert würde ich auf die deutliche Aussprache der Theologen legen. Was nützt eine Predigt, wenn der Prediger phonetisch nicht verstanden wird.

Ziel der Theologenausbildung muss ein fundierter, der Vernunft nicht widersprechender Glaube sein, der so stark ist, dass es den Theologen drängt, ihn zu verkündigen.

Viktor: Ganz kurz bitte: Was muss heute geschehen, damit die Kirche den Menschen wieder erreicht?

Hans: Freude – Leben – Zeugnisgeben – Christus in mir – Singen – Musik – Stille – Eucharistie mit Kelchkommunion – partnerschaftlicher Führungsstil – Einübung von Transzendenz-Erfahrung – Kranke aufsuchen – Kinder in Glauben einführen – junge Menschen auf geistliche Berufung ansprechen – sie zum Essen ins Pfarrhaus einladen – gastfreundlich sein – Telefonseelsorge wie beschrieben – zum Beten führen – eigene religiöse Erfahrung offenlegen – Internationalität pflegen – Reisen – Wallfahrten – zuversichtlich in die Zukunft schauen …

Viktor: Wie lange denkst du, wirst du noch als Kooperator aktiv sein können?

Hans: Eine Zäsur wird sein, wenn ich 75 sein werde. Dann steige ich zur Position des „Emeritus" auf oder ab, je nachdem wie man es sieht. Was ich dann noch tun kann, werde ich mit Freude tun.

Mein Vater erreichte ein Alter von 91 Jahren. Er wurde am Osterfest 1901 geboren und ist in das Osterfest 1992 hinein gestorben. Wenn man ihn im hohen Alter fragte: *„Wu geiht et di dann?“* Gab er zur Antwort: *„Best guet, wi hävvet dat Liäben je noch vö us.“* (Wie geht es dir? – Sehr gut, wir haben das Leben ja noch vor uns!) Aus diesen Worten spricht ein tiefer Glaube. Ich habe mit Augustin Wibbelt die Hoffnung *„Dat Liäben üeverliäft den Daut!“* (Das Leben überlebt den Tod). In dieser Hoffnung werde ich bis zum letzten Atemzug Priester sein und „nach der Ordnung des Melchisedech in alle Ewigkeit“. Auch so ist der Titel dieses Buches zu verstehen:

„45 Jahre Priester **und mehr**.“

Viktor: Hab' Dank für das Gespräch. Deinem Buch wünsche ich viele Leser und Leserinnen. Ich werde es jedenfalls vielen Jungen und Alten empfehlen.

„Erheben des Kelches" – ein Gemälde von Christine Scholz. Die Künstlerin wurde inspiriert von Grünewalds Isenheimer Altar: „Seht das Lamm Gottes, das die Sünde der Welt hinwegnimmt." Das Bild wurde Pfarrer Hans Ludger von der Malerin zum Abschied von Münster geschenkt.